众阵归一

北京宣传文化引导基金
BEIJING CULTURE GUIDING FUND
北京宣传文化引导基金资助项目

万川归

朱辉 著

江苏凤凰文艺出版社

北京十月文艺出版社

图书在版编目（CIP）数据

万川归 / 朱辉著. -- 南京：江苏凤凰文艺出版社；北京：北京十月文艺出版社, 2025.5
ISBN 978-7-5594-8533-5

Ⅰ.①万… Ⅱ.①朱… Ⅲ.①长篇小说－中国－当代 Ⅳ.①I247.5

中国国家版本馆CIP数据核字(2024)第058849号

万川归

朱辉 著

出 版 人	张在健　韩敬群
出版统筹	李　黎
责任编辑	孙建兵　李婧婧
特约编辑	王晓彤
责任印制	杨　丹
出版发行	江苏凤凰文艺出版社　北京十月文艺出版社
	南京市中央路165号，邮编：210009
网　　址	http://www.jswenyi.com
印　　刷	苏州市越洋印刷有限公司
开　　本	880毫米×1230毫米　1/32
印　　张	15.25
字　　数	352千字
版　　次	2025年5月第1版
印　　次	2025年5月第1次印刷
书　　号	ISBN 978-7-5594-8533-5
定　　价	65.00元

江苏凤凰文艺版图书凡印刷、装订错误，可向出版社调换，联系电话：025-83280257

汗水和泪滴
汇成涓流，潜入江河
冰封时间的脚步
奔涌着大地的体温

——题记

目录

上部
- 第一章 / 003
- 第二章 / 051
- 第三章 / 119
- 第四章 / 159

下部
- 第五章 / 223
- 第六章 / 288
- 第七章 / 325
- 第八章 / 390
- 第九章 / 399

上部

第一章

1

太阳已经偏西,周围的云彩都像镶了金边。彤云舒卷,长空万里,时明时暗的光线投射在大地上,渺远的景物似乎在飘移。

远处的白云如雪山,似沙滩,万风和在空中俯瞰大地。飞机起飞后不久,他透过舷窗看见了黄河,午后的黄河金光闪闪,没有船,也不见帆。他知道飞机很快将从淮河上飞过,还有大运河,像一根血管,连接着黄河与长江。等到飞机从平飞开始下降,他又迫不及待地拉开了遮光板,机翼下正是长江。蜿蜒的长江在云层的缝隙中时隐时现。飞机越飞越低,阳光是河流的显影剂,数不清的大小河流汇入长江,水银般闪亮。这是大地的血脉。他看见了江上的大桥,看到了航标,江上的船来来往往,像穿梭的游鱼。

下方的公路就像是翠绿花布上弯弯绕绕的白带子,一些奇异的虫子在上面穿梭,那是汽车。它们乐此不疲,永不停息。它们从来处来,往去处去。

万风和突然觉得有点累。

他总是很忙,虽然已算是事业小成,但有时还是不得不亲自出马。早些年,他经常出差,有时候几天就要换一个酒店。常常是,夜里起夜,他摸不到开关,不知道床的方位,不知道厕所在哪里。早晨醒来，恍惚间，竟不知自己身在何处。后来他住宾馆就留了心，提前记住床和开关的相对位置，没想到有一次还是出了事。那家宾馆其实很不错，他注意到有个贴心的夜灯设置，就是说，他下床时只要脚踩到地，脚下就有夜灯自动亮起。他半夜起来，循着夜灯的指引走向洗手间，拐个弯，却突然看见左侧有一个人！脚灯从下面照上来，那个人黑黢黢的，头发凌乱，面孔惨白。他大吃一惊，这是谁？！摸向开关的手顿时软了下来，整个人也软了，他蹲到了地上。这时他当然明白了，这是自己，是自己的镜像，因为那个人也蹲在地上。

也许从那时起，万风和就有了偶尔心悸的毛病。不过当时还年轻，他甚至都没有去医院看，慢慢也就淡忘了。再住宾馆，他就先记住镜子，告诉自己：这是你，这是你自己。

千禧年已经过去六年了，万风和依稀还记得2000年的元旦格外热闹。大街上披红挂彩，年轻人涌上街头迎接新千年的来到。当时他公司甫创，忙得不可开交，只觉得新千年到底是从2000年算起还是从2001年算起都还是个问题，这不过是人类的一个计数游戏。比起那个元旦，他觉得2001年中国加入世贸组织才是更重要的时间节点。转眼间就到了现在，他还是在路上。

飞机停稳了，廊桥直接连接着航站楼，万风和乘电梯直达停车场，找到了自己的车子。他当然有司机，但这一趟他要从机场再去另一个离南京不远的苏南城市，还是自己开车更方便。

这是一年中最热的日子。他扶着方向盘，自如地掌控着方向和车速。雨后的高速公路上蒸腾着热气，前方的视线有些虚化。对面的车道上一辆辆车飞速掠过，看不清任何一辆车的车牌，只能看见一道道颜色从眼前闪过。前方是一个巨大的弯曲，车前的路看起来几乎是直的，但慢慢地，太阳从右侧移到了车的正前方。太阳继续在云层中下落，周围的白云变成了铅灰色。车里很凉爽，胎噪和风噪均匀而轻柔，他开得不紧不慢。一辆辆车从他左边超过，闪着左后灯远去，他一点不急。他早已过了开斗气车的年龄了，低档车开出超跑的架势，那是小家伙们干的事。这车是他两辆自用车里的一辆，都是好车，但这辆低调不炫目，皮实，而且空调也更好一些。他怕冷也怕热。此时的温度适宜，太阳也柔和多了，除了阳光直射的手臂上略有温感，他仿佛已置身于宜人的秋季。他的车迎着阳光奔驰，太阳好像很近，又遥不可及。冲出了云层的太阳悬在云朵边，隔着车窗看去，宛如一轮明月。

他打开巡航，脚离开了油门踏板，轻轻旋转着酸痛的脚踝。心也有点发虚，有透不过气来的感觉。这很不寻常，恐怕还是那次被宾馆的镜子吓出的后遗症。他按下车窗，留一道缝，风声呼啸着冲了进来，如秋的温度顿时被热辣的盛夏呼啦啦搅和了，半边脸顿时就感到了热。他立即关上车窗，短暂的冷热交加让他打了个寒战。

一阵眩晕。万风和定了定神，他看见了前方的路牌。虽没看清上面的字，但能确定拐向右边就是省道。他解除巡航，下了高速。

他头脑里常年填满了各种东西，似乎只有飞快的车速能把他脑子里的东西扯出车外。他很喜欢这种贴地飞行的感觉，这也是他常常自己开车的真正原因。此后许多年，万风和多次回想那一天的经过，但只剩下一些片段，大部分区域是模糊的，飘忽不定，难以确定。记得的是，他把车在省道的边上停下，下车点上了一支烟。他汗如雨下。公路上汽车飞驰，一辆巨型拖挂车驶过，路面一阵震颤。他站在路边发呆，看着太阳，脑子里却突然跳出了一个奇怪的问题：光速是多少？每秒三十万公里——他现在脸上的阳光，其实是太阳八分多钟前射出的。恍若月亮的太阳正在西坠,因为靠近了地平线,它显现出比正午时更大的面积,但它其实是八分多钟前的太阳,八分多少秒却记不清了。万风和扔掉烟蒂,试图想起这个完全无所谓的数据,却发现脑子里空荡荡的。又是一阵眩晕,日月旋转,天地混沌,他扶着自己的车身,手被前舱盖烫了一下。茫然四顾,却突然不知道自己身在何处。

这时候,他还没有察觉自己陷入了失忆。

找不到任何标志物。公路,田野,热风。太阳悬挂在西边的天际上,东面有几点孤星在云中出没。一架飞机剪影似的在天幕上滑动,闪着航灯,很慢,没有声音。万风和想不起自己这是在哪里,他为什么来到这里,他这是要往哪里去。他似乎还在飞机上,看着站在公路边的自己。

身边的车熟悉而又陌生。连车牌都是陌生的。车窗上有自己的影子,自己的面容,他知道这是他自己。可是他问:我是谁?

夕阳以肉眼可见的速度下沉。又一辆卡车驶过,一粒迸起的石子从他眼前呼啸而过,当一声打在车身上。他下意识地抬起手,大喊一声:喂!想问什么,但那司机轰一声一踩油门,绝尘而去。

满目烟尘。太阳映红了地平线,预示着它坠落的位置。此时他已不辨东西,不辨晨昏。天地间晦明交织,茫然中他又去摸烟,点上,却引来一阵剧烈的咳嗽。连咳嗽声都是陌生的。突然他身边的车灯亮了,他拉开车门,坐进去,这才发现车一直没有熄火,是暮色让它的前灯自动开启了。车灯照亮了前方的杂草地,更远处是一片模糊的树影。他的脑子嗡嗡的,有无数的声音在耳中轻微地震颤,似乎有无数没心没肺的昆虫钻进了他的车里。他打开车窗扔出烟头,公路上间歇性的喧嚣倒让他明确了此时的位置。可他除了明白自己的肉身是在公路边上，其他的，他一无所知。

事后万风和当然知道了，这是失忆。几近完全彻底的突然失忆——一种叫嗜铬细胞瘤的东西，长在他的肾上腺里。他明白这些的时候，已经是在十天后的医院里了。

他被自己的记忆抛落在公路边。还记得的是知了。空空如也的大脑里，居然飘进了聒噪的蝉鸣。暮色中的树影里，至少有两只蝉儿在叫，声嘶力竭地交替着鸣唱，提示着两个不同的声源，像两盏明灭闪烁的灯。事后万风和曾多次辩解，他这时并不是完全失忆，至少，他还辨得出百虫吟唱中有知了在叫。他知道它们叫起来的样子：双翅纹丝不动，肚子里的两片膜在振动。

蝉鸣中，万风和的眼睛开始模糊。他掏出手机，手指在上面乱滑。他提醒自己不要慌乱，他查找短信，试图从中找到一些线索。但这也是徒劳的，屏幕开始模糊，那一列列汉字和数字那么遥远，如同水里的游鱼，他很难抓住。汗液流进了他的眼角，腌得生疼。他强忍着心悸和胸闷，颤抖着手指在屏幕上点了一下，他不管那是谁的号码就拨了出去。屏幕的光线照亮了他的半边脸。惨白。

在等待接听的时候，他抬起了迷蒙的眼睛。看不见的电波在天空扩散。

夜空上，一轮明月。

2

一袭白衣的护士靠近了。微笑的脸。纤纤素手，一支针管。手臂上略感疼痛，一缕凉意融入体内，消失于无形。针管里的液体是透明的，流入身体里却氤氲成了黑暗。随着眼皮难以抗拒地慢慢合拢，无边的黑暗和宁静又降临了。

悠远的蝉鸣。不绝如缕。似乎很近，一直在耳内；又似乎很远，远在天边，远在时间的边缘。

鸣蝉藏在河岸上的那棵柳树里。柳树朝河水歪斜着，柳枝刚巧能够点到水面。微风拂过，柳枝在水面上划出涟漪，引来鱼儿唼喋。几只水蜘蛛呈散兵队形，在水面上划动着它们细长的脚，不知道在忙些什么。看起来它们除了被吃，找不到什么更弱小的猎物，但鱼儿却和它们相安无事。没有人见过鱼儿来吃它们。

这棵柳树很特别，在枝叶最繁茂的季节，永远有知了在里面鸣唱。那个少年熟悉这棵树的一枝一叶。他走近树，知了立即停了叫声，半晌，见没有危险，叫得更加起劲。这树上永远不止有一只知了，你听着是一条声音，其实是几只知了你呼我应，叫成了一条声音；有时还会有一只雌知了躲在树叶后面，它是哑巴，是永远沉默的听众。

那少年也是听众。他悄悄地拨开杂草，爬下河岸，消失不见了。

河岸很高，约莫六米多。离水面约三米处有一个洞，洞里垫着稻草，潮湿但没有积水。这是少年万风和的秘密之地，没有人知道他每天都悄悄钻到这洞里看书复习。洞不高，容不得他站起来，他只能一直坐着，看书，朗读，或者面对河水发呆。没有人打搅他，只有风，贴着水面飞过，波光粼粼。有一些不知名的小虫子来与他做伴，只要不爬到他身上，他都领情。这洞的四周粗粝虚浮，就是个土洞的模样，一些树根伸进来，又从另一边钻进土里去，像是随意拉着的电线。万风和相信这是柳树的根，柳树就在他头顶。那两只知了刚才被他侵扰了，这时又叫成了一条忽粗忽细的线。

洞里当然没有桌子，万凤和不能演算，只能看书，默读，有时也背诵。他声音不大，知了的叫声是他最好的掩护，他可不愿意这个秘密天地被别人发现。政治。十一届三中全会，改革开放，实现"四个现代化"……英语更难，老师磕磕巴巴自己都说不利索，万凤和只能靠自己背。背着背着，他声音小了，他看见两列鱼朝他这边游过来，停住，密密麻麻的脑袋。它们似乎在听，但终究听不懂，突然一甩身子，齐刷刷地消失了。水里闪过一片细碎的弧光。

政治他必须背熟背烂，这不但关系到他的高考成绩，他还懂得，如果没有政治课本上的这些新内容，他根本不会有什么高考。这些名词解释，既是他生活的注释，还预示着他的未来。英语课文说的是列宁"星期六义务劳动"。万凤和每天要把家里的水缸挑满，这是他的劳动，也是义务。他挺喜欢外语，但关于英语的头绪有点乱，有一个小学生，她说"不学ABC，照样干革命"，出了大名，她这句话曾让大家都不学英语了。现在课本的第一页上，写着马克思的话：A foreign language is a weapon in the struggle of life（外国语是人生斗争的一种武器）。有的同学学得愁眉苦脸，龇牙咧嘴地骂娘，他倒是学得津津有味。他喜欢那种抑扬顿挫的声音，在知了干燥单调的鸣叫声中，他格外喜欢自己朗读英文的声音。

万凤和那时已在心底确定要考外语系。当然是英语，在他脑子里，外语就是英语。他不知道其他国家的人说话是什么样子、什么腔调。电影《列宁在1918》里，列宁说的是中国话，那种洋腔洋调，他觉得就是说英语的样子。

风有点大了。脑后的树根似乎在动，但他并不慌。有土坷垃掉在他脑袋上，掉到了他衣领里，他索性把上衣脱掉了。上面的知了不叫了，风把它们吓着了。水面上泛起了细碎的波浪，水草随波起伏。河并不很宽,对岸长的是一大片油菜。他每天看着油菜慢慢长高,碧绿的毯子上洒上了点点黄花,突然有一天,油菜花全都开了,满眼都是轰轰烈烈的金黄色。那其实是个半岛,从镇子里伸出来,把河劈成了两条。这半岛上只有一户人家,三间瓦屋。他们家肯定还种着其他的农作物,但少年记得的,只是油菜花。油菜太密太挤,万风和看不见田埂,有人从花海中穿过的时候,他才能看出阡陌。

半岛上阒无人声,有花香四溢,飘过河来,灌满了他的地洞。

万风和伸头张望了一会儿,因为直不起身,有点累。他躺下了。稻草下的土有点硌背,他想换个姿势,侧脸看见了底下的报纸,看到了头版上的照片和文字,顿时心下一惊。虽然这里是他一个人的秘密之地,但万一别人偶然发现了这个洞,看见了地上的报纸,那说不定就糟了。报纸上的内容也是时事政治,垫在屁股底下说不定会被人检举。他家里有一台红灯牌收音机,高级货,从上海买回来的。收音机一打开就有个人在说话,铿锵有力,义正辞严。妈妈说,找个唱的。他和弟弟连忙跑过去抢着旋钮调台。手指左拧右拧,满手都是样板戏。他们全家都听熟了,不管男声女声,没有一段他不能唱,一个字都不会错。没有发育前他喜欢唱女声,变声后只能唱男声。但终究是有点腻了。

他悄悄发现了一个新天地,短波。有柔绵的女人在哼唱,那时他还不知道那是邓丽君的歌声。一阵电流嘈杂后,突然里面在报数字,四个数一报,万风和心一抖,立即把收音机关掉了。很长时间他都在抖,手拿不住笔。这是密电码!《红灯记》里就有,物理里的电磁现象也学过,他立即理论联系了实际。做了贼似的,忍不住又想去听。可第二天父亲就把收音机搬到了里屋,铁青着脸把他和弟弟喊过来，禁止他们再私自打开收音机，而且说，即使收音机关着，也不能去旋调台的钮，他说，学校里有个老师，他儿子你们认识，这小子有事无事喜欢乱拧，结果他爸爸一开收音机，里面刚巧是敌台！他家当时正有客人，就倒霉了！父亲抬手在他头上就是一下，你手不要发痒！他知道父亲说的就是教外语的赵老师。赵老师走路慢，说话慢，还老是要自我修正，颤巍巍的，其实也不太老，却把个英语抖得不成样子。他知道闯祸的一定是赵老师的儿子小东。父亲余怒未消，又说，晚上也不要太疯了，太疯就会说梦话。弟弟说，我不说梦话，我哥才说。万风和争辩说，你也说的，你自己听不见，像个猪。弟弟说，梦话也要管吗？父亲说，反正晚上不许疯！

六七岁的时候，中国第一颗人造卫星"东方红"上天，小孩子也跟着大人自豪兴奋，万风和不知道什么叫人造卫星，但父亲晚上在夜空中找到一颗慢慢移动的星星，告诉儿子这就是我们中国放上去的。这太神奇了！了不起啊！那时家家都吊着个有线广播，有一根地线引下来插在地里。广播的声音变小了，父亲就会舀一碗水浇在地上，声音立即就大了，好像广播也要润嗓子。那一段时间，广播里不断播放人造卫星传来的《东方红》，万风和老站在广播下面听。有次声音小了父亲却不在，他朝地线上撒了一泡尿，广播立即就来了劲。这比水还要管用呀！正开心着，父亲回来了，一看他做的事，上来就是一个爆栗子，骂他，你要死啊！转身就把家门关上了。他还没尿完哩，小半截尿缩了回去，滋了一裤裆。这是他小时候唯一一次尿在身上，尿床除外。父亲关了门才跟他讲道理：尿含盐分，确实比水更导电；更严肃的是警告，声色俱厉：广播收音机这种东西不能乱搞，乱说乱动就要闯祸！

报纸是肯定坐不得的。万风和仔细收起来折好，想想，却不知道怎么处理，一扬手，飞到河里去了。这是学校围墙外的河，漂着不少纸，破破烂烂。有几架纸飞机，是同学们从学校里飞出来的，现在成了水上飞机，在风的鼓动下，没头苍蝇一样在水上乱窜。

河分两色，一半是碧水，一半是花影。花影黄澄澄的，虽然浓烈，但界限分明，并不朝这边洇散。

报纸漂在水上，因为被折了，弓着腰，慢慢就平铺开来，晃荡着，好像等着人去阅读。那时万风和并不懂得，这报纸，这上面的文字，是先声，是新的阳光，是他们这代人改变生活方向的路标。他只知道要背，而且，太多了，他简直背不过来。文科就是要背。历史地理一张卷子，英语一张卷子，还有语文，还有政治，都要背。他考文科是挫折的结果，也是他努力抗争的成果。他和弟弟差两岁，弟弟从小有神童之誉，只比他低一级，才上到高二就和他同一年参加高考。弟弟一击即中，超出分数线三十多分，去北京上学了；他没考上，差了三分。兄弟俩考的都是理工科，他却是被三分淘汰的那个人。别的同学考不上都不难堪，因为上一届一百多个人，才考上四个，考不上才是正常的。但万风和不一样呀。弟弟去北京上学时他已经在工厂上班。父母去南京送弟弟上火车，他平生第一次自己在家煮饭吃。母亲告诉他，豇豆择好了，青菜也择好洗好了，你放油，炒一炒就行；饭焖在锅里，你可以吃两天。可他放了油，却不知道及时放菜，起火了，差点烧起来。他眉毛头发都被烧焦了，小小少年像个小老头。弟弟寒假从北京回来，口音都变了，像收音机里的人在说话。万风和浑身不舒服。很多人来看他家的北京大学生，等人家走了，他悄悄跟母亲说，你叫他说话别拿腔拿调的，人家会说他摆洋相。母亲连连点头，深表同意，但她提醒了也没什么效果。弟弟不是成心的,但他的每一句话都像在奚落他,嘲笑他。他在心里暗暗发誓:我也要上大学,我一定能考上。整个寒假家里都喜气洋洋,父母亲忙得不可开交。终于弟弟走了,万风和憋了很久的一句话冲口而出,我还要考,我要考文科!

父亲瞪大了眼睛,半晌回不过神来,说,你再考当然好,可你理工科只差三分。

我考文科能超过三十分。

父亲说,学好数理化,走遍天下都不怕。

他说,我再考理工科,下次就要差三十分!说完抬腿就跑,回过头又说,我反正已经在看文科了!

父亲的想法,是那时普遍认可的道理。"化","怕",太押韵了,太厉害了;"不学 ABC,照样干革命。"不怎么押韵,可不就被扔了?父亲自己以前是小镇上的大学生,因为家里穷,学了文科,读师范学院,一辈子就只能做个教书匠。闲暇时他也拉拉二胡,琴声激越低回,他满脸的不甘和无奈有谁能懂?数理化,四个现代化,确实是顺着理儿了。但显然,大儿子说再考理工科要差三十分还是把他吓住了。考是儿子自己考,别人代替不了,即使能代替,他的这些同事亲自上阵也是难得及格的。只能由着儿子了。幸亏父亲还上过师范,知道兴趣即天赋,儿子只要肯考,这就比什么都好。大儿子落榜后,正遇上招工,马上就在国营厂上了班,身边留一个儿子其实蛮好,但老大有志再考,哪怕是要考文科,父亲还是又惊又喜。

万风和真的用功了。有一个优势不期然地出现了:他数学不差。就是说,没有他弟弟好,但比复读班上的其他文科生要好得多。数学他基本不要再用劲,只要背文科。这是死功夫,就是个吃苦,他不怕。

　　复读班五十三人,能考上三五个就算放卫星,顶多百分之十的比例,他希望成为其中的一个。班上大部分同学是来玩玩的,闹腾得很。有个同学家里早就定了娃娃亲,他不喜欢,借复读之机又谈起了恋爱;他娃娃亲的"老婆"悄悄堵在教室门口,大喝一声,某某某,你跟我回家!那个某某某是个篮球高手,身手不凡,他跨上窗户,一蹿就没影了。好些同学知道考不上,也顺便找起了媳妇。有个女生大了肚子,与男生双双不来了。万风和在教室里难以安心读书,有一天,那个带老婆退了学的男生在街上看到他,悄悄喊住他说,学校西围墙外面,河岸上有个洞,就在柳树下面。说着,得意地嘻嘻笑了。他老婆挺着硕大的肚子,正和他合开着一个日杂店,朝他们这边看一下,脸红得赛似红布。

　　地洞就是这么找到的。好个爱情小窝呀。刚开始,万风和在里面心猿意马,胡思乱想,总想发现点蛛丝马迹,具体是什么,他也不知道。过了好一阵子才克服了这个难关。

　　他每天都到洞里来。夕阳映照在水面上。刚找到洞时河水还是碧绿的,渐渐地染上了黄色,直至满眼都是金黄的碎波。不知不觉又凋零了,有一天岸边的油菜全部被收割了,堆成了一个个垛子。万风和收好书本,盯着河水发呆。天热了,知了鸣唱起来。夕阳已沉落,他该回去了,不知怎的,又有些迟疑。四顾无人,他爬出地洞,循着蝉鸣找了过去。知了叫得很沉醉,对他并不在意。忽然,他的眼睛瞪大了:一人高的树枝上,两只知了叠着,他知道会叫的雄知了是上面那个,尾巴还在一耸一耸的。少年的脸腾地红了。万风和突然意识到自己看到的是什么,悄悄后退,扭头跑走了。

　　校园围墙那里有个小豁口,用竹篱笆胡乱挡着。万风和每天都从这里出入，一直都没有被人发现。这个地洞做了他近半年的秘密自习室。豁口的里面是一丛灌木，正好遮挡，他拉开篱笆就可以钻进钻出。河岸上的地势更高，他可以看见对岸半岛的全貌，像小镇挂着的一片多彩树叶。很多个傍晚，万风和看见一个姑娘担着水桶，扭着腰身，在田埂上来去，在花丛中出没。她从瓦房出来，走向水边，或者是从河边担了水，挑回家。她家离河边不远，河边支着一块水跳板，那是她家的水码头。她走到水边，并不卸下扁担，左右手各一只水桶，左一下，右一下，水桶就满了；她在水跳板上轻轻踮一下脚，脚下的水跳板跟肩上的扁担一起晃几下，她右手扶着扁担，左手带着水桶就上了岸。她激起的水波久久地晃动，水波平息了，她也进了瓦屋。少年万风和的视线一直跟着她。迎接她，或尾随她。

她似乎一直没有看见过他，少年的眼睛却总想找到她。她常常是一袭红衣，浮动在油菜花上。哪怕万风和闭上眼，那黄花上浮动的衣影，依然在他眼睛里闪现。

悠远的歌声盘旋而至：年轻的朋友们，今天来相会，荡起小船儿，暖风轻轻吹……美妙的春光属于谁？属于我，属于你，属于我们八十年代的新一辈……校园里的高音喇叭声在晚风中忽强忽弱，与蝉鸣交织飘荡着，渐渐远去。寂灭。

3

眼睛渐渐亮了。仿佛是大梦初醒，万风和暂时还醒不过神来。有蝉儿在鸣叫。那悠然的声音均匀而绵长，永远没有尾音。

有人轻轻拍打着他的脸颊。万风和！万风和！他觉得这名字熟悉却又陌生，在空中飘扬，树叶般零落在他身上。他知道了，这是在喊他，这是他的名字。他的眼睛睁开，立即又闭上。光线太刺眼了。

闭着的眼睛看到的是一片粉红色，有细微的脉络树枝一样伸展着，那是他自己的血管。他答应了一声，一个女声说，醒了？你睁开眼。他努力张开眼睛，一个护士弯腰站在他身边，她伸出一个指头问，这是几？他说，一。面前出现一个巴掌，他说，五。护士点点头。半开的窗帘射进一缕阳光，护士的影子很窈窕，看不清她的面容。他晃晃脑袋，知道眼镜不在脸上。

房间很大，不是病房的格局，比病房安静，几乎没有一点声音。

这是复苏室。好几张移动床整齐地排列着，每张床上都躺着一个人，一动不动，像是都死了。这护士是唯一活动的人。虽然已经苏醒，但他动不了，有无数的管子连接在他身上。这些管子，都是他血管或神经的延伸。他似乎被捆住了。他依然迷糊，仿佛周围都是雾障。浑身到处都疼，细碎尖利的疼痛从四面八方戳他，与他脑子里的恍惚对抗。

来了个男护工。他的床开始移动。弯曲起伏的长廊。进电梯，出电梯，他在升高，从幽冥通往人间。不知道过了多久，他们来到了病房。

又有好几个人进来，他们在他身边分四角站立，忽然，他觉得自己身体悬了空，转眼间，他就被移到了病床上。这是一个单间，白而亮。他们继续在他身边忙碌。疼痛渐渐集中了，头和腰部。他闭上了眼睛。他浑身空乏，全是虚的，只剩下两处疼痛还是实在物。头上是胀痛感，像是塞进了一个尖锐的石头，要戳出来；腰间是空洞的，好像有谁把他的一团肉抠出去了。呼吸倒是不困难，但两处疼痛间有一个巨大的空间，空得难受，他明白了，这是饿。饥饿的空洞。他舔舔嘴唇，嘴里又干又苦，舌头像是裹了砂纸，稍一动，嘴里全是沙粒。

这是个小手术，很成功，这是个男医生在安慰他。万风和动动脑袋。他明白了自己身在何处，也想起了自己刚刚经历了什么。一个微创手术，不过要全麻。护士给他换了一瓶水，他暗暗用感觉在手臂上寻找那个穿刺的痛点，但找不到。他顿时有点着急，他一直担心自己会被麻坏，成了个没有痛感的植物人，甚至，永远醒不过来。但这时腰部又像被谁抠了一下，万风和轻轻长舒一口气。这是疼痛，是疼痛安慰了他，比医生的口头安慰更有效。

万风和累极了。因为没有戴眼镜，他看不清周围的人。那些白色或绿色的影子是医生和护士，另有深色的影子，两个，站在稍远处，他只能看出一个是男的，另一个是女的。他暂时不关心谁是谁。医生护士们各忙各的，他耳朵里有点吵。窗户半开着，他侧脸朝那边看了一眼，一个深色的影子立即过去把窗户关上了。蝉鸣幽幽，外面的光线跟他进手术室时一样，但他的时间肯定被截去了几个小时，光线看起来差不多，那是因为朝晖和黄昏的差异难以辨别。

时间并没有停顿，是他曾被抛到了时间之外。

有人翻动了一下他床脚的牌子。医生护士们都出去了。

蝉鸣飘忽，<u>丝丝缕缕</u>。两个深色的影子靠近过来。他咧咧嘴，似乎想笑一下。蝉鸣越来越远，宛若游丝，只剩下疼痛沿着他的经络，从腰部那里发散，树根一样伸展、蔓延着，爬满了整个房间。万风和瞥了一眼上方的吊瓶，合上了眼睛。他的身体不但被取走了一点什么，还正被灌注液体。就在他即将坠入昏睡的当儿，手机铃声响了，丁零零叩击着他的耳鼓。万风和顿时清醒了，疼痛瞬间远遁。他说，眼镜，我的眼镜。两个身影行动起来。手机屏幕伸到了他的眼前，他摇了摇头；那个稍矮一些的影子靠过来，双手朝他的脸伸过来。眼镜尚未戴上他已经出了声：

璟然，谢谢你。

声音沙哑，但是很清晰。璟然摸摸他的脸颊，笑了笑。这是他熟悉的一张脸，白皙，秀丽，含笑的眼。半长微卷的头发垂下来，垂向他平躺的胸前。他抬起手，璟然抚住他的手背，轻轻按着让他不要动，抬眼看看吊瓶。那个灰影状的男秘书把手机递给璟然，影子般无声地出去了。

在被手机惊醒的那一刻，他已经看见了璟然的影子，是麻醉后的迟钝阻滞了他的感知。当然是她。这次手术前的十天时间，他在几家医院寻医诊断，就是她一直陪着自己，他已经喊过无数次"璟然"。在这十天之前，他们已经近二十年没有直接联系。对了，是十八年，在这十八年前，他们同窗四年。那是他们的第一个交汇点，他们各自从苏北小镇和江南的苏州，来到了大学校园。

断断续续也有她的消息。大学毕业后他继续读研究生，因为他原地不动，他几乎给每个奔赴外地的同学送行，也送了她。他们在站台上，没有话说。都微笑着，他只能笑，笑得有点夸张，而她则笑得浅浅的矜持得多。程式化的道别话语早已说过，他们时而面对面，时而都把脸撇向远处。苏州不算远，但那个年代，也有三四个小时车程。他想她大概也盼着车早点到。车来了后要不要握手道别呢？这对他而言是个问题，于是把她的行李全部拎在了手上，这样就不至于为难。他伸头看着薄雾中绵延的铁轨，可等来的却是广播里火车晚点十五分钟的预告。

他们同学四年，璟然读英语，他读俄语，除了专业课，很多公共课都一样。一起上课，一起出晨操，一起参加以系为单位的各种校园活动，只有在这告别的站台上，他们才第一次长时间地单独相处。这场面实在有点尴尬，他巴不得车早点来。好在这时站台上亮了一下，是来车巨大的光柱拐个弯射了过来。他的心轻松下来，突然会说话了，而且是笑着说的，他说，这火车误点，让你的大学生活晚十五分钟结束。他鼓起勇气，把行李放下，朝她伸出了手。她略愣一下，他们的手握在了一起。她的手凉凉的，他是热的。火车继续靠近，可它居然停在了另一条轨道上，他顿时发呆，手足无措。行李又已拎到了手上，继续拎着不是，放下好像也不对。这时广播里又有声音传来，说火车还要继续晚点十分钟。他的脸上简直挂不住，似乎这全是他的错。他已十分后悔来送她。幸亏这时站台上又跑来几个人，叽叽喳喳快活得乱叫。他们也是南京的大学生，来迟了，如果火车不晚点，他们可就误了车。她的头发猛然一摆，迎过去和他们说起了话。苏州话和上海话相通，外人听不出区别。他迟疑一下，放下行李，拍拍其中一个小子的肩膀，指指地上，朝她摆摆手，走了。

事后他没有问火车到底晚了多久，总之车肯定是来了；后来听说她在上海结了婚，他无端觉得她的丈夫应该就是那天他拍过肩膀的男生，不过他一直也没有试图确认，甚至他们在同学周年聚会上见了面也没有问。这十八年是那么忙，生活几乎没有空隙。他仿佛坐在一列时代列车上，启动、拐弯、停止、加速或者减速，全由不得自己。偶尔有璟然的消息传来，结婚了，出国了，又听说好像没有出国，来南京出差却肯定没有联系他。零星的消息如车窗外射来的明灭灯火,灯光映在他的脸上,他面无表情,但内心波动。

万凤和此刻已完全清醒。窗外清脆的蝉鸣声声入耳。时间又接续了。浑浊的洪水已流尽,随之是清澈的山泉,一连串的记忆被冲刷得晶莹透明。

这次手术前一个多月,他在饭桌上又听一个外地同学聊起她。说她已经离婚了,没有孩子。为了证明所言不虚,那同学还摸出手机,点出照片给他看。他瞥了一眼,是她,岁月也留了痕。就是他手术苏醒后俯在他上方的这张脸。

他本来没有她的号码。这些年,从座机,到BP机,到手机,QQ,每隔五六年,人们就会更新丰富联络方式,但他从来没有打听过她的号码。就是在那次酒桌上,那个热心的同学在给他看过照片后,又把她的号码发了过来。不曾想到,他失忆中在手机屏幕上的那个触碰,把她唤到了跟前。

他不记得自己对着手机说了什么,但他显然还是报出了自己的大致方位。璟然到达省道边的时候,万凤和脑子还迷糊着。他看见在车灯的光柱中,一辆轿车停住了,下来一个似曾相识的人。她走近了,透过车窗看见了他。她拉开车门拍拍他的脸,回身让那辆车离开了。等她把车开进医院,他终于从失忆状态中挣出了,喊出了她的名字。

她淡淡一笑。此后的十天,以后的十天,她带着他在几家医院间奔波。他的失忆状态居然再也没有出现,只是疲惫,偶尔呼吸急促,常常大汗淋漓。首先排除的是大脑,没有问题;血压忽高忽低,陡然间就会飙高,但心脏和肾,也未见病灶。很偶然的,有家医院发现他血钾畸低,这才找到了他肾上腺上的一个小小"占位"——嗜铬细胞瘤,正是这个导致了他的失忆。他血压高了好些年了，不算大事，血压高的人中得这个病的也只有百分之一，常规的检查通常不考虑这个病，极易被忽略。可它不但会带来短时间的失忆，更严重的，是有可能会导致心脏骤停。

他能确诊并及时手术，还算幸运。

4

传闻中璟然离了婚，但有没有再婚，他不知道，也不贸然相问。他自己的婚姻状况当然也没有说。其实情况是明摆着的：他检查、手术，并没有妻子来陪他，只有公司的人来看他。璟然也不问缘由。他们是同学，更像是不常见面的亲人。类似妹妹照顾生病的哥哥，再加上公司的那个男秘书，还有护工，人手足够了。

她陪着他。他们显然回避着各自的经历和现状。他躺着听音乐，她在窗前看书。他的高血压居然手术后就基本正常了，但终究是伤了元气，他很虚弱，各种监护仪先后撤掉了，但他的血管一直与外界相连，各种名称古怪的药水流进他的体内。腰部接着一根引流管，护士每天都要来换袋子。袋子里是红色的液体，那是渗出液和他的血。换下的袋子污秽不堪，他不愿意璟然看见，又不好直言让她回避。璟然很得体，她的眼光体贴地投向别处。管床的护士很漂亮，即使被白制服掩盖着，也堪称身材妖娆。换袋子的时候他已逐渐不再感到难堪，但看着护士把那么不堪的东西取下，摆到托盘里，还是感觉到一种强烈的对照。是疾病和最艳丽的生命之间的残酷对照。

万风和对自己说：哪张病床上没有死过人呢？

想到死，而又能如此理性，是因为他现在已经明确挣脱了死亡。他常常看着窗前璟然看书的侧影，不知不觉又睡着了。无数的往事在梦中纷至沓来，盘旋穿梭。他看到了女生宿舍边的路上，璟然正缓缓走近，又慢慢走远。短发过耳，一袭白裙。悠然的蝉鸣在梦的边缘萦绕。

三栋女生宿舍，都位于图书馆的山脚下。通往图书馆的路有两条，一条在正面，是大路，另一条要窄得多，弯曲盘旋，拾级而上。因为小路的下面就是女生宿舍，男生们都喜欢从那里走。看了一天书，总是累的，他们希望与女生同行，哪怕并不认识，心里也是欢喜的。万凤和站在山道的拐弯处，看着山下女生宿舍周边的道路上色彩斑斓，欢声笑语，听着身边女生们叽叽喳喳，觉得这世界是多么美好。

那时候女生很少，即便是外语系，女生也不到三分之一。他不常在图书馆看到璟然，后来他才知道，她另有看书的地方，一个跟他中学时的地洞类似的秘密之地。他那时已悄悄注意上了她，但绝不敢有任何表示。学校公开宣布，反对学生谈恋爱。虽然实际上是民不举官不究，但学校掌握着毕业分配大权，他们入校不久就耳闻了一对恋人被一起分配到偏远地区去的事例。男生们很无聊，私下里把不敷分配的女生们瓜分了，其实全是瞎掰。但他就是喜欢璟然，也许，只是因为她总是独来独往，不和女生扎堆；或者是，她很擅长运动，新生运动会上她的身姿就已经吸引了他；又或者，他爱上了她歪头看书的侧影，齐脖的短发挡着她的半边脸，他担心她有一只眼睛会看不见书，恨不得帮她捋一捋……唯一的直接接触机会是送信，他做着年级的生活委员，负责把来信分给同学。其实让别的女生转交也可以的，是他不愿浪费这样的机会，总是把信直接交到她手里。璟然的来信挺多，大多是外地外校的，字迹各异，却肯定都是男生写的。他不由得心生醋意，仿佛有无数饱含爱情的目光射向她，他却无法遮挡。终于有一次，四下无人，他说，你信好多啊。璟然愣了一下，说了声谢谢就走了。

他的眼睛总在找她。幸亏吃饭的时间、地点总是固定的。夕阳西沉时，女生宿舍那里是最热闹的。他饥肠辘辘地从图书馆的山道上下来，在拐弯处站定，眺望着女生宿舍前的路。璟然出现了。她穿着校队的运动衣，头发湿漉漉的，显然刚从运动场回来。一个高挑的男生走在她边上，他也穿着运动衣。那时还没有"情侣装"这个词，但他们那样子，令万风和嫉妒。

万风和站在山脚，细碎的阳光落在他的脸上。

他们赶上了好时候。无数的讲座、诗社、话剧社，无数的书，无数的概念，纷至沓来，目不暇接。一切都是新鲜的。国家在变化，他们的青春被安排在四季如春的校园里，拔节般生长的身心遇到了好气候。陈旧的思想也还沉积在校园里，老师和男生们的衣着也还是蓝蚂蚁和草绿军便服居多，但女生们已开始色彩丰富起来。她们装扮了自己，也丰富了男生们眼里的世界，这是他们蓬勃生命的催化剂。

他们都在公共浴室洗澡。国庆节过后浴室才开放，到第二年的清明就关闭，其余季节，他们就在水房里用冷水冲，一点不觉得艰苦。但无论如何，浴室的开放都令人期盼。浴室在理发店边上，学生们端着洗脸盆，从男女有别的门鱼贯进出。从浴室出来的女生们个个湿着头发，面颊酡红，身姿窈窕，一个比一个美丽。男生们还没进去就心跳加快。排队，买票，好不容易进去了，热气蒸腾，转眼间就会找不到自己的同伴。这当然不算什么，赤裸相对反倒有些害羞。他们坐在石条上，撩起微烫的热水，暂时还怕烫，不敢蹲下去。他们都具有起码的理性思维,明白隔壁一定是女生浴室,这是浴室最科学也是唯一的布局。这让他们不由得有点心猿意马,又觉得羞耻。水声哗哗,很少有人说话,在这里,说话声被坚固的墙壁弄得很怪异。没想到,有个哥们突然唱起歌来,《冰山上的来客》主题曲,他们在中学都看过这电影。那哥们先是哼,渐渐声音大起来,简直肆无忌惮……花儿为什么这样红,为什么这样红?哎,哎哎哎,红得好像,红得好像燃烧的火……平心而论,这小子唱得不错,嗓子好,音准也正。他越唱越起劲,声音在浴室里十分雄浑,不但震得耳朵疼,更震撼了他们的心。他们每个人心里都住着一个女人,基本来自挂历或者《大众电影》,也可能是几个女人的混合体。万凤和的脑子里立即出现了一个明确的身影,璟然。

万凤和的身体腾地就有了反应。用毛巾挡着,不行,这只能应急。他灵机一动,扑通跳进了水里。好几年以后,他已结婚生子,儿子的儿歌说:一只青蛙一张嘴,两只眼睛四条腿,扑通扑通跳下水;两只青蛙……当时的浴室,就是扑通扑通,一个个赤裸的身体都跳下了水,浴池装不下他们青春的身体。他蹲在水边,看着水池的水哗啦啦四处漫溢。

那哥们还在唱,没完没了。看不清他的样子。唱到高音处,他居然毫不费力就翻上去了。水面上是一片黑乎乎的脑袋。终于有个身体大刺刺地跨过台阶,仰着脖子出去了。声音逐渐减弱,刺溜一声,砰,有人滑倒了!歌声像被刀子斩断。浴室里哈哈笑成一片。

万凤和后来认出了这小子。此人参加校园歌手大赛,拿了冠军,唱的居然就是这首歌。很多同学都把他认出来了。他后来成了名人,原因是他在毕业前把食堂打菜的姑娘肚子睡大了,落了个处分。

浴室歌声事件后的很长时间，万风和很久没有再去浴室洗澡，直到在水房冲凉实在冻得受不了。他头脑里经常乱糟糟的。花儿为什么这样红，这是一个秘密，可这没有答案，没处问。你问不问，花儿它都会红。这是一个浅显的事实。所有的男人都思慕着女人，他也不例外。这是天定的。他无须追根究底。

手术后万风和在病床上躺了十多天。各种管子被一根根拔掉了，医护人员来得也少了，基本上只在早晨查房时才问问他的情况。他自己的感觉也越来越好，脑子也越发清晰，多年前的往事都像是在眼前，除了在省道边那个诡异的失忆黑洞。对此他倒也坦然，反而是左边腰间的手术创口，先是肿胀，后来又感觉到凹陷，让他十分不适。医生告诉他，这是消肿了，说明一切正常。璟然笑着说，他们取掉了一个小瘤，你当然觉得少了点东西，还用手机拍了照片给他看。万风和没料到居然有三个创口，都只有小拇指大小，各用一个类似创可贴的东西贴着。他放了心。手术的效果是明确的，他的血液指标逐渐正常，血压完全正常了，就是说，他很冤枉地吃了好几年的降压药。再一次的血液检查结果拿来后，他留意了其中的性激素指标：全部正常。他立即想到了性能力，想起了大学时浴室的那个抒情歌手，他下意识地抬眼看看璟然，脸上一热。

他对璟然说，我好了，你不必整天陪着，可以回去了。但璟然说，她救人救到底，等他出院再走。她挑起一边眉毛笑着说，我又不是救护车，一喊就来，把人送到医院就走。万风和说，可你是救命车哩。她说你生病可真会挑时间，我正好暑假。他一直等着她问，为什么会给她打电话，但她就是一直不问。如果她问，他应该给出一个答案，但这个答案连他自己都说不清。他手机里有几百个号码，还可以打110、120之类，但他拨出的却是她的号码。对了，他还有老婆;但他跟老婆关系已经很淡漠,各忙各的,已形同分居。这个情况璟然当然并不知晓。她不问为什么打了她的电话,或许正是因为她不想触及这些。

慢慢已可以下床。医生鼓励他要适当活动。璟然陪着他,他穿着病号服,在病区的小路上散步。左腰部缺了一块的感觉很明显,像多了一只促狭的小手,时不时地牵拉一下他的其他内脏。璟然跟在他后面一点点。他突然腿软了一下,一个趔趄。一只手及时伸了过来,细巧,柔软,温暖。他握着她的手,许久许久。他站稳了,她把手轻轻抽了出去,看着他,带着体谅,也不无嗔怪。半晌,万风和说,这是我们又一次握手,没想到居然是这样。璟然莞尔一笑道,我们以前握过手吗?万风和迟疑一下说,反正这回有点特别。

又想起了毕业时车站送别的情景,当时他还曾为要不要握手告别而纠结。倏忽间差不多半辈子都过去了。夕阳的余晖透过树枝,投射在他们身上。远远近近处,寥落的蝉鸣你呼我应。有鸟儿在林间穿行跳跃,蝉鸣声嘎一声突然中断了。

他们坐在凉亭里。一只狗,悄悄走近了,试探着要往亭子里走。它低头走几步,抬头看看他们,又靠近些,坐下了。这是一只最常见的黄狗,土狗,它耷拉着双耳,歪头看着他们。万风和伸手向它打招呼,黄狗嗖地跳起来,跑走了。这伸手的动作牵拉了他的腰,他哑地抽一口凉气,皱起了眉。璟然关切地看着他。他说,你看这狗,其实跟人很像啊。璟然眼里满是询问。万风和指指正在灌木边抬腿撒尿的狗说,女狗蹲着小便,男狗站着,只不过要拎起一条腿。璟然简直不知道他说的是什么。万风和说,它连内脏都跟我们差不多。

有一股臭味飘来，和花香混合了，是一种难言的味道。璟然皱起眉头，站起来朝远处看看说，我们走吧。

各种花香，走不几步，花香就会变换。幽远的记忆深处，河对岸金黄色的花香无声地飘来了，那时他正在地洞里读书。他只能看见那个挑水的姑娘窈窕的身姿，却看不清她的脸，他当时没有想到，他以后会遇到一个叫李璟然的同学。他勉力走得快一些，似乎在追寻什么，又似乎是在逃离。鼻息里有万般味道，但刚才那臭味，世俗的味道却如影随形。这也是人世的一种味道。在这种气味里，万风和握着璟然的手，感到分外踏实。璟然有点跟不上他，她说，你慢点好啵？再跑，狗要追过来了！

5

狗并没有追来。那是一只流浪狗。可它居然在梦中追来了。

它体毛糟乱，双目赤红，吐着猩红的舌头，狂追不舍。万风和拼命地跑，哈哧哈哧地大声喘息。他的心脏随着他的奔跑抖动得越发厉害，似乎要从口腔里蹦出来。转到灌木的拐弯处，他实在跑不动了，不得不站定，低下自己的身子。狗也站住了。它四爪抓地，伏低了身体，双目炯炯地注视着他。突然它两耳支棱一下，黄毛奓立，作出了前扑的姿态。万风和大惊，眼前一黑。在他迷离的视野里，那狗鲜血淋漓，它的五脏六腑全部暴露着，拖拖挂挂地披挂在它脊背上，但它已四爪腾空，飞翔起来，红色的内脏们组合成狗的形态，向万风和飞去……他大叫一声，醒了。

浑身大汗。

这一声叫喊并没有唤来任何人。此时正是深夜，走廊里的灯光提醒他,他并非居家,而是在住院。璟然在他的坚持下住到宾馆去了,毕竟病房里诸多不便。他动动自己的四肢,晃晃脑袋,索性坐了起来。他彻底清醒了,但梦中狗的内脏依然历历在目。他使劲喘着粗气,深呼吸,许久后才安静下来。

床头的呼叫灯亮着,万风和迟疑了一下,没有去按。

只要一按,就会有护士过来。但她们来了,他能说什么呢?说自己做了个满眼五脏六腑的梦,而且还是狗的内脏?这很滑稽。他觉得自己找到了这个怪梦的原因。在手术前的各种检查和沟通中,他不得不学习了很多闻所未闻、见所未见的医学知识。他找了熟人,礼数周到,医生也就格外耐心。他去的不是诊室而是医生办公室,墙角的一具人体骨骼让他悚然一惊。医生笑笑说,这可不是模型,是真的。医生指指另一边说,那个是模型,你不用怕。

那是一个人体上半身的模型。医生指点着,用指关节在上面敲击,发出橡胶或硅胶的声音。模型的前面被掀开了,人的内部赫然呈现在他面前。气管、食管、胃,淡红的肺、鲜红的心脏、深红的肝,赭色的升结肠、横结肠、降结肠,包围着灰色的小肠……医生一直微笑着,他的讲解有着职业的骄傲,甚至还带着点炫耀。璟然只看了一眼就出去了。万风和其实也受不了,他想起了他吃过的各种猪内脏,跟眼前的几乎完全相同,至少他这个外行看不出区别。他一阵反胃。但是他不能过于软弱,毕竟他,医生,璟然,天下所有人,肚子里都是这个样子,无一例外,而他的某个地方还出了问题,正等待修理。他保持着专注,目光里也带着询问。医生的双手搭在模型的肩上,灵巧地一转,模型转了个身,露出了后背。他摆弄了一下,居然把后背也掀开了。万风和看见了肾脏,像猪腰子。医生指向一个部位,他还没有开口,万风和就明白了:那是肾上腺，像是肾脏上一个俏皮的小黄帽。

万风和请教，我为什么会得这个病？医生略一沉吟道，焦虑、紧张或者长时间的情绪波动，都是致病因素，当然，也不能排除遗传。

实际上，医生后面的讲述更为重要，但他开始走神。他听得再明白也没有多大意义。人为刀俎我为鱼肉，他突然就想起了这句话。他身体出现了问题，只能由操刀者代为修理。那医生看出他的心不在焉，便拿起桌上的一个玻璃瓶说，这是病灶标本，你要取出的，大概也就是这个样子。

玻璃瓶里是酒精、福尔马林之类。一个指甲盖大小的东西漂浮在里面。万风和皱眉看了一眼。他多么希望瓶子里的东西就是他的，是已经痊愈的他正在观察自己切下的病灶。应该，难度应该不大吧？万风和最关心的是这个。医生说，没事，小手术。但是你必须戒烟。哪怕手术前暂时戒不了，手术后也要戒掉。

这时璟然轻轻推门进来了，她微笑着说，我听见了，你必须戒烟。万风和嗯了一声。医生接着说，这个手术如果说有一点小小的难度，就是肾上腺很娇嫩，一触碰，可能会导致肾上腺素飙升，立刻影响到血压和心脏，不过你放心，我们都有预案的。他看看璟然说，对了，公鸡的卵蛋你们见过吗？万风和一愣，想起小时候吃过，他点点头。

医生说，肾上腺的质地很像公鸡卵蛋，像豆腐。他觉得自己很幽默，呵呵笑起来。

璟然脸色惨白。医生说，你们放心吧，我做过两百多台了。万风和的脑子里很空旷，平地上有很多公鸡，带着它们的卵蛋在奔跑。手术前的那几天，他常常悄悄地抚摸自己的身体，尤其是左后腰那里。这里有病了，另一边据说还没有毛病。他不光有两个公鸡卵蛋一样的东西，还有心肝肾脾，它们装在他微微发福的肚子里，他带着它们四处奔波。劳累，舒坦，喜悦，吃喝玩乐或忧心劳神，他都带着它们。所有人都带着它们。大街上狼奔豕突的人们带着它们，灯红酒绿中的娇艳美女们也带着它们，讲台上侃侃而谈的教授和台下窃窃私语的学生都带着它们，公交车司机和满车的乘客也无一例外地带着它们。他们被装在同一个车厢里，唯一的区别是有的人生了病，而另一些人还是健康的。生了病的人有可能自己并不知道，他万风和就曾带着他生了病的肾上腺，开车奔波在公路上，直到突然失忆。

万风和没有想到，医生办公室里的那个模型，只是暂时消失，多年以后，它还会再一次闯入他的生活，以更为严重的方式。

这一次的手术只是一次彩排，一场预演。

6

万风和不敢再睡着了。他生怕那只全身披挂着五脏六腑的狗，再次闯入梦境。他仿佛滑动在冰面上，耳边微风习习，刚要陷入沉醉，立刻瞪大了眼睛，警惕着脚下的冰面，生怕掉进冰窟里。半梦半醒间，已是红日满窗。璟然拎着做好的饭菜来了。

保温桶打开了，很香，诱惑着他这个胃纳不佳的病人。她的额前沁出微汗，一缕头发贴在眉毛上。这些天，璟然每天给他送病号饭，都是医院吃不到的。他曾把家里另一套住房的钥匙给她，邀她住进去，各方面方便一点。但璟然拒绝了，她说没那么复杂，也就是买菜做饭。

万风和知道她不接钥匙，是因为不想介入他的生活：既不询问他此前的经历，也不愿贸然切入他今后的生活。他们暌违已久，告别时还是翩然少年，再见时人已中年。璟然染着栗色头发，很好看，在她欠身摆下他的早饭时，他陡然看见，她发缝里长出了新的发根，居然露出了几根白发。仿佛是陪他的这十几天，她就又老了些。弹指红颜老，刹那芳华逝。他自己这一两年也是墨里藏针了。

万风和的妻子打来了电话。是一些业务上的事，不得不沟通了。杜衡并不知道他在住院，他严令下属们不要告诉她。他们十天半月不联系并不罕见，他只是惦念儿子。儿子十岁了，虽然万风和也想他，但儿子的声音从手机里传来时，他还是装作一切如常地应付过去了。儿子没必要知道他生病，况且他身边还有个"阿姨"，他只说爸爸在外地开会，叫他要乖。

他生病了，他的家庭运行了这么多年，其实也病了。身体能修理好，家庭可就难说。他们并未发生以"离婚"这两个字终止的旷日持久的争吵，并正式分居——这倒没有。他们只是各自都忙，而且各有住房，彼此间发生了问题他们就会分开住；因为杜衡的父母就在本市，即便不吵架，杜衡也常去父母家住上一阵子。他接杜衡电话时，璟然刚巧不在身边；儿子的声音从那边传来时，璟然正来到病房门口，她站住，然后脚步声又离去了。

他们带着各自的经历重逢，身后都拖着淡淡的影子。万风和真正牵挂的是儿子，忍不住看着手机上儿子的照片，脸上露出了父亲的微笑。璟然进门时他已把手机放下了，但脸上的笑容依然残留。毕竟是女人，璟然忍不住问，想儿子了是不是？万风和老实承认。璟然说，我可不可以看看？

第一章

他把手机递了过去。

现在的孩子发育早,十岁的儿子已经有点小伙子的样子了。璟然看着手机,他看着端详手机的璟然。璟然抬头看看他,他以为璟然会说,跟你上大学的时候有点像,可璟然却微笑着说,嗯,比你好看多了。

这是一句通常的话,他当时也是这么听进去的。但后来,过了些日子,他却总觉得这话有点不对。璟然当时还补充道,跟你会越长越像的,你大学那个样子,嘻嘻。她笑着还回了手机。

正是这只手机,让他们有了现在的单独相处,这令他心中隐然一惊,对璟然看着儿子照片说的话就没有太过留意。

这些天,他们的聊天零零碎碎,浮光掠影,事实上,可供他们共同追忆的往事还真不少,可要说有很多具体事实,或者有头有尾的故事,那也谈不上,毕竟他们做严格意义上的同学也只有一年,后面三年,很多课都分开了。那些陈年往事,一鳞半爪的,像电影的素材,还不能连成一部故事片。那一堆素材闪烁着胶片的光泽,晃动在他们脑子里,散发着陈旧的同时又青春的气息。

他说,现在人都不写信了。那时候我给大家送信,每次到收发室看到没有自己的信,就很失望。

璟然愣了一下,似乎感到有些突兀。她说你在怀念收信写信啊,她微笑道,自从有了手机,真没什么人写信了,以前家书抵万金,现在每分钟几毛钱,那种仪式感全没了。万风和说是的。璟然吃吃笑道,你想写信,邮局现在还有这项业务呀。

万风和笑笑。他其实是在怀念大学时他负责年级送信的时光。她伸手接过信的时候,也只是浅笑着说声谢谢,可他实在是喜欢她接过信转身离去的那个样子。她的信多,对此他无可奈何,但他希望她的信不要一齐来，分着来，这样就能增加与她接触的机会。他有时会留下她的一封信，第二天再给她。她把信塞进书包，并不急着打开看，追上女同学，嘻嘻哈哈地一起走远了。他觉得她这个时候的表情是有点夸张的，就是说，比她平时的稳重举止要活泼得多，似乎要用她的亲热安慰那些没有接到信的女伴。是不是这样呢？他不需要现在再来向她确认，他觉得就是的。

璟然稳重，还有点神秘。那时电影《庐山恋》风靡全国，女主角张瑜换了四十三套衣服。大学里的颜色也陡然丰富起来。男生们条件好些的都弄了套西装，温州小贩悄悄敲开宿舍门，旅行包一拉开，里面花花绿绿的全是领带，像是一包花蛇，于是有西服的男生人人都配一条拉链领带。外语系的女生得风气之先，也开始时髦起来。但璟然却不跟风，她的衣着很中性，除了衣领上多点花样，还不如男生的西装领带洋气。她连裙子都很少穿。

那时的万风和还不会看女人，只会看脸，也在意身材，但他还不具备透过衣着洞察女人身材的能力。璟然骨肉停匀，白皙秀丽，眼神清澈，长眉入鬓。她眉毛比一般女生要长，她的长眉恰当地扩大了她的眼睛。有一天万风和突然疑惑起来，他不知道她究竟是单眼皮还是双眼皮，后来终于确认，是双的，她低头看书的时候，双得尤其明显。他痴迷于她那双变幻莫测的眼睛，为了看清她看书时的眼睛，他尽量争取坐得离她近一点。

运动场上，璟然显示出她的与众不同。她身姿矫健，像个男生，甚至远非农村来的男生可比。万风和也喜欢运动，他看着其他女生跑步打球那种拖泥带水的样子，会觉得那些女生一定很会生孩子，只有璟然，英姿飒爽，动作潇洒。那时的大学校园，集体活动真多啊，女生们甚至还会去打篮球、打排球。男生有比赛，女生会去看；女生有比赛，男生也会去加油，很多爱情由此生发。万风和有段时间脚崴了，一场男女生混杂组队的排球赛他不能上场。场上的璟然脸红扑扑的，她脱下了厚运动衣，跑到场边，万风和立即伸出手，但璟然笑笑，直接把衣服扔到了场边的地上。万风和的脸腾地红了。璟然的蓝色运动衣就在他脚下，周围的人呐喊着，欢笑着，又蹦又跳，万风和不敢乱动脚步，似乎是站在暗香悠然的花丛边上。他皱着眉弯下腰，她的衣服近在咫尺，伸手可及，但他摸摸自己的脚，嗞嗞地抽着气，似乎在说他的脚疼。

想到这里，万风和的脸上漾出了笑意。他说，我问你个问题。

璟然说，什么？

一封本地的信，如果就是寄往本地，邮局是不是就不绕圈子了，直接投递？

璟然皱着眉头，一时听不懂，却突然脸红了，这说明她听懂了，或许还透露出，她距离大学时的那些往事并不遥远。她的脸上漾出了微笑，说，我哪知道这个？我倒知道邮局的人会把这种事当个笑话，说不定还集体研究哩。

万风和鼓起勇气说，毕业的时候，你肯定把收到的信都扔了吧？见她不答话，又说，我以为毕业送别的时候，你会在站台上把那些信还给我。

璟然笑而不语。她的意思是，那些信她至今还保存着吗？万风和心里慌乱起来，心脏都有些激动。他假装看着窗外，只敢用眼睛的余光看她。璟然也转过身子，朝窗外看。蝉鸣已经很稀疏了，孤零零的没有呼应，只有一只孤蝉在林间鸣叫，有了长短，有了断续，如故事的碎片在空中飞来飞去。

沉默间，医生和护士进来了。这是例行查房。医生告诉他，可以出院了，如果不急，保险点，等两天也可以。万风和当然知道这种病房很贵，医院并不急着催他出院。他也不急。想到出去后他又要陷入繁杂的日子里去，想到璟然就将离开，他对医院竟有些不舍。璟然跟上医生，询问出院的手续。万风和让她不用烦心，这些事他公司的人会来办。

他头脑里还在想着当年他写的信。有两封信是邮寄的，他故意避开自己通常的字体，写好收件地址和收件人，捏造了个寄件地址，投到了街头的邮筒里。他从收发室拿到信，一眼就看见了自己的字迹，戴着面具的自己。信是他亲手封好的，现在多了两个邮戳，像古怪的爱情印记。他简直没有勇气亲手把信交给璟然。他回避了这一幕，混在女生们的其他信中，塞给了她同宿舍的女生。

那时的爱情就是这样的，至少他万风和的爱情就是如此羞怯。那两封信投进邮筒后，一封两天后才回到他手上，另一封居然过了四天。好慢啊，蜗牛如果认识路，也早该爬回来了。但收到信的璟然，却没有任何异样。他故意在她面前晃悠，试图引起她的注意，但她平静如水。他不敢当面询问她，非常担心其他女生识破了他的伎俩，甚至私拆他的信。那将是个可怕的笑话，万幸这显然不是事实，女生们也完全没有异常。第三封信万风和决定不再舍近求远去邮寄了。他把自己写的信摆在其他来信上面，递给了她，深深地看了她一眼。璟然目光闪烁，视线射向别处。他顿时心里透亮：前面两封通过邮路的信，她是读过了的。

早已不记得那三封信里他说了些什么。只记得，称呼是反复犹豫了的，开始是李璟然同学，后来是璟然同学，最后一封就直呼璟然了。可这三种称呼都没有唤来她的回应。

想起这些，万风和脸上不由得露出了沮丧的表情。璟然存心换个话题，忽然问，你现在还运动吗？我是说，你现在还坚持锻炼吗？

万风和一愣，说没有。整天瞎忙。出去后我要锻炼了，这回可把我吓得不轻。你呢？你这身材，一看就是保持运动的。

璟然说，也没有。偶尔还打打球。

什么球？

璟然站起身，扬手挥臂做了个挥拍扣球的姿势。她是羽毛球高手。这是一项小众运动，农村来的同学，顶多会打篮球、乒乓球。那时的男足和女排很热，但门槛不低，大学生们基本只有聚在大教室的电视前呐喊加油的份儿，万风和学着踢足球，半场没过就把脚崴了，拐了一学期才好。看到别人站在排球网两边打羽毛球，他跃跃欲试，捡起地上的球拍也去凑热闹，可他马上发现这跟乒乓球完全就不是一回事。对方轻描淡写地挥挥拍子，就把他调动得东跑西奔，气喘如牛。璟然打球的姿势非常好看，羽毛球飞来，她高高跃起，那扣杀的姿势如一张饱满的弓。这样的瞬间像电影慢镜头，会在他脑子里多次回放。他仰视羽毛球，不是羽毛球高级，而是因为璟然打得潇洒漂亮，而他自己不会。万风和其实也算是运动好手，他拿过校运会标枪冠军，但其实是小时候投石头比远和在河边打水漂留下的底子，跟羽毛球无法相比。他在学校时就听说，李璟然有家传，她的表哥是全国羽毛球三大天王之首，那个天王英俊潇洒，照片经常出现在体育版头条上。璟然眉眼间还真跟那个天王有点像。天王早已退役，不知所踪，大概现在也有了小肚腩，而璟然此刻正坐在他的面前。可怕的时光啊。万风和摸摸自己微凸的小肚子，拍拍，没想到后腰上却一阵刺痛。他哼了一声。璟然走过来，关切地看着他。他说,没事,好在我没用力拍,早饭差点从后腰崩出来。

这有点像是撒娇了。璟然嗔了他一眼道,我们说好了,以后,都坚持锻炼。万凤和点头。这时,万凤和想起了空旷的体育场边的那栋小楼。那一幕,是万凤和的初恋终止符。

7

其实,只是单恋。

收到万凤和来信的璟然,浑若无事,但她显然回避着他们可能的正面接触。万凤和感觉到,璟然的目光躲着他,似乎他的目光是电弧,她会被灼伤。如果没有那个夜晚,万凤和的信肯定不止那三封,他会一直写下去。他不会只是写,甚至还会想出各种办法来试探她的反应。虽然璟然迎面遇到他时会稍稍撇开一点,或者立即转脸跟别人打招呼,但是,他难道就不能大胆地迎上去,甚至追过去吗?他爱着她,骨子里也不乏勇敢。可他的勇气还只在想象和自我鼓励中酝酿时,他们却在一个完全意想不到的场所相遇了。

他很幸运地找到了一个晚自习的地方,没想到他们竟不期而遇,简直是短兵相接。面对面,别无他人。

学子云集的校园,条件还是简陋的。几乎所有能晚自习的场所,包括宿舍,都是十点准时熄灯,路灯和宿舍的走廊灯都是珍贵的光源。图书馆因为晚上十一点才熄灯,一座难觅,为了座位甚至还有打架的。万凤和从已经熄灯的教室来到图书馆阶梯教室,没看见一个空座位。他继续往前找,一排排向下。顶上整齐排列的日光灯坏了好几个,一黑一亮,嗡嗡的,灯光闪烁,他仿佛走在奔驰的列车里。

他没有找到座位，回宿舍却又睡不着，路过体育场，索性去跑两圈。巨大的夜幕下，体育场黑沉沉的，但体育系办公楼还亮着灯！他心中一亮，第二天体育课，他悄悄找了体育老师。肖老师呵呵一笑，下课时就把钥匙给他了。

万风和大喜过望。晚饭后，他背着书包，悄悄往体育场走去。记得也是这个季节，蝉鸣在高处，身边的灌木里百虫吟唱。沿着运动场的围栏，他拐进一个小院子，院子里只有一栋三层小楼。楼下的小路不很黑，二楼有窗户亮着。他上了楼，走廊里灯光昏暗，他摸出了钥匙。这是慈祥的肖老师对自己的特别照顾，万风和心里涌起一丝感动。肖老师告诉过他是203，他看见了门号，又按次序数一下，确认就是这一间。伸出钥匙正要开门，突然停住了手。他看到了门缝处射出一道细长的灯光。难道有人？他定定神，确认就是这一间。

里面肯定有人。万风和听到了里面细微的动静，门缝处的光线闪动了一下，有人在动作。他不敢贸然开门。问，里面有人吗？没人回答。万风和抬手在门上敲了敲。他听到了椅子移动的声音。里面有女声问，你谁？

不知为什么，他竟有一点慌张，好像正在做着什么坏事。他应了一句，我是万风和，外语系的。里面安静了片刻，远处的跑道上有人在跑步，幽远的足音使得时间分外漫长。突然门开了。是呼啦一声就拉开，极快。陡然的明亮逼得万风和整个脸都皱了起来。他看到一个逆光的人影。

他没有想到会是璟然。倒是璟然先出声，真是你。

是是，是我。两个人似乎都受了惊吓。万风和真被吓得不轻。

他像是个图谋不轨的歹徒，或者是个小偷，被抓了个现行。为了证明自己来路正大，他举起手里的钥匙说，我是来看书的。万风和看到璟然手上抓着一支钢笔，不是捏着，是抓着；笔帽已经脱去，她像抓匕首那样抓着。她把钢笔当成了武器。她身后的桌上，书还摊在台灯下。她没有说话，站在门口不动。万风和哪里见过这个阵势，他倒不是怕，是尴尬，手足无措，几乎连话都不会说了。璟然似乎松弛了些，还笑了一下，身子略侧一侧，但也不像是让他进去。万风和强装坦然，后退两步，摆摆手说，你看书吧。就走了。

这个场面诡异而滑稽。万风和听到璟然立即就关上了门，似乎再开过一下，又关上了。他在楼下徘徊良久，倒不是他幻想着璟然再喊他上去，而是，他脑子乱糟糟的，一时间觉得无处可去。事后他曾在心里多次嘲笑过自己：你不是想问她读过信没有吗？你不是还想在僻静处追着问她一下吗？她出来了，站在你面前，只有你们两个人，你怎么连话都不会说了？

这是真正的落荒而逃。他小时候看战争电影时学会的那些形容敌人狼狈逃跑的词——溃不成军、丢盔弃甲、抱头鼠窜、连滚带爬、屁滚尿流，通通可以用在他的那个夜晚。那真是一败涂地，如落花流水。落花流水春去也。

实际上两个人都很紧张。璟然手里抓着的那支可以直取对方眼睛的钢笔，想必也一直在抖。这次猝不及防的相遇，突然终止了他们可能的校园爱情。

他们没有向任何人泄露那个夜晚的一幕，彼此间也心照不宣。渐渐地，他们的目光也坦然了，明亮了，如正午的阳光，丝毫不掺杂晦暗的夜色。他们的青涩中断了他们另一种可能：如果万风和老练一点,如果璟然不是那么害怕,他们本可以在一个办公室自习。

那么僻静,那么温馨,是他的地洞,是他们两个人的天地。那才是真正的同窗共读。果真如此,他们或许就会一直爱,爱到现在。爱到老。

但从此他们只像普通同学那样相处,直到毕业。万风和多次到上海出差,但他没有联系过当地的任何一个同学,根子恐怕还是不想她也被他们唤来。他躺在上海宾馆的床上想:她这会儿在做什么呢?

璟然不在他的视野里,却在他的心里。

眼前的璟然确实有了变化,她没有像他这样,需要到医院来修理一下,却也有了风霜之色,至少,她的内双的眼睛已经变成了一双标准的双眼皮,不过还是好看。眉毛还是比一般人略长,但已不像以前那样微微上挑。可怕的地球引力啊,它没有放过任何一个人。英姿飒爽的璟然现在成了一个风韵犹存的清秀女人,不过下巴依然尖削,没有出现双下巴,动作也依然麻利。她去办出院手续,公司的秘书只做个帮手。她出了门,万风和把她喊回来,从床头柜上拿起自己的派克金笔,让她用这个,医院的不干净。璟然喊一声不接。万风和说,我想问你一个事,他装得很郑重,其实有点扭捏,他说,你怎么学会把钢笔当武器的?嗯?就是那年在体育系。璟然一怔,脸红了,什么钢笔?我不记得!万风和学着她当年的样子,旋下笔帽,抓着钢笔比画着说,你就这样。璟然一把抓过钢笔,转身就走了,连笔帽都没要。

万风和苦笑一下,躺了下来。事后他不再提起这个话题,但言语间总流露出对大学生活的遗憾。心中耿耿是难免的。有些事,过去了就不能再来。想起往事,病后的万风和不免有点意兴萧索。倒是璟然的一句话，让他想起了他在选择语种时的遗憾。璟然说，你明不明白呢？我们并不是真同学，我们是假同学——我可是英语专业的！万凤和一震，叹气道，是的，我没能学英语。

即使他万凤和曾天天钻在地洞里背单词，他高考英语还是没过70分，只能读俄语。

那个令人羞愧难以启齿的体育系之夜后，他被分到了俄语系，从此，大部分课程他将不再和璟然一起上，他居然感到了一丝释然。他再也不用担心上课被老师提问出丑了，再也不用为了听课是离她近一点还是远一些纠结了。俄语怎么就不好了？老大哥哩。他看过电影《列宁在十月》，读过奥斯特洛夫斯基的《钢铁是怎样炼成的》和高尔基的自传三部曲，后来还知道了"别车杜"，虽然最后那个"杜"有点拗口，不好记，但其他两个都是"斯基"。"斯基"们是亲切的。

ABC从此成了他的"二外"。万凤和从零开始学习 А Б В，他学得兴致勃勃。那古怪的发音，让他忍俊不禁，他觉得有趣极了。作为"二外"的英语，他学得很不经心。俄语专业毕业后他继续读研，导师是杜老师。杜老师俄语极好，早年留苏，被学生们私下里叫成杜斯基。可研究生刚读完，一夜之间，俄语还在，苏联没有了，变成了俄罗斯。

当时还年轻，万凤和还不能真正领会分到俄语专业对他一生的影响，但万凤和的处境开始有点尴尬。他担任杜老师的助教，可是选课的学生越来越少，科研和论文的机会也很难找到。他的职称当然也胶着了，讲师还好说，但副教授已成为一个遥不可及的梦想。

不是所有人都目光如炬，拥有强大的预见力。

万凤和还不至于无课可上，也还有不少外系的，尤其是理工科的学生选了俄语课。多年以后,这些学生遇到他们的万老师,得知万老师早已从大学辞职,他们会叹口气,说他们事业受挫,一直不能写英文论文,连SCI(科学引文索引)论文都要找英文好的人帮忙,就是因为当年学错了外语,这搞得万风和很内疚,好像自己就是罪魁祸首。幸亏还有个学生说,他倒还沾了俄语的光,俄罗斯油画,列维坦、卡尔·布留洛夫、伊万·艾瓦佐夫斯基,大师一串串,都很厉害的。万风和连忙说,我知道列宾,《伏尔加河上的纤夫》。那学生眉飞色舞,说大师的搞不到,但厉害的成把抓,价廉物美,升值机会大大的!他的话不但帮尴尬的万风和缓颊,还启发了他,打开了他的思路。万风和后来辞了职,正四处乱闯,偶然想起学生的这番话,简直如拨云见日。他此后的闯荡少了一份盲目,学会了利用自身的优势,在无数的路中找到适合自己的路。那个到俄罗斯收画的学生不是一般人,万风和曾和他一起到宜兴去买紫砂壶。别人都花心思使劲砍价,只有那学生基本不还价,看中了就拍板,唯一的要求是要卖家把制作师请来,他要和制作师一起托着壶,拍照留影;制作师不来,再便宜他也不买——这才是真正的精明啊,万风和从他身上悟到了不少东西。这也算是学俄语给他带来的收获之一吧。

8

学俄语还给万风和带来了婚姻。

他学得很用功。那时候,除了极少数极聪明也极调皮的,哪个不在埋头读书?读书的机会太难得了,此前有十年都没有高考,国家变化了,他们才获得这个机会。没有人只想混个文凭。读俄语的当然也用功，况且，他们本科毕业时苏联还在。

万风和差不多是读得最好的。研究生毕业后他留校了。没想到留校还有个好处：他不必大动干戈地搬家，也不会有离别校园的痛感；他只要把日常用品从研究生宿舍搬到教师宿舍即可，用自行车就可以了。他还生活在原来的校园里，从学生变成了教师。

报到的手续也很方便。他到人事处，一进门就看到几个老太太在里面。她们显然不是工作人员，工作人员都坐着，她们站着，一副兴致勃勃的样子。她们在翻看一摞表格，这种表格万风和手上也有一张，上面有他的照片。见来了一个小伙子，她们都不看表格了，饶有兴趣地看他，搞得万风和很不好意思。后来他知道了，这些都是老教师的夫人，她们都有个女儿，于是利用得天独厚的优势，在来报到的青年教师中挑女婿。那些夫人里肯定没有杜衡的妈妈，因为她，当然还有杜斯基老师，已经看中了万风和。

万风和早就感觉到杜老师对自己的好。本科期间杜老师让他做课代表，平日的言语间也流露出对他的偏爱。到了研究生阶段，杜老师的指点更是细致而耐心，不但把自己的俄语原版书拿给万风和看，还请万风和去家里做客，留过几回饭。杜老师还保有一点老师的端严，师母却只像个母亲，把荤菜直往他碗里夹。这显然超出了一般的师生关系了，但毛头小伙子万风和却丝毫不解其中之意。饭后他们正坐着闲聊，只听得楼梯上一串干净利落的脚步声，随着门锁一响，有人进来了，一个清脆的声音问，来客人啦？她边换鞋边说，有好吃的也不等等我！万风和局促地站起来。杜衡一愣，朝他笑笑，伸头看看桌上，摇摇头，笑嘻嘻地进自己房间去了。

这就是他们第一次见面。

杜衡在另一所大学读中文。她个子很高，身材高挑，面若银盘,落落大方,倒另有一番风情。她没有在家吃饭,听到外面收拾碗筷的声音,竟出来拦着她妈妈,自己去把碗碟洗掉了。这给万风和留下了深刻的印象。

可万风和并没有多想。他还滞留在与璟然业已杳然的关系当中,暂时想不到另外的感情。他感觉到了杜老师的另眼相看,但他以为这是因为自己学业好。哪个导师对自己的研究生不好呢?

他甚至不知道,自己留校也是杜老师据理力争的结果。虽然俄语那时已经趋冷,但是不是就此一蹶不振,谁也说不准,资深的杜教授提出他必须要一个助手,一个接班人,学校没有理由反对。这些都是万风和后来才知道的。他当时懵里懵懂,只觉得自己当了大学教师,比起当中学教师的父亲,总算是一种家道中兴。他当助教,还做班主任,兴头十足。早晨他带着学生们晨跑,朝阳初升,晨风拂面,他身轻如燕。跑过体育场边的小楼,他不由得慢下了脚步,停了下来。他百感交集。

天天跑,慢慢也就习惯了。那绿树掩映的小楼,渐渐地近了,又慢慢地远了。晨曦中,它是那么清晰,它似乎从未沉没进夜色。又仿佛,璟然抓着钢笔与他四目相对的场景,就发生在昨晚。

杜老师很关照他,他得到了越来越多上讲台的机会。但显而易见,他的专业有了点日薄西山的味道,连选了课的学生都开始逃课,教室的冷落让他的心也开始变冷。这时候,些许的温暖就特别珍贵。他跟杜老师走得越来越近,跟杜衡,也慢慢熟稔了。

他们彼此并不了解,直到结婚都算不得有多了解。真正的了解是结婚后,柴米油盐,酸甜苦辣,这才是性格的有效试剂。他们的恋爱,或者说结婚前的相处,跟所有人差不多,看电影,郊游,轧马路,间或去杜老师家里,杜衡也去过一回万风和的老家。与众不同的是，岳父就是他的导师。因为老家在外地，万凤和产生了一种入赘的感觉。这种感觉很不好，但只是一种感觉，名义上确实不是的。

杜老师话不多，脾气无可救药地好，家里是两个女人做主。做主的都有两个人了，万凤和自然也说不上话。岳母在图书馆工作，她习惯于整理，基本上按照图书馆通行的"中图法"来持家。家中一切物品都井井有条，也死气沉沉；家里的事情尤其是大事，当然也按部就班。她有计划性，也有预见性，女儿即将大学毕业，婚事是最大的事，她当然会未雨绸缪。她很理解那些跑到人事处翻检新教师档案的女人，但又讥笑她们不上档次。

值得庆幸的是，丈夫的学生里适逢其时地出现了这个小伙子——她从众多图书里找到一本书，把它拎出来，插到了它本当的位置，这不是缘分是什么？结婚后，万凤和也逐渐明白了自己就是一本书，书借给谁，甚至给谁偷去据为己有，书自己不能做主。但是这本书内容丰富、含混、飘忽，书名根本不能概括它的内容。婚前婚后的那一段日子，万凤和内心纷乱，并不知道自己想要的是什么。还有什么。

他结婚了。婚房安排在杜衡家。这一点也别无选择。一切都是匮乏的，杜斯基是教授，但教授也就是个教师，他没有能力为女婿搞到房子，只是家里可以腾出一间。这样的格局自然而完满，除了万凤和，其他人都满意。一个女婿半个儿，住在自家就约等于一整个儿子。如此一来，万凤和的身份就复杂了，他是学生，是助教，是女婿，也是儿子，眉毛胡子一把抓了。常常是，万凤和白天帮杜老师印讲义、批作业、去图书馆借书，借书还要遇到岳母；他拿了书刚要走，岳母却又喊住他，说家里煤气用光了，要他晚饭前去换煤气罐。他年轻，从不惜力，他把煤气罐扛下五楼，挂在自行车后面，咣当咣当地骑在路上，他突然想，他没结婚之前，杜家的煤气是怎么换的呢？不由又想起了复习考大学时的那段日子，他每周都要帮母亲做蜂窝煤，他从河边挖来泥巴，加水与碎煤混匀了，装进铁模子敲。现在应该是父亲在干这活儿。他想他应该告诉父亲，他也可以喊个学生去帮忙。

这些也不是什么大事，他都能适应。万风和知道一句话：上善若水，随物赋形。水装到什么容器里就是什么形状。婚姻就是适应。婚姻至少让他在这个城市里有了个家。

日子可以就这么过下去，但外面的世界变化太快了。那是20世纪90年代中期，整个地球都在变化。连学校里的专业板块都在调整，出了个MBA，据说叫工商管理硕士，万风和不会去读它，但它的红火灼痛了他。商业，经济，这才是时代热点。学校里有人改行，换个专业继续深造；还有人调离了学校，去了三资企业；最决绝的是索性辞职，下海经商去了。万风和彷徨四顾，心中迷茫。

杜衡在报社工作。是一家党报的附属晚报，发行量百万份。她跑文化口，整天忙得不可开交，除了车马费，有时还拉一点广告，收入远超他这个助教。她倒没有借此压人，但万风和自己感到惭愧。这并没有成为他们家庭的不安定因素，但万风和感觉到妻子说话行事越来越风风火火了，她赶稿子一挥而就，出差说走就走，不知道她在报社是个什么姿态，但她接起电话来，口气果决明快，虽还不是领导，却大有领导的气派。他有一次调笑说，他发现杜衡有哥萨克风格，身为俄语教授女儿和俄语助教妻子的她居然一时没听懂。明白过来后，也没有发脾气，却反问万风和，你觉得女人应该什么样？林黛玉吗？安娜·卡列尼娜？还是爱玛？

安娜·卡列尼娜，万凤和当然知道，毕竟他读的是俄语，爱玛他却一时反应不过来。他承认，杜衡就是杜衡，是她自己。她也是他老婆，他从她身上第一次深入地了解了女人，还有男人和女人的那些秘密。在婚姻的初期，这是惊心动魄的，一切都新奇而有趣，简直乐此不疲。但没几年他们都倦怠了。他曾经觉得这种倦怠是一种必然，但他后来终于明白，他们间的倦怠来得太早了些。她还没有怀孕，他们还没有生孩子，他们就淡了，这并不寻常。后来，他接触过其他女人，有了对比，终于明白他们不该那么快就淡了的。他们只是对对方淡了，他们各自的身体和精神都还年轻。对男女之事的热情，从根本上说是源于自身，上天就是这样设计的，差不多是不死不休。但遇不到那个对的人，或者说你发现了对方不是那个对的人，你会很快心冷，心如槁木。

杜衡对她父母倒还顺从，有时甚至有点盲从，对丈夫则完全是个领导者，还是个强势的领导。丈夫穿什么衣服她要管，刚开始会给他安排好，后来懒得安排了，但是会嘲讽；对他轻微的家乡口音也会调笑，后来不调笑了，彼此间话却少了。总之她不是个好领导，就是说，她经常忽视下属的感受。在夫妻之事上，她起先当然是害羞的、被动的，慢慢地就主动了，掌握了引导权；自从怀孕到孩子出生，哪怕孩子已慢慢长大了，他们的夫妻之事还是少了。在性事上她主动弃权了。

问题当然是双方的，甚至是多方的。小夫妻起了争执，杜老师还能持平，有时也批评女儿几句；岳母顶多不说话，但脸色就是她的态度，她的话一出口，那就是旗帜鲜明了，总之是偏袒女儿。她一开口就刹不住嘴，连杜老师有时都看不下去，装出幽默，插科打诨地阻止她一下。她立即反戗，最后是老两口吵了起来。杜衡心疼父母,就继续指责丈夫,因为他是肇事者。这就是个一塌糊涂的局面了。

根子还在于居住的地方,太局促了。就两居室,再加一个小厅,一个厨房一个厕所。厕所很重要啊。万风和自己撒尿,哗哗的,他注意往便池的边上尿,减小声音。他还没从厕所出来,岳母已等在外面了,他忙不迭地用纸把便池边擦干净。他人出来了,耳朵却遗落在厕所里,那声音,那味道!杜衡上厕所,好久没出来,万风和悄悄去把半开的厕所拉门关严了。

这就是人,谁也不能说自己是香的。这个时候,他有时会想起璟然。突然想起他的第三封信是一首诗,具体文字不太记得了,只记得里面有两个"啊"。他通过杜衡了解了女人,但却突然想起了璟然。

都是女人。一样吗?

男人和女人。那是无限神秘的,也是简单至极的;是乐趣无穷的,也是乏味无聊的;是无可逃遁的万有引力,却也令人畏惧避之不及。女人也是人,但却是女人。他漫长的人生道路上难免还会遇到不少女人,但那时万风和还想不到那么远。

结婚好几年了,万风和还处于迷茫和犹豫当中,杜衡则是毫不迷茫地忙碌着,他们都不急着要孩子。来自双方家长的压力是显然的,也是自然的,但既然他们两个达成了一致,所谓压力也无非是忍受一些唠叨,毕竟这件事还得他们自己来。反复的唠叨当然还是起了效果,他们不再坚持,随缘了。杜衡怀孕了,肚子慢慢变大,万风和一扫颓势,顿时感到自己有事可做了。他觉得重任在肩了。

一个暂时还看不见但摸得着的小生命让万风和兴致勃勃。杜衡怀孕的那段日子,万风和经常会陪她到校园里散步。杜衡的母校和万风和的校园相邻。那是一所被称为"东方最美校园"的学校,百鸟婉转,柳枝拂水。如此美景中,一对青年夫妇,女的挺着微凸的肚子,丈夫陪伴在侧亦步亦趋,路上的男女学生微笑着朝他们看,有的还驻足回望。一个男生对身边的女生说了什么,女生羞红了脸捅了他一拳。这是一幅和美的图景,多年以后,万风和还对这幅景象留恋不已,难以释怀。

他们往杜衡住过的女生宿舍区走去。袅袅婷婷的女生们来来往往,她们全都婀娜美丽,幽香细细。突然,万风和闻到了一阵臭气。很浓烈的味道。一辆白色的汽车正停在山脚的路边,地上被撬开了一个盖子,一根粗管伸在里面,车身嗡嗡着微微抖动。那根完了事的管子被拔了出来,黄黑色的液体从管口流出,洒在地上。万风和怔住了。至今他也不明白,环卫工人为什么要在那个时间作业,夜里不行吗?女生们快步掩鼻而过。她们尖声娇叫着,像是被扯下了衣服。万风和拽拽杜衡的手,意思是快走。杜衡像被吓着了,怔在那儿,捂着嘴干呕起来。

女生们早就跑远了,她们身上的淡淡幽香混在臭气里。环卫车开走了,地上残留的黄黑斑迹还赫然可见。

这很败兴。他们快步走到镜湖边才坐下来。万风和忙着照顾杜衡。他这时才似乎明白过来,刚才看到的是女生宿舍的化粪池。婀娜多姿的女生!真相被生生撕开,他的某种梦幻被确凿无疑地击碎了。他神不守舍,越想越觉得心乱如麻。不知道那些娇叫的女生是否想到了什么,她们走上社会后,会不会还记得这一幕。

身边的杜衡似乎已提前散发出一丝乳香。孩子。一种更为切实更为庸常的生活,迎面向他走来了。

孩子是他的另一个梦。儿子出生后,他曾带着妻小去过老家。

他悄悄避开众人，想找到那个他曾独自读书的地洞，他的秘密花园。那是冬天，百树凋敝，学校围墙边的灌木倒还苍翠，可是，那个他曾无数次出入的豁口被补上了，红砖和原本的青砖咬合着，只留有一道指头宽的参差墙缝。出不去了。透过缝隙，他只能看到那棵柳树，光秃秃的矮了一大截。依稀可见对岸的岛上长着麦苗，边上镶嵌着半人高的蚕豆。远处的三间瓦房依旧，但看不见人。油菜花和花丛中的姑娘，都消失不见了。

围墙上的缝隙延伸着，时宽时窄，万凤和找到一个合适的角度，看见了柳树的根部。原来那个地洞已经塌了，柳树整体下沉，落到了洞底。它像个老人，长矮了，柳丝也稀疏了，像中年男人硕果仅存的头发。他怔怔地站了一会儿，打消了从学校大门绕过去重访旧地的念头。

他带妻小回去时母亲已经过世了。但母亲终于还是在离世前通过电话听到了她孙子的啼哭。好不容易啊。一切的忍耐、争取和恳求都是值得的。他爱他的孩子。这是他和杜衡的婚姻能够持续至今的原因之一。万凤和做微创手术时，孩子已经三年级了。璟然看着他儿子照片时的那句无心之语，听时不经心，事后却惊心，时常在他耳边回旋，爆裂，如球状闪电。

璟然说，比你好看多了；她还说，跟你会越长越像的。

璟然只是随口一说，但他忘不掉。这是个问题。

第二章

9

万风和一出院,璟然就离开了。

他执意要送她,璟然推辞。她说,火车多方便,你以为还会像当年那样不断晚点吗?

可万风和觉得,他必须送她,而且要自己开车。璟然拗不过他,只能同意,但要求必须带上司机。万风和的腰也真不能承受长途驾驶,实际上,开了不到一个小时,他就把车速降了下来,拐上一个盘旋的匝道,在省道边停下了。

万风和下车,看了看璟然。璟然笑笑也下了车,她无可奈何地摇摇头,像看着一个任性的孩子。司机什么也不问,远远地走开,站在路边抽烟。万风和的手下意识地在口袋那里摸了一下,他这是摸烟。璟然按住他的手,摇了摇头。

从此,万风和彻底把烟戒掉了。

晚霞满天,太阳已不像一个月前那么热辣。风温暖而湿润,广阔的稻田被吹出波动的皱褶。有卡车经过,地面微微震颤,轻尘扬起,宛如金粉。万风和微笑着看着璟然。璟然扬起下巴,假装看不见,晚霞勾勒着她的脸。今天的时间稍早,夕阳依然亮彻天地。万风和捡起一片碎石,在手上掂量一下,刚要向远处的稻田扔出,一只手架到了他的手臂上,璟然又摇了摇头。万风和悻悻地扔下了。他突然觉得少了点什么,抬眼看天,一架飞机无声地出现在天幕上,机身闪着银光,像一把轻捷的剪刀,正试图划开天幕。这一切似乎是昨日重现,他唤来了璟然,而她即将离开。

突然觉得一阵心悸。那么多的话都无从开口。他看着璟然说,你救了我,是你救了我的命……半个暑假,你都在为我忙。

不要抒情。璟然竖起手指阻止他说下去,淡然微笑着,脸上是一副看不出表情的表情,当年她收到他的信却又像没读过一样,就是这种表情。

他们这是又一次告别,也许将是另一种开始。

云在飘,不知不觉间消散了,晚霞变成了均匀的夕阳。他们上车,司机乖巧地坐上了驾驶座。万风和放平座椅,半躺着,把她送回了上海。璟然倒是含笑说了声谢谢,但这两个字她是对司机说的。万风和当然知道用车送她有点多此一举,事后想起来,躺着送她有点悲壮,也带点矫情。可这是一种仪式,必要的仪式不能忽略。在出院前,他的腰部常常是胀痛和缺了一块的空洞感相交替,送走了璟然后,很奇怪的,胀痛消失了,腰间真像是被挖去一块。理智在嘲笑他,他只是去治了病,并没有什么器官被整个地摘去。

璟然与他的联系很稀疏。偶尔通个电话,时间也很短。他们好像都有意为对方留下空间。他们各自在自己的空间里凭吊、追忆,也有泛泛的展望,但是他们不商议,因为商议就有了合谋的意味。他们本能地回避着敏感的话题。

有无数的事务等待着万风和。他的公司左冲右突后,最后还是搞了文化,以出版业为主。他们确定选题、组织稿件,跟出版社合作,自己独立发行。他们有自己的发行渠道,俗称"二渠道",比主渠道手段更多，也更有效率。他已做了近十年，公司年码洋超过了一亿，回头看去，好不容易啊。看似如鱼得水，实则是迂回前行。他们做教辅，做少儿题材，做社科，做了多少书，数也数不清。在公司有了积累后，他也曾想做出真正的品牌来，甚至做出"某某大典"那样的传世之作，却发现弄不动，各方面都弄不动。总之他做了无数的书，除了挣了钱，他并没有什么成就感，倒是有一次，公司出版了一套母校的教材，他在上面看见了岳父的名字，这才让他有了一丝欣慰和得意。

儿子跟外公外婆很亲。当然，跟万凤和更亲。他曾经以为，这是血缘的力量。他喜欢儿子身上的奶香，而这种味道在杜衡身上只是奶腥味。儿子躺在襁褓里，除了吃奶，就是睡觉，万凤和急于和他交流，想跟他说话。万凤和站在摇篮前手舞足蹈，但儿子完全不为所动，像个植物；慢慢地，儿子有眼神了，会笑了，他会看着你，无来由地笑，咯咯出了声。万凤和把儿子摆在地板上，让他爬，自己趴在地上，作狗爬状，做示范动作，儿子却只会往后爬。儿子学站立却出乎意料地快，他和杜衡正在吃饭，儿子躺在床上。杜衡突然呀一下，指着床那边，万凤和扭过头去，儿子摇摇晃晃地站在了床上，扑通一声，摔到地上了！他刚学会站就跌了一跤，但他们并没有阻止他学走路。很快，随着天气渐热，身上穿得少了，轻装上阵，他说走就能走了。蹒跚摇晃，只能走几步，这倒给小夫妻带来了特别的乐趣，一个在儿子身后扶着，另一个在前面逗引，儿子摇摇晃晃走几步，正好扑到怀里。两人都愿意做那个儿子扑到怀里的人，万凤和会夸张地被儿子扑倒，搂着儿子在地上滚。开始上幼儿园了，儿子不肯去，早晨送去必哭，下午去接，他不管在玩什么喜欢的玩具，丢下来就往这边跑。你张开双臂蹲下，他立即扑进你的怀里,红扑扑的脸贴在你腮边。

儿子取名万杜松。这名字是多方博弈的结果。岳父岳母恨不得他就姓杜,万风和死活不肯。他不能辱没祖宗。万杜松虽姓了万,但杜家三人都只喊杜松。万风和对此无可奈何,杜松实在是太顺口了。慢慢地,杜松,过来;杜松,让爸爸亲一下——连他自己都喊杜松了。

杜衡是一味中药,杜松也是。杜家只有这么个独女,生个儿子要在名字里加个"杜"字,其情在理。

杜松说话不算早。会走路好几个月了,一周半了,才突然冒出了一声"爸爸",万风和的喉头突然哽住了。爷爷、父亲,到他万风和这里,这条线终于延续下来了。杜松出生时,万风和的父母都不在南京。那时母亲已经病重,从医院回家去了,等待最后的时刻。没有人向母亲泄露病情,但母亲不糊涂。她唯一牵挂的,是大儿媳肚子里的孩子。她似乎不在意男女,嘴上说,男孩女孩不是一样嘛,都是生一个,谁能保证就生男孩?甚至还说,都生男孩,老婆哪里来呢?弟媳先生了女儿,母亲就这样说过,但实际上,她在跟万风和通话时,开口闭口都是"我孙子"。她说,我精神蛮好,孙子的虎头鞋都做了好几双了,软底的、硬底的都有,会走路就要穿硬底的;她说,小裰裤马上就好,不能用纽扣,襻带我不会做,请人家做,要晚几天寄去。包裹寄来了,万风和差点流下泪来。他一看也就懂了:小衣服不用纽扣,是怕硌着孩子;三双小鞋子,软底硬底,从小到大摆在床上,等待着孙子长大。但这个马上就要做奶奶的人,很难见到自己的孙子了。病情已经很重,儿媳的预产期,差不多就是医生给出的她最后的时候。

一个生命在孕育,另一个生命正在枯萎。杜家所有的注意力都集中在杜衡身上，万风和心中纠缠着期待、痛苦和忐忑，他百感交集，五内如焚。杜衡倒保持着所谓的哥萨克风格，说话做事依然爽利，动作虽比平时慢一拍，但因为身量大，倒更显示出她在家庭中的巨大分量。孩子似乎也特别顽皮，总在肚子里翻转，经常胎位不正。她每天在床上跪两小时，万风和帮她用艾条熏肚脐。她抱怨万风和，说着说着还哭了，孩子体型偏大，胎位再不正，真不知道怎么生出来。

当然还是生下来了。而且也长大了。

万风和病愈后出院回家，万杜松早已等在家里，门一响，他扔下手里的任天堂游戏机，一头扑了过来，那冲击力像小牛犊子。万风和腰间一疼，一屁股坐在地上。杜松双手使劲，嗨一声，把他拉了起来。万风和悄悄皱皱眉，抱着他亲了一口。

这小子身坯子大，看样子上高中就会比万风和高。会的东西也不少，七岁时要学骑车，万风和给他买辆儿童自行车，跟在后面，扶、扳、喊，很快骑得有模有样了，只是不允许他骑车上学；看到别人玩轮滑，吵着也要，开始时只会蹲着用手加力，万风和盯着他目不转睛，晚上发现他十个手指竟然全磨破了，杜家三人少不得一阵责怪；学游泳时万风和陪着泡在泳池里，杜松很快就如鱼得水，姿势远比万风和标准，因为教练是退役的省游泳队运动员。学游泳是奶奶生前叮嘱过的，男孩，学会游水才保险。她可没想城里不是水乡，她也没能看见孙子游水的样子。万风和终究没能看到奶奶抚摸拥抱孙子的场面：粗糙的手摸着娇嫩的皮肤，苍老的脸紧贴着稚嫩的脸。

杜松出生才两天，万风和的母亲就去世了。如果不是剖腹产，母亲不可能通过电话听到她期待已久的婴儿啼哭，但她没有能看到褓褓中的孙子。万凤和跪在母亲灵床前，怀里揣着一张初生婴儿的照片。可以说母亲是安心离去的，最后她已神志不清，嗫嚅着，大致的意思是她没能照顾儿媳坐月子，那一瞬间，她的脸上竟满是惭愧。孩子太小，万凤和没有把万杜松带回去，他把母亲的照片带回了南京。

他无处安放母亲的镜框，因为这里毕竟是杜家。

这是一个遗憾。母亲几次陷入弥留的时候，杜衡的肚子还是没有动静。胎位不正，婴儿巨大，难以正常分娩。万凤和知道母亲的心事，知道她的期盼，他非常明确地表明了自己的意见：剖腹产。除了高考选文理科，他还从来没有如此明朗地表达过自己的意愿，而且，他连真正的原因都说出来了：奶奶希望看到自己的孙子。当然，对岳父岳母他强调的还是为了杜衡的安全，剖腹产，少受罪。杜衡没有答应。时时袭来的阵痛，间隔很长，有可能会持续许多天，病房的另一个产妇已经在这里住了十二天了。但杜衡体质好，她愿意再等等，医生说自然分娩对孩子好，也有利于产妇的恢复。频繁的阵痛终于开始了，她被送进了产房，但十八个小时过去，还是没能生出来。杜松似乎故意不肯降临人世。万凤和找了医生，偷偷进去看了一眼。杜衡披头散发，脸色惨白。万凤和眼中有千言万语。杜衡看了一眼万凤和，说，听你的，剖吧。说着眼角滑下了泪滴。

万凤和忘不了她眼角的泪水。他对杜衡充满感激。杜松出生后，他们磕磕碰碰，但每当矛盾激烈的时候，万凤和都会想起这一幕。虽然在当时的情形下剖腹可能已是唯一的选择，但万凤和记着她的情义。连此前那十八个小时的阵痛煎熬，万凤和都看作是剖腹产必要的前期准备。

生活如海，这就是定海神针；他们的家庭是一艘颠簸起伏的船，剖腹产这件事，就是压舱石。

产房区的门突然打开了，助产士大声说：31床生了！母子平安！他的眼泪夺眶而出。他央求助产士抱着孩子，到医生办公室打了个电话。是父亲接的，很快传来了母亲虚弱的声音。万风和说，男孩。父亲呵呵地笑，母亲在啜泣。

万风和对杜松疼爱有加。他的目光是慈父，还掺杂着祖母对孙子的怜爱。母亲一直在天上，看着儿子和孙子。杜松生下来时肉肉的一团，脸像个老头，背上还有很多黑毛，岳母告诉他，小孩子都是这样的，杜衡刚生下时背上也有毛。果然，杜松渐渐成形了，刚学会坐的时候，万风和最大的乐趣，就是让他坐在自己肚子上，两手虚扶着，跟他咿咿呀呀地说话。突然，杜松一个激灵，射出尿来，直喷在万风和身上、脸上。万风和身子一挺，想要起来，岳母立即喝道，别动！让他撒完！岳母说，小孩子撒尿不能被惊着，尿缩回去要生病的。

于是，万风和身上不但经常有尿，有时还有黄黄的屎渍。他一点不嫌脏。想起杜衡挺着肚子在她母校散步时看到的化粪池，那种难耐的熏臭，他觉得是在做梦。

杜衡的月子是她母亲伺候的。岳母也不容易，她亲手炖各种汤，逼着杜衡喝下去。杜衡本来极有主见，但大概有两个月，她完全失去了自主的权利。月子过后，母女俩的争执越来越多，万风和觉得她们最好还是分开，可他无奈地发现，仅凭他自己，不可能从学校要到哪怕一平米。最后还是岳父出面，他们才有了类似于后来常见的那种工地简易房。十二平米，有个厨房，但没有厕所。公共厕所在马路对面。他们终于算是有了自己独立的家。

条件简陋到极点。杜衡难免抱怨,大早晨要到马路对面去倒痰盂,她坚决不干,还经常带着杜松去她父母那里住几天。即便如此,万凤和对自己家庭的未来还是明确的,他从未觉得他们的婚姻会出现问题。孩子是他们婚姻的一道铁箍。

万凤和从来不是个先知先觉的人,他不会窥测风向,也不擅长闻风而动。因为有硕士学位垫底,他评上了讲师,后来还很幸运地分到了一套房子。这是最后的福利房,房子虽不大,但它是一个家。这有点粗茶淡饭安居乐业的样子了。那时,邓小平南方谈话的精神已经发表,他说:发展才是硬道理。不坚持社会主义,不改革开放,不发展经济,不改善人民生活,只能是死路一条。还有的话更加精彩:改革开放胆子要大一些,敢于试验,不能像小脚女人一样。看准了的,就大胆地试,大胆地闯!这些话虽然没有传达,但学校里有人在传。青年万凤和当时并没有觉到这些与自己有多大关系。国家形势左右摇摆着,拨正了航向,万凤和没有领会到这是一个新时代加速的开始。他没有想到要离开学校。他辞职,那又是几年之后了。

万凤和长相周正,身材颀长。儿子都满地跑了,学校里还有情报不准的人给他介绍对象。那些待字闺中的教授女儿里有前线歌舞团的演员,有医生护士,还有一个是电视台的女播音员,他在电视里见过。因为心里没鬼,他回去当个笑话说。黄昏时,他常常带着儿子在学校礼堂前的广场上嬉戏。这是岁月静好的实在生活。可万万没有想到,他居然生活在一个难堪的谎言里。

一直有人说杜松不像他。所有人都说得很艺术:比他爸爸漂亮!嘴甜的还会加一句:以后一定是个大帅哥!万凤和把这些话当成难免的人情世故。有一件事本可能会让他提前窥破真相,那就是验血。杜松学滑板,摔断了胳臂,要手术,可能还要打钢钉。验了血,A型。因为与万风和是一样的血型,这个可能的破绽就不存在了。

璟然说的也是类似的话。笑眯眯的无心之语,却引起了谐振。看似巍峨的雪山内部已起了细微的松动。远处传来闷雷,轰隆隆地震荡,突然在他的上方崩塌。万风和在睡梦中霍然坐起。

下雨了,天雷滚滚。一道闪电劈裂夜空,房子似乎都在摇晃。大雨如注,窗外一片混沌。无边的雨夜中,他的脑子里像是点了一盏灯,风吹不灭,雨打不熄。

那是明确的怀疑。

10

万风和只是被摘除了一个微小的有害病灶,但他的生活即将支离破碎。

疑心已生,潜滋暗长。万风和手足无措。记忆如云朵,如枪弹,或快或慢,他怎么也挡不住。他不得不翻检记忆,一块块,一缕缕,一滴滴。

问题是显而易见的,答案也有办法揭开。但割开皮肉,露出真相,他下不去手。他不跟任何人说这事,不跟杜衡说,也不跟岳父岳母说,更不能跟父亲说。他时常一个人喃喃自语,又心中一凛:天上的母亲可千万不能知道呀。她是在欣慰和满足中离世的,地上的纷扰不该再惊动她。

他也没有跟李璟然说。他不想让璟然产生失言的歉疚。真相也并不是因为她而显露的。公鸡不报晓,天也会亮的。这是他自己的事，是他与杜衡的事。

他的家现在很大，二百多平米的大平层，只住着他们三口和一个保姆。房子宽敞，杜松再会闹腾，满屋乱跑，也还显得空旷。杜衡娘家也换了大房子，杜衡两边住。万凤和在外面忙了一天回家，常常看不见他们母子。他在安静如死的家里四处转转，躺在客厅的摇椅上发愣，心里翻江倒海。

他面临着决断。这很难。比当年辞职更难。那是"下海"，是从窄小得展不开手脚的贫瘠小岛跳上远航的船，虽有风险，但远方有希望；现在呢，他如果揭开真相，那就是跳海，他虽然会水，就是说，虽然他有了某种心理准备，但面前的悬崖下怪石嶙峋，凶险莫测。

他也可以不向前迈出这一步的，但是，这似乎更难。他在《动物世界》里看过很多动物，它们对幼崽身上出现的异常气味极其敏感，往往痛下杀手。换大房子以前，他曾给杜松养过一只小兔子，是母兔，后来生了四只小兔子，杜松欢喜得不行，想起来就去逗逗，时不时还去摸摸，可母兔有一天突然把小兔子全吃了，嘴上血淋淋的。杜松吓得大哭。万凤和请教了行家，人家告诉他，是母兔在小兔子身上嗅到了人手的气味，不认它们了。这还是母兔，他万凤和可是个男人。

人也是动物，只不过鼻子没有动物灵敏，但他们会思考。据说人一思考上帝就发笑，万凤和现在是一动脑子，就欲哭无泪。

这个家过成现在这样，真是不容易啊。

当年他辞职，还有点懵里懵懂。那么大的事，稀里糊涂也就做下来了。他丢掉的不是铁饭碗，是金饭碗，是丢了金饭碗去讨饭！父亲是坚决不赞成的。在他看来，儿子要辞职下海，照他自己说是因为专业是俄语，但学俄语，追根究源就是因为他考大学不听话，考了文科。其实教俄语又怎么了？怎么着也能像他岳父，老了混个教授。但老子无法说服儿子，这是人间铁律，父亲无计可施。他就不知道，万凤和不是犟，其实只算是随潮逐浪。20 世纪 80 年代第一波经商潮，好多人就下了海，后来上面收了收，市场经济不怎么提了，治理整顿；90 年代后，更多的人投身商海，前一波辞职创业的，很多人已成了大老板。这是潮流，人只是大海中的船，万凤和更只是一叶扁舟，他难免眼红心热。他的职称早已固结，每月就几百块工资，即使评上副教授，顶多也就岳父这个样子。外面似乎遍地都是金子，万凤和终于心动了。

说起来，杜斯基那些学生的影响也不能忽略。是他们让万凤和心更乱了。

岳父的态度很微妙。他现在课很少，几乎是赋闲等待退休。他的历届学生着实不少，其中不乏官员大款，他们来拜望老师，带来了他们的权财传奇，杜老师心中不由得也死水微澜了。身为教授，他习惯于考别人，这次他考了自己一下。问题：如果万凤和是他儿子，如此局面下，会不会鼓励他出去闯一闯？答案是个钩儿：是。但万凤和毕竟只是女婿，所以他不宜明确表态，待万凤和已开始跃跃欲试时，他摸出一沓名片，往女婿面前一摆。万凤和拿起来，打扑克那样一拧：牌面上都是岳父的学生。弟子中的精英，全在这里了。

他们是人脉，也是榜样。

岳母和杜衡态度一致。她们鼓励万凤和下海。倒不见得是预感到他将会大展宏图，而是对他的现状极不满意。年纪轻轻，总不能就这样吧？况且，杜衡的收入那么高，她们很细心地替万凤和感到汗颜。

杜衡说，我肯定可以帮到你。

做文化，是别无选择的选择。除了这个，万风和不知道自己能做什么。文化是个筐，什么都可以往里装。开始他什么都做，抓到篮子里就是菜，有点没头苍蝇的意思。最局促的时候，他还给杜衡的报社拉过广告。那时的报纸有好几十版，拿到手像整本讲义，一多半都是广告。后来还是杜斯基消息灵通：学校的招待所搞不下去了，要承包。万风和就此真正起步了。

那时旅游的人还不多，招待所的客源主要是出差的人。学校的各种交流、研讨、评审一年到头不断，但招待所过于简陋，很多会议无法接待。万风和将招待所承包了下来。幸亏学校人事处办事拖沓，几年了都还没顾上他的辞职报告，他还来得及去改成"停薪留职"，于是他还是内部人员，学校这才有理由接下了他的承包"军令状"。就此，招待所变成了宾馆，再装修一下，那就升级换代了。

这是万风和的第一桶金。宾馆算不上火爆，但细水长流。说来他的运气也真好，2002年"非典"爆发，宾馆的承包合同刚好到期，他顺势就把第一桶金的那个"桶"丢开了。"非典"如鬼似魅，来无影去无踪，说走也就走了，但万风和并不遗憾后悔。他已经营过宾馆，在市场经济里摸爬滚打过，有经验，也有了垫底的资金，他很快就在图书上找到了更广阔的空间。他的公司越做越大，每年出版几百种书，已经相当于中等出版社的规模了。

万风和已经是华东区图书"二渠道"最大的"腕儿"之一了。他从来没想到把这个"之一"去掉。赶尽杀绝不是他的性格，他和其他几个同行处得也还好，公司间常常互换图书，以码洋相抵，毕竟各自的渠道并不完全重叠。万风和心里清楚得很：不要追求唯一，甚至也不追求最大。有饭大家吃，这才是人情之常。把别人搞掉，十有八九最后搞的是自己。

父亲饱经沧桑，多次来电话提醒万风和不要轻举妄言。在无法阻止儿子下海、木已成舟后又反复提醒儿子：不能贪心，适可而止；木秀于林风必摧之，堆高于岸流必湍之，出头的椽子先烂，千古不易；有毒的不吃，犯法的不做；凡事留一分，方能长远……为了加重分量，儿子不至于当耳旁风，这些话他都在信中说。那时通信其实是方便的，但他的亲笔信确实让万风和格外重视，常常在面临重大事务时产生座右铭的作用。

万风和走得很稳健。国家的趋势也红火兴旺。虽然中国人不怎么读书，但架不住人多啊。万分之一、百万分之一的人买你的书，印刷机都会印瘫掉；成年人没时间看书，他们为生活奔走，疲惫不堪，累得上下眼皮打架，累得捧不动书，却更真切地体会到"不要让孩子输在起跑线上"这句话是至理名言，简直如当头棒喝，他们吓得困意顿消，立即去检查孩子在不在做作业，教辅书上老师布置的题目做了没有。他们并不知道，那一大摞教辅读物，有一多半都是同一家公司出的，虽然挂的出版社名不一样，但出书的老板都是同一个人，他叫万风和。

"有毒的不吃，犯法的不做。"不知父亲出于什么考虑，这一句话，他居然是用毛笔写的。父亲的字很好，有启功体的味道，还用了印，自己的名章。毛笔、宣纸、名章，这已经不是信了，是一幅书法。万风和毕竟是读文科的，书读得不少，他知道赋比兴，这句话，"有毒的不吃"是虚晃一枪，重点是"犯法的不做"。但他做公司，若是完全按照条例法规，那简直不用做，因为没法做。市场那么复杂,总有些事是法规还没有考虑到的,国家也在试验,也在改革,也在"闯关"。他曾在饭桌上听到过一句话,说是所有赚大钱的门道,都在法律的禁止条文里写着。万风和悚然一惊,可面对那些利润巨大的灰色地带,万风和不可能完全做到不越雷池一步。父亲的这幅字,他端详许久,挂到了办公室的墙上。那时杜松还小,他看着爷爷的字,对万风和左问右问,还伸出小指头在父亲额头上点一下道,有毒的不吃!自己觉得有趣,嘻嘻笑个不停。万风和也笑,笑着笑着,却觉得这幅字并不适合挂在墙上。他收起来,把父亲的话摆在了心里,但他在脑子里改了一个字:犯罪的不做。

有趣的是,儿子的书包里,也有很多他们公司出的教辅书。杜松的家庭作业,一多半要在教辅书上完成。杜松鬼机灵,他说,老爸,我们不要去买,你从公司直接拿给我好了。小孩子觉得从自家公司拿书十分牛逼。但他妈妈说,不行,老师指定什么书,你就交钱买什么书,不要搞特殊。杜衡是个大器女人,从来不算小账。他们曾经是个和谐温馨的三口之家,但现在,它的根基可能要塌。杜松做了一会儿作业,跑去拿起一把枪,对准万风和,等他看见了,嘴里"砰"地开了一枪。万风和一怔,捂着肚子倒在地上。这是他们惯常的游戏,但万风和突然觉得自己是在演戏。他躺在地上,觉得这是某种局面的缩影,或者是,预演。

他中了一枪,是致命伤。

杜衡依然很忙。她已在报社担任高级主笔,家里的公司,她只是个出谋划策的角色。

有不少老板太太,即使自己不到公司管事,也要安排个亲戚去做财务,万风和的岳母也有过这样的动议,但杜衡拒绝了。万风和感到，这是一种难得的信任。另一种解释是：她自己过得有滋有味，懒得去烦这种俗务；她或许一直另有一番风景，秘不示人。

这几乎是肯定的。成年人的世界，有多少例外？他万风和也不能做到事无不可对人言。场面上，私下里，在女人这件事上，他也不能说是一尘不染，有顺水推舟、随船下篙的，也有心醉神迷没有及时刹车的，虽是生意场上难免的事，但毕竟有过。杜衡，她当然也有她自己的天地。他甚至做好了受伤的心理准备，但是，不能一枪爆头呀。

成年人的生活不能深究，但有关杜松的事却非同一般。

他必须搞清真相。他似乎必须与杜衡先谈谈，但是旁敲侧击还是开口直说，却是个难题。

他的头胀痛，简直像要炸。他们一家三个人，手拉手围着圈跳舞，中间有个炸弹，引信就在他万风和手上。他一拉，山崩地裂，血肉横飞——也许，是个臭弹呢？就是说，只是虚惊一场：杜松是他亲生的，只不过长得特别像母亲而已。果真如此，那多么好！既然希望如此，那索性就不拉引信呢？

万风和拿不定主意，也没有人可以商量。杜衡常常在某些事情上随口发表个意见，有时别出机杼，令人恍然大悟，简直妙不可言。她大学毕业比万风和晚一年，大四还在参加诗社的活动，也算是个文青。他陪她去过一次。海报很大，贴得到处都是。诗社的召集人笔名叫狂风，海报上最大最醒目的就是四个字——狂风大作。诗社人员如流水，场地也就是临时找个空教室，乱哄哄的，很热闹。音响噪音很大，却很凑趣，常常在诗人不断把脖子仰向天花板即将迎来高潮时，突然尖啸起来，如刮锅，像杀猪。诗人慌忙转个身子，因为底下的人开始哄笑，向他喊话让他话筒不要对着音箱。

但这并不妨碍诗人们争前恐后跳上台去抢话筒,恨不得打起来。他们朗诵的大多是别人的诗:

  卑鄙是卑鄙者的通行证,高尚是高尚者的墓志铭。看吧,在那镀金的天空中,飘满了死者弯曲的倒影……我必须是你近旁的一株木棉,作为树的形象和你站在一起。根,紧握在地下;叶,相触在云里……黑夜给了我黑色的眼睛,我却用它寻找光明……

  从明天起,做一个幸福的人,喂马、劈柴、周游世界;从明天起,关心粮食和蔬菜。我有一所房子,面朝大海,春暖花开……

狂风最后登场,他长发披肩,随着激情飞扬凌乱。狂风朗诵的是他自己的诗,具体写的什么,万风和不记得了,只记得里面充满了大海、水手、巨浪、暗礁、沙滩和金色的海岸线。

狂风的嗓音沙哑而高亢,加上音响捣乱,声音如同出没于滔天巨浪中的小舢板,神出鬼没,时隐时现,极具魅惑力。万风和当时也曾心潮澎湃,不过很快也就忘记了。但有一天,这段往事居然出乎预料地蹿过来了。当时,万风和看到了武侠小说的巨大市场,金庸、古龙们炙手可热,他也想打造自己的"原创武侠"。布置下去,稍一张罗才发现,能写的人太多了,却都是无名之辈,水平也只是差强人意。万风和很犹豫,他当然明白"内容为王",但作者只有这个能耐,不出奇招,必定是竹篮打水。杜衡知道了这事,笑道,你还记得我们学校那个狂风大作吗?万风和愣一下,想起来了,但一脸迷惑。

杜衡说,狂风是作者,诗人,狂风大作是一个成语,没人不知道。

万风还是不明白。

杜衡说，你笨呀！她抬手拽过一张纸，挥笔写道：金庸新著。想一想，又写：古龙巨著。问，你懂了吗？

万风和恍然大悟，你说我们的作者就叫金庸新、古龙巨——妙啊！

这不犯法。金庸不能阻止别人笔名叫"金庸新"，古龙也不能反对人家叫"古龙巨"，这没有法理依据。于是此后的很长时间，金庸新和古龙巨两位横空出世，风靡全国。有嫉妒的，有夸实在是高的，也有举报的，但万风和还真的没有犯法。等到这两个笔名被数不胜数的人使用，用烂了，万风和才主动退出了武侠图书市场。这是他出版生涯中的一个小小奇迹。

多年以后，金庸先生仙游，万风和也不做武侠书久矣。看着金庸先生的照片，他心中愧疚，觉得自己悄悄欺负了一个君子。自己怎么就成了现在这样一个人，实在是想不清。很多次，他都想过这个问题，千辛万苦做成了一件事，却又不得不道德自谴，或者，左冲右突依然陷于困境，不得不觍着脸去求人时，他都会想起这个问题：我怎么就成了现在这样一个人？

手术后的那段日子，他彷徨无策，左右为难。他翻看他们一家的相册，一个一个瞬间，无数的片段连成了来时的路。

杜衡确实是个好参谋，但关于杜松这个事她正是当事人。万风和只要一开口，哪怕他循序渐进，无论他是轻描淡写还是和风细雨，那都是山呼海啸，飞沙走石。

窗外有蝉鸣，如往事般悠远。这恐怕是今年最后的蝉鸣了。他下意识地摸摸腰间，那几个不易触及的疤痕确凿地告诉他，此前一个多月的经历不是虚幻，是真的。

11

　　这些年，他的生意起起伏伏，但总体上越做越大，他在家中的地位也水涨船高，不那么憋屈了。岳父岳母都已退休，也老了不少，虽然岳母老而弥坚，如姜桂之性依然强势，却也明白女婿的事她其实不懂，插不上嘴，顶多撺掇女儿出面。但杜衡自己忙得有滋有味，母亲的话其实也不起作用。万风和的生活在忙碌中安然向前。一路走来，他经历了四季，经历了风雨雷电，驶过颠簸的乡村简易公路，经过胎噪刺耳的县级公路，车越换越好，终于开上了平稳顺滑的高速公路……万万没想到，肾上腺的病灶虽已摘掉，却无意中发现了自己身上更大更致命的隐患，而且，这一次手术刀竟在他自己手上。

　　杜松不像他，他的眼睛疏忽了这一点，心却无法忽略。

　　迹象当然是有的。现在看来都是破绽。杜衡在产科病房里接电话，显出一丝慌乱，那不见得是正道人打来的；她一直很忙，那么多的出差，他虽没有发现什么，但无疑还是粗疏了。关于杜松的长相，他无意间说过几次，后来就不再提，倒是杜衡好几次主动说起，她说他们父子很像，尤其是眼神，这无疑是违背事实的自我辩解。事出反常即有妖。

　　一直忽视，无视，视而不见，就这么过下去，可以吗？

　　杜衡和他之间的冷淡也是可以理解的，有人不早就说了吗，握着老婆的手，仿佛左手握右手。这是人生常态，天天如新婚，那反倒是怪了。他们之间经常会发生冷战，为了一件莫名其妙的事，他们就会彼此不搭理,杜衡会带着杜松住到娘家去。但他这次手术住院这么多天,他找了个"二渠道订货会"的理由敷衍了她一下,她居然从公司那边得到个证实也就不管不顾了。万凤和心里清楚却已不再耿耿于怀的是:他从来没有深切地爱过杜衡,杜衡对他想来也差不多。

可没有男人能轻易忘记自己的第一个女人。机缘巧合也罢,命中注定也罢,你在青春中行走、寻找,长风浩荡,百花摇曳,你走在初春的花丛里,无数的花含苞待放,只有一个花蕾在你走去时,她开放了,如霓裳委地般打开。你出乎意料也好,无可奈何也罢,你总会在心中叹一声:原来你是。

万凤和的眼前又浮现出地洞对面的那座小岛。那个油菜花里的姑娘,他从来没有打探过她是谁。打探其实不难,离开家乡后,要问清这个其实很容易。奇怪的是,他从来没有问。他只是在梦里偶尔与她不期而遇。他问:你还好吗?

公司加班的人都被万凤和催走了。他一个人待在偌大的办公室里,想起护士把剖腹出生的杜松抱出产房给他看的那一幕。胎毛湿漉漉的,满身胎脂,他的视线软软的,那是他作为父亲的第一缕目光。

他摸出手机上杜松的照片。他的目光躲闪着,像个小偷。杜松咧着嘴在笑,这是给他买了轮滑的那天。办公室里黑沉沉的,只有一盏落地灯还在沙发角亮着。万凤和盯着手机屏幕。一个真的男人,对着一个电子像素组成的孩子的脸。

没有什么经得起细看。分辨力过高的眼睛,看到的不是色彩艳丽的画面,而是骇人的像素和点阵。

不知不觉中万凤和流了泪。巨大的落地窗透出变幻的霓虹,他的脸上反射着彩色的光，亮晶晶的。办公室外传来了脚步声，有人用力拍着门。万风和赶紧抽纸擦干脸，整整衣服站起了身。外面说，万总还在忙啊。万风和在办公室门前站住，对外面说，是我，还有事，你不用管。

是大楼的保安小李。他答应一声，晃着手电的光柱走了。时候已经不早，这是保安例行的巡查。万风和站在落地窗前，感到一阵眩晕。天旋地转，他立即抓住了前面的椅背。动作猛了，腰间被扯了一下，有点疼。他暂时不敢睁开眼睛，但他睁不睁开眼睛，街市的夜景总是如此。行人如蚁，长长的车灯，绵延不绝，无数的人在奔忙。夜灯将一直亮着，直到天明，再由日光来接替。星移斗转，似水流年，永远都这样。

为什么要这么忙？到底为了什么？

万风和的公司搬过好几个地方，越搬越好。最近这一年，他正为他的"出版帝国"奔忙。印刷那一块也是有利润的，否则，全省也不会有一万多家印刷厂。他打算建立自己的印刷部，物流也摆在那里，他正在物色地点，准确地说，是物色地皮。城南有两块地，都在省道边上，面积差不多，但两块地的价格却相差五倍，原因很简单：两块地中间有个收费站，收费站外的便宜，收费站内的因为能减少过路费，自然贵得多，两者差价居然近一个亿。这一个亿相当于多少年的过路费，这算不清，要看你公司的业务流量。万风和再乐观，对这一个亿也没有底。关键的问题还是，自有资金再加上贷款，他很难多拿出这一个亿。

想到这些他就头疼。为什么要搞那么大？主观为自己，客观为社会？为自己？为儿孙？他苦笑。腰又有点疼了。这虚弱的腰！

万家灯火。此刻的璟然，她在做什么？万风和突然升起一股冲动,他摸出手机调出了璟然的号码,在拨出前的一瞬间,他迟疑一下。记忆力良好的万风和,摁下了取消键。多年以前,他给璟然送信,其中一封是他自己写的,另一封字迹劲拔,明显出自另一个小伙子,他曾以为,那是他的情敌——在奔向璟然心灵的竞赛中,他被淘汰了。那是谁,是不是璟然曾经的丈夫,他一直没敢问。他放下手机,心脏被电击了一般哆嗦了一下,突然看见了自己的另一场失败,更彻底、更耻辱的失败:无数的精子奔向杜衡成熟的卵子,它们属于两个男人,其中一个是他万风和,另一个不知是谁。精子们争先恐后一路狂奔,扑向卵子,扑向延续生命的机会。最终他万风和输了。如果这个孩子残疾,有缺陷,他还可以讥消得胜的精子使了歪招,胜得不体面,不公平。但杜松是那么健康正常,简直堪称优秀,是个聪慧的孩子——除了不像他万风和。这个"不像",他从竞赛角度无颜申诉,因为这个"不像"无可置辩地证明了他是个失败者。

可怜他不知道被谁打败了。他输得彻底,还又糊涂。

那个赢了他的对手是谁?

奇怪的是,对那个胜利者他似乎没有多少仇恨,却还有点好奇。那是什么样的一个人呢?事情是什么时候做出来的?他和杜衡现在还一直保持着这个关系吗?我见过那个人吗?

不能问。一问就将引发一场风暴。他做生意,早就习惯了对某些深不可测的事情不去追根究底,失败了,换个地方重整旗鼓才是最简捷的路径。在杜松的问题上,他显然有更要紧的事要做。想清楚了这个,一切倒也简单了:带着杜松,悄悄做一次亲子鉴定。要瞒着杜松,这是爱护他;当然也不能告诉杜衡,因为那不知道要费多少口舌,要有多少争斗——而且,万一,杜松是他万风和的亲儿子呢,那不就是苍天眷顾,天降喜事吗?他多么希望就是这样:从全身不适,甚至暗地里怀疑自己得了绝症开始,却像一次感冒一样结束。

可是墨菲定律说,越担心的事情就越容易发生,很多人都逃不过。

真的是这样吗?

没有检查前的一切怀疑都只是怀疑。戳穿真相是困难的,因为破裂的将是全部的生活。万风和拖延着,身边的杜松每天都跟他很亲热,撒娇耍赖恳求顺从,无所不至,这样的场面是那么多年来父子间亲密生活的延续,没有丝毫异样。万风和的决心一次次被柔化了。一日又一日,一月又一月,快一年了,他还是没有勇气迈出那一步。

但带着怀疑的生活十分痛苦。无论如何检查是必要的。他不能永远做一个捂着自己双眼的傻子。他可能是失败者,但不能做一个懦夫。他能找到关系,可靠而又保密;杜松是个鬼机灵,早已能阅读,他懂的东西比你想象的还要多,这要特别小心。但他毕竟只是个孩子,万风和有办法悄悄取到"检材"——他上网查过资料,最准确的,是血。

得到检材的机会是偶然出现的:杜松发烧了,需要验血查血象。杜衡当时也一起去了医院,但万风和还是轻易得到了他想要的东西。

鉴定报告一周就出来了。密封,好几张纸。最重要的那句话在最后,以精确到小数点后两位的方式,证实了万风和的怀疑,也印证了墨菲定律的可靠。结论很明确:排除样本一与样本二的生物学亲子关系。

"样本一"是杜松,"样本二"就是他万风和。滑稽的是,在这个结论之前还有一段话：根据孟德尔遗传定律，孩子全部遗传基因来自父母双方。本次实验使用上述系统，均为人类遗传标记，其累积非父排除概率达到0.9999以上，联合应用可以进行亲权鉴定。

这大概是在强调他们检测的理论基础，万风和似懂非懂，但他和杜松排除亲子关系的结论却白纸黑字，不容置辩。他盯着那一串数字：0.9999。四个"9"的车牌豹子号可用于炫耀，这四个"9"却是耻辱。打碎牙齿肚里咽。报告被万风和捧在手上，又锁进家里的抽屉里，然后被摆在杜衡的面前，最后，被万风和锁到了家里的保险箱中。

在鉴定报告被摊在杜衡面前之后的近一个月时间里，杜衡的脸上交替出现了很多的表情，惊愕、慌乱、无奈、悲伤，诸如此类；也有歉意，和恳求掺杂在一起呈现在万风和面前。

万风和面如木雕，心如死灰。

杜衡不再纠缠，没有一句解释。她的话很少。她说，杜松不改名，还姓万，可以吗？

万风和没想到她会提出这样的要求。他在心里已把那个万字收回了。但杜衡的要求虽不合理，却无疑更合情。对万风和的父亲，对杜松，对所有人，甚至对杜松在天上的"奶奶"，显然都是最好的。寒光闪闪的刀，没有理由落在他们的身上、心上。

杜衡把她的个人物品，一些首饰之类从保险箱里拿走，带着杜松搬去了他们的另一处房子。

杜衡和杜松，他们终究是真正的一家人。那个"万"字在万风和心里，已经去掉了。回想当年取名时的争执，有多么滑稽。

撕裂是痛苦的。生生撕开，鲜血淋漓。

为了让万风和的母亲能够看到自己的孙子，杜衡曾经挨了一刀,现在这一刀还回来了。虽不至于杀死万风和,但杀死了他们的感情。一刀毙命。

天渐渐冷了。秋雨绵绵,落叶缤纷。落叶贴在潮湿的马路上,疏密有致,银杏叶、梧桐叶、枫叶……它们很少混杂,只落在自己的根下。路面像是由各种印花的布匹连成,阴郁而凄美,行人简直舍不得踏上去。汽车可管不得这些,它们飞速驶过,落叶和泥水一起溅起,追着车尾飞旋。

树木稀疏了。蝉鸣声早已消失,淡忘在人的记忆里。清洁工扫地时,看见枯枝败叶里,夹杂着不少死蝉,他们毫不在意。没有人注意到树下的土里,新一轮蝉鸣正在孕育生长。蝉的受精卵埋在地里。明年的蝉鸣,自会在夏初怯怯地出现,慢慢蓬勃鼓噪起来。但扫地的人不会知道,明年的蝉儿,并不是今年这些死掉的蝉的后代。十年才是一个轮回。

杜松十岁。

那些天万风和不回家睡觉。办公室里有一个小套间,以前他偶尔也睡在这里。他居然睡得很沉,醒来时,已是红日满窗。

锁在保险箱里的鉴定书,不断在万风和脑子里出现。他脑子里总是闪现出那一连串的"9"字。别人从万风和脸上看不出异样。他职业性地微笑,开会,下指示,遇到熟人打个招呼。他下车,走向写字楼。几片黄叶黏在大门的玻璃门上,像别致的窗纸。

门卫小李看着万风和走近,从座位站起身,敬礼如仪,万总好!万风和点头微笑,走向电梯。小李看不到万总的脸上有额外的表情。

12

又过了好几个月,春节后,万风和才慢慢向外透露:他离婚了。在杜衡的要求下,春节他们还是在一起过的。

最后的年夜饭结束后,万风和给璟然打了个电话,正式告诉她,他离婚了,所有手续都已经办好。璟然在那边哦了一声,并没有询问具体的原因和细节。立春了,万物复苏,新绿初绽,万风和悄悄来到上海,突然出现在璟然的面前。

他没有对璟然和盘托出,只说是因为感情不和。他做不到直陈其事,毫不隐瞒。他和璟然历经岁月,理应以诚相待,但所谓的诚,是不说假话,未必是说出全部真相。他说离婚当然复杂,但其实也简单的,你是过来人嘛——他表现出难得的轻松,一句话就带过去了。璟然不追问,笑笑。

去上海前,万风和先回了一趟老家。他弟弟一家回家过了年,此时已经走了。万风和自己开车,先去母亲坟上磕了头。他心中千言万语,一句也不能说,有些事连想都不敢多想,生怕这思想也发出声,被天上的母亲听见。他回去,父亲喜出望外,却责怪儿子为什么不把孙子带来,上培训班请个假也没事的。父亲说儿大不由娘,儿子大了也由不得爹,你们的感情我管不了;还说没钱的时候结婚,有钱了就离婚,我见得多了。这其实有点谴责的意思了,但万风和不顶嘴。父亲说,你是我的儿子,杜松是我的孙子,他拉开抽屉摸出个小布袋来,说这枚印章给你,你是长子,你弟那里我有办法一碗水端平。

万风和不用打开布袋就知道,这是父亲写字画画用的名章,他说,你不画画了?

父亲说，手抖，画不动啦。

这大概是父亲最值钱的东西了。在他这个见多识广的文化公司老板看来，父亲的画带了乡村画师的匠气，功夫是有的，但确实算不得上品。父亲退休后很乐意给人画画，不收费，自己倒贴宣纸，人家挂在小饭店或浴室休息厅，他就很满足。万凤和开车进镇时一眼就望见的那家酒店，招牌就是一个北京说相声的人题的，俗不可耐，据说却拿走了二十万。万凤和心中有点酸楚。父亲真是老了，兴致却高，他掏出印章得意地说，这是我去北京大串联时在路边买的，鸡血石！他伸手一比画，八块钱！他笑眯眯地说，串联吃饭不要钱，坐车也不要钱，要不然我也买不起。

万凤和点头收下了。他说下次父亲去南京时要给公司画一幅，印章正好用。父亲说好，杜松给我研墨。

万凤和心里咯噔一下。仿佛有人朝他胸口打了一拳，激得他后腰一阵刺痛。父亲画画，杜松研墨，母亲笑眯眯地站在边上看着——这本身就是一幅画。这幅画只能出现在他脑子里，母亲首先消失，如一朵祥云，升腾不见了；杜松好像被谁喊了一声，倏然跑出了画面。在那一瞬间，万凤和觉得自己就是这幅画面的破坏者。他有个朋友，老画家，精工笔，功力不凡，纤毫毕现，他预料到自己日后手会抖、眼要花，于是趁着还能画，画了无数张花鸟虫鱼，留下的空白等以后再补上树木山石。这是个好主意，是有规划的人生。万凤和真该早点把这个办法推荐给父亲，可他却提都没敢提。他自己的人生都乱了，还有什么脸谈规划呢。

这次在上海，他跟璟然说了无数的话。与杜衡有关的事情，璟然一句没提，只问了对儿子的安排。实际上事情也真是爽利的。万凤和看似占据道德优势，也并没有得理不让人。最后的结果是：杜衡持有公司一点股份，由万风和代持，以保持他的决策权；存款两人平分，他又主动另给杜松一笔钱做培养费。

存款一分掉，那两块地就没有了选择，只能拿下收费站外的那一块，虽然从公司的长远发展来看，贵的那块更诱人。杜衡表示存款她暂时不要，让万风和还有拿下他心仪的那块地的可能。万风和想想，拒绝了。杜衡说，反正我暂时也用不着，还是先摆在账上吧。万风和叹了一口气说，地的事，再说吧，也许，从今以后我应该收着点了。

钱是挣来花的，但钱却又会逼着你继续去挣更多的钱。对万风和而言，他首先需要的是止血、疗伤。

杜老师夫妇不知道他们离婚的内情。杜衡和万风和按约定守口如瓶。岳母很激动，指着万风和破口大骂，什么难听的都说出来了，总而言之，白眼狼，不得好死；杜斯基也许洞若观火，他几乎没有插一句话，却在妻子扬言要到要害部门举报时，对她发出了最严厉的警告。他这时完全恢复了老师的身份，眼前的万风和不是要离婚的女婿，而只是他的爱徒。他就像他谙熟的俄语名著，外观陈旧却不失端严厚重。他妻子余火未消，这个前图书管理员从书架上抓起一本书，呼地就飞过来了。书在半空张开来，像飞翔的猛禽。万风和一侧身让过去，从地上捡了起来——那是陀思妥耶夫斯基的《罪与罚》。

最后还是杜衡恰当的自我揽责起到了作用。但岳母第二天还是到公司来了一趟。她不闹不吵，在财务那里亮了个相，到万风和办公室给他的茶杯续了一次水，板着脸走了。下了电梯，她对大楼保安小李欲言又止，只说，你们楼上那个文化公司的万总啊，唉！

万风和在离璟然家最近的宾馆住了半个多月，公司在上海正好有一些事务要处理。闲暇时间,他和璟然四处逛逛,闲聊。很多话,无数的话,这是他们真正地了解彼此。他们好像在给对方播放一部电影,两台放映机向同一张银幕射出记忆的光线。璟然的背景是楼群中的都市生活,他则给她展示了一片田野,地洞视角的油菜花。璟然很体贴,对他不经意间泄露的婚姻生活镜头视而不见,不着一言。

这意味着他们还没有完全袒露相向。他们第一次做爱居然也还有点羞涩,哪怕他们目前都已经没有婚姻。

那是在宾馆里,天已黑,夜未央,万风和紧紧抱着她,他们深深地吻。他没有出声,但他的手提出了企求。璟然没有拒绝,她挣开他,要求把所有的灯都关掉。宾馆的开关很复杂,各种灯彼暗此明,七上八下。他简直有点狼狈。房间终于黑了下来,璟然只呈现一个灰白的影子。璟然说,不,他的手再一次被阻止了。在窗帘幽然的暗光中,她抬起双手,自己解开了胸罩。

晦暗中,璟然的胸如盛开的百合。他们似乎理应是轻车熟路,但开始时却难免陌生。他们在歌唱,合唱,按各自本能的调门进入了旋律,滑音,合音,稍加调整后才如水乳交融,达到了混响……这是一次迷狂的性爱。十几年前,他们错过了,他们穿着学生的衣裳在校园里徜徉,四年的生活只留下三封信;一年多前的夏天,他们本来也可以的,也不全因为万风和病情的延宕。他们轨道不一,若远若近,若还若往,十几年后,这才终于贴近、融合了。

万风和有一个非常奇怪的感受,但他不能说。他永远都不会说。他和杜衡也曾如胶似漆。杜衡的身材高大,身体很结实,可以说肌肉发达,肌肉藏在肌肤下,看不出,但万风和摸着抱着,却有抱着个男人的恍惚。按理说璟然擅长运动,她身上还有运动员基因,可是她的肌肤却特别柔软,弹力十足却又娇弱无骨。万风和抱着璟然,不由得想起杜衡,这是一种惊心动魄的对比。万风和看着身边娇喘吁吁的璟然,抚摸着晦暗中她帅气的半长头发,心中迷惑。

疲惫中的感慨,难以言说。但一个想法却突然清晰了:人们往往把初次从异性身上得到的欢愉,认为是"这个人"带来的,带来快乐的只能是这个人。实则不然。这种错觉误导了多少幼稚冲动的婚姻啊。其实,性的快乐是你自带的,是上天赋予的。你最不该忽略的,是对方的性格和经历。

计划中的归期已至,万风和却不肯走。璟然也不催他。有一天璟然问他,你还有过几个女人?万风和当然说没有,一个也没有,说着自己倒先笑了起来。不知怎么的,他说起了中学时一件未成的婚事。他高考复读前在工厂里上了几个月班,虽是学徒工,工资却也有十五块。他在棉纺厂的后纺车间,为了减低棉纱的断线率,车间温度很高,大冬天也保持三十度。说起来很暖和,但他为了省去穿来脱去的麻烦,只穿一条单裤跑步上班,落下了关节痛的毛病。

他决意再考时,学校的校长,也就是他父亲的领导来到他家,跟父亲说,还考啥呢?学徒期一满,跟你老万工资差不多,留一个儿子在身边多好!校长身材魁梧,气派十足,因为天天喝酒,脸上又红又紫,像上了油彩,像极了《红灯记》里的李玉和。他说起话来声若洪钟,因为说的是女儿的亲事,这才稍微压低了嗓音。

万风和没有听见校长这一通话。他只知道校长老婆经常找母亲闲聊,两人叽叽咕咕不知说的是什么。校长的独女也在棉纺厂工作,下了班常常会来他们家,跟母亲对坐着打毛衣,讨教各种稀奇古怪的针法。万风和那时已在复习,他从地洞回家,并没有看出这与自己有什么关系,他只知道她叫小媛。多年以后,他大学毕业了,弟弟告诉他,你知不知道,小媛看上你了,校长亲自来提亲,但父亲谢绝了,说我儿子要考大学。万风和心中一震,他不知道还有这事。但他终于明白就是这句话断送了父亲的前程,本来他极可能当副校长的。

父亲从来没有说起过这事。母亲也没有说。他们不想干扰奔前程的儿子。璟然瞪大眼睛,听着他的故事。突然问,小媛好看吗?

万风和说,不难看。

那就是好看了。我一点也不吃醋。

万风和说,我很感激我的父亲。

想到父亲一个人在老家,想到自己刚离掉的婚姻,他心中堵得慌。突然想起,在工厂的这一段,他从来都没有跟杜衡提起过;也从没有把里面的艰苦学习精神提炼出来,去教育杜松。为什么向璟然说起这个,他自己也不明白。

璟然轻轻叹口气,抱紧他说,真不容易啊。不知她说的是万风和一路走来不容易,还是指他们今天终于能走到一起。

她的乳房贴在万风和的后背上。他反身抱住了她。

终究还是要分开的。暂时分开。万风和回到南京,直接去了公司。他点头跟员工们打着招呼,刚要打开办公室的门,门却自己开了。杜松一把吊在他脖子上。万风和腰一疼,皱了皱眉头。

13

办公室茶几上摆着杜松的玩具,还有打开的作业本,他已玩了好一会儿了。他抓着万风和的衣服往上推，嘴里说，给我看看。万风和躲着说，看什么啊？杜松说，看你的腰。妈妈说，你到上海去治腰了，康复训练！杜松摸着伤痕，点头说，嗯，好多了。万风和的脸红了。

杜松问，爸爸，你说我长大了是学医呢，还是当老板？

万风和问，你怎么想起问这个？心里想，杜衡，是你叫他问的吗？

杜松说，老师让我们写作文。你看，我写的。

万风和接过作文本，题目是《我长大了想当……》。杜松写道：我长大了想当医生，给人治病。爸爸以后生病，我就能给他治。可我也想当老板，我不会当，可以跟爸爸学习，子承父业……

四年级的作文，就几句话，"承"字写错了，中间少写了一横。万风和提笔加上去。他的手微微发颤，心里滋味复杂。

他摸摸杜松的脑袋，拍两下，表示夸赞。他的办公室很清爽，典型的儒商办公室，除了一些字画，别无装饰。他的目光停留在桌子后的书架上，里面摆着不少世界名著。也有一本《罪与罚》，跟前岳母手一扬飞过来的那本版本不同，那个是俄语原著。他突然觉得，书架里有点显空。

他和杜家渐渐淡了，联系越来越稀疏。割裂的痛苦不言而喻，如百爪挠心，有时简直痛不欲生。但割裂又是必然的，必须的。他把杜松送回杜家，杜松在写字楼下问，爸爸，你什么时候才不忙，回家来呀？万风和不知道怎么回答。保安小李看着这对父子，脸上露出憨憨的微笑。几天后，万风和在他办公室的书架上，摆上了杜松的照片。相框很大，杜松在咧嘴笑。

杜松的照片对万风和而言，具有双重功能：他想孩子，这是心理需要；更主要的是，这张照片能正视听、止谣言。他离婚已是众所周知。他这个身份，离婚并不稀奇，但是，隐约间却飘扬着关于他离婚原因的种种流言。他什么都不怕，不怕别人说他花心，不怕被骂陈世美，有人说他是湿手抓了干面粉，惹了桃花甩不脱了，这都没什么，怕就怕有关血缘的传言。这是男人最大的耻辱。

书架在他身后，先摆上的是杜松在草坪上咧嘴笑的照片。万凤和坐着，那照片正好位于他的头顶上方，碧草如茵，绿油油的。意识到这一点后他心中一颤，第二天就换了一张，是杜松站在古城墙边捡蝉蜕。不绿了，灿烂笑脸的背景是深灰色的古城墙。客户来了，他们一律都会夸孩子漂亮帅气，还有人大夸长得像万总。没有人在意万凤和伸过来的手僵硬冰凉，像死人的手。

照片上的杜松笑眯眯的眼睛很亮，眼神如光芒。万凤和在自己背后撒了一把芒刺。这有点残忍，但不这样他极有可能成为笑料，甚至是下属的笑柄。

杜松的照片是抵挡流矢的盾牌，是父子情深的铁证。要么流矢在前，要么芒刺在背。万凤和深知，流矢有时是言语，有时只是一个眼神，这照片能令最刻薄的人闭嘴。

他寒暄如仪，也能谈业务，脸上也有笑，但神思恍惚，有如泥胎。铁水浇下来，冰水淋下来，泥胎破了，一片片，一块块掉在地上，只剩下一颗冰冷的心。

他在城市里闲逛，像一个幽灵。他乘地铁，坐公交车，没有目标，前方就是他的方向。下了车才发现前面就是长江大桥。江风扑面，歧路彷徨。左拐上引桥，就上了大桥；如果向右拐，沿着坡路向下，则通往大桥公园。他不知不觉开始爬坡。引桥很长，他不觉得累。有人在大桥公园放风筝，是一只巨大的蝉，张着夸张的翅膀,飘在引桥畔,看起来伸手可及。万风和的灵魂飘在空中,与蝉伴飞。蝉的复眼看见了桥上的万风和;看到了他在为公司忙碌;看见他拿着几封信,递给璟然;看见了他手捧亲子鉴定书呆若木鸡的样子……一个少年在大河里扑腾,狗刨式,那是里运河,春秋时开凿,流了两千五百多年,流到长江,通往这里。

长江浩浩荡荡,阳光下,金光闪耀。两列船队,从红白相间的航标两边驶过,交错时鸣笛致意。笛似歌,风如割,万风和紧了紧上衣。栏杆下,是缓缓流动的江水,令人眩晕,不能注视,落下去就是自由落体。他闭上了眼睛。抬眼处,一个女人在他前面停下了,她似乎一路都走在他前面。她穿着风衣,衣袂飘动,那侧影既像璟然,又有点像是杜衡。她在哭。万风和一时回不过神来,他站住了。他快步靠近了她。你好,万风和话音刚落,却看见女人的一条腿已经跨上了栏杆。他立即奔上前,拽住了女人的一只手。两只冰冷的手,女人的手比他的还要冷。女人回头说,走开!不关你事!万风和另一只手搭到了女人的肩上。他用力很大,女人被他拽回来,一屁股坐在地上,号啕大哭。

一个武警飞奔而来。有几个人过来围观。一个声音说,你不要做傻事啊!路长着哩!这声音有点熟悉。那武警还一脸稚气,但动作很专业,他拽住了女人的另一只手,要她冷静。那个熟悉的声音又说,想想你的家,你的孩子,你小孩还在等你回家哩。不想这句话却激起了意想不到的反应,那女人又哭又喊,势若疯虎,又拼命往栏杆那儿挣。那说话的男人扑上来一把搂住了女人的腿。这下万风和看清了,还真是面熟,好像是那个保安小李。小李和武警合力,把女人牢牢控制住了。

这是个星期天,在这里遇到小李有点意外,更奇怪的是为什么一提孩子,那女人却反而更想去死。她的孩子出什么问题了?她是个女的,不可能遇到与万凤和同样的问题。

万凤和心中堵得难受。

换照片那天,万凤和把装好框的城墙照从车上拿下来时,保安小李看到了。但他不多嘴。老板们的世界保安不懂。相框挺大,万凤和手里又拎着包,相框夹在腋下滑了一下。小李连忙抢步上前托住,顺手把相框接过去了。包相框的纸破了,露出一角。到了办公室,小李一眼就看见了书架上那张绿油油的照片,他看看手里露出一角的相框咧嘴笑着问,这个摆哪儿呢?书架上确实没有位置了,但小李脸上的笑顿时令万凤和不快,他皱着眉头说,你摆在桌上就行了。他想这个小李还真是有点二,多嘴了。他不属于万凤和的公司,万凤和只听公司的办公室主任抱怨过,大楼里那个高个子保安的脑筋不太灵光。

这栋大楼三十层,有好几十家公司,万凤和的公司只是其中之一。一个保安他没有放在心上。他们只是路人。

14

保安名叫李弘毅,身高一米八八,身体健硕,可称人高马大。

他当过兵。他的父亲也曾当过铁道兵。父亲个子高,母亲在女人里也是个高个子。他外祖父身材高大,老了也还腰杆笔挺。他曾是"国军"中将,南京解放时没有去台湾,留了下来,后来担任了军事学院教员。虽也算进入了革命队伍,但这样的出身显然不能算好。他一家住着颐和路的一栋别墅,抗战胜利后自建的,后来,被迁出来了。子女星散,有的去了别的城市,留在南京的也住得远了。李弘毅长大后,连别墅的位置都找不到了。还是有一回他和妈妈路过颐和路,他妈妈突然指着一栋西洋风格的房子,压低声音说,你外公以前就住在那儿。

他妈妈在省供销社下属的一个粮油站做会计。出纳。她的出身注定了她的婚姻。空有姣好的容貌、高挑的身材,在别墅长大也白搭,看上了一个退伍军人,她还要倒追。看上的是两点,一是出身好,城市贫民;二是他当过革命军人。这两条她不好意思明说,能说出口的是他个子高,超过一米八。从心底里,她希望她的丈夫跟她父亲一样,也是个高个子。

说来也巧了,李弘毅居然也出生在一栋别墅里。一间房。这别墅也不知道以前是谁家的,院子里还有几间从前杂役们住的平房,后来又加盖了一些,十几户人家一家一间,共用一个公共厕所和水龙头。小时候李弘毅和他哥哥喜欢楼上楼下乱窜,但别人家并不欢迎,常常讨来一阵骂。他们住的那间房倒是在别墅主楼里,是他父亲工作的国营大厂分配的,后来李弘毅才知道,这原来是一个资本家的私产,公私合营后归了公。母亲对自己家也曾有过别墅讳莫如深,一直都不说,有一次与平房里的人家为用水起了矛盾,受了气,回到家嘴里才叽叽咕咕,李弘毅那时已经上初中,听出了一点苗头。直到母亲在颐和路指给他看,他才知道原来自己家竟曾那么阔过。

毕竟年龄小,他并不觉得那个大门紧闭、林木葱郁的别墅跟自己有什么关系,毕竟他没有在里面住过一天。他当完兵从北京回来后的某一天,有一次他路过颐和路,看见院墙外围了不少人,挤过去一看,原来在拍电影。一辆装满了各式设备的汽车停在路边,好多电线被拖了进去。高高的架子上,站着个男人,手拿个喇叭,指手画脚。天还没黑,临时架起的灯照得院子里明晃晃的。一个身穿旗袍的美女从别墅走出,站在藤椅边的男人迎上去,两人说起了话。话筒悬在他们上方。

围观的人很多,都被挡在大门外面。很快,大门边也不让站了。一个中年人出来赶人,他笑容可掬,倒是很和蔼,但他手上牵着的那条狼狗可真是吓人。它拖着长长的舌头,往前一扑,铁链子被拉得当啷啷响,众人就赶紧跑开了。一辆黑色的老爷车缓缓驶进院门,一个穿着香云纱褂子的马弁跟过去,车一停,马弁拉开了车门,手往门框上一挡,一条美腿从车里伸出,然后是另一条腿,一个美女下了车。

这是另一个美女,旗袍的颜色款式都不一样。镜头一拍完,两个美女放松了,互相说着什么,咯咯笑了起来。那个牵着狗的中年人说,好了好了,他们收工了,我可以回去了。他的语气里流露出自得、高人一等的样子。那狗早就等得不耐烦,猛一扑,挣脱了铁链,嗖地蹿到花园里去了。两个旗袍美女吓得尖叫,花容失色。

李弘毅歪着头看了半天。院子的门柱上有门牌号码。颐和路因为名字好,有北京的颐和园撑着,后来也没被改名。李弘毅在家里一个皮箱里的信封上,看到过这个地址。三层的法式洋楼已有些破旧,但花园里树木蓬勃,生意盎然。无数的鸟儿被吓着了,在天上乱飞,不敢归林。李弘毅突然脑筋搭错了,他挤进院子,对那个正从架子上下来的人说,导演你好,我想跟你商量个事。

导演一愣。李弘毅说,你看,我能不能给你们帮帮忙?

导演说,你谁呀?帮啥忙?

李弘毅说,我想当一回群众演员,不要报酬,行不?

那个现房主拴好狗过来了,他个子不高,肚子很大,盯着李弘毅问，你谁呀？

李弘毅反问，你是谁呀？李弘毅身材高出旁人一个头，一脸憨态。导演挠头假装思考，你能演个什么呢？他手一指那个刚才开车门的马弁，那瘦猴正把香云纱衣裳往下脱。导演说，你演他？他这衣裳你也穿不下呀！他拎拎香云纱笑了起来。

大家全笑了。连李弘毅自己都笑了。他讪讪地摆摆手，出了院子。

他脸上木木的，心里想，这是个什么电影，倒要去看看。那辆车的车身上，其实写着摄制组的名称，但李弘毅这个外行根本没在意。他回头看看那两个美女，突然无端觉得，这两个女人很亲切，一个是他外婆，另一个，嗯，是他外公的姨太太。他比较喜欢藕荷色的那个，他认定外婆就是这个女人。

要不怎么说他有点二哩，他回家，居然找起了外婆的照片。他东翻西找，脚下的老地板被踩得吱吱作响。外婆死得比外公晚，他是见过的，也就是个瘦小的老太太，因为几个舅舅在养妈的问题上斤斤计较，外婆不得不经常来他家过一阵子。那个旧皮箱扔在楼梯间里，李弘毅在里面找到了一张照片。是合影，照片上的一行字告诉他，这是外公外婆的结婚照。外公梳着分头，西装领结，英气勃勃；外婆云鬓高耸，身着白纱裙，手里捧着一束花。李弘毅看傻了，他继续在皮箱里翻检，他希望能看到外婆穿旗袍的样子。皮箱里塞满了杂七杂八的零碎儿，他和哥哥弘道小时候玩的木枪、画片、他一年级的写字本。扑鼻的臊气。这时候他还没有意识到这是老鼠的味道，突然有一只老鼠蹿了出来，他手一抖，东西撒了一地。箱子的底部，四只小老鼠在乱爬。肉滚滚的，还没睁眼。

处理这几只小老鼠很费了一点事。他端着箱子把它们倒到了院子里的垃圾桶里。这时,他发现皮箱的夹袋里有一张发黄的纸,摊开来,是"天下为公"四个字。李弘毅知道中山陵也有这四个字,是孙中山先生写的牌匾。他面前的这张横幅是隶书,有几个对称的破洞,老鼠咬的。落款是外婆的名字,是外婆敬书的手迹。他知道外公是将军,但没想到外婆,那个小老太,能写出这样好看的字。横幅摊在地板上,李弘毅木怔怔地发呆。夕阳是他家唯一能射进的阳光,透过装饰着花纹的西式窗户照进来,落在地板上。已经几十年了,这地板都没换过,只给常踩的地方刷过几回漆。

他家这间大概二十平米。从北京回来,实在不方便了,李弘毅住到了楼梯间里。楼梯间矮,他高,只能爬进去睡觉。楼梯间最高的地方挂着一套军装,这是他某个人生阶段的唯一纪念。

不知他兄弟俩是怎么遗传的,李弘毅身体皮实,脑子一般,哥哥弘道却是个鬼机灵。哥哥有个缺陷:他有十一个手指,右手是六指。哥哥比他大三岁,两人上的同一所小学。因为六指,弘道老被人欺负,经常哭着回来。李弘毅安慰他,哥,谁规定人就只能长五个指头?六个指头抓痒厉害!弘道手往他面前一伸说,给你好了!有一天弘道突然提出了个妙招,兄弟俩配合做生意。李弘毅悄悄找到一个同学,问他有几个手指,人家当然是五个,李弘毅说,我也五个,可我哥有六个指头,你要不要看?人家当然要看,十分想看,因为他很好奇另一个指头长在哪里,是不是长在手心。李弘毅说,一毛钱,看一次一毛钱。他们总是能挣到钱,尤其是新生入学的时候。

李弘毅学习成绩一般,高中毕业后去北京当了兵,回到南京时他才二十岁。他做过很多份工作,遇到什么做什么,最好能管吃管住。他身大力不亏,也不怕吃苦。因为脑子慢半拍,他每个工作都做不长久。一般都是被辞,也有他主动不干的。他换工作的频率越来越高,工作也越来越零碎,接触他的人都看得出来,他的脑子越来越糊涂,入职时还像个正常人,离职时显然又变傻了点。他哥哥大学毕业自己创业,做装潢,有时也喊他帮个忙。李弘毅很不屑,说他在大公司干过的,现在只不过暂时失业。他咧嘴笑着说,别看你上过大学,你那个破装修公司,喊!

李弘毅处过一个女朋友,一度已开始谈婚论嫁,租了房在外面住。那时他脑子比后来还好一些,正在公司干着。好在那女孩在外地工作,只周末才来南京。但谈恋爱期间,他被辞了。他没声张,又偶然发现了一个一般人绝对想不到的旁门左道工作,继续跟女孩交往着。他实在是太在乎这触手可及的婚姻了。

那时他已从保险公司离职,但他还帮着拉拉保险,具体说,就是发广告。医院里聚集着医疗保险的目标人群,李弘毅那段时间经常在医院内外晃悠。

15

晴转多云。白云缓缓移动,太阳在云层中出没。同一个太阳,同一座城市,每个人都带着自己的心情,做着自己的事情。

医院不是个令人愉快的地方。除非真生了病,没有人喜欢到这里来。李弘毅身体好得很,全身上下十分健康。三十多年一路走来,除了脚上的两个鸡眼,他什么毛病都没有。

医院外面人真多。人来人往,有的人一眼就能看出病恹恹的,走路都没力气,另一些人却脚步匆匆,面色红润,如果他不是直奔挂号处而去,你根本想不到这个人也有病。李弘毅发广告只能在医院大门外面,进去人家就要赶他出来。他个子太高,目标过大,做这样的事其实有点不好意思。可问题是他有生活压力,女朋友学历太高,收入也不低,两个人过日子他这个大男人怎能塌台?他每个月都要给"老婆"——他就是这么称呼的——给她卡上打一点钱,这才是个正常男人的样子。即便做了现在这个"兼职",收入还是跟抽风似的,要保证每个月十号卡上能有一笔钱,他有时还是不得不接受弘道的援手。

这个"兼职"很特别,很新颖,肯定不在三百六十行之内,说白了,就是代人体检:有人因为某种情况必须去检查身体,却又不想不合格,这时候,一个好身体的替身就很有价值。李弘毅没有想到,他的好身体,具体说是他的好身体的各个部分都还具备了价格。

发现这个"商机"完全是偶然的。是机会偶然找上了他。他那天日常工作还没有完成,却要小便,没有办法,他只能把还没发完的广告塞进包里,进医院上厕所。当时的情景历历在目,他还没完事,却无意间看见了别人的隐私。一个男人捏着个瓶子走了进来,他不去接自己的小便,迟疑了一下,却拧开水池上的水龙头,接了一点自来水。李弘毅一愣,直瞪瞪地看着他,大惑不解。原本以为那人也就冲冲瓶子,可那人接了一点水,马上把瓶盖往上旋。李弘毅真不明白这是在干什么,眼睛瞪大了,表情很怪异。他也不想管闲事,从拐角那边的便池走出来,准备出去。那人突然说,兄弟,帮个忙行不行?李弘毅站住了。

那人眼睛扫一扫,见没有别人,悻悻地说道,我也知道这样不行,自来水一眼就能看出来,茶水还差不多,他赔笑道,你不是来看泌尿科的吧?李弘毅说我不看病。那人说,帮个忙,借你点尿行不行?他手从裆下往外一扯道,就一点点。我付费。

李弘毅再迟钝也懂了,他忍不住扑哧笑了出来。

那人看起来忠厚老实,尴尬得不行。李弘毅看他可怜,当然"付费"两个字也让他动了心,他含糊地点点头。他从隔间里出来,把瓶子递给那人,人家把钱给他,第一次"兼职"就这么稀里糊涂地交割了。

五百块,真不少哩。他反正也要撒尿,撒到地上、厕所里白撒,尿到瓶子里还能挣钱。这就是第一次,门道就是这么被发现的。可他总觉得心里有点不踏实。回家的路上他一直在想,这没什么,撒泡尿而已,用一下自己的身体而已。说起来,什么工作不是在使用自己的身体呢?脑力劳动用大脑,体力劳动用四肢,就是那些发廊里的姑娘,不也在磨损自己的身体吗?代人家验个尿,只不过用了一点他身体的排放物罢了。站在路边发广告,他用的是腿、嘴,耗费的是脸上的表情,人家扔掉他还要捡起来,怕罚款,哪有验尿省心呢?

话虽这么说,李弘毅还是觉得今天这事情有点可疑。回家忍不住跟弘道说了。弘道大感意外,他忍不住抬起自己的左手,端详着小指边那个切掉六指留下的伤疤,嘻嘻怪笑道,还有这好事啊,我想都想不到,碰也碰不上!他坚决地对弘毅说,继续干啊,必须干啊。他简直是大喜过望了。听弘毅说他心里有疑虑,觉得是在骗人,弘道愣住了,马上正色说,这不见得是在骗,也说不定是善意的谎言呢,对不对?你又不知道什么情况,人家也不会告诉你。你告诉我,你骗谁了?你如果知道你骗谁了,那你就不做。

弘毅比画着说,我右手发广告,医疗保险,左手接自己的尿,这算怎么回事?不是骗保吗?弘道一时不懂,马上又明白了,说,这两桩事好像是不能一起做，立即又笑起来，你个死脑筋，你不要向同一个人推荐了保险又帮他弄健康证明，这不就行了？

弘毅被他说得有点犯晕。他摸着自己脑袋说，也对呀。弘道坚决地说，做。必须继续做。听我的没错。要是我身体有你这么好，我自己就去做了。他只是这么说说而已，他当然不做这个，但他提醒弘毅，可以在网上用QQ拉拉生意。

那天正巧是月初，是弘毅给"老婆"卡上打家用的日子。五百块正好管了用。这"兼职"就这么做下来了。

生意还不少。因为总觉得有欺瞒他人的嫌疑，弘毅还是以发广告之类的零碎工作为主业，体检只是个兼职。他的身体被有效利用了起来。其实主要的就那么几项，几个部位。他是个好学的人，医疗保险都是格式合同，但他借此钻研了一点医学知识，顺便也就知道了自我保护：抽血验尿B超基本无所谓，零伤害，X光、CT他就比较谨慎，有伤害就是有成本，必须控制间隔和次数，价格也要高一点——他靠身体吃饭哩。虽然弘道说什么善意的谎言，没有具体对象就谈不上欺骗，但弘毅也想好了自己的底线，譬如代检色盲他就不做。第一次他差点就做了，那人只说是眼科检查，定金都给了，第二天去医院李弘毅才知道还要检查辨色力，他当时就说，这可不行。那人急了，把他拉到一边问，为什么不干，要加钱还可以再商量。李弘毅说这不是钱的问题，是安全问题。那人说这个你不用担心，又不是去枪毙，你以为还要验明正身啊？他说眼科这边他找过人了，不会太顶真，他抖着体检单说，你看我连照片都没要贴。但李弘毅还是摇头道，不是这个安全问题，你红绿不分，开车就是杀人！

那人一怔，脸立即通红，如果不是周围人多，说不定他就要开骂了。

李弘毅不再啰唆，转身就往外走，那人跟出来，李弘毅把定金掏出来往他手上一塞，又看他有点可怜，说，我劝你还是别开车了，闯了祸不得了，我又不能真的把好眼睛抠下来送你。他这话说得恳切，脸上也憨憨的，那人倒有点怕他了，一句也不再说，慌张地走了。

李弘毅回去就把这人的手机号码删了。如果不是早晨来医院的路上正好看见十字路口的一桩车祸，说不定这个色盲他也就做了。

从此他撇开了这个项目，如此一来，就等于所有的眼科检查都没了。这没什么。除了眼睛，李弘毅全身的各个部位都可以提供服务。"业务"相当兴旺，虽说是有一搭没一搭的，但收入已经超过了发广告。"老婆"据此相信他有体面的工作，稳定的收入。"老婆"在南京的日子，即便是节假日，有了业务他也得接。他夹个皮包去"上班"，到了下班时间才回家。一个白天可能只有一桩业务，费不了多少时间，他就在玄武湖公园里耗着，坐在湖边的长椅上看看湖，青山绿水，湖光山色。有时因为要空腹抽血，他不能吃早饭，正好把带的馒头拿出来，捏一点逗鱼。鱼们蜂拥而至，抢成了一锅粥，李弘毅乐得哈哈大笑。

有天他接了个大单子。肝胆脾胰肾全要做。找他的是个胖子，说话举止显然是个领导，李弘毅十分好奇他这个年龄身份为什么要找人来帮着代检，藏着掖着的咋回事？做这个行当不应多嘴，少打探，这个李弘毅当然知道，但有的人他自己会说。抽完血把B超单送去排队，因为人多，李弘毅就先到医院外面等着。那胖子远远地跟了过来，点上烟和李弘毅拉呱。说话间胖子接了一个电话，他扬着头，左手一指一戳的，声调虽不高，但那派头就仿佛前面正有个下属在接受指示。李弘毅很不喜欢他这个样子。原来是这胖子的单位年度体检,他想弄个一切良好。胖子对李弘毅说,上面吃饱了没事干,搞什么重新聘任,竞争上岗,个个都争着朝上拱,脚往下踹。他拍拍李弘毅的肩膀说,兄弟,我别的软档那是没有,就一个,脂肪肝,还有酒精肝。这不就找你了么。

李弘毅没忍住,指着胖子哈哈大笑。胖子愕然,呆了一下才说,不开玩笑,身体没问题才能提拔。李弘毅说,原来你有两个肝啊,一个脂肪肝一个酒精肝,哈哈!这胖子连鼻子上都有脂肪,酒味倒是没闻到。李弘毅想起了自己没有工作,跟"老婆"说是在劳动局上班,倒没问问这胖子是不是就是劳动局的。他心里一阵厌恶。如果不是仅仅定金就达到了一千块,他很可能当时就甩手跑了。

一个拥有两个肝的人找他这个只有一个肝的人,这事儿既滑稽又窝心。

这天他其实挺忙的,业务量饱满。下午还有个单子,验尿。这个简单快捷,很省事。不过这次比李弘毅刚入行的第一单验尿要困难得多了,因为这老兄的老婆是陪他一起来的。李弘毅本没有想那么多,老婆陪着来,关心呗,恩爱呗,撒尿拿钱,一手交尿一手接钱,避开她就是了。不过这老兄提前的一条短信把李弘毅点醒了,短信有好几句,最后一句要李弘毅"见机行事"。李弘毅再傻也明白了,这事有点缺德,那人要瞒的正是他老婆。可是箭在弦上不得不发,那老兄已经迎面走来,虽装作不认识,却使了个眼色。李弘毅缩不回去了。这老兄安排周密,又有男厕所这么个女人永远不能跟进来的地方,李弘毅只闻了几分钟臭气他们就在厕所里顺利交割了。李弘毅先出去,他看见一个女人正守在外面,看上去就是个本分女人。这女人比自己"老婆"年龄大多了,眉眼间还有点像。李弘毅突然觉得后背有虫子在爬。

李弘毅出了医院,找个柜员机,把钱存进去。柜员机嗡嗡了一阵,钱却被吐出两张。再试,还是吐。显然是假币。这真他妈过分啦!是谁?是上午那个双肝的领导?还是刚才借尿查性病的?这问题太复杂了,李弘毅皱起眉头也想不出答案。都像,也都不像。他李弘毅出的是最健康的血、最干净的尿,是哪个鸟人递来了假钱?!操!他一时不知如何是好。

忍不住回家跟弘道说了。弘道把两张百元票子对着灯光看了半天,也没看出个所以然来。他从皮夹子里掏出两张票子要跟弘毅换,弘毅手一挡不肯,他把假钱收到抽屉里说,我留着做个纪念,这钱到了你手上,说不定你要拿去给你的工人发工资。弘道火了,瞪他一眼甩门走了。

这活儿很难干下去了。弘毅虽憨,好奇心却重。他做不到什么都不问不听就闭着眼睛做下去。后来又有个男的,把女人肚子搞大了,人家扯住他不依不饶要结婚,他想找个不育症的人代自己体检,少精、弱精、畸精都行,以此洗脱。这个检查弘毅做不了,他太健康了,而且,那男的缺德缺大了。弘毅想,自己老婆要是怀了孕,他做梦都会笑醒哩。可他"老婆"十分讲究安全,这种好事不会降临。

虽说为了上交"老婆"的家用,他还不得不偶尔客串一下,但他现在挑客户了。不问清楚决不去做,缺德的更不做。是不是缺德他只有个模糊的标准,他也说不清,但如果能明确瞒骗的对象是某个人,他就不做,骗女人更是王八蛋。他也不帮助有传染病的去做厨师,虽然这并没有明确的瞒骗对象,但他觉得被欺骗的也包括自己。就像那些色盲的，他如果开车上路了，可不就是盲人骑瞎马？一头撞上他李弘毅也说不定——撞了别人也一样缺德啊。

那个陪着丈夫去验尿查性病的女人，面容憔悴，低眉顺目，李弘毅时常想起她。他觉得内疚。

事实上他也没有再做多久，前后大半年就彻底收手了。因为被"老婆"发现了。

16

发现弘毅代人体检，"老婆"也未见得就一定分手。真正的原因是，"老婆"据此发现弘毅其实并没有稳定工作。在父母和哥哥的策划怂恿下，弘毅一直说自己在市劳动局主抓下岗职工的电脑培训。"老婆"本来也信了，不过弘毅后来每接一单体检生意都要了解一下具体项目，还要问明找人代替的原因，这就需要谈，在手机里谈。"老婆"听出了首尾，起了疑心，稍一跟踪就穿帮了。

"老婆"走得很决然。骂了他一顿，衣服和个人用品都没拿就走了，自此从李弘毅生活中消失。如果不是看上李弘毅是南京本地人，个子又高，她压根就不会交往。她研究生毕业，有一份事业编的工作，即便相貌平平，在小城找个丈夫也不会很难。这个叫李弘毅的男人，现在在她眼里就只是个没有稳定工作的人，至于他今后怎么过，她想都没想过。即便李弘毅此后又做出了一些惊人之举，但因为这些惊人之举是悄悄进行的，没有多少人知道，她当然也不知晓。

李弘毅把"老婆"的东西全扔了，只留下一个电吹风。他退掉租的房子，重又住回家里的楼梯间。有时，他躺在睡觉的垫子上，随手拔掉摆在地上的台灯，插上电吹风，对着自己吹。风里有女人的香气，很热；再推一挡，更热，有点吃不消。因为插头的位置，他只能吹半边脸。于是，他父母会看见小二子睡着了，半边脸红彤彤的。摸摸，一边热，一边冷。

　　这大半年的"工作"收场了。也有一个收获，就是李弘毅借此做了无数次的各项检查，证明了他的身体无懈可击，所有的器官都绝对健康。可绝对健康的李弘毅，却挨了两记闷棍，丢工作，失恋。本就有点迷迷糊糊的李弘毅每天迷糊的时间更长了。很长一段时间，他有点丧魂落魄。在大街上走路，被一辆小车擦到，腿上蹭掉一块皮，他还没有开口责怪对方，对方反倒摇下车窗开了骂。李弘毅忍住火辣辣的疼，嘴里下意识地道歉，车子扬长而去后他才想起，该骂人的理应是他自己。

　　回家后他自己找瓶碘伏涂了涂，还做了一下正步走，哐哐哐，往前几步，向后转，又是几步。腿没大事，他很健壮，只是破皮的地方还在疼。想着想着还高兴起来，他知道一种说法：人人都有一副臭皮囊——他身体杠杠的！他这副皮囊吃香得很，是反复检验过的，汽车也只能蹭掉他一块皮。父母亲都出去遛弯了，家里很安静。他拿起电吹风朝破皮处吹吹，冷风还能止疼哩。

　　他钻到楼梯间躺下了。

　　臭皮囊，他嘴里念叨着这三个字，觉得有趣。记得在医院里穿梭奔忙的那段日子，有一天时近黄昏，他乘电梯下错了楼层，到了一个从未去过的地方，阴冷阴冷的，一个活人都没有，偌大的房间里有一排抽屉巨大的柜子，他突然明白过来，这是地下，是太平间。当时真有点害怕。弘毅躺在他逼仄的小床上，觉得那一天很遥远了。臭皮囊，他拍拍自己的胸口，咕哝了一声，困意袭来了。

有人在喊他名字。那声音不辨男女,没有性别,但很清晰。他起身,跟着这声音走了出去……走到一个巨大的入口,他迟疑了,但那声音在前方呼唤他,虽然辨不清那声音的来路,但声音总是在前方引导他。他走进了一条迷宫似的走廊,周围幽暗混沌,不断出现分岔,歧路亡羊,但他却没有迷路,他只是跟着那声音。

走了好远。最后一段走廊是直的,笔直,没有分岔,也没有尽头。依稀看见两边所有的门都打开着,但门里没有光亮,黑沉沉的。他在每扇门前都迟疑一下,拿不定主意走向何处。待他再次站定的时候,那声音又响起了:请跟我来,你不会迷路。

那声音飘忽在他前方。他跟着声音进了一扇门。门里没有人,没有墙,也没有窗,不是房间,是无边无际的空间。四野茫茫,若有若无的天光,如淡淡的晨曦或夕照,温柔地弥漫于天地之间。

苍穹之下,他茫然四顾,却发现自己正站在水面上,波光闪烁。不知怎么的,他不怕,他似乎失去了体重,在水面上行走自如。前方一张悬浮于虚空中的条案吸引了他的注意,他不由自主地走近了。条案上列队摆着一排容器。他从没见过这样的容器,瓶子不像瓶子,鱼缸不像鱼缸,虽然它们都是透明的。再靠近一点,他发现容器里好像有东西,悬在里面,轻微地晃荡着,似乎是飘在风中,又像是漂浮在水里,可是,他看不见容器里有任何液体。

他皱着眉头盯着第一个容器:是一颗心脏。他自然而然地知道这是人的心脏。心脏悠然漂浮着,似乎有轻微的搏动。他顿时呆住了,沿着条案看过去,每个容器里都有一个器官,心脏后面是肾脏、肝脏、肺脏……他闭上了眼睛,脚步不自主地继续移动。最后一个容器里似乎什么也没有,空的,他眨巴着眼睛还是什么也没有看见，却看到条案上正对着那个容器的地方有一个标牌，上面写着：角膜。

每个器官下都有个标牌，写的是心脏，肾脏，肝脏，肺脏……角膜。这是标本室吗？可那颗心脏正在律动，一放一缩，节奏明确有力，伴随着它的节奏，其他的器官居然也在舞蹈，在缥缈的音乐中，像一群快乐的精灵。他的心在狂跳，伸手摸摸，他胸前的律动竟与容器中的心脏完全同步！他吸了口气，稳稳神，心脏逐渐和缓，慢了下来，容器中的器官舞蹈也慢了，悠然地同步晃动着。

他觉得有趣，又大惑不解。乌云飘浮过来了，星月无光。短暂的黑暗后，一束光忽然照了下来，笼罩在这排容器上。他迷惑地朝天上看去，苍穹的深处射出了光，照在他脸上。那个声音又响了起来：你看，会有光，真的有光……这没有性别的声音已不是在说话，是在吟唱，声音如花瓣般漫天飘零。一阵微风吹来，他飘了起来，向着天空的裂隙飘去。光追在他身上，虚空中，世界婆娑，天花飘落，花瓣落在他身上，飘过他脸颊，继续向下界飘零。他越飘越高，双手扇动一下，如胁生双翼，居然又飞高了些，云外有云，天外有天，苍穹无穷尽，地上万物已渺不可辨。一叶花瓣落在他眼上，他拈起来一看，似乎是莲花的花瓣……身在飘，心也在飘，他依稀看见在缤纷的花雨中，那些盛着各种器官的容器升腾起来，围着他翩翩起舞。它们逐渐远去，向四面八方飞去；忽而又朝他的身体聚拢，越来越近，他胸口一颤，器官们嗖地钻进了他的身体。

他双手乱舞，腿上一疼，上方一阵炸裂，似有闪电划过……

弘毅揉着眼睛，看看身边：没有花瓣，倒有灰尘扑簌簌地落了下来。他咳嗽起来，摸摸脑袋，疼，原来是他猛然坐起，脑袋撞到了头顶的楼梯。

脑袋没有出血。腿疼。撩起裤腿看看，擦破的地方渗出了水。他拿来棉球，在上面按着。这时候他不但想起了刚才的那个梦，还想起了他曾被车碰了一下。他抬手把棉球扔出楼梯间。门响了，是弘道回来了。

弘道在家里转了一圈，没看见弘毅。弘毅在楼梯下大声喊，我在这儿，我打了个盹。弘道带了熟菜来。弘毅钻出楼梯间，捏起一块烧鹅塞进了嘴里，口齿含混地跟弘道有一搭没一搭地说着闲话，心里却总想着刚才的情景。弘道抬手拂去他头上的灰，疑惑地看看他，问，你搞什么鬼？弘毅说我没搞鬼，我就躺了一会儿。他终于还是没提刚才的怪梦。从太平间到标本室，地下天上的，青天白日的说这样的鬼话，自己能解释吗？

这一天的经历，从此埋在心里。

也曾琢磨过那非男非女的声音，他不懂，更不明白那一排透明容器是什么意思。李弘毅并不经常做梦，他的睡眠好得很，白日做梦那是唯一的一回。他对梦没有多少研究，却也明白，梦都是很难懂的，没来由，往往你都快忘记了还搞不清那梦说的是什么，有时事到临头你才会醒悟——这个白日梦是不是在证明他的五脏六腑都特别健康，有做标本的资格呢？八成就是这意思！想到这个时，李弘毅正在路上闲逛，他摸摸自己的胸部和腹部，调皮地朝世界挤挤眼睛，忍不住得意地笑出了声。

时间久了，虽还记得那一排透明容器里的器官，但前后的事情却越发模糊了。有一回路过鸡鸣寺，山上梵音悠扬，他突然怔住了，觉得耳熟，可却想不起曾在哪里听见过，鸡鸣寺飘来的音乐倒反而像个梦。

模糊了。渐渐地，亦真亦幻了。

17

弘道对他特别好，有点像父亲对儿子，总之远超出一般的兄弟之情。李弘毅迄今为止最体面的工作是在医疗用品公司上班，挣钱最容易的是代人体检。几年以后的某一天，弘毅瞎刷手机，看到一条新闻，是有人代人体检被抓了，他吓出一身冷汗。不由得又想起了那个曾经的"老婆"。

有零工他就去做，没事做就在家待着，有时出去转转。父母都已退休，父亲的退休金还不算少，但家庭主力还是哥哥。其实，到弘道的装修公司上班，也不失为一条路，但弘毅不肯去。只是有时候去装修工地看看，一副袖手旁观的姿态，可看到农民工吭哧吭哧地把水泥往楼上搬，他立即又会上去帮忙，一袋水泥一百斤，三楼五楼不在话下。水泥的价格是到位算钱，李弘毅的热心并不能为公司省钱，只便宜了卖水泥的，弘道又好气又好笑，也就随他。

弘道1987年上大学，毕业后被分配到一家小国有企业。很快国企改革，他这个大学生本不会下岗，可他自己把工作辞了。那时房地产已开始启动，街上冒出无数的装修公司。他学的是土木工程，搞装修正合适。但入行容易做大很难，他这小公司活儿不断，但真要发财，那也是遥遥无期。

他最担心的是弟弟弘毅。弟弟脑子不太好，在这个城市里，简直毫无出路。他帮弟弟找工作，找女朋友，最后全都泡汤。他曾对弟弟说，你就说你是我们公司的总经理，说着递过去一盒名片。他连这个都准备好了，可弟弟拿起来一看，扔出老远，说我再也不骗人了！这很缺德你不知道吗？！

弘道说，那就当副总，行不行呢？

弘毅说，也不行。打光棍的是我，又不是你，你们着急忙慌地尽出馊主意。

他说的"你们"，当然包括他父母。家人们都很关心他，这他很明白，但自从"老婆"决然消失，他对骗人就特别敏感。别的人骗人被识破，通常会完善骗术，他不是，他是从此特别痛恨骗人。他的憨，在此类事情上表现得特别明显。

不知哪根筋搭错了，他在家研究"割圆术"，就是刘徽和祖冲之计算圆周率用的那种方法。他拖来一张白纸，拿起一只碗扣在纸上，按着碗口画出一个圆，又在中间点出圆心，然后以圆心为中点，在圆内画出了六个一模一样的三角形，指着说，我们算不出圆的周长，但能算出这六个三角形的边长，说着在三角形里画线，看着弘道说，这个边长用初中的几何和代数，很容易就能算出来。他开始在纸上写算式，弘道见里面居然有根号，简直头大，笑道，你这不过是六条直线，并不是圆的周长啊。弘毅目光灼灼，指着纸说，我现在画的是六边形，但可以继续细化啊！我已经算到内接二十四边形了，我算出的圆周率是3.1，他沮丧地说，我有点算不动了，但这方法确实是正确的！人家算到了3072边形，得到的圆周率近似为3.1416，弘毅手一伸比出个大拇指，赞道，牛逼！

他这不是夸自己，夸的是刘徽和祖冲之。沿着这个思路，他不久又开始研究"极限"，有次吃西瓜，他一时兴起，操刀从西瓜上切下一个带皮的圆片，手一指说，你们知道这个圆的面积是多少？见家人不解，他笑嘻嘻地把圆片切成一个个小扇形，父母长舒一口气，以为他要正常地吃瓜了，不想他巴掌一伸，挡住了拿瓜的手，把桌上的那些小扇形一颠一倒地拼起来，居然拼出了一个瓜皮朝外的长方形。家人满脸疑惑，弘毅看看弘道说，你也不懂吗？这不应该啊，长方形的两个边相乘，不就是面积吗？不也就是圆形的面积吗？他得意地说，只要把扇形切得足够小，无限小，就能拼出真正的长方形——这就是极限呀！

西瓜汁在桌上淌，吧嗒吧嗒往地上滴。母亲咕哝道，瓜不吃啦？喝西瓜汁呀？父亲过去，把他手上的西瓜刀拿下来，扔到桌上，捏起个小扇形就是一口。其实看到弘毅拼出个类似长方形的样子时，弘道也就懂了，但他可没想到弘毅会说出"极限"这两个字，更没有预料到，弘毅还从极限向微积分迈进了。此后十来天，他趴在饭桌上，翻书，写一些弘道似曾相识而父母完全看不懂的算式、符号，有一天突然宣布，他把牛顿－莱布尼茨公式搞明白了，而且，他同意微积分是牛顿和莱布尼茨两个人各自独立发明的，他们都没有欺世盗名，所以，叫牛顿－莱布尼茨公式很公道——天才呀！两个天才殊途同归！

弘道悄悄偷看过弘毅的演算纸。微积分他虽然几乎全忘了，但认真看下去，大致也还能看个眉目。不得不承认，弘毅说他自学了微积分，还真不是吹牛。有一天，弘毅找到弘道，大惊失色地说，不得了啦，不得了！他们已经把圆周率算到31.4万亿位啦！弘道笑道，你不是也算到小数点后一位了吗？加把劲，你没准也行。弘毅说，人家是超级计算机算的，我可不能跟人家比。弘道说，万亿位，这不是吃饱了撑的吗？弘毅正色道，你不懂别瞎说，有人提出个问题——他停住话，等着弘道问，见弘道不好奇，忍不住自己说了出来——如果有一天，圆周率被算尽了，发现它是有限的，那我们就完蛋了！弘道说，怎么就完蛋了，不就是超级计算机没事干了呗。弘毅说，不是，如果圆周率是个有限的数字，那就说明平滑的圆是不存在的，真的是一个个小三角形拼起来的，那圆就是模拟的！弘道迷糊了，问，你这是什么意思？弘毅说，这就意味着，这世间所有的一切，宇宙星球，山川河流，你我他，全是像素拼起来的，我们全都是虚拟的！

弘道呆了。他稀里糊涂，似懂非懂。脚都软了，似乎这楼板也是虚拟的。弘毅叹道，数学我是不搞了，天分不够，也太吓人了，我还是钻钻物理吧。

弘毅把弘道的大学教科书找来，一页一页开始学习，研究。《普通物理学》之类，连弘道本人都忘得差不多了，那些公式图表在弘毅眼里，应该像道士画的符，可弘毅居然看得津津有味。这真是见鬼了。那些教科书就在弘毅睡觉的楼梯间里摆着，他最顺手，谁也没办法阻止他。也不敢阻止。那些书早已落满灰尘，被他拿到饭桌上钻研，看到妙处，手还一拍，烟尘顿起，弥漫在民国别墅的斜阳里。他深吸一口气，显得很陶醉。

这就难免经常拉着弘道讨论。先是牛顿三大定律，后来是相对论，再后来，暗物质、暗能量、黑洞都从他嘴里出来了。父母听得云里雾里，弘道目瞪口呆。有一些连他这个本科生都摸不着头脑，弘毅却说得头头是道。父母面露忧色，唉声叹气，反倒是弘道劝他们，这是好事，有个事情让他钻进去，蛮好；这个事情深奥得没有尽头，也没有结论，那就更好。父母亲鸡啄米似的连连点头。

不点头又能怎样呢？

那段时间，弘道忙得不可开交。他的两个发小当年也曾花一毛钱看过他的六指，突然就交了好运：他们家的房子拆迁了。原先那些平房曲里拐弯，这边搭个棚，那里垒个台，居然全算了面积，他们分别拿到四套和五套房子,还得了一大笔钱。房子多得住不了,出租前要简单装修一下,当然找弘道。开工饭上,弘道心里酸溜溜的,忍不住抱怨,瓦工木工全不够,我把他们都劈成两半也忙不过来;喝一口酒又说,我看你们赶紧离婚,再娶二房三房,房子还富余。两个发小不计较,倒是其中有一个的老婆,笑眯眯地拿啤酒浇了弘道一头。

弘道心里泛酸也难免,他们家那个院子里住的人家太多,开发商拿不出更多房子,又是公房,他家拆迁只得了一套。不过他弟弟弘毅终于有了自己的房间,他坚持要自己布置。谁能想到,他居然把外婆那张"天下為公"手迹拿出来,花了钱装裱配框,挂到了墙上。那些破洞缺了笔画,不知道是他自己还是裱画师傅用毛笔补了,实在不伦不类。母亲大惊失色,父亲哭笑不得,两人坚决反对。但弘毅岿然不动,他梗着脖子,戳在曾经高过但早已瘦小的父母面前,坚称这是文物。家里吵得鸡飞狗跳,也只能由他了。

弘毅的科学研究还在深入。他的演算纸常常铺了一桌子,幸亏他单住一个房间,家人们眼不见为净。你就是仔细看,你也看不懂;弘道能看出一点名堂,但那些纸上,除了+−×÷等通常的数学符号,连希腊字母都出来了,弘道读大学时,常常被它们在梦里吓醒,现在居然通过他弟弟又跑来吓他了。弘毅也学会了上网,他整天闷在房间里,还听到他啪啦啪啦在打字。打字就是在交流,据说,他已经跟很多科学家在一个平台上对话了。弘道想,原来你跟"民科"混在一起了,难怪思路稀奇古怪、上天入地的。他可不敢跟弘毅提"民科"这个词,只委婉地提醒他不要被网上的东西牵着鼻子走。弘毅大笑道,我怎么可能被他们牵着走呢?搞笑。你不知道吧,爱因斯坦发明狭义相对论的时候,也不是大学教授,他是瑞士专利局的普通职员,他在专利局搞出了相对论!我只是对科学感兴趣,学习科学,喜欢在生活里琢磨琢磨罢了,我又不想拿诺贝尔奖。

弘毅从他自己房间出来时,常常紧锁着眉头,或者是眉头舒展,面有得色。他问,你们说,人到底有没有灵魂?

母亲指指饭桌,让他坐下吃饭。弘毅把筷子拿起来,当成了教鞭,开始在空中比画。老师的教鞭是一根,他是两手各一根筷子。他很认真,脸上呈现的不是教育者的威严或者是布道者的恳切,而是启蒙者的热切。他不需要回答,连哥哥都只是个听众。他说,人是有灵魂的,美国科学家邓肯·麦克道高1907年就得出了结论。他先后把六个马上就要死的人放到秤上,在死亡的一瞬间,他们的重量都减轻了,灵魂飞升了——灵魂的重量是,大约二十一克。

父母听得寒毛竖竖的,不敢插话。弘毅继续说,那么人死了以后,灵魂哪里去了?我们为什么看不见?

父母埋头吃饭。只有弘道这个大学毕业生抬头注视着他。这不仅是在照顾弟弟的情绪,事实上,他还真有点兴趣哩。弘毅把面前的饭菜推开,举起两根筷子,在桌上摆出个直角,说,这是X轴和Y轴;他笑眯眯地拔过弘道的一根筷子,往桌上一竖说,这是Z轴,这就是我们的三维空间。弘道把筷子抢回去,指着墙角说,那墙角和地板线不就是个坐标吗?现成的。弘毅点头赞许道,你不愧读过大学。他说,在三维空间里,灵魂看不见,人死了,我们就以为什么都没有了,其实还有四维空间,多维空间,灵魂在四维空间里继续存在,人其实是永生的!

这个结论匪夷所思,连桌上的那条鱼,都张大了嘴巴对着他。

饭后,母亲洗碗,边洗边流泪,躲到房间里发怔。她的父亲,她自己，她的这个儿子，才三代，就过成了现在这个样子。都是好人，但这个小儿子实在让她放不下。她的母亲去世了，连现在这个新房子都没能住上。弥留之际，她早已不能说话，只在眼角流下一滴泪来。最后的一滴泪。母亲死前那么瘦小，恍惚中，母亲穿上了她照片上的旗袍，华丽的绸缎里，裹着一具干枯的身体。弘毅说人死了还有灵魂，母亲的灵魂在哪里呢？

幸亏这个小儿子其实很安分，从不惹事，憨得让人心疼。做母亲的帮不了他就只能随着他，做个好听众。她也确实长了见识哩，弘毅研究的问题常常从身边来，密切联系实际，从这一点看，他很在乎跟家人的交流。

他问，你们研究过镜子吗？

发问时弘毅正站在客厅角落的落地镜前，镜子很大，深红色的木质外框，古色古香。他嘴里叼着牙刷，两手平举，又竖起。他含着泡沫，抓着牙刷，在镜子前手舞足蹈地比画。他说，镜子里的人像是左右相反的，你们有没有想过，为什么不上下颠倒？母亲愣住了。她从来没有想过这个问题。

弘毅手里的牙刷直往下滴白沫。他兴致勃勃地在镜子上用白沫画线。这镜子可以调节角度，弘毅的牙刷一碰，镜子只小小地动了一下，镜子里的景物呼啦一下闪了，整个世界都在晃动，镜子里并不上下颠倒，但母亲的世界天旋地转。她摸着桌子退后，坐在凳子上。她勉强而又认真地点头，表示她听明白了。

这面镜子是弘毅外婆唯一的遗产。镜面已经换过好几回，镜子里是幽深的光阴，深不可测。她看见自己的母亲正站在镜子里，抿着嘴射出柔和的视线，像一幅画。

弘毅的兴趣点神出鬼没。他大概也研究了相对论，因为弘道有一天在他的演算纸上看见了爱因斯坦那个著名的"质能方程"：$E=mc^2$。弘毅偶尔到装修现场，在地上给几个民工写这个公式，还说光的速度也是有限的，每秒30万公里。弘毅拿起一根木尺说，这根尺子，如果在宇宙飞船上，就会比现在短。弘道在一边忙，假装没看见，倒不是他完全不懂，他是怕弘毅越说越来劲，耽误了工期。不想有个民工突然插嘴道，这个我听说过的，不光尺会变短，钟也会变慢，这叫，这叫"尺缩钟慢"效应！弘毅弘道都大惊失色，这个术语连学过普通物理学的弘道都不能脱口而出。那民工自知失言，赶紧偷偷看弘道一眼，还是没忍住，又说，我还知道在飞船上，人老得慢哩！

弘毅大喜过望，腾地站起，紧紧抱住他叫道，知音啊！那民工很不好意思地说，我高中数理化很好的，语文外语差，就差几分没考上。我高中同学里，有好几个当了教授哩。

弘毅似乎有心测试他一下，问，你知道光速是每秒30万公里，那我问你，光速能不能超过？

那民工迟疑一下道，好像，不能吧，只能无限接近，不能超过。

弘毅兴致大增，他不问了，自己侃侃而谈，他说因为光速不可超过，所以我们可以在其他星球上看见地球上的过去，却不可能真的回到过去。如果我们回到了从前，就算回到我们外婆年轻时的时代吧，如果我们发了神经，杀死了外婆，那没有外婆哪有妈妈呢，没有妈妈怎么会有我？他两眼放光，说这就叫"外祖母悖论"，又叫"祖父悖论"——回到从前，改变历史，就违背了因果律啦！他总结道，一切都是光，都因为光。

那民工瞪大了眼睛，直愣愣地看着他。弘道在边上咳了一声。

弘毅歪着头喃喃道，好像还有虫洞什么的，说是时空隧道，可以实现时空穿越，那样就可以回到从前了，可我还没搞明白。

这时墙角的大座钟响了。当当当，当当当，数着时间。弘毅说一切都因为光，弘道感到的却是光阴，是工期。他朝那个民工斜了一眼。

对弟弟好，这个是必须的。他跟弘毅一直生活在一起，哪怕他在北京上学期间，弟弟在北京当兵，也还是在一个城市。弟弟成了现在这个样子，他不能袖手旁观，决不会撒手不管。但不能影响生计啊！他负担重，这个家主要靠他。六年级时，他的六指做了手术，切掉了。虽说他哥俩曾用六指挣过零花钱，但切掉了才正常。人世间你不正常你就会困难重重，他明白这个道理。几天后，他找个理由把那个民工辞了。看着那民工嗫嚅着不知所措的样子，弘道顿时有点过意不去，但并不收回成命。谁叫你不做个正常的装修工呢？他们两兄弟，至少他李弘道，必须做一个正常的现实主义者。

18

李弘毅从不惹事。零零碎碎的收入也基本可以解决他的吃饭问题。他身量大，食量也大，父亲买菜，隔两天就要过江，到六合去，说是那里的肉新鲜，其实是因为便宜。父亲的高个子早就佝偻得矮了，一大堆菜拎回来，走到楼下就已经气喘吁吁。他看着四楼，捶着腰，不要他喊，弘毅就已经跑了下来，他算着时间开窗看着哩。弘毅孝顺，但他一提出他要去买菜，父亲就断然拒绝。他有老年证，乘车免费。

弘毅身体好，这么多菜拎上去，面不改色心不跳。做饭他帮不上忙，却和父亲探讨起人的直立行走问题。他的结论是，人的进化是有问题的，直立行走，怎么吃得消地心引力呀？人如果是进化来的，一定不会竖起来走，这多笨啊。进化论，鬼扯！人很可能是外太空里来的，那个星球比地球的引力小，直立没关系。说着，他走到父亲身后，像小孩子那样给父亲捶着腰。继续说，猪狗牛羊，哪个腰疼了？父亲看着地上袋子里的一条猪脊梁骨，没好气地说，你怎么知道它们不疼，你又不是猪。他这话无意间触及"子非鱼安知鱼之乐"之类问题了。李弘毅一愣，对中国哲学他不太熟，悻悻地笑着，一时接不上话。

母亲在洗衣服。人是从哪里来的？儿子说是外太空来的，他还说过我们很可能都是外星人的后代。这话简直要让母亲崩溃：你是我十月怀胎生的，我是我妈妈生的，这个还要琢磨吗？

父亲叹口气。他叹这个儿子运气不好。自己也当过兵，虽说吃了几年苦，但毕竟成了"工人老大哥"，厂里分了房子，工资也不低，改革开放初期他做采购员，手面很活，这个儿子却到了这般境地。虽说弘道有情义，但终归不是长久之计。自己死了，弘毅怎么办？弘毅的爷爷奶奶在小镇开过一家面食店，按规定，公私合营后只安排两个人工作，父母死后，那个店就跟自己没有任何关系了。否则弘毅操持个小店，也能娶妻生子，也能养家糊口。只能走一步看一步了。

因为活儿不好找，李弘毅在家蹲久了，居然也开始发福。肚子以前是六块腹肌，平平的，硬起来像铁板；有一天他突然发现，肚子似乎有点大了。称一下体重，居然长了十斤。他一米八八的身高，这点增长其实看不出，可他李弘毅是个有资格代人体检的人啊！从此，他加强了锻炼，在家练哑铃，做俯卧撑，远足，一个人在南京城四处溜达。他做事很有恒心,也不声张,自己用毛笔写了"天行健,君子以自强不息"贴在墙上,与外婆的书法隔空相望。他不声不响地出去,悄没声地回家。在家他就很安静。除了偶尔在饭桌上把筷子使得像指挥棒,滔滔不绝,其他时间都在自己房间里待着。但外表安静的人,只要头脑里精骛八极,心游万仞,他就不可能真正安静。有一天他在墙上贴了一张纸,是一个表格,左边是年份、日期,日期并不连续,对应的右栏被他画着奇怪的符号,一共三种,★、☆或者×。家里人都不懂什么意思。他也不说。他们注意到,弘毅画符号,都是他刚从外面回来时。他们还发现,如果画的是五角星,他就会很开心。弘道甚至看出,他画☆的那天,最开心。

都不明白这是什么意思。他如果画了×,就会一脸沮丧,有时还会关在房间里生闷气。遇到这种情况,家里人都特别小心。问也不能问,劝又不能劝,他们只能装着没看见。这样的情况,一直持续,持续了好几年。

李弘毅宣讲科学,效果其实不太好。就是说,常务听众,他的父母,越来越老了,他们越发打不起精神。他们也想装出饶有兴趣的样子,但听着听着,一个不断地点头打盹,像是在赞成;另一个,他父亲,居然溜到床上响起了呼噜。李弘毅捡了条猫回来,他虽然不能对猫讲,但猫会和他互动,李弘毅手一指,或者手一挥,并不是针对猫,猫也会把爪子举起来,一戳一戳的。他的猫有个很奇怪的名字,奇怪得家里人打破脑袋也想不出为什么叫这个名字,问他,李弘毅说,这是薛定谔的猫,小薛!

那猫喵地应了一声。

这下连弘道都不懂了。他上网查了一下,这才知道薛定谔是个外国人，物理学家，薛定谔不是养了一只猫，而是提出了一个著名的思想实验，是一种推演。实验是这样的：在一个密闭的盒子里有一只猫，以及少量的有毒放射性物质。这种物质有50%的概率会释放出毒气，杀死这只猫；有50%的概率不会释放毒气，猫就活着。猫到底是死是活，打开盒子才会知道，而在盒子没有打开前，薛定谔认为，猫一直保持着不确定性状态，就是说，猫不死也不活，生死叠加。

不观察就不确定。

弘毅已经飞到量子力学了。更基础的物理学知识是"双缝干涉"实验，这个，弘道当然学过，可量子力学、相对论之类，太复杂了，那是人类中的极少数天才对宇宙的追问。时间会不会倒流，光速能不能超越，空间是不是只有三维，宇宙有没有边界……还有，人从哪里来，又会到哪里去？梦中的人，是不是进入了多维空间？

问题太多了。网上翻翻，就似乎永远看不到尽头。弘道确认的是，人是肉体凡胎，会老，也会死。现在不至于饿死了，但一定会老死，病死，或者，遭遇横祸而死。他关心着弟弟，胡思乱想没什么，养只猫叫小薛更没什么，但千万不要真的去做什么实验。对此，弘道的态度很明确。看着面容严肃的哥哥，弘毅笑了起来，嘎嘎笑着直不起腰。他指着刚买回来的木制猫窝说，你以为我会用这个做实验？亏你想得出来！薛定谔的实验必须用铅质密封盒子，我哪有？我也弄不到放射性物质啊！他总结道，老哥，看来你对量子力学并不内行，你也不了解我。

这时的弘道已经结婚了，分出去单过。因为操心弟弟，他还经常到父母这边来。好在弘毅身体很好，从不生病，只是脑子在飘，并不伤人。有段时间，他进了一家物业公司，在一栋写字大楼做保安，已经安定了很久。他这个做哥哥的，只需要提醒他不要惹事，老实工作就可以了。对弘毅源源不断提出的那些问题，譬如手机充满电、装满视频，是不是会增加重量之类，老实说，弘道也觉得有意思，不过他觉得，手机是不是增重，远没有手机里有没有钱重要。

　　弘道的老婆做房产中介，也是个贤惠人，不嫌弃他这个弟弟，时不时还做点菜让他带过去。弘道买了房，还贷压力很大，孩子还在老婆肚子里，没出生就张了嘴要吃，老婆食量大增。装修公司多得泛滥，恨不得比要装修的房子还多，生意并不好。孩子一周岁后，弘道就又兼了职，装修公司清淡时开网约车。夫妇俩他开夜班，老婆开白班，孩子放在父母那里照看。那一年，南京出鬼了，天气异常，连续两个月阴雨连绵，装修工程只得全部停了。夫妇俩差不多也就交接班时能说几句话。说句不好听的，连夫妻那点事儿都只能挤在交接班时间，匆忙潦草，脑子里还有个计价器在计时，意思意思罢了，马虎得简直没意思。

　　他们的小家需要钱。父母需要钱。弟弟也需要钱。时间能不能变长或缩短他不知道，但显然，做爱肯定挤占了车子的运行时间；飞驰的汽车里尺子会不会缩短他也不知道，知道的是，衡量时间的尺子，是里程，是钱。

　　李弘毅看出了哥哥的忙碌。弘道把带来的几样菜放下，马上就要走。弘毅追着他说，我也能开车的。让我开，行不行？

　　弘道说，你有驾照吗？

　　弘毅说，我去学呀。三个月。

　　弘道丢下一句话，你还是老老实实做你的保安吧。我怕你撞死人。

弘毅说，我怎么会撞人，我救人还差不多。

弘毅活得兴致勃勃。他锻炼身体，琢磨问题。在物业公司做保安是他第二长的稳定工作；第一长的是医疗用品公司，丢了那份工作他才去代人体检的。弘道早已决定，家里的这个房子以后就留给弟弟，自己再难也有办法。对这个弟弟，他既心疼又内疚。谈恋爱的时候，他就对老婆明说了，他有这么个弟弟，接受他，照顾他，这是前提。弘毅研究的那些问题，也不能说完全没有意义。他就曾指出，化石能源是有限的，这谁都知道，所以我们现在大力推行电动车，电动车用的电是哪里来的？主要还不是烧煤、烧油、烧天然气吗？只不过是把城市的污染转移到偏远地区的发电厂去了。偏远地区就不是祖国大地吗？电厂上面的天也是祖国的天嘛？

他说到这里，弘道觉得有话说了。他说，反正我的出租车就是电动的，油钱省掉一大半不说，南京的雾霾天也确实少了呀。我支持电动车。

我也不反对呀，弘毅说，我知道发展电动车是国家战略，老外的油车搞了一百多年，我们很难追上，石油也容易被卡脖子，所以我们要换道赛跑；我还知道我们的特高压输电技术独步全球，这我都懂。他锁着眉头正色道，可说到底，人类必须有节制，节约才是正道。人类不能太奢侈了。

弘道无言以对。弘毅逻辑严密，但似乎有点偏执。但这偏执的人显然视野更宽，他站在地球和人类的角度考虑问题，争起来自己肯定必输无疑。

弘毅嘻嘻笑了。

光是讨论其实也没关系，但弘毅还要落实到行动上。对"低碳"弘毅举双手赞成——他真的举起双手，用力攥起拳头一挥，宣布家里要实行节能环保。他说到做到，夏天空调尽量不开，顶多调到 28 度，比国家倡导的还高两度；烧水前先把放满水的水壶摆在阳台上晒，可以利用太阳能；他的演算纸绝不留一点空白，铅笔写过了还可以再用圆珠笔……在公司他也如此行事，晚上最后一遍巡查，几十层楼，坚决不乘电梯，爬楼，锻炼身体，顺便把所有能关的灯全部关掉。

这其实也没什么。问题是，他关灯太勤快了，有时就越位了。某个偌大的办公室还有人，有一个人还在加班，李弘毅会自作主张把其他灯都关掉，只留下那人顶上的一盏灯，甚至还劝人家只用台灯。这就过分了，那人被领导要求加班，正一肚子鸟气，领导不管灯，你一个保安管什么闲事？！那是一家新能源设计公司，弘毅向加班的人直接指出，风力发电并不完全科学，不说它的噪声，仅仅是影响了鸟类飞行路线这一条，就很可恶，你可能还不知道，美国加州每年被风叶打死的鸟儿就有七十万只。那个被要求用台灯的人目瞪口呆，主要还是没想到一个保安会说出这样的话。弘毅又说，大气的流动直接影响着气候，你们把风的动能截留了，变成了电能，可该下雨的地方干旱了，有的地方却又发大水了！

这帽子可不轻。那人说不过弘毅，恼羞成怒，啪地把最后一盏灯关掉，抬腿走人了。

不少人都觉得这个保安是个怪人。投诉不断。写字楼的业主们不满了，租户都是衣食父母，得罪不起的。物业公司找弘毅谈话，警告他不要再多管闲事。弘毅讪讪地，表示接受批评。但又解释说，他主要是看不惯那个什么新能源公司，他们搞的什么太阳能电池板，那不是鬼扯吗？造电池板的污染就不是污染吗？怎么降解？

降解不要耗能吗?

领导直皱眉。这些问题他想都没想过。他不想多啰唆,提醒弘毅,你要看好的,是自己的饭碗。顿一顿,觉得还是要明确交代一下,他说客户自愿交电费,不关你鸟事。你不许再随意关灯!

灯,弘毅管得少了点,也安稳了一段日子。但他的理念很固执,他的思维极其活跃。这几年,健身锻炼的人多起来了,老年人尤甚。弘毅对这个很理解,他自己也锻炼身体的。问题是,有些老年人太厉害了,让人不得不佩服。他们占据了各个小区的露天健身器材,扭腰、压腿、撞树,有的还上单杠,他家小区就有个老头,居然能做双手大回环!他曾经是奥运冠军吗?!当然拥有这般绝招的也不多,更多的是跳广场舞——你是我的,小呀么小苹果……跳完舞他们还有余勇可贾,晚上又暴走,打着"老年暴走团"的旗子,在大街上健步如飞,步伐整齐,连服装也整齐。弘毅看了心有所思,父亲说他想起了他当兵时的列队正步走,母亲说她觉得像当年的红卫兵。弘毅没见过这些,他突发奇想,想到了能量,想到了能源。减肥减下的肥肉可以拿去烧,代替煤炭,这样说太刻薄过分,弘毅想到的方法更科学,更人道:应该造个高塔,塔上建一个小便池,鼓励登高锻炼的人爬上去,他们总要撒尿,大量的尿液具有势能,沿着管道冲下来,就能发电——这真是个好办法啊!弘毅似乎已看见那高塔上的灯,被尿液电点亮了,在城市上空发出了最环保、最智慧的光——转念一想:造高塔不要钱吗?不需要能源吗?这个思路是对的,但实施方案不完美,应该建议政府开放现有的高层建筑,电视塔之类更应该开放——锻炼的人不准坐电梯,如此一来,尿液电就几乎没有成本了。

他说他要给市政府提书面建议，不知他真写了没有，也可能他提了人家没搭理他。但有件事他是做了的，家里人都知道。他不知从哪里买了零件，在家里乒乒乓乓敲打了好几天，做出了一个奇形怪状的东西，弘道一眼看出，是一个简易的小水力发电机。弘毅演示了一下，他把一盆水从漏斗上倒下来，底下的叶片转动起来，一根电线拖着的小灯珠居然亮了！

家人严令他不能在家里的厕所里瞎搞。弘毅倒也不执拗，他认为落差还不够，这东西要装到底楼才更管用。他说，落差的专业术语叫"水头"，水头越大，电量越大，这你就不懂了吧？

最后这话是对他哥哥说的。弘道确实不懂。他不但不懂，更没预料到此事的后果。弘毅把他的发明装置带到了写字楼，直接找到物业公司的经理，演示一遍后，劝说他把装置安装在一楼。大楼有五十二层，几千人在里面办公，他的发明，将把所有人尿液的势能，全部转化为电能，这是多大的能量啊？再改进改进，照明就够了！

他想得很细致，又补充道，男人的尿液好收集，女人的目前只能暂时放弃。李弘毅谈得认真，老总听得也认真。等他说完了，老总更认真地对李弘毅说，你结账走人吧。

李弘毅丢掉了他的最后一份稳定工作。诡异的是，一个新能源公司的小伙子，就是为了关灯和李弘毅吵了一架的那个，居然在李弘毅辞职的第二天也主动离职了，原因不明。其时，李弘毅已经走了，他如果知道这个事，十有八九会顿起知己之感。

文化公司的老总万风和，下班时看见保安小李正脱下身上的制服，整整齐齐叠好，一件件往桌上放。他看见小李朝那沓制服行了一个军礼，动作刚劲干脆，很正式。小李还没来得及穿上他自己的衣服，一身秋衣秋裤行礼，实在有点幽默。万总明白，小李这是不做了。他没有多说什么。他想起了他们在长江大桥上的那次相遇，还是没说什么。毕竟，小李并不是他文化公司的人。正常来说，此人将从此离开万凤和的视野。万凤和不可能想到，这个小李未来还将以另一种方式进入他的生活。

以一种不可预测的密切方式。

第三章

19

日月轮回,春去秋来。李弘毅的日子也就这么过着。他的脾气越发好,以前说到科学,他会兴致勃勃,现在他连话都少了。也不是闷闷不乐,而是,心里的话不太愿意跟别人说。保安的工作丢掉,不能说不后悔,但既然后悔没有用,他就不抱怨。除了偶尔做做零工,他不再奢望一个稳定的长期工作。他每天也没闲着,出门做些什么,回来不说,家里人也不问。他们知道,他绝不会做坏事。这一点,他们很放心。

李弘毅对自己的过往也有总结。这世上,要是有后悔药该多好啊!理论上,他希望时光可以倒流,但实际上很难,所以后悔药是人类最想得到、实际上至今没有发明的仙丹。你可以防止出现某件事,但无法把过往抹去。他突然脑子一亮:解酒药不就是一种后悔药吗?挡不住、没忍住,你喝多了,几颗药吞下去,酒解了,就没事了,不就等于没喝吗?还有一种避孕药,叫什么"事后避孕药",在事后还可以防,不也差不多是时光倒流了吗?还落得快活了一回哩。

想到这些,寡言少语的李弘毅顿时又兴奋起来。他忍不住笑嘻嘻地跟弘道说了。弘道觉得解酒药就是后悔药这个说法很新鲜,有时还真用得着,自己应该备一点儿。但告诫弟弟,不要再胡思乱想,专业的事自有专业的人来做,那些医药公司,他们会想不到这个?弘道悄悄把弘毅的话告诉父母,母亲幽幽地说,他这是想女人了。父亲一拍大腿说,琢磨什么避孕药啊,没女人哪用得上!母亲说,他有了女人也不准用,我不要抱孙子啦?

两个儿子都大了,父母腿脚不便,尤其是父亲,身体更差,只能目送着兄弟俩往前走。弘毅年近四十了。他身体依然精杠杠的,对找女人,他也不急,因为急了也没有用。日子慢慢过着,但有些事是你料想不到的。那天弘毅在弘道那边帮忙,兄弟两个一起回家,正在爬楼梯,脚下突然微微晃动起来,先是上下抖,脚下有点发虚,紧接着开始晃起来,像筛糠,人站不稳。弘道一把扶住栏杆,满面惊愕。有人往楼下跑,弘毅说,地震!岔着步子就往楼上冲去。

家里的门已经开了,父母听到他们的脚步提前开了门,这会儿站在门口,不知所措。只听得家里咣当一声,有什么东西掉下来了。

他们进门时震动已经停止了,墙上的"天下为公"掉在地上,画框断裂,玻璃四散,地上闪着破碎的阳光。手迹这下子彻底摔烂了。楼下乱哄哄的,议论纷纷。弘毅把地上收拾干净,手被碎玻璃划破了,淌了几滴血,一张创可贴也就解决了。很快他们就知道,是四川有个地方叫汶川的,发生了大地震。这是2008年5月12号,下午两点二十八分。

电视里开始滚动报道,灾区的消息令人揪心。弘毅悄悄去捐了一点钱。街上摆了不少捐款箱,他往一个箱子投了钱,走出一段,拐个弯,又出现了一个捐款箱。弘毅的手插在裤子口袋里,几张钱捏得紧紧的。那小姑娘脸上红扑扑的,拿着电喇叭,声音有点沙哑。弘毅的手在裤兜里捻捻，伸出来，又往箱子里塞了两张。小姑娘对他说谢谢，谢谢你。她也不关喇叭，那声音太大了，像吵架，弘毅被吓了一跳，很不好意思。弘道塞在裤兜里的钱还剩下一张，他用这一百块钱把外婆的手迹重新修好了。

他房间墙上的那张表格，日历不像日历，日记不像日记，天书一般，却跟科学无关，家里人始终没看懂。他们只注意到，弘毅回来，常常走进自己房间就关上门，不知做些什么。稍一留心，就能看出，表格上的符号，又增加了：★、☆或者是 ×。

表格画得很工整，符号也很工整。比他上学时在作业本上写字还要认真。一张纸已经画满，弘毅又在下面接了一张，下面还空着很长。那张后接的纸没有贴实，翘在墙上，风一吹，微微扇动。母亲找到胶带，仔细地贴紧了。

很快，北京就开奥运会了。母亲也爱看，她只看排球。女排。她喜欢看到中国队把对方打得手忙脚乱的样子。排球老是在空中来回，仿佛那是个烫手山芋，或者是炸弹，谁都不愿意落在自己这边，她看得焦心；球终于落下来了，她长舒一口气，简直如释重负。排球直接砸在地上的那一声"咚"，她特别喜欢，这多爽快啊，比她的生活爽快得多！弘毅父亲喜欢看篮球，原因很简单：他当年在部队，因为个子高，也算个好手。那是他的青春。可老两口不明白，弘毅怎么就那么喜欢看跳水呢？有跳水他必看。他们实在不明白，傻乎乎地爬那么高，一头扎下去，那有什么意思？压水花，水花还能压？扔个石子下去不是更没水花吗？可弘毅很专注，目不转睛，大气不出，突然又站起来振臂欢呼。口中还念念有词，207B，307C，5255B，5253B，据说代表了各种动作，她听得头晕。老伴更糟，他站在电视前看了一会儿，向前，向后，各种翻腾旋转,他突然觉得天旋地转,敲着腰,自己躺到床上去了。他血压高,身体大不如前了。床上传来他的声音,弘毅啊,你怎么会喜欢看这个啊?

父母亲年轻时也老吵架,将军女儿跟采购员,不吵架才怪。但慢慢地却越来越合拍了,越老越和睦了。他们对跳水的观点一致,都觉得是吃饱了撑的。弘毅却津津有味。他喜欢跳水,主要是喜欢这项运动的专业性,他就是这么个人。还有个原因他不好意思说,其实家里人后来也都知道了:有个女运动员拿了两块金牌,电视上深度报道,原来她小学和弘毅弘道一个学校,是校友。学校绝不是名校,却出了一个名人,欢腾起来了,校门口挂上了巨大的横幅,这一片的居民都觉得脸上有光,喜气洋洋。仅仅是校友,并不是同学,弘毅却觉得他们是一条道上走出来的。那校友此时正在北京闪光,他自己其实也曾在北京当兵。他还有一张天安门前的留影哩。

弘毅看得很沉迷,简直希望先行开始的跳水项目永远不要结束,其他项目再等等也没关系。他随着运动员的动作凝神屏息,跳起,燕子般飞翔,入水,美妙的水声,眼前一片碧绿。他如此沉醉,其实原因很玄妙,他自己并没有仔细分析。他墙上的那张纸,那个古怪而未尽的表格,它也与入水有关,入水跟入水可不一样,因为看奥运,他暂时把那张表格忘了。几个月前的汶川地震,他捐了钱,而奥运会他连门票都不需要买,他感到有福了,这就是在吃免费大餐啊。

街头的电视大屏光芒四射,很多人驻足观看。无数的电视,在千家万户闪烁,映照着一张张兴致勃勃的脸。正值酷暑,所有的空调都开着,城市的电力消耗达到了峰值。

20

万风和家的电视机也开着,他躺在沙发上,半睡半醒。虽然他也在看跳水,虽然他的电视机和很多人家的电视机被有形无形的线路连接在一起,电视也在同一个频道,但他绝不会想起那个保安小李也在看跳水。万风和早已把他忘了。

有点累。不时响起的欢呼声才喊得万风和睁一睁眼,所以他总是错过最精彩的动作。万风和年轻时也爱运动,但运动已离他很远,偶尔的健身,那谈不上运动,谈不上乐趣,那是为了续命。三十几岁的时候,公司正处于上升期,他忙得脚不沾地,浑身有用不完的劲,但有一天看电视,足球赛,他看见一个著名运动员做出了一个倒挂金钩,很精彩,忍不住喝彩,解说员却说,某某三十岁了,一员老将,这一定是他运动生涯的最大闪光。万风和一怔,像挨了一棒。老将,三十岁。那解说员像是发了神经,整场比赛,他就会说个"老将",这个老将,那个老将,人家三十左右就是老将,就他一个解说的是小将!万风和心里一阵哀叹。从那以后,他就明白自己也老了,老将了,对运动场而言,只是个观众了。他对跳水并不情有独钟,他不太喜欢这种自己跟自己较劲的比赛。他开着电视,只不过是因为寂寞。

他和璟然已经领了结婚证,但她还没有调来南京。从上海调到南京的比较少,一般说来,被视为一种牺牲,万风和知道这个牺牲的分量。周末或节假日,他们会团聚,更多的日子,他还是要独守空房。他有一眼没一眼地看着电视,并没有觉得璟然不在身边一起看是个多大的遗憾。他觉得家里缺了一块,可缺的那块,不是璟然,而是杜松。

他的心，至今仍然被杜松牵得隐隐发疼。

生活是实在的，如嘴里的牙齿，缺一颗都难受。对杜松的牵挂，远比掉了个牙齿更严重，像血管狭窄，像心肌缺损，一想到他，万风和就会悚然一惊，心脏似乎瞬间停跳。他的心在破损处流血。

曾以为那根拉得他生疼的线，咬咬牙用力一挣也就断了，没有想到，那不是一般的线，那是钢丝。

他故意屏蔽着杜衡的任何消息。有时见到杜松，杜松随口也会流露一两句，妈妈生病了，妈妈出差了，我住到外婆家了，等等，万风和从来不搭腔，乖巧的杜松没办法再说下去。有一次的消息万风和却听进去了，而且在意了，杜松说，家里老来一个叔叔，妈妈跟他有说有笑的，他还在家里吃饭。万风和心中一震，差一点就问，他在不在家里睡觉？可是他没有问，装出以前那副事不关己的样子。几天后杜松又来了，这次眉花眼笑的，心情格外好，缠着万风和帮他做一道数学题。那是一张数学卷子，杜松分数并不高，万风和不知道他怎么还那么开心。题目不算难，万风和思谋一下就做出来了。杜松一拍脑门，嘴里说还是我老爸厉害！他朝万风和竖起大拇指，说，我昨天说他不行，他还不服气，我妈就跟他吵起来了。杜松站起身，学着他妈妈的样子，眼瞪着那个"他"，手指着门说，你滚蛋！杜松笑嘻嘻地说，他就滚了。第二天第三天都没来，他不会再来了。

万风和笑笑，不知道说什么好。这是杜衡传到他耳里唯一的"绯闻"。万风和不打听，可说他完全不关心那不是真的。他只是不便置喙，还有点，嗯，厌恶。

万风和心里有点堵。他捂着胸口起身，找到复方丹参滴丸吞下了。如果说他是被杜衡打了一枪，差不多一枪毙命，那与杜松的撕裂就是被分尸。很长一段时间，他就是个行尸走肉。他工作，觉得空虚，不知道为什么要忙；电视里的新闻，美国总统大选，某地发生军事冲突，他都觉得怪诞，他告诉自己，这一切都是假的，都是虚拟的。据说最新的技术已经发展到可以虚拟世界，比3D电影更厉害的技术已经出现了，你看着好像是真的，但其实是人家做出来的：那两个总统候选人，唇枪舌剑，可你见过他们吗？是真人吗？中东打仗的硝烟，你闻到了吗？他们身着迷彩服，彼此对射，炸弹落下血肉横飞，你怎么知道这就不是虚幻？可能只是哄你眼睛的电子游戏而已。

　　这些是哄别人玩，跳水是哄自己玩。减肥吗？那爬楼梯就得了，爬那么高又跳下来这算什么？电视里的镜头滑稽而虚幻。这次的奥运会在北京，北京他当然是熟悉的，但他现在人不在现场。一千多公里哩。那个本市出生的运动员出场了，万风和稍稍打起了精神。她起跳，一连串花哨的空中动作，入水，掌声雷动，他家的前后楼腾起一片欢呼声。万风和看着重放的慢动作，突然想问问杜松，懂不懂那些207B，5255B？他拿起手机，却又放下了。杜松不见得就在看电视，他可能在做作业，接电话的很可能是杜衡。万风和不想被她中转。他拨通了璟然的手机。

　　他问，你有没有在看电视？跳水，有个南京的运动员。璟然笑道，我又不是南京的。我还知道有个苏州的，我老乡。可我在备课，我也不怎么喜欢跳水。万风和嗯了一声说，你这么一说，我也不想看了。吃饱了撑的。她说，你看呗，你难得歇下来，正好休息。跳水其实最有意思的，我小时候差一点被选去练跳水。这本是个有趣的话题，但万风和又只是嗯了一声。璟然说，这里面有人生，有哲学。万风和说，别谈哲学。说人生我还有点兴趣。好，那就说人生好了。璟然谈兴渐浓，她说，我们每个人的人生其实都像跳水。我们站上跳台，然后，跃起；短暂的上升后是自由落体，伴之以一连串动作；最后入水，动作结束。这是跳水，也是人生的缩影。

万风和其实被触动了，但他笑道，你说的是英语，可我学的是俄语。他的意思是他听不懂。

手机里传来了电视机的声音，与万风和面前的略有延时，但显然是同一个频道。这时正在亮分，好几个裁判打出了十分。电视机都像要炸了。小姑娘鞠了个躬，笑靥如花，张开双手向观众致意。解说员几乎喊破了嗓子，但璟然的话紧贴着万风和的耳朵，有金属的质感，她说，这小姑娘其实跟我们一样，你我她全一样，从一出生就开始走向死亡，没有例外，正如绝不会真的有人万寿无疆。就像这小姑娘，她从高处跃起后，最后的结局必然是落水。

万风和坐了起来。他说，照你这么说，那我们还不如不要出生。

不。这由不得你，很多事由不得你。璟然说，但落水前的自由落体时间是我们自己的。

万风和说，理科我可比你好。只要是自由落体，从跳台到入水的时间就符合物理定律，早已注定，不能拖延，无可抗拒。

是的。璟然说，所以运动员才要屈体、转体、旋转，穷尽想象，挑战极限，她嘻嘻笑道，5225B，把数字和英文都用上了，这是为了跳出个性，玩出花样，活出精彩。落水是必然结局，落水前的时间也早已注定，但跳水者各自精彩。

万风和似乎被她的话吓着了，心狂跳，心脏似乎也要跳出花样。他平躺了下来。他承认,璟然基本正确。但这种正确很冷,很坚硬。璟然察觉到了他的沉默,笑了起来,她说我们早已过了吃不饱饭的时候,对不?我们现在要发挥的是吃饱了撑的游戏精神。

你说要游戏人生?

璟然说不是,是要好好活。顿一顿说,今天你太累了。早点睡吧。

明天我就回去了。她打了个哈欠,又说,我换了个台,在看电视剧,你知道我想到了什么?

什么?

璟然还没说话倒先吃吃笑了起来。她说,电视里哭哭笑笑,家长里短的,我在想,如果所有的演员,都不许穿衣服会怎么样?

万风和一怔,瞪大了眼睛,璟然继续说,如果所有人,在任何场合都不穿衣服,赤身相对,那又会怎样?

万风和脱口道,那不是色情片吗?

璟然说,你别瞎想。我是说,如果所有人都不穿衣服,譬如在开会,大人物讲话,他手一舞一挥的,慷慨激昂,可那东西却一晃一晃的,如果他的特别小,那是什么样子?你一定会笑出来——所以呀,衣服是人世间第一重要的事情。

万风和笑道,这是人类最伟大的发明,好啵?你这次来,我要陪你去买衣服。

璟然在手机里笑得咯咯的。

周末就可以团聚了。他们平日里交流也不少,这次的通话算是特别深入。他把璟然关于衣服的话理解成一种调情和撒娇,却对跳水的话题念念不忘。他稳稳神,端正地坐好,摸出手机调到了秒表模式,很快就发现了璟然的话里有一个漏洞,一个不严密的地方。

显而易见：运动员的落水时间其实并不完全相同，那些在跳台上使劲向上跳跃的人，入水前的时间要长一些，大概能多出一秒，这多出的一秒，就是争取得来的时间。

窗外除了间或传来掌声，更远处，有隐隐的激越音乐，那是广场上大妈们在跳舞，与她们热衷的保健品相配合，这是在努力延长落水时间。他万风和自己每天吃药，何尝不是做着同样的努力？但万风和已经不想再跟璟然辩论了。

他不喜欢辩论，尤其是在电话里。也许，这是以前跟杜衡时常发生的争吵和冷战留下的后遗症。他和璟然还没有开始朝夕相处，短暂的相聚里所呈现的是琴瑟和鸣，风和日丽。但璟然的思维有时会出乎他的预料，有的时候她似乎有点飘忽，但他承认，璟然显然比他更通达，更开阔。

在手机里谈论跳水之后，奥运会尚未结束，璟然回了一趟南京，他们去秦淮河西的宝船厂遗址散步。遗址已建成了一个公园，被无数高楼包围着。说是遗址，可看的东西还真不少，都跟船和航海有关。一个巨大的坑，让一具船身残骸重见天日——这就是当年郑和下西洋的"宝船"了。一根洞痕累累、长达十余米的舵杆被移到了陈列室，你可以想见宝船巨无霸级别的吨位。

那是中国的大航海时代。

遗址公园里杨柳依依，蝉鸣悠然，他们沿着小河徜徉。河边的标牌提示，这里就是古船坞，好几条平行的小河通往秦淮河，连接长江。可是江面现在看不见了，六百年过去，长江已在几公里之外。河边游人如织，还有不少外国人。他们的体型都有点奇怪，要么特别高大，有几个居然超过两米，另一些却特别娇小苗条，比一般中国人还矮小得多。万风和盯着一个金发碧眼的小姑娘看，那小姑娘笑笑，朝他摆了摆手。璟然咯咯笑道，知道你就会看美女。

万风和说，人家还是个孩子，肯定是他们的项目结束了，来这里玩玩。

璟然说，你还能想到他们的来历，看出他们的身份，了不起！她俏皮地竖了竖大拇指。

万风和笑道，我不光是个男人，还是个有阅历的企业家，你别小看我。

哪敢啊，璟然说，我从来不小看任何人，当然包括自己的男人。她含笑扬眉挑了万风和一眼说，我们国家有人反对举办奥运会，说费钱什么的，你怎么看？

我怎么看？万风和一愣，说，客人来了我就欢迎呗。客流是做生意的根本。其实我怎么看也不管用啊，我说了又不算。

璟然秀眉一蹙道，我们学校居然也有人反对。我不想跟他们辩，只在上课时对学生说了我的观点，总之，我赞成。她看见万风和停住了脚步，注视着她，知道他有兴趣听，接着说，我认为这是很大的好事，是壮举！我们第一次主办这样的盛会，全世界的运动员聚到一起，用同一个尺度同场竞技，这多么好！说话间有几个外国人走过身边，璟然扬起手跟他们打招呼，用英语，她的脸上和蔼而灿烂，是一个热情主人的表情。虽然万风和大学里英语是"二外"，但他也听懂了，那个小女孩是在问厕所在哪里，他笑道，你跟他们交流无障碍，专业用上了。

璟然说，你不要这么狭隘好不好？我是说，同一个尺度很重要。径赛计时用分秒，田赛测距用米，举重用千克——尺度相同，所有项目的规则也都是公约，这前所未有。

万风和听懂了她的意思，故意狡辩说，没开奥运会前，我们不

第三章

也这么运动吗?再说了,古时候我们的武状元百步穿杨、弓开二石,神行太保不就是马拉松吗?

璟然嗔道,你在抬杠!她说,那外国也有一百英尺、两百英尺赛跑,但到了奥运,他们也放弃了,大家约好一个尺度,并不只是我们按照他们的规则。你小心眼儿!

为了证明自己不是小心眼,万风和点头笑了起来。又有几个外国人经过,璟然冲他们抬了抬手。那高个小伙子很滑稽地冲他们抱拳拱了拱手,这是一个中国式问候。万风和觉得这个抱拳的老外憨态可掬。待他们走远,万风和问,你说服你的学生了吗?

也许吧。要说服别人很累的,璟然道,我说了,那就行了。不过我希望能说服你。

万风和夸张地说,你说服我了。我甘拜下风,心悦诚服,我是顶礼膜拜啊。他笑道,你把一个体育盛会理解成一次"对表"。

璟然粲然一笑,点头。

他们边走边聊,璟然走在前面,她说她想要看看长江。沿着小河走了好一阵,小河却断了,明代的船坞已演变成了一条长长的池塘。江风隐隐吹来,一艘巨大的复原宝船赫然出现在他们面前,巍峨、壮观,翘起的船头朝向长江方向。标牌上显示:这是郑和下西洋的中型宝船,据《明史·郑和传》记载,最大的宝船长四十四丈,宽十八丈,折合现今长度约为146.67米,宽50.94米。据说船有四层,船上九桅十二帆,锚重有几千斤,要动用二百人才能启航,一艘船可容纳千人。

郑和下西洋中学历史课本里就有,但如此惊人的数据他们都还是第一次看见。遥想五百多年前,几十艘宝船列队远航,旌旗猎猎,风帆如林,那是怎样的场景,怎样的气派!

璟然围着宝船找了一圈，也没发现登船的阶梯，只得罢了。她悻悻的，满脸遗憾。她咕哝道，船架在岸上还算是船吗？风把她的声音吹了过来。万风和笑着大声说，不是船是什么？璟然说，是轿子，天下最大的轿子！她冲万风和做了个鬼脸。

万风和走上高坡，宝船上旌旗招展，在风中哗啦啦作响。回头看去，璟然仍站在高大的宝船下，显得特别娇小。恍惚中，万风和似乎看到她登上了宝船，正伫立船头，江风吹拂着她的头发，像黑色的旗。她张开双手，一声清啸，众士兵齐声响应，声遏行云。大船缓缓滑向水面，驶向大海，前面是一望无际的大洋……万风和晃了晃脑袋，眨眨眼睛，宝船仍在原处，有个人在他肩上拍了一下。扭头一看，是笑吟吟的璟然。

这幕景象他一直刻在脑海里。还有她关于跳水的那些话。

21

跳出个性，玩出花样，活出精彩，万风和真正折服的，是璟然这几句话。这一夜的万风和，睡梦蹁跹。幽远的蝉鸣中，他收好书本，从地洞中爬出，小岛金黄，一河如带；河水流向里运河，汇入长江，穿过南京，流向大海。万风和像一只鸟儿，俯瞰之下，所有的水都在流动，按着它们既定的方向在流淌……他站在高处，在高台上，下面是安静如死的水面，黑沉沉地等待着他。

万风和突然惊醒了。

深夜没有蝉鸣。万风和的耳朵嗡嗡的，那是他自己的血流在血管里摩擦。手术后不到一年，他又开始吃降压药。血压的问题解决过，但又开始高了，医生说，这是原发性高血压，基本上是天生的；心脏似乎也娇贵了，经不起太折腾。他不得不长期服药。这大概是所谓富贵病，现在很常见。医生说，他有个很奇怪的发现，那些小时候吃得好的人，比如一些干部子弟，患"三高"之类疾病的比例相对较低，就是说，他们的身体系统从小就适应了大鱼大肉；而大多数成年后才改善了生活的人，好像更容易得"富贵病"。万风和说，你为什么不写文章？医生说，他正在搜集统计数据。从直觉上，万风和觉得他说得很有道理，至少他周围的熟人，自己奋斗出了头的人，基本上都没能逃掉这类病。

杜衡是教授的女儿，她家境远比农村人好；璟然是苏州人，小时候的生活也不是万风和能相比的。她们都还很健康。当然，她们都是女人，似乎是上帝特别眷顾的性别，至少在健康和寿命上是如此。璟然曾跟他约好，要锻炼。万风和坚持了一阵子，但繁忙的工作让他顾此失彼。为了激励他，璟然从上海来，或者他去上海，都要喊他一起跑步，或者打羽毛球。他们不在一起，她也会在手机里叮嘱他去锻炼。万风和笑呵呵地顺从，看着年近四十的她依然身材挺拔，动作矫健，看着运动中的她蹦跳的乳房，很羡慕，顿时就有了欲念。他常常想，他不在她身边时，她锻炼吗，羽毛球是谁陪她打的？

他从不问这个，只是催促璟然早点过来。璟然工作的学校，在上海顶多属于二流，她在那里也只是个半边缘教师，但即便万风和说他会动用各种关系，把她调到南京数一数二的大学，璟然依然没有松口。她说，你忙成这样，我也忙，我到南京来了，我们两个也就是个早出晚归。她笑语含春，捅捅万风和胸口说，我过来，你吃得消吗？

万风和一把搂住她，往床上推。他亲着她，唔唔地说，看谁吃不消！他嘴硬，身体也还硬得很。

对她的催促常常就这么不了了之。万风和知道，璟然是个要强的人，哪怕学校比上海的好，但万风和的公司起起伏伏，永远面临着必须跨过去的坎。他明显感觉到她的疑虑，虽然，她没有明说。

传说中，商人们都很有钱。几个亿，几十亿，甚至几百亿，好像存心要吓坏芸芸众生，但其实，他们常常很缺钱。万风和算是稳扎稳打的，但买地的事必须决断了。收费站里的那块地已被人拿走，但问题是，即使要拿下收费站外的那一块便宜的地，万风和的资金仍然不够。离婚时杜衡把分给她的那笔钱留在账上，随他使用，没有附加条件，但万风和很犹豫。他虽然还牵挂着杜松，但对无疑是由杜衡带来的伤痛，他不能忘记。

不得不跟璟然商量。璟然对他与前妻之间的瓜葛一贯不闻不问，但在这个问题上，她的态度出乎意料的坚决。她说，你拿地，我不反对，让公司的产业链更完整，这是正理。但你用她的钱，我觉得有点滑稽，而且有隐患，除非你后悔离婚了，除非你们打断骨头连着筋，除非你后悔找到我。

万风和支吾以对，不知道说什么才好。

璟然说，当然了，那个电话，是你迷迷糊糊失忆中打来的，本来就不作数。

万风和走过去，紧紧地抱住她。璟然推开他说，用了她的钱，那块地到底算谁的？你们是不是还要在上面造个别墅，举家安居？——别以为我不懂，你们可以用建办公区的名义造别墅。这里面名堂多得很！

万风和愕然。他早已感觉到璟然绝不像他以为的那么单纯无知，却万万想不到她的潜能其实远远超过了他的想象。他说，就是要造，也是跟你住，跟我们的孩子住呀。

生一个自己的孩子，当然是万风和的愿望。即使父亲至今仍被蒙在鼓里，即使天上的母亲永远也不知晓实情，万风和还是本能地希望璟然尽快怀孕生一个，甚至两个。他不在乎那点罚款。

可是璟然说，我说过要生孩子吗？你想得太远了。

生孩子的事可以再说，但杜衡的钱显然用不得了。他必须尽快去贷款。

关系他当然有一些。免不了求人托人，免不了觥筹交错，倚翠偎红。酒，他的身体不许他多喝，但他的生意逼着他喝；女人呢，自从有了璟然，他的身体和感情联合起来阻止他了，他本来就不算好色之徒。他有个朋友，名字里有个"水"，得了个外号叫"水银"，因为他色名在外，见了女人就迈不开腿，如水银泻地，无孔不入。万风和不是这样的人。可他也不是柳下惠，柳下惠做不成生意。为了贷款，他不得不再上贼船了。

最后真正帮了忙的，还是一个校友。这校友没有架子，主动跟万风和称兄道弟，就是有点贪。主要是贪色，兼顾好财。他本领高强，不知怎么的就混到了银行系统，还当上了支行的行长。万风和是在一个酒桌上认识他的，这哥们身边左右各一个美女，都是花容月貌，一个活泼，一个略显青涩。他能喝，也能说，嬉笑谑浪，荤素不拘。喝得兴起，还拉上个花容月貌高歌一曲《莫斯科郊外的晚上》。大家都喝彩，也确实唱得好；再来一首，《红莓花儿开》，居然操俄语唱的。一问，原来也是俄语系的。他当然也知道杜斯基。

这就算是混熟了。万风和当然不会主动再提杜斯基，说那是我的前岳父，那就复杂了。他和校友的关系只是商人和行长的关系。跟这种人混好，重要的不是关系有多深远，而是这种关系要结实。

这老兄好色，胃口也大，第一次认识时他身边有两个女人，活泼的是他自备的，另一个安静的，是请客的人带去的。两个女人，这不合乎常规，但这个哥们搞得定。万凤和要搞定他，就不得不请他喝酒，洗浴，等等。不是说一起扛过枪，一起下过乡，或者一起嫖过娼才能算是关系铁吗？万凤和只能在最后一条上下功夫了。这种事万凤和还不能指派下属代劳，只能亲自上阵。他不愿再沾惹那些风尘女子，只能算是个拉皮条的，或者说是站岗望风的。

看起来这哥们很亲民，没架子，其实并不容易搞定。那时隐秘的会所还很多，要么位于深宅大院，要么就安排在普通的民居之中，从外表看，既不是酒店，又不是饭庄洗浴中心，但里面应有尽有，不该有的也有。一次次宴请，一个个女人，万凤和已和他混得像玩友，但提到贷款，他总是顾左右而言他——如此下去，何时是个了局？这哥们的身体也真是铁打的，要不就是特殊材料制成的，他事毕后阴阳调和，周身通泰，恐怕连轴转都还有余勇可贾。万凤和吃不消了，这哥们这么玩，如果玩挂了，或者是玩得太嗨走漏了风声被提溜起来，万凤和都将是竹篮打水一场空。万凤和怒从心头起，恶向胆边生，正准备按新闻故事里的套路弄一套摄录设备，不由他不从。不想事情却突然出现了转机：这哥们嫖娼被抓了。他是老江湖，当然没有暴露身份，只突然打个电话叫万凤和去帮忙。万凤和拍马赶到，到了派出所才知道了事情的原委。他大喜过望，立即交了罚款，把人领出来了。

这哥们出来，并没有千恩万谢，只朝万凤和点了点头，就上了万凤和的车，嘴里冒出一个字，走。

这下与万凤和的关系就更扎实了。他自己告诉万凤和，他回去就把浑身上下所有衣服都扔了，从外衣到短裤到手机，全扔，晦气!

万风和突然很好奇,他那天戴的那只百达翡丽,不便宜,难不成也扔了?万风和忍不住朝他手腕上看了一眼。那哥们说,手表我没舍得扔,换下来了。要不你拿去戴吧。

万风和连连摇手,说不要。

万风和也总结了,这哥们只是喜欢玩,是个玩家,并不是个大坏人。万风和几次送钱,他都板下脸不要。他只是食欲好,性欲强,他身边美女如云,其实不需要去嫖;以他的身份,去嫖也该带个买单的,万风和之类的带上一个,也不至于被抓了再喊人交钱。但你说他俗不可耐那也不对,他善书法,柳骨颜筋,没有点童子功还真写不出。他那巨大的办公室里,居中的书法就是他自己写的,"上善若水",按他的解释,水就是财,银行行长办公室挂这个最合适。

万风和脸上赔着合适的笑,心里骂一声,呸。

也不知这一声是不是被他听见了,反正贷款的事还是不落实。万风和等不起了,那块地虽然因为位置不好,也因为万风和疏通过关系,暂时还留在那儿,但上面的草都由青转黄了,钱再不到位,这事肯定要黄。听说有人已经想下手,这就是个前有关卡、后有追兵的局面了。万风和心里急,如果他有其他渠道,决不会在这棵树上吊死,但现在这绳子已把他套住了,解都解不开,主要是,舍不得解开。

万风和真急了。这种事,他只能跟最亲近的人说。他给上海的璟然打电话,本没指望讨到主意,只不过发发牢骚。幸亏是打电话,如果面对面,万风和因为当过皮条客站过岗,难免心里发虚,很可能在脸上露出破绽,璟然就绝不会相信他只是去帮那哥们交了个罚款。璟然在电话里问,你没有因为帮他交过罚款就缠着他办吧?

那没有。那事我绝口不提。

这就对了。你是求人,不能要挟——他还是不收钱?

不收。

璟然沉吟片刻,坚决地说,那他一定收别的东西。我听你说过,他不是喜欢写字吗?你买他的书法!

万风和一愣,顿时喜动颜色。他对着手机叭叭地亲几下,大赞璟然聪明。璟然笑道,出多少钱你还得掂量。少了不行,多了也不见得就好。

事实上,万风和用五十万求得了那哥们两幅字。字拿回来,万风和随手扔在窗边的沙发上。那一阵子沙尘暴,窗外钻进的灰尘都落了好几遍,可那哥们还是没有反应。万风和打电话,不敢直言相询,只夸书法好,法度气派俱佳,挂在墙上简直蓬荜生辉,光芒四射!那哥们呵呵笑,却说,你注意到没有,就是落款不怎么好。章是我自己刻的,料子也不行,把字弄破相了。

电话放下来,万风和坐在那里发愣。突然一拍脑袋,直骂自己笨蛋。人家指着自己写的"上善若水",说水就是财,你不懂,还要老婆提醒;人家说章不好,你再不明白你不是傻是什么?你不是文化公司老板吗?这个都不懂,文盲都不如啊!

那几年时兴各种文玩。社会上钱是真多,机构钱多,单位钱多,个人口袋里似乎也都鼓鼓囊囊。大街上人流如潮,看不见的钱也如同潮水,挟着枯枝败叶,泛着泡沫,在大街上奔流。古董文玩也兴起来了。一只什么鸡缸杯,几亿;十几个字的书法,几亿。普通人玩不起这些,他们一边嘲笑鸡缸杯听起来像是鸡喝水的杯子,纯属钱多了烧得慌,一边撸着自己手腕上各种稀奇古怪的手串,使劲搓,努力制造出能增值的包浆,一边又寻思着明天去哪个文玩市场的摊子上捡漏。

和田玉、翡翠、沉香、绿松石、琥珀、紫檀、橄榄核……连核桃都被当成了宝,本该砸破了吃的核桃被抓在手上盘,一对核桃都卖到上万了。院子里有棵核桃树的人家,果实成熟时每天要去仰着头点数,还养了恶犬,防止梁上君子翻墙。

正如有人的地方就会分层,文玩材料的档次也高下分明。不算核桃、菩提子这类鸡毛上天的逆袭族,和田玉、翡翠自古以来就属于高级货,鸡血石作为印章料子,从来就很名贵。

万凤和从保险箱里取出父亲给他的印章。他打开印盒,把印章摆在写字台上端详;拿起来,在手里摩挲。

印章不大,但沉甸甸的。

如果不是市场上遍地假货,万凤和当然会去买,钱不是问题。他曾请了所谓的行家陪着去,左挑右选买过两方,可一方是注胶的,另一方像是真的了,居然索性就是树脂仿的,纯假。万凤和当然可以请指出这两方假章料的高人再去找真的,但黄金有价玉无价,即便弄到个真的也花了大价钱,却可能事实上还是个普品。行长的眼里可揉不得沙子。他彷徨无策,时间却容不得他再犹豫。局面明摆着,这世上什么都假,只有从父亲手上递来的才一定是真的。他只信得过父亲。他猜想,父亲若是知道他的用途也会同意的。父亲当年递过印章的样子如在眼前,他一定会说,儿子,拿去用吧,反正我也用不上了。

日近正午,阳光强烈。即使透过窗纱,太阳依然难以正视。客厅里阳光漫溢,所有的平面都亮晃晃的,那小小的印章,也反射着令人难以逼视的光。

印章的侧面刻着几个字：一片冰心在玉壶。

印章立在桌面上，波光流溢，成团成缕的鲜红色艳丽灵动，色若红霞。万凤和拿起来，托在手掌上，他的手在颤抖。印章也在颤动，红色的鸡血恍惚间动了起来，在扩大，在洇润，无声地流淌，好像要把他的手流成鲜血淋漓的手。万凤和抬头，看看窗外的太阳，太阳严峻而沉默。他闭上眼睛，满目红色，那是眼皮里他自己流动的血。两行泪水滑下他的脸颊，他的脸上亮晶晶的。

他不敢看印章上的字。万盛麟。这是父亲的名字。一个中学教师，小镇第一个大学生，琴棋书画无师自通，但他没有名气。是时代埋没了他。这三个字万凤和无比熟悉，比自己掌纹还要熟悉。那幅父亲手书的"有毒的不吃，犯法的不做"，上面就盖着这方印。

万凤和拿着印章，看看印盒里的印泥。印泥早已干了，用力一按，点点红屑洒落下来，落在白纸上，如雪中落梅。他找来自己常用的印泥，把公司的章扔到一边。

他的手一直抖。心也在抖。他在白纸上盖上父亲的名字。盖了一个，又一个。整张纸都快盖满的时候，他停住手，把边款上的"一片冰心在玉壶"也盖了上去。字迹鲜红，像方形的血迹。

桌上有一块磨刀石。他怔怔地坐了片刻，一咬牙，把印章按了上去。他开始磨。

石质并不太硬，敌不过金刚砂质的磨刀石。他磨了几下，停住了。父亲在弟弟那儿，北京，远在一千公里之外，不知道父亲现在在做什么。同一个太阳。万凤和压低声音呜咽着，边哭边磨。阳光下，他是一个剪影，仿佛单手使着锯子。一下，一下，他锯着自己的心。

他看见了父亲拉琴的剪影。夕阳西下，父亲坐在家门口，左手按弦，右手持弓，身体开合着，一下，一下，琴声飞扬，融入暮色。夜深沉，良宵，江河水。万凤和喊一声爸爸，父亲似乎听见了，拉弓的手慢了下来，揉弦，父亲的怀里传出颤音。暮色苍茫，父亲抬起头，万凤和看不清他的脸。

万凤和累了。他垂着头，呆呆地坐着。这印章将会刻上别人的名字。万凤和仿佛看到了那块地。他像鸟儿飞翔在天空。一只哭泣的鸟。从空中看去，大地上盖满了印，都是父亲的名字。

盖满红印的纸，被万凤和收到了抽屉里。

22

按礼数，他还得找个篆刻名家刻上行长的名号。名家不难找，人也爽快，他拿起石料，赞一声，问边款上的"一片冰心在玉壶"是不是还保留？万凤和说留着。名家点头说这就对了，黄金易得，好料难求。他操起刻刀在印面上方虚画着，马上就要下刀的样子。万凤和拱拱手，走了。他简直像是落荒而逃。他看不得曾经刻过父亲名字的印石，在刻刀下红屑零落的样子。

篆刻名家确实专业，连盒子都配好了。万凤和第二天下午就把鸡血石送出去了。那行长拿到印章时很欢喜，他居然也知道篆刻家的名头。万凤和当时就看出，那块地已经属于自己了。

正好顺路，他忍不住拐个弯，去那块地看了看。

五十亩，紧邻国道。比他中学母校的校园还要大。衰草过膝，鸟鸣啾啾。有两片小池塘，野风阵阵，水面微皱，像是打着寒战。稀疏的芦苇在风中摇曳。

万风和拍了好几张照片。想发给杜衡，却又迟疑。杜衡以前曾来这里看过，现在有把握拿下了，他应该向她表示感谢，毕竟，杜衡曾表态他可以动用她分得的那笔钱。他想想，还是没发。

万风和忍不住给父亲打了个电话，就像是小时候拿了好成绩回家报告一样。父亲在电话里说了几个"好"，对儿子这块即将到手的地，没有多说什么，倒是问杜松怎么样，在哪里？他这是想孙子了。父亲的语气很平静，只说到杜松时有点喘。这段时间，父亲住在北京的弟弟家，秋天时，堂姐一家去北京玩，父亲一起去的，就留在那儿过冬了，毕竟北京的冬天有暖气。万风和心里略有些不安，也有点担心。他走下国道，沿着弯弯曲曲的小路朝地的深处走。身为一个来自水乡的人，他突然起了童心，想看看池塘里是不是有鱼。人一靠近，几只白色的大鸟呼啦啦腾空而起，吓人一跳。白鸟盘旋着，兜了条巨大的弧线，古怪地唳鸣着，振翅远去了。

晴空一鹤排云上，便引诗情到碧霄。

父亲教他背了不少唐诗。"鹅鹅鹅，曲项向天歌。白毛浮绿水，红掌拨清波。"眼前的池塘没有鹅，只零落着一些白色羽毛，鸟儿飞走了。寥廓的天幕上，白云苍狗，白鸟早已不见踪迹。

国道上，车来车往，川流不息。万风和的车停在路边，不知为什么，他心中怔忡不安。说不清缘由，但挥之不去。他一点也提不起给璟然打电话的热情，到了晚上才把照片发给她。璟然在电话里很兴奋，夸他能干，还劝他不要再为没能拿下收费站里边的那块地遗憾。万风和说他不计较这个了，因为已经尽力。万风和也夸她，说没有她的推动，这块地他可能就放弃了；要不是她指点迷津，恐怕事情还不能破局。璟然说，我们这是点中了穴位。小钱撬动大利——对了，你还没告诉我，你那印章料子花了多少钱？

万风和一怔。他说过送印章料，但具体细节没有告诉璟然。他说不多不多，就是买到真货不容易。他笑容满面，好像璟然能看到他似的。磨印章的手指到现在还一直瘪着，不肯回弹，像个伤痕，他的心还在隐隐作痛。他说，三十万，就你说的，小钱。

他永远也不会把实情告诉璟然。对任何人都不会说。他必须维护自己起码的体面——也许，他以后会对父亲说？向父亲坦白，求得他的原谅和理解。但考虑到父亲的感受，他可能永远都不说。

事实上，他再没有机会说了。第二天上午，他接到了父亲离世的消息。

上午十点左右，并不是个敏感的时间点。万风和的手机突然响了，是弟弟。万风和顿时感到不安，但还没想到是最可怕的消息。手机接通，弟弟的哭声传了过来。

兄弟俩都在哭，都抑制着，否则什么都说不清。弟弟说他正在上班，突然接到父亲的手机，但人不说话，只听见喘气。他顿时感到不好，立即赶回去。父亲跌在卫生间里，身子已经冷了。120送到医院，还是没能救过来。

弟弟哭着还要说什么，万风和的手机已经掉落在地上。他悲恸的神色吓得进门的秘书不知所措。万风和抓起车钥匙，交代了秘书几句，立即下到车库。车子发动后，却想起他还忘了一件重要的事。

他显然不应该只身去北京。杜松是一定要带去的。杜衡是否同意不好说，也许，她也愿意一起去呢？

他心乱如麻，给璟然发了个短信。

跟杜衡，他必须打电话直接说。虽然她铸成大错，但现在，毕竟是他在求人。在拨通杜衡的手机前，他下车，回到办公室，把杜松的照片夹在腋下,用衣服挡着拿到了车上,他这是做好杜衡拒绝的准备,至少,他要带上杜松的照片。他拨通了杜衡的手机,告诉她,他父亲去世了,他要带杜松去北京。

手机里传来了杜衡的抽泣声。对万风和的要求,她沉默着。万风和说,如果你愿意,我也想请你一起去。

这句话显然帮助杜衡做出了决定。她说,我去算什么呢——她呢?她说的当然是璟然。杜衡的语气变得很坚决,她说,杜松跟你去。我不去。你如果愿意,代我磕几个头吧。

万风和开着车拐到杜松的学校,很顺利地把杜松接上了。杜衡已经跟学校说过了。杜松似乎又长高了点,他脸上木木的,看到万风和,叫一声爸爸。上了车,突然哇一声哭了,爷爷怎么啦?怎么搞的呀?万风和流着泪,说不是心脏病,就是脑出血。

他没有要弟弟去接,直接去了医院。父亲已经穿戴整齐,戴着他冬天常戴的帽子。杜松哭着,不敢靠前,慢慢又走近了,抓着爷爷的手。璟然的电话来了,问了他回乡的日期,说她到时候会过去。

此后的一段日子,忙乱而悲伤。北京很冷,干燥的空气似乎要吸干生命所有的水分。万风和累极了,渐渐麻木,木头人一样听从弟弟的安排。八宝山,父亲变成了一抔灰,装在小盒子里。一个人的一生,就这么结束了。按照乡俗,他们要带父亲回乡去下葬。弟弟通过关系买到了软卧。一个包间,全是他家的人。这样最好。万风和用大衣裹着包着红绸的盒子,轻声说,爸,我们回家。走道里人来人往,弟弟关上了包厢的门。万风和突然失声痛哭。

来往于家乡和北京之间的,只有这一趟火车。多少次,兄弟俩要给父亲买软卧,父亲笑着说,软卧比硬座能快一点到吗?既然不快,干吗要软卧……骨灰盒摆放在桌子上,杜松把怀里抱着的鲜花摆在盒子上。这是父亲平生第一次坐软卧。他秋天坐硬卧去,再回乡时已是严冬。车身咣当咣当地摇晃着前行,他们无声地抽噎。毕竟火车也还是公共场所。

堂姐带着亲友已经等在家里。哭声一片。家里很整洁,堂姐有钥匙,她时常过来看看。书房的桌上,摊着一幅未完成的《石榴图》,老干虬枝,新叶茁发,石榴熟透了裂开,露出晶莹剔透的果粒;一只画眉盯着石榴,俏皮地抬着头。画眉粗具形态,还没有点睛。万凤和不太懂画,但他知道石榴喻多子多福。桌边一砚残墨,早已干掉了。

父亲种的花草被堂姐移到了屋里,桌上也摆了一盆。叶片依然青翠,一只不知名的小虫子趴在叶子上,一动不动,不知死活。

杜松哭得双眼红肿。爷爷很疼他,虽然爸妈离婚了,但爷爷还是爷爷呀。毕竟还是个孩子,他哭一阵,又悄悄跑到院子外四处张望,发现一只老鼠,呀一声惊奇得大叫。他叔叔摸着他的头,叫他不要怕。杜松说,我不是怕,我是没见过老鼠跑步。

有关杜松的实情,一直被瞒得密不透风。除了万凤和和杜衡,再没有人知道。为了维持这样的局面,万凤和费尽心思,也伤着心。杜衡很聪明,不需要万凤和多操心,她让杜松跟他爷爷保持着最基本的联系和亲情。和许多离异家庭一样,万凤和自己也尽量抽空陪陪杜松。

第二天璟然就开车赶来了。邻居们对这个女人,新媳妇,显然充满好奇。虽说邻居们大多也是教师,但他们盘话传话的热情显然并不亚于镇上的其他街民。他们指指点点,窃窃私语。璟然视而不见。

兄弟俩都累极了。似乎，万凤和有理由责怪弟弟，责怪他的疏忽，但他自己心里更痛，更悔。弟弟的女儿倒是跟杜松飞快地混得很熟，就像是一对亲姐弟。弟弟和弟媳带着两个孩子睡，万凤和和璟然睡在父亲的书房里，半夜梦醒，他常常睁眼到天明。

他躺在床上，像是躺在拷问的钉板上。璟然问他，你怎么啦？你怎么着也得睡一会儿啊。万凤和不吭声，披衣下床，他看见书桌上的镇纸下还压着几幅画。幽暗中，他看不清细节，却知道是一套四条屏。春夏秋冬。人生的四季已经结束，不再轮回，四条屏上却都还没有钤印。万凤和的心咯噔了一下，目光躲了开去。

父亲既然还在画画，为什么提前把印章交给大儿子呢？他是有什么预感吗？

月光透过窗户洒在书桌上。书桌边躺着一把二胡。万凤和忍不住伸出手，手指不小心碰到了琴弦，嘣的一声，他吓了一跳，左手立即按在弦上。只有一根弦，另一根已经断了。璟然听见了，轻声问，你怎么了？万凤和说，是我爸爸的二胡，我要带回去。

琴在人去。物是人非。

小镇的街上，卡拉OK还很时兴，音响直接摆在街边。悠扬的旋律伴着嘶哑的号叫在夜空回荡。万凤和走到小院里，悄悄吞下随身带着的心脏药。他站在院子外撒了一泡尿。月色如水。他看见自己在咔滋咔滋磨印章，他恨不得朝那个背影踹上一脚。

正屋里，父亲和蔼地微笑着，立在家神柜上。他磨掉了父亲的章，第二天，父亲就走了，就像是他亲手在生死簿上勾掉了父亲的名字。

这也许只是巧合，但这个巧合刀子般挖着万凤和的心。

幸亏堂姐能干，主事的也是个老手，一切都还顺利。墓地在镇北边。周围都是农田和沟渠。一条大河是墓地的边界。枯树，寒鸦，斜阳。大河汤汤，碧波泱泱，河里的水草被梳理成水流的形状。听说这条河北接淮水，南连长江。父亲曾在这里钓鱼，他在这儿钓到过他平生钓的最大的鱼，差不多有十斤，万风和那次正好跟着父亲。他有点怕墓地，心里怯怯的，直到父亲那里鱼上了钩。他目睹了父亲和那条大鲤鱼周旋的情景，父亲的鱼竿弯成了弓，绷满了力量，他们的身后是生机勃勃的农田。他们站在田埂上，对岸是死寂的墓地。鱼拼命地扑腾着，往河中央游，朝墓地方向窜，那是它逃出生天的方向。鱼终于累了，无力地挣扎着，露出了白肚皮。多年以后，万风和曾又想起过这一幕，墓地的方向，对鱼来说，反而是活路……鱼被万风和抱上了岸，父亲满头大汗，河边的青草被踏倒了一大片……

人群来到墓地，水边的黑鸟儿被惊扰了，它们冲天而起，喳喳叫着四散飞开，盘旋着聚集到大树上，朝这里望。河边，父亲钓到大鲤鱼的地方是河岸的一处小小突出，田埂弯曲处的地上光秃秃的，草很少，那显然是个好钓点。水面沉郁，突然翻起一个水花，一道金色的鱼尾亮了一下，不见了。这是一条鲤鱼，没准就是父亲钓上来的那条鱼的子孙。钓鱼人已逝，他的大儿子看到了闪烁的尾迹。

父亲的墓穴早已留好，与母亲合葬。墓碑上，父亲的名字在母亲去世时已经刻好。那个主事的老头，拎着一桶黑漆，把红色的字迹一个个描成了黑色。他做惯了这种事，嘴里叼着烟，手脚麻利，连烟灰都不落。万风和自己磕头时没有哭，轮到杜松磕头，他的泪水无声地涌了出来。

丧事还算体面。兄弟俩都算在外面混得好的，乡政府和不少亲朋都出了力。答谢饭结束后,兄弟俩约好,还有不少事情后续再慢慢处理。万凤和提出,想把父亲的四条屏带走,还有那张《石榴图》,弟弟没有反对。

临走时,堂姐拉着杜松又抱又亲,她对璟然淡淡地客气,可能心里还不习惯这个弟媳。堂姐满脑子老思想,甚至能看出,她对杜松比对弟弟的女儿更亲,有一种血脉上的亲近。

围观的人不少。万凤和车上那个炫目的车标也成了他们议论的话题。突然,他眼前亮了一下,他看见小媛也在人群里。那个当年主动求亲的校长已经去世,小媛也早已结婚生子了,丈夫是镇上有线电视站的站长,她从棉纺厂下岗后,自己办了个幼儿园。她儿子比杜松还要高,站在她身边,不需要介绍,那长相一看就是母子。车子已经发动,堂姐大概也知道当年的那档子事,连忙把小媛喊了过来。小媛涨红着脸,有点扭捏。她到万凤和家磕过头,万凤和答礼,陪着磕了,但当时脑子就像一整块鸡血石,居然一时没反应出她是谁。现在他不得不下车迎了上去。小媛的两颊红扑扑的,衣服时髦但显然并不很贵,头发染成了大城市已经过时的酒红色,她很健康,简直有点壮硕,从着装打扮,你根本看不出她是个幼教工作者。身为园长,她肯定能说会道,但站在他面前,只浅浅地笑着,眼睛都不肯直视他。万凤和大方地伸出手,喊她小媛,说了声谢谢。她的手不粗不细。万凤和感到身后的车上射来了一道目光,他立即松开了手,拱拱手,转身就要上车。他的动作快得突兀,是为了阻止身后的璟然。但璟然已经推开车门下了车,对万凤和说,你累了,我来开吧。她朝小媛笑笑,坐进驾驶座,拉上了车门。车子缓缓开动了。小媛的声音远远传来,她咯咯笑着说,嫂子慢点开,一路平安!

杜松问，阿姨，你能开得跟我爸爸一样快吗？

璟然说，当然。车上了大路，璟然回头，锐利地看一看万凤和，笑道，她是你的……同学？显然是因为杜松在场，她选择了"同学"这个词。万凤和说，是的。他轻轻摇摇头，什么也不说了。杜松点着头说，爸爸也有同学，有女同学。璟然说，废话，谁都有同学。我也是你爸爸的女同学。

璟然车开得很稳很快。偶尔的颠簸中，万凤和能听见后备箱中那把二胡细微的弦音。璟然扭头看看万凤和，他一言不发。车近南京，高速上有好几个出口。不知不觉间，璟然一拐，直接向城南的那块地开去。万凤和举了一下手，想说什么也只能罢了。这时候，他其实没有心情去那块地。璟然从后视镜看到了他的动作，说，难得有时间，人又齐。杜松也在哩。

23

墓地，即将到手的这块地，万凤和心里一声喟叹。

现在的家庭，曾经的婚姻，遥远的初恋，万凤和百感交集。

虽说不久前才来过，但现在心情完全不同了。阳光斜照着，水塘像两面凄清的镜子。几只鸥鸟盘旋起落。

鸥影寒塘，枯苇映水。

人一靠近，鸥鸟就惊飞了。毕竟还是孩子，杜松一下车就撒欢，深一脚浅一脚地跑到水塘边，捡起地上的碎石往水里扔，说这是打水漂，还央求万凤和也来一个。万凤和木着脸，抬眼追寻着远去的鸥影。鸥影是白色的，墓地的鸟是黑的。他随意捡了一个瓦片，朝塘里打了个水漂。瓦片在水面上跳了两下，居然蹿到了紧挨着的另一个水塘。杜松拍手大叫,也学着来。但即使是万风和自己,却再也打不出如此诡异的水漂了。

杜松问,老爸,这是我们家的塘吗?

万风和一怔,嗯了一声。璟然意味深长地看看万风和。她说,你的事业后继有人了。

万风和不搭腔。杜松很机灵,他们在车上说到这块地也只寥寥几句,他居然就听懂了。才不到十天,荒芜的地上就有了变化,多了不少建筑垃圾,一堆一堆地散乱堆放,像一个个潦草的坟包。有个池塘原先并不规则,被倾倒了垃圾,倒成了个方形了。半亩方塘一鉴开,这个方塘不止半亩,像一枚方形印记,映着天空和云影。塘边上有凌乱的车辙,显然是倒垃圾的铲车留下的。一箭之遥处,那块收费站里的地已经开始打地基,一副热气腾腾的景象。万风和皱着眉说,他们这是推死人过街,我们只能给城管举报一下。璟然说,恐怕还是要赶紧建个工棚,必须要人看着。

万风和点头,承认璟然的主意更实在。他笑道,还是先建个小办公楼吧,我俩住过来。璟然还没说话,杜松叫起来,好呀好呀,这水塘就养鱼,我最想钓鱼了!万风和说,这是我人生最大的一个项目了。我最近老是想着金盆洗手,终老是乡了。

你想得太远,也太理想了,璟然脸上露出讥诮说,我们都是随风而起,乘势而为,由不得你,我们就走着瞧吧。璟然说着,自己就先走着瞧了,她深一脚浅一脚地在荒地里四处巡走,瓦砾遍地,沟坎交错,她羚羊般地跨越、跳跃,头发在风中起舞。忽然她喔唷一声,定住不动了,一条腿似乎被固定了。杜松跑过去,对迎过来的万风和说,老爸,阿姨崴脚啦!

其实不是崴脚,是她的高跟鞋陷在烂泥里了。杜松靠过去,让她扶着肩，杜松说，加油！万风和指点她，另一只脚踩在一块砖头上，她用力拔。扑哧一声，陷住的脚拔了出来，可是，踩在砖头上的脚一歪，她一下子跪在地上。万风和从后面把她抱起，这才看见，一只鞋子满是烂泥，另一只鞋子后跟断了。杜松忍不住哈哈大笑。璟然自己也忍不住笑了。这下子她已无法走路，杜松拎上她的鞋，万风和蹲下身子，把她背了起来，她泥乎乎的双脚挂在他胸前。跨过一条小沟后，万风和说，你这像不像泥菩萨过河？璟然顺手拍拍他的胸说，我是小卒子过河，有进无退。她的头发挂在万风和脸颊上，她说，告诉你，上海那边同意放人了，顺利的话，很快就可以过来。这事我们还得一起努力。

到了公路边，璟然光脚站到地上，对杜松说，还笑！去把后备箱里的那双鞋拿来。万风和大感意外，璟然是包车回他老家的，他不知道她还备着一双运动鞋，不知什么时候摆在了他车上。璟然拿袜子擦擦脚，蹬进了鞋子，笑眯眯地看着万风和说，你傻啦？不愿意我来南京吗？万风和看着她，靠近她，轻轻地抱了抱。璟然说别闹。她挣开身子，手朝公路下的地画了一圈道，这里，要抓紧了。

万风和明白，璟然说那边放人了，其实是她自己放自己过来了。不知怎么的，他有点走神。这里确实急需一个人来看着地。他脑子里突然掠过了那个写字楼被辞退的保安小李，当然，他只是突然想到这个人而已，一闪之念。他很快指示公司在当地雇了一个村民来看工地。

其实在这个时间，站在这块地里，他最应该想起的是父亲。但他的伤口还在流血，他护疼，他的思维躲避着父亲的目光。也许，随着这块地落实，规划逐渐实现，随着一间间厂房日渐升高，这道伤口也会结痂，但是一碰就会流血，层层叠叠，永远不能彻底愈合。

24

在这个几百万人口的都市，万风和的一闪念，不知道是不是起了感应，李弘毅那天倒还真的连打了好几个喷嚏。他那天又去大桥了，冷风一吹，打几个喷嚏实属正常。他的身体一如既往地好，江风强劲，他视若等闲。不过那天却非同寻常，对他而言是个特殊的日子：他回家时，不是单身一人。他带回了一个姑娘。

姑娘也不小了。看起来大概三十岁。束个马尾，穿得清爽，长得也周正。李弘毅拎着个旅行包，当然是姑娘的。他把姑娘领进门，介绍说，她叫马艳，是我朋友。老两口正在看电视，见到马艳，立即迎上去，脸上堆满了笑。马艳脸上红扑扑的，眼睛更红，像是刚哭过。李弘毅把旅行包拎到自己房间，马艳跟了两步，又站住了。她有点怯怯的，迟疑一下，喊了声叔叔、阿姨，手足无措的样子。老两口其实也有些不知所措哩，他们互相使了个眼色。母亲把马艳请到客厅坐下，泡茶，把自己正嗑着的葵花子抓一把塞给马艳。父亲径自走进李弘毅的房间，李弘毅跟了过去。父亲问，网友吧？他还知道网友，说话时脸上有俏皮的喜色。李弘毅说不是。

路上捡的？

也不是。李弘毅说，老爸你别瞎猜了，就是朋友。

父亲说，那就好。他喜滋滋地去了客厅，也坐了下来。李弘毅站在客厅门口，一家三个人和马艳闲聊。马艳话不多。这看似闲聊的对话，其实带着打探甚至盘问的味道。马艳有点局促，好些问题都由李弘毅代为回答。因为事发突然，从来没有听儿子提起过，父母未见得全部相信李弘毅的话，但此后的一段日子，他们旁敲侧击，拐弯抹角，倒也搞清了姑娘的来历。马艳是四川的，二十五岁,还没结婚;她家那个地方离汶川不远,地震时房子塌了,家里人全死了,就剩她一个人。至于她怎么和李弘毅认识的,她红了脸说,是朋友介绍的,再问详细点,她只说,你问他。

他,当然指李弘毅。还牵涉他哥哥弘道。弘道说,是他公司的民工介绍的老乡。兄弟俩口径一致,弘道还摆出立了功的样子,这不由父母不信了。马艳进门后的当天晚上,晚餐特别丰盛,父亲去买的菜,他这天没有再去六合,贵一点不算什么;母亲平日里不怎么下厨做饭,那天她忙得乐颠颠的。他们实在是太高兴,太意外了。

这真是喜从天降啊。

第一晚,马艳睡在哪里是个问题。李弘毅喊,他母亲又来了个临门一推,她只好扭捏着和李弘毅睡到了一个房间。此后就成了常态。马艳很勤快,洗洗刷刷,收拾房间,都是熟手。嘴也甜,叔叔阿姨不离嘴。老两口眉花眼笑,乐得合不拢嘴。他们唯一犯嘀咕的,是马艳的年龄。说是二十五,看上去不止。马艳显然也不是初进城的,她会化妆,一点淡淡的妆,勾一下眉,涂点口红而已,但是效果很显著。她身材好,化了淡妆也就是二十五。弘毅母亲偷偷翻过她的旅行包,有身份证,二十四岁,比她自己说的还小一岁哩。人家肯定说的是虚岁,这虚岁反而证明了她的实诚。虚就是实。父亲也瞅着空子到小儿子房间看过,床上的被子以前从来不叠,现在叠得整整齐齐,枕头也成了双。他是过来人,一切见怪不怪。他注意到墙上那张表格有了变化,最下面一列,就是昨天的日期,画了一个☆。他戴上老花镜,眯起眼睛看,觉得奇怪,但没吭声。隔了一天再看,表格不见了,只剩下一角没撕干净的胶带纸。他大呼小叫地喊来老伴,指着墙,那里一个方形特别白,空的。老伴狐疑地看看他,老两口研讨了半天,结论是:有了老婆,要美观呗。要等到有一天那张表格再次出现，重又贴在原来的地方，而且最下面的日期又开始增加，五角星也在增加，他们才又想起，表格消失的日子正对应着马艳进家门的那一天。

父母对表格的狐疑，弘毅佯装不知，只憨憨地笑一笑。

家里完全不一样了。原先家里也是有女人的，母亲就是，但她已老得失去了性别。马艳的来到，让家里生出了活力，也隐含着某种希望。三餐从此按时正点了，也丰盛了不少。餐桌原来基本上三个人吃饭，现在四个人，一人一边，完整了。衣服也洗得勤了，马艳很麻利，女人的胸罩短裤之类挂在阳台上，在阳光下飘摇，老头子的眼睛不怎么敢往那边看，但他作为一个老封建，心中却没有丝毫不快，他觉得那是幸福家庭的旗帜。以前他撒尿厕所门都不关，现在呢，门关得严实，尽管前列腺早就不行了，撒尿声本就不怎么响，他还是做出了一个决定：他以后就坐着撒尿了。多么方便卫生，还文明哩。他只把这个改变跟老伴说了，老伴笑他老成个女人了。他豪迈地说，只要小二子能有老婆，我变成死人都没关系的！

马艳就是儿媳，只是没有领证而已。催过，马艳微笑着不说话；弘毅说，那么麻烦干吗呢？这不是事实婚姻吗？一副自有安排、笃笃定定的样子。也只得罢了。变化最大的自然是弘毅，他去弘道的装修公司上班了，去就按时正点，不去呢，就到弘道的两处门面房转转，弘道从他那几个拆迁发家的发小们那里学到了经验，他把攒的钱凑凑，再把自己住的房子换小了，买了两个门面房，说是公鸡换成了下蛋母鸡。两处门面都租出去卖服装，收租维修这种事，弘毅全包了。马艳也不吃闲饭，她找了户人家去做保姆，不住家的那种，但有时主家忙，她偶尔也在人家那里住一晚。

这已经是个正常的家庭了。连称呼都改了，马艳随着弘毅叫

第三章　　　　　　　　　　　　　　　　　　　　　　　　　　*153*

"爸爸妈妈"。也不是陡然改的,是不知不觉地改,先是混着叫,前一句还是叔叔阿姨,后一句就是爸妈了。老两口晚上一对证,回忆当天被称呼的频率,最终达成共识:这爸妈看来是坐实了。既然这样,他们应该给个红包,这叫改口费。

老两口乐颠颠的。只是父亲,对马艳偶尔住在主家有点不满,但也没法说。弘毅这个样子,他这种不满只能摆在心里,别说开口直说了,连摆在脸上都没有资格。事实上,憨憨的弘毅也有察觉,他倒不是对马艳在别人家住不满,他是发现她来家后不久,就换了手机号码。为什么要换号码呢?他有点狐疑,但也不好问。

换号码的事,父母是不知道的,马艳换过号码后才到了要把号码告诉"父母"的阶段。弘道毕竟知道得更多,但有些话他不忍出口,怕搅了弟弟的好事,但他老婆知道马艳换号码的事后,态度却有了变化,她对马艳,基本上以客气为主了。

换号码之前,马艳接过几个怪异的电话,也打过,都避着人。换过号码后,清静了。在弘毅眼里,她就是个清净的姑娘,因为缘分他们遇上了。无论如何,他有自己的女人了。跟前面那个"老婆"不同,马艳更像一个老婆。这种幸福弥足珍贵。父母的照顾和爱,与之无法相比。有天晚上,吃鱼,万不该边吃还边说话,弘毅被鱼刺卡了。往外咳,用饭咽,大口吞蔬菜,什么办法都用上了,没用。妈妈最后还有一招,那就是喝醋,大口进嘴,仰头含着不吞,说是能软化鱼刺。一不留神咳一下,醋从鼻子里蹿出来,呛得像要断气。马艳忙前忙后,找手电筒,没有。她打开自己手机的手电,对着弘毅的喉咙照。她看得很仔细,皱着眉,微微娇喘。弘毅眯起眼睛看她。忽然,她的手机响了,她吓了一跳,摁掉,没接。一家人都看着她。她关掉手电说,没看见鱼刺呀。还是去医院吧。

弘毅说自己去，马艳一定要陪着。她不是李弘毅的第一个女人，但自己的女人陪着去医院，这是弘毅平生第一回。他们去了社区医院，然后是一家中型医院，最后去了全省最大的医院，无论是哪个等级的医院，因为是夜间急诊，还是个偏门的五官科，其实都差不多，无非是额头镜加压舌板，总之，都看不见鱼刺。鱼刺显然是真的有，弘毅的感觉很明确，他使劲咳，血都咳出来了，可医生就是看不见。最后那医生安慰他说，不要紧，看不见，就说明不太大；不太大，说不定什么时候就会咳出来。他笑眯眯地说，即使咳不出来，你自己也能吸收掉。

李弘毅只能点头。他脾气好。况且，这鱼刺又不是这医生戳进去的，人家态度又那么好，你不能抱怨什么。他忍着疼说，鱼刺是透明的，理解理解。他脑中一闪，嘀咕道，如果是红的就好了，不不，蓝色的最好。医生都没听清他说的是什么，就是听清了，也会觉得这是个神经病。马艳说，你呀，哪来的蓝鱼刺。别说话啦，走吧。李弘毅这会儿的脑子里，有电光石火闪了一闪。自从马艳进家后，他很少谈那些高深的科学了，可这会儿，他不说不行。他清清嗓子，皱着眉说，大夫，你们就没有一种染色剂吗？

医生一脸疑惑。李弘毅咳嗽一下说，如果，有一种染色剂，只对，鱼刺这种软骨显效，一喷，鱼刺不就有了颜色吗？那不就很容易，找到了吗？他不管医生有没有听明白，坚决地说，鱼刺跟嘴里的皮肉，肯定是不一样的——一定能做出，这样的东西！

这次医生听懂了。他看看马艳染过的头发，挠挠自己为了健康而坚持不染的半白头发，若有所思。李弘毅还想再说，马艳拉拉他说，走啦！后面还有人排队哩。

李弘毅在路上还要说，这真是如鲠在喉了。他声音嘶哑，嘀嘀咕咕,十分怪异。马艳笑着随他说,她一句也没听进去。但是,那医生却听进去了。他懂了,被点醒了。当天下班他就急不可耐地查资料:没有这种染色药物,但确实需要。

那根鱼刺第三天早晨刷牙时咳出来了。透明,有弹性,还分叉,李弘毅捏在手上,一弹,鱼刺飞得不知所踪。他不知道,一年多以后,以那个医生为第一作者的论文在顶级大刊《手术刀》上发表了;两年后,产品推出,临床试验后很快就推向了市场。那医生成了那家公司的股东之一。

这是李弘毅的各种奇思怪想中,最接地气、最有效的一个,简直惠泽人间了。但李弘毅自己并不知道这些。那个医生不怎么地道,在写论文时,他也曾闪过念头,在文后注明这个产品的最初提议人,表示感谢,但他不知道那个病人的名字,虽然要查也能查到病历,但那人的提议与此后复杂艰辛的一系列试验相比,也真算不了什么。

这个拥有博士学位的医生也曾为此事纠结,但是他想,有多少病人发出过同一级别的提示呀,癌症病人说,如果有一种只杀癌细胞又不伤正常细胞的药就好了。万一,有朝一日这药真的发明出来,能归功于这些病人吗——当然不能。于是,他立即就释然了。于是,这个世界上唯一对李弘毅表示感谢的书证就没有能随论文一起发表。虽然以后还将有另一份书面文件证明了李弘毅对他人的贡献,他自己还签过名,但关于鱼刺的这个缺失,无疑是个知者甚少却又确凿无疑的遗憾。

李弘毅此后再也没有被鱼刺卡过,但按他以前的性子,这个鱼刺染色法他肯定要去搞试验的,这总比那个撒尿发电要容易得多:鱼刺多得很,去买各种试剂也不难,搞到什么就试什么呗。但他刚把盆里剩下的一整条鱼刺拎出来,父亲就瞪了他一眼,母亲把他拽到垃圾桶边说，过日子哩，别瞎捣鼓！对着他手一拍，鱼刺就掉了进去。如果他把嗓子里的鱼刺咳出来时，不向家人们展示并宣讲他的奇思妙想，这试验也能做几回的。这下不行了。母亲说得对，过日子哩。

过日子的前提是马艳。但对这个马艳，他并不知道多少。她在李家住了半年多，有时也跟着弘毅去门面房转转，试试衣服，问东问西，弘毅还以为她对服装生意产生了兴趣，没想到，有一天她却突然不见了。家里人全慌了，打手机，空号，手机号码怕是又换了；去电信查她的通话记录，人家说你是谁？你不能查，看他可怜，才告诉他，号码和姓名不匹配，就是说，这个叫马艳的，她开号码用的可不是这个身份证。到街上满世界找，街上满是行色匆匆或悠闲晃荡的人，但不见马艳。李弘毅傻眼了。

她陪他找过鱼刺，现在他找不到她。鱼刺虽然看不到，但明确知道它戳在喉咙里，马艳，她在哪里呢？

李弘毅心心念念的就这一件事：找到马艳。他满城找，在网上找。在网上没有得到任何消息，倒看见了一个理论：六度人脉理论。就是说，你要和一个人接上联系，最多通过六个人就能做到。网上关于"六度人脉理论"的词条是这样说的：如果你想认识世界上任意一个陌生人，最多通过六个人就可以找到他。

这也就是所谓的六次握手规律。通俗地讲：你和任何一个陌生人之间所间隔的人不会超过五个，也就是说，最多通过六个人你就能够认识任何一个陌生人。

这个理论有数据，有实证，关键是，结论十分鼓舞人心。网上还说，随着社交网络的发展，间隔人数可能还在缩小。

李弘毅振奋起来。那个时候，QQ早已风行，微信也开始走入生活。他对这个最多通过六个人就能找到目标人的理论，既觉得眼界大开，又感到无比温暖。虽然网上有人嘲笑他：哥们，想老婆想疯了吧？但他并不气馁。他向弘道推荐这个理论，弘道垂头丧气，哦了一声就不再说话。弘毅说，我最熟的就是你，你算第一个。弘道说，那也得马艳搭理你，这种理论，狗屁！躲起来的人，你是找不到的。弘毅愣了一下，摸摸脑袋，憨憨地笑了。

李弘毅对这个理论开始半信半疑了，最后只能完全失望。他当然没有想到，他自己会在未来的某一天，以一种特殊的形式把另外几个陌生人联系到了一起。

弘道看着弟弟离开的身影，心中担忧，显然，弘毅改变生活的一个转折，就这样失去了；或者说，这个转折从一个负面的方向再一次碾压了他。看上去，弘毅脸上又多了一点傻气。弘道悄悄向父母坦白，他帮弟弟隐瞒了。也不是什么丑事，事实是："马艳"并不是他公司的工人介绍的老乡，她是弘毅在长江大桥救下来的。她要跳桥，弘毅扑过去一把拉住了她。弘道垂头丧气地说，这个"马艳"，把他两个门面半年的房租都收走了。他沉着脸正色说道，你们不要告诉弘毅。他吃不消。也不要告诉我老婆。

他老子忽地站起，抬手就是一巴掌，那你干什么要告诉我？！

父亲捂着胸口倒到了沙发上。心肌梗死，第二天就去世了。

第四章

25

江南春早。

所有的植物都开始了新一轮生长,这个绿色之城绿意更浓了。其实,要等到梅雨季节,植物才真正开始茁发。隔年的深绿色叶子伴着雨水纷纷而下,落叶如花;新发的叶片在枝丫间慢慢舒展,漫长的梅雨过去后,更为温暖的阳光会给它们着色。那时,所有的树叶越发娇艳鲜嫩,最浓艳的夏天就真正到来了。

梅雨并不是天天下雨,连绵的是雨意。间或会有一场大雨,好不容易停了,太阳还没赶过来,连绵数日的阴雨又到了。大概个把月,地上一直湿漉漉的。有时还会刮大风,一般都是半夜风起,早晨的马路上,枝叶遍地。也会有很粗的枝丫断落在马路上,车辆行人都得绕着走。这些树枝躲过了严冬冰雪,却没能躲过春天的风和雨。

雨季的城市,尤其遇到大雨,常常会出现故障。一根粗大的枯枝砸坏了一辆车的天窗,还拽下了一根电缆。几个电力工人正在维修。地上摆着一块牌子,写着"有电危险",行人们纷纷绕道而行。

马艳拎着买菜的袋子路过。她不得不退回来,从另一边的人行道上过去。

停电了。网络也断了。幸亏水没断,她正好先择菜洗菜。

在这户人家,她不叫马艳了,叫齐红艳。那张"马艳"的身份证,伴着她在李弘毅家的一段经历,被她扔掉了。那场山崩地裂的地震后,她从废墟里爬了出来,救援人员还没有到。一些半倒的房子里有人在哭叫,还有些废墟里冒着青烟。她满头灰尘,呆坐在一根横梁上,大地突然再次摇晃起来,她睁大了呆滞的眼睛。这一次的晃动停止后,塌掉的房子哗啦又矮了一截,彻底趴到了地上。远处的哭声突然中断了。她像在梦游。她在自家的废墟里扒拉了一阵,天黑前,她死了心。她跌跌爬爬地离开了,沿途捡了好几张身份证,这些将是她今后的名字。

全家只剩下她一个人。居然没有重伤,胳臂被砸了一下,很快也就好了。但以前的那个人已经死了。她所有的历史都已经消失。再没有债,也没有恩。只是这个女人有时会做噩梦,梦里的事情都是前世的记忆。

她知道李弘毅家会找她,但他们不可能找到她。她不知道他们还去派出所找过,派出所帮不了他们。只有她记忆中的汶川是真实的,可那里消失了那么多人,叫什么名字的都有。谁死了,谁还活着,连她自己都像是在做梦。

她在南京漂着,忽忽数年,还算不上是安顿下来了。有一天在街上,她突然遇到了一个儿时的玩伴,也是邻居,她本想装作不认识,避开去,但他显然已经认出了她。他喊了一声,挡在她面前,她只能停下来,听他前言不搭后语地说起那场灾难。他说他家房子也塌了,一家人全困在里面,后来直升机来了,解放军来了,政府也来了。他老汉死了,妈妈还好,他们家的房子后来也重起了……

她静静地听着,不插话。他问,你怎么到这儿来了?她心里本来也正要问他,他这一问,她愣了一下,摇摇头说,你怕是认错人了。说完就走了。

她记忆中的家还是一片废墟,一个人也没有了,除了她自己。

她回不去了,至少是目前。

这几年她做过不少工作,遇到过不少人,女人和男人,那个李家早已遥远。她知道那个李弘毅是真心待她,但那家算不上一块坚实的土地,那只是一个小岛,或者只是一条小舢板,她还得继续漂。她的眼前,常常出现黑沉沉的江水,那天在长江大桥上,如果一头扎下去也就算了,可不知道从哪里蹿出来的男人一把抓住了她。她扭过头,哭喊着,泪眼中是一张憨乎乎的脸。说一点不感激那不是真的,但她不知怎么的,鬼使神差一般,还是悄悄从他家离开了。好几次她无意间又走到了那里,熟悉的街景,她慌乱起来,马上走远了。她提醒自己,我不是马艳,我现在叫齐红艳。

现在这家的男主人叫周雨田,是个教授,她喊他周老师;女主人归霞,在能源公司工作。两个人都知书达理,是体面人,对她都还不错。他们有个儿子,在外地念书,寒暑假也不见得回来,她没见过几次。周老师家的房子很大,是个跃层,保姆房在楼下。他们在郊外还有一栋别墅,他们会到那里过假期。别墅里也有她的房间,挨着厨房。做久了,彼此都熟悉了,他们到别墅也带着她。周老师很忙,精力旺盛,好像永远也没有累的时候,他总出差,归霞很喜欢住在别墅,周老师不在家她也会开车去住。看着公路两边的景色飞掠而过,齐红艳恍惚间居然有了主人的感觉。

周一到周五,他们都要上班,当然住城里。家里的事其实并不多,齐红艳即使放慢手脚,也不怎么费事。她提出再出去兼做一份

第四章

钟点工，归霞同意了。他们对这个保姆是满意的。

有一次闲聊，齐红艳说归老师你人好，有的主家不让保姆外出兼职，就是肯了也要降一点工资。归霞说，我们不会，你不耽误这边的事就行。周老师一般不插话，这时也说，至于嘛，都不容易的。你做的饭菜不错。

齐红艳会做面食。各种面食，馒头、包子、烙饼、水饺、手擀面，无所不能。这些，她其实都是学的，在以前的主家学过，甚至，还在街上的摊子边观摩过。杂粮，高粱玉米之类，她原来只会熬粥，后来归霞示范了一次，她也就学会了做杂粮煎饼。面食虽然花样不少，但花钱不多。如果不是归霞喜欢淮扬菜，周家在吃上面真是花不了几个钱。可是他们有那么多的钱啊。每逢节日，哪怕什么节日也不是，归霞都会带回很多福利品，到了楼下，喊齐红艳帮忙拿。各种东西，从吃下肚子的到拉出来擦屁股的卫生纸，齐全。对这一切，齐红艳都已经习惯了。

周老师很忙。他在全国各地出差。他是大律师，自己开着个律师事务所。据他说，开事务所给他提供了很多案例，他上课很受欢迎，可他一周倒有两三天不在家，真不知道他的课是什么时间上的。

齐红艳看着别人的生活，过着自己的日子。她很羡慕，但也说不上恨。人比人气死人，人家也不是抢的你的。她已经是死过两回的人了，一回是地震，另一回在大桥。那个叫李弘毅的，自己也是个落拓人，拉住她，一甩一带，把她拉回了人间。稀里糊涂地，她进了现在这个周家。应该说，她运气还不错。

到周家后，她不再化妆了。那些不值钱的化妆品，也有个小化妆包的，都扔在李家了。在李家化妆，是因为她是媳妇，是老婆，而在周家她只是一个保姆。她长得不丑，腰身尤其好，化起妆来，那就是要搞事情。其实有时候不化妆也是一种化妆，她晓不晓得这个呢？不知道。但效果明摆着：这女的很朴素，本分，还不难看——这是周家两口子对她的评价。

她在周家，一做就是几年。

她和归霞最大的区别是手。归霞的手白白嫩嫩，十个指甲常年修着，修长而精致；她的手粗糙结实，很有力气。归霞的手可能是她全身最漂亮的地方，齐红艳全身上下，手却是最粗糙的部位。她毕竟年轻，不能算天生丽质，但生得不错。有一次归霞逛街，她陪着，归霞要给她买衣服，她怎么也不肯。回去后，归霞找了不少穿过的衣服，让她试。都是好衣服，有的连标牌都没有剪掉，她穿上，在归霞的指令下转身，走几步。穿上好衣服就是不一样，但她心里滋味不好受。归霞爽气地说，这些你拿去，我反正也不穿。

她收下了。摆到自己房间，换上旧衣服，系好围裙去做饭。那天周老师要回家吃饭，吃面食，她和面。她的双拳紧握，像两只小铁锤，湿面在挤压下往四边铺，叠起来，继续捣。

那天做的是臊子面，周老师吃得唏里哗啦，连吃两碗。他看起来总是精神抖擞，浑身是劲的样子，这其实是外人的印象，他常常也累得像死狗。吃完了，他躺在沙发上，电视开着，不一会儿就打起了呼噜，他睡着了。归霞把他喊醒，他们一起到楼上去睡。齐红艳是过来人，她不需要竖起耳朵也知道楼上的事情。这事情在周家就是没有事情，没有动静。不是因为隔音，而是，那个"音"基本已经没有了。

他们的儿子已经上大学了。

归霞的工作很轻松。上下班倒也准时的，但肯定没多少事情做。她上班常带着本闲书去看,隔段时间换一本。她还真是个读书人,还是研究生毕业,看来真不是吹的。

归霞过得很富态,很悠闲。她老家在淮水以南,也是个小村子。但她会读书,或者说,她早早就知道了读书的重要意义。如果她没有考出来,不是在老家修地球就是出来打工,说不定也会去做保姆。

归霞夸奖齐红艳厨艺好,做家务麻利干净。她的夸奖很实诚,带一点惭愧,脸上还流露出一点自得。

归霞自小不怕读书,但20世纪70年代,她也没有正经读书。英语课也是有的,可老师自己二十六个字母都认不准,W被他读成"大不了";物理和化学到高中才正经学,以前叫《工业基础知识》《农业基础知识》,简称"工基"和"农基",学生们戏称"公鸡""母鸡"。可归霞一上手就学得很好。学校条件很差,桌子凳子大多断胳膊少腿,要学生自己扛回去修。周围农田里正在浇粪肥,臭味长驱直入,但这不影响归霞的数学成绩好;化学实验倒有条件做一个,老师找来一瓶碘酒,倒到碗里是红色的,他走下讲台,从最前排一个男生领口捏下一个米粒,扔进瓶子,米粒顿时成了蓝色!物理实验更是随时能做,牛顿的作用力与反作用力原理,下课后同学们你捣我一拳,我踢你一脚,大呼小叫地嚷,不是我打你,是你的反作用力打了我!你来我往,有时候会真的打起来。如此简陋的条件,归霞的数理化成绩却都很出色。天分是无疑的,更重要的是学校的门窗都关不严,冷风直吹,经常还吹来她父亲的声音。父亲在宣读通知或者重大新闻,经过村头的高音喇叭放大,喊声洪亮,无孔不入。父亲能捞到这个工作,无非是因为他识字,虽然经常也念几个白字,但毕竟有文化,高人一头。这让归霞知道了，有文化才能找到好工作，至少能不饿肚子。

这个道理很浅显，但真正领悟并落实到行动上的，全村也就归霞一个。她是个女孩子，除非读书特别出色，大概率会辍学，早早地学做农活和针线活，等着嫁人。村里那么多的女孩，她们跟着母亲学着纳鞋底，自己聚了破烂毛线衣上的各色毛线，接起来，几根长针在手上翻飞；她们努力拼出花来，因为这毛衣是打给自己相中的男人。归霞从她们身边走过，钻进家里，做题目，反复做。

她考上了南京的大学。专业不是她自愿的，但她填了"服从"专业调剂。录取第一，为了保证录取，你不服不行。她读的是水利水电工程专业。学校的这个专业全国排名第一。她学得很杂，也很深。作用力反作用力已经成了基础的基础，简单得都不提了，以《理论力学》为起点的一系列力学，不少同学没上几节课就开始犯晕，因为你高等数学学不好，什么力学都没法学；有同学转系，还有一个直接就退学了，说要回去重考。归霞没有问题。她进校时，为了适应国家发展，这个专业还兼顾自动化，《电路原理》《电子技术基础》等，她一点也不犯怵。学到《自动控制理论》，她这个上大学前只见过电灯、高音喇叭和露天电影的人，居然也学得津津有味。她还从里面悟到了人生。

悟到人生就必然开始迷惘了，说是脑子更清楚了其实也可以。课程开始向自动控制那方面倾斜，同步，并列，负荷，脉冲，自动励磁调节……这些，针对的都是电力系统，这个系统复杂，庞大，井然有序又无远弗届，她觉得这有点像人体，更有点像人生。她的成绩略有下降，在稳定的名列前茅水平线上下开始波动起来。智力是没有问题的，但是她的心有点乱，心律不齐的样子。城市广阔而繁华，她置身其中，看在眼里，心里向往着。城市也是一个系统，她必须找到她中意的位置。她的这个专业，水利水电工程，去向很多，可以去大学，还可以去设计院，也能去施工建设单位，从事水电工程建设。最后一个选项离专业最近，但离繁华最远。说不定工作的环境连她老家都不如，那里毕竟还有村落，还有县城，而水利水电工程建设的地方，专业上叫"选址"，那必然是紧挨大江大河，荒凉一片。

归霞可不想到那样的地方去，风餐露宿，栉风沐雨。她读书就是为了出来。她成绩好，不是因为热爱这个专业，她只是必须学。到了大四，她和全班同学一起到一个建设中的大坝工地去实习。工地广阔绵延，机声震耳，等待安装的水轮机大得把她吓呆了，她无数次在书本上见过图纸，还计算过，但真的站在水轮机的前面，人小得只像个蚂蚱，那叶片居然像钢铁的风帆，机轴两个男生都抱不拢。

她真的吓坏了，从大坝上望去，下面的人像啄食的麻雀，她看得头晕，第一次对把她调剂来的那个招生老师产生了怨恨，虽然她根本不知道他是谁。他就那么用笔轻轻一勾，把她勾到了这里。他好不轻松呀！

工地上，食宿都很艰苦，他们住在工棚里，离冬天还远，但夜里冻得瑟瑟发抖。为期两个月的实习，他们读图纸，看工地，实际操作，印象最深的就是扎钢筋。巨粗的钢筋被机器弯折了，各个尺寸的钢筋彼此搭接好，形成钢筋笼子，在浇筑混凝土前，各个连接点都要用细铁丝捆扎固定好，他们就做这个。才半天不到，好些人的手就出血了，其中就包括归霞。最后所有的同学都出了血，女生是第一批。

临走前，大家都在拍照。各处拍。在巨大的水轮机前，把自己拍成螳螂；为了展现大坝的雄姿，把自己拍成一只鸟。那时还没有电影《泰坦尼克号》，但有几个男生无师自通地张开了双臂，烈风如刀，他们头发竖起，像一只只奓毛的鸡。归霞没有类似的照片，连大坝她都不肯再上去。

她承认，自己没有他们的豪迈。

施工单位当然不是唯一的去向。可但凡与建设有关，哪怕你搞设计，工地也是绕不开的地方，规划和勘探，你必须去现场。做大学老师可能相对轻松点，带实习的老师，并不是每届都带队，他们是轮换的，几年才轮到一回。可要站上大学讲台，你至少要有硕士学位。

那时的硕士生，远比后来的博士生还要珍稀。一个班几十个人，考上的也才几人而已——这也可以理解成本科毕业就已基本满足了当时国家的需要。归霞考上了研究生。她有天赋，但还谈不上智力超群，也没有置之死地而后生的狠劲，实事求是地说，大学四年就像是四圈，毕业如同是终点，她跑到终点时身上还有一股子劲，一挺身子，终点就成了新起点。如此而已。

总之，她又读了三年。

26

本科时一个宿舍六个人，研究生宿舍只住三个。她运气好，同室有一个本地女生，时常回家，宿舍就经常只有两个人住；运气更好的是，另一个女生很快就谈起了恋爱，不知道是不是另有住处，反正常常夜不归宿，这一来，归霞几乎就是住单间了。

那女生的男朋友是本校的一个青年教师，尖嘴猴腮，短小精干，但特别能说，偶尔来她们宿舍，滔滔不绝，手势不断，有一种前辈老师的味道，似乎刚从课堂上下来，余兴未尽，继续上课。他自己可能意识不到，他说话时像个耍猴的，或者说就像一只猴子。那女生被他的口才折服，但归霞不喜欢，而且很不看好他们。但归霞热切地鼓励那女生，说他好，各种好，一副你不要我就不客气了的架势。

那女生看到潜在的竞争者，这恋爱就谈得更投入了，可却谈得磕磕碰碰，跌宕起伏。归霞甚至还陪她去做过一次人流，最后还是分了。她花容惨淡地搬回来，大哭了一场，然后又是断断续续持续了个把月的小哭。这时研究生阶段已经过半，不管怎么说，归霞的准单间待遇，已享受了一年多了。

也不能说她的鼓励是使坏，宁拆一座庙不破一门婚嘛。归霞自己也向往着爱情，不过她不主动，那时的大学里女生非常少，尤其是理工科，研究生里女生就更少，轮不到她们主动。说起来也有意思，同宿舍那女生的前男友，分手后居然给归霞介绍了个男朋友。他把周雨田带到归霞面前时，周雨田还有点腼腆，这种腼腆的表情在此后的几年还时常能看见，有点动人，直到他们结婚后才逐渐消失，他变成了个人情练达、八面来事的人。当时他腼腆地微笑着，有点局促，介绍人热情洋溢，直抒胸臆，大意是：我知道你看不上我，他比我英俊，前途无量，律师，以后就是大律师；转脸对周雨田说，我也喜欢归霞的，但她们宿舍我已经谈过一个了，再追归霞，那就不地道了。归霞一听，扑哧笑了。这一笑，归霞和周雨田的拘谨烟消云散。三个人一起吃了顿饭。

归霞当时正对同专业的另一个男生心生情愫。他叫丁恩川。

研究生阶段课少了，实验多，跟着导师做课题，在研究室、实验室的时间，远比在教室多。导师经常不在，学生们可就自由了。嗑瓜子，吃零食，吹牛皮，只要时不时去观察一下正在运行的水电站模型。模型实验是工程设计完成后的必要步骤，在实验室把即将建造的水电工程按几百分之一的比例搭建起来，放水运行，定时观察并做好记录，这些数据是优化和修改设计方案的基础。这有点像后来大热的房地产销售楼盘模型，只不过房地产模型是为了销售，他们的模型是为了建设。

同学们刚看到模型时都笑。有个男生还怪腔怪调地感叹道，它好可爱啊！同学们都笑起来。连老师都笑了。归霞也忍不住笑了。她朝那个声音看了一眼。

那时，"可爱"这个词还不像现在这样热，鞋子可爱，发型可爱，碟子里两只虾也可爱，这个词本来一般只用在形容小姑娘。模型确实小得可爱，那同学这词语用得很有趣，但归霞对模型实验却提不起多大劲头。它太缩微了，缩掉了气势，也缩掉了湖光山色。新安江水库、响洪甸水库归霞本科时都去过，那种开阔和壮观，令人震撼。开闸泄洪时，巨大的水流汹涌而出，挑出一个弧度，滚滚而下；大地在震颤，水声超出了你的日常经验，有如虎啸龙吟。水汽氤氲着上升，加入了云朵，彩虹出现了，安静地弯在半空，与钢筋混凝土拱坝交相辉映。群山如黛，碧水盈盈……可眼前的模型，虽然也有大坝和电站，也有引水渠、溢洪道、消力池，连鱼道和船闸都不缺，放水运行时也还真的能发电，但它们被覆盖在实验室的大棚里，大棚又宽又长，但总是临时的，实验做完就要拆掉，显得很简陋。你看不见天空，只能看见棚顶上的破洞，一根光柱射进来。光柱落在模型上，随着太阳的运行慢慢移动。光柱暗淡了，终于熄灭，一天就过去了。月光漫射，那个洞也是亮的，是暗淡散射的光。实验棚里的灯开得很少,黑黢黢的模型煞有介事地坚守着岗位。归霞觉得这有点滑稽,或者说,有点"可爱"。

实验大棚里还造着一个小实验室,其实就是值班室,那里面灯光明亮,电话空调,办公桌椅,一应俱全。归霞和师兄弟们大部分时间都待在那里。

与归霞不同,有些同学对模型实验非常有兴趣。他们有强烈的好奇心。本科二年级时的一个单元实验,他们第一次参观水力学实验室,观察水流运动现象。在一人多高的半空,一根有机玻璃方管倾斜而下,水从上往下流。因为管底分段设置了卵石、碎石、细沙、混凝土的底部,再加上突然变大或变小的坡度,水流显现出变化多端的形态:层流、紊流、漩涡、气化等,他们第一次从侧面看到了水流的样子。同学们不管来自雨量丰沛的南方,还是干旱缺水的北方,都从来没见过水流的侧面,他们从来都是从水流的上方朝下看。他们大一就学过《水利工程制图》,知道这叫剖面,他们看到了水流的剖面。如果没有科学,如果他们不学习科学,他们今生今世绝不可能看到水流的剖面。归霞也饶有兴味,但远不如那几个男生兴奋。他们激动得不行,在梯子上爬上爬下,绕着水槽看,有个男生欢喜得绕着看了好几圈,嘴里咕哝道,还真的能抽刀斩水哩!他手沿着水槽的延伸方向比画一下说,在家切饼,上学切水,嘻嘻。

说这句话的,就是赞叹水利工程模型"可爱"的丁恩川。

丁恩川也考上了研究生,与归霞同专业,导师不是同一个。他在实验室的时间非常多,别人溜号了,他留守;别人看武侠小说,他不折不扣地观察,记录数据。他可能是真的觉得这个模型可爱,因为他就是这个模型里船闸部分的初步设计者,看着模型,他像是看着亲生的婴儿。这模型将会放大几百倍,真实地耸立在江河大地之上,他就像个期待着孩子长大的父亲。

丁恩川对专业的痴迷,令人着迷,归霞也是喜欢的。

归霞恋爱了。有很长时间,他们都没有说破。两个人,当然也还有其他几个同学,他们做着同一个项目,遇到问题有时必须要一起解决,丁恩川干什么事都很扎实,归霞有了依赖。他记录数据从来不偷工减料,归霞却有点小偷懒,晚上,能不去模型那里她就不去,哪怕听见水流声出现了异常。丁恩川却从来不放过任何一个环节,有一次水泵坏了,不抽水了,丁恩川听出问题马上就打着手电出去,归霞不敢去,他到总开关那里把电闸合上,实验棚顿时大放光芒,归霞这才出去。自此以后,每次晚上归霞到棚里去,丁恩川都先把灯全部打开。

丁恩川是陕西人。他身材高大,却长着南方人的脸。皮肤白皙,目光炯炯,很机灵。归霞很喜欢听他说话,老撩他说,他把"我"说成"额","干什么"说成"弄撒嘞",后来才慢慢改了。他们的导师其实差着一个辈分,归霞的导师是留苏副博士,国内水电行业的老资格,他带出的研究生做了丁恩川的导师。归霞逗他,要她喊自己师姑,至少也是师姐,丁恩川居然大咧咧地真喊,当众喊,两个称呼还换着喊。这显然是太亲昵了。归霞怦然心动,假装无所谓。

他们没有说出爱字,但归霞已经在爱了;他们没有拥抱,更没有接吻,但归霞已在心里演练过无数次,至少,有时候,在某一特定环境下,譬如归霞埋头填记录表的时候,她真希望身后能有一双臂膀伸过来,抱住她。但是丁恩川没有,他只跟她一起做课题,一起吃饭,甚至饭后一起散步,随后一起去看看模型。夜深了,丁恩川把她送到女生宿舍楼下,促狭地笑笑,挤挤眼,走了。

一切都是因为归霞的犹豫,或许也有丁恩川的腼腆。归霞恋爱,就像是开花,时令到了,花朵含苞欲放,可她开花是为了结果,这果实就是结婚。选择了男朋友,就意味着选择了工作地点,这是人生道路真正的起点。在这一点上,丁恩川还不能让她放心。

丁恩川来自黄河边,他就像一杯黄河水,浑浊着,在杯中旋转,你看不出沉淀的迹象。她端着杯子的手有些抖,她不敢品尝。

就在这时,周雨田被带到了她的面前。周雨田也是北方人,东北的。东北人说话,只要存心去掉乡音,那就极其接近普通话,归霞觉得很好听。跟归霞认识的时候,周雨田也在读硕士。法律专业那时刚刚兴起,依法治国的大形势造就了这个专业的热门,就业一片红火,可以说前途无量。他的弱项是个子不高,而且显然属于易胖体质,他经常跟着导师外出应酬,几天不见,再见面时显然就胖了一圈;为一篇论文苦上十天半月,就又瘦了下去。这有点像个气球了。长得也不出色,属于扔到人群里就挑不出来的那种男人。可相较于丁恩川的浓重乡音,周雨田的普通话突破了狭隘,展现了一种可期待的远大前程。

以前的大人物都有一口浓重的乡音,差不多是一种身份的标志,但现在不一样了,改革开放,走向世界,全社会都重视英语;如果你只在国内发展,普通话当然是最体面的通用语言。说句心里话,撇开其他因素不说,跟周雨田谈恋爱的感觉要超过跟丁恩川谈。丁恩川的口音,那太不像恋爱语言了,那不是恋爱,是说亲,跟一个乡下人在说亲。实际情况是,归霞的方言属江淮官话,还带着一点点乡音,可她不太接受一个安徽人与一个西北人带着各自的口音谈恋爱。

电视剧和电影里的爱情有几个是用土话谈的呢？偶尔看见这种场面，归霞也不喜欢，她有代入感，觉得是她自己还没有走出小乡村。普通话的爱情才是都市的爱情，才是她向往的爱情：这是她心里小小的浪漫。

她不拒绝周雨田。跟丁恩川，也就这么比一般同学超过一点点。这不是脚踩两只船，归霞想，我只是在隔岸观火。

但有些事是不能延宕的。选择很难，但难题有脚，它会不断靠近，你躲不了的。周、丁的为人个性，在相处中自然显露着。丁恩川热情、专注、话多；周雨田身为法律人士，多了一点井井有条和稳重镇定。

据说恋爱中的人会本能地藏拙显优，这一点，归霞确实能做到。但周雨田和丁恩川，大概都还没有发觉自己已进入恋爱考察期，看不出他们在故意隐藏自己的个性。如此再发展下去，他们应该很快都会向归霞明确表白，因为，她硕士很快就要毕业了。

有天下午，记得是三九天，天冷得冻手，雪后初霁，校园银装素裹，地上的雪被学生们踩出了无数的新路。路其实都是老路，但看上去是新的，是他们开辟的，学生们很开心。丁恩川很夸张地走路，他扬着双臂，夸大着地上的湿滑，其实他走得很稳健。他们那天都很开心，他们的项目完成了，各自的论文也已写完，只等着答辩。项目完成后，大棚中的模型即将被拆掉，留待下一个新的模型。他们很兴奋，更多的是留恋，有点依依不舍。因为项目很重大，老师们也过来了，算是告别，他们在模型前拍了照就走了。

夕阳斜照，积雪的反光照得大棚里亮堂堂的，比平日里灯光全开还要亮。同学们继续拍照，各种组合，各种姿势。那时还用胶片，拍照所费不赀，但他们都想留下值得纪念的画面。丁恩川最活跃,他在他付出心血的船闸前不断跃起,要求归霞拍下这个飞跃的姿势。这很有难度,她拍了好几张,也不知道拍下了没有。晚上导师请所有人吃饭,丁恩川喝了不少酒。归霞这才看出,他的酒量可真不小。散席后他不回宿舍,又要去大棚。归霞有点放心不下,说要到办公室收拾自己的东西,也跟着去了。踏雪夜行,丁恩川哼着歌,先收拾东西。书、资料,还有饭盆之类的生活用品。他一会儿就搞好了。却还不走,又去模型前转悠。

这是模型的最后一夜。

雪光下,模型呈现出清晰的轮廓。它现在很小,即将被拆除,但它将放大几百倍实实在在地矗立于大河之上。丁恩川看着模型,走到船闸边上,久久挪不开眼睛。他嘴里念叨着库容、高程、水头、流量、死水位、装机容量之类的数据,眼睛从水库出发,沿着水流方向,一路而下。雪光映着他的身影。归霞心里柔情顿起。

大棚里静悄悄的,棚顶传来些微的响声,响声逐渐增大,响出了轨迹,这是雪在滑落。大棚外的灌木哗啦啦响了一阵,大块的雪像灰色的鸟群,划过窗户,砸得地上一阵闷响。模型拆掉后,他们很快就要毕业了,不少同学已经开始找工作。陡然,归霞焦躁起来,可恨丁恩川似乎从来都不关心这些。即便胸有成竹,工作笃定了,难道他就不能告知一下吗?非得她来挑破?

询问工作,差不多就是询问爱情。归霞抹不开这个脸。

这时候,她心中的天平开始晃动了。怔忡间,丁恩川开口了。他说,你发现模型里的水都冻了吗?

归霞愕然。她一时回不过神来。模型里的水永远是流动的,即便是冬天,天再冷也不会结冰。但项目结束了,当然要停水,模型里残留的水就结成了冰。冰面被各种渠道约束着,散发着形状各异的古怪光泽。丁恩川跑回办公室，拎来了两个热水瓶，把热水哗啦啦地倒到"水库"里。归霞正诧异，丁恩川说，我记得你的计算器还在我抽屉，请你去找一下，我们马上就走。

归霞回到办公室。几个抽屉，都没有。她出来，却看见丁恩川正爬在高处，叉腿站着。正觉得奇怪，丁恩川听到了身后的动静，慌忙站好，手忙脚乱地下来了。这时归霞才反应过来：他是在撒尿！归霞忍住不说，丁恩川故意隐藏着自己的动作，好半天才慢腾腾地下来，走到尾水出口边。他低头，仔细察看着尾水闸门。归霞明白了：他这是在观察热水流到这里没有，还有他的尿！

归霞什么也不说，气哼哼地喊一声，去办公室搬自己的东西。

她满腔怒火，满心怨尤，也满腹疑问。她抱着纸箱走出大棚，丁恩川来不及拿东西，紧紧跟在她身后。雪在他们脚下吱吱作响。他说，对不起。

归霞头也不回说，你对不起什么？我什么也没看见！终于还是忍不住，说，你是孙悟空吗？这里也没有如来佛的手掌啊！

丁恩川语塞。失笑道，我没想到，我这行径还真像孙猴子。他解释道，到此一游嘛，我是要看看能不能把冰化掉。大概自己也觉得这个行为很滑稽，扑哧笑了，他说，我不是喝多了嘛！

朝模型里撒尿，归霞可算是领略了这种诡异场面。从另一方面理解，这是一种顽皮，一种热情，况且，他真的喝了酒。归霞停住脚步，问他，你工作找好没有？

丁恩川一怔说，没有。归霞不接话。丁恩川说，不过我大概会去搞工程。归霞沉默。丁恩川说，搞设计其实也很好。我也喜欢搞设计。归霞嗯了一声。丁恩川说，有几家水电设计院在联系我。华南、华东和西北都有。我厉害吧？他没心没肺地笑起来，很得意。

第四章　　　　　　　　　　　　　　　　　　　　　　　　　*175*

华东院在杭州。归霞想提醒他,南京也有设计院。但她说,华东院倒不算远。可是西北设计院就在我老家呀。丁恩川笑道,这是双向选择,其实我说了也不算的。归霞说,你还知道双向选择啊?!是的,人跟人也是双向选择。要看缘分!

丁恩川再笨也懂了,他问,你想去哪里?

归霞说,我就在南京,到什么单位不知道——这跟你有关系吗?

别看丁恩川平时那么活泼能说,这时他沉默了。他肯定也感觉到这个师妹的情愫,但他在这方面特别迟钝,简直是麻木不仁。他太喜欢这个专业了。他也许懂水,但确实不懂水一般的女人心。可以如雾如云,可以流水潺潺,可能汹涌澎湃,也可能冷下去,冷到冰点,如钢铁般坚硬。

从似水柔情到心冷如冰,也就是一摄氏度的距离。

27

丁恩川去了西北工作。归霞没有去车站送行,几个月前的那个雪夜,已是他们真正的告别。

也许丁恩川自己也觉得那天朝即将拆除的模型撒尿是一种出丑,实在有点荒唐,毕业前的那段时间,他见到归霞就红脸,期期艾艾地试图解释。他那模样很可笑,常常话一出口就被归霞岔开去。但大致的意思他倒也说清楚了:一是该死的酒!二是他在上游倒热水,是想试验一下工程的防凌效果,他们老家特别寒冷,黄河每年结冰,来年解冻,水利工程必须考虑防凌。他是想观察一下,其实也没有得到什么结果。

归霞又好气又好笑。她早已释然，既然已经丢开了爱情，她对他的专业精神倒更增加了尊重。人各有志。其实丁恩川一说到"防凌"两个字她就全懂了，毕竟他们同一个专业。突然觉得，他撒的那泡尿还真不该怪他，那正是他真实意愿的流露。他说有好几家单位可以去，事实上，他撒尿时的慌乱背影就是他即将奔赴西北的先兆。

丁恩川从那个模型出发，将从此开始他漫长的专业生涯。他们渐行渐远，虽然也曾见过几次，但实际上他们已经从彼此的生活里消失了。

归霞接受了周雨田。他不是趁虚而入，他的进入是归霞自己的选择。痛苦也有的，但很轻微，只有在几个月后，她想象着丁恩川从西行的火车上伸出手来时，心中突然涌起了伤感。

一段实际上还没有开始的爱情，就这么结束了。

她跟周雨田用近乎标准的普通话谈恋爱，这让归霞觉得妥帖。周雨田很忙，跟着导师到处跑，手头活络，他们常常到外面吃饭；学校对研究生宿舍管理松懈，他们也可以悄悄地用电炉，自己做饭，归霞居然有了家的感觉。她的脸上，终于浮现出爱情的红晕。他们会有自己的房子，会有自己的孩子，她的孩子，肯定是姓周了。

姓周多好呢，周全，周到，周至，周勤……男孩女孩，随便一指就是个好名字。周就是全。归霞已经想到孩子的教育问题了。如果跟了丁恩川，两个读理工科的，孩子的辅导就大有问题，偏科。现在这样，文理兼备，全面发展了。

春日和煦，柔风拂面，归霞沐浴在爱情里。

对周雨田，她的了解也在继续加深。万万没想到，他还读着研究生，居然已经是个小老板了。那时候社会上虽然商潮滚滚，但学生们顶多嘴上说说，最敢闯的，也不过是弄个135的海鸥相机给同学拍照，自己洗印，挣点生活费。周雨田一个在读硕士，居然承包了学校的小卖部，还雇了个本科生站柜台。他不显山不露水的，提都没提。有一次归霞跟他去他学校，突然觉得身上不方便了，例假来了，她看见小卖部，马上拐了过去。周雨田跟着。归霞也只是试试运气，没想到，这小卖部竟然连卫生巾都有。她有点窘，飞快地付钱，拿了就要走。站柜台的小姑娘见周雨田站在一边，收钱的手明显迟疑了。周雨田说，我们走吧。小姑娘笑笑，把钱推了回来。她没有喊周雨田老板，但归霞是明白了的。周雨田告诉她，这个三角区的小房子，原来一直空着，他就提出来开个小卖部。归霞说，原来我吃的零食都是你从这里拿的。

　　小卖部一直开着，要等到上级部门发现了这个商机，在各大高校引入了教育超市，周雨田才不得不撒手。他的眼力和经济头脑这才是初露端倪，此后将给他们的家庭赢来富足的生活，也将带来烦恼和痛苦，不过归霞此时并不能预知。她的目光，往前、往后都只能看几步，并不深远。

　　归霞的工作也有了着落。

　　导师是个"师爷"辈的人物，很早就已经是教授。他很注重衣着仪表，站在讲台上，西服皮鞋，头发锃亮，一丝不苟；业务很精，讲课要言不烦，不怒自威，不管多难多偏的公式，他推导起来一写一黑板，流畅工整，可以直接当书稿。但他在平日里，慈眉善目，语气和蔼，就像个和气的小老头。他这是把研究生当徒弟甚至是儿女一样看待了。他自己的女儿不久前刚出国，对归霞就特别地好。

归霞有时到老师家，老师笑眯眯的，说话轻声细语。师母跟丈夫不一样，她对归霞客气归客气，却还端着一点架子，女儿出国后，又透出了一份警惕。归霞识得眉眼高低，去得少了。如此一来，老师对她的关心反倒更多了，也更细致扎实。他主动询问归霞的感情状况和工作意愿。有的学生想要改行，被他痛批，归霞有所耳闻。但对归霞他宽容多了。她期期艾艾红着脸说自己想留在南京，最好还是做本专业，老师立即就听出了她的弦外之音。他非但没有发火，反而皱着眉想了一会儿，朝她笑笑。

导师也不一味烂好人。他不再提这个话题，等到归霞四处碰壁，几乎已走投无路的时候，他把她喊到办公室，从抽屉里拿出一张名片，往归霞面前一推说，你去找他。他学历不如你，但他也算你的师兄。

这话其实隐含着批评，甚至失望，归霞岂能不知？她脸涨得通红，不知说什么好。老师笑笑说，有空把你那个律师男朋友带给我看看吧。

归霞连连点头。此后一切都很顺利。师兄三十多岁，有点少白头，很有学长的样子。也有个面试程序的，师兄就是主考官。师兄显然是高抬贵手甚至是挥手欢迎的姿态。归霞拿到硕士证书后不几天，就到能源公司报到了。

导师的帮助很有分寸，归霞进去后究竟从事什么工作，余地很大，他没有发表意见，把选择权留给了她自己。能源公司那时还是事业单位，部门很多，工种不计其数。与本专业相关的工作，无论设计、施工，还是运行管理，马虎不得，都很辛苦；其他的工作就比较软，有个综合服务中心，做一些后勤服务工作，坐办公室；还有一个调研咨询中心，看起来有的时候跟专业也有那么一点关系，

第四章　　　　　　　　　　　　　　　　　　　　　　　　　　*179*

但实际上基本上没有硬任务。归霞见习了三个月,期满后,必须落实具体岗位了,面对师兄,她略有些犹豫,突然间又心硬起来,像在跟老师犟嘴:调研咨询难道不也是专业吗?非得计算、画图,非得戴着安全帽去工地吗?她很明确地对师兄说出了自己的意愿,她要去调研咨询中心。她觉得自己没要求去综合服务中心已经是给了导师面子了。

这种心理很古怪。她当时有点像在赌气,跟导师赌气,跟专业赌气,也在跟自己赌气。读这个专业她本来就是被动的,她苦读是为了走出小村,却被"调剂"了;到能源公司是意外之喜,那选岗位又有什么理由要自讨苦吃?

带着周雨田去见导师的时候,师母也在家。导师刚从学校回来,他摘下呢帽,抬手捋着自己的头发,笑眯眯地和周雨田聊了一会儿。他当然知道了归霞的岗位,但他未予置评。对归霞,也没有一句叮嘱。临别前,师母说,你可不要也改行了,啊?她这是对周雨田说的,都没有再多看归霞一眼。归霞觉得自己是挨了骂。她脸上火辣辣的,像挨了一巴掌。有一天她脑中一闪,突然觉得,那个把自己调剂到水电专业的招生老师,一定就是师母。师母从来没有提起过,归霞也没有任何依据,也许只是因为她知道师母就在招生办工作。

逢年过节,她和周雨田会去看望老师。他们结婚,导师是证婚人,师母没去。孩子过周岁时,他们抱着孩子去了导师家,她逗着孩子喊爷爷,孩子居然还就喊出来了,导师乐得眉花眼笑。他们从此再也没有深谈。有一天,大概是 20 世纪 90 年代初期,同学那里传来消息,导师去美国出访,没有回来。从此就断了联系。

毕业后不久,归霞去学校办理一些遗留的手续。鬼使神差一般,她拐到了实验室。实验大棚空荡荡的,有几只鸟儿钻了进来,快活地叫着,在大棚里穿梭着叽叽喳喳的弧线。几个正在地上拌水泥的工人看看她,继续忙自己的。那个熟悉的模型已经消失,偌大的空地上,一个新模型已具雏形。归霞怔怔地站在角落里,像个看热闹的外人。这个新模型她也初步地参与过,看得懂,但现在,已跟她没有半点关系。暮色渐浓,工人们看看归霞,收拾起工具走了。大棚顶端的实验室黑着灯,一个人也没有。模型才开始做,水和电都还没有到位,实验室当然没人。归霞转身,慢腾腾地离开了。

那个已经拆除的模型占据了她研究生时期的大部分时间,是她一生中介入最深的一项水利工程。但那项工程落成后,她没有去过,哪怕只作为一个游客。那个模型只存在于她的记忆中,照片里。

归霞心情黯然。晚风中,她的脸颊微感凉意。大棚通往主干道的路很长。两边水杉夹道,灌木成行。地上没有雪。

从此她开始了安逸幸福的生活。她进这个行业不能说是改了行,只不过岗位不对口,就是说,她避开了这个行业的辛苦和繁忙,却也能享受行业发展的成果。这多么聪明,多么幸运呢!她的本科同学大部分从事本专业,也有后来改行自己做的,看起来意气风发,其实也是磕磕碰碰,遍体鳞伤;研究生的同学基本上都没有改行,即使改了,也偏得不多,除了她一个。这更证明了她的运气和眼力——此后很久,她都这么告诉自己。

婚姻已没得选,也无须再选。在研究生宿舍他们就已实际上成了两口子。

周雨田毕业后留校做了大学老师,可大学终究比不上能源公司实惠。归霞一进公司就分到了宿舍。说是宿舍，其实是个单室套，厨房、卫生间一应俱全。水到渠成，他们就在单室套里结了婚。周雨田奋发有为，他对生活充满了热情和希望。他的导师是名教授，也是大律师，开着一家律所，周雨田在里面兼职。说是兼职，实际上他对当律师兴趣更大。他手上一直有各种案子，他回来，兴致勃勃地说给归霞听。归霞听得饶有兴味，神情专注；听着听着，如堕雾中，哈欠连天。日月轮回，一日一日，她看着墙上自己的丈夫被灯光放大的身影，解开睡衣，靠了过去，她拽着他的腰带娇声说，案子你留着上班再研究吧。她把他推倒，爬上去说，我先研究研究你。

他们经常研究。归霞兴致盎然，乐此不疲。直到儿子出生，他们彼此间的研究才不得不减少了，把研究重点放到了他们的研究成果也就是他们的儿子身上。这种变化理所当然，合乎规律。周雨田越来越忙，常常大早出去，半夜才回来，满身酒气，衣装凌乱，皮鞋脏了一块，像是被谁踩的。归霞的研究重点再次回到了丈夫身上。这种研究需要激情和柔意，更需要的是细致和敏锐，不放过任何蛛丝马迹。不过周雨田大概还保存着东北农村带来的淳朴之气，正如他擅长喝酒但却不常喝得烂醉，他其他方面也没有离谱的迹象。只有一回，归霞见他半夜还不回家，打寻呼机也不回，忍不住下楼去等，找了一圈，却看见他躺在公共花园边睡着了，吐了一地，鼾声如雷。她不得不把他架回家。

归霞的工作不出预料的清闲。上班喝茶，看报，偶尔临时帮忙做个报表，对她这个硕士来说，只是分分钟的事。即便她故意放慢手脚，大部分的时间她也就是闲着。下班买菜做饭，接送孩子，看看小说，都是她乐意做的事情。他们的房子越换越大，装修跃层的时候，楼上楼下，客厅、卫生间、各个房间，都装了电话分机，她想起了小时候听说的，楼上楼下，电灯电话，他们比同龄人更早实现了；他们买别墅，那是儿子上初中的时候。她家早就用了保姆，换过好几个，有的是人家自己走了，也有的是被她辞掉的。齐红艳是第几个，一下子还真想不清楚，但对这个保姆，归霞是基本满意的。

齐红艳是四川人，带着点四川口音。不知怎么的，她突然想起了丁恩川。那个遥远的同学，也有零星的消息传过来。归霞与他没有联系，不知道他现在是个什么状况。丁恩川是西北人，并不是四川的，归霞这时想起他，实在是没有道理。

28

房子越大，越需要经常收拾。齐红艳很爱干净，家里窗明几净，一尘不染，归霞十分满意。老实说，这一点比她自己强多了。她也不吝夸赞，齐红艳边忙边说，你们都是做大事的人，我也就会洗洗刷刷。

那天是个周末，周雨田照例忙得不着家，归霞正好把家里收拾收拾。她拉开抽屉，把那些没用的东西往外拣。这个抽屉专放杂物，里面扔着不少过时的电子产品。BP机三个，有数字的，有汉显的。手机七八个，一个砖头一样的"大哥大"是周雨田最初用的；其他的，各式各样，翻盖的、直板的，红的白的黑的，都是这些年他们淘汰的。抽屉里电线拖拖挂挂，乱七八糟。归霞反正没事儿，把每个手机的充电器都找到，插上，挨排排在桌上摆成一排，又把BP机放在它们的前面。这一排东西像被打死的小老鼠，阳光斜照在上面,归霞看着发呆,有点走神。这是一排清晰的时间,大学、入职、结婚、生子,每个都是她生活的时间节点……突然,她的目光在BP机与手机之间的空隙间停下了,不知怎么的,她想起了丁恩川,记得他没有用过BP机,他们之间甚至都没有写过信。在这张桌面上,那是一段空白。当时只有活络的周雨田用着BP机,眼前这个汉显的就是他的。

归霞拿起来,摁下了电源键。居然还有电!她好奇地一条一条翻看着上面的信息。大多是一些不知来路、看不懂的信息,另一些是他导师的,案子当事人的,当然也有她留的言。还有两条语气暧昧亲昵,归霞现在也懒得琢磨了。BP机突然"哔"地一响,她吓了一跳。屏幕上出现了一条信息:金地花园,现房有售,地址,电话,联系人某某小姐。这是一条售楼信息。归霞愣住了。现在还有人用这个东西吗?BP机台不是早就关了吗?报上不是说,外国的BP机都挂到奶牛的脖子上了吗?难道,电波在空中盘旋了好几年,现在又一头扎进了她手里的这个东西里?!归霞怔怔地拿着BP机,轻轻丢下,有点云里雾里。她知道周雨田一直做着房地产方面的案子,这已经成了他的专长,算是业界翘楚了,但这就能让这条信息穿越时空吗?她的物理看来是白学了。

以后的某一天她又会想起这条信息。关于房产的故事此时还没有苗头。到那时她才明白了,人间之理远远超越了物理。

身后忽然有铃声响起,她一时找不到。这是她的手机声音。声音在虚空中如吉光片羽。她的视线落到了沙发上,手机被压在外衣下面。是周雨田打来的,说他基本完事了,晚上回家吃饭。还问她在干啥。归霞说,家里的那些破玩意儿、旧手机之类,我要扔掉了,要不要等你看看?周雨田说别扔,等他回来砸烂了再说。他说你怎么不考虑信息安全问题？应该实施"破坏性处理"。归霞一怔，心里承认他想得细，嘴里说，一大堆哩，家里要来客人，你早点回吧。周雨田听说是她老家要有人来，反倒不肯回来吃饭了。他叮嘱，不但手机等他处理，抽屉里的那些软盘、移动硬盘之类，也等他回来再说。

时候不早了，归霞抓紧把另一个抽屉也理理。齐红艳在厨房里忙碌。高压锅呲呲地喷着气。

抽屉里还有好多名片，无数的人，无数的头衔，各种材质，躺了小半个抽屉。归霞知道，这些都是丈夫不怎么看重的人，真正重要的、用得上的，都在周雨田的办公室里摆着，最重要的他都存在手机里。她看见一个听到过的名字，拿起来，立即就扔下了：这人的头衔是法官，前不久被抓起来了。被扔下的名片落在柜面上，边上是另一张名片，一家电力设备公司的董事长，这人归霞还见过，一起吃过饭，两年前跳楼死了。这些名片早就该扔掉了。抽屉里还有几个名片盒，归霞打开一看，笑了：这些都是周雨田自己的名片，过时了，肯定是可以扔掉的。她站起身，腿有点麻，稍一打晃，手里的名片盒翻了，几个盒子掉到了地上，数不胜数的名片撒在地上。归霞叹气喊道，小齐，你来帮帮忙！

满地的名片。满地的周雨田。

齐红艳跑过来，不需要吩咐就知道是要帮着捡。捡着捡着，她说，都是周老师哎。拿起来看看说，这么多教授！她肯定是看见了兼职教授、客座教授这样的头衔，归霞没法对一个保姆解释。齐红艳奇怪地说，周老师不是师大的教授吗？这里怎么又是某某大的教授呢。她的意思是不是写错了。真是没见识。归霞笑道，哦，这个啊，他这是调动工作。

第四章

齐红艳嗯了一声,加快手脚,把地上的名片捡好,还把几个学校的分开装盒。归霞说,不要这么细啦,随便装。反正也没用了。

教授离齐红艳很近,几乎天天见面;但教授这个头衔离她很远,远得好像月亮。齐红艳应该看不出这几种名片的内在意义。归霞心里很清楚,这几所大学其实也分了档次的,如果把这几张名片按她知道的时间顺序排起来,几所大学基本是一路向下的,就是说,周雨田不断从好大学跳到差一些的大学,看起来他混得很不好,每况愈下,但如果你知道这其实是学校在挖人,每次跳槽周雨田都能得到极好的条件和待遇,你就不得不佩服他的精明。副教授升教授,两套房子,他的所长职务,等等,都是几次跳槽的成果。这些不足为外人道,但归霞很支持,甚至佩服。她自己在能源公司,大概五年才能轮换一次小岗,而且换了也等于没换,因为还是像以前一样悠闲。她在心满意足的同时,有时也难免感到寡淡。有句老话说:嚼得菜根百事可做。归霞这么多年来,是喝着好茶百事不做。她觉得这样蛮好。周雨田第一次跳槽还有点犹豫纠结,毕竟从一流大学掉到二流,面子有点挂不住,归霞鼓励他,副教授升教授,怎么能算丢了面子?再说,你的主业不是律所吗?文科生,瞎虚荣!

那天来的老家人,年龄都差不多大,其中就有那个最会结毛衣的,叫翠兰。翠兰上学时用目光暗中打量着她看中的男生,揣摩着毛衣结好了套上去,能不能不长不短,熨帖合适,最后还就真嫁了他。先打电话来联系的就是她,她没带那个穿她打的毛衣的男人来,带来的是几个同村姐妹。归霞谈不上乡情泛滥,但也绝不冷淡。不用问她都知道,手机号码一定是父亲给的,父亲的面子她必须给足。几个女的摸上门来,叽叽喳喳,归霞先带她们参观一下,楼上楼下转了一圈。哇，你们家有三个厕所！我们村总共才两个公共厕所哩。这么多房间，一人能摊到两间吧……那天太阳也帮忙，大晴天，家里明晃晃的，午后的斜阳一直照到客厅的茶几那里。翠兰说，你家的地毯比我家的床还大。她还很客观，没有说比她家的褥子厚。事实上在看到齐红艳的房间时，她们就开始不怎么说话了。看到书房里那么多书，一个嘴快的随口说，归霞，也有你写的书吧？归霞矜持地笑笑。等坐到茶几边，大家你一言我一语地开始闲聊，翠兰叹了一口气说，还是读书好。

几个老乡，有小时候的同学，也有的原本并不熟。她们都穿得很干净，是打扮过的样子，就是土气。口音是归霞熟悉的，她的母语，用母语说话她完全没有问题，问题是，说不惯，说来说去一不留神又变成了普通话，也就随意了，反正她们能懂。这可不是摆谱，在说到自己的工作时，具体做什么，有些词属于专业术语，不用普通话还真的不行。归霞突然问翠兰，我记得你好像读书还行哎，你好像也读到高中的吧？翠兰说，是啊，也高考了，没考上哎，我爹不让复读，说不费那个钱——要是能复读，谁说我下一年就一定考不上了？几个女的都点头。归霞突然想，自己现在做的工作，恐怕真不需要读过大学，上过高中就能做。这么想着，脸上一阵潮热，立即又涌上一点自得。

菜很丰盛。齐红艳按主人吩咐，备了酒。几个人吃喝尽兴，都夸归霞手艺好。归霞告诉她们，主要是保姆做的，她只搭了把手。她介绍齐红艳是四川人，菜可能有点辣，她自己动手做的也就是一个肉圆烧慈姑，她说，老家来人，怎么能没个家乡菜呢。她们当然都夸归霞能干，齐红艳插话说，上得厅堂下得厨房，说的就是归老师耶。

第四章 *187*

她们都叫她归霞,齐红艳这声"归老师",显得有点特别。这顿饭吃的时间不短,天早就黑了,路灯代替了太阳,照着院子里的树。她们争着要去帮忙收拾碗筷,归霞让她们都坐下。我们难得见,再聊一会儿,她看看表说,我家周老师还不知道什么时候回来。

其实已经无话可聊了。俗话说,无事不登三宝殿,她们来这一趟,怕是有什么事情。归霞有点犯怵。往常这时候是齐红艳看电视的时间,今天她不看了,收拾好厨房,笑笑打个招呼,进自己房间去了。一会儿她半开了门说,归老师,你让我准备的东西,我都拢好了,要的时候你喊我一下啊,我怕我睡着。

她的门又关上了。有个女的嘀咕一句,还有东西啊,别这么客气呀。翠兰瞪了她一眼,站起来道,我们该走了。她突然扭捏起来,说,归霞呀,你能不能帮我们看着,有没有什么工作,她红着脸说,临时工也行。不下地就行。

边上那女的轻声补充道,你们家这种保姆,我们也能做的。又一个说,我们还会做安徽菜。归霞扑哧笑道,我家周教授可是东北的,我也不能只顾自己呀。她答应帮她们记着这事,喊来齐红艳,每人手上塞了点粮油之类,把她们送到了公交站。她其实忘了让齐红艳准备东西,好在这些东西家里都现成。从公交站回来,她边看电视边等着周雨田。她心情很好,仿佛灿烂的阳光依然普照天地。她有点歉疚,还有点感激,她本来十分担心她们提出要住在这里怎么办,但人家其实很识趣。她拍拍齐红艳的门,告诉她自己上楼了,她可以出来看电视了。

她脑子里浮现出翠兰的模样。翠兰说她高考只差了三分。如果不在安徽,而是在其他省份,她这分数说不定已经录取了。归霞叹了口气。

快十二点，她的教授丈夫回来了。周雨田明显喝大了，没有一斤酒不至于这样。他舌头不灵，东北腔都侧漏了。他半躺到沙发上，皮包扔在一边，领带从包里拖出来，像一条蛇尾巴。他舌头发硬，问，你的闺蜜老乡呢？他作势抬起身子张望道，我以为家里美女如云哩！

归霞说，哪来那么多美女。都半老太婆啦。周雨田直瞪瞪地打量着归霞说，我的，老婆，还是，美女。他嬉皮涎脸地拉过归霞，凑过来一团浓烈的酒气。归霞推开他，道，美女在外面，家里只有黄脸婆。说着自己往楼上走。看看周雨田站起身打晃的样子，又返身去扶他，一起上了楼。周雨田踉踉跄跄扑到床上，自己翻个身，立即鼾声如雷。归霞把他脚上的鞋子拽下来扔到地上，衣服不好脱，归霞不管他了。他嘴里咕哝一句什么，手臂在空中捞了一下，归霞往边上一躲。他打了个酒嗝，十分响亮，归霞皱着眉，拿来个脸盆摆在床边，防止他吐，又去把窗户打开了一条缝。

外面很安静。秋虫吟唱，树梢在窗户上微微晃动，像一群人举着手臂在跳舞。归霞躺到床上，看着窗户发呆。窗上的树影变幻莫测，慢慢幻化出一个人的影子，他站在高高的土塬上，头戴一顶安全帽。那是一个剪影，她看不见他的脸。但她的脸红了，怦然心动。

那个影子是遥远的、不知身在何处的丁恩川。

平心而论，她早已淡忘了他，但有时，瞬间地，他又掠过她的脑海。他们当年其实什么都还没有发生，但她有时又不自觉地夸大着对他的感情。时光如流水，归霞累了，渐渐有些恍惚，她想在脑子里理出一点什么，但思绪如伸手入水，似实非实，似空非空。

第四章

29

说归霞一直惦记着丁恩川那肯定是夸张了，她只是偶尔想到他，一闪念而已。她的生活就像一块压缩板，均质，规则，被铆定在一个巨大的构造中，似乎她天生就是这构造的一部分。远方的丁恩川，即使有零星的消息传来，也只像轻叩在这密实的压缩板上的空谷足音。

那几年的国企改革，减员增效、优化配置、厂网分开、全国联网等，实际上对归霞都没多大影响。平心而论，这种安稳静好，与师兄的照拂不无关系。唯一的恐慌是那一年的身份变换，和其他所有人一样，他们都从事业人员变成了企业员工。这完全始料未及，归霞知道这是大势所趋，没有办法，但她还是去找了师兄。师兄呵呵笑道，这有什么呢？身份变了，薪酬不是也会增加吗？甘蔗没有两头甜嘛。

师兄是个很低调的人，他的职位节节上升，已做到公司副总，但衣着朴素，浑身上下没有名牌，远不如周雨田讲究。他待人和蔼，从未见他板着脸训人，对上级也不低三下四。按他的职务，他可以配车，但他上下班从来不坐，骑电动车。归霞早就开上了私家车，她把车停好，看见有人骑车从她车前划过，那人停好车摘下头盔，这才看出是师兄。归霞有点不好意思，迎上去，笑眯眯地看着他的电动车。她喊了一声师兄，说，你这车，也该换啦。

师兄锁好车，说，太破啦？是该换。你家好像有个保姆，她要不要？

归霞说，你就去过我家一次，倒记得个保姆。她笑道，我是说你该换汽车了。

师兄说，我又不远，骑电动车最好。我们不是搞电力的吗？充电桩的布局会越来越方便的。他的车锁大概是锈了，很不好用，他捣鼓了好几下才锁好，说这车换个锁就行，我丢在这儿，你家保姆可以随时来骑走。归霞迟疑一下，师兄把钥匙往她手上一塞，说，走吧。

师兄对归霞很友善。毕竟是师兄。单位里其实也有风言风语，说归霞"上面有人"。这四个字很暧昧，很恶毒。传到归霞耳朵里，她气不打一处来，但她不能辟谣，无法澄清，她不能跟周雨田说，跟师兄也不能说，说了就是撒娇，简直就是要挟或索求。她跟师兄远不是这种关系。她甚至能猜出，正是因为她对工作和晋升之类没有要求，安于现状，随遇而安，才让师兄觉得她不麻烦，明事理。师兄也曾问过她，有没有什么想法，她微笑着摇头。师兄跟她比较亲，正是缘于她不是负担。

提要求就是负担。可归霞还真有个想法要跟师兄说。安逸闲适的生活已经太久了，她就像泡在一潭死水里，这深潭限制了她的视线，局促着她的手脚。水温是适宜的，营养也丰富，可这么多年下来，她泡在富营养的水中，皮肤早已起了腻，心里也像是长出了青苔。单位的改革显然是个机会，她为什么不能动动窝呢？动窝当然还是在公司范围内动，绝不能从公司连根拔走，她只是想换个岗位。归霞想好了，敲开了师兄办公室的门。

师兄一见是她，倒没显出意外，他笑着说，你不是来把车钥匙还给我的吧？

归霞一愣，说不是。她笑着说，把你的电动车拿走是做好事，这是督促你跟上时代。

师兄哈哈大笑。归霞说，你应该换汽车，我也应该换个岗位了。她把她的想法简单地说了。师兄听得很认真,频频点头,他问,你想换到哪里去?归霞说,去搞专业,准一线,最好又不要天天泡在工地。

准一线,那就是公司的设计院了,师兄沉吟着说,专业丢掉确实可惜,我算是彻底丢掉了,唉。他突然说,你不会是因为搞专业的收入更高吧?

那不是,归霞涨红了脸说,不是因为收入。我学了那么多年,学得也不差,现在却脑子空空。你丢了专业还能坐到这个办公室来,我呢?说着说着她眼圈红了。师兄问她是不是因为收入,这话很扎心。她不缺钱,缺的是热情。归霞略一平静继续说,反正我不管,我现在这个岗位就是你安排的,解铃还须系铃人,我就找你这个师兄了。

这还是有点撒娇的意思了。师兄笑笑,他环顾宽大明亮的办公室,叹了口气说,你想好了?跟教授商量过吗?

归霞说,不需要跟他商量,这是我自己的事。这句话其实是嘴硬了,事实上她只是先来师兄这里探探风,真的要调动岗位,手续不少,哪能这么潦草。回家后她对周雨田其实好一番解释,因为打了腹稿,她鞭辟入里条理分明。她说她太闷了,有点想念专业了;她说一个人活多久自己不能控制,既然生命的长度不能延长,为什么不能增加宽度呢?只有这个自己做得了主,你做丈夫的应该支持我自己做一回主。不想周雨田还是抓住了她话里的漏洞,指出她自相矛盾,逻辑混乱:现在这个工作不就是你自己做主的吗?眼下你还是可以自己做主的,又何必要丈夫支持?他的结论是:你就是身在福中不知福,纯属吃饱了撑的!

你对我丢了专业一点不同情,你——,归霞尖刻地冷笑道,你以为你做的还是法律专业吗？她撩了撩他迷惑的脸说，你现在的专业就是酒囊饭袋！

周雨田语塞，满脸错愕。

师兄那里最后也没有说定，只答应在人员调整时会留意。归霞自己其实也有点拿不定主意了。一会儿是排除万难、任谁也不能阻止的浑不吝激情，似乎她面前已摆上了广阔的山水，等待着她规划设计；一会儿又感到忐忑，她站在悬崖上，下面是深不可测的江水，她头晕，天旋地转，她恐惧地闭上了眼睛。她惴惴不安，观察着公司人事调整的动向。可还没等她下定最后的决心，有个消息却劈空而至：

师兄出事了！

归霞简直不敢相信自己的耳朵。据说是在会场被带走的，这叫"请喝茶"。人果然也不见了，传言沸沸扬扬，有鼻子有眼，说什么的都有；随后文件也传达到归霞这样的一般员工，白纸黑字红头，"严重错误"有五条之多，最难以置信的是贪污和受贿。归霞心中波涛汹涌，回家告诉周雨田，他皱着眉听了，只唔了一下，没有多做评论。他当律师，见得多了。归霞心中满是震惊，刹那间居然还有了一丝如释重负。

她改变自己生活轨迹的唯一机会就此错过了，这是她唯一的一次努力，就此偃旗息鼓，说她这一次是避开了打破安逸生活的风险其实也可以。

一点也看不出师兄会贪污受贿。要知道，归霞进单位时，请吃饭，师兄不肯；他们换了新房子，周雨田也出面了，他实在推不过，只来参观了一下，一顿便饭而已。外面传言他跟归霞怎么怎么的，他都不见得能听到，倒是归霞很聪明地不解释，不撇清，任由那些寡嘴去说,她本能地觉得这样对她自己最好,至少,想欺负她的人不得不有所忌惮。她享受着流言的好处。这像是一把无形的伞,罩着她,护着她,而且不需要她费力举着。现在,一阵狂风卷走了这把伞,呼的一声,头顶上就空了,她呆呆地站在路上,茫然张望,手足无措。

师兄的事很快就立案了。归霞觉得自己欠了师兄的,无形的伞也是伞。她跟周雨田商议,能不能出面帮帮师兄,毕竟他司法界熟。周雨田沉吟片刻,坚决地说不行,他不能出面。他说,他跟你什么关系?周雨田微笑着,但语气有点咄咄逼人。归霞差点就问,你什么意思?心里顿时竟还有些慌张,难道流言也传到他耳朵里了吗?她说,你说这话没意思。他是我师兄,帮过我,我觉得这时候我们应该帮他。

周雨田说,不但我不会出面,你在单位也不能多嘴。他抬眼笑着说,呵呵师兄,如果我出面了,那就不只是师兄了。

归霞脑子有点蒙。她隐约觉得,他这话也有漏洞,但这漏洞有点复杂,她一时不知道如何反驳。在丈夫面前,她难得做一个伶牙俐齿的女人。事后她当然想明白了,周雨田身为丈夫出手相助,正是她和师兄关系清白的最好宣示,可一种关系需要宣示、撇清,却又表明了这种关系确实还不仅仅是简单的关系——这有点绕,正是她一时脑子发蒙的原因。周雨田显然比她老辣得多。她在单位缄口不言。正如周雨田所说:这种事,别人躲还躲不及哩。

归霞叨叨过好几次,但周雨田不理她。有一天齐红艳也在,她来时骑的电动车就是师兄送的。齐红艳来来去去地做着家务。她大概也听明白了他们谈论的事情,她走过来,从衣兜里摸出一张纸来,递给归霞说,这是什么东西呀?

归霞接过来。这是一张借据，她立即就看到了师兄的名字。心里咯噔一下，眼前一亮，问，你怎么有这个东西？哪里来的？

齐红艳说，昨天电动车坏了，我朋友帮我推去修，修车师傅在什么夹缝里看见的。

写借据的人不认识，师兄借给了他八万。归霞把字据递给周雨田。字据皱巴巴的，发了黄，周雨田看着，不说话。归霞在单位听说过，师兄借钱给他一个高中同学，一共八万，后来还款打到他卡上了。办案人员去问，那人也证明是还钱。但办案人员要证据。师兄想破了脑袋也想不起来借据摆在哪里了，家里人到处找也没找到。他辩解说借据肯定是在自己手上，当时如果能找到，也就还给他同学了。可人家不管这一套，认定就是受贿。归霞说，单位里传得活灵活现的——可这不是就是证据吗？你说对不对？

周雨田抖一下手里的纸，扔到茶几上说，对不对，很难说，我看你倒是说得活灵活现——他借钱，为什么没有银行流水？归霞说，听说是分几次借出去的，合在一起打了张借条，一次也就小几万的现金，你知道我们单位的收入，这不算什么。周雨田问，那个借钱的人是干什么的？归霞说，好像是做工程的。周雨田正色说道，法律不是想当然，听说，好像，我认为你必须少掺和，对齐红艳说，这东西，你还拿是回去吧。齐红艳双手直摇。归霞冲她悄悄使个眼色，齐红艳把借据拿了起来。

这事对周雨田就算过去了。归霞实在是不死心。心里纠结，忍不住跟齐红艳说。齐红艳说，我哪懂这些呀，说着把借据递给了归霞，她说，你要是把这个拿出去，千万别说什么电动车，更别说是我找到的，好不好？法律哩，我怕！

归霞点点头。她悄悄给周雨田律所一个小伙子打了个电话，小伙子明确地说，第一，如果借据是真实的，这确实是证据；第二，凭这个证据，当事人可以推翻这八万的受贿认定。老板娘来请教，小伙子特别热情，不等归霞再问，他认真解释说，可不要小看这八万，十万是一条线。五万以上不满十万的，处五年以上有期徒刑；十万元以上，那就是十年以上，情节特别严重的还可能是死刑。归霞说，这张条子是八万，不是十万。小伙子笑道，加在一起说不定就过线了，他不见得只有这个事吧？

归霞连连点头。她确实不敢打包票师兄就没有其他事。她叮嘱小伙子，不要告诉周老师。她的心怦怦直跳，好像出事的是她自己。周雨田说得对，这事不能多沾惹。她没有师兄家属的电话，也不能在单位问，她眉头一皱，计上心来，她通过另外的校友，打听到了师兄家的地址和他夫人的手机，用快递把借据寄去了。

不知怎么的，明明知道自己跟师兄一点事都没有，她还是不愿面对他的老婆。

很久以后，这事周雨田还是知道了。那时师兄已经判了，六年。她寄出的借据看来起到了作用。周雨田总结道，知人知面不知心吧？

他确实有事，不过我知道你尽力了。归霞摇摇头不知说什么才好，那么朴素和蔼，一个骑电动车上下班的人，还真是看不出。周雨田说，人，是很复杂的。这个"的"字，他不说普通话，说的是"滴"，还拖了一拍。

归霞心里发冷，但又不得不佩服丈夫。他这些年审时度势，主做房地产法务，在社会上混得风生水起，确实有过人之能。他说人是很复杂的，这话归霞记住了，后来的某一天，这句话还会赫然跳到归霞的面前。

师兄的事没有波及归霞。在大多数人眼里，她就是个安于清闲的闲人，不争不抢的。公司的闲人那么多，也不多她一个。那些搞自己专业的人虽然辛苦，也没空去羡慕她，她还将继续清闲下去。脚下是平坦的、一眼望到头的大路。她走在街上，身边是各色各样行色匆匆的人，突然，她身子一歪，是一辆电动车擦身而过，差点撞到她。骑车的快递小哥立即朝她说一声对不起，话音未落他的人已经出去了几米远了，他的车速超过了音速。她皱皱眉站住，往路边再靠靠。远处的市民广场传来了隐约的音乐声，她抬眼一看：天啦，我都能看到退休啦！

那是一群老太在跳广场舞。她们突然变了队形，手拉手围成了圈。漩涡。归霞一时间简直不敢靠近，似乎靠近了就会被吸过去。

事实证明了周雨田确实眼力过人。师兄的案子结束前，经历了一个漫长的过程。单位也有人去看守所看望过他，归霞服从周雨田的指令，没有去。撇清是对的，就在那段时间，单位评职称，归霞也升了一级，她评上了高级工程师。这是个副高职称，可也算是高级知识分子了，薪酬奖金津贴自然也随之上升。她知道，自己谈不上什么贡献，但资历学历在那里摆着，绕开她没有理由，除非有硬伤。

周雨田当然也很高兴，他得意地说，你那师兄，你并不了解，他身为国企高管，借钱给别人，这就很奇怪，要么他是个烂好人，要么就是个笨蛋。呵呵。

归霞已久不进步了，评上高级职称当然是一件好事。这时，已经做了几年的齐红艳突然就走了，她不在这里做了。她没有正式提出辞职，只说她处了个男人，恐怕顾不过来了。她就这么嘀咕了一句，归霞立即听出了意思，暗示要给她涨工资，但齐红艳笑笑没接

第四章　　　　　　　　　　　　　　　　　　　　　　*197*

话。她还就这么做着,只是更少在这里过夜。她大概真有了男人,这也在情理之中。没想到有一天,齐红艳突然在自己房间里惊呼起来,叫声凄厉,像发生了凶杀案。那是晚上,周雨田那天也在家,跑下去一看,齐红艳吓得站在门口,指着她的房间还在叫。一看,是一条蛇,盘在她床前,直着身子吐信子。归霞也吓坏了,躲在周雨田身后,一动也不敢动。周雨田喝令齐红艳去拿来晾衣竿,朝那蛇捅一捅,蛇脖子又高了一截,嘴里咝咝吐气。归霞喊,打110吧!周雨田骂她,你神经病!还110!你去拿个脸盆来!他接过脸盆,右手持竿,猛地按住蛇的身子,左手脸盆一扔,咣一声,把蛇盖住了。

两个女人都松了一口气,面面相觑,不知道下面怎么办。周雨田单手持竿,按住脸盆,轻轻把脸盆往大门那边拨。地面很光滑,脸盆一下一下往门口滑动。他那天没喝酒,脚步稳健,脸盆滑到地毯边还能拐弯绕开。到了门口那里,他略一思忖,去把家门打开,让齐红艳用手带着弹簧纱门,齐红艳身子直抖,门也在哆嗦。归霞躲得远远的,叫道还是喊人帮忙吧。周雨田瞪了她一眼,他俯下身子双手按住脸盆,看了看地上的门框高度,突然双手操起脸盆,在地上一铲,蛇就被泼出去了。

齐红艳手一松,纱门砰地关上了。周雨田扔下脸盆,摆摆手说,下面是你们的事了。他坐到沙发上,打开了电视。齐红艳想坐下,突然又站起来看看沙发。她还在抖,脸色煞白,只敢站着。地上有一道弯曲的痕迹,灯光下亮闪闪的。那是蛇的涎迹。归霞见齐红艳已经做不了事,只得自己拿来拖把,使劲蹭。她说,蛇还在花园里,再跑进来怎么办?

周雨田说,哪家花园里没有蛇?所以你们要随手关门——咦,小齐,你怎么怕成这个样子?

齐红艳说,我从小就怕蛇。我可不敢睡这房间了。我还是回去吧。说着,拎起自己的小包就要走,都不敢朝房间再看一眼。要开门时又站住了,蛇就在外面啊。周雨田笑笑,拿起鞋柜上的手电筒,拎起地上的晾衣竿说,我来打草惊蛇吧,你跟着我。花园不大,也就十来步。齐红艳轻手轻脚地跟着,到了花园边,突然撒开脚丫跑了。

她是农村人,本不该如此怕蛇。地震那一天,她从废墟里爬出来,看到了很多蛇。有两条还纠缠着,缠成一股绳子,摇着两个头往前爬。她差不多把这一幕忘了。她不敢再想,也不愿再想。她倒也没有从此就不来,又做了一段时间,最后还是走了。

那天归霞惊魂甫定,躺在床上翻来覆去,还是睡不着。周雨田安慰她:第一,花园有蛇,说明生态不错,这是正常现象;第二,蛇没有本事爬到二楼来,所以我们睡觉是绝对安全的;第三,随手关门,纱门和防盗门都要及时关,这应该成为家规。他长舒一口气笑着说,不关门,老鼠比蛇跑得还快哩。归霞哀求他别说了,她说那晾衣竿哪去了?要扔掉。

周雨田嗯了一声。归霞想,那脸盆也不能要了。她简直后悔买了这一、二层的跃层。可这房子毕竟在市里,换房子也不是说换就换的事,这要商量,做主的还是丈夫。

齐红艳再也没有在那个房间住过,做事也缩手缩脚。但她真走了,归霞还是觉得心里缺了一块。她早就有点像是家里人了。齐红艳说走就走,月底领工资时她也没有提。第二天,归霞回家,看见桌上摆着齐红艳用的钥匙,她自己的东西都不见了。归霞明白,齐红艳不会再来了。

那辆电动车还停在花园里，钥匙插在车上，齐红艳没有骑走。一天又一天，日晒雨淋，很快就锈迹斑斑，藤蔓爬上去，在车里钻来钻去。归霞喊来个收废品的，送给他了。

30

有一天归霞下班早，她从车库上来，却突然看见了齐红艳。这很意外，她像见到久别的亲戚，立即喊一声，迎了上去。齐红艳吓了一跳，顿时有点局促，立即又坦然了，笑嘻嘻地喊一声归老师，说自己又在别家做了，她手朝某一栋楼一指，说那家是三四楼，意思是不在底楼。归霞邀她去家里坐坐，齐红艳不肯，急急忙忙地走了。

归霞当时一点也没有疑心。晚上告诉周雨田，说着说着，倒想起了以前齐红艳在家做的时候，她常常会丢点小钱，几百几百的，也没在意。她不太细心，包随手摆，家里的抽屉柜子也不怎么上锁。她问周雨田丢没丢过钱，周雨田说，我不知道，我又不管家。却又立即吩咐说，换锁。你马上把大门的锁换掉。归霞说，不至于吧？周雨田躺到沙发上，伸个懒腰说，谁知道呢。知人知面不知心，蛇能跑进来，人也能。

从此，归霞再也没有见过齐红艳。她手机号码换掉了。这个人，看起来是从归霞的视野里消失了。

从她视野里消失的人很多，齐红艳算一个，师兄也是一个。当然还有丁恩川。

丁恩川已经很遥远了。

筹划毕业五周年聚会时，归霞因为就在南京，聚会的很多事她理所当然地要帮着张罗。联系同学这个事不归她管，但看到与会同学的名单里没有丁恩川，她心里还是略一咯噔，有点失望，却也没有多问。聚会的主会场在校园，一间大教室，布置得花花绿绿，喜气洋洋。会场上，果然没见丁恩川的影子；晚上吃饭时，大家闹酒，狂呼乱吼的，丁恩川却突然出现在包间门口。他笑眯眯的，一进来就宣布，我是赶来喝酒的！他这话十分"丁恩川"。他原本是来不了的，临时出差，离南京不算远，紧赶慢赶还是迟到了。大家可不管这个，既然来迟了，而且自称是来喝酒的，那就必须喝！丁恩川风尘仆仆，穿得也土里土气的，喝酒倒还是很爽快。他和归霞不在一桌，彼此都到对方桌上敬了酒。前后两次碰杯。第一次丁恩川酒还没有喝多，他目光十分正常，倒是归霞有点躲闪；第二次，丁恩川不正常了，他的目光开始迷离，碰了杯还要说什么，归霞已转身入座了。

丁恩川喝了不少，不过再怎么喝他也只是目光迷离，他用迷离的目光证明了他的海量。丁恩川那桌，大多已经东倒西歪，还有个索性坐到了桌子底下，不时仰起脖子嚎一句歌，只有另一个男生和丁恩川还能端坐不倒。第二天他没有参加郊外的活动，提前走了。

五年，其实还看不出什么。归霞除了见识了他大增的酒量，也知道了他还在西北院工作，已经当了室主任。这很正常。他已经结婚了，还生了个女儿，这也很正常。但他没跟自己说一声就走了，归霞心中有点失落。

有同学告诉归霞说丁恩川老婆蛮漂亮，他看到照片了。归霞想，大概是个西北婆姨吧，说不定还会唱兰花花哩。她并没有太往心里去，不过晚上看电视，她看见电视上有个女的在唱信天游，心里突然被触动了一下。那音乐像个虫子，钻在她耳朵里嗡嗡了两天，不知不觉也就消失了。

她过得自在优雅，算得上华服豪居。突然好奇——他是不是还要住窑洞呢？

她没有问，也无处问，但他经常要住工棚，那是可以肯定的，不问可知。她能想象出丁恩川跋涉在黄土高坡的样子。风吹黄沙，头发糟乱，他扶着标尺，朝远处的同事喊着什么。他第一次吸引了她的注意就是在本科的测量课上，他们用水准仪和经纬仪测量校园的地形。丁恩川自告奋勇承担了扶标尺的任务。扶标尺最辛苦，还有点危险，标尺两米长，也不轻，必须扛着爬山过沟，而其他同学只要站在平地上的仪器边观测。丁恩川乐此不疲，衣服被树枝划破了，棉花拖出老长，他边笑边把棉花往里塞，毫不在乎。西北人果然能爬山。

丁恩川在土塬上跋涉的身影在归霞脑子里晃动了一下，很快也就淡出了。

毕业十周年聚会和五周年相反，丁恩川说好了要来，名册上也印了，他却没有来；十五周年聚会在外地，归霞没去，丁恩川也没有去。二十周年的时候他来了，全程参加，连到天生桥的旅游都去了。他一个见惯了大江大河、崇山峻岭的人，在江南的青山秀水间，居然还兴致勃勃。他那时刚从黄河小浪底水利枢纽工程上下来，算是凯旋。那是黄河上有史以来最大的水利工程，国家"八五"重点建设项目。在同学会这样一个充满自我吹嘘的场合，他应该是最有资格傲视山川，睥睨天下的人，可是丁恩川话却很少。他从来不主动说起他的工作，同学问了，他才简单地回几句。走到天生桥上，他站在桥中间看着碧绿的流水发呆。水面上，落叶如花。

桥是天然桥，一条天然长石横跨两岸；河叫胭脂河，是明代人工开凿的运河，两岸险峻、陡峭、秀丽幽深，素有"江南小三峡"之称。桥很高，胭脂河流水湍急，看着头晕。归霞走过丁恩川身边，她问，小浪底坝高是多少？丁恩川一愣，脱口道，154米。他奇怪地看看归霞，直起身子，仰头，身子晃了晃。归霞说，别装！你还会头晕？这桥对你来说，不就是个玩具？丁恩川笑道，我真头晕，我没想到你会问这么个问题。说着呵呵笑了起来。

　　归霞有点生气，加快了步子把他甩在身后。丁恩川追上来说，实话告诉你，小浪底是个斜心墙堆石坝，不怎么过瘾。我最喜欢混凝土拱坝，多么壮观，多么辉煌啊，像一道彩虹！我们在学校里，那个模型……他突然不说了。夸张地用两根指头按住自己的嘴，调皮地一笑。

　　此后他果然没有再跟归霞单独说话。他这样做自有道理。不知出于什么考虑，归霞把丈夫也带来了。说好的鼓励带配偶，实际上去的只有周雨田一个。周雨田知道有个丁恩川，当年好像还碰过一面。二十年过去了，他从来没有提过这个名字。都是成熟男人了，归霞并不担忧什么，却也有点好奇：他们两个碰了面，会不会发生点什么？

　　斗酒的事一开始并没有预兆。虽然归霞并未在喝酒前提及丁恩川的酒量，但周雨田稍一测试就得出了结果。他们很文雅地喝酒，有一句没一句地聊天。那是整个聚会日程的最后一天，少数同学已经走了，但正因为这是所谓"散伙饭"，晚宴的气氛尤为热烈，充满了混乱的仪式感。大家一起喝，不管真喝假喝，一起端起酒杯，捉对碰杯，互道珍重，握手，热烈拥抱。二十年过去，大家人到中年，都已有家有小，做官的、搞技术的、教书育人的、做生意的，还有身份神秘、职业语焉不详的,每个人的样貌和做派,都有了巨大差异。他们能坐到一起,只是因为他们虽来自五湖四海,却曾在同一个校园里聚合,那是他们共同的出发点。

但周雨田是个例外,他是个文科生,法律人士,按某个喜欢开玩笑的家伙的说法,他是偷走了我们班一个女生,这才拿到了门票。话一出口自知失言,连忙补充道,还是学文科的厉害,他们是研究人的,我们只会搞物;搞法律的更厉害,你们调节人际关系,规范人类行为,我们只会调节流量。他朝周雨田竖竖大拇指说,刀笔吏!

周雨田抬眼看看他。这家伙看来生性喜欢胡说,几杯酒下肚,显然已荒腔走板,但他自己不觉得,还越说越起劲,他说我早就看出来了,一个新人到一个单位,你专业好,牛,没人比得上你,那你就一直搞专业,你搞得好嘛;几年过去,你还在搞专业,必然会有个专业远不如你的人来领导你,因为他会管人——这就是规则,我算是看透了,管人的还基本上是学文科的。他笑嘻嘻地环顾四周,觉得自己说得精辟。

那是你自己的人生经验,周雨田说,你这是以偏概全。那"刀笔吏"三个字实在是刺耳,周雨田被冒犯了,不再理他,转脸对丁恩川道,我倒是觉得搞专业没有什么不好,搞理工的特别牛!你们就很牛。

从这儿开始,周雨田的聊天对象主要就是丁恩川,其他同学只是插插话而已。这是文科人士或者说是法律专家向工程师的讨教,也是一场正面对垒。周雨田是少数,但他不乏同伴,几个放弃了水利专业转了行的同学也是他的同盟军。他们不会公然背叛自己的专业为周雨田帮腔,但他们会附和,周雨田并不是孤军战斗。他的观点，客气一点说，是疑问吧，在社会上也广有呼应。归霞心中忐忑，生怕他们吵起来，她有点后悔带周雨田过来了。或者，早一点走，不就没有今晚的这一幕了吗？

但她堵不住周雨田的嘴。

丁工——他这样称呼丁恩川——我承认，你们这个专业很厉害，高峡平湖，劈山断流，都是大手笔。你们说是兴利除弊，但我要代表水里的鱼问一句：我们是洄游性的，我们在海里生活，在淡水里产卵，你断了我们的路，这不是让我们断子绝孙吗？周雨田笑眯眯的，手一摆一摆，模仿鱼尾，有点滑稽，但他角度刁钻。丁恩川一怔说，大坝上都留着鱼道的，他抖擞起精神来，笑道，鱼道，就是专门给鱼走的，你只管放心地游，不耽误你找媳妇！

众人哄笑起来。归霞脸上一热。她悄悄拽拽周雨田的衣摆，周雨田佯装不知，继续说，三峡工程正在建，万一垮了，从重庆到武汉到南京，全部淹光，长江经济带，基本完蛋，跑都没处跑。这怎么办？

那喜欢多嘴的家伙插话说，也不是全部淹光，你没有学过水面线，可不是水库正常蓄水位175米高，我们这里的水就175米深。

丁恩川说，这不是关键。我问你，怎么会垮？他看着周雨田说，三峡大坝是混凝土重力坝，是最坚实的坝型，坝顶宽度15米，底部宽度达到126米，坝体用了1600多万立方米混凝土，敦实得很！设计安全系数值多大，你不知道吧？怎么可能垮？

要是打起来呢？周雨田说，导弹，原子弹！

这早就想到了。我们有万全之策，铁穹！再说了，真要是有谁胆敢对三峡下手，那就是无底线战争，谁都吃不消，世界就要毁灭了。

周雨田说，你们搞这一行的，当然这么说，可我知道，也有重量级的水利专家反对。大江截流，难免破坏了生态，很多景观被淹没了。还有那么多人要移民，几百万人呀，他们要搬离祖祖辈辈居住的地方，这怎么办？

周雨田显然做过功课，归霞对此很吃惊，他似乎是有备而来，可她事先一点没有察觉。丁恩川说，这个问得靠谱。这些都是真问题。原子弹打大坝那种，是假问题。

对呀，周雨田说，这些问题怎么解决？或者这么说吧，我承认工程有益处，问题是，可能弊大于利。周雨田目光炯炯地看着丁恩川，似乎是觉得占了上风，可丁恩川道，弊大于利是瞎扯，但生态专家，还有普通民众，他们的担忧是有道理的。不过，负面影响我们都在最大程度上予以了克服、减轻。从另一个角度来说，他们的担忧和反对，也是在帮我们，环保人士对我们的提醒，对水电事业显然也有贡献。

周雨田笑道，你还承认我们的提醒有贡献。

那当然。丁恩川说，三峡工程，孙中山在世时就提出来了，1932年，国民政府就组成过长江上游水力发电勘测队。之所以现在才建，除了以前国力不够，技术不行，生态的担忧也一直是个问题。但不能因此就说水利工程弊大于利，这言过其实，瞎扯。

周雨田笑道，这话踩到你尾巴了。

丁恩川不理会他话里的讥讽，继续说，如果弊大于利，第一个水利工程建成后，还会再建第二个吗？人类有那么傻吗？

周雨田说，你们专业人士要吃饭，喜欢搞项目，不肯没事干。

错！大禹就不是专业人士，他是治好了水才被人拥戴的；明代第一个用"束水攻沙法"治理黄河的潘季驯也不是，人家中过进士。对了，建造都江堰的李冰也不是专业人士，人家是蜀郡太守，是个做官的，至少是个厅局级。他顺势而为，巧夺天工，没有都江堰，哪来成都平原的沃野千里！都江堰多牛啊，战国时期的工程，差不多两千五百年了，还在用！全世界唯一！

大家鼓掌。丁恩川主动端起杯子，朝周雨田举举，自己一口干了。归霞说，你说起这些就来劲。我们知道你上学时拿过水利史知识竞赛全国第一，奖品是个收录机。

丁恩川纠正说，不是第一，是一等奖。还有个哥们也是一等奖，他去搞房地产了。

归霞的话，可能激起了周雨田的醋意。他本来已有偃旗息鼓的意思，这时又说道，我前一阵看过一个视频，有个教授认为，治水就是瞎搞。他说，水往下流是自然规律，按我们国家的降雨量和地理等自然条件，每年发大水，也不过影响国土面积的5%，根本不算个事，可我们的投入太大了，完全不合算。我觉得不无道理。

丁恩川跳了起来。他指着周雨田说，这人在哪儿说的？我要是在场，我一定站起来反驳他，驳他个体无完肤！有的人就喜欢故作惊人之语。他这5%的数据是不是准确？即使就5%，他知道不知道有个概念叫有效国土面积？我们960多万平方公里，真正适合人类居住的也就400多万平方公里，他说得倒轻巧，5%不算什么，这是精华呀！你们说来说去，就是说我们白搞、瞎搞！可时代是分阶段的，现在，长城早就没有实际用途了，但我们不能说当年造长城的就是蠢货啊，历代都在修，现在不还在修吗？只不过现在是为了旅游，可旅游也是生产力！他说得亢奋，慷慨激昂，像是在吵架。突然他停住了，头点点，嘴里发出了轻轻的歌声：万里长城永不倒，千里黄河水滔滔。江山秀丽叠彩峰岭，问我国家哪像染病？

冲开血路挥手上吧，要致力国家中兴……

归霞瞪大了眼睛。丁恩川注意到她的目光，自己也觉得失态了，不唱了，端着酒杯走过去，一把搂着以苦笑展示大度的周雨田，说，我说到这些就来劲，有点刹不住了，对不起啊，那屁话又不是你说的。我这人喝了酒就失态，你不要计较。他一仰脖子，又把杯里的酒喝了，说，我自罚一杯。

周雨田举举空杯子，作势配合他一下。

丁恩川搂着他，不放开。他明显酒多了，而且动了情。他自顾自地说，兄弟呀，搞水利的苦啊，人家下雨往家跑，我们搞水利的往外跑。可我就学了这行，干了这行，还又喜欢，咋办呢？他的语气里带着点无奈，更多的是自豪，"咋办呢"这三个字，尾巴撩起来，简直有点嘚瑟。他突然一指归霞道，她家是安徽的，淮河流域，如果没有濛史杭水利工程，旱起来赤地千里，人相食，就是人吃人，易子而食！大水一来，一片汪洋，人为鱼鳖。我们一上大学就看了那个纪录片——对不对，归霞？

归霞装作没听见。那个说周雨田是刀笔吏的家伙插话道，还有个片子，那时就用了航拍，俯瞰大地，黄河，淮河，长江，这是三横，大运河是一竖，贯穿南北，当时我就想，这像是个"丰"字哩。这是古代中国的动脉哩。

这家伙已改了行，从政了。他太过抒情了。归霞知道，淮河跟黄河长江的关系，可不是三根横线这么简单。可她不想插话扫兴。丁恩川看看他，倒赞许地点点头，或许是对他改行还不忘本表示肯定。丁恩川说，我搞水利，一句话，就是要做到不怕下雨，也不怕不下雨；河里有水，水里有鱼——这是我自己总结的，怎么样？生态也是我的关切啊，水里要有鱼嘛！他得意地在桌上一扫，抓起一双无主的筷子,把盘子里的半边鱼翻了过来,说,来来来,环保,低碳,别浪费。他叹一口气说,你们搞房地产,你们当大律师,唉,各尽本分、各得其所罢了。都蛮好。

时候不早了,归霞想早点散。可她拦不住这帮男生,她连自己丈夫都拦不住。周雨田今天一不留神落了个单刀赴会的局面,斗嘴,他显然不能说是赢了,但这时他瞧出了便宜:丁恩川时不时自己端杯子喝,不知不觉间多喝了不少。都是久经考验的,谁怕谁呢?他推开归霞的手,招呼男生们都坐下,说,咱们继续喝。

那个刀笔吏看热闹不嫌事大,当年也知道一些首尾,怪腔怪调地说,前面一比一,你们再来一局。他貌似说的是喝酒,自己却嘻嘻笑了起来。

其他桌上本来已经散了。刚才是围过来看辩论,现在可以看戏,有几个尚未尽兴的家伙居然又坐下来加入了。这下热闹了,他们又开了一瓶。丁恩川一点也不怵,他满面通红,本来就黝黑的脸上皱纹都被加深了。因为是聚会,他穿得很正式,西装革履的,相比于身着价值不菲休闲装的周雨田,其实显得土气。丁恩川显然不懂大城市的时尚,也不知道跟周雨田站在一起自己有点像个跟班的。归霞坐在桌边,看着两个男人,神思恍惚,五味杂陈,只希望他们两个都不要喝伤。

事实上这两个人这时基本处于同一起跑线,就是说,余量差不多。重整旗鼓,周雨田看起来还大有余勇可贾。他突然说,有个问题,我一直不好意思说,有人说汶川地震,就是三峡水库搞出来的——水太重了,压的——你们怎么看?他说是你们,其实只看着丁恩川一个,他笑道,这个问题太尖锐了吧?

丁恩川本来端着杯子,一听这话酒杯放下来了。你信吗?

第四章 209

他问。

周雨田说,我半信半疑。

这个问题我已经被别人问过了,否则我还真不敢乱说。我不是地震专家,只学过地质学。丁恩川拿起筷子,在汤里一蘸,在桌上画了个球,又在球中间画了两个圈,说,地球结构我们中学就学过,地壳、地幔、地核。地壳的平均厚度是多少?四十公里。我们的水库深度才多少米?几百米。说水库诱发地震,其实说的是库水沿着断层向深层渗透,导致抗剪强度降低,大坝本身和蓄水所形成的压力也会导致地质构造发生一定变化。

周雨田说,那不就是了吗?

不是。丁恩川说,对四十公里厚的地壳而言,水库大坝带来的压力改变太微小了。库水向外渗透的距离,不会超过库岸第一分水岭,一般不会大于十公里。水渗得再远些那水库就是个漏斗了,还蓄什么水?

周雨田摇头说,不懂。

归霞也半懂不懂,她突然想起了那个保姆齐红艳。她是四川的,不知道她现在在哪里。丁恩川见周雨田说不懂,有点急了,他两手挥舞,像是在辩论,又像是在演讲。他说,我的意思是,水库即便诱发了地震,震级一般较小,以微震和极微震为主。没有任何证据显示,水库诱发了大地震。

周雨田插话说,好吧,小地震。

你阴阳怪气干吗呀,丁恩川笑道,水库诱发的小地震,事实上是一种能量释放,逐渐释放,缓解了地质构造本身的能量。我要是说,汶川地区的地下,本来就积蓄了巨大的能量,已经几千几万年了,并不是水库施加的,你们可能要骂我。大家笑道,我们不骂你。

周雨田扬起眉毛说，你的意思是，水库还帮着提前释放了一点能量啰？要不然震级会更大？还有功了？

丁恩川道，差不多是这个意思。

周雨田喊了一声。丁恩川明显不想再费口舌了。他笑道，地震起因和预测是个世界难题，我们还是不争了吧。他突然眼眸一闪，两眼放光说，事实是，地震突如其来，可三峡大坝安然无恙——这个，了不起！好像那三峡大坝是他一手建的，他左手大拇指一竖，右手端起杯子，自己奖励了自己一杯酒。

周雨田也不想再说了。他端起杯子虚晃一枪，丁恩川立即上去给他满上。归霞拦住他，说他不行了，我代他喝这一杯。丁恩川说，他不行？你不能说男人不行，不行怎么能娶你？他翻着怪眼，视线斜视归霞，保持一个角度好几秒。几秒大于几年。这视线在归霞看来意味深长，她不敢看他。丁恩川抢过归霞手里的杯子一饮而尽，说，还是我代他喝。

他和归霞当年的事，在座的不少人知道。这场面有点古怪。丁恩川对这样的气氛视而不见，他把杯子满上，砰一声蹾在周雨田面前说，来呀，关闸蓄水！他又喝又说的，脑子居然还清楚着哩，还能用专业术语来给他们的酒场做点评。一小壶喝掉了又说，我倒要看看，我们各自的最大库容是多少。他兴高采烈，端着酒杯四处碰，絮絮叨叨说个不停。蓄水，最大库容，这一连串的术语后面，就该是泄洪了。又一壶下去，果然还是他略胜了一筹，周雨田突然站起身，扭过头，表情古怪，哇一声吐了。这真是泄洪了，如滔滔江水，奔涌而出。

归霞连忙扶着周雨田。他腿软了，归霞被他带得身子一晃，丁恩川嗖一把扶着归霞。归霞浑身一震，这只手很有力，像干惯了农活的父亲的手。丁恩川也有察觉，他退后一步，哈哈大笑说，你老公真的不行啦！他摇摇晃晃走过来，再次搂起周雨田的肩膀，叽叽咕咕地说话，他说，你说的垮坝呀什么的，早就有人问过我啦，万一三峡大坝垮了怎么办，他还拿来一篇文章，有图有文字，把三峡下游的所有城市，是所有呀，也有南京，城里的制高点都标出来了，还告诉你上山的路。我一看就笑啦——你看过这文章没有？

周雨田头动了动，也不知是点头还是摇头。丁恩川拽一把餐巾纸帮他擦嘴，对归霞说，擦嘴应该是你的事儿！接着对周雨田说，我说你们想多啦，就算要抢占制高点，大家一起往高处涌，你上得去吗？看看早晚高峰就知道了啊。他拍拍周雨田的肩膀说，兄弟，你对我们要有信心！天塌不下来的！

周雨田低头打了个响亮的酒嗝。丁恩川指着归霞说，他泄洪完毕，交给你了。众人嬉笑起来。丁恩川站起身，晃晃悠悠地下楼。有同学连忙跑过去要扶他，他推开道，我没事，库容还有半斤！他伸出五指一比画，扶着楼梯自己走，一阶阶下了楼，走出了大门。那个刀笔吏说，喝酒，看来还是我们学水利的厉害，比分，二比一！只听得门外哇的一声，丁恩川也泄洪了。刀笔吏跑过去，扶起丁恩川道，妈的，现在这比分怎么算啊？

他挤眉弄眼地朝着归霞笑。归霞骂他，滚！

31

丁恩川第二天一大早就悄悄走了。没有跟归霞打个招呼，据说也没跟其他同学说，悄悄地退房走了。

他还是那么个人，有一出没一出的，常常一言不发，有时又滔滔不绝。他的不辞而别谈不上失礼，但肯定不能算礼数周到。实际上，他说的那篇指导大家往山上跑的文章归霞也看到了，她还有点信，丁恩川的嘲笑也像是在她脸上打了一巴掌，只不过是悄悄的，没人知道而已。不得不承认，她离开专业太久了，而且，回不去了。

丁恩川脱口而出的那些数据、术语，她当年也是熟悉的，可现在，她不但觉得陌生，甚至还感到新鲜。多可怕的感觉呀。她基本没有喝酒，一直是清醒的，但回到房间把周雨田伺候睡下，她呆呆地坐在沙发上，却心中怅然。对丢失专业的惭愧，掺杂了无可挽回的失落。在这个夜晚，在这个安静如死的度假村，这种失落感特别强烈。但也是一过性的，就是说，第二天，或者再隔些日子，她回到她闲适的生活里，她就会忘记。来得快，去得也快，就像来去匆匆、神龙见首不见尾的丁恩川。

听同学说，丁恩川现在正在搞黄河干流上的海勃湾水库，前期的勘测和设计已经开始，丁恩川担任副总设计师。据说这个工程在内蒙古，主要是为了防凌。防凌，归霞突然想起了学校里的那个大棚，丁恩川在模型上撒了一泡尿，他说的就是为了研究凌汛。那是在毕业酒后，那时周雨田还没有真正走进她的生活。

归霞发了一阵子呆，也上床了。身边的周雨田鼾声震耳，她看看他，把他的领口解开了。没办法帮他脱衣，就由他先这么睡着。这是个实实在在的男人，跟自己过日子的男人，她自己选的男人。喝成这样，也不是完全与她无关。她又气又怜。她慢慢睡着了。睡得很沉。她也打呼噜，只不过她自己不知道而已。

她在梦中隐约听见了呼啸的风声，但西北旷野上的狂风飞沙吹不到这里。

第四章

黑天半夜。她也真是累了。周雨田回到房间后，又大吐了两回。最后什么都吐不出来了，只有一些黄色的黏液。这可真的是吐到"死库容"了，就是说，完全打开了泄洪通道，再也放不出水了。他吐得精光，归霞早有先见之明，担心他会饿，从饭桌上带了橘子和香蕉。他睡得像死猪，归霞半夜梦醒，想了好一会儿，才明白自己身在何处。她轻轻翻了一下身，边上的周雨田吧唧一下嘴，鼾声停止了。他起身，打开床头灯，朝归霞一笑，起身开始脱身上的衣服。外衣、内衣，他居然连内裤都脱掉了。归霞瞪大了眼睛，觉得有些怪异。他拿起床头柜上的香蕉，撕开来，几口就吃下去了。归霞说，睡吧，你关灯。周雨田却说，你也该吃根香蕉。说着，一把掀开被子，扑了上来。

归霞大惊，被子掀开她觉得有点冷。她说，别折腾了，你倒是恢复得快，我累死了。周雨田扯着她身上的内衣说，你是我老婆，我老婆，是不是？归霞说，是。

这是一场意外的性爱。她被点燃了，不再抗拒，张开双臂迎合他，配合他。他们早已不喜此道，上一次归霞都记不起是多久以前的事了。她期盼过，挑逗过，甚至恳求过，没想到会在这场大醉后不期而至。她又惊又喜，简直是喜出望外了。周雨田也就吃了一根香蕉，却仿佛充满了无穷的能量，他简直像是回到了年轻的时候，兴致勃勃，还比年轻时多了耐心和经验。他大喊一声，老婆！归霞只敢嗯了一声。她怕隔壁的同学听见。多大岁数了，这太难为情了。她突然想起丁恩川，不知道他住在哪里，会不会就在隔壁？左边，或者右边？

周雨田躺在身边，寂静中，她能听见他的喘息。隔壁忽然传来一阵声响，是木器被拖动的声音。那声音又响了一下，仿佛木器拖过了她的脚背。她蜷缩起来,把身体缩到最小。周雨田摊开四肢,左手压在她身上,她轻轻地把他拨了开去。

不会被人听到了吧?

想象中,明天会有促狭鬼向她打趣,哪怕有人对她多笑两下她都会受不了。幸亏没有。一切正常。丁恩川的不辞而别,既让她觉得安心,也让她心中生疑。也是的,难得住到宾馆都不肯放空,在家里,那还不是夜夜寻欢吗?她气恼地瞪了周雨田一眼,轻轻骂道,神经!

周雨田没听见。骂归骂,但从此以后,归霞对香蕉产生了一点迷信。她上网查了,香蕉确有作用。于是她老买香蕉,但香蕉似乎只在那一夜才起过效。有一段时间,她也不再阻止他喝酒,毕竟那个难忘的一夜是在酒后。考虑到他在外喝酒总是很晚才回家,说不定便宜了外人,她有时在家里也陪他喝点儿。酒的作用毫无疑问,那就是喝了酒就想睡觉,喝过了量还会瘫软如泥:浑身瘫软,除了舌头是硬的,连话都说不利索。

二十周年的那场聚会,转眼间也成了往事。那个称周雨田"刀笔吏"的家伙离开时脑袋上戴着两顶帽子,帽檐还交错着,像额头上伸出了两条舌头。他笑嘻嘻地说,有一顶是丁恩川的。

很长时间后,归霞还记得那场晚宴上的辩论,更忘不了她和丁恩川站在胭脂河的天生桥上,他们的脚下流淌着碧绿湍急的河水。他说堆石坝不怎么过瘾,他最喜欢混凝土拱坝,多么壮观,多么辉煌,像是一道彩虹!那一天的天空其实并没有彩虹,但在她的回忆里,伴随着丁恩川的话音,彩虹出现了,绚烂,美艳,迷离,像是孔雀的羽毛织成,横亘在天际。倏忽间丁恩川不见了,她扶着铁链栏杆,桥身在晃,她茫然四顾,彩虹那么远,在天上;她那么小,泯然众人，混在人群里，就像一只蚂蚁。

她走在大街上，仿佛人流中的一滴水。随波逐流，流到哪里算哪里。儿子功课不错，除了按时打去生活费，不用她操心。大学毕业后就去了美国，先要学人类学，后来又说要学社会学，最后，居然学了理工科，学材料。毕竟材料学这一块，美国领先我们很多，他自己想明白了。选择的时候，你怎么说都没用，你说东他偏要说西，你说上他偏要说下，他说他是他自己的，他的人生他自己过。这些话都不算错。归霞早已明白，年轻人是从来不听忠告的，现在的自己经历了满足和失落，有了阅历，但就能说服年轻时的自己吗？

不知道。不过她依然认为，经世致用总还是第一位的吧？说到底，你得先考虑找到个好饭碗，吃上好饭，对不对？材料学，归霞也是学过一点的，材料力学，她当年考得很不错，考研究生的时候也有这一门，她得了高分，不过现在全忘了——有个矫情的说法，叫"还给了老师"。其实老师是不会认这个账的，那么多人都改了行，老师收不下这么多。她的导师现在还在美国，不知道还教不教书？突然想起，导师应该已经退休了，那个时髦和蔼的老头，给一群明媚鲜妍的年轻人上课的场景，永远不会出现了。

时光如流水。按理说，归霞已不再有什么烦心事。因为是企业身份，她五十五岁就要退休，这有点可怕，但也无法躲避，正如人无法阻止自己变老。对此她也想得开的，她现在的上班状态，跟退休其实也差不了多少。不退而休。烦恼的是，她的身体大不如前了，容易累，常常无名火起。周雨田倒像是"冻龄"了，岁月是一把杀猪刀，但却是一把阴阳刀，不实行男女平等，对男人刀下留情了，至少在她家是这样。他忙得浑身是劲，又在外地开了几个分所；经常喝酒，似乎永远喝不垮，更喝不死。归霞向他抱怨，说自己身体不好，周雨田说，我身体也不行了呀，我是悄悄进入了更年期，争取能悄悄地跑出来。还让她自己去医院查查。他似乎随口说，可以去一下神经科。

归霞恼道，你干脆说精神科好了。

周雨田说，其实去脑科医院更专业。真的。反正也不远。

归霞真的去了脑科医院。确实不远，与综合性的人民医院也就一墙之隔，这似乎是告诉你，如果查不出什么还又乱疑心，不妨顺便去更专业的地方看看。归霞向医生陈述了自己的感觉。医生开了单子，说需要查查焦虑症、抑郁症。

所谓查查，居然就是做题。归霞不做题久矣。那是一套依据"汉密尔顿焦虑自评量表"编写的中国版本，有好几页，上百道题目，都是选择题；劈头第一题就是：平时是不是比较容易紧张和着急？自己打分，不怎么觉得是1分，经常觉得是4分。一路看下去：是不是怀疑配偶在背叛你？是不是经常出门后觉得家里门没关好？是不是老觉得要出事……归霞本来不怎么紧张，看着看着倒紧张起来，手心都出了汗。这都是些什么问题呀？这不是撩事吗？哪里疼，就往哪里戳？！

她把所有问题全部浏览一遍，有些问题她死死盯着，琢磨了半天。她敲着电脑的确认键，失去了耐心，瞎答一气。等到报告打印出来，她微笑着插了个队，交给医生说，这个东西作不得数，我可以答成一点毛病没有，也可以答成重度焦虑。你们这不是让病人自己诊断吗？

她的语气里有一种久经考场的底气，一种受过良好教育的自豪，这种自豪超出了她的气质。医生愣住了，抬起头看着她。这是脑科医院,身为医生他什么毛病什么情况没见识过?于是笑笑说,那我给你开点安眠药吧。归霞点头说,睡眠很重要。

医生微笑着,鼠标点点就开好了药。这个过程没几分钟,但归霞的插队还是引起了别人的不满。有个胡子拉碴的男人扬声说,哪个没有病呢?没病你到这儿干啥呢?他目光炯炯,寒光闪闪,归霞看着害怕。另一个妆容精致、目光迷离的女人大声说,就会开安定,安定,万能药!她凑过来问归霞开的是什么药,她说话声音这么大,完全不怕得罪马上就要给她看病的医生。她一把拉过归霞的手,看到处方嚷了起来,你这个不行,至少要思诺思!她嘎嘎怪笑道,我从一代到三代全试过了,也就思诺思还有点意思。她持续怪笑,像夜里的猫头鹰。归霞被她抓得手腕生疼,药都没拿,甩脱了手,落荒而逃。

医院大厅其实很明亮,但归霞仿佛从一个黑沉沉的洞穴中逃出。她刚迈下台阶,突然身后一只手抓住了她后领。一回头,还是那个化着浓妆的美女,她说,你怎么药都不拿了?归霞脸吓得煞白,哆嗦着说,我家里还有。那美女放了心似的笑起来,原来你还是有病!她双手一拱说,保重!

归霞走到大街上。不少人从医院出来,走上了大街,汇入了人流。没有人知道他们从哪里来。他们急急忙忙,狼奔豕突,可能也不知道自己要到哪里去。归霞不敢再回头朝医院看一眼。回到家,晚上,她告诉周雨田自己可能是轻度焦虑,周雨田笑道,哎呀,你看了半天就看出这个?我还重度抑郁哩。

归霞狐疑地看着他说,你真的重度?抑郁?你去看过吗?

周雨田笑道,我没去看过。我自己知道。

他满面笑容,却没有问一句她怎么治疗。归霞心里有气,说,我轻度焦虑还不够吗？你希望我得什么病？

她的脸色阴沉下来。周雨田见状，忙收敛了笑容说，你不要胡思乱想。我随口一句，你还真去了。你不需要去医院，你要的是不胡思乱想，不胡乱猜疑。

归霞不搭理他，上楼进了卧室。不胡思乱想，不胡乱猜疑，这是什么意思？她忘不掉那个测试题里面的那锥心三问：是不是怀疑配偶在背叛你？是不是经常出门后觉得家里门没关好？是不是老觉得要出事？她好像一直站在黑沉沉的医院大厅和明亮马路的交界处，这三个问题老在脑子里盘旋，那胡子拉碴的男人和那个浓妆女人总在她眼前晃悠。今天无论如何是很难入睡了，她突然有点想念那女人说的思诺思了。可她家里只有舒乐安定。

据说跑步可以缓解失眠，还听说舒缓的音乐有助于睡眠，归霞双管齐下了。她晚饭后常戴着蓝牙耳机出去跑步。慢跑。蓝牙耳机隔开了嘈杂的市声，音乐从双耳进去，灌满了她的身体。路上能看到不少跑步的人，大多跑得不快，是中年人的节奏，其实跟快步走的速度也差不多。也有跑得快的，归霞听见了从身边超过的人轻微的喘息。

有个女人居然也超过她了，归霞有点沮丧，她索性慢了下来。就在这时，有人与她擦肩而过，不知怎么的，两人的胳臂碰了一下。音乐瞬间中断了，她耳上的蓝牙耳机掉了，她站定脚步，喊道，你——那男人立即站住了，他居然也捂着耳朵。归霞正要说你把我耳机碰掉了，不想那男人说，我的耳机呢？归霞一时听不懂他的意思，却看见他蹲下身子打开手机上的手电筒在地上照，心里的火这才消了。那男人很快找到了耳机，往耳朵上一戴，笑了笑就要走。归霞说，那是我的耳机！那男人愣住了，问，你的？你的耳机也掉了？

稍一分说也就明白了：他们的耳机都碰掉了。再一找，另一只耳机也找到了。可笑的是，他们各自戴上耳机，正要走，却都疑惑了——怎么自己两只耳朵里都是邓丽君的声音，却不是同一首歌？

原来两只耳机的款式一样，还都是白的。

两个人都笑了。夜色朦胧，即便是在路灯下，他们也没有看清对方的长相。这是一个偶然，但他们都已过了相信莫名缘分的年龄，换了耳机，笑了笑，就各奔东西了。为了避免尴尬，归霞折返跑，走回头路。她觉得今天这个事有点可笑。她并不知道这个男人叫万风和。

生活如流水。但一条河里的鱼不认识另一条河里的鱼，一滴水也不认识另一滴水。泾渭分明。

跑步和音乐似乎也没有多大效用，归霞还是经常失眠。这天夜里，她吃了两次思诺思，可加倍的药量只是再次确认了人生最大的痛苦：夜里睡不着，白天却像是在睡觉。

晨昏交替，日月流转。一夜长于百年。

下部

第五章

32

万凤和没有看清归霞，自然也不会记住这个人。邓丽君的歌声曾在大学里通过短波收音机破空而入，从此就长久地伴随着他，绵绵细雨，桃花相映，炊烟升起暮色罩大地，转朱阁低绮户照无眠……婉转的旋律推送来唐诗宋词的意境，应和甚至夸饰着他迷茫的恋情。后来忙了，听得少了，直到璟然被他唤来，照顾他的肾上腺手术，直到她回上海，他们进入了不长的两地分居，他才又找来了邓丽君的歌。这歌声是他疲惫身心的体贴抚慰，稍一得闲他就会塞上耳机。没想到，跑步时还会被人碰掉，那个女人居然也在听着邓丽君。

万凤和对这件事毫不在意。

他很忙。困扰他的主要不是失眠，是无可逃遁的忙碌。那块地他拿到了，但从此，他坐在办公室喝茶、下指示的时间少了，奔波的时间更多了。无数的事，鱼贯而行或交叉跑动着来到他面前，等着他去处理。毕竟以前只是文化公司一个摊子，现在那块地像魔毯一样飞来，载着他凌空起舞。他常常一天到晚忙得脚不沾地，到了晚上才从车上下来，腿居然有点打软，像晕船那样的"晕陆"。轮子载着他四处跑。好不容易回到办公室，却发现原来椅子下也装着轮子，万向轮，他不觉得方便，倒觉得晃晃悠悠地还是继续坐在轮子上，马上让办公室把这张椅子换了。

难得清静下来，万风和歪着头乱想。他认为车轮是人类最重大的发明，从圆木到车轮，据说演进了上万年的时间。最近这几百年，车轮极大地改变了人类的生活，简直是天翻地覆。作为一个深知时间就是效率、就是金钱的商人，他不觉得什么火箭上天、人造卫星就比车轮的意义更大——没有卫星、没有手机，有线电话不也一样用吗？可是车轮不一样，没有车轮，人只能在大地上行走，顶多也就骑马骑驴，马车驴车还都没有。没有车轮，就没有汽车、火车，没有高铁。

人类的节奏加快了，速度更是加快了。好处是显而易见的，不过速度这东西快到一定程度难道不是个祸害吗——北京猿人想快，只能跑，拼命地跑，但即使跑得再快两个猿人对撞也不至于撞死，车子对撞那可是要命的。车轮的发明，让人的速度超出了天赐的肉体承受力。这显然逆天了。

节奏加快你就得跟着忙。即便车轮现在已经很平滑圆顺，即使火车早已摆脱了哐嘁哐嘁的颠簸，你仍然摆脱不了那颠簸的生活节奏。你忙得气喘吁吁，忙得屁滚尿流，从这辆车下来还要赶那趟车。万风和有明确感觉的标志性事件是2005年南京地铁一号线开通，从那时开始，车辆钻入了南京城的地下，在隧道里飞驰，人们穿越城市疲于奔命。读书的人少了，网络文学开始盛行，文字的节奏加快了，也粗疏了。相比于20世纪八九十年代的舒缓、抒情、讲究，此后的文学书籍也呈现出另外一种节奏。根子就在于车轮，还有驱动车轮的发动机。

文学有点急赤白脸的样子了，不讲究。他是个搞出版的，即使又要了一块地，那也是为了建设自己的印务基地，他还是个出版商，对文学的变化和网络的勃兴自然心生警惕。他讨教过大学时的中文系同学，同学说，这是因为生活节奏变了，传播方式也变了，总而言之是时代变了，这怪不得作家。万风和默然。他也明白，天无绝人之路，哪怕成年人全部不读纸书，孩子们也还要读书做作业，天不变道亦不变，教辅书这一块，他总还能继续做的。

"万家文化"那个招牌，是璟然提议装起来的。厂区建设才初具雏形，招牌就先竖起来了。最先建起来的是办公楼，连体的两栋，西边的用于办公，东边的看起来是办公楼的一部分，其实就是别墅。那巨大的招牌当然竖在西头那半边，还安装了霓虹灯。白天还不怎么显眼，到了晚上，熠熠生辉，光芒四射，几公里外就能看见。万风和和璟然偶尔在这里住，璟然很欢喜。

透过巨大的落地窗，美景如画。那两方水塘万风和本来要填掉，但璟然说，人家没水的还要挖，你怎么却要填？万风和说土地珍贵，可以多建一排厂房。璟然坚持道，这是聚宝盆，通的是龙脉财源，不能填，只能修。于是把两方不成型的水塘修整连缀了一下，成了个宝葫芦的样子。万风和承认璟然的规划显然更高明。一排排厂房中，水塘像一对眼睛，天光云影，整个厂区都灵动明媚了起来。一楼设了茶室，二楼做了书房，三楼住人，都是落地大窗。人站在里面，看着整齐的厂房之间，运货的叉车在穿梭而行。远处的公路上车辆川流不息，一种身心安妥的感觉油然而生。

这是长期忙碌后难得的成就感。

车来车往，都是在奔波。万风和永远不会注意这些车里是些什么人，他们从哪里来，到哪里去。他当然不会预见到，有一天，他这个招牌还会成为劫匪设置的迷魂阵的一个标志物，会有个男人开车过来，拎着一袋钱在公路边等待劫匪，车边还蹲着两个随时准备出击的警察。该案因为悬而未破，并不为外界所知。这城市有那么多的故事，那么多的人，在万风和眼里，绝大多数都是路人。

一个人是不是路人，有时也很难说清。人永远在流动，人与人的关系也在变化。璟然曾经是同学，他给她写过没有得到回信的情书，现在却成了妻子；杜衡曾经是妻子，至亲之人，她成了前妻；杜松呢，科学早已断定不是儿子，但他法律上的名字并没有改，还叫万杜松。这是万风和心底的暗疾，一直没有痊愈。

万风和事情很多，千头万绪，说他身如一根针，顶上千条线并不为过，其中有一条线就连着杜松。那是一根隐秘的神经。杜衡很自觉，极少主动联系万风和，除非为了杜松。她一个人带着杜松显然不轻松。刚离婚时，她被杜松闹得实在挨不过，又或者是节假日，万风和这个"父亲"不出面老人那里说不过去，她才会给万风和打个电话。有一回杜松受凉了发高烧，还是"岳父"杜斯基打电话来教训万风和，万风和才急急忙忙赶去医院。看到杜衡在医院跑上跑下，急得脸上都起了皱，万风和心中暗骂她活该，却也叮嘱她，以后有事，还是要告诉自己。

杜松学习成绩一般，这个万风和知道，但他爱莫能助。他差一点就跟杜衡直说了：他亲爹呢？只生不养呀？！他曾经也好奇，杜松的生父究竟是谁？是杜衡的同事或朋友，不知不觉越了矩做出了事来；还是她的秘密情人，一直私底下浓情蜜意；又或者那只是一个侵犯者，杜衡为了保持脸面而隐忍不说……实在猜不出。按理说，万风和有资格逼问，但既然离婚时都没有问，现在又何必多此一举呢？

刚分开时，杜松还会把成绩单拿来，让万风和过目，那时成绩还不错；后来就不行了，分数不好，万凤和脸上的表情也不好，杜松很知趣，后来也就不再报告成绩了。杜衡请了家教，可万凤和知道，这其实效果也有限。

果然，杜松六年级时，问题来了。杜松的成绩，只能上那个施教区内的初中，可那学校实在是不行，校风差，生源杂，据说初一就有人谈恋爱，还以老婆老公相称。那房子当年也是万凤和买的，杜松的入学问题那时还不需要考虑，杜衡带着杜松搬到那里，这才成了问题。万凤和记挂着这事儿，但并不主动关心。有一天，杜衡的电话终于来了。

万凤和预料到她要说什么，不插话，只听。听到那学校的孩子以老婆老公相称，他突然嘿嘿笑了几下。那边，杜衡的脸肯定是红了。万凤和心里虽已同意出手相助，但要等她自己提出目的和路线图。这事儿，说起来简单，其实也有点复杂。

杜衡说，他最好上你那边的初中。

万凤和嗯了一声。

杜衡说，你那边的初中，全市排名第三。

万凤和说，才第三嘛，不是还有第一第二吗？反正要择校，既然交钱，为什么不索性就上最好的？

杜衡说，不是择校交钱的问题。即使择校了，如果户口不在人家那个学校，中考的时候这个学生的成绩就不能纳入学校的统计考核，学校会有点歧视，放任。我了解过了。

杜衡的语气虽然平缓，但已带了恳求。万凤和的心温温地有点软了。他已完全明白了她想的是什么。他等她说。

杜衡说，杜松的户口如果能转回去，落在你名下，就全顺了——当然，这要你同意。

万风和说，我不知道我该不该同意。转到我名下，监护人就也得换。

杜衡说是的。

万风和说，什么时候再换回去呢？

他这话虽然简短，但情绪强烈。一个事实上已经不姓万的孩子，他不愿意永远落在自己名下。杜衡沉默着。在万风和的想象中，她应该在哭，但他连一点抽泣声都没有听见。良久，杜衡说，他的学名还叫万杜松，这你知道。初中上完后，你随便什么时候，都可以把他迁出来。

杜衡显然一切都想明白了。她的理性和坚强，虽在意料之中，但万风和还是有点吃惊。迁出去，迁进来，出去进来，万风和突然恼怒起来。他几乎是脱口而出道，我还要回家商量商量。我一个人说了不算。

他把电话挂了。说商量，其实是不需要商量的，璟然在这类问题上，一直很大度。也许她心里明镜似的，但从不点破。杜松偶尔过来，她和颜悦色，有时还陪他一起玩玩，是个得体而知冷热的"阿姨"。事实上璟然果然没有反对，对户口什么时候迁走，甚至以后迁不迁走她提都没提。这不得不让万风和感动，他主动保证，等万杜松初中毕业，一定迁出去。

不得不感激璟然的宽仁豁达，他对杜衡则又多了一点厌恶。杜衡是很坚强，但这种坚强是不是也可以看作是厚脸皮？变更监护权和转户口都不算很复杂，难办的是学校，那个姓肖的校长据说手眼通天，十分不好对付。要见到校长还得先走一个程序：学校先要派人上门，检查学生的生活状况。说白了，就是要检查学生是不是真的住在户籍所在地。杜松原先的房间还留着，很少来住。这下杜松不得不搬过来了。他欢天喜地,文具、书本装了一大书包,还带了一个长毛熊玩具和一只足球。他放下书包就开始在客厅里踢球,还告诉老爸,他本来是要带一副羽毛球拍过来的,妈妈不让,羽毛球要两个人对打,必须要有人陪,万凤和体会到杜衡的细心。杜松来的时候璟然还没走,她帮着收拾杜松的房间,一项项归位。突然她惊呼一声,指着书桌上的一个盆子说不出话。杜松和万凤和都跑过去。盘子里窝着一条蛇,撩着头,脖子还在左右晃动,随时出击的架势。杜松一把抓了起来,笑道,这是假的,塑料的!蛇在他手上摇头摆尾像个活物。璟然连连摆手,赶紧退后,说她要出差,就走了。

"出差"是商量好的。璟然暂时只能到她自己买的房子去住一阵。万凤和把杜松拽来,叮嘱他,如果有人问就怎么怎么说。杜松说,我知道!一抬脚,足球准确地滚进了卫生间。

还真的上门了。来了个女教导主任,一脸严肃,她四处察看,问东问西,居然还去敲了对面人家的门。万凤和吓得心脏狂跳,幸好对门正好没人,如果门一开,难得看见杜松的邻居没准就说漏了嘴。待他拿出早已准备好的一套进口化妆品,主任的脸色才松弛了下来。万凤和还准备了男人的礼物备用,有备无患才能应付裕如嘛。他牵着杜松送主任出去,下楼一拐弯,却意外遇到了对门的老章。老章见到杜松,果然眼睛一亮,张口就要说话。万凤和吓得连连朝他使眼色。老章也是老江湖,顿时就懂了,也许并没全懂,他装作路人,呵呵一笑走过去了。

万凤和一身冷汗。不该牵着杜松下来的,可他非要跟着。能住回来,杜松浑身上下每个毛孔都透着喜气。杜松问,妈妈来住吗?万凤和说,不来住。你可以住,你妈妈不行。他的语气很坚决。身边的孩子已开始蹿个子了,显然将会超过自己。这曾经把屎把尿的小孩,现在陌生了,连他身上的气味万风和都有点排斥。杜松不开心了,回去的路上就生着闷气,不搭理人,一回去就钻到自己房间去,摆弄那条蛇。突然气鼓鼓地说,我知道!不要以为我不知道!

万风和一惊,问,你知道什么?

杜松说,你是想再生个小弟弟,跟璟然阿姨生。

万风和笑起来说,有个小弟弟有什么不好?

杜松哼了一下,不再理他。

其实生不生,早已与杜松无关,这孩子以为自己还有吃醋的权利。或许是因为杜衡不来住,杜松住了一天就闹着要走,第二天晚上居然跑掉了。万风和在电话里死哄活哄,杜衡也在一边帮腔,他就是不肯来,最后把电话一扔,从杜衡那里跑了。万风和慌了,这孩子一贯单纯、听话,这回终于发作了。他和杜衡四处找,把他所有可能去的地方都找遍了也没见影子。这下乱了套,杜斯基夫妇也出动了。杜斯基埋怨,他妻子叱骂,杜衡不断流泪。"岳母"骂了一阵万风和,突然把矛头牢牢锁定了"那个狐狸精",逼问李璟然躲到哪里去了,似乎她要找的不是外孙,而是那个女人。他们找了大半天,连公园里的小河都仔细看了,杜斯基正提出要报警,杜衡却突然想起了什么似的,拔腿就往外跑,边下楼边说,汽车站!

他们果然在中央门的长途汽车站看到了杜松。他坐在候车厅的长椅上,拿着块面包正在啃,脸上不知沾了什么东西,黑黑的一道,脏兮兮的。杜衡跑过去,一把搂在怀里。看着围过来的外婆外公和万风和,杜松挣了一下,昂着脖子叫道,我要到爷爷家去!他嘴角的面包屑往下掉,抬手擦一下说,我到爷爷那个中学上学!我住姑姑家!说着,哇一声哭了出来。

万凤和胸口像挨了一锤。他热泪横流，一把抱住了杜松。不知道天上的父亲母亲是不是看见了这一幕。杜松连书包都没有带，是空身跑出来的，他当然知道爷爷奶奶都去世了，并没想好要到哪里去，是入学的波折让他感觉到屈辱。万凤和摸着杜松沾着泪水的头发，真是心疼。虽然这个波折的真正责任并不在他，但一时间，他很内疚，他决意一定要把上学的事办成。

杜松紧绷的身体和顺了，他抬头看看万凤和，伸出脏兮兮的小手给父亲擦着泪。杜松如果真的跑掉，哪怕没出危险，入学的事情却会埋下危机——学校有可能再杀个回马枪的，他们可能会再来复查。如果再一次上门，杜松还会不会配合，指认自己的房间，万凤和心中忐忑，不太有把握。

实际上是没有再来复查，可这件事还没有完。他还必须直接去学校，找校长把手续办妥。

校长的办公室远没有万凤和的气派，但肖校长个人的气派比任何一个有求于他的拜访者都要大。肖校长体态肥胖，皮带上别个手机，还加挂一串钥匙，除了谢顶还能从侧面证明他是个读书人，实在看不出他是个名校的校长。万凤和事先做了一点准备，请了教导主任陪他去。肖校长接过万凤和递上的名片，看了一眼随手扔在桌上，手一摊，意思是坐。

万凤和说明了来意，肖校长脸上没有表情，问教导主任，你去看过了？

教导主任和万凤和都点头。肖校长翻翻手边的一本册子，皱眉说，这不对呀，我们上学期摸底的时候，没有这个学生。

万凤和说，是这样的，万杜松小学在童子巷小学读，主要是他妈妈照顾他，那边离得近。您这初中不是好吗，这就过来了。他脸上露出巴结的笑容。

肖校长说，这不行。他的语气斩钉截铁，站起身，一挥手，裤腰带上的钥匙丁零零乱响，像冷兵器在碰撞，一副一夫当关万夫莫开的架势，说，都这样搞，不是乱套了吗？要进来，必须交借读费。

为什么？万杜松的户口在这里，他不是借读。

怎么不是借读？肖校长问教导主任，户口真在这里吗？什么时候进来的？

教导主任有点不知所措，她还没开口，万风和指着手里的户口本说，四月份进来的。我自己的儿子，他从小就住在这里。

那为什么后来又走了？肖校长抓住了要害，语气带着讥诮。

这不关你的事。派出所都认为这顺理成章——肖校长，你就是为了借读费吧？万风和的脸黑了下来。

肖校长一怔，说，这是规定。

万风和寸步不让，你们的规定是五月份以后户口才冻结。

肖校长道，老实说吧，不是我为难你，我们统计的时候确实没有这个学生，学校已经把学籍排满了。他摊摊手说，没有座位。话说到这个份儿上，已经不是钱的问题了。

万风和步步进逼，这么说，你是拿万杜松的座位卖了钱了？

肖校长怔住了。万风和说，我现在倒觉得我儿子可以不上你这学校了，这样吧，你把我儿子座位卖的钱给我，或者跟我分，我们去别处上，怎么样？我大概能分到多少钱？我是个穷人，很计较的，我在乎钱。

这是一场万风和事后常常暗自得意的交锋。结果是，他赢了，条件是，万风和的公司以后在编写教辅书物色作者时，不要忘记这学校的名师们。这条件是个梯子，肖校长总得下来。万风和完胜。诡异的是，此后不久，校长和教导主任竟都成了万风和的朋友。这也是万风和预料之中的，该硬的时候他只能硬，然后再软和了，大家都舒服，他也不能真的把学校得罪了是吧。唯一的遗憾是，这场精彩的交涉他既不能对璟然细说，对杜衡也不宜再提，杜松的这次离家出走，让大家全都心有余悸。他记得自己交涉时说了好几次"我儿子，我儿子"，眼前浮现出杜松昂着脖子说要到爷爷家去的样子，心中阵阵刺痛。他强迫自己把这件事早点忘掉。

杜衡在电话里说，难为你了。当天就把杜松接走了。杜松把那条蛇落在了这里，可能是忘了，也可能是故意的。璟然回来后看见了，皱起了眉头。万风和说要扔掉，璟然说，等他下次来带走吧。她的神情有点黯淡。万风和想起教导主任来检查时，曾问杜松，你住哪儿？哪边是你爸妈住的？杜松的回答没有出错，但他可能已受了伤。当时万风和没有想到杜松会离家出走，他站在边上，心中尴尬，觉得对不起璟然。璟然走向他们的卧室，探头看看，扭头看看万风和，没说什么。

床上的卧具铺放整齐，就像是从来没有睡过人，这是万风和小心理好的。他一屁股坐到床上，颓然躺下了。

33

一直陪伴你的，其实是你自己的身体。身体长成了，就一直在衰退，这是一种变速跑，在通往终点的路上时快时慢而已。万风和那次手术后，恢复得还不错，除了不能过于劳累，在外人看来，他很符合他这个年龄应该有的样子。正值中年，年富力强，看上去挺拔帅气,儒雅干练,甚至比他的实际年龄还年轻一些。这世界上每个人都在赶路,随着时代的鼓点在舞蹈,但万凤和属于那种步伐稳健又步步踩在鼓点上的人:他拥有了偌大的家业,他这样的身份经历,拥有两段婚姻实属正常,已有了个儿子,换个老婆再生一个,随便儿子或女儿,不是双龙戏珠就是龙凤双全,那不是十全十美么——朋友们开玩笑都这么说他,万凤和只能笑而不语。

杜松的初中离万凤和这边很近,但他难得从这里弯一下。有一天他想起了落在这里的那条蛇,他平举着那条腰肢灵活的蛇,嘴里叽里咕噜地吆喝着,自己也腰肢灵活地扭着,朝大门走去。门一开,他身影一闪,出去了。此后就来得更少了。这是一段相对平静的日子,万凤和常常拉着璟然的双手往床边靠,说,来,我们赶紧生一个吧。

他早已熟悉了璟然的身体,这个他年轻时无限向往、人到中年才得抱怀中的丰美身体,令他无比迷恋。璟然在她大学附近买了一处自己的房子,周末和假期才回市里。这看似有些不便,但适当的间隙却让他们如胶似漆。蜜月,蜜年,早已过去了,他们已进入一个正常的婚姻之中。万凤和盼着璟然怀孕,但她的小腹保持着光洁平坦,一点动静都没有。璟然倒不着急,一副胸有成竹心中有底的样子,她很规律地去健身,饮食也很自律。她头发湿漉漉地回来,在镜子前左右侧身,对着自己高耸的胸和平坦的腹部露出满意的笑容。万凤和把她对身材的维护理解成她是在为怀孕做着准备。身为一个男人,他不知道女人其实是把身材和身体分开来看的,女人对身材的重视远甚于身体。不管怎么说吧,身材好,身体才更好;身材好,至少让万凤和更迷恋她,准确地说,是随着时光流逝,做丈夫的还不会那么快地倦怠。总之,他们的房事很和谐。

璟然总也不怀孕,这难免让万风和起了恐慌。璟然比他小三岁,但也不年轻了,时间很快,剩余的青春正无声地从身体滑落,远去。他不敢催促璟然,这是两个人的事。他表面上不露出急切,做爱时,他依然不疾不徐,张弛有度,只是在完事后,他会在心里默祷:这一回,可能有了吧?

还是没有。一直没有。他不得不自我怀疑起来,难不成是自己有什么问题?

一想到这个,他吓得不轻。杜松是他名义上的儿子,但这可能恰恰证明了某种难堪的事实:两个人举枪,可你的是个臭子儿。可能连臭子儿都没有,你的枪膛里根本就没有子弹,一粒都没有。万风和陷入了巨大的恐慌,两腿发软,虚汗淋漓,整个人都不好了。这种自我怀疑他无处可说。

他悄悄跑到医院。检查的时候,他想到杜衡就软了,注意力转移到璟然身上才硬了起来。结果是:他没有问题。换一家医院,还是没有问题。他把上一家医院的检查结果与这次的结果一起给医生看,那医生笑道,你没有问题,要说有问题,是这一代的男人都出了问题。医生看万风和是个能多说几句的,笑道,男人每毫升精液中的精子数量,从20世纪70年代初的近一亿个,大幅下降到现在的四千多万个了。万风和瞪大了眼睛问,为什么?医生笑道,环境污染,生活方式,还不就是这些——可你没有问题,你有生育能力,这不用怀疑。你够用啦。

是够用了,他只有一个老婆,又不奢望双胞胎。

会是璟然有问题吗?可他连自己去检查过而且有了结果都不能跟璟然说,怎么可以公然质疑璟然?兹事体大,终于有一天,他还是忍不住,对璟然委婉地说起了这个事。不需要提自己一切正常,在璟然眼里杜松就是铁证,他只是轻描淡写地提议,璟然是不是去看看医生。璟然一怔,笑道,我不用去看,我以前怀过,不小心流掉了。

这个问题他们无法深谈。这牵涉他们的过往,稍不留神彼此都会受伤。不能怀孕的夫妻,通常会反击对方:你才有毛病哩!璟然如果说出这话,万风和吃不消。他们当年深爱过,准确地说,是万风和深爱过璟然;他们现在也还恩爱和睦,但对彼此的过往,他们从来都不深究。

只能再加把劲了,也祈望着一点运气。好在即便暂时没有孩子,他们的感情也没有问题。璟然正常地上班教学,渐渐地也绝了升到教授的念想,按她的说法,那要费半条命哩。对万风和公司的事,她很快就熟悉了,不知不觉中也介入了,不得不说,她是个聪明的女人,聪明人干啥都行。在有些事情的节骨眼上,她常常随口一句就让万风和恍然大悟,或者忧虑顿消。图书出版,印务,物流,这三大块算是已经配套成龙,每年的码洋过了四亿,实洋差不多两亿,早已超过一般的出版社,"万家文化"无疑已经是东南区域的出版大鳄。站在三楼巨大的落地窗前,万风和看着灯火通明的厂房,心中常常泛起一点遗憾:城里的那层写字楼是早年买的,但早就嫌小了,铺不开,必须把一些编辑业务搬到这里来,可这块地要建成,天天都在耗钱。说到底,还是当年买写字楼时实力不够。西边的霓虹灯闪烁着,虽不是直接照在脸上,但漫漶的灯光还是有些晃眼,不舒服。璟然在他身后轻轻一拍,问他想什么,万风和一怔,不想说烦心事,只说,这霓虹灯——指指自己的脸,说影响睡眠。璟然笑起来,她哗一声拉上了窗帘,察看片刻说,这有什么?要么再加一层隔光帘,要么就换灯,让"万家文化"不闪烁,永放光芒。她格格笑道，我的男人很娇气哩，还怕灯。

璟然常常是个妙语解颐的老婆。灯的事，两天就解决了。双管齐下：外面的灯不再闪烁，窗帘也换了。

这别墅有无数的灯，灯光的布置璟然用了心。吊灯、射灯、筒灯、镜前灯、落地灯……全部打开了就如一个亮晃晃的舞台。想起小时候父亲去办公室集体备课批改作业，他和弟弟围在家里的一盏油灯下做功课，妈妈借光做针线，一灯如豆，昏黄的灯光在墙上映着他们巨大的影子。直到上大学他也还是要抢灯光，熄灯后的走廊灯下，站着好些看书的同学。哪里能想到，如今他居然可以拥有这么多的灯。

想到这些万风和就感到满足。母亲在世时曾说过，一个家，男的是摇钱树，女的是聚宝盆，说这话时，他跟杜衡结婚不久，他还笑母亲旧脑筋，人家女的也工作的。现在呢，他觉得母亲说得很对，至少对自己这种出来闯天下的人就是这样。母亲。妈妈！可惜妈妈不知道她儿子现在的情况，她躺在墓地里，不知道在远方的省城，她的儿子也有了一块自己的地，地上的别墅里有那么多的灯——万风和心里突然咯噔一下：他宁愿她不知道，什么都不知道才好。她不能知道杜松的事。

公司是配套成龙了，可万风和的人生还没有配套成龙。这事儿可不是埋头苦干就行的。不说它了。

璟然肚子没动静，但脑子管用。目前的状态是，城里的写字楼还是文化公司总部，但已经把教辅读物的编辑部搬到了新地，教辅读物印量大，编辑、印刷和物流摆在一起很合理。可新的问题又出现了：教辅读物受制于中小学的节奏——课前到书，这是死要求，这样一来，新地的印刷厂，淡季旺季太分明了，忙时二十四小时不停机，人换机不停；闲的时候好多机器都停着，工人照样要发工资。物流更明显，要么撑死了吃不下，要么饿死了吃不饱。万没想到，拿了这块地，自己搞印刷和物流，公司上了个台阶，却又多了个包袱。万风和很头疼。璟然曾提议季节性减员，可印刷是要技术的，生手熟手差别很大，万风和也不太忍心不用人时就把人开掉。璟然说，你既然不肯减员，那我们就增效。她笑道，交给我，授权不？

她果然有办法。说起来也简单，那就是印务和物流都对外开放，承接外来业务。总有一些出版社和图书公司与万家文化的季节相补；物流紧邻省道，更是个天然优势，只要接受外来车辆在这里配载，公司原有的车辆根本就不够用，这块地还嫌不够大哩。

不得不承认，璟然是个经商的高手，一个不需要经过摸爬滚打的天才。细想起来，万风和对她其实并不很了解。大学里那一段，怎么能算？四年，因为偶然交汇到一起，既没有定型，也没有深交，哪怕你曾经暗慕过她。这些年的同学聚会，大大小小的场合，万风和没少参加，有的同学原先是个瘦猴，再见面时已成了个矮胖子，幸亏脸也按比例放大了，否则你都不敢认；还有些大学四年都没怎么见他说话的寡言木讷之人，却成了个滔滔不绝口若悬河的话痨。有个作为"第三梯队"培养的干部人才，栽了个跟头，退化成了一个海量酒鬼；另一个成绩不好，俄语和汉语一样砢碜的女同学，却转了英语，成了某国际大都市的外事发言人……怎么说呢，这四年，比起此后的漫长岁月，真算不得什么，你们并不真正了解。

婚后相当长的时间，万风和的心是收着的。这不仅是自律，也是一种满足。公司里美丽妖娆的女员工很多，穿梭来往，他眼前总有窈窕的身姿在晃动,但他不为所动,是个正经老板应该有的样子。时逢国家飞速发展,万风和趁势而起,事业上升,他现在没有太大的野心了,璟然帮他分担了不少事务,还拉着他一起去健身。璟然在跑步机上跑步,他撸铁,有时还一起去游泳。万风和从小在里运河游水,水性是好的,但体力居然没她好,游了几个来回,就爬到池边坐着看。璟然像一条大鱼,身姿曼妙,动作规范。她喊他下去,万风和摇头。她也爬上来,笑眯眯地披上浴袍,突然朝万风和就是一脚,万风和一头栽进水里。回过头,璟然弯着腰在池边咯咯笑。

这种情况发生过好几回。后来万风和学乖了,她一上来,他就主动跳进水里,省了她那一推。

34

有钱,也算有闲,万风和几乎是必然地弄起了收藏。

那时候电视还具有极大的影响力,几乎每个电视台都搞起了鉴宝节目,无数人被撩起来了,在家里翻箱倒柜,照着节目找东西,梦想着自家老屋的哪个角落里还有祖上留下的什么宝贝。另一些人则揣着钱,在古董市场转悠,希望能捡到宝,南京的夫子庙、朝天宫以及城西的水木秦淮,是几个最出名的所在。最高级的当然是少数,他们身着顶级的品牌服装,也有的穿着宽袍大袖的中装,聚到隐秘的会所或私宅,丝弦清幽,青烟缭绕,那是贵过黄金的沉香,沾衣三日不散。他们都装出司空见惯的样子,只有当一件神秘的宝物被端到桌上,他们的眼睛才会亮起来。这种东西一般来路不明,挖自古墓,海外回流,又或是来自某个世家。他们出言谨慎,怕露怯,怕错失机会,也怕被宰。

万凤和也出席过这种高级场合,但他入不了这个圈子,他段位不够,也真没痴迷到那个份儿上。鉴于以前买印章料曾吃过所谓行家的亏,他不再信任那些热情得令人生疑的专家,他自己看书,查资料,自己在市场里转悠。老实说,这有点不符合他的身家,但他毕竟是个有文化的,不是那种土豪,他宁愿被卖家骗,宁愿自己眼力不够打了眼,也不愿意被那些伪装成朋友的人牵着去挨宰。在有过一些"吃药"经历后,他慢慢也不怎么玩了。最后,只对两种东西还有兴趣,一个是瓷器,一个是红木家具。这两种东西看起来没有什么共同性,硬要说有点内在联系,那就是红木家具上可以摆放瓷器,或者说瓷器可以摆在红木家具上。说到底,它们都是有用之物:即使是假的,也有实际用途。于是,他的办公室,包括几处房子,都摆满了收来的"有用之物"。他还蛮爱惜的,红木怕干燥,他专门买了加湿器。璟然笑话他没有读过《围城》,说里面有个收藏瓷器的市侩,叫张Jimmy(吉米)的,他就宣称书画买了假的一文不值,但假的瓷器,至少还可以盛饭菜、喝茶水。璟然见万凤和似乎不记得这个人,又说,就是那个说中国话喜欢夹英文单词的,钱锺书说他这样还比不上嘴里镶的金牙,只好比牙缝里的肉屑,除了表示饭菜吃得好,全无用处。

万凤和顶嘴道,我又没有拿这些瓷器盛饭喝茶!其实他早已记起了《围城》,可这世上的事就是这么奇怪,书里早就讽刺过,你看了还笑,一不留神却又会学样。万凤和也收了不少名家字画,文化公司嘛,书画家现场挥毫泼墨,绝对假不了,古字画他就不碰。万凤和的思路,居然无意间与那个张Jimmy高度契合了。这是流行文化与实用主义的共同胜利。

瓷器和红木家具，水也很深。万风和对他的收藏毫无把握。它们搭配着，摆在办公室、客厅、书房，平添一种风雅之气——也收了几张老式床，但璟然坚决拒绝使用，说不知道睡过多少人，睡过什么人，肯定睡过死人，只好和一些杂件一起摆在阁楼里。风雅是风雅的，可如果被人看出是假的，那就是一堆钞票堆成的笑话。万风和终于还是忍不住，找一个久闻大名的"大行家"请教了。那大行家戴着一副茶色眼镜，到万风和家看了一回，始终都没有摘下他的墨镜，只说蛮好蛮好，却不肯铁口断金。临走时邀请万风和，有空去他那里看看。

那大行家姓孔，住的是一个独栋别墅，院子很大，亭台楼阁，还搞了个曲水流觞，就是一处私家园林。别墅是他自建的，雕梁画栋，砖雕木刻，都从皖南山区移过来组装而成。厅堂里用的全是红木家具，阁楼上更多，各种桌案、罗汉床、太师椅、官帽椅、琴案、圆凳，林林总总，分门别类；靠窗的地方用屏风设了个小书房，画案上不见字画，全是各种老红木的文房摆设，柔和的光线下，弥漫着一种沉郁的香味。万风和大开眼界，他能分出紫檀和黄花梨，但这里的很多东西他只见过照片，名字都说不出。他不好意思——请教，对这满屋藏品的真假更是不敢怀疑。那大行家介绍着一些东西的来历，如数家珍。他笑着摘下了墨镜，换上了一副通常的眼镜。万风和这才注意到，他的眼睛红肿，虚着目光，似乎聚不起来，还流泪。大行家一指眼睛笑道：结膜炎，红眼病。

万风和嗯嗯着，一个小男孩跑了过来，抱着个排球，往他爸爸身上一靠。大行家摸摸儿子的脑袋，让他自己先出去玩。大行家说，这是老二。他仰起头，朝眼里滴了眼药水，闭着眼说，其实吧，我这点东西，真算不得什么，我都不敢说入了门，自己喜欢罢了。他眨巴着眼指着一张琴案说，这么多东西，只有这个我能肯定是真的。

万风和愕然。问，为什么？

孔大行家说，因为这是我祖上传下来的，琴没了，案还在，其他的，呵呵。

万风和陪着干笑。

他当然明白人上有人，天外有天，哪个行当都藏龙卧虎，他自己也没想着收了东西等着升值，但无论如何，至少还是想知道自己收来的东西是真是假。他支吾着说，那您这么多东西，肯定也花了点心血，万一——那大行家哈哈一笑，霍然睁开了眼睛，可能因为刚滴了眼药水，目光特别明亮。他说，我弄来的时候当然觉得是真的，也有高人要来看，帮我掌个眼，我谢绝了——为什么？他自问自答——想搞清楚就能搞清楚吗？我为什么要搞清楚？我自己喜欢，自己摸摸看看，玩得舒服，这就够啦。

咚的一声，那小孩一脚把球踢了进来，看着他爸爸。那大行家摸着他儿子的头，右手画个大圈，说，这些，将来终有一天我撒手了，全是他们的。他们要不要去搞清楚，那是他们的事了。

万风和站了起来，告辞出门。孔大行家的这番话让他有点云里雾里。他发现大行家的话里也有矛盾：那琴案是祖上传下来的，他就肯定是真的，那他的这些东西今后传给他儿子，不也是祖上传下去的吗？这算怎么回事？

矛盾是有点矛盾，奇怪的是，他这一手矛一手盾的，既能洞穿，又能隔挡。万风和似懂非懂，却又觉得茅塞顿开。他不再捣鼓这些东西了。已经摆在家里的东西，也就由它去。那孔大行家指着祖上传下来的琴案时，万风和忽然心里一疼。他告别收藏前还有一件事，就是要想办法买到一方鸡血石印章料。他看来看去，还是没有找到，天下哪有一样的石头呢？父亲的鸡血石是唯一的，无可替代的。

转念一想，父亲的那枚印章是他自己刻的，不知道流到父亲手上的时候，上面有没有别人的名字？这没听父亲说过，大概率是有的。现在那个行长人模狗样地往宣纸上盖，但总有一天他的名字又会被别人磨掉，这不是大概率，几乎是绝对事件。这样一想，万凤和心里舒服了不少。

过手即拥有，这是古玩行当里的一句老话。他曾在一家专卖杂项的店里看见一个光头汉子，吊儿郎当的，一副财大气粗的欠宰模样。万凤和朝他脖子上的大金链子瞟了一眼，突然想这金链子里面说不定还有皇帝金印的成分呢。这很有可能。历朝历代那么多人盗墓，最看重的就是金银，因为好出手，好加工。这店里什么都卖，长茶几上摆着一摞大小不一的砖头，地上还扔着许多残瓦，老板说有老房子的，有牌坊的，也有墓砖。万凤和摆摆手就走了。在后来的某一天，他在另一个地方看到了类似的东西，心念一动，顺便就搞到了手。

那东西是土做的，跟鸡血石有云泥之别。

35

钱越来越多了，可摸钱的机会却越来越少了。先是支付宝，后来是微信，它们能把钞票转化成数字。这数字是财富，是支付力。表示财富的数字从0到9有十个，比音乐简谱的七个音符还多，果然就比音乐更要迷幻、诡谲。它令人焦虑，让人兴奋，没有人不在乎它。它耗费了你的精力和身体。它是天使，也是魔鬼。

只有真正的超级富豪，才有资格数错账户上数字的位数，他们有底气宣称他在乎的绝不是钱，他对钱没感觉。万风和还远不到那个程度，但既然知道在数字上再增加一个零比登天还难，他也就不做那个美梦了。公司的财务实际上是璟然管着，她无师自通，轻描淡写地管得井井有条，万风和乐得不烦心。据说在高人手里，钱具有强大的自我繁殖功能，钱能生钱。钱在璟然手里，也确实在不断繁殖。没想到的是，一个更大的机会出现了。消息是他先知道的，但看出机遇的却是璟然。她还没生孩子，但她显然很会生钱。

就是那块地。教辅书出版、印务和物流运营正常，细水长流。它当然还在原来的经纬度，纹丝未动，但交通规划动了。这一动，那块地平地起飞了！

那个收费站原本是"万家文化"最大的瓶颈：自己的书出入要交费，物流业务也被勒着脖子。但国家政策变化了，规定两座收费站间的距离不得小于五十公里，妙的是这段公路上两座相邻的收费站之间是四十二公里，这就必须取消一个。好运落到了万风和头上。他曾经认为，天上不会掉包子，只会掉石头落陨石，看来还真不一定。这真是风来了，猪都能被吹上天——什么是风？风就是大势，就是政策啊。万风和在一个酒席上听说了这个消息，乐得眉花眼笑，也不说什么原因，主动给每人敬了一杯。那天他喝大了，酩酊大醉，回家就倒在床上呼呼大睡。他在席间就给璟然发了个微信，说有好事。璟然丈二和尚摸不着头脑，见他睡得沉，梦里还冷不丁笑出声来，她的好奇心被撩起来了，推推他说，什么好事？说呀。万风和猛地坐起来，还没开口，先吐了，好在璟然早有准备，痰盂及时凑了过去。璟然掩着鼻子笑道，就是这好事吗？哼。

万凤和脑子还没清醒，问道，什么好事——你怀孕啦？！

璟然说，不要瞎扯，是你说有好事要告诉我。

原来不是怀孕啊，万凤和翻个身说，对了，是收费站，这收费站要拆啦。这下好了，拆啦。说着又开始打呼噜。第二天，万凤和早早醒来，发现自己心里美滋滋的，他笑眯眯地去厨房准备早餐，看璟然还睡着，靠近一看，她两眼瞪得老大，滴溜溜转着，好像正在想事情。万凤和说起收费站，他的着眼点还是落在目前的业务上，这些年每年多花的物流成本，未来都是利润啊。

璟然说，当年我们之所以拿了收费站外的地，是因为里面的那一块我们拿不起，缺钱。

万凤和说，对啊，这下没有里外之分啦。璟然微笑不语。万凤和说，怎么，你要卖掉？

璟然说，卖掉，也算是个办法。这要看你的心有多大。心多大，天地就多大。

你什么意思？万凤和心里急速翻转，不卖掉，公司利润增加；卖掉，他的身家马上就多了个零——难道还有第三种办法？他看着璟然。

璟然说，现在有两个问题：收费站拆掉，这目前还是传言，即使是真的，说不定拖着拖着就没声音了；第二，如果真的拆了，我敢肯定，这周边很快就会变成商业区或者住宅区——你想，政府取消收费站，那是做出牺牲的，有损失，改变这里的规划也就在情理之中——你这厂区才交几个税？

万凤和瞪大了眼睛。他隐约摸到了璟然的思路，说，你是说我们可以去搞房地产？转行？

不一定是转行，应该是拓展。璟然成竹在胸，她夜里可能就想好了。她说，你以前没有这个厂区，出版发行还不是一样干？但这块地，如果一直做厂区那绝对是可惜了，简直是犯傻——这有个前提，就是收费站是真的拆掉，否则就是个春秋大梦。她调皮地挤挤眼，笑了。

万凤和被她说得心潮起伏，激情澎湃。房地产是个大热门，奥运前开始热身，好些人以为奥运后会冷下来，哪里知道热身过后就是起飞。虽说有促狭鬼编出个段子，把房地产埋汰得不成个样子，但搞房地产的人很快就把其他行业的人甩开了几条街，城市的面貌也日新月异，这也是不争的事实。万凤和不能视而不见，但他一贯的原则是只做自己能做的，不跟风。现在这风刮到自己脑袋上了，头发乱了，心里也乱了。他相信，如果不是昨天喝得太多，早晨头还晕乎乎的，璟然的思路他也能看得见。立即又承认，自己这是在暗自吹牛。

在大局观上，他不如璟然。真能在房地产上插一脚，哪怕这一脚只有五十亩大，也足够令人振奋。这里面的门道、路数，他多少知道一些，不简单。资金，各种审批，想到这些，万凤和的眉头紧锁起来。他是个未雨绸缪的人，是个把困难想在前面的人，这种人累，但真的干起来成功率却高。另有一种人则是行动派，说干就干，干起来再说，这类人往往更能成大事。万凤和很羡慕，但做不到。璟然是哪一类人，他一下子还真说不清。遥想二十多年前同窗共读的璟然，如在梦中。这个干练果决的女人，当年接过情书时佯装镇定、读过情书浑若无事却又面带羞怯，与现在身边的璟然，简直不像是同一个人。多少次恍惚间，他觉得一定有什么地方出了错。要么是他当年看错了，要么是她变了。更可能的是，某些禀赋与生俱来，一直存在，只不过她没有遇到适当的施展舞台而已。

璟然说,看你的心有多大。他在心里答,我心是大的,就是有难度。璟然同时又说过,这事说不定拖着拖着就没声音了,而实际情况是,收费站真的要拆了!

先是各种传闻,后来媒体就正式公布了。万风和被逼着请了不少酒,好些朋友都向他道喜,恭喜发财。一般来说,万风和的酒宴璟然不大出席,这几场酒席她却全参加了,很开心,而且事先提出要请一些关键部门的人。虽然她在酒席上三缄其口,提都不提房地产,有人提了她也不接,但万风和看出,她已经在布局了。

收费站一夜之间就没了。那天他们正好住在厂区的别墅,傍晚时来了一个车队,各种设备。璟然站在窗前,喊万风和来看。璟然打开了窗户,机声隆隆,有人在挥着小旗吹哨。远远地,钢花四溅,像是节日礼花,那是在切割。横跨公路的收费站被切成了一段一段的,起重机将它们拎走,装车。第二天,那地方什么都没有了,只看见收费亭留下的几大块方斑。璟然指着钢柱被切掉后剩下的断茬,批评道,做事太不认真了,车胎扎破要出事!她从厂区喊来几个工人,用大锤把钢茬砸平了。

比"万家文化"离城更远的外面,原本是衰败的村庄和广阔的农田,很快就热起来了。大地被分成了一块一块,无数的开发商摩拳擦掌,蜂拥而至。政府规划,这里要打造成新城的一个片区,土地价格坐地疯涨。在规划里,万风和的厂区周边,待开发土地主要被安排成了住宅用地,还有一些,将要建成汽车4S店或者建材城。两个不容迟疑的现实选择在万风和面前出现了:把地卖掉,赚一笔钱,这个已被璟然排除;或者是转换土地性质,投入资金搞房地产,这无疑蕴含着更丰厚的利润。可事到临头万风和却还是畏难了,他想抽身而退。他第一次跟璟然起了冲突。他不肯被裹挟着投

第五章

奔欲海。

他们第一次进入了冷战。璟然的态度并不激烈，但很坚定。万风和说自己是急流勇退，见好就收，璟然说你这是畏苦怕难，小富即安。璟然说，你有两个儿子哩，除了万杜松，你还会有一个，她抬手拍了拍自己的肚子。万风和看看她平坦的小腹，说，真的吗？说着就要上手摸。璟然身子一闪躲开去，笑道，别动，会有的。

璟然换个路数，又笑着说，天将降大任于是人也，必先什么什么，现在是大势所趋，她指着从网上下载的规划图说，这是新城，这里终将容不下我们的厂区，你信不信？万风和摇头苦笑，不搭腔。璟然拎拎他身上的睡衣说，你愿意我在这儿给你打个补丁吗——我们的厂区就是补丁。她拎的位置正在万风和的后腰，万风和说，我这儿有刀口，就是个补丁，也只能由它去。璟然说，你愿意将就，可政府不会愿意的，漂亮的新区是城市的一件新披风，我们的厂区就是破补丁，你想保都保不住。

万风和哑然。璟然表示，她愿意承担更多的事务，房地产这一块，她愿意挑大梁。但万风和延宕着，还是不行动。

可形势居然又被璟然言中了。周边的住宅如雨后春笋般长高，政府方面传来了风声，意思是，并不反对"万家文化"变成住宅。这是在隔空递话了，虽当不得真，但却是临门一脚，万风和不想被裹挟，但这一脚正踹在他屁股上。谁不想多挣钱、挣大钱呢？谁愿意被视为烂泥扶不上墙呢？

真的干起来，事情是极多的。资金是个问题，必须要贷款，好在"万家文化"的地本身就可以作抵押，好在他们这些年也积了家底。但另有无数的手续却绕不开，每道手续都是关卡——那个收费站哪里是被拆掉了啊，是化整为零，关卡更多了。走不多远就是一个关卡,只不过从有形变成了无形。

记得那个姓孔的眼睛红肿的红木大行家,他曾说过,计划不如变化,变化又不如造化。万风和被潮水席卷着上了路,红灯、绿灯、绿灯、红灯、拐弯、断头路,老孔这句话常常在他脑子里回旋。真干起来,事情比璟然预料的要难,却倒也不像他想象的那么难如登天。首先的难题是改变土地使用性质,常常是山重水复,倒也有柳暗花明。可等你眼前一亮觉得有路可走了,却又发现你庙去对了,却找错了菩萨。左冲右突,万风和骑虎难下了。

感觉是,办,终究是能办下来的,但是,难。万风和小时候玩过一种叫"笃糖"的游戏,五分钱一玩,那是一个平摆的木盘,里面排着类似于迷魂阵的轨道,你拉紧盘子底端的一个拉手,手一松,那个拉手就会击出一个滚珠,滚珠在迷魂阵里奔突,各种关口,各种阻挡,滚珠滚到最后,终于在某个数字前停下,你就可以拿到对应的糖;更可能的是那滚珠晕头转向地滚了又滚,最后掉到一个洞里,在孩童时的万风和眼里,那就是个万丈深渊,因为什么也拿不到。万风和梦见自己就是那个滚珠,身不由己,跌跌撞撞,就在即将掉进洞里的一刹那,他吓醒了。醒来后却又庆幸:即便掉到洞里,他也不至于输得精光,毕竟这块地还在自己手里,它还是升值了,只不过没赢到最多的糖而已。

这种心态支撑着万风和。他忙得昏天黑地,却也心存希望。璟然是他的坚强后盾,文化公司那一块,她基本全管了起来,万风和只要过过目,不需要太操心。他圈子里几乎所有朋友都知道他在忙着什么,有羡慕嫉妒的,也有出谋划策、指点迷津的,他们众口一词,都夸万风和有韬略,沉得住气,等着政府嫌他的厂区丑,有碍观瞻,主动请他转型。万风和呵呵,有苦说不出。不容忽视的事实是，虽然那么多关口还都基本没过，但买路需要成本，吃吃喝喝不值一提，钱他可是花出去不少了。

这其实是在耗着。万风和回家，踢了皮鞋，抽掉领带，一屁股倒在沙发上。璟然忙前忙后伺候他，让他趴下来，给他按摩。他心里想：我这到底是为了什么？就是为了那一串数字上再加一个两个零吗？璟然没有说话，但她此前的声音在回答他：你有两个儿子哩。万风和忽地转过身来，抚着她的肚子。璟然笑着躲开了。

万风和很细心，准确地说，是对她的肚子很操心。他问，你，你那个"老朋友"，是不是好久不来了？

璟然假装听不懂。但万风和的眼神让她不能回避。她笑着说，你一个大男人，死没出息。是，它是好久没来了。她笑道，你倒像是盼着它来似的。

那一定是怀上了！

璟然眼神朝他飞一下，含笑不语。万风和跳了起来，抱住她，叭地亲一下。他快活得在家里乱转。晚上，他抚摸着璟然的肚子，耳朵贴在上面听。璟然笑着推开他，说八字还没一撇哩，你急个什么劲。万风和不是急，是高兴，是心愿得偿，是美梦成真。半梦半醒间，杜松飘忽着靠近，又倏然远去了。两个儿子，肚子里的这个才是真的。此后的日子，不需要璟然催促打气，他浑身每个细胞都充满了力量。再累都是值得的，为了未来，他将奋不顾身，勇往直前。

他和璟然都四十出头了，这是个微妙的年龄段，在生孩子这件事上，显然已是最后的机会。一切都在变化当中，悄然地，几乎是了无痕迹的变化。正如他和璟然天天在一起，因为每天看见，彼此并不会察觉对方正在变老。

36

每天酒肉征逐,见无数的脸,动无数的心思。

改变土地使用性质,从工业用地改为住宅,任谁都能看出的巨大利益,当然不可能轻易成功。答允高抬贵手的人不少,承诺帮忙的更多,但按下葫芦浮起瓢,万风和祈望千手观音能分出一只手,百忙之中给他指点迷津,帮他抓住关键。在一次酒桌上,璟然遇到了她在上海时的一个同事,那同事说起他的一个朋友,女的,是个大能量的人。万风和当时也曾心中一动,但因为那大能量的人是上海的,鞭长莫及,也没有太往心里去。璟然也神色如常,但几天后她就去了一趟上海,回来后面有得色,语带神秘地告诉万风和,她找到了一个人,可能手眼通天。

万风和摇头苦笑。他遇到过无数"能人",看起来是巨能之人,吹起来天下就没有他办不成的事,有次酒席上,一老者甚至提起大领导都略去姓而直呼其名,被万风和的一个同学当场戳得下不来台。这同学是个从政的,早年他曾有句名言:某某某的女儿哪怕是只猪,我也愿意娶!某某某有奇古之异相,属于在电视上才能看见的大人物。这老兄没娶到猪,所以没有升上去——这是他自己的总结,万风和心里并不完全认同。作为一个官场外的人,万风和倒觉得,这老兄实在是太过心直口快了,他居然在酒桌上调侃他们单位的年终大会,说是:总结去年吹牛皮,计划明年夸海口,也不怕传到他们领导的耳朵里。这老兄嘴臭,又不能在领导面前做到"屁从",怎么能升上去?——所谓"屁从",是万风和自己发明的词,就是拍马屁加顺从。不管怎么说吧,反正这老兄官没当大,万风和的事他也就有心无力。万风和听璟然说那个手眼通天的人是个女的，倒有点兴趣了。正如女人一般不喝酒，喝酒的女人不一般，女人被称为能人，不可小觑。

于是就见到了。酒场轮换，推杯换盏，他们很快就热络了。开始时璟然当然要出面，是她的关系嘛，否则万风和不可能认识这个叫卓红的女人；后来璟然就退出了，很得体、很自然地就退隐了。璟然说，据我的了解，她确实有能耐，关键是背景，她深不可测。

万风和笑了起来。

璟然正色道，我的感觉是，我们现在是一团乱麻，那个线头我们找不到，找到了也解不开，越扯越紧。我们需要的是一把刀。

璟然手里比画着。万风和笑道，她这把刀吹毛断发，削铁如泥，比杨志的刀还厉害吗？

差不多，璟然说，我的感觉应该是对的。总之，全交给你啦。她嘻嘻笑着，还做了个鬼脸。

璟然的语气里有一种将在外君命有所不受的意思。她这么说话，显然是因为她认定卓红有能耐，而且长得不好看。

说卓红不好看，那是客气了。生意场离风月场从来不远，在看惯秋月春风的万风和看来，卓红就是个丑女。哪个五官都说不上很差，但摆的位置不对，过于分散了，脸大，这一来，头发就不得不弄得蓬松一点，衬脸。个子倒是不矮，比璟然还高一些。看上去身材倒是凹凸有致，这可能是她行走江湖而毫不怯场的自信点。

幸亏皮肤白。高档的服饰也能为她加分。觥筹交错间，卓红落落大方，举手投足间自有一种贵气；她话不多，偶尔开口却往往切中肯綮，别人不敢打断。她并不摆谱，但气场无形，话里也不经常出现名人大事，但寥寥几句，却往往透露出更深的秘辛：所谓深不可测,就应该是这个样子,相比之下,北京的出租车司机常常直呼大人物的昵称,那就是笑话了。

要谈正事,不能在酒桌上。万风和与卓红免不了私下接触。万风和动用了尘封已久的高尔夫球卡,可卓红只去了一次就让他不要破费了。事情,卓红听得很认真。那么多的关卡和难点,万风和说得嘴干,卓红偶尔打断他,立即就能指出要害,甚至直接点出关键人物。万风和渐渐感到了一种不安,有点局促。这种感觉很奇怪,从他们第一次见面,万风和就隐隐中感觉到一丝特别。他们吃喝聊天,有时也有朋友相陪,卓红似乎并不过度关注万风和,就是说,她的目光并没有过多地落在万风和身上,但偶然的一瞥,那目光却是奇异的。对别人的淡然微笑,转到万风和身上立即就有了温度。视线也不再是笔直的,泅散弯曲了,像飞机尾巴上拖出的白线。她眼睛转开去,那视线还经久不散。

别人不会注意到,但万风和确实有所察觉。他似乎是懂了,却不能理解。说到底,他们只是萍水相逢;她呢,这身份,地位,还有见识,怎么可能对他产生什么念想?她没必要,也不至于。万风和人到中年,虽还称得上俊朗儒雅,但毕竟只是个有求于人的商人而已。比钱、比权、比长相,他无一优势,就连身体,也绝不能跟年轻人相比。

这有点奇怪,却又确凿无疑。也许,璟然在她有限的几次参与中,就已经有感觉了?不知道。女人都神秘莫测。璟然那句"全交给你啦",是不是含有更深的意味,万风和已不好再开口去问她。他只剩下一条路,那就是收拾起狐疑,佯装不知,继续与卓红周旋。两人间的私会逐渐增多,无可回避,谈话间,卓红的目光变幻莫测,谈到具体事务时她轻松而果决,一旦从事务上转开,她的

第五章

目光立即就柔和了,散射成一团暧昧的雾。说着说着,她起身离开了对面的座位,很自然地坐到万风和身边来。她的头发很精致地蓬散着,低头看材料时,头发擦到了万风和的脸颊,有一股幽幽的香味,是万风和从未领略过的香水。他不自然地侧一侧身子。卓红笑笑,挽一挽头发。

她这一笑带着羞赧。她大概已年近四十,却顿时露出了小女儿的情态。万风和心中慌乱,事情还只是一团乱麻,他本人却又心乱如麻了。他似懂非懂,明白却也不明白。有一点是确凿无疑的:就性而言,哪怕就像以前无数次的寻欢作乐或者顺水推舟,卓红都不是自己的菜。可卓红虽然把自己的身子朝外挪了挪,目光却更迷离了。万风和的眼睛不敢躲闪,他只能用商务来调整航向,他正正身体,认真地说,事情全靠你了,所有的成本只要说一声,事成后还要好好感谢你。卓红笑笑说,你放心,不会让你失望。她不说思路程序之类的东西,似乎那些不值一提。她的语气轻轻款款,意思却是明确的:没问题,也别提什么重谢。可是她说,我们好像有缘分。

万风和宁愿那天她是喝多了,但她在酒席上浑若无事的酒量仍历历在目。万风和心事重重。几天之后,卓红来了电话,请万风和到酒店去。

此后的经历万风和终生难忘。

让他刻骨铭心的,首先是不期然的迷离色彩。房间很豪华,被精心布置了,除了几束玫瑰分置各处,另有一束油菜花蓬勃着,插在床头的花瓶里。这灿烂的颜色顿时让万风和走神了,他不由得想起了中学外的那个小岛,他在地洞里,对面的姑娘担着水窈窕在花海中。这很要命。浴后的卓红身着浴袍,很快就躺到了床上。房间里空气暧昧，似乎充满了可燃气体。这是一触即发的阵势了，万风和无可逃遁。

卓红的身体一定是热的，万风和却感到身上发冷。男女有别。男人跟女人是不一样的，即使他明白这已是箭在弦上，却拉不开弓。他做个含混的手势，进了浴室。

热水兜头而下，他浑身一紧，鸡皮疙瘩爆出来了。水声哗哗，他想象着一些旖旎香艳的画面，试图给自己充血打气。但是不行。水流淋漓而下，遇不到一丝阻碍，顺滑得像是穿了最先进的"鲨鱼皮"泳衣。他拍拍自己的裆下，苦笑着说，兄弟，给个面子行不行？看在往日情分上，帮个忙委屈一回行不行呢？大丈夫能屈能伸嘛！

可这小兄弟不搭理他。

他手在身上四处搓，搓胸搓腿搓肚子，活血。摸到后腰的伤疤，他停住了，心里咯噔一下，突然对这小兄弟多了一点理解——不能全怪它，那一刀毕竟伤了元气。好在万风和计划周详，他有备无患。他擦干身体，对着镜子说，你说全交给我的，是你说的。镜子里迷蒙的人影是他自己，这话却是对璟然说的。他身子一闪出去了。镜子空了。

卓红的激情让他迷惑，心中却也升起了一丝感动。他累，但是此时的男人必须要挺住。幸亏科技没有让他丢脸。他虚与委蛇，但表现得兴致勃勃……终于结束了，完成了，大功告成了，功德圆满了。万风和躺了下来。卓红抚摸着他身上的微汗，手指在他胸前划动。万风和侧过脸，悄悄打了个哈欠。困意阵阵袭来，他撑着不睡，也不说话。卓红躺在他胳臂上，轻声说，我一见到你就喜欢你了。万风和唔了一声。她说，你像我小时候的语文老师，眉眼、样子、声音,全像。我写作文,他当范文朗读,可他不知道我还有很多话不敢写。卓红闭上眼睛喃喃地说,我终于找到你了。万风和哦了一声。卓红抬起身子,看着万风和说,你穿白衬衣最好看。第一次见面你穿的就是白衬衣。万风和笑道,可我今天没穿。卓红说,我想跟你说的,话到嘴边还是没好意思说。

万风和想说下次我穿,话到嘴边忍住了。卓红身形细长,平日里波涛汹涌的胸,脱掉衣服也就没有了,随衣服离开了;白皙的肤色是因为敷了粉,没了粉的皮肤衬在白床单上更显得黑。万风和最想问的当然是那块地的事,但此时他一个字也不能提。

万风和没有在那里过夜。卓红也不强求。出门前,他回眼朝床头的油菜花投去深深一瞥。他并没有喝酒,卓红提前喝了一点,酒还在桌上摆着,万风和一滴未沾,可他脑子里晕乎乎的,还是喊了个代驾。打开车窗,凉风飕飕地刮着他的脸,他突然呵呵笑了起来,忍俊不禁的样子,笑着笑着声音还大了。这一来可真的像个醉鬼。司机见怪不怪,停好车,还问要不要扶。万风和一挥手说,我没喝。

他在停车场站了一会儿,从裤兜里掏出一板药,迟疑着。药少了一粒,为他立功牺牲了。他手一甩,银光微闪,药板飞到了草丛里。

他很细心,离开宾馆前冲了澡。

家里的卧室里只有他床头的灯还亮着。他躺下来,叹了一口气。璟然睡眼惺忪地拍拍他说,你辛苦了,快睡吧。这一声辛苦与平时似乎并无不同,但万风和觉得别有意味,也不敢多话,脑子里却像跑马。那束油菜花。岛上的油菜花。白衬衣……他睡着了。

37

万家房地产有限公司成立了。

名下的楼盘叫"万璟家园"。名字是三个人一起取的，万凤和、璟然，再加一个风水大师。请风水大师是这个行业的惯例，阴阳五行，六爻八卦，玄妙深奥，即便你名字已经取好，也必须请大师过目。大师是朋友帮忙请的，没想到居然是旧相识，就是那个收藏红木的大行家老孔。万凤和在他家连个罗盘、八卦之类的物件都没看到，老孔也一句没提什么风水命理，原来他从不接待上门算命的，只外出断看阴宅和阳宅的风水。老孔身着中装，脖子上挂着一个天珠，和上次见面时一样，他还戴着一副墨镜，不知是结膜炎至今未愈，转了慢性红眼病，还是单纯离不开这个道具。璟然悄悄地对万凤和说，他真会摆谱，言下之意是这大师装神弄鬼。孔大师托着罗盘在那块地上走了一圈，对着已经拟好的几个名字思量良久，说出了他的结论。他指着窗外说，钟阜龙蟠，石头虎踞，你这里聚日月精华，汇天地灵气，是缩微版的龙蟠虎踞——好！手一指"万璟华庭"几个字说，这个也不错，万是姓，也喻多；璟是美玉之光，精气内敛，重要的是五行属土。我看"华庭"改成"家园"更好——这是你万家的家园，肯定也将是众生的选择嘛！

一番话说得璟然笑靥如花。万凤和也觉得这名字喜气。厂区被拆掉了，不久楼盘就奠基动工了。"万璟家园"这几个字，被做成了巨大的霓虹灯，暂时安装在围墙的大门上，熠熠生辉，只是还不够高，远处看不见。霓虹灯闪烁着，像眨巴的眼睛，时刻期待着大楼慢慢长高。

卓红果真不肯收钱。也就是说，除了必须要打点的成本，卓红自己没拿一毛钱。万风和过意不去,买了价值不菲的礼物给她送去。卓红曾说过,万风和像她的语文老师,对这话万风和一直将信将疑,但她确实没有要钱,她用行动证明了她说的是真话。万风和那天挑了件白衬衣穿着,卓红见了,眼睛一亮,直夸真帅,真好。她只用手背在他身上拂了拂,不再有下一步动作。那天她衣着整齐,房间里也没有油菜花。

万风和出了宾馆,一时有些发木。如果不是卓红,如果没有那个勉力的夜晚,事情到现在肯定还办不成。一粒药就是成本。他皱着眉头想不明白,慢慢又舒展了,笑了起来。我这么值钱吗?真的吗?这段经历,他不能说给任何人听,人家听了也不会相信。你也不能说这是屈辱,身为一个男人,别人都会说是你占了女人便宜,得了便宜还卖乖。说不定还会在心里骂你自高身价,编故事。

璟然依约成了房地产这一块的主力。她情绪高昂,忙得风风火火。地上原先的别墅已经改造成售楼部,璟然有时开车从学校直接过去。建筑、监理,各司其职,她还是不放心。他们介入房地产,算是起步晚的,但还算是赶上了好时候,预售形势一片大好。展示区的沙盘边人来人往,销售表上标示售出的记号很快就要填满了。也许,看着楼房逐渐长高,对璟然而言本就是一种享受。工地上机声隆隆,尘土飞扬,璟然走到空地上,摘下安全帽,捋一捋栗色的卷发,脸上露出了幸福的笑容。

万风和基本撒手了。他对璟然很放心。他的时间多了起来。他一个大老板,却喜欢骑车在街上闲逛。闲逛是不想烦事,骑车还能锻炼身体。他的身体真是越来越不行了,骑车还凑合,上跑步机就只能认。他斗不过电动机。医生说他的心脏有点问题,但也没有什么好办法。只能拖着。饭吃得少了,药倒是一顿也少不得。有一天骑到颐和路,看见那里正在拆房子。左右无事,他停在路边看热闹。

到处都在建。空地在建,老房子拆了重建。这里是民国建筑群,青瓦黄墙,绿树成荫,几百栋别墅,里面有不少民国年间的各国大使馆,风格各异。当年的冠盖云集之地也显得破败了,正一栋栋拆了原样复建。

工地总是乱哄哄的。不少人在围观。拆得确实细心,没有动用机械,基本上靠民工的大锤。但不管怎么说,那些原来还聚成个房子形状的砖瓦,拆下来基本上就没用了。各种五颜六色的电线纠缠在破梁断柱上,不少收废品的使劲拉着往外拽。有一处别墅已经拆完了,一辆挖土机正使劲往下挖。坑很深,一车车土被运走。万风和觉得奇怪,不是原样复建吗?难道这是要挖防空洞?一问才知道,原来要建地下车库,民国风情街,吃喝玩乐,没有车库怎么行?

这里看不到长江,从颐和路的广场辐射出的六条迷宫般的道路上,飘荡着玄武湖吹来的风。紫金山在东面,巍峨葱茏,青山郁郁,朝这里投来千百年的眺望。春花秋月何时了?往事知多少。南朝四百八十寺,多少楼台烟雨中。朱雀桥边野草花,乌衣巷口夕阳斜。旧时王谢堂前燕,飞入寻常百姓家。千寻铁锁沉江底,一片降幡出石头。江雨霏霏江草齐,六朝如梦鸟空啼。无情最是台城柳,依旧烟笼十里堤。商女不知亡国恨,隔江犹唱后庭花。……钟山风雨起苍黄,百万雄师过大江。虎踞龙盘今胜昔,天翻地覆慨而慷。流水落花春去也,天上人间!

万风和自己的工地上,房子正建得热火朝天,他倒跑到这里看热闹,发思古之幽情,自己也觉得有点可笑。摇摇头正要离开,偶然一瞥间,却看见一堆烂砖里有一块很特别。莫名其妙地,他来了兴趣。凑过去一看,是一块巨大的砖头。上面还有字。高一脚低一脚地走了一圈,这样的砖头还不少。红木他早已不收了,父亲的印章石料已经成了别人的东西,或者说,变成了他新楼盘的一部分,他却对这种算不上古董的砖头大感好奇。他蹲下身子,饶有兴趣地端详起来。

对这种砖头他倒也不是一无所知,太平门龙脖子那里是原汁原味的明城墙,弹痕累累,苔藓遍体,那里的城砖上,每一块都有字,刻的是各级责任人的名字。这是最早的责任制,哪块城砖质量出了问题,都可以追责。万风和久居明朝都城,他觉得中国几千年来,真正白手打天下的就朱元璋一个,刘邦至少还是个亭长,基层干部,朱元璋却是个讨饭的。开局一个讨饭碗,结尾一根上吊绳,虽说子孙不争气,但那是命数。听说景山上崇祯帝上吊的歪脖子树早已死了,现在这棵是后来移栽过来的,有人说换了就是造假,是假景观,万风和却觉得这样做并无不当,那个地方确实不能少了歪脖子树。搞了房地产以后,万风和更加佩服朱元璋,连建城墙的钱都让江南富户出,他万风和建房子,只能去银行贷款,还求爷爷告奶奶的。

万风和抠掉大砖上的青苔,打量着砖上的字。

他在城墙上见过不少这样的字,一般都很粗陋,但这一块砖上的字体特别漂亮,居然有书法的味道。砖也特别完整,不缺不破。突然他的眼睛定住了,他看到了熟悉的字眼。正要仔细看,一个民工走了过来,狐疑地盯着他。万风和抬头问,我想要这块砖头,行不?

民工说,不行,上面要收集起来,补城墙用。

万风和说，五十块。

民工迟疑了一下，还是说不行。

万风和说，一百。

民工看看周围，不说话。万风和看出他心动了，但也不好就动手搬。这时，有个人靠了过来，他插话说，这东西说值钱，千金难买；说不值钱，一文不值——又不是你家的！

那民工说，那也不是你家的。

那人说，你别说，还真是我家的。他对万风和说，搬吧。他身高体壮，那句"还真是我家的"显得很豪横，只有他自己知道他说的是实情。万风和觉得他脸熟，一时想不起在哪里见过。他掏出一百元，往民工手里一塞，弯腰搬砖。腰一晃，根本起不来。砖太沉了，或者说是他的腰不够劲道了。他喘口气，好不容易砖头才动了身。那人轻轻拨开他说，我来。他很轻松地搬起了砖，走到院子门口问，万总，下面怎么搞？万风和一愣，说，小李，谢谢你啊！他忽然想起了这人就是小李，曾经在写字楼当过保安。万风和说，我打个车。他想问小李现在做什么工作，对小李这会儿出现在这个地方也觉得奇怪，但他还没开口，出租车就来了。李弘毅把砖头搬到后备箱说，这房子真是我家的，我外公的。万风和错愕，等他回过神来，车已经开动了。

城砖被他洗得干干净净的。万风和毕竟玩过红木，懂一点门道，苔痕不去掉，留着，摆在桌上竟有些绿趣。砖头上的字差不多都能看清，拓下来端详，更是清楚：扬州府提调官朱祥司吏陶旭楚水县提调官县丞王鼎窑匠万天忠——前面都是些官衔姓名。

万风和的眼睛死死盯着"万天忠"这三个字。这个人是窑匠。

他知道他的祖上是烧窑制砖的，家乡就叫万窑。小时候砖窑还很多,镇南就有砖窑十八座,据说大炼钢铁的年代直接就派上了用场,他小学时在窑里乱跑乱钻还曾被钢渣戳破过脚,平生第一次打了抗破伤风针。砖窑后来都被拆掉了,但这块砖写明了"楚水",无疑是家乡的产品。父亲在世时曾跟他摆古,说他们祖上做的砖被明太祖征用过。他再无机会向父亲问个究竟,但可以肯定的是,这块砖是他万家祖上的作品——他坚信这一点。六百多年后它重又回到了他万风和手上,这是一条清晰的纽带,是一种缘分。他必须收藏好。

他定制了个红木托架,城砖以一个恰当的角度歪斜着,摆在他的写字台上。偶尔浇一点水,养着那些苔藓。在空气最为干燥的秋季,稍一疏忽,苔藓干了,翘了起来。万风和有点沮丧,他随手扯了一下苔藓,却看见苔藓下面有一个小小的凹痕。定睛一看,眼睛立即睁大了:那似乎是一个指痕!他找来牙刷,蘸着水,仔细地刷干净——确实是一个指印。

他看见了指纹!

万风和的心跳加快。他伸出手,食指扣住了指痕。这是一个劳动者的指痕,比万风和的手指粗大。他另一只手配合着,做出搬砖坯的姿势,可除了这个指痕,他没有在砖的另一边发现对应的痕迹。

这又是一个意外,难道这不是搬砖坯的时候自然留下的,而是砖坯尚未干透时做砖人调皮地随手一摁?

指纹不能遗传,但万风和的食指贴在上面,却感到了遥远的虚空中传来的特殊熨帖。他坚信这是他祖宗留下的作品,他不但要保存好,在恰当的时候,他还要把这块砖用上。当他第一眼看见"窑匠万天忠"时,有个念头就从他脑中掠过,此时更明确了:他要在老家起一座房子。这块砖就是奠基石。

那座房子将是什么样子,万风和还没有细想,但它应该高大气派。它将是一栋粉墙黛瓦的中式楼,他在扬州的个园何园里看惯的那种。

有女儿墙,歇山顶,带回廊和亭子。一个小男孩在回廊里奔跑。那孩子面目清晰,是万风和小时候照片上的样貌。他跑着,到拐弯处回头一笑,是的,就是小时候的万风和。他渐渐跑远了,只看见背影,那身影是那么熟悉……万风和心中一凛:那分明是杜松的样子!万风和的眉头紧锁了起来。

38

他一直关心着璟然的生理期,但一次次都是失望。楼盘的房子拔节般生长,璟然的肚子依然平坦——岂止是依然平坦啊,应该说是更平坦了,她都忙瘦了。本来以为好事也能成双的,就是说,房子在生长,璟然也能开始孕育。事实证明这只是一个美梦,而梦总是要醒的。有一回,璟然的"老朋友"又许久不来了,一个月,两个月,万风和面带喜色,逼着璟然去医院确认一下。璟然说她忙,没空去,还说,你要相信你自己,你说有了就是有了。她这是在延宕,就像万风和曾延宕着不肯去跑房地产手续一样。可她一个高龄孕妇,千万不能打马虎眼,万风和的脸拉下来了。璟然吃不消他这张黑脸,答应第二天服从他的安排,去医院。她抚着肚子说,我听说两个月就能听到胎心音,你来听听,你有经验的。

万风和笑笑,杜衡和杜松从他眼前飞掠而过。当年杜衡怀孕时,他陪着去检查,曾从医院花五块钱买来一个塑料听筒,其实就是一头大一头小的锥形喇叭,跟他当过几个月工人的纺织厂用的绕线轴很像。他天天把大的一头按在杜衡肚皮上听。他曾清晰地听见杜衡以外的另一种心跳,比常人急促得多,每分钟有120多次,似乎杜松急着要生出来……身边的璟然已经掀开被子,撩起了上衣,万凤和趴过去,耳朵紧贴她肚皮上,半晌,他摇了摇头。璟然拉过被子把肚子盖上说,明天我去检查,银行那边你也必须去一下了,这也拖不得的。不用她再说"两个儿子"之类的话,第二天万凤和就去了银行。他回家很晚,虽喝了酒,脑子还清楚,至少有一条神经还醒着。他朝璟然投去询问的目光,璟然羞涩地报告说,不必去医院了,老朋友来了。

万凤和颓然倒在了床上。空欢喜一场。

类似的情景又重复过一次,万凤和基本已绝了念想。毫无联系地,他突然想起他的一个朋友,此人癖好处女,却被人用鸽子血黄鳝血一路骗去,直到警察出现才帮他揭破秘密。璟然曾说过,她的前夫与她血型不对,怀过却流掉了,这到底是真还是假?

他被火烫了似的哆嗦一下。他们这个年龄怀孕不易,但并非绝不可能。如果璟然真的曾怀过,这差不多能算是"经产妇"了——可这是真的吗?真相肯定早已存在,存在于他们的过去,又隐隐在前方等他。但现在还能怎么办呢?这是痛点,是伤疤,他不能去挑破。挑破了一定会流血,甚至分崩离析,瓦解。既然以前没有追问,现在还能问吗?

第一期的两栋高楼落成了。几乎是同时,璟然告诉他,"老朋友"绝交了,永远不会再来了。

璟然绝经了。她身体这么好,英姿飒爽的,本以为她的身体要远比一般女人好,可才四十多岁居然就绝经了。从医学上来说这是正常情况，从万凤和的角度看却是末日判决。他不会再有自己的儿子了，哪怕女儿也没有。万凤和认命了。

璟然报告这个消息时是愧疚的，但语气倒也达观。她苦笑着说，没有自己的孩子，身为一个女人，我当然遗憾，也很痛苦，但我认命。不过你不一样——你有儿子的呀。璟然幽幽地说，最伤心的应该是我。万凤和没法接话，唯有苦笑。此情此景下，他应该走过去，抚着她的身体安慰她。但他站不起身。

此前，他们的夫妻生活是活跃的，就是说，比他们这个年龄应该有的，还要稍多一点。万凤和带着目标做爱。他小时候看过一本《养兔知识手册》，书上说在兔子交配时最好在母兔身上拍一下，母兔一惊，会增加受精率，对兔子来说就是增加产崽数量。在某个节骨眼上，万凤和想起这个就会在璟然屁股上拍一下。璟然本以为这是一种情趣，不料万凤和有次说漏嘴道出了实情，被璟然大骂了一顿。她面红耳赤地说，你侮辱我了！说着说着哭了起来。万凤和赶紧赔罪才了事。现在，连这屁股上的一下子也免了。

当年去做亲子鉴定是他自己的决定，不能怪璟然，但她第一次看见手机上杜松照片时说的话，无疑也起了作用。她说，比你好看多了；还说，跟你会越长越像……她帮着推倒了一个房子，却没有帮他造一间新屋。

万璟家园第一期很快就售罄，第二期又开工了。百事累叠，层出不穷，万凤和简直不能理解，璟然怎么还有那么大的热情。他觉得自己真的可以收山了。他离大富豪还有距离，但已经是个不折不扣的富人。要那么多钱干什么呢？

人有时候是被推着走、卷着走的，由不得你自己。卷着你走的是大势，但这大势有个钩子，或者说是一只手，这只手是你自己老婆的。他虽然沮丧，被动，打不起精神，但图书这块主业却还不能撒手。教辅书这一块历来是大头，但国家政策一直在收紧，给中小学生减负；减负失败了，再一次强调减负，周而复始。万凤和有了经验，也不着急，心中有数，随分从时。看那些在书店里给孩子挑书的家长们，嚷着要减负的是他们，来买书的还是他们。都是为了孩子。学校不让发教辅书，万凤和这帮出版商就请老师推荐，让家长到书店买，还不是一样？潮流之下，哪个能自己做主了？

那块城砖还摆在他写字台上。苔藓完全脱落了，他懒得再弄。想象中的回廊早已人迹杳然，只有几声鸟啼嘲笑似的飘过。

那个小李帮着搬砖时说，那别墅真是他家的。这是真的吗？那别墅没拆掉前，万凤和曾无数次从那里经过，记得是一栋西式洋房，他没心思去探究那别墅跟一个保安有什么关系。但既然他万凤和能认出祖宗造的砖，人家为什么不能指认自己家曾经的房子呢？万凤和脑子里晦明不定，乱糟糟的。他耷拉着眼皮斜眼看看桌上的砖，那个指痕像一只眼睛，也看着他。一只眼。睁一只眼闭一只眼。

城砖斑驳，却还没有完全干枯，几百年的雨水浸润，还需要很多年才会干透，或许永远不能干得彻底。

李弘毅帮万总搬走一块砖，他可不知道这砖头给万凤和带去了百般滋味。好长一段时间，他没事就在自家的老房子那里转悠。这里要拆掉重建，李弘毅闻风而至。他不是来主张什么权利的，他什么权利也没有。他好奇的，是这房子里面有没有什么暗道机关。那年头战火纷飞，兵来匪往，如果是他建，一定要搞个密道。搞个暗格壁橱什么的，摆摆金银财宝，简直就是必须的——如果能发现藏宝洞那就更有意思了。他反正没事，站在旁边看着，一旦发现迹象，他要立即介入。砖瓦跌落中，灰尘飘散，随时会闪现出珍珠玛瑙的光彩。他不会扑上去抢，但肯定会一声断喝：别动！不许哄抢！

这些宝贝不属于他自己，可也不是随便谁都能抢走的。交给国家，也不失为豪举——这不是一段很有意思的传奇吗？

但传奇并没有出现，李弘毅只帮别人搬了一块砖，虽然万总掏了一百块，李弘毅心里却有送出个小礼物的快乐。他的快乐很小，很琐碎，星星点点，遍布在他的日子里。他满脑子奇思妙想，别人都觉得他是异想天开，但他觉得有趣，兴致盎然。被鱼刺卡了他立即想到拔鱼刺的专用染色剂，撒个尿能想到把尿聚起来水力发电，虽说一个也没实现，但是他很开心。也有大快乐，他在长江大桥救下过许多人，每拉住一个跳江的他都要高兴好一阵子。马艳就是他从大桥救下来的，可她还是跑了。他墙上那张表还贴着，记号还在延续。倒不是还想再救到个老婆，他只是见不得他们去死。死是必然的，人人都要死，但死也要有点意义对不对？

母亲和哥哥嘴上不明说，肯定都认为他脑子时常犯迷糊，可李弘毅不认同。他觉得谁的脑子都未见得比自己更清爽。他承认生活并不会事事如意，但这也是没办法的事情，就像这老房子，他眼见着从房顶开始拆，全拆光了，也没见到一个密室暗道。看到挖掘机开始从平地往下挖，他顿时眼前一亮，精神大振，以为人家是按图索骥发现了线索。他买几个烧饼混了一天，一直盯着，注视着挖掘机的所有动作，直到傍晚，挖掘机在平地挖出了一个地下停车场的样子，最后一车土也已拉走，他才长叹一口气，苦笑一下，回去了。

拆房持续了一周，唯一的收获就是一块城砖。李弘毅当然也可以弄一块城砖回去,但他没有这个兴趣。他家还没地方摆哩。他有两个疑问,一是这些城砖怎么会砌在他家房子里?二是这些拆出的城砖将会弄到哪里去?第二个问题很快就有了答案:市里成立了古城砖搜集委员会,这样的城砖将会被用到城墙修复上,就是说,将被砌回城墙里。这很好。据说市里正在给城墙申报世界文化遗产,不管成不成,它就是个实实在在的遗产,这里面也有他家房子上的砖头,想到这里,李弘毅高兴起来。可第一个疑问却浮了出来:这城砖怎么到他家房子里的,买的?捡的?偷的?……外公是中将哩,手里有枪,莫非是抢的?!

李弘毅被吓住了。他怔怔地坐在家里发呆。他问妈妈,他妈啰里啰唆说了一通,不知道说的是什么,但她用一连串的摆手摇头否认了什么偷啊抢的。听说老房子被拆了,老太太黯然失神,呆呆地看着窗外,但也看不出有多伤心。李弘毅告诉她,那房子很快会再建起来,还是老样子。他是在安慰母亲,倒说得他自己开心起来。母亲说,建起来也跟我们没得关系了。李弘毅承认没关系,不拆跟他们没关系,拆了再建跟他们也没有关系,它本来就是林荫中的一个影子,他们只能从路边经过。现在古城砖被拆出来了,将会成为城墙的一部分,永远留在那里,这不就是那叫什么……物归原主?各归其位?各得其所……李弘毅找不出一个恰当的词,反正就那个意思吧。总之,他觉得那样很好。

很多事,他会深想;很多事,却也深究不得。在查询拆出的城砖将会弄去哪里这个问题时,他在网上看到了一则新闻,说有个女骗子被识破,她"冒充高级干部亲属,混迹于商界、政界,上下其手"。李弘毅觉得这事有意思,但看过也就拉倒了。这不关他的事。突然脑子里掠过一个黑影,像一只尖爪的飞鸟,把他钩疼了。

万川归

那个叫马艳的老婆,不知道她这会儿在做什么?

马艳临走前收走了门面房的租金,哥哥没有告诉他,但后来他还是知道了。这两间门面房是马艳在他家的终点,也是她的新起点。哥哥的两间门面房曾经很来钱,慢慢也不行了。生意不好做,老是换租户,开业时热热闹闹,花篮摆成个八字,只恨不准放鞭炮;走的时候悄没声的,有的连房租都赖掉。现在开着个小超市,也就卖些网购的漏网小生意。弘道的儿子已经上小学,二胎开放又添了个小女儿。弘道两口子忙得昏天黑地,他这个叔叔倒很喜欢带小孩子玩。前面走着侄子,手上牵着侄女,李弘毅脸上笑眯眯的,仿佛这就是他自己的一双儿女。侄子很有家产意识,最喜欢到"我家的"超市玩。他在里面挑东挑西,不付钱,对老板说,你记账啊,俨然大老板模样。弘毅很欢喜。回家要过一条马路,弘毅牵着侄女。车来车往,侄子调皮地做出要蹿过去的架势,弘毅吓得一惊,大喝,你干什么!话音未落,侄子过去了,车猛地一刹,差点撞到李弘毅。司机开窗大骂,李弘毅连连摆手道歉。正要批评侄子,这小子倒反口批评起叔叔来了,你看你,这多危险呀!他妹妹看看哥哥,又看看叔叔,花朵似的红嘴唇一动一动地说,是哥哥不对。

李弘毅摸摸侄女的头,欣慰地笑了。

39

听到卓红被抓的消息,万凤和惊呆了。

他不明白这到底是怎么回事。她到底是什么人,她究竟图什么?她真的不是高级干部的亲属吗?万凤和回想着跟卓红的一幕幕，她的举止谈吐，她的身影，她的香水味，还有那个被他总结为滑稽的一夜，似幻似真，他实在理不出头绪。人是璟然先认识的，但璟然也说不出个所以然。人太复杂了，也太假了，璟然指着远处生机勃勃的新楼盘说，只有这个是真的，实实在在，如假包换。她笑道，过去的就过去了，你不要钻牛角尖，不要缅怀了。

万风和想问问杜衡，她在报社，消息灵通些。犹豫片刻还是罢了。

也曾担心卓红的事会不会牵累到他们，事实上没有。连一丝风言风语都没有听见。这下万风和连这条新闻的真实性都怀疑起来，也许出事的根本就不是那个帮过他们的女人？他本可以跟卓红联系一下，璟然坚决阻止了，说他这是没事找事，还讥笑他是不是终究忘不掉这个女人。这句话阴阳怪气的，吓得万风和连个电话也没敢打。

这事算过去了。半年多以后，一个大领导被立案调查了，措辞严厉却又语焉不详，但据说事情不少。这本来不关万风和什么事，但他注意到，这个大领导也姓卓。他似乎有点懂了，却又不能完全捋清头绪。不能说那个古怪的一夜让万风和念念不忘，而是，卓红——姑且这么叫吧——她绝对不算好看的容貌、她实际拥有的能力，与她似有若无的背景之间，有一个令人迷惑的黑洞，这黑洞的引力让万风和难以释怀。卓红的身体是粉饰过的，她的背景很可能也不完全真实，但万风和相信她的心不乏真诚。她没有拿他一毛钱，这让万风和感到很对不起她。他欠了她。

万风和不能跟她联系，他只能打电话给那个遗憾没有娶到猪的朋友。那朋友在官场混，有人求教，他很爽快，唠唠叨叨说了一大堆，万风和听得越发糊涂。他大概的意思也就是：卓红的高级干部背景，大家都认，那就有；大家不认了，那也就没有了。万风和差点就怼他一句：那你就不该宣称想娶猪的女儿，而应该四处暗示你就是猪的女婿！

万风和看看桌上的花瓶里枯萎的鲜花，拔出来扔了。那宾馆房间的油菜花还在记忆中盛开着，它们如果不是插在花瓶里，而是开在地里，现下早已落花结籽了。

家乡的油菜花肯定也凋谢了。那座金黄的小岛现在应该是一片碧绿。父母从前住的房子早已是人去屋空。万风和曾跟弟弟商量过，弟弟也同意要在老家造一座新房子，把父母的旧物搬过去。他忙，这事也不那么迫切，等他偶然发现了这块万家祖宗手造的城砖，他才又想起了起房子这件事。

他很累，身体大不如前。血压又更高了些，四种药联合使用才能压住。心脏显然受累了，彩超已经发现了异常，但也没有什么好办法。医嘱是：不要劳累劳神，坚持用药。奇怪的是，脑子倒一点也没有衰退，记忆力还格外地好了：离分数线只差几分的高考成绩单；从地洞里望出去的金黄小岛，那个腰肢轻摆的挑水姑娘；璟然过来了，她接过他的信，淡然地转身离去；他在手术后的迷蒙中睁开眼睛，璟然微笑着看着他；杜衡，杜松，那张第一次出现在他面前的皱巴巴的小脸……他的公司，他曾指着高耸的写字楼对杜衡说，我的梦想就是拥有这样一座楼。这个愿望显然是实现了，不是一座楼，而是一个楼盘……突然，他的心被凌空劈来的闪电击中了：拉开的抽屉里躺着一张纸，上面满是红色的印。每个印都一模一样，排列整齐，都是父亲的名字。纸有些起翘，那是万风和的泪痕所致。

那枚印章落入了伧夫之手，刻着煞有介事的名号，那名号还是他万风和自己找篆刻名家刻上去的。即便万风和能买到更优质的印石，父亲也用不上了。因为人口减少，生源不足，家乡那所完中现在只剩下初中还在办着，父母的房子居然没有新教师要入住，于是学校也就不要求腾房，起房子的事又拖下来了。起房子和修墓原本是一并考虑的，但父母的墓一定得修了。落花流水，雨打风吹，每年的清明都能看出墓在衰败。

万风和办公室里，背后那个镜框，他即使不注视，心里也从没有忽略。顽皮的孩童，稚气的少年，杜松在成长，男子汉的样子出来了。空气中充满了看不见的尘埃。万风和总是亲自动手，抹去镜框上的灰尘。现在的这一张，是杜松站在大学的大门前，他已经在读研究生了。此前的照片，有几张是杜松自己来换好的。这一张万风和要了几次，杜松才来换上去。他长成个大小伙子了，比万风和还高一点。看得出，他懂事了，但也生分了。不知道是什么原因，也许有一件具体的什么事，杜松跟万风和客气了，拘谨了。这么多年来，杜衡没有再婚，很久前曾听杜松说过，有过一个"叔叔"，但显然也很短暂。万风和曾以为，杜松总有个生父吧，那人不来填空吗？但是没有。这是一种悬置状态，万风和觉得好奇，也有点解气，又感到一种惘惘的威胁，甚至，还带一丝朦胧的希望。他真不知道杜衡究竟是怎么想的，难道她是看破了婚姻的端底？是啊，端底，他和璟然，他们的婚姻，万风和其实也五味杂陈。

想要有个亲生的儿子，除非再换个年轻女人。璟然也曾和他并头躺着，抚着他的胸口，歉然道，要不，找人帮你生一个吧。她笑道，你本事大得很。

万风和苦笑道，我本事大吗？我有本事我们还要讨论这个话题吗？

一切都过去了。他们的爱情错过了花季,在鲜花盛开的季节他们没有恋爱,再相见时已近中年;现在,璟然用她自己的身体宣布了他们正在迈向老年。

晚开的花终于还是没有结出果实来。这也许从侧面证明了他们的爱情本就是错的?错过是错,修正错误本身还是错。

对没有孩子这件事,璟然很快就坦然了,也许,她本来就有思想准备,又或许,真的是杜松的存在让她去除了压力。那镜框里杜松的照片,美化了万凤和的生活状态,蒙蔽了很多人,也包括璟然。她对杜松一直挺好,这让万凤和有点歉疚,不好意思,倒像是他在外面偷生了一个儿子。她曾经说过,杜松跟万凤和越长越像了,笑起来尤其像——她真是这么说的。杜松并不常来,越长大,来得越少,但他来了璟然也很自然,一种得体的亲热。第一期楼盘开工后,杜松去工地看了,那时他还在外地读大学,热气腾腾的景象让他很兴奋,他跑东跑西,爬上爬下,他第一次发现,砌墙的不是他常见的砖头,是空心砖,他大感兴趣,自己一琢磨就明白了:这是为了减少泥土消耗,还能减轻自重。璟然夸赞他聪明。三个人都戴着安全帽,颜色都一样,就像是一家人。杜松微笑着手一比画问,这两栋都是我们的?

万凤和微笑着没说话。璟然道,是的,但也不是的。

万凤和心中略一咯噔,抬眼看看璟然。璟然说,其实没有一套是我们的。万凤和接话说,都要卖给别人。我们的目的是全部卖掉。都是别的人的家。

杜松连连点头。万凤和和杜松并肩站在高处,野风掠过安全帽,呜呜地尖啸。璟然看看万凤和,意味深长地微笑着。

晚上,送走了杜松,璟然似乎有点闷闷不乐。万凤和逗她说话。璟然说,杜松很好。你就不关心生出这个儿子的那个女人吗?万凤和不搭腔。璟然说,他这次来,可不是我喊他的,是他自己来的,也可能是你叫他来的。万凤和摇头说我没有叫他来。璟然说,你这么大个老板,这么大的家业,一个儿子看来真是不够。你还是找人再生一个吧,我这妈绝对当得好,比对杜松还要好,因为是我同意的,她手在自己胸前一点说,我视若己出。她笑着说,难道,你还要我帮助你找那个女人?

万凤和正在走神,问,哪个女人——她?他指的是杜衡。璟然听懂了,笑道,你跟她再生一个我也不反对。万凤和板着脸说,你鬼扯!璟然扑哧笑了出来,我知道了,你是想跟那个卓红生,说不定……万凤和的脸色瞬间阴沉下来,像一堵黑墙,截断了她的话。

万凤和瞪着眼说,请你不要拿这个开玩笑!好吧好吧,璟然道,那我们就另找一个能给你生的女人。够啦。你有完没完?万凤和叹口气道,我最近一直在怪自己,为什么不早些去做试管婴儿。璟然瞪大了眼睛。万凤和说,多管齐下嘛。一次不成两次,两次不成三次,说不定也就成了。

你的意思是我不能和你生孩子,就不能做你妻子了?就不是个女人了?!璟然的脸色阴沉下来,她逼问道,女人的价值就是生孩子吗?!她声音尖锐,暴风雨眼见着就要来到,但她忽然又和霁了,语气平缓,听不出一丝起伏,她淡然微笑道,我不认为自然怀孕失败的夫妻,试管还能有什么用。她的脸色舒展了,讥诮地说,除非你去找个捐卵的女人,这个我也不反对。

万凤和此后不敢再提这个话题了。他已经有了个杜松,看起来有了个儿子,再纠结于这个问题就太过无理了。简直是冒犯,不仅是对璟然的冒犯,还是对天下所有女性的冒犯。

试管手术的相关问题他其实很早就去咨询过，得到的是医生夸张的微笑。那微笑的含义是：你早干吗去了？还有个医生太过年轻，话多，他笑嘻嘻地说，你能把咸鸭蛋孵出小鸭子吗？他嘴碎，却也十分好心，他说，现在硬要做倒也可以，前提是你们以前冻过卵。

　　这不废话吗？知道提前冻卵，还不当时就做了试管手术？但一个质问女人的价值是不是就是生孩子的璟然，大概率连冻卵也不会配合。他和璟然带着各自的经历走近、融合，如同两条线，他们交汇前的轨迹对对方来说，其实都是虚线，只看见个隐约的影子。并行后的他们看似朝着一个方向延伸，但也只看出大致的去向，那就是一起老去。他们注定没有自己的孩子，但万风和看不出这事对璟然有多大的打击。她流过几次泪，正值万风和的助理需要换人，她亲自面试定下一个，那姑娘细腰宽臀，是个善生育的，可万风和一票否决了。看着他不容置疑的样子，璟然捂嘴偷笑。万风和说，你这是马后炮。

　　璟然说，什么炮不炮的，多难听。

　　万风和说，我的意思是，我也老了，是空包弹。

　　他岂能不明白，璟然这也是在试探？假如他真有这个心，何必要弄个女的腻在身边？这世界上，他的视野里，年轻的女人太多了呀，他的朋友们，不少都弄了这一出。他一个学生事业做得很大，另养了三房女人，各生了一个儿子，这学生来看老师，喝多了，把手机里的女人一房一房地刷给老师看，像在展示蜂房。万风和眯着眼，连声称赞，像个做爷爷的样子。老实说，心里也羡慕的，嘴里却批评学生，说你这有点过分了，弄不好要出事。这学生辩解道，大老婆只生了个女儿，当年还在事业单位上班，也是没办法，只能绝处逢生，另辟蹊径。他哈哈一笑，一副大包大揽的样子。万风和羡慕人家家外有家，只能暗叹自己弄不动了。

万风和多了空闲，开始正经地读书了。这些年他一直快马加鞭，疲于奔命，有很多问题从脑子里一掠而过，他从没有追着想，现在呢，想得多了。金圣叹点评《水浒传》里的一段话吓了他一跳：人生三十而未娶，不应更娶；四十而未仕，不应更仕；五十不应为家，六十不应出游。何以言之？用违其时，事易尽也。万风和怀疑最后这句"事易尽也"应该是"事已尽也"，印错了。二十岁还没结婚就别结了，四十岁还没当上官也就别当了，这说的就是什么年纪做什么事，错过了只能罢了。

季节过去了。大自然的四季过去了还会轮回，人生的季节过去了却是一去不返了。

英雄气短呀。万风和真的经常感到气短。从外貌上看，他依然挺拔干练，但其实头发已开始要染。上楼下楼全乘电梯，不能爬楼。有个词叫什么的？马上风，弄个年轻女人，说不定儿子没弄出来，倒把自己的命弄丢了。从这时开始，他明确了自己已是一条虚线，看似有趋势，其实通往虚无。他不能理解璟然对公司的事怎么就还有那么大的热情，他自己反正懒得多管了。楼盘第一期售罄，公司财务状况良好，钱确实在滚，雪球般越滚越大，他拥有的数字无疑算是增加了一个零。他搞企业做生意，当然要挣钱。钱是从哪里来的呢？当然是挣来的，但最根本的还是因为有人在发钱。父亲在世时曾告诉万风和，他爷爷在镇上开着一家饭店，那时候各方拉锯，鬼子、和平军、国军、新四军，各方面都印自己的钞票。世界在发展，快马加鞭，放水，以前还要印钞票，现在不需要了，电脑前敲进几个零就行了。那人万一喝大了，手一抖，完了，水漫金山了，他万风和殚精竭虑、挖空心思挣来的数字，后面的那个零就等于飞了。灰飞烟灭。

万风和惊出一身冷汗。半夜醒来，把璟然摇醒了。璟然睡眼惺忪地抱怨他没事找事瞎想。哪有这么简单啊，还键盘一敲就放水，他键盘上接的不是电线是水管啊？她说，货币也需要锚定实际资产你不懂吗？管不了的事情你就别管，他敲一个零，你更努力地挣，争取自己敲上两个零，这才是唯一的办法哩。

万风和这才发现自己刚才是半梦半醒。他承认她说得对。身边的这个女人，蕴藏着不可想象的精力，万风和跟不上了。他问，我们能花多少钱呢？为什么停不下来？

璟然奇道，钱还会花不完？你给我五个亿，我天亮前就能花光。

万风和道，你在强辩。

不是强辩，璟然道，那么多美好的事物，那么多美丽的景色，要享受要领略，每一步每一桩都需要钱——告诉你，我想你带我出去旅游，第二期开建前，我要你带我去欧洲。

万风和摇头道，你去过多少次了？非洲你都去过两回了。要去你去，我休息。

璟然说，我法语西班牙语都可以对付了，我给你当翻译。

万风和还是摇头。他不但步伐跟不上身边的这个女人，脑子也跟不上了。

40

如果当年璟然收到万风和的情书后，也回赠了爱意，他们会怎样？他们一路走来又会如何？

万凤和知道，这样的假设毫无意义。历史可以反刍，但不可以修改。"如果"这两个字，只能存在于文学作品中，现实不容纳如果。李璟然就是她自己，你不能把她假设成另外一个人。杜衡也是这样，她也不接受假设。

璟然有什么不般配的吗？没有的，除了没有生一个孩子，一切堪称完满。两个对的人，可能只是没有在最对的时间走到一起。

不由又想起了杜衡。那是他的初婚。很多人，男人女人，对自己的第一段婚姻不满意，觉得自己亏了，对方配不上自己。但其实，在那个时间点，你们其实是般配的，各方面都般配，当时你就只值那个价——这是商人的说法，依长辈说，一切都是缘分。事实上，后来的不般配，是因为时间。

万凤和花了十几年牵挂着年轻时的梦中人，最后却发现，那不是他想象中的璟然。

昨天越来越多，明天越来越少。

只是觉得对不起天上的父母。他心里藏了鬼。他越来越相信人有灵魂，为了哄着在天上的父母，杜松的事他不敢多想，深想，万一父母感应到了呢？在家乡建个房子的念头更淡了。无意义。堂姐来电话告诉他，学校的房子要拆了，他让堂姐看上什么有用就随便挑。他抽空回去，带回了父母亲的一些衣物，做个念想；父亲的字画他全部带回了南京，插在两个大插瓶里。他让助理从网上定制了一个箱子，把父母的衣物一件件叠好，摆进去。他自己不弄书法，父亲书桌上的那些物件只能洗干净了也收进去。还有一些是他小时候的东西，都装在一个包里带来了，他一件一件地拿起来，端详着：作业本，纸质粗劣，字迹稚嫩，最早的一本数学作业本，3被写成"ε"，母亲在耳边说，3是右边的耳朵，你写成左边的啦！

一只银项圈,是弟弟小时候戴的,下次见面要还给弟弟。万风和想起,还有一只银脚镯,上面有个铃铛,他小时候戴在脚脖子上。杜松一两岁时也戴过,后来就摆在保险柜里了。保险柜!他很久很久没打开那个保险柜了。那脚镯走起路来叮当作响,说是这样小孩子就不会走丢。保险柜里还摆着一张亲子鉴定书。那银铃躺在黑暗里,没有一丝动静,喑哑多年了。

保险柜的钥匙就在床头柜抽屉里,璟然从没有动过,也不问。保险柜的密码,万风和一时居然想不起来了。这不是失忆,是淡忘。他也不去想了,闷闷不乐地去公司上班。

天色阴沉,即使把窗帘全部打开,办公室里依然晦暗。打开灯,亮倒是亮了,但仿佛来到了夜晚。空气潮湿,万风和看见一只黑色的鸟在窗前飞旋、升降,怎么也不走,最后竟趴到了他的窗户上,像在窥探,原来是一只黑色塑料袋贴在玻璃上。他看不见风,只看见塑料袋在颤抖。这是暴风雨的前奏。万风和俯瞰着窗下的沙盘似的街道,突然想起了他施工中的楼盘,急忙给施工方打了个电话。璟然去欧洲了,临走前反复提醒他不要总当甩手掌柜,可他还是好几天都没有到工地去。万风和严令立即停工,等天气好了再说。

放下电话,万风和觉得很累。他颓然坐到椅子上。眼前的一切似乎都在移动。办公室空间很大,但这空间在摇晃中扭曲着。他的楼盘,其实不就是在卖空间吗?从政府那里买来朝天空发展的权利,分割成一套一套的空间零卖,钢筋水泥砖头,包括建筑技术,不过是撑起空间的工具。说破了,真是很有意思。

风很大。窗外传来了呜呜的尖啸。他的脑子还有点晕。风雨中的写字楼其实安如泰山,是万风和自己脚步发虚。突然一声巨响,万凤和吓了一跳,四顾张望,原来是写字台上那块城砖倒了下来。红木架子断了一条腿,桌面被砸出了一个很大的凹坑。抢前一看,城砖倒还完好,只有几块细屑脱落下来,洒落在桌上。

风雨如晦。似乎所有的门窗都在颤动,没有人在意这一声巨响。万凤和环顾四周,打算把城砖搬到墙角。他觉得自己可以。试了试,确实搬得动。这城砖从那个民国建筑工地搬来时要人帮忙,那是因为上面满是泥土和苔藓,滑,现在是干净的,他应该没问题,祖宗留下的指痕还正好抓手。他双手把稳了,一使劲,砖头离位了。

刚一移动脚步,突然一阵心慌,眼前黑了,像停了电。他使出最后一丝力气,慢慢弯腰,把城砖就地放下去——不能砸脚!城砖触地的一刹那,他自己也倒到了地上……

像一个梦。短暂的梦。彻底的黑暗。梦方觉,眼前渐渐亮了,几个模糊的人影逐渐清晰。不自觉地聚焦,万凤和的视线落在一个挺拔的身影上。是杜松。

万凤和咧嘴,这是笑的表示。爸,你没事了,杜松俯下身子问,老爸,你为啥要自己搬那块砖头啊?招呼一声不就行啦?万凤和苦笑。杜松说,璟然阿姨已经知道了,她说尽快赶回来。要不要喊我妈过来?万凤和闭上眼睛摇了摇头。他看见了杜松嘴边的胡子,还软,但终究是个长胡子的男人了。他同时也看见杜松脸上流露出的一丝失望。

不知不觉又睡过去了。病房很安静,安静得能听见自己的血流声。似乎有蝉鸣,悠远而亲切,平滑得没有一丝间断和皱褶。他的呼吸舒缓而轻松,这是因为平躺着没有动作,也因为药物。睡梦中,他又看见了自己的五脏六腑,它们安详地分布在他身体里,默默地各尽其职。一枚心脏悬挂着，有节律地搏动，它看上去是那么的大，鲜红，布满了紫红的血管。它悬置在虚空里，黑沉沉的虚空的背景。突然，黑暗的天幕边缘似乎亮了一下，倏忽即逝，如天边的闪电，却没有声音。万凤和一哆嗦，醒了。

是手机把他惊醒了，他不想睁眼。杜松把手机递来。璟然的声音传了过来。她的声音很清晰，透着焦急。万凤和定定神，告诉她没大事，让她不要太赶。放下手机他才彻底走出梦境，可以确认的是，他这次没有失忆，也没有在失忆的恍惚中给她打过电话。她现在是自己的妻子，她很快会从国外回来。

这一次万凤和只在医院住了五天。第二天傍晚弟弟就从北京过来了，第三天，璟然也到了。毕竟远隔万里。出院报告大家都看了，也不瞒着万凤和。情况其实是意料之中的：他的心脏肥大，心力衰竭。应付日常生活尚没有问题，但要根治却只有一个办法：

心脏移植。

其他人都面色凝重，倒是万凤和表情平静。那医生是个四十多岁的中年男人，很壮实，他表情最轻松。他介绍了日常的服药和注意事项，笑着说，万总这身体，老实说，走在街上，面对面我都看不出有什么问题，你扛得住。他们脸上都露出疑问，弟弟问，扛得住？你是说扛得住手术？医生说，对呀，也扛得住再等等，按医嘱保养就没有多大问题。璟然问，那什么时候才能等到心脏呢？医生沉吟着，这个问题他似乎不好回答。万凤和说，不是说了吗，我扛得住等。医生说，我说真话吧，可能很快就有，也可能一直——嗯——所以说保养和服药很重要。你们要做到的就是这个。

一阵沉默。杜松突然说，我想问一句，那个心脏从哪里来呢？万凤和看了他一眼，觉得这个问题有点孩子气，人心不就是人身上来的吗？这还要问吗？医生恐怕都不去关心这个问题，他们只管装上去。那医生的回答果然很简洁，说来自捐赠。这个回答本来极好，可他毕竟年轻，还是多说了一句，不管那是个什么人，是什么原因死亡，他都必须明确表示过捐赠意愿。这一点是肯定的。

杜松点了点头，说，这些捐赠者真的很了不起。

医生看看他说，这样的人很难得。不知怎么的，他打开了话匣子，他说我让你们耐心等，注意保养，是因为很多情况下，有的病人就一直在等，一直等到……他收住了后面的"死"字。气氛有点压抑。他瞅一眼万风和，见他并无大惊失色死到临头的恐慌，这才放了心，笑道，其实器官难得我不说你们也知道的，去年的数据是，我国有三十多万病人在等待器官，其中只有少部分人得到了救治。我们中国人啊，有很多讲究的，身体发肤，受之父母，不敢毁伤，就是一个。

万风和点头不语。他知道还有句话是"死要全尸"，这个他明白。他的表情是坦然的，但杜松忐忑不安的样子却隐藏不住。医生说，不过这些年社会进步了，自从2010年我国启动公民逝世后器官捐献试点工作以后，人心也有了变化，迄今已经有4.6万人得到了拯救。万总你有希望。

杜松脸上松弛了一些，他心里还有问题要问，但他看看父亲，不敢冒失。万风和微笑着问医生道，等到器官还只是第一步吧？基因配对不配对是不是也有讲究？——说到这里，他的心刺痛了一下，看看杜松，忍住，询问地看着医生。

医生笑道，这个你也想知道？见万风和点头，医生皱着眉头思忖一下道，简单说吧，并不是你们通常想的那种基因配对，比那个复杂。有三个方面：我们要在供体和受体之间进行血型、HLA（人类白细胞抗原）基因以及 HLA 交叉配型。第一就是血型要相符，A 型配 A 型、O 型配 O 型、B 型配 B 型，AB 型配 AB 型。

杜松道，就是要血型一样。

那也不是，医生说，我说的是血型相符，不是相同。既包括上面说的血型相同，也包括血型相合，什么叫相合？就是 A 型和 B 型血患者可以接受 O 型、A 型或 B 型血的供体，AB 型血患者可以接受所有血型的供体，而 O 型血患者只能用 O 型的供体，总而言之，器官移植，在血型上要符合输血原则。

杜松听得很认真，万凤和有点迷糊。医生谈到专业就有点兴奋，接着说，如果血型不相符，大概率会出现排异，导致器官移植失败——这是血型。还有第二，是 HLA 型基因匹配，我们需要对供体和受体的人类白细胞抗原进行检测，供者和受者 HLA 相容性越高，排斥反应发生率就越低，移植成功率和器官存活率也就越高。医生拉过桌上的纸，提笔写下了"HLA"三个字母，说，这指的就是人类白细胞抗原的基因编码。第三，还要做淋巴细胞交叉配型，我们会以供者和受者的淋巴细胞互为反应细胞，培养两组混合淋巴细胞，如果任何一组反应过于强烈，那就表明供者的选择不合适。

医生朝他们扫视一眼，说，有点复杂，是不是？

杜松和璟然都点头。万凤和说，也不复杂，就是说即使等到了心脏，也不见得就合适。心里想的是：看来我怎么都绕不开基因！但他的脸上保持着微笑。

医生赞道，万总你确实不是一般人，厉害！老实说，一般人不会问得这么细，我也不会说这么多。我说这些倒不是卖弄，我是觉得对你这样人，与其遮遮掩掩，还不如坦率一点好。

第五章

璟然显然很紧张，她脸色苍白，一直不敢插话。医生说，其实，在各类器官移植中，肝脏、肾脏的匹配都没有那么严格，角膜几乎就不需要配型，而心脏的匹配是最严苛的。不等他详细解释，万风和已经笑了起来，说，这个我懂，我没有第二次机会。

医生一愣，笑道，你也可以这样理解嘛，给你提供的心脏，已经经过了最严格的筛选，你更可以放心——良好的心态，是手术成功的坚实基础。万总你没问题，合格！

万风和呵呵笑道，既然能不能等到心脏，要等多久，等到了能不能配型成功，我都不能决定，那我本来就只剩下个"等"字，就按你说的，好好保养，等着呗。

璟然悄悄捏住了万风和的手。杜松敬佩地看着父亲。医生说，器官移植技术已经很成熟了，但是据说，我是说据说啊，今后可以用3D（三维）打印技术制造人体器官，听说国外已经开始临床试验了。真到了那一天，很多难题就迎刃而解了。

杜松说，那不是一道曙光吗？

万风和笑道，那还不如索性打印复制出我这个人哩！璟然使劲捏了捏他的手指。万风和说，可那太远了，我等不上了。

医生说，你肯定不需要等那么久。

出院时万风和感觉不错，比搬砖摔倒前似乎还要好些。为了表示自己状态良好，他故意大步流星走在最前面。药拿了一大包，杜松拎着。弟弟和璟然跟在后面。坐进车里，万风和突然想：这三个人，应该是我最亲的人了，可却只有弟弟是真正的血亲。他大学读的是俄语，ABC只是个"二外"，没有想到，二十六个字母里还是冒出三个字母来纠缠他，DNA，他简直有点哭笑不得。

弟弟临走前，万风和邀弟弟去他办公室，看看那块压垮他的城砖。

红木架子不知被谁换过了,原样,但比以前的更粗大结实些,还是摆在桌上。桌子也换了一张新的。那几片苔藓被贴回到砖上,还浇了水。苔藓泛绿,恢复了一丝生机。他如数家珍,指点着砖头,介绍它的奇特来历。弟弟显得很有兴趣,他伸出手指在那个指印上按了按,回头问,你以前说要在老家起房子的,现在怎么考虑?万风和说等等吧,等我养好了再说。弟弟说,我也想回去起。起个联排吧,或者独立,并排就可以。万风和点头,他差一点就说出奠基石现成这句话,手已经指着砖头,还是没有说。他不想说得这么具体,这么明确。他拿出那个银项圈,用力一拉,拉到最大,往弟弟头上一套道,你小时候的东西,还给你。弟弟笑着戳戳万风和的胸口说,哥,这个,省着用。我也注意听着消息。

弟弟回北京去了。此后的日子,按万风和自己的说法,是顺其自然,其实更多的是不得不然。杜松来得勤了,经常帮他去取药。研究生阶段,他不必整天待在学校。璟然大概很满意这样的局面,房地产那边,实在是够她操心的了。

万风和想让杜松来公司实习,但这个问题太过敏感,他没有说,希望有一天璟然会主动提。不过璟然顾不上这些。有一回万风和不在,杜松跟璟然说,我老爸怎么会得这个病呢,还要换心。璟然一时还不懂他什么意思,以为他是在抱怨自己照顾不周。杜松没有注意她的脸色,继续说,如果是换肾就好了,换肝也行呀,亲子间最好配型的。我这身体,切点肝马上就能长出来,我一个肾肯定也足够了!

璟然把这话告诉了万风和。万风和浑身一震,半晌说不出话来。他抬起头说,让他来公司帮忙吧,好吗?实习。璟然问,做什么？哪个部门？万风和说，随你安排。

杜松被安排在文化公司的总编办。璟然没有安排他去房地产那边，她说杜松还嫩，适当的时候会让他介入。万风和觉得这并无不当。璟然当着万风和的面对杜松说，你是在实习。好好学，好好表现。没有人会包庇你。万风和郑重地道，不要以为你是什么人的儿子。公司里没有父亲，也没有什么儿子，你就是一个实习生。

杜松红着脸点头。

杜松在总编办有一个好处，那就是离得近，一喊就到。他很自觉，除了跟父亲的身体直接相关的事情，取药、陪同去医院之类，他并不经常来万风和办公室，也不主动提及母亲。偶尔说起妈妈的事，说几句，见万风和不接话，就很知趣地把话岔开去。看得出，他对父亲的病情很上心，他关注着父亲的身体状况，问过好几次，什么时候能有"心源"。这个问题，璟然和万风和也无法回答，只有老天才知道。他们保持着与医院和红十字会的联系，能做的也只有这些了。万风和故作轻松地说，没问题，我等得起。其实，一切还要看天意。没有天意成全，任何等待、努力，都是空的。说着说着，心里还真的豁达起来，他说，就是等到了，装进去了，就算一切顺利，最后还不是都要停跳吗？

呸呸！璟然狠狠地瞪他一眼道，你胡说什么？！

万风和说，我是说最后，最后就是还有许多年。不过停跳是必然的，老天不提供永动机。

璟然没吱声。杜松的神情黯淡下来，淡淡的悲戚。他说，可是老爸，我还是希望我们能早一点等到心源。他还要说什么，万风和摆摆手阻止了他。

怎么会不期待呢？怎么能不期待呢？人如果衰老而死，就像一根蜡烛，慢慢缩短，燃尽了，火苗暗淡着悄然熄灭，这就是油尽灯枯，得了天年。可蜡烛若是只燃了半段，陡然吹来一阵风，倏然而灭，谁都无法接受。他现在就是一根半截蜡烛，不知什么时候，阴风骤起，他就会熄灭。

那颗等待中的心脏此时不知在哪里，可以确定的是，它一定正在某个身体里活跃地跳动着，泵出血液，驱动着身躯，那个身躯做着他们看不见的动作……奔跑、劳作、阅读、睡眠或者做爱。他可能在追寻着什么，又可能正在完成着什么，也可能在破坏着什么。那个人可能在喜悦中，在伤心处。

万风和时刻都在等待着。他制止杜松再说下去，是因为再说就抵达了真相：每个人都只有一颗心脏，他的等待对自己而言是求生，但其实是等待有人死。

那是一个有神性的好人。

他不知道那个人在哪里，姓甚名谁。

第六章

41

归霞的丈夫周雨田教授兼大律师忙得很欢实。他吃得下，喝得进，妙的是还吐得出。睡眠也好得很，喝了酒尤其睡得香。鼾声如雷的丈夫知道妻子失眠，却很难感同身受，更不知道归霞最大的痛苦还不是睡不着，而是睡不着身边却躺了个睡得像猪的丈夫。

他实在是太忙了。从早先的火车、长途汽车，到现在的高铁，他一年有多少时间脚不沾地、坐在四个甚至更多的轮子撑起的那块板上，根本无法计算。超过一千公里的地方他选择坐飞机，那更是一种云里雾里的乾坤大挪移。

周大律师善于根据时代潮流调整航向，把握机会。企业改革时他主打产权和股权；房地产起来了，官司更多，拆迁安置、土地权属、楼盘配套，哪怕是容积率小小地调整一下小数点后面的数字，都有关节，都有诀窍，他简直分身乏术。经济发展是硬道理，他这是跟着经济走，说到底是跟着钱走，但最早呢，经济官司还不多的时候，他也曾挺身而出，为侵华日军慰安妇起诉、索赔。幸存的慰安妇逐渐凋零了，最后一个也去世了，但周教授的气节和水平至今还有人提起。这是他事业的起点，声誉的基石，这才是他无形的第一桶金。虽说人都是趋利的，但真正有眼光的人并不只盯着现金或数字。那些只盯着所谓真金白银的家伙，基本都垮了，或者不知所踪了，难道不是吗？他对学生不错，即使说不上倾囊相授，但也并不深藏若虚，他不是个只会在字面法条上弄嘴的教授。

周教授不喜欢装神弄鬼，自己经手的案子，他结合教材基本上是和盘托出——撇除最暗黑的部分和不足为外人道的实例。社会的复杂要让学生们自己去体验，自己去闯，吓着他们可不好；自己的事情他从来不说，这涉及个人隐私，个人隐私保护的范围当然也包括他自己。

周教授的课很受欢迎。但实际上，因为经常出庭，他实在是怕说话。他不喜欢上课。他跟学院商量，能不上就不上。一个专注于实务而课少的教师，却反而能得到学生们的欢迎，这看似奇怪，其实也有道理。他不端架子，不装大尾巴狼，课间时，与同学谈得热络，还彼此递烟。从前的公共场所不禁烟，但学生一般不敢当着老师的面抽烟，可周老师接过学生的烟说，你这个不行，抽我的！男生们差不多跟他称兄道弟了，倒是研究生还稍微收敛一点。女生他绝对不沾惹。他一个搞法律的，拎得清。他说，你们现在是学生，我们是师生关系，但你们下午拿到文凭，毕业照一拍，咔嚓，你就不是学生了，我们就是校友了，那就百无禁忌。他这当然主要是针对女生。

他的律所不断发展，一届一届的学生就是他源源不断的人才库。学生们是他关系网的结点，也是他信息网的源点。事业在发展，分所已开到了外省，永远需要人才，学校就是他的田。虽然他不喜欢上课，但真的不上课，他还舍不得哩。

对学生课堂以外的事他也不吝赐教。所谓课堂以外，当然也包括床上的事。年轻人嘛，难免的。都不干这个事，人类岂不要灭绝？有个学生不学好，跟个女网友搭上了，先喝酒后开房，一夜缠绵，好不快活。不想出事了，第二天这学生先走，那个网友还睡着。他没到学校，手机就打来了，女网友义正词严，说他强奸，赶紧拿钱，不然就去告他。这学生慌了阵脚，他是学法律的，知道这个强不强的，有理也难说得清。那天周教授的第一节课，这学生心神不定，如坐针毡，时不时地跑出去接手机。课一下，他跑过来了，支支吾吾几句话倒也把事情说清了，毕竟是学法律的嘛。他满头大汗，恐怕比垫上运动时出汗还多。周教授问，她主动你主动？学生老实说，你情我愿，我还是主动一点儿。周教授问，她要多少？学生说，两万。周教授问，强奸罪起刑几年？那学生吓得一哆嗦说，三年。周教授说，你有多少钱？学生苦着脸说，我只能拿出两千。

周教授略一沉吟，又问，她给你的最后期限是——学生说，中午十二点，不给钱就报案。周教授抬腕指指手表说，时间，时间比较紧。学生结结巴巴地说，我知道我知道。周教授瞪他一眼，斥道，我说的是没几分钟就要上课了——你保证不是强迫？学生点头如鸡啄米。周教授道，你会手机汇钱吗？学生说，会，会，可我没她账号，钱也不够啊，说时可怜巴巴地看着老师。周教授道，第一，下一节课你不许请假，认真听课；第二，马上问她要账号，她会给你的；第三，汇两千块过去，什么都不要说，一个字都别发。学生眨巴着眼睛说，这行吗？周教授整整衣服，走向教室，朝身后撂下一句话：第四，汲取教训。

周教授正常上课，那学生手忙脚乱地捣鼓着手机。下了课，他提前绕到教学楼外面，等在路边。周教授不等他再求教，直接说，你再熬两节课，到十二点，她没告你就是没事了。学生说，才两千

万川归

啊,她要两万哩!周教授说,她收了两千,那就是嫖娼;她一分不要,才能告你强奸。学生听懂了,急道,她要是不取钱怎么办?周教授道,你脑子还没吓傻,还知道她不取钱证据链就不闭合,他笑道,那就看你的运气了。

这时候学生的手机响了。他看一眼,脸色变了,是她。周教授用眼神制止他接电话,安慰道,所谓嫖娼,我当然知道是子虚乌有。他抬起手指摇了摇,往地上一点,意思是到此为止,转身就走了。事实上,这学生玩过了头,运气不好遇上这么个女的;可他运气又没坏到底,这女人缺钱,也缺脑子,钱她马上就取走了。过了十二点,她终于打通了这学生的手机,大骂钱不够,还是要去报警。这学生笑嘻嘻地说,我们说好了一夜两千的。你想告就去告,没人拦着你。说着说着还来了气,大声说,我可以告你敲诈勒索,我录音了,你不要搞错,我可是搞法律的!

他差点就要说出他还有个法律顾问,教授级的。至于录音,他是真的录了。这段录音他反复听了好几遍,从中理出了好几个知识点。关于强奸、嫖娼和敲诈勒索的法律要件,从此刻骨铭心,滚瓜烂熟。司法考试他刚刚过线两分,如果不是这件事,他还未必就能一次通过。

这个学生叫陆秋实。经过这次教训,他此后的路就走得十分稳健。对周雨田老师,也打心眼里多了感激和佩服。毕业后他拿到律师证却没有搞法律,到基层当了公务员,周雨田到他那里去的时候,他已经是一个地级市的开发区主任。他拉了一帮地方的头面人物来陪老师,席间大夸老师学术精湛、爱徒如子,还大声宣布,我就是喜欢周教授这样的老师,法律课,不当律师不搞实务的老师就是空吹牛皮。

周雨田在当地的项目也是陆秋实介绍安排的，来过几次，每次都招待得很好，可以说尽善尽美尽兴。可项目完成后，费用的事却留了个尾巴：地方经费不够，暂时给不出钱。这钱说多不多，说少却也不少。周雨田不太开心，推杯换盏间，脸上流露出不快来。陆秋实看在眼里，趁上厕所的机会跟出去，提议说，这钱要是拖着，那就猴年马月了，他说，老师你拿套房子吧。周雨田一怔，说，你这鬼地方，我怎么会来住？我要房子干什么？陆秋实说，房子总还是个东西，手续我们来办。他脸上流露出为难说，到时候我不知道还管不管这一块哩。

周雨田未置可否。晚饭后又去唱歌，然后洗澡。唱歌陆秋实陪着，洗澡他就先告辞了。对此周雨田很理解，猜想还是当年的那件事留了阴影，陆秋实对一切灰色地带都保持着警惕，周雨田觉得这挺好，自己当年对他的指导算是没有白费。回南京后他把这事丢在了一边，陆秋实也没有再来问。突然有一天，他接到了那个市政府打来的电话，说陆秋实同志已经去世了，他最后留了话，说他老师如果要房子，我们必须把手续办好。

周雨田放下手机，好半天回不过神来。细想一下也就明白了，陆秋实不肯去洗澡，是因为身体吃不消，更是因为他做化疗戴了假发，可恨自己见面时还跟他开玩笑，说他头发好，那么浓密，不白不掉。陆秋实笑眯眯地没接话茬，他说，到时候我还不知道管不管这一块，也是话里有因。唉。

据他所知，陆秋实是他第二个去世的学生。第一个是车祸。周雨田心中郁郁，打电话给那边市政府，房子他要了。

他还从没有想过，会在南京以外有一套房子。这是个意外事件，虽是他的正当收入，却也离不开他学生的临终相助。

周雨田的学生，尤其是早几届的，现在都管了用，但出事的也不少。其他专业的老师拿法学院的人开玩笑，说他们的学生一半"进去"了，还有一半在外面物色下一个抓谁。怕人不懂，那人还解释，就是一半被判了，另一半在判人。这人很刻薄，嘴臭，周雨田十分讨厌他，偶尔遇到却也笑脸相迎，因为得罪不起。刻薄人不能得罪。有个说法，叫刀子嘴豆腐心，其实刀子嘴就一定是刀子心，因为他不怕伤人。做人很难哩。这么多年，周雨田算是活明白了，即使亲如夫妻，又如何？男人闲着，女人会嫌弃他没出息；男人忙，又会怪他不着家；没人请吃饭老婆瞧不起，老不回家吃饭女人又要抱怨。男人很难哩。

学校和事务所的事，周雨田不怎么回家说。一说，话就多。归霞早先也问的，见他不喜欢说，也就不问了。这很好。

他们一个忙碌，一个清闲；一个在市场经济里扑腾，一个安享体制红利——这正是他们原先的规划。这是共识。周雨田忙得苦不堪言，却也见了世面，显了身手，开了眼界，他兴致勃勃。他在外面的生活，是归霞不可想象的。红颜易老，时光如水，她无法回头，似乎也没有理由要回头，她只能遥望来路，却发现回忆越积越多，越来越沉。第一次发现自己的白发，归霞大呼小叫地喊周雨田来看，像发现了虱子。周雨田笑着说，拔呀，女人头发长，好拔。后来白发更多了，不但是耳边，连头顶都像冒出了杂草，她哭了。周雨田瞅了一眼说，染啊。归霞说，我本来不就染了吗？周雨田说，再染，染一回管半年。你看，我不白，但是谢顶啊，我洗澡掉头发，一掉一大把，不告诉你罢了。这是自然规律——丑妻家中宝！

这话并没有给归霞带来什么安慰。她不喜欢吵架，否则因了这个"丑"字又能大吵一场。归霞请教美发师傅,挑了一款专给发根补色的染发膏,从此把染发当成了一种日常装扮。人的脚步太慢了,时间却很快,撕扯间人生就露出了破绽。染发并不能对抗时间,但可以修补时间撕开的破洞。她突然理解那些拉皮的女人了,虽然她不会去做,她怕疼。

人到中年,哪家不是这样。人生不就是这样吗?

42

归霞从调研咨询中心调到了综合服务中心。这不是工作需要,老实说,其实是工作的不需要。咨询中心和服务中心,虽说都是"中心",但汉语精妙绝伦,叫什么中心的,常常倒是边缘部门。这两个"中心"还又有一点分别,那就是,所谓综合服务中心,事实上更加边缘。老资格的、有背景的,直说就是干不了什么事或者什么也不想干的,最后就在综合服务中心落脚,等待退休;还有人宣称生了病,一个蛙跳直接就跳到了完全不上班的美好生活里。归霞因为有职称,按惯例被定为四级职员。这已是相当于副处级的职位了,待遇很好。归霞还有机会拿到三级。

唯一遗憾的是"职员"这个职务很不好称呼,总不能称"某四级""某三级",太怪异了,好在这个中心历史悠久,早已解决了这个难题,不管三级四级,都称"某处"。争取三级,是个各显神通的事儿,目前还是未定之数,但归霞被称为"归处",却觉得非常刺耳。时间长了,还是不怎么习惯。她想,我还是高级工程师哩,就不能换个称呼?她闲来无事,拿支笔在纸上乱画。归处——她心中悚然一惊:

归处，这说的是人生的归处吗？！

她陡然想起，以前的保姆叫齐红艳的，曾说他们家从吃下去的东西到拉出来擦屁股的卫生纸，全发，全包。现在连"归处"都发给你了。归霞哭笑不得地接受了这个称呼。

她的睡眠一直不好。思诺思也不怎么管用。经常做梦，过往的生活经常在梦里偷袭，记得有一次，她在梦中看见丁恩川站在模型上撒尿，她转过脸假装看不见，却突然憋醒了，赶紧爬起来去了趟厕所。更多的梦也都不怎么安详，她被吓醒，看着身边呼呼大睡的周雨田，也不好搞醒他。

一个人的噩梦，可能正是另一个人的酣睡，他们常常是这样。第二天她想说夜里梦见了什么，却怎么也想不起来了。

入睡总是很困难。躺在床上看看书，曾经有效，她看了不少名人传记，尤其是名女人的传记，她们就像一个个渺远的梦，可最近，她们的星光却反而难以让她入梦。她一直喜欢轻音乐，有助于休闲放松，也许是年龄大了，她渐渐对民乐情有独钟，江南丝竹，笙箫管笛，各种乐器渐次加入，呼朋唤友似的，在耳机里婉转着，如枕边絮语，有助于入眠。但是现在，这一招也不管用了，任何声音都令她烦躁。于是就数羊，简单又静默，但数着数着就变成了跑马。一群骏马在旷野上奔驰，身姿矫健，蹄声杂沓；也不跑远，总在兜着大圈子，数也数不清楚。脑科医院她再也没有去过，但那三个问题却总忘不掉，在脑子里跑马一样兜圈子。第二个问题是：你是不是经常出门后觉得家里门没关好？她这会儿就在家里，在床上，这个问题不是问题。但另外两个问题特别喜欢在夜里纠缠她：是不是怀疑配偶在背叛你？是不是老觉得要出事？这很要命，她没有答案。断然否定并不能让她入睡，却又不能去问周雨田——他要么是还没有回家,要么就已是鼾声连天。实在忍不住,推醒他,他的回答一般是三个字:神经病。或者是四个字:没事找事。

归霞轻手轻脚,披衣下床。新月如眉,夜色如水。

月光似乎很亮,但月光下的一切都没有颜色,没有细部,她只能看见景物灰色的轮廓。圆圆的月亮下,树梢在轻轻晃动,树里藏着一盏路灯,也是圆的,被遮挡了,树叶倒透出暗淡的绿色来。她突然觉得有点头晕,地面似乎轻轻晃动了几下。她没有在意,第二天她才知道那是一次地震,三级,她当时不知怎么的,突然想起了地球的结构:地壳、地幔、地核什么的。这是丁恩川喝酒时说的。

归霞也学过地质学的,第一章就是地球的结构。她还知道月球的奇妙哩。闲来无事,她上网,看到哪儿算哪儿。具体数据她不记得了,总之,月球有两点不可解,一是根据万有引力定律能精确计算出月球的质量,但按照这个质量,它不该有这么大,唯一的解释是,它中间是空的,它里面有一个巨大的空间。有人说,月球其实是外星人的作品,里面就是他们的基地——这个,归霞不信。另一个就是所谓的"潮汐锁定",这名词她记得很清楚,说的是月球绕着地球转,但它永远只把正面对着地球,背面你永远看不见。也许有航天员看见了,可他们回到地球什么也不肯说。

她的身边人,周雨田,是不是也只能看见正面呢?她自己,又有没有背面呢?

月兔,桂花树。归霞就是属兔子的,抬眼看去,并不觉得有丝毫亲切感。她只觉得身上冷。月光看似明亮,但它很冷。永远比周围的空气还要冷。你被光照着,但是更冷。归霞裹了裹身上的衣服,回去了。

周雨田睡得很香。她细微的动静让他的鼾声略一停顿,又另起章节了。房间很暖和,她的皮肤很凉,比被褥都凉。她忍不住往周雨田身边靠近些。

月光被挡在窗外。

那夜的小地震,除了增加第二天的谈资,对生活毫无影响。归霞的岗位调整对她也没有多大影响。千里之外的丁恩川又渐渐淡出了归霞的脑际。逝者如斯,水也不能倒流,丁恩川一直生活在遥远的上游,况且,他还在黄河流域,跟这里的长江流域不是一个水系。但有消息隐约传来,说丁恩川调动工作了,他从西北院调到了华东院。华东院虽不在南京,但到南京也只要坐一个小时的高铁,看似很近,但其实相距遥远——如果你不想去,咫尺也是天涯。母校难道不更近吗?夸张一点说,也就一箭之遥,可毕业后归霞几乎没有再进去过。不是一个行当。她简直没有行当,生旦净末丑,她只是个拉大幕的。她没觉得丁恩川的调动跟自己有什么关系,倏忽间,还有些窃喜,一块石头落了地的感觉:你终于孔雀东南飞了,你终于吃不消那边的苦了!

那时,手机的微信已经普及,人人都在玩。她上班也玩,购可有可无的物件,又莫名其妙地退货,常常只不过是同事说她的价格贵了。说来也巧,那一天,她正好听说丁恩川调到华东院,只是为了一个项目——白鹤滩水电站。这个电站早就开始设计,丁恩川到这个年龄才去加入,肯定要舍弃很多。

他老婆跟去了吗?

归霞读书时成绩不错,有几门功课比丁恩川还好。如果她搞了专业,肯定也不会差的。

自己居然会这么想,归霞脸红了。这个水电站归霞是听说过的,但详情不知。她上网查了一下,知道了白鹤滩水电站位于金沙江,是全球装机容量最大的水电站之一。网上的图片不多,还只能看见大坝的雏形,青山夹峙,碧水如带,点点白鸥翱翔在天。归霞怔怔地看了一会儿,她没看见像白鹤一样的岩石,只看见群山连绵,云雾缭绕。隐约可见遍布峡谷的施工机械,一些人戴着鲜艳的安全帽点缀其间,像碎落的细微花朵。

这些人里面,应该有丁恩川。

办公室的空调开得很足。归霞的顶上就是出风口,不是凉,简直是冷。她推开窗户,留一道缝。窗外的热浪毫不客气地挤了进来,似乎它们自己也怕热。晴空万里,白云袅袅,蝉鸣声吵得人心烦。

左右无事,归霞出了大楼,打算去逛逛街。她很会打算,早就学会了去实体店实地查看,选好衣服款式再在网上买。可刚出大门就觉得不行,好像掉到了火炉里。勉强走了一段,经过她以前待过的咨询中心大楼,一道凉爽宜人的冷空气从大门流了出来。好舒服啊,他们这样的单位从来不缺能源。几个路人站在大门前不走了,享受一会儿是一会儿。这道凉气很金贵,它横亘于酷热的大街上,有一种看不见但所有路人都能觉察的高级。天太热,归霞迟疑一下,回头了。她从这道凉气走回自己大楼的那一道凉气,沿着凉气回到了办公室。

午饭后,她随意刷着手机。朋友圈里很热闹,各种美食,自己吃了,请朋友们用眼睛去吃;各种鸡汤,针对破碎的心灵,十全大补。归霞手指随意地乱滑,突然,她睁大了眼睛。划回去,点开看。

三张图片,一张是蓝天白云,另一张是白云蓝天,还有一张,是蓝天白云下,伸出建筑物的一角,飞檐翘角,斗拱彩绘。

这是丁恩川发的。除了照片，不着一字。这正是丁恩川的风格，话多时滔滔不绝，话少时一言不发。归霞一时想不起什么时候加了他。名字叫"一丁"，归霞都还没有改成实名。但归霞确定，这就是他。而且，这最后一张照片就是母校的老图书馆。他们曾无数次从那飞檐下走过，有鸟儿在斗拱里做了窝，地上总有白色的鸟粪。

显然，丁恩川正在母校。归霞想给他打电话，却发现居然没有他的手机号码。她上网查了一下，很快就看见了丁恩川要作学术报告的预告。

就是今天。下午，母校图书馆。

归霞有点气恼。居然连个招呼也不打，肯定还会不声不响地离开。他如此神出鬼没，她为什么不能神出鬼没一回？下午，两点过后，归霞来到母校，找到了会场。

她是故意过了两点才来的。来早了，碰面的概率太大。报告厅里早已坐满了，归霞正好坐在最后面。报告会规格很高，校长亲自主持。归霞进去时，校长已介绍完毕，丁恩川从第一排走上了讲坛。掌声热烈，归霞也轻轻鼓掌。她心里有点调皮，因为这样的场面在梦中都未曾出现过。

满眼都是脑袋。花白的，乌黑的；谢顶的大多坐在前面，也有几个光头坐在归霞前面不远处，那是装酷的学生。所有人都拿后脑勺对着归霞，唯一面对她的，是她当年差一点就成为恋人的同学。丁恩川西装革履，头发梳得锃亮，连皮鞋也锃亮，在灯光下闪闪发光。丁恩川全程站着，在讲坛上走来走去，不时去操作一下PPT。归霞比他的位置要高，没想到，她能看清大屏上的所有内容，包括丁恩川脸上细微的表情。老花了的眼睛这时倒有了优势。

记得这里原来是图书馆最大的阅览室，不知什么时候已改造成阶梯形的学术报告厅了。设备也很好，丁恩川身上戴着麦，他在讲台上走来走去，声音响亮，字字入耳。可气的是，有一组喇叭就安在最后，跟归霞只隔着一个通道，好像丁恩川正对着她耳朵说话，她甚至能听见话语间隙微微的喘息。他轻轻咳嗽了几下，咳嗽咳嗽的，显而易见，这家伙感冒了。归霞并不介怀，她听得很入神。丁恩川报告的主题是：梯级电站开发的生态与技术实践。丁恩川并没有直奔主题，却提出了一个问题：有一种说法，说长江的开发，影响了生态，甚至导致了地震，这到底有没有道理？如果有道理，哪怕只是部分有道理，我们应当怎么面对？

归霞心中一惊。她想起了几年前酒桌上的辩论，现在有点像是翻版和延伸。丁恩川告诫学生说，我们水利工作者，不但要在规划设计阶段充分考虑这一类意见，你们还应该在学校里打好两个基础，一个基础是专业，我们的专业依托于经典力学，如果数学不行，专业不精，垮坝并非绝对不可能发生，我们的工程应该安如泰山，让人民放心，你们的图纸就是根基。另一个就是人文社会学基础，要懂得社会，懂得历史，懂一点人情伦理。这第二个基础经常被我们忽略。

从丁恩川的角度，对后辈学子作出这样的告诫当然在情理之中，但归霞听着略感意外。他这个水电狂人，在一线这么多年，搞了那么多水利水电工程，能停下脚步多想一想，对国家和社会当然十分有益。归霞看看前排的校长，只见他频频点头。虽然丁恩川的目光并未在她这边做丝毫停留，但她怀疑他看见了自己。他这是在对曾与他辩论的周雨田隔空喊话吗？

难道那次辩论后，丁恩川还真多了一点反思了？很快归霞就知道不这么简单。他从梯级开发谈到了坝型选择。随着他手上鼠标的滑动，大屏上出现了高达289米的拱坝。那是一张效果图，取俯瞰角度；他一敲键盘，是另一张效果图。学生们没见过世面，哇的一声惊叹。第二张图是从坝底朝上仰望，丁恩川居然配上了一道彩虹。他开始介绍大坝的基本参数，许多数据他都加上了世界第几的排名。丁恩川设问，为什么是拱坝？双曲拱坝？

他滔滔不绝。归霞气恼地对着身边的喇叭轻声说，你就是冲着拱坝才跑去的吧？

丁恩川听不到她的回音，继续开始他的讲解。坝肩稳定、双曲拱坝的曲率，烦琐复杂的数值计算，他条分缕析，深入浅出，归霞却从似曾相识变成了半懂不懂，最后完全听不懂了，简直不像是人话。那些复杂的力学计算、英文符号、希腊字母、向量、矩阵，像符咒，如呓语，他写了半黑板，讲了一阵又写，居然占满了几乎整个黑板！粉笔在黑板上划得滋滋响，通过他胸前的麦放大出来，传到归霞身边的喇叭里，刺耳，锥心。归霞有点恼火，觉得丁恩川是在卖弄、炫耀，而且是只对她一个人在讲。粉笔突然发出了一阵小时候听过的刮锅底的声音，她如坐针毡。

他有必要讲得这么深吗？学生们听得懂吗？她悄悄看看近处的几排学生，他们居然听得津津有味。

归霞悄悄往中间的通道挪挪，她打算走了。她不愿引起任何人的注意，继续坐着，等待离开的时机。有好几台摄像机在工作，有固定机位的，也有移动的。镜头扫来时，归霞立即把头低下。她不愿意露面，更不想起身离开时被直播出去。

又坐了许久，她听见丁恩川在上面说道，下面有学农学的吗？有两个学生把手举得高高的，说有。丁恩川说，农学很重要，很厉害，种子更重要，搞种子的被称为国家栋梁，他大拇指一竖道，袁隆平！他放下手继续道，种子是农业的根本——可是农作物生长，离不开水、肥、气，第一个就是水！没有灌溉，哪里来的农业？水利是农业的命脉呀。既然学了水，就必须要有这个自信。我们搞水利水电的，要跟搞农学的同学一起，奋发有为，未雨绸缪，齐头并进……在我个人眼里，拱坝还是地球上最美妙的建筑。他的手挥舞了一下，似乎在空中画出了一道彩虹。

他绕来绕去，还又绕到拱坝上作为结束。校长站起身了。归霞知道很快就要进入提问交流环节。她突然有点好奇，简直有直接提问的冲动，虽然她不知道要问什么。却不想有个姑娘过来跟她商量，阿姨，您能不能朝边上靠靠？她脸上带笑，意思是归霞坐在走道旁边，妨碍了她的工作。归霞一听就冒火，阿姨，还奶奶哩！她站起身，拨开那姑娘就往外走。那姑娘的搭档，一个光头小伙子批评同伴说，你应该叫老师，人家生气了——老师，对不起呀。

报告厅出口处，丁恩川身边还跟着好些人。归霞走出了图书馆，回头望去，图书馆的大门上方悬挂着巨大的横幅："欢迎我校杰出校友丁恩川莅临指导。"她刚才从边门进去的，错过了这个横幅。太阳已经偏西，斜阳从梧桐树的枝丫间穿过，还有些晃眼。归霞站在校园的十字路口，身边的行人来来往往。她记得这里有一个高程基准点，他们学测量绘制学校全图时，所有山顶、大楼的高程，都以此为基点。她找了一下，一时没发现。一个男生很热心，停住脚，问，老师您什么东西丢了呀？没等她回答，也低头帮着找。

归霞心想，我丢了什么吗？我也不知道。

她朝男生摆摆手，说没什么就走了。还没走到学校大门，手机嘀了一声，一条微信。是服务中心老总发来的，两个字：祝贺。她愣了半天，明白了，是她的三级定下来了。她回了个感谢的手势，心中怅然。

图书馆离十字路口并不远，她听见了那边传来的热烈掌声。

这是个晴天，学校的大门高大巍峨，拖着长长的影子。归霞站在门柱边，胡乱拨弄着手机。湛蓝的天上有几朵白云，缓慢移动着。正是丁恩川朋友圈的蓝天白云和飞檐翘角把她引到了这里。

回家后，她居然感冒了。咳嗽，鼻塞，还有点低热。这很奇怪。反复进出冷气房可能是一个原因，但归霞却想起了讲坛上的丁恩川，他正感冒。但几百个人，那么远，说是传染实在有点牵强。他们现在已不是一路人，简直不像是同一物种，似乎只有遥感一般地传上同一种病，才能证明他们都是人，这两个人还存在着某种遥远却又难以完全切断的渊源。这样想着，归霞觉到莫名的亲切。还有，讽刺。

感冒一般一周就好，但这次感冒迁延了十多天。她心里窝火，丁恩川肯定早就离开了南京，当年分手，丁恩川那么干净利落，并不拖泥带水，这感冒赖着不走，不是在耍赖皮吗？是要证明这是一场非同寻常的深刻感冒吗？

她请假休息了几天。实在无事可做，她一个人开车跑到郊区别墅的阁楼上，把自己当年的硕士论文找了出来。

《干湿循环条件下膨胀土的力学特性及边坡稳定性研究》，题目是记得的。论文很厚，已是灰尘覆面，封面也泛黄了，像是一个暌违已久的熟人。这熟人老了，饱经岁月风霜，只是似曾相识。封面上署着导师的名字，当然还有她自己的名字。她盯着"归霞"两个字出了一阵神，翻开来，字迹依然很清楚。她翻开一页，再翻开一页,她面对的不像是论文,倒像是面对一条异国的大街,有很多中国人,她看着亲切,但不知道他们内心所想;那些英文希腊文都是些外国人,她没一个认识。是的,矢量标量她还知道是什么意思,但那些公式和矩阵简直就是其他星球的语言。

她不但看不懂,而且不敢相信这是自己写的。

可这确实是自己写的呀!她捋捋垂下的头发,呆坐着。纸页上突然滴上了什么东西,她连忙吸溜一下鼻子。已经迟了,又是一滴鼻涕。她拽一把餐巾纸,想要擦干净,居然又是一滴。是泪水。这才发现自己哭了。

她不擦了,就这么合上论文。鼻涕是黏的,夹带着细菌或病毒,将会把这几页纸紧紧黏结在一起,再要揭开,纸张一定会破裂,如裂开的皮肤。

永远也不能再撕开了。随它去吧。

感冒好了后,归霞依然怏怏不乐。周雨田对此毫无察觉,他忙,或许认为这也就是感冒的症状,连疥癣之疾都算不上。归霞当然不会告诉他自己去听过丁恩川的学术报告,丁恩川这三个字,她提都不想提。

手机上,那个"一丁"的微信朋友圈又更新了,是彩虹似的拱坝,映衬在蓝天上。那是他的作品,他的天地。丁恩川在讲座上说过,这个大坝的坝址和坝型选择都很难,包含了无数工程师的心血,勘探阶段有三个工程师殉职。多少个不眠之夜,无数次论证和计算,图纸能装十几卡车。他说,白鹤滩水电站从初步规划到勘探、设计,就用了五十多年,几代工程师熬白了头,他们跋山涉水,踏遍青山,有的直到退休了也没有等到方案确定,不少前辈没有能等到开工的那一天。

说这话时，丁恩川红了眼圈。他深情的语调回响在归霞的耳边。

更难以忘记的是报告厅传来的热烈掌声，所有的手掌噼里啪啦好像打在她的脸上。可她就没有深想，假设她就是那几代工程师中的一员，哪怕，她像丁恩川一样，只是一个最后路途的参与者，她能不能扛得住那种扎根荒山野岭的筚路蓝缕、栉风沐雨？

她以前从来没有做过这样的假设。丁恩川的工地生活是一个遥远的梦，又似乎触手可及。可这个远在安逸生活千里之外的梦，把她刺痛了。

她把丁恩川的微信朋友圈屏蔽了。

43

常常无来由的，归霞忽然就会愀然蹙眉。失眠还是老样子，年度体检时，很多指标都不正常了。尿酸、肌酐都超了标。以前还只是线上线下地波动，现在突破了界限。再查，还是过线，还隐隐有上升趋势。身体整日倦怠，做什么都提不起精神。她慌了。此后的日子，她隔三岔五跑医院，但她的身体就像老牛下水。归霞小时候是放过牛的，老牛奔向水边，你拉不住；它挣脱了缰绳，你使劲吆喝，拽它尾巴，那都是没用的。好在所有人都在慢慢变老，即使是小孩子其实也一样，她只希望她身体变坏的速度，能跟她的衰老相匹配。

她想到了死亡。虽然那是或远或近的必然终点，可恨的是，生病和衰老就像两条毒蛇，缠绕盘结，疾病显然还要更性急一些。

还没有退休，可她在家休养的时间，已经跟上班的天数差不多了，即使去了单位，也基本就是点个卯就走。这几年家里换了好几个保姆，各种不如意，就只用钟点工，这倒好了，现在连钟点工都索性辞了，她自己做家务。家里安静得很，除了鸟叫和偶尔传来的汽车声，针落在地上都听得见。她能听见墙上的挂钟轻微的嘀嗒声，一圈一圈又一圈，绕的是时间。挂钟很仁慈，它只在原地打转，不像电脑上、手机上的屏保，你只要看它一眼，就刻薄地提示你年、月、日。

归霞在家待一天，待几天，几天也等于一天，家里所有的东西都各安原位。随手把东西放回原处是一个原因，更主要的是，她从来不是个动作很大的女人。她在家，也就是看看电视，上上网，追追剧。屏幕里的热闹离自己很远，云端里看厮杀似的。阳光透进窗户，在地板上扫描着，像半片时钟、日晷。空气中的轻尘无声地落下。归霞隔天就把家里抹一遍。

清闲的日子，作息更难稳定。好的是，她跟儿子视频比以前方便了。因为时差，她夜里有大把的时间拨通那边是白天的儿子的电话。儿子居然留起了胡子，上唇像两把小刷子，这显然不是疏于打理，而是精心修剪的结果。她觉得陌生，也不敢多嘴。儿子跟她话不多，说到找对象，他顿时眉头就会皱起来，说，是我找对象，又不是你找，你急什么？你守着老爸就好了。

儿子是她生的，断无疑问。她清楚地记得护士把他抱到眼前的样子。亲生的，陌生的。正如她看着自己当年的论文，那是她一笔一画写出来、算出来的，可是她终于看不懂了。

因为事情少，归霞忽略了自己记忆力的衰退。看起来一切都井井有条，其实隐含着混乱。有一天，电视机的遥控器不见了，东翻西找，最后在厨房找到了，可对着电视一按，却把空调关了。电视看不成，只能开电脑，却又找不到鼠标，哪里都找不到，它像只遁地的老鼠，只剩个小端头还插在电脑上。好在这东西不那么要紧，没它也行。

真正离不开的是丈夫。归霞怕他出差，后来发展到连他晚回家也怕。她抱怨周雨田把她搞醒了，其实她并没有睡着，抱怨其实是乞求。周雨田却听不懂，连声道歉，还说自己以后在另一个房间睡。第二天他回来得稍早，主动睡到客房去了。归霞去喊他回来，他却飞快钻进被子，连衣服都不脱就躺下了，露出个脑袋坦率地指出，其实你也影响我，夜里滚被子，说梦话，我动都不敢动——我明天还有那么多的事哩！

从此他们就分房睡了。她躺在床上，迷蒙中伸出左手摸一下，再伸出右手摸一下，都是空的，巨大的床，也曾承载了他们的男欢女爱，殢云尤雨。终于只剩下她一个人了。

但只要他在家，归霞还是会心安得多，至少这巨大的房子里还有另一个人。常常，半夜梦醒，她不知道自己是醒了还是在做梦，脑科医院那个问卷上的锥心三问又会飘浮过来。迷迷糊糊的，三个问题在晦暗中首尾相连，盘旋穿梭。那三个问题各自发问，细如蚊蝇，那声音像钻进来的蚊子，断断续续，哼哼唧唧：你是不是，总觉得，要出事？归霞像被扎了一下，下意识地在脸上一拍。她猛地坐起，跳下床，跑到周雨田房间去了。

她赤着脚，没有穿鞋。寂夜里，光脚踩地的声音咚咚的，跟穿着拖鞋的声音完全不同，是肉身的声音，更是灵魂的声音。周雨田的门没有反锁，听见归霞过来了，也不说话，只身子往边上挪了挪。这个房间的窗帘不那么厚实，一盏路灯映出淡黄的光斑，像一只扒窗窥视的眼。

这一夜她睡得更差。周雨田起来后也是哈欠连天。这是无声的抱怨。分床就是这样，分开了，就再也合不起来了，可能比离了婚再复婚还要难。

时间很多很快，拖不住。幸亏还能去上班，这让她的生活还不至于完全脱轨。逛街她并不热衷，却也是必须，和去医院一样，这也是她抵抗时间拖延衰老的办法。她这个状态，只能用化妆品和时装来修补了。中年后就像老房子，这里裂缝，那里漏水，离不开修修补补，推倒重建是不可能的。

有时也去参加饭局，基本都是各地区分公司来南京拉关系组的局。这样的场合她也会喝一点酒，就一点点，人家"归处归处"地喊着，盛情难却嘛。归处端起酒杯，轻轻抿一口红酒。她突然想起了出差在外的丈夫。这时，她手机响了，是周雨田。归霞心情愉快，对他说，我在外面吃饭，还喝酒了。周雨田笑道，我也在喝。归霞说，我终于明白你喝酒的秘密了。那边的周雨田显然一怔，不接话了。归霞兴致勃勃，并未注意这一点顿挫，说，喝了酒就睡得好，哈哈，酒比安眠药管用。周雨田连忙叮嘱她，你少喝点。我喝酒那是没办法。

这样的饭局归霞都不开车。她没有酒量，两杯红酒就有点晕。那天闹到快十点才散席，饭店离她家不算很远，她打算步行，正好快步走锻炼。此刻，柔风拂面，夜色迷离。耳机里是邓丽君，她早已离世，但音乐还在。身边的不少路人也戴着耳机，归霞不知道他们听的是什么，反正与她不会一样。一代人有一代人的音乐，恐怕是成长期的细胞被共振了，捋顺了，已形成了独特的生命旋律。归霞年轻时就喜欢邓丽君，直到现在。她跟着耳机轻轻唱了起来，她觉得自己身轻如燕。

边走边哼。一辆小车在她前面停下了。车窗落下来，开车的探头对她说，归处好！周老师让我来接你。

归霞站住了。副驾那边下来一个小伙子，把归霞请过去，拉开了后车门。归霞笑道，我想走路哩！我又没有喝多。说着还是上车了。笑着抱怨道，他真是多事！

车行不久就从大路拐出，驶向了陌生的小路。路面开始颠簸，车子像一艘船。归霞说，错啦，你们不认识路吗？！

边上闪出一把锃亮的刀子，一个低沉的声音道，归处，一点都没错！

44

周雨田是第二天早晨才报的警。

事实上他一分钟都没有耽误，接到勒索电话，他立刻就报了警。问题是，前一天晚上他喝大了，烂醉——这是他的解释，酒后又有什么活动，或者另有什么不可描述之事，这没法说。但喝多了肯定是事实，酒桌上的人全都看在眼里。总之，夜里他没有接任何电话，这一点也有手机记录为证。晨曦初现时，他被手机吵醒。他摸到手机，是归霞打来的，传来的却是个陌生的声音。

你老婆在我们手上！两百万，要现金！

周雨田霍地坐了起来。手机里的男人显然捏着嗓子，像只鸭子，不男不女的，但意思很清楚：准备现金，交易地点等通知——不许报警！紧接着，归霞的声音传过来了，老公，听他们的吧。快救我！

上午的航班已经赶不上了，周雨田下午才到家。此后的十几个小时,他就像只热锅上的蚂蚁,又像个提线木偶,绑匪和警察都在指挥他。他是个大律师,精通法律,但这种无妄之灾落到自己身上,不紧张是不可能的。家里来了好几个警察,还有个警察一直跟着他,随时指导他与绑匪周旋。他必须去筹钱,按理说,两百万对他来说并不是天文数字,问题是,急切间他拿不到这么多现金。等他凑到八十万的时候,银行已经关门了。自动取款机倒是昼夜不息,但他的几张卡上可动用的现金暂时已经枯竭。

他一遍遍拨打归霞的手机。总是关机状态。他把手机扔到沙发上哀叹道,我实在没有办法了。警察指指手机,意思是要他随时接听。周雨田瘫坐到沙发上,心里对归霞说,你不要怪我。几个警察轻声商量着。突然手机响了。绑匪听说只有八十万,冷笑着说,你老婆只值这个数?至少一百五十万!别耍花招,否则就等着收尸吧!

周雨田还要说什么,对方已经挂了。

家里所有的窗帘都拉得死死的,门也关着。墙上的挂钟发出嘀嗒嘀嗒的声音,像在数钱,又像是倒计时。突然有人敲门。来的是归霞的师兄。他没有多说什么,丢下个档案袋就走了。周雨田并不知道当年归霞把那张关键借据寄给师兄老婆时,也用了一个档案袋,但他在手上掂一掂就知道,这是钱。袋子里是二十二万。周雨田早就听说他出来了,但没有再见过。想起自己当年曾拒绝出手相助,还制止归霞帮他,周雨田不免有点尴尬,可这师兄是怎么知道他家出了事的?周雨田不免把尴尬转换为疑问,警察也认为这是一个问题。不过这是后话了。

周雨田正有些发蒙,手机突然又响了,像个炸雷。一个警察按住手机,示意他还价,尽量拖延通话时间。可这次通话依然很简

310　　　　　　　　　　　　　　　　　　　　　　　万川归

短,一分钟不到,很干脆:一百万——你现在就开上你的车出门,往城南开。就你一个人。手机不许关!

夜雾茫茫。两个警察一个躺在后座,一个躲在后备箱里。开出不久,周雨田说,我刚才好像听到手机里有鸭子叫。鸭子!后座上的警察骂道,你他妈的怎么不早说?他躺着给他的同事打了个电话,对周雨田说来不及了,你只管开!

车在城南乱转。绑匪电话来了,要求他马上上省道。周雨田从命。公路上车辆稀少,警察让他开慢一点。果然,电话又来了,这次明确了地点:就在公路边,北边有一家"万家文化"。周雨田回头看看警察,警察说,就是老收费站附近。你开!周雨田想起来了,踩下了油门。

夜雾越来越浓,一阵阵,一团团,被车灯劈开。开不多久,远远看见了"万家文化"四个字亮在半空,下面是一栋大楼的轮廓,一盏盏浑浊的路灯勾画出厂区的格局。周雨田按警察的指令,拎着包站在路边等。包有点沉。一辆辆亮着大灯的车飞驰而过,看不到行人。

这时,他看见大雾中有一团灯光晃悠着,走出厂区,朝公路上靠近,他迎前几步,又站住了。按警察的要求,他不得走下公路。

那团灯光是个手电,那人站在田埂上,朝这边照了照。周雨田紧张得不行,腿在哆嗦。手电晃悠了几下,却转身走了。

周雨田走回车边。警察一句话也没说,只朝驾驶室指了指,他只能继续开车。不一会儿,手机又响了。周雨田拿着手机的手直抖。这一次听起来比较靠谱,但愿不再落空。他开得很急,闯了两个红灯,大概半小时后,车在外秦淮河的一座大桥的桥头停下了。

夜已很深,大桥上空无一人,只有雾,看不见桥有多长。车子不许开到桥上,只能停在桥头,这是绑匪的命令。周雨田只能孤身前往。他打开手机上的手电筒,对着手里的包照照,还把包举了举。他继续往前走,行至桥中央,果然看见了拱桥上最高的栏杆上有一面小旗,小旗杆上拴着一根绳子。周雨田把双肩包系好,把包抛了下去。

波光闪烁。隐约听见远处传来了鸭子的叫声。一条小船从桥下经过,船上没有一点光亮,只看见一条船的轮廓。船立即没入了沉沉浓雾。

两个警察弯着身子在岸边追了一会儿,垂头丧气地回来了。

他们只能开车回去。警察骂骂咧咧,大骂这些家伙太狡猾。车开了大约半小时,周雨田的手机又响了起来。

这次是一个陌生号码,是一个出租车司机的。归霞带着哭腔说,她马上就到家了。

事情过去了很久,绑匪却依然没有归案。警方当然不会放过他们。但能不能找到他们,抓住他们,需要毅力,也需要机遇;绑匪会不会一直逍遥法外,那要看他们的运气。

实在是太狡猾了,而且准备充分,并非无的放矢。归霞大难不死,平安归来,周雨田觉得自己运气还不错,隐隐对自己还有点得意:毕竟省下了一百万哩。损失的一百万,其中有二十二万是归霞师兄的,当然很快就还了。按归霞的意思,周雨田应该一起去还钱,以示郑重。周雨田推托了,最后是归霞自己去还的。周雨田虽没有追问她师兄究竟是怎么知道消息的,但就像心里被扎了一根刺。他不想纠缠于这个案子了,他本领再大能大过警察吗?有这工夫,还不如出去多办几桩案子,把钱挣回来。按他的经验,绑匪即便能抓到,钱也是回不来了。

312　　　　　　　　　　　　　　　　　　　　　　　万川归

一百万赎回个老婆，不知道这算是值，还是不值。

经过这件事后，归霞变化很大。整个过程只有一天。她被关在一个废弃的鸭棚里，能听见鸭子在远处叫，棚里却一只鸭子也没有，可她却看见了一条蛇，慢慢朝她游过来，她往后躲，后背碰到一根柱子，一回头，却发现另一条蛇盘在柱子上，撩着身子像个探头！她赶紧躲离柱子，看着前面的蛇游过她身边，盘旋着也爬到了柱子上。说起这些的时候，归霞面容扭曲，目光呆滞。她显然是被吓着了，有了阴影。很长一段时间她在家里也不敢乱动，不得不起身时，她也先仔细查看周围，有时还会猛然从沙发上跳起来，惊恐地看着身后，一声尖叫。她跟周雨田商量，能不能搬家。周雨田说，你怕啥呢？这里又不是鸭棚，我也不是绑匪。他拍拍她肩膀说，你安全着哩。

归霞呆呆地坐着，嘴里不时喃喃自语。阳光斜射在她脸上，她头发花白，身材臃肿，连动作都有些迟缓了。

归霞能出门已是一个月后了。她不得不去脑科医院接受了几次心理疏导，又去人民医院做了检查。都有问题，很多生理指标更不正常了。尿里有潜血，有蛋白，看来这才是更要命的问题：肾脏正无可挽回地衰败、恶化。

周雨田很忙。他的世界头绪繁杂。偶尔脑子里还会闪过归霞的师兄，那个经过牢狱之灾的老兄，一下子还能拿出二十二万现金，本领真不小。周雨田从来不提他，归霞这么老了，还能犯出什么幺蛾子来？犯桃花那是需要本钱的，残花败絮，黄脸婆一枚，周雨田才不操这个心。只是有时拿归霞打趣，说你要好好保重，你价值一百万哩。

归霞说，你觉得肉疼了，不值得是不是？

周雨田说值,谁说不值?你师兄就觉得值,行动飞快。

归霞愣了一下。师兄知道消息,是因为她央求绑匪允许她打了个电话,这个她早就向警察说明了,周雨田也知道。她换个角度,开始抱怨周雨田,责问他为什么当天晚上不接电话?干什么去了?你接了电话我还要给别人打吗?为什么凑钱那么不积极?你要是及时给钱,我肯定少受罪!还好意思还价——你买东西怎么从来不还价?!

周雨田觉得她不可理喻,索性不理她。她回来后,他陪她睡了两夜,后来又分开了。半夜,他躺在床上,难得地失眠了。他想起了他们的过往。这世上,一男一女恋爱,爱情那是有的,但当他们真正走入婚姻生活,他们其实就成了合作伙伴,一起过日子,合作生孩子;有契约,有规定,还有违约条款哩——这不是合同是什么?合作伙伴还有爱情吗?这难道不很可笑?这次的事情,事发突然,但他问心无愧。他履行了协议规定的义务,表现良好且无可置疑。

突然跳出一个问题:如果这次被绑架的是他,归霞会是怎样的表现?她会找他师兄讨主意吗?她师兄会拿出现金伸出援手吗?

周雨田被这个问题吓着了。天色微亮时他才睡着。但是,他第二天没有向归霞抛出这个问题。哪怕后来归霞再咄咄逼人,步步紧逼,他也没有说。

这种问题,自己在心里问问就罢了。不是所有的问题都能得到答案的。他早已看出,归霞经过这件事情后性情大变了,但他并没有太往心里去。就这件案子里,没准儿还有些事他是不知道的。他只知道,她回来后嫌晦气买了个新手机,但他不会去管她跟什么人通话,自然也不会知道有一个人一直远远地眺望着他们,通过手机向她透露了什么。

314　　　　　　　　　　　　　　　　　　　　　　　万川归

这案子是一个巨大的黑影，笼罩了他们很长日子。渐渐地，周雨田不再提，归霞也不再说。他们的话都本能地绕开这件事。话更少了。家庭里的言语本来像小河溪水，现在水中央钉了一根粗桩，流水改变了形状，水流不畅了。

可没想到有一天归霞却像冰河解冻，哗啦啦流出了很多话，还决堤了。话还没出口，归霞脸上就已经阴云密布，是个要风云突变的架势。她劈头就是一句：我不管钱，可我没想到，你这么有钱，真是厉害了，我什么都不知道。我是个傻瓜！

周雨田不知虚实，不敢接话。

归霞说，你到底有多少房子？说吧，几套，在哪里？见周雨田眉毛扬起，一脸错愕。归霞说，我还要被蒙到什么时候？！

周雨田说，是有好几套。但不是蒙你。你不管钱，不想管，我是不想烦你。说着说着，自觉有了底气，说，你从来也没问过我们的资产，你从来也没有问过几个所的经营状况，你是怕烦，躲事，你是不想费脑筋。你什么时候管过这些俗事了？盐城分所亏损，我烦得睡不着，你管过吗？房子，也是资产的一部分，你从来都不管的。

归霞说，别说这些没用的。我现在只想知道，你手上有几套房子，在哪里？

周雨田抓着脑袋，皱着眉说，是有，具体几套一下子想不起来。

他笑起来说，你呀，为什么不关心是谁的名字？

归霞说，我什么都不知道。我被蒙得像个傻瓜，可我现在不想被蒙了——我要看房本，所有的，一份不能缺。明天，还是这个时候！

这就是二十四小时，跟绑架案的时间差不多。实际上，不需要这么久。第二天下班，周雨田回来得早，他打开皮包，把一大沓房产证扔到桌子上。

十一份。房子有大有小，都是好地方。周雨田指着房本说，都是我的名字，我解释一下，从法律上说，这些都是夫妻共同财产。是我们俩的，也是儿子的。

归霞一份份看过去，虽然只看见他一个人的名字，心里堵得慌，但不得不接受他的说辞。周雨田看着她面色转霁，阴云渐散，笑嘻嘻地说，你应该高兴啊，傻瓜，你老公悄悄给你挣了这么多房子，它们一直在增值，你一点也不用操心，这差不多就是你的意外之财呀，你应该高兴得跳起来才对嘛。又忧心忡忡地说，盐城的房子说不定要卖，那边的分所撑不下去了，要么关掉，要么卖房子顶一顶。喏，你既然不怕烦，都交给你好不好？

归霞冷笑道，如果我不发现这些房子，万一稀里糊涂离了婚，我可能一块砖头都没份。她毫不客气地把房产证收好，摆到了楼上的保险箱里，她冲着楼下大声吼道，你必须把我名字加上！

45

周雨田以为这事就这么过去了，但是没有。大概过了半个月，归霞突然打电话要他立即回家。他当时正忙着，对面坐着一个闹离婚的富婆。那富婆年轻时绝对是个美女，现在是美人迟暮。她的首饰、包和衣装一看就价格不菲，刚开始还端着高贵斯文，一开口却散了架，花容失色，破口大骂，混蛋、人渣、畜生、王八蛋一类的词滚滚而出。周雨田当然知道她骂的不是自己，职业性地端坐着，听着她骂。离婚官司周雨田早就不接,但她被拦了几次后昂头直闯办公室,又是个富婆,标的不小,周雨田也只好勉为其难。好不容易才把她打发走,归霞的电话就来了,唏里哗啦说了一大堆,周雨田听得心惊肉跳。她责令他立即回家,现在,马上,立刻!最后骂道,周雨田,你是个混蛋、人渣、畜生、王八蛋!这四个词周雨田刚刚才听过,似乎在空中保持着队形飞了一圈,又砸过来了,连词序都一样。

一贯自信满满,言谈举止都带着圆融干练的周雨田也慌了。精明如周雨田,也绝不会想到归霞的手机连着一个信息源,有一个无名号码提醒归霞你是个大富婆:你家有钱;你老公有很多房子;他还送房子给女人,他有好多女人……这个无名号码加了变声器,否则归霞应该能想起曾经的保姆齐红艳。这怪异的声音轻易不响,但步骤清晰,层层递进,线索可信。归霞按照这个节奏,最近已经去过扬州和烟台,扬州房子的房产证已经被归霞锁进保险柜,证上的房子也关着;烟台的却不在她的掌握之中,里面还住着个女人,才二十出头,那女人很客气地把她请了出去,归霞出来后才想起这个女人有点面熟,好像在儿子的大学照片上见过,她手搭在儿子肩膀上,据说还跟儿子谈过朋友。归霞怒火中烧,周雨田他这不是畜生是什么?差一点就是儿媳啊!南京也还有一套,在西郊,离她家很远。归霞的怒火被彻底点燃了,开门的女人冷冰冰地透着嚣张,还拿出了房产证。归霞得知了这个地址,却是第一次听说这个名字,可这个名字却早就知道归霞的存在。立即就吵起来了,归霞要打她,被她一把推开。门砰地关上,她隔着门对归霞说,你滚!老丝瓜瓢子,占着茅坑不拉屎,回去离婚吧!

天下大乱了。热战,冷战,冷热交替,如季节轮替,如风云变幻。周雨田不辩解，甚至很少回嘴，由着她闹。混蛋、人渣、畜生、王八蛋这四个词被归霞反复使用，秩序轮换，抑扬顿挫。她最平静的一句话是，你厉害呀，公狗啊，种猪呀，她把那沓房产证劈头甩过去，冷笑道，这里是十一份，你还金陵十二钗吧！

满地的纸。周雨田落荒而逃。他住到律所去了。

所谓家，必须要有个房子，没有房子就不成个家。但他们的房子太多了，家反而也不成个家了。这有点诡异，正如吃得太差就活不成，可吃得太好其实更要命。周雨田教授孤零零地躺在办公室的行军床上，突然想起了他在外地买房的启发者，他的学生陆秋实。他曾帮助那个已去世了的学生成功摆脱了一次强奸指控，他当时一得意，差一点就教育陆秋实说，跟女人，当场付钱是嫖娼，个把月付款是恋爱，一辈子付款就是夫妻；一毛不拔最诡异，要么是强奸，要么就是所谓爱情。周教授为人师表，这种话他当然忍住了。这会儿他却又想起一句：就算是爱情你也别得意，不要忘记婚姻也可能被清算，终不过是赊账或者期票，也许就是房产证。

归霞躺在床上，看着窗外的树影活泼地摇动着。阳光筛落进来，冷冷的没有温度，仿佛那是月光。她浑身瘫软，头痛欲裂。千军万马，歌舞笙箫，窃窃私语，锣鼓齐鸣，无数的声音在脑子里激荡回旋。她摸到遥控器，打开了电视；她把音量调大，调到最大，好像要跟什么人作对，或者是，跟自己作对。

电视巨大，几乎占了一面墙，色彩鲜艳，声音震耳，镜头不断切换着，男播音员，女播音员，他们说的什么，归霞听不懂，也没听清。

闪烁的光线是这个家唯一的活气。光线映射在她身上、脸上，一会儿红，一会儿绿，突然又黯淡下来，归霞像是在变脸，活泼灵动,变幻莫测,但她的心已经死了。

像是有什么人在指挥着她。她走到卫生间,拿起吹风机,对着自己的脸打开了开关。镜子里是红肿颓败的脸,是枯萎的花,深处是黑沉沉的虚空;凉风、热风、更热的风,突然又凉下来,四季从她脸上掠过,一生从镜子里飞驰而过。她拽下吹风机,用修眉的小剪刀剪下了电线。她把电线的端头分开,修去胶皮,露出了铜丝。电工学是一门专业基础课,当年她学得相当好,做实验时尤其心灵手巧,没想到这么多年过去,她底子还在。

她吹去手上的细屑。

电视还在聒噪,她怔了一下,立即充耳不闻。床头就有个插座,她把插头插上,躺好。她侧脸看看窗外,又看看电视。她似乎听见电视里正播送什么新闻,那些零星的词句,白鹤滩、机组、装机容量什么的,轻轻叩击着她的耳鼓。无穷的远方,无数的人们,他们很远,远在天边之外。归霞的眼里流出了泪水,向两腮分流。她看准搭在床头的电线,双手同时捏了下去。

巨大的震颤,刹那间在全身激荡。一片鲜红,一片黑暗。这是死的红,死的黑。

……黑暗中慢慢透出来一点亮光,如晨曦初现。电视里的声音逐渐增强,靠近,有点耳熟,是丁恩川正在接受采访。声音清晰,有如耳语;又倏忽远去,越来越远,仿佛白鹤飞往天边。归霞浑身瘫软,两手剧痛。她在能源公司这么多年,从来没有细想过电的来路和去处。她理应知道,但从来没有琢磨过,她只享受着能源带来的福利。

现在,电视里宣布,白鹤滩水电站首批机组并网发电了,消失多年的电力学知识突然浮现了:电力从电厂输出,升压后通过输电线路传送到一千多公里外的南京,再转换为220伏特的民用电压,连接到千家万户,也接到她家墙上的插座里。这是水电,水力发出的电,是水的火灼伤了她。电路的起点,连着丁恩川。这是丁恩川传来的雄浑电流。无穷的远方传来的电。

崇山峻岭间,连绵青山中,戴着橘黄色安全帽的丁恩川正站在山顶上。山峰增加了他的高度。归霞像一只鸟,在山谷间盘旋。飘忽渺小的鸟。他那么挺拔,高大,像一尊山顶的雕塑。

归霞无声地抽泣,满脸是泪。

电还是仁慈的,电流的冲击让她的双手剧震,瞬间脱离了电线。也许,电工学她当年还是没有学好。她没有死成。

此时的周雨田正开车奔驰在公路上。他不得不出来透透气兜兜风。他很理性,并不超速。所有的车窗都开着,剧烈的风穿车而过。公路两边的厂区和楼盘,尘土飞扬。一辆卡车挡在他前面,他有点不耐烦,按了几下喇叭。那车打开转向灯,慢慢拐着弯,驶下了省道。归霞被绑架的那一夜,他曾到过这里。现在"万家文化"那几个字反倒不如在雾夜中亮眼。雾中的字笔致柔润,显得更大。周雨田听说了,这是一家文化公司的厂区,老板姓万,他不认识。此后的某一天傍晚,他又偶然经过这里,发现已建起了楼盘,"万璟家园"几个字高高耸立在楼顶上,熠熠生辉。他眼一扫也就过去了,这跟他无关。卡车太长,拐弯很慢,周雨田找准机会,一加油门,超过了卡车。卡车上载的是床,一车简单的架子床,一看就是工厂宿舍用的。一张张床摆下去,累了一天的工人们躺下来。其实谁都只睡一张床,哪怕你有本领脚踩两只船,好多只船,但也只能在一张床上睡。周雨田轻轻叹了一口气。

绿灯亮了。他继续往前开。没有目标,只是向前。这时他还不知道，归霞刚刚死过一回。他也不会想到，归霞的身体从此彻底垮了，很快就不得不开始透析。开始时是一周一次，后来就一周两次直至三次了。虽然从每周一次到三次迁延了很长时间，但显而易见，换肾是唯一的出路了。

他们的夫妻之事完全消失了。归霞当然知道，防范丈夫在外面浪的方法是逼他"交公粮"，但她已有心无力。粮仓坏了。偶尔感到身体状况略好些，她还会蠢蠢欲动，不仅仅因为欲念，至少，一次哪怕并不完美的性爱，也能让她觉得自己还活着，这个男人还属于自己。可周雨田无法配合，哪怕只是敷衍。周雨田并不说出她身上有怪味儿，但看到他那副为难的表情，她自己忍不住用鼻子嗅了嗅。早先她就寄希望于香蕉，不过食疗效果显然也有限，但香蕉的形状是一种特殊的信号，她拿一根撕开皮，慢慢吃，看着丈夫，这可以代替她向周雨田开口相求。可现在的问题是，医生提醒她，她忌香蕉，里面富含的钾，是透析病人的沉重负担。

唯一能做的就是等待肾源。

等待的时间可能很长。

46

冬去春来。视野中不知不觉多了绿意，落叶树的枯枝绽出了新芽，四季常绿的行道树也泅出了嫩绿。大地回暖了。

随着天气变暖，等待心源的万风和感觉倒好了些。医生说，心血管系统的季节性扩张，会减轻心脏的负担，这是正常现象，你到夏天会更舒服一些。万风和说，夏天之后又是秋冬啊，冬天就不好过了吗？这医生已经是熟人了，他笑着说，也不全因为天气，我是说，你这人看起来运气不会差，说不定很快就能等到心源。我们国家到现在为止，一共成功实施了三千多例心脏移植手术，五十五岁以下成功率很高。万总你身体底子好。

这是宽慰，其实也是警告。万风和早已明白，上帝给所有人都判了死刑，每个人一出生其实都攥着死刑判决书，所有人都生活在缓刑期之中，只不过缓刑期有长有短而已。人死如灯灭，他现在是风中之烛，必须小心加小心地防着风，继续等待续命的心脏。

清明，他往年都回去扫墓，今年看来是不成了。璟然也走不开，第二期楼盘要不了多久就能封顶了，但销售不很理想。政策连连出手之下，舆论也转向了，房价被泼了水，灭是灭不了，短时间却也旺不起来了。银行的贷款，建筑公司的工程款，到处都要钱，璟然忙着乾坤大挪移。万风和的身体被城砖这次折腾，显然还是伤着了，脆弱了不少。要离开南京，实在不敢冒这个险。杜松说他想回去，这个方案万风和当然想到过，儿子回不去，孙子回去，明面上说很合适，但万风和还是犹豫了。有堂姐协助，当然不会有问题，但万风和还是否定了杜松的提议。

清明节那天，细雨绵绵。万风和怔忡不安。天上的父母心疼他这个儿子，他不回去他们不会怪罪，但杜松去烧纸，他们会认吗？

老家的风俗是很讲究的，万风和知道一个说法：烧纸的时候如果风起了旋儿，把纸烟往天上拔，就说明先人很开心，他们正在拿钱。往年他自己回去时，确实都是这个景况，但杜松回去会是什么样子，他没有把握。堂姐晚上来电话，说她也去叔叔的墓前烧了纸。但据说嫁出去的女人烧纸是没用的，那纸钱地下不认。万风和嘴里感谢着，心里却是一阵愧疚。

万风和怏怏不乐。二十多年前杜松刚出生时，昼夜哭闹，还得了红臀病,他端着杜松溃烂的红屁股对着灯泡烘,烘着烘着自己睡着了,双手却片刻没有松开。那时万风和就明白了,自己欠了父母的,正如手里的孩子欠了自己的,父母怕是也欠了祖父母的。所谓传承,就是欠,就是累。但其实一环一环的,也都平衡了——这是正常的环节,环环相扣,绵延不绝,可杜松,万杜松。唉。

杜松这个环是虚的。

清明节过去了。万风和经常觉得烦闷,还有点忐忑,一种无来由的不安。这种不安常常表现为心悸,璟然,也包括医生,都把这解释为心脏的问题。夏天来了,情况确实有所缓解。夏天顺利过去了,几场暴雨又带来了秋季。果真是一场秋雨一场凉,天气干爽宜人了。他惦记着心源,却已不再打电话,只发微信。医生的回答很幽默,他说,也许它一直不来,也许它明天就来。万风和觉得这话很眼熟,似乎在哪里见过。璟然告诉他,这是沈从文《边城》里的最后一句。璟然其实知道,原文是"这个人也许永远不回来了,也许明天回来!"但"永远"这个词太吓人了,她当然不能把这句原文告诉万风和。楼盘二期的销售谈不上开门红,不温不火的,急也没有用;为心源着急也没用。一切都处于胶着状态,璟然说她压力太大,提出要去欧洲散散心。她说,再不出去转转,你没事,我可能倒要崩溃了。

万风和问她,怎么又要去欧洲呢,干吗不换个地方?璟然笑道,欧洲大着哩,我十天半月就回来。

万风和觉得自己完全没有问题。这是十一月底,他建议璟然索性过了圣诞节再回来。璟然在微信里说,再说吧。我已经交代过杜松了,二期的销售,他先顶上。其他的事,你遥控就行。万风和笑着想,这是你在遥控,我是不控。

第六章

璟然还没有回来,医院的通知却突然来了:

心源已有,立即入院!

这当然是个好消息。喜从天降。此时此刻,万凤和不得不依赖杜松了。他毫不耽搁,住进了医院。璟然在微信里说,祝福你,一定会顺利。我会尽早回来。

她还发了两朵花。

第七章

47

长江蜿蜒西来，缓缓东去。从南京开始向东，长江此刻又叫扬子江，是离大海最近的江段。西来东去的江水遇到沙洲，分流而过。三山半落青天外，二水中分白鹭洲。合二为一的江水继续向东流淌。从天上看下去，江面安静沉稳，不动声色。

江上有航标，灯光闪烁，江面显现出细碎灵动的皱褶。两岸是城市的夜景，灯海辉煌，星罗棋布。一架无人机在天空盘旋，航灯在深邃的天幕上画着轨迹。无人机的眼睛正传输着画面，连接着数不清的电视和各种屏幕。无数的客厅里、卧室里，甚至还有新街口那巨大的屏幕上，都在播放同一个画面。这个长江边上的城市，三家医院，在画面上交替切换。

这大概是南京有史以来最壮观的直播了，首次动用了无人机，即便规模不是最大，却肯定是最特别的。三家医院，差不多同时开始了手术。一个不知名的遗体捐献者，慷慨地提供了他几乎所有能用的器官。这是个略显仓促的直播，原本并不在电视台的节目单里，但偶然看到这个直播的观众，都会眼睛一亮，丢下电视遥控器。他们可能没有看到航拍的城市夜景，那是片头，但此后持续一小时的直播将成为他们第二天街谈巷议的话题。

那个遗体捐献者是谁？他怎么死的？那几个手术病人得的是什么病？他们能得救吗？

电视只提供信息，并不给出答案。虽然电视台只切换着几家医院的大门和全貌，镜头并不能深入到手术室里面，但这一点反而营造了足够的神秘感。这几家医院观众都是熟悉的，年龄越大越熟悉。那是人体的修理站，换器官这可是大修。观众真正关心的是自己，顶多包括自己的家人，对别人，他们只是有兴趣，好奇。一定也有人心情是特别的，因为骨肉相连，他们悲伤、焦虑，满怀希望。但他们淹没在夜色中的城市里。

万家灯火中，很少有人会留意别人家的灯光有什么特别。

任何一个城市都少不得医院。各个等级的医院南京有很多。东南西北四个方向，都有一家顶级的三甲医院，声名远扬，各具特色，据说一家擅长妇产科，一家精于老年病防治，一家专治各种疑难病症，还有一家擅长救治各种急症，常常有起死回生的奇迹。据说四个方位，契合了佛家所说的生、老、病、死这四个门。不过这也不能全当真的，至少现在已经很少有人冲着这个老话去看病了。事实上，这几家医院都属顶级，医术精湛，难分高下。再好的医院也只医得好病，医不了命，这四家医院守护着城市，出了城往南，都知道还有一座殡仪馆，吐故纳新。绝大多数人最后都是病死的，他们活着，消耗着身体，为了生计而忙碌，但其实每天都在向医院方向缓慢移动，那速度慢得他们自己都无法察觉。他们朝医院汇集，修理身体，或者修理失败，最后出城，一路向南。

给万风和做手术的医院就是他最熟悉的那一家。熟悉能带来信赖。进手术室前他感觉良好，只是脑子有点乱，想得多，但他明白不应该瞎想。十多年以前，他在这家医院摘除过肾上腺里的小瘤，好好地出去了，这一次，他是换个东西，一个大件，他有信心换好了再出去。他现在身边有杜松陪着，那一次，是璟然在身边，可她现在还在欧洲没有回来。说不上有多遗憾，却恍若隔世……那颗他期待中的健康心脏，这会儿不知道保存在哪里，万风和摸摸自己胸口，暗自说，我准备好了！

电视台的移动聚光灯让他有点心烦。他侧过脸，摆了摆手。他们说过会打马赛克，可他一点也不想抛头露面。他并不知道此时另有几台手术正在其他几家医院进行。他躺着，手术车在廊道里缓缓移动。万风和想：那个捐赠者，他是谁？他怎么死的？他是男的还是女的？女人的心脏可以移植到他这个男人身上吗……

这一连串的问题在他脑中飘来飘去，直到麻醉起效，所有的问题都被连根拔出，虚空中，一片黑暗……

无影灯下灯火通明。很多身着白衣绿衣的人在忙碌。外面的人看不见。

走廊上，"手术中"那几个字一直亮着。杜松坐立不安。聚光灯照过来，话筒伸到了他面前，他轻轻推开，转身走开了。他已经从手机上知道另外几台手术，但他不看。总觉得，这几台手术不会全部成功，而换心是难度最大的。他摆脱了记者，向走廊的另一端走去。心里想，但愿。

手术单上的字是他签的。三个字，千钧重：万杜松。杜是他妈妈，但妈妈没有来。父母的情感，还有他们的婚姻，杜松不懂，问过也是白问。杜松早已习惯了这种状态，小的时候也闹过，跟母亲闹，跟父亲闹，难得有时他们三个聚到一起，他却舍不得闹了。等他自己也谈过一个女朋友，分了，他才明白了什么叫"感情不和"。不和，就是不能再在一起了，哪儿哪儿都不对头，都不顺眼。他曾恐惧来个后爸,幸亏没有。他相信妈妈心里还是有爸爸的,只是"不和"了。妈妈知道他在医院干什么,也详细询问过爸爸的病情,这似乎预示着某种可能。可璟然阿姨怎么办呢?她现在没回来,但她总要回来的吧……这太复杂了。

杜松查过资料,中国年龄最大的换心人手术时五十四岁,老爸虽然略年轻一点,但也算在同一个年龄段。这是一个隐忧。他觉得爸爸是站在悬崖上,黑云压城,风雨交加。但他相信爸爸的手术一定能成功。他还知道,有的换心人手术后性格也起了变化,喜好也变了,这在医学上无解,但却是真的。也许,换了心脏的爸爸,也会有变化呢?

他希望爸爸迎来新生,却不知道手术室外的这五六个小时,也是他自己真正的成人礼。术前准备的那一天,他和父亲几乎寸步不离。手术室外面,和他一起等待的除了公司的几个人,还有电视台的记者。他们不那么紧张,表情轻松。他们在等待"手术中"那三个字熄灭。直播虽然已暂时停顿,但手术室的门打开的那一刻,是他们不能错失的镜头。

杜松紧紧盯着"手术中"那三个字,他等待着它们熄灭,更等待着爸爸的生命重新被点亮。

记者们分散在三家医院。无人机拍过全景后就已经降落,但电波和网络仍然把这些记者连接在一起。他们也累了,坐在长椅上打盹,或者无聊地滑着手机。突然,一个丫头啊一声叫了起来,她梳着个哪吒头,那神情也像个哪吒。杜松不满地瞪她。那丫头压低声音说,角膜那边,完事啦!她的男同事耸耸肩说,那个一点危险都没有,两个小时不到就完了,我们要是分到那边,这会儿就能收工啦!

他们是旁观者。从他们的角度,这意思没错。杜松似乎这才想起,另外还有一台手术,是肾移植。他查过资料,可快可慢,情况复杂的话,会比心脏移植的时间更长。杜松的心很乱。角膜移植谈不上生命危险,肾脏就不好说,但最危险的一定是心脏。肾脏,心脏,不知为什么,他觉得这有点二选一的架势了。

点开手机想看点东西,但手指颤抖,连标题都对不准。手一哆嗦一个短视频打开了,是两个美女举着瓶子喝啤酒,一个叫:酒是天上水,越喝人越美!另一个叫:酒是粮食精,越喝越年轻!一个又喊:你一瓶来我一瓶,没心没肺就不醉……杜松立即把屏幕关掉了。

人家的父亲又不在换心,有权这么快活。手术室里是他唯一的父亲。这是他父亲唯一的机会。

他知道,全国成功的心脏移植手术才三千多例,失败了多少却没有数据。杜松眼前出现了一个黑洞,庞大无边,似乎要把他吸进去。他的心怦怦乱跳,心脏也像是不够用了。那个哪吒突然跳了起来,手一举说,耶!肾脏也完成了!杜松似乎挨了一拳,直愣愣地僵在那里。一个护士过来干预了,她要求安静,冷冰冰地说,这只是手术完成,是不是成功那还要看,不懂就不要乱嚷嚷!杜松想,那还要看?什么意思?他想问问护士,还没等他上前,护士已经转身离开了。

他累极了。他找个姿势,面朝手术室的门放松了身体,睡意立即包围了他。手机突然响了,是璟然阿姨。他接通,正要说话,手术室门上的那三个字突然熄灭了。他一个激灵站了起来。

门缓缓打开。记者们全往前靠。

电视里立即开始插播最新消息。无人机并没有再次起飞,但此

第七章

前的资料是现成的,画面恢弘,他们随调随用;记者们被护士劝阻着,摄像的连连后退,还打了个趔趄,可该拍的镜头也还是拍到了。虽然夜已深,电视机前的观众已不很多,但这个节目还是为电视台赢得了口碑。这是电视时代难得的灵光一现。

48

万籁俱寂。一片黑暗。

晨曦初现时,万风和醒来了。眼皮宛若窗帘,透进了微光,逐渐亮了起来。他的苏醒与旭日东升同步,睁眼时,半开的窗帘射进一缕霞光。多么美好的早晨啊。

时间重新开始了。

他本不会立即知道手术进行了多长时间,但傍晚进入麻醉,早晨苏醒,这显然就是一夜。胸前的疼痛开始时还只是隐隐约约,仿佛在远处,在身体之外,慢慢就笼罩了他的身体。他不知道刀口有多长,只觉得疼痛是全面的,像覆盖整个前胸的一个扇面。此刻,能感觉到疼痛也是一种幸福,如果一睡不醒,此事休提。

疼着,也就是活着。活着就会疼。每个人都是伴着剧烈的疼痛坠入人世的,那时是妈妈疼,自己不觉得;慢慢长大,伴着疼痛成长,有时是皮肉疼,有时是筋骨疼,还有的时候是心痛。此时的疼痛如潮水,如火焰,在胸前漫卷激荡。万风和集中精神,仔细辨别着心脏部位。小时候他在里运河边的浅水里抓过鱼,两只手不断地把水拨开去,让那鱼露出脊梁。这会儿他使劲排除疼痛,捕捉着心脏的搏动,可疼痛太强大了,片刻也不放过对他的纠缠。那次他没有捉到那条鱼,这次也没有分辨出心脏的跳动。可以明确的是,它在工作，很称职，很尽心。你辨不出心脏，那这心脏就是安妥的。

这是别人的心脏。心脏的主人肯定已经感觉不到疼痛了。

他是谁？

手术后，万风和强令自己不要去想任何难解的问题。公司、生意、家庭，所有的人和事，都是身外之物，可是，这颗心脏它不是身外之物啊，它就在你身体里面。每一分每一秒，都是它在支撑你。你接受了它，你就躲不开这个问题。

他还必须在重症监护室再待上一段时间。抗感染，抗排异，都是难关，只能依赖大量的药物，还有，就是命。运气。一切都要看这颗心脏跟你的缘分。

你不得不承认缘分。这种虚无缥缈、说不清道不明的东西，母亲在世时总挂在嘴上，万风和不信。在母亲嘴里，夫妻是缘分，儿女也是，钱也是，慢慢地，万风和有点将信将疑了。现在，他不得不信了。缘分是存在的，但有些缘分也是假的，一戳就破，譬如婚姻，这且不去说它，但显而易见，这颗不知来路的心脏能够在恰当的时间安然入怀，就是一种缘分。面对严苛的配型检查，它没有假装通过了，却等万风和摘除了生病的心脏后再促狭地狞笑着说，我俩其实不配。

它没有这样。可所有失败的婚姻都是这个样子。以为是缘分，其实不配。如果把生儿育女看作是婚姻的果实，万风和与杜衡开出的就是谎花，跟璟然索性连个花骨朵都没有。璟然回来了吗？他在心里问，没人回答他。周围是闪烁着的各种仪器，它们不说话。万风和突然觉得一阵心痛。他顿时恐慌起来，努力镇静住，很快他就分辨出这不是新的心脏在捣乱，它很厚道，这一阵心痛的根源其实是在脑子里。

第七章

难免瞎想。他曾经为杜松的血缘纠结煎熬,现在,居然连自己的心脏都是外来的了。

他劝告自己,这一路走来,那么多的沟坎,此时再在心里过一遍那无疑是找死。眼下,首要的任务是跟新的心脏和睦相处。可喜的是,刀口在愈合,做客的心脏居然宾至如归一般,就像是原装货。就像是母亲出生时给他的。

陌生的心脏在身体里愉快地跳动着,它支持万风和身上的电线和管路一件件地拆去,鼓励着他下床,一步,两步,终于能够正常走动。这颗心脏显然充满了活力,它带领着万风和离开重症监护室,走进了普通病房。外面的世界五光十色,心脏用它稳定的表现支持着万风和,鼓动他走出去。

终于出院了。直到他出院,璟然也没有回来。从重症监护室出来,杜松就把手机还给了万风和。打开手机,微信上有璟然的不少消息,都是问他的情况。万风和打了几个字,身上疼,到处疼,颓然放下,对杜松说,你代我给璟然阿姨回话吧。杜松笑道,我已经代你回过了,她见你不回答,就问了我。我说了情况优秀。万风和微笑道,有这种说法吗?情况良好就是最好了。

杜松其实说得不错,情况确实优秀。可有句话,杜松却不会代万风和问,璟然,你怎么还不回来呢?是遇到什么麻烦了吗?

正想着,杜松把自己的手机递了过来,说,老爸你看。万风和看见,杜松打字告诉璟然,老爸已经转入了普通病房,璟然说,就知道你很能干,一定能把你爸爸照顾好。我不在也一样的。

杜松脸上有被表扬的喜悦。万风和心里却微微一沉:我不在也一样的,这是什么意思?他想给璟然拨一个电话,却被进来查看的医生阻止了。万风和想对杜松说什么,叹口气,没有出声。

她一个学英语的人，国外的同学朋友是很多的，万风和提醒自己不要太操心。很多事情，你操心了也没有用。心源来得突然，这次手术，弟弟赶来时，他已经进了手术室，陪到他转到普通病房后才走，也没有说上多少话。但璟然到现在还不回来，这无论如何不太正常。难道真的是福无双至吗？他的手术成功了，捡回来一条命，璟然却出了什么事？

　　他不断地发消息，拨电话。没有回音。他恐慌起来，新的心脏刚一上岗就不得不经受考验。杜松看出他的焦虑，安慰着父亲，自己也跟璟然阿姨联系着。出院后的某一天，万风和拨过去的视频突然就接通了！屏幕闪烁一下，出现了璟然的面容。璟然似乎是在一个房间里，她抬起手摇摇，嗨了一声，笑说，你气色很好。比我走的时候好多了。万风和看见她似乎胖了点，这大概是镜头的原因，璟然说，祝贺你新生了！你出生的时候我不在，你这次新生我又不在。

　　这笑话有点别扭，生硬，万风和愣了一下才懂，可她比自己岁数还小哩。他笑道，可上次手术你是在的。他说的是以前那次肾上腺手术。璟然也愣了一下，笑道，杜松比我强——杜松在吗？杜松过来，凑到了镜头前。万风和说，你要不要看看我的刀口，这次可不一样。说着就把衣服往上撩。璟然阻止道，别乱动！除非医生允许。万风和刚要说家里哪来医生，璟然笑笑，视频突然断了。马上一张照片发过来了：万风和和杜松同框。这当然是刚才拍的。微信显示，璟然正在打字。这一次她没有评价长相，却说，你们父子，真好，我是那个拍照的人。

　　她这是什么意思？隐隐地有一丝醋意，又透着一点达观。她的话里应该有一点歉疚的，毕竟这么大的手术她却不在身边。可她没有，对她至今未归也没有解释。再拨过去，璟然拒绝了。

她手术时没有赶回来，出院了她还是没有回来，这肯定不正常了。但所谓正常，究竟该是什么样子呢？从视频中能看出，她是在一个房间里，看不出是酒店还是住家。

她说，我不在也一样的；又说，我是那个拍照的人。话里似乎有话。她没有明说。此后的日子，万风和打了很多字，发了不少语音。没有回音。

远隔千山万水，万风和徒唤奈何。他劝说自己，告诫自己，首先要把自己身体维护好，否则万事皆休。所谓生活，就是生下来，活下去。杜松搬过来住了，他照顾万风和很妥帖，很给力，有些事情肯定比璟然还要强。如果不是想到上一次手术是在璟然的陪伴下痊愈的，万风和简直要认为，这次这么大的手术，正因为璟然不在，他才能安然度过——有不少人看中国足球，一看就输，不看倒赢了，就跟万风和这个心思差不多。

虽然迄今为止杜松所有重要的人生关节，生日啊，节日啊，毕业之类，万风和都没有缺席，像个亲爸的样子，但面对几乎是一夜之间长大的杜松，万风和还是感到有点陌生。璟然一直没有消息，对她的滞留不归没有任何解释。快过年了，万风和面前出现了一个难题：杜松是不是应该过去，陪他妈妈？或者，索性请杜衡过来一起过年？杜松显然有期待，但不敢说。万风和决定把这个难题推给杜松。他笑着说，我已经好了，没问题了。你去陪你妈妈吧。

杜松说，妈妈不能过来吗？

万风和摇头。

那我请示一下璟然阿姨？

万风和说，不需要。这是你和我的事情。

杜松说,那我就在这里陪你。

万风和说,你不要问问你妈妈吗?

杜松说,不要。妈妈可以去外公家过年。她就是这么跟我说的。

两个人的除夕夜很特别。史无前例,以后还不知道会怎样。其实璟然不在,万风和去杜家过年,甚至请杜衡过来,三个人一起过,也并不为过,毕竟万风和还是个需要照顾的康复病人。可也正因为璟然不在,万风和排除了这两种情况。璟然只不过暂时还没有回来,并不是永远不回来,人不走难道茶就凉了吗?

没想到的是,杜松居然还会做菜。手艺还谈不上,但绝不潦草,年夜饭摆了满满一桌子,显然还遵从了医生低盐低脂的告诫。

自此,万风和不得不和杜松开始了漫长的相处,他们似乎亲近了许多,但有一堵无形的墙隔在他们中间。有些话题是敏感的,万风和甚至做好了杜松追问的准备,但杜松却绝口不提。开始时杜松还偶尔提起璟然,慢慢地,也不再主动说起。仿佛他们家的关系从来就是这样,他长大了,父亲手术,他自然来伺候,就这么简单。

也幸亏了有杜松。没有他,万风和的日常生活都成问题,更谈不上养病。文化公司的业务还在照常运转,遇到大事急务,万风和拍板,杜松去执行。很多事务要在电脑上操作,杜松不在家,万风和根本搞不来。更头疼的还是楼盘,过年后虽然复了工,但销售死气沉沉,一副半死不活的样子。形势真的变了。万风和坚决要求去万璟家园看看,杜松拗不过,开车带他去了,只要求他戴上口罩。

工地上看起来一切如常,塔吊转来转去,把构件和材料往顶上吊,建筑商的进度倒不慢,因为封顶完工了他们就可以要款,可万风和看着楼层在长高,想到的却是债务正在逼近。售楼处开着,可看不到几个顾客，虽还算不上门可罗雀，但售楼人员肯定比顾客还多。万风和走进去，一个挂着胸牌的姑娘立即迎上来，满脸堆笑地要来介绍。杜松也戴着口罩，他们显然没有认出这两位老板。万风和摆摆手，轻轻叹口气，走了。

回头看看售楼处上"万璟家园"几个字，他愣愣地出神。

这几个字也旧了。白天看不出异样，只有到了晚上，灯带打开了，才能看出是不是缺了笔画，那个"璟"字还在不在。

远隔重洋的璟然并没有完全断绝联系。她隔三岔五地发来文字，提醒他不要忘记吃药，不要劳累，说有什么事就让杜松去做。她只是叮嘱，但他们形不成对话，万风和发去的问题，她一直忽略。万风和问她，你过年怎么过的？她没有回答；万风和说，我是和杜松两个人过年的，她不置一词；万风和问，你什么时候才能回来？她就像没看见；万风和问，你到底还回不回来？！这已经是逼问，是挑起争吵的语气了，可是她仍然没有回答。万风和拨去视频，意料之中的，她拒绝了。

如果不是曾听到过她发来的语音留言，万风和简直怀疑她是出事了，甚至是死了，是别人冒充她在打字。

亏她还提醒万风和不要忘记吃药。

每一顿的药都是杜松先准备好的。他吃了药，又自己加了一粒安定。夜里做梦。怪梦连连，飘忽的身影依稀是他自己的影子。他在自己的身体里巡游。肝肾脾胰肺都是好的，各安其位；肠子如盘山小路，九曲十八弯；他站在自己的心脏前，打量着，抚摸着，打躬作揖道，拜托了，谢谢你……

第二天他醒了。并没有变成能钻到别人肚子里的孙悟空，他好端端地躺在床上。璟然也不是孙悟空，她不会筋斗云，依然不在身边。万风和打量着四周,短暂的恍惚,这个家,一时间竟像从来没有过璟然的存在。

璟然那边正是夜里。她这会儿在做什么呢?

她究竟是遇到了什么困难,还是另有难言之隐?她是发现了什么新机遇,还是遇到了什么新的人?不知道。他们这是情断义绝,一刀两断了吗?可他思来想去,没有发现一点迹象。

身体在顺利恢复。从万璟家园回来后,万风和有点咳嗽,杜松吓得不轻,好在只是虚惊一场。杜松说,以后尽量不要外出了,老爸你吃不消,就当还没有出院吧。他打电话咨询了医生,网购了一套更高级的健身器材,万风和在跑步机上慢慢走,进而快步走。面前有个屏幕,播放着世界美景,景色随着脚步变幻,仿佛人在景中,徜徉流连。屏幕里忽然出现了欧洲的景色,蓝天映衬下的教堂,石块铺地的古老街道,鞍辔闪亮的马车,琥珀般的湖水里有天鹅浮游……万风和步子慢了下来。他看见湖水里有人在游泳,恍惚中他看见了她的脸,是璟然!他慢下脚步,伸手一拂,原来是只小虫子。他继续走。一步步,走啊走,似乎走向前方,其实还在原地。

时间停滞了。

这跑步机还派上了特殊的用途。记者们很敬业,他们还没有忘掉那期节目的后续。杜松自己拍了一段万风和在跑步机上慢跑的背影发给他们,阻止了他们的采访。那哪吒头的丫头很不满足,硬缠着杜松要他说几句。杜松只说了一句,感谢医护人员!就不再开口。他戴着一个很大的口罩,虽被拍了,也等于没有出镜。

他这句感谢很真诚。但万风和提醒他,有句话该说却没有说——我们应该感谢那个捐赠者。

杜松点头。万风和心里想,还该问问记者,那天同时手术的另外几个人他们怎么样了。他从网上知道了，至少在南京，除了自己之外，还有一台肾移植和一台角膜移植手术。他们是男是女？多大年纪？他们在哪里？

他的生命曾被按下过暂停键。他身上现在流动的每一滴血，都由他据为己有的心脏泵出。那个捐献者，他是谁？

他的心，默默跳动着。如果不仔细体察，不用手摸一下，你简直不会感觉到它的贡献。现在，不光是日常生活应付裕如，配速十分钟一公里的慢跑也没有问题了。从体力上说，万风和当然是喜出望外。但有资料显示，迄今为止接受心脏移植的患者当中，有一些出现了精神问题——倒不是发了精神病，而是有些人性情大变了。他咨询了医生，那医生含蓄地承认有这样的例子，但他强调，比例太低，不足为训，而且，也难以排除是因为患者生活本身出现了变故。医生很会做思想工作，他劝告万风和，不要在网上乱看，一知半解要不得。他说，你得益于现代科学，可不要被网络上的"科学"吓坏了。

万风和认可医生的警告。可是，他已经看到了不少资讯，即便他忍住不看，杜松看到了也会跟他交流。毕竟还是个孩子。杜松已经学着管住自己的嘴，有些字眼绝对不会冲口而出，但万风和自己看到了"生存率"这个关键词。看见了就难以忽略，总在心里琢磨：在手术台上的死亡率是7%，这个他已逃出生天；一年生存率超过90%，他看来能够安然度过；五年生存率为80%，十年生存率达到了70%。五年，十年，其实都是捡来的。据说国际上最长命的心脏移植患者已经生存了三十年了，到现在人还在，万风和觉得这未免太长了，长得简直不像话。这人当然最后也会死，但死的时候说不定他心脏还是好好的。这简直太高配了，太奢侈了。万风和不敢奢望三十年，能再活个十年二十年，他就很知足了。

他想得比从前更多了，许多他以前从未想到的、浮光掠影一闪而过的问题，他想得深了。关于科学，他是该感谢它呢，还是该抱怨它？不换心脏，他现在说不定已经死了，不感谢岂不是忘恩负义？可是，如果没有亲子鉴定，即便他对杜松的血缘生疑，又能怎样？大概率他也只能闷着葫芦乱摇，稀里糊涂地过下去——可稀里糊涂难道不是一种幸福吗？郑板桥说："难得糊涂。"有了亲子鉴定这种科学，要糊涂，可真是难了。

医嘱是：严格按规定服用抗排异药物，注重生活规律，定期复查。这些他全能做到。这么做，是为了活下去。多亏了杜松，这个秘书兼护工也兼了儿子的人，你不得不依靠他。面对这种局面，万风和心里充满古怪的欣慰。

不了了之——万风和突然想起了这个词。这是一种局面，也是一种无奈，或许还是一种手法一种智慧。但有些事是很难用这四个字收尾的。你无法不了了之。他走在跑步机上，步伐稳定，呼吸平稳，不由得高兴起来。他拿起跑步机隔挡里的手机，拨去了璟然的视频。没想到居然接了！他降低了步频，正要说话，那边璟然的脸只闪了一下就不见了，一个声音传来，真好！视频就断了。她是在夸他的状态好。屏幕上，显示着日期和时间——距她离开，已经四个多月了。

他稍一迟疑，放下手机加快了步伐。又想起了另外几个器官移植的病友。茫茫人海中，他们本是互不相干的陌路人，但一个目前尚未可知的捐助者，用他慷慨的爱，把他们连接在了一起。这是一种奇特的缘分，隐秘，却绝不缥缈，科学是最严格的鉴定者。不知道他们怎么样了，是否也曾想起过还有个心脏移植的人。

49

肾脏移植后的归霞,此时正在家里打电话。她一个人有点怕。周雨田正在外面谈事,他接通手机笑着说,怕啥呀,我一会儿就回去。你呀,肾脏没问题了,倒吓出心病来了。你把门锁好,我带了钥匙。心想:毕竟这么大的手术,也难怪她,还被绑架过。绑匪说是被抓到了,但据说还有一个同伙在逃。是个女的。

归霞算是捡回了一条命。续命。她两边的肾脏都出了问题,但只植入了一颗。这颗外来的肾脏似乎跟她不怎么亲,有点抵触排斥。医生说这是正常的,药物和时间会帮助她适应。她知道人的两颗肾脏其实只有五分之二在发挥作用,所以她只植入一颗就行。既然如此,长两颗肾脏干什么呢?都不出全力,说不定还彼此拖累——这倒有点像婚姻,两人都不全心全意,说不定还要彼此猜疑、对立、纠缠不清。唉,打断胳膊还又连着筋。

她自己琢磨,也许那股激烈的电流终究还是伤了她。她曾认为那电流是丁恩川发出的,沿着漫长的线路传到了她手上,击垮了她最为脆弱的部分。可丁恩川远在千里之外,她没有理由去抱怨他斥责他。

现在好了,新的肾脏上岗了,两颗不顶事的肾脏虽然都还留在身体里,但已成了摆设。这局面就有点复杂了,三颗肾脏,两个是亲生的,另一个是抱养的,两颗亲生的也不知道会不会欺生,暗中捣乱。归霞如临深渊如履薄冰,生怕它们三个闹得不可开交,大打出手。她曾经想问医生,既然那两颗肾脏都已经不怎么管用,为什么不索性摘掉,让它们下岗?话到嘴边还是没有开口。好在它们目前顶多还只是彼此看不顺眼,矛盾并没有升级,不至于你死我活。

归霞战战兢兢地哄着它们，每天按时吃药。很多的药。

一个和尚拎水吃，两个和尚抬水吃，三个和尚没水吃，归霞以前就听人这样评价过他们单位，万万没想到，有一天"三个和尚"这种局面居然会出现在她身体里。唉！

突然想起，心脏移植可不就是一个和尚拎水吃吗？她听说了还有一个同时手术的心脏移植者，不过并不关切，她已没有精神再去管别人的闲事了。手术后，因为待遇问题，她拒绝了病退，被闲置荣养起来；每周五天，去单位两次，五分之二，这与健康人肾脏功能的使用比例不谋而合。单位的人都睁一只眼闭一只眼，随她，这种不对称的目光滋味复杂，射出来时是同情，半道里成了羡慕，归霞接收到时已变成讥笑了。不过她已懒得去搭理，倒是周雨田调笑的话让她有点吃不消。他倒是记着另外几台手术，一一评点，笑着说，半世为人，你们是一群残兵败将。又说，你们杀伐半生，都挂了彩了——你怎么对他们一点兴趣都没有？

归霞没好气地说，我没有杀伐。我是累的，气的！

周雨田说，你对他们就一点也不好奇吗？

好吧，好奇，归霞说，我倒是希望给我捐肾的那个人是个男的。

周雨田诧异地问，为什么？

归霞冷笑道，男人的肾好呀！你不看满世界男人都在补肾？补啊补的，全补得倍儿棒。你的肾就好得很，不好你也吃不消金陵十二钗！

周雨田脸上的笑容僵住了。他抬眼看看墙上的挂钟说，看看都几点了，睡吧。心里想，都什么状况了，你还操这心！

归霞尖利地上下打量着他，说，你反正看起来全须全尾的，好

第七章 *341*

得很。她的语气不无嫉妒。周雨田不跟她一般见识,笑着说,我只是没有断胳膊少腿罢了。他拍着自己肚子道,我受了内伤。

归霞说,是吗?才好!我问你,我要是死了,你打算把秦淮八艳里哪个娶回家呀?

什么?周雨田瞪大了眼睛。

归霞说,金陵十二钗,你不配,你也就秦淮八艳,卖身的那种,人尽可夫!

周雨田恼了,气哼哼地说,你满脑子都瞎想些什么!

归霞锐声说,那你写下来,你保证!

周雨田干笑一下,起身上楼。写下来,写什么?协议就是用来违背的,都不违背我这个律师吃什么?也不知道这话他是不是出了声,归霞起身追了上来,手里还晃着一张纸。周雨田连忙钻进房间砰一声关上了门,大声说,你不会死的,你长命百岁,万寿无疆。你是疯了!

我疯了吗?

归霞总觉得自己的身体沉甸甸的,似乎那枚植入的肾脏大大增加了她的体重,超过了她的承受力。她也曾是一棵树,蕴藏着绿色的生机,但这生机现在死了,她被压成了煤,早晨的第一缕阳光会把她点燃。白天她总是炽热着,忧心如捣,烦躁不安;每当夜幕降临,她的心就会冷下去,坠到冰川里去,变成冰冷的黑色煤块。每一个昼夜她都要经历从炽热到冰冷的轮回。

在她的追逼下,周雨田还真的签下了一个协议,准确地说,是一个保证书,保证从此以后忠贞不二,财不外泄,直到永远,云云。

可她看着那张保证书,眼前的字迹却常常汩汩漫漶开来,幻化成金陵十二钗正围着周雨田翩翩起舞，她们衣袂飞扬，环佩叮当，笑意盈盈，他朝她们飞眼。突然她们又遁去了，倏然消失，隐藏在暗处围着她，朝她投来奚落嘲笑的视线。她僵在视线交叉处，有如泥胎，努力抬起眼睛，却看见阴沉的天空上遍布南来北往的电线，其中有一根色泽暗红，微微发亮，她看见了川流不息的电流，电流起点的高塔下，立着一个男人隐约的身影……

归霞悚然一惊，呆了半天，突然想起当天的药还没有吃。床头柜上，一排药瓶排列整齐。

三颗肾脏，并没有弄出个三个和尚没水吃的结果。她只是要不断吃药。很多的药，还在从医院源源不断地补充。那些药瓶子倚着挡板，从大到小排成一道直线，像一串省略号似的延伸着，指向绵绵无绝的虚空。她生命的高度和宽度都已不能修改，这一串省略号似的药瓶却标示着她的未来。

50

一晃好几个月过去了，转眼又近年底。这一年万风和主要是养病。楼盘封顶了，正在装修，销售也在继续，是个死不了也活不好的状态。万风和极少外出，因为即使他拿个大喇叭亲自站在售楼处喊话，也没什么用。不管怎么说，尽可能地闭门不出对防感染的器官移植者来说，也算是一种强制的因祸得福，他连感冒都没有得过。

璟然与万风和久不联系了。杜松说，璟然阿姨有时还会在微信里问问他恢复的情况。这孩子也看出了异常，但是他不多话。除了照顾万风和，出版和楼盘两边的事情够他忙乎的了。

万风和有时会看看古诗词,蓬山此去无多路,青鸟殷勤为探看。蓬山不知在哪里,他这个身体,也谈不上什么路;青鸟岂止是不殷勤了,连手机屏幕上都不见了影子,他差不多已经死心了。不过探看也还是去探看了一回的——杜松开车,他去璟然的苏州老家找过线索。此前他打过电话,可岳母的手机号码换了,空号;到曾经去过的老城区找,全拆迁了,旧房已成平地,新楼还没有建起来。他在剩下的老街巷乱逛。二十几岁时他开始搞出版,想方设法才看到了足本的《金瓶梅》,那时他只要走到老街区,就不由自主地朝二楼瞟,总觉得会有个叉杆落下来,一个古装女子在窗口巧笑。眼前的老房子也有二楼的,但所有窗扉都关着,有一丝响动,那是风吹的。窗格早已糟腐,斑驳破败,如果不修葺很快也要倒塌。前面的小巷里走出一个白衣女子,戴着一顶红帽子,腰身侧影很像璟然。他立即三步并两步靠过去,一看才知道不是。人家是游客。

也向他的同学熟人打探过。旁敲侧击。轻了,人家云里雾里听不明白;重了,人家笑道,你老婆,倒要问我?哈哈,万总你搞的这是哪一出啊?万风和被噎得哑口无言,只能打个哈哈自我解嘲。

暂时也只能这样了。时间,可能只有时间才能拨开迷障,亮出结局。

这年清明,万风和又没能回去。医生的警告很严肃,因为心情郁闷,那段时间他的心脏不太安分,耍着小脾气。他不得不去医院住了几天。从医院回来后,他发现马路边上多了不少烧过纸的痕迹,因为种种原因,不少人只能违规在城里烧。晚上散步,他看见小区的围墙内有个人点了一堆火,正一张张往火里添着纸。见有人靠近,那男人抬起头,辩解道,我不是烧纸钱啊。万风和点点头表示他不管。他看见那人往火里丢的确实不是纸钱,而是一封封信。信有些已经拆开了,有的连拆都还没拆。火舌舔舐着字迹,信封上的地址正在火中消失,收信人肯定已经不在了,不是这人的母亲,就是他父亲。

万风和看着路边升腾的火焰,发了一阵呆。那人打开一大瓶矿泉水,把火浇灭了。余烟袅袅。

清明过去了,他觉得自己又一次亏欠了父母。可这种事是无法弥补的,日子过去了就是错过了,你只能等来年。没想到第二天早晨,他却突然接到了一个电话。陌生号码。他拿着手机,如五雷轰顶。

是个男人的声音,普通话。很简短,很笃定,那声音说,你父母的骨灰在我们手上,拿钱来赎……这声音阴森森的,仿佛从地底传出。万风和一屁股跌坐在沙发上。再把手机贴到耳边,对方已经挂了。

他的心在狂跳,气有点接不上来。心脏不够用了,必须爱惜,省着用,否则他怕是过不了这个坎。痛斥和咒骂一点意义都没有。他平躺着,给堂姐打去电话,请她立即去墓地看看。虽然他知道这绝不是玩笑,但堂姐哭着证实了情况后,万风和的心又像是被补了一刀。他吞下一把药片,压制着情绪,喊来了杜松。

杜松呆了,骂道,什么鸟人啊!

万风和有气无力地说,我们回去一趟。

杜松说,我一个人就可以。没问题。

万风和看看他,半晌,点了点头。

只能是他去了。大小伙子了,也需要历练。很多事,光说说听听是不行的。万风和很小的时候,父亲告诉他罩子灯很烫,不能摸，可越说他越不信，终于找机会伸出指头在玻璃灯罩上按了一下，立即大哭，手指上被烙下了一层皮，贴在玻璃上。再大一点父亲警告他不能玩火，可他和弟弟在家里玩乒乓球，不知怎么的就把个破乒乓球点起火来，着火的乒乓球在地上弹跳，两人开心得又蹦又跳，可乒乓球跳着蹦着竟滚到了床下，还带着火，弟兄俩目瞪口呆，眼看着床上开始冒烟。那次祸闯大了，差一点把家烧掉，从此他再也不敢玩火，谁撺掇都没用。大人教孩子哪能光靠说？杜松出发之前，万凤和跟老家的几个关系都联络了一遍。他没说具体事，这些电话只是防备个不时之需。

杜松回去后，万凤和坐卧不宁。很多次拿起手机想拨给杜松，都忍住了。不该干扰他，他需要独自历练。万凤和彷徨四顾，他拉开抽屉，取出了那张盖满父亲印章的纸，摊在桌上看。父亲当年写的条幅，也被铺到了桌上：有毒的不吃，犯法的不做。这是父亲的正告，可有人正在对他犯法。

两天后，杜松回来了。风尘仆仆。他顺利地拿到了骨灰。给了对方十万。现金。杜松严格执行了万凤和的规定：不报警，不声张，请姑姑协助。正如万凤和所料，杜松并没有跟那个男人直接见面，现金和骨灰分别摆在两个地方，各自去取。杜松说，爷爷奶奶的骨灰袋子上沾了泥，姑姑不让洗，我买了新袋子套上了。

万凤和嗯了一声。

杜松说，石板被他们撬过了，我怕漏水，姑姑说，除了清明这一天，其他时间不能修墓。我用玻璃胶补了一圈。

万凤和点点头问，你去墓地是白天还是晚上？

杜松说，傍晚。晚上我也不怕。

万凤和抬眼看他。杜松说，我爷爷奶奶会护着我。

万风和内心被轻轻触碰了一下。杜松看见了桌上那张盖满印章的纸，他看看万风和，意带询问。万风和轻声叹道，这是你爷爷的印。杜松嗯了一声。他说，老爸啊，我现在能报警了吧？这些鸟人也太可恶了！万风和摇摇头说，他们没被抓住，要是报复，再来一次怎么办？杜松说，我给守墓人塞了钱。五千。他会好好看着的。万风和苦笑说，给钱是对的。但还是不要再惹事了。他指着杜松手里的手机说，你换个号码，马上就换。杜松问，那老爸你换吗？我就不换了，万风和说，我老家伙了，不在乎了。他不想再提这个事了。一句都不愿再说。有些人真的是心坏了，即便是换心也没有用。杜松去老家的这两天，万风和像被架在油锅上。这是猝然一击，又像是锯条在拉，就像他当年磨那枚印章。那回是他自己在磨，这次是歹人在锯他的心。他的新心脏虽然也慌乱，毕竟挺了过来。它没有罢工，这简直是奇迹。他学会控制了，把情绪阻断在大脑那里，不往下走，这是一个迫不得已同时也十分有效的措施。很多事是不能深想的。这次杜松功劳不小，真是长大了。否则全由万风和自己扛，这一阵阴风，十有八九会把他的生命之烛吹灭。

　　这件事万风和没有告诉弟弟。实际上，他自己也并不知道全部，杜松就没有告诉他，事后他还是去报了案。接警的正是曾负责归霞绑架案的警官，他一听杜松的话，立即就把笔拿起来，却又做好了不管此事的决定。但他确实又有点兴趣，这小伙子很会说，绘声绘色的，他权当个故事听。类似的案件以前听说过，没想到又发生在本地的著名企业家身上。这是绑架的升级版，也可以说是敲诈勒索的终极版。他有退休后写书的志向，送走报案人，他把笔录收了起来——这是好素材。见警方那里一点动静也没有，杜松终于还是忍不住跟父亲叨叨了一句。万风和呵呵笑道,你报警,人家给你回执了吗?杜松一愣,说没有。万风和说,算啦,人家不会管,原因很简单:第一,发案地点不在本市;第二,事情你已经解决了。万风和说,此事到此为止。

社会很复杂,各行各业都有自己的名堂,杜松现在还不太懂,但他慢慢会懂的。做父母的常常会着急,急于求成,其实反过来想想,假若孩子们小小年纪就少年老成,甚或老于世故、油头滑脑,那这世界会变成什么样子?

杜松看万风和有点走神,笑嘻嘻地说,老爸,你的心脏经受住了考验。

万风和笑道,你这算是夸我呢,还是夸这颗心脏?它不是我的。

他也没有把这事告诉远在异国的璟然。他必须接受璟然不在的日子。这次事件是他人生障碍赛中一个意外的高栏,跑道里原本没有,是阴毒的坏人临时推过来的,但他跨过去了。

手术过去一年多了,按数据,有百分之十的人被淘汰,他已成功地留了下来。万风和对自己的心脏又多了一份信心。

51

现在外出都是杜松开车,尤其是长途。早前杜松开车,万风和坐在副驾驶位还提心吊胆,指手画脚,比自己开车还紧张,后来发现,杜松开车虽快,却很稳,他就安心地坐到后排了。

他当然不适宜长期离开南京。颠簸和劳累对他而言是一种干扰。

这次回去是因为一个意外的消息，堂姐说墓地要搬迁了，她还发来了照片，迁坟通知，说是公路边的墓地有碍观瞻，逾期未迁的坟将作无主坟处理。通知上没说平掉，但就是这个意思。

父母的坟早就该修了，但没有想到会是以这样的方式。他心急火燎地恨不得马上就动身，但杜松阻拦他，逼着他去了趟医院。他们没有说马上要有个不算长的长途，还要在外地过上一两天，只说就是来查查。那医生看着忙前忙后的杜松，拍拍面前的那几张化验单，点点头说，你情况不错。他微笑着抬头说，你儿子也不错。

那次去苏州，杜松也在前面加了一次检查，正好再取一些常备的药物。在这类事情上，万风和听杜松的。去苏州那一次出行他心怀期待，这一回他心里有点冒火。他做房地产，知道拆迁的事最是麻烦，拆迁户撒泼打滚，上吊跳河，坐地起价，什么招数都能使出，万没想到有一天拆迁这种事也会落到他的头上。还是祖坟。这可是大事，说是天大的事也不为过。从医院回到家，他和弟弟通了个电话，第二天就启程赶回老家。

车子经过墓地北边的公路时，他远远就望见了河对岸的墓地，即将搬迁的墓地依着河流的走向呈弧形，与远方的镇子遥遥相望。有不少人在墓地里忙碌，没有人说话，也听不到哭声。果然许多墓已经迁走了，想来镇上有政策，早迁墓能得到在新墓地优先选地的权利，这一招也是拆迁的惯技，万风和熟悉得很。杜松的手朝河边一指，告诉他爷爷奶奶的骨灰上次就被摆在河边的柳树下，一堆乱砖里。他可能还要说他当时把钱放在什么地方，万风和摆摆手说，走吧。

镇上弥漫着一种古怪的热闹气氛。街谈巷议的大多是这个话题：谁家新墓地占了最好的地势，风水极好；谁家的后人不上心，看来是要被平掉了。无数的警世通言、醒世恒言、喻世明言在镇上流传，活灵活现。看墓地兼看风水的老头忙得不可开交，恨不得脚不沾地，眼睁睁地看着外地来的风水师抢走了一部分生意。做殡葬生意的两家店陡然红火起来，花圈纸幛挂得他们的门面都圆了，纸人纸马一直摆到大街边，因为不像真的，路人并不怕。杜松脸上透着奇怪，但不敢乱说话。万风和依堂姐的建议，找了父亲做镇长的学生。堂姐悄悄叮嘱他，这镇长就是老校长女儿小媛的丈夫，早先是有线电视站的站长，混到老来才当到镇领导，其实还是个副的。万风和想起当年与小媛那一段，提醒自己讲话要注意。副镇长倒很讲感情，他未见得知道小媛曾差点成了万风和的老婆，却记得万老师当年讲课的风采。万风和主动出击，抱怨他应该早一点给信，现在有点被动了。副镇长说，一点也不被动，最好的几个位子他都留着，等万风和挑。

　　新墓地也在镇北，坐北朝南。离公路确是远了，路过的车辆看不到这里。按副镇长的意思，风水不必再看了，他通盘找人看过，留下的位置更是上佳之地，旺家势，宜子孙。他很会说话，说学生也算是徒子徒孙，他怎么着也要把最好的地留给老师——必须的！他其实还真会办事，留下的地方位于墓地的最北边，地势最高，能俯瞰全景，气象好。万风和请去的阴阳先生赞不绝口，恭维话一套一套的，那语气恨不得自己立即就死了埋进去。这都是套路，不懂风水的人都能看出这里确实最好，当然也最贵。杜松悄悄对万风和说，现在这里是最北边，以后呢？不扩了？这墓地又没有边。万风和使个眼色，让他不要再说。他说的这个万风和岂能不知？他自己开发的楼盘不也分一期二期吗？房子的价格一套一价，先卖后卖，里面名堂多得很。但这个副镇长会办事却是显而易见的，若是不会办事，众目所视下这地方哪能留得下来？万风和打算把他爷爷奶奶的坟也一并迁过来，再往上的祖宗他其实也不知道在哪里。他按地势地形挑好了两块相邻的墓地，镇长却说不行，说这有主了。万风和往边上让让，镇长还是面露难色，说这两个其中一个也被预定了。万风和恼了，说你不是留着吗？两个不挨着这算怎么回事？副镇长说，我以为你只要一个。万风和说，谁家没有祖宗？你这做的什么事嘛。话虽这么说，他也只能往边上再让让。阴阳先生立即夸这两个其实更好，左昭右穆，好安排，他还要再说什么，杜松递去一根烟，给他点上，他也就不说了。

墓地都已建好，整齐划一，连再装修都不被允许；墓碑各家自己立，但尺寸高度都有规定。这个倒好理解，起房子时因为房屋尺寸高出几厘米，邻里都会闹出人命的，何况墓碑。万风和在店里挑了最好的大理石，等石匠过来刻字。那石匠正忙着，他用的是纯手工，凿头在锤子的打击下笔走龙蛇，字迹倒也端严大方。万风和蹲在地上，眯着眼看了好一会儿，从怀里摸出一张纸来，问石匠道，这个，你能刻上去吗？

石匠停了手，看一眼道，这不是个章吗？我搞不来。太小了，搞不好。

万风和说，就是要你放大一点刻上去。

石匠摇头说，我不会放大。他的锤子又响了起来。老板走了过来，他问明白万风和出多少钱，对石匠说，这你怎么就搞不起来？石匠把锤子一扔说，那你自己搞嘛。老板抬脚让开滑过来的锤子，笑道，这鸟人，只会刻自己的字体——不过你放大了描好，他肯定能刻。

杜松接过万凤和手里的纸说，我可能有办法。

不得不承认杜松的聪明。年轻人，万凤和是跟不上了。手机拍照，笔记本电脑放大，杜松到街上找个复印店，不一会儿就带回了放大了的纸样。他打印了好几张，大小不一，万凤和挑了一张。杜松问，刻阴文还是阳文？万凤和一愣说，阳文。印章原先就是阳文，他倒还没想到阴文阳文，老想着杜松会不会问东问西。果然杜松悄声问，老爸，为什么要在墓碑上刻这个呢？是有什么讲究吗？万凤和说，不是的，我只是想跟别人家的不一样。杜松说，还真是的，那么多墓碑，字体全一样，一点特色都没有。爷爷的印章多好。

那方印章，不堪回首。

立碑的时候弟弟赶回来了。一切都按老家的规矩来，一丝不苟。看得出，弟弟对墓碑正上方的印章有点诧异，可他没有问。杜松把万凤和拽到一边说，老爸，有的人家墓碑上写了长子次子，还有写孙子的，我们不写吗？万凤和一怔，半晌才说，你是长孙，你的名字写上去了，你叔叔家可是个女儿。

这个理由很充分，很体贴，按规矩女孩不写，弟弟难免受刺激。杜松其实话外有音，倚墙靠着的那一排墓碑，有不少还写了儿媳。杜松没有再说什么，万凤和正好视而不见。写儿媳，杜衡还是璟然？杜衡是孙子的生母，璟然的未来目前还只能存疑，难不成以后还要再凿掉？当然谁都不写。

璟然的微信很久没有动静了。他曾以为自己被删了，试着发了一条信息，发现没有被删。他发出的信息没有一个字，是一个标点符号：？

刻谁的名字，确实为难了一下。他似乎一直都在为难，但总体来说，上大学，辞职办公司，离婚，搞房地产，甚至包括心脏移植，都是情势之下的不得不然，中间虽有无数的为难，但也都过来了。墓碑上刻谁不刻谁，他是深思熟虑了的，现在这样可以说是最优决定。事情完成后一起吃饭时，那副镇长抱怨说他也很难，他没说留下的那些墓地此后怎么分配让他为难，却说乡镇发展很难，引进企业吧本身就不容易，引进了常常还又有污染，上下都有压力，他是左右为难。万风和暗笑这左啊右的，怎么就轮到他这个副镇长为难呢，副镇长却说他已经决定不烦那些神了，他要练内功，搞文化，他计划要建一个砖瓦博物馆，至少要恢复一两个砖窑，还说要牵头重修《万氏族谱》，他言辞凿凿地指指万家兄弟说，你们兄弟两个，一个是企业家，一个是科学家，都是一方名人，肯定要入《乡贤传》！

他的眼神里充满了期待。万风和知道他的意思，笑笑没搭腔。副镇长把重建砖窑和《万氏族谱》并在一起说，这是为了加重分量，这分量就是钱的分量。可万风和用谦虚的一笑就让他的诉求落了空。副镇长可能心里暗骂万风和小气，嘴里却哈哈笑着说，我算是明白了，文化比物质更长久。我马上就二线了，到时候他们才知道我做的是长线。

他神秘地一笑，从包里拿出一本书来。是一本县志，复印件，竖排，胶订，1949年前的版本，满眼都是繁体字。他还真是用了心了。弟弟和杜松都凑过来看。关于万窑镇，专设一章，风土人情地理历史都是能看懂的，那些人名，万风和全部闻所未闻，连作序的县长他都没听说过。这也难怪，民国三十四年的版本，1945年，在座的所有人都还没有出生。万风和把书递给弟弟，笑着说，我现在才知道我们的"万"原来是苏州万，洪武年间才迁过来的，跟李璟然说不定五百年前还有点瓜葛亲。弟弟笑道，我们兄弟能不能进去还真不好说，可你这个父母官必须要进去。副镇长正色说，我真不是为我自己，我是为了历史。

万凤和点头。他看着书中那么多的万姓名人，抬眼看看杜松，心想这一脉脉，一条条，谁知道这中间有没有中断过，但还是一代代传到了现在。万凤和话头一转，你搞历史搞文化，我支持。但我心不大，我只想在老家要块地，起个房子，老了也能回来，在你搞的文化里熏陶熏陶。

众人都看着他。副镇长叫一声，好！你支持我搞文化，我退二线前帮你搞定一块宅基地。

万凤和看看弟弟说，那就一言为定。

散席后杜松问，老爸，你是不是想把那块城砖捐出来？

万凤和一怔道，怎么会？要捐我刚才就说出来了。

他们又在老家待了几天。堂姐那边，伯伯的坟也要迁。诸事完毕，弟弟就回北京了。万凤和他们第二天动身。上车的时候，万凤和突然说，我来开吧。杜松说，你行吗？万凤和说，没问题。我带你去一个地方，稍微绕一点路。万凤和坐上驾驶座说，那是我的出生地。

杜松的眉毛扬起，瞪大了眼睛。

车开出一段，本来要上高速，万凤和一打方向盘，拐上了省道。然后是县道，一个多小时后，他们到了一个陌生的小镇。

说陌生其实也不陌生的。在这片广袤的平原上，所有的小镇差不多一个面目。这个镇子也是依河而建，只不过河不那么宽，而且是南北向的。万凤和完全没有印象了，一点点记忆都没有。似曾相识的是小镇的名字，反复出现在街边门面上的几个汉字告诉万凤和,他没有来错。他出生在这里,大概五岁才随父母离开,此后再也没有来过。杜松满脸茫然,又透着一点兴奋。万风和扶着方向盘说,你让我想想怎么走。

据说人在三岁前没有记忆,万风和却记得自己不满一周岁时突然学会说话的情景。母亲抱着他站在木桥上,明月如盘。他突然指着月亮说,灯!母亲又惊又喜,飞奔着跑回家告诉父亲,儿子会说话了!五岁之前的事他应该还记得不少的,可脑子里却只记得一道高高的围墙,围墙边有一排房子,房子前有一块菜地,菜地里飞舞着蝴蝶。还有一个片段:他走过湿漉漉的小街,去一家台阶很高的酱园店打酱油,柜台比他高得多;那掌勺的灌满瓶子,摸着他的头夸他能干,还从玻璃罐子里摸出两块水果糖给他。他回家,妈妈眉开眼笑,把另一块水果糖也剥了塞进他嘴里。他嘴里就有了两块糖,他用舌头搓,没剥干净的糖纸有时会卡在牙缝里……

学校不知道还在不在了。必须去问人。他们下车,杜松说,老爸你不要太累啦。万风和回头笑道,我不累,我是笨。有个老太太给他指了个方向。万风和上车,摸着方向盘发愣。他还想着打酱油的那一幕。不记得那掌勺的当时多大年纪了,总之是个男的,只是记不得多大年纪。

如果年纪太大,他一定不在了。

车子开动了。这个镇子地处偏僻,连动车都没照顾到这里,街上人不算多。万风和开得很小心。幸亏老街区还在,他们在新老街区相接处下了车。

说是老街区,面貌也完全与想象中不一样了。街道显然拓宽过,已不能算是小巷。两边全是连家店,一律瓷砖门面。只有从街道拐进去,那一间间民居才借助网上到处流传的江南民居照片,印证着他缥缈的记忆。万凤和说,这里有点像苏州,对吧?杜松点点头。他很兴奋,四处拍照。看得出,对这里,他远比对苏州老城区更有兴趣。苏州那一次,甚至能从他脸上看出一点忐忑,现在,他脸上满是好奇。也许,他觉到一丝血脉上的亲近感。一个小女孩从逼仄的院子里探出头,好奇地打量着他们。

巷子七拐八绕,不问人可能都走不出去。先要找的是学校。

直到走出老街区,他都没有看到一家酱园店。好在学校还在,经过一座水泥桥,学校的大门就遥遥在望了。这是个小学,当年的中学变成了小学,但大门很气派。校园里书声琅琅,万凤和在校门口站了一会儿,迟疑着要不要进去。门卫看见了,狐疑地迎了过来。万凤和笑笑就转身走了。杜松跟在后面问,不进去了吗?

万凤和说,不去了。

这里不会有一个人认识他。这镇上也没有一个人能看出他就是万老师的儿子。这附近曾有过两间房子,他在这里出生,在这里学会说话,学会走路。母亲在世时常跟人谈论谁家的媳妇生了,男的女的,还谈到胎衣,在他的追问下,母亲曾告诉他,他是在家里生的,老娘婆接生,胎衣放在一个坛子里,就埋在房子的墙脚。他大感好奇,但一直也没来过。那房子肯定早就不在了。

连接小镇的那座桥还在老位置。记忆中它很高,是木头搭起来的,他从脚下的缝隙里可以看见汤汤的河水。这条河叫横河,他从来没想过怎么是这么个名字,现在他懂了:它是南北向的,隐然中与遥远的长江垂直。横河的水在流淌,还将永远流淌,流到长江里。万凤和扶着水泥栏杆留了个影,就走了。

这是个雾天,桥下的浓雾尚未散尽。抬头看看,红日温柔,恍若一轮明月。他被母亲抱在怀里,指着月亮说,灯!

52

这是他人生的第一个字,第一句话,虽然指月为灯,却毫无疑问是真话。此后这么多年,他说了多少的话啊。慷慨激昂的,深情款款的,真心流露的,不得不说的,或三言两语,或侃侃而谈说得嘴干,那里面真话假话的比例肯定是无法计算的。他当然也听过无数的假话,说着听着就成了现在这个样子,他的心累了,终于换了心。

回南京还是杜松开车。一个侧影,很专注。杜松说,老爸你这是寻根之旅。万风和笑道,什么寻根之旅,我又不是什么了不起的人物。万风和半闭着眼睛,不时抬眼看看杜松,心中突然涌起一丝感动。专注的孩子很好看。杜松说自己能把印章放大到碑石上时,万风和心里想,杜松若是真的能做好,也许就证明父母亲已同意接纳他了。现在那印章完满地镌刻在石碑上,阳文,是父亲的字,父亲的名字。夕阳斜照,碑石反射着神秘的光线。寒鸦阵阵,流水无声。

这几天他们都累了。万风和叮嘱杜松好好开车,自己打起了盹。半梦半醒间他告诉自己,这一会儿一觉的样子,就是老了。他晃晃脑袋坐起身,轻轻捶着自己的腰,大声叹一口气道,真的老啦,车一晃就想睡。

杜松笑道,你老了吗?不见得。老爸你身上至少有个关键零件是崭新的。

万风和说，崭新也不见得，人家也是用过的。他摸摸胸口说，这也是二手零件。

梦多，据说是变得年轻的征象。车子的后备厢里，还带着不少父母的遗物，原先摆在一个旧木箱的最底层，上面全是棉被，所以万风和上次回来，匆忙间没有在意，一直摆在堂姐家里。主要是些书，还有一些本子，是父亲的备课笔记。他最看重的是那些备课笔记以外的本子，上面写满了父亲的字迹。那是父亲的日记。粗看了一下，年代不全。中年以后父亲似乎就不再记日记了，每年的台历倒是全的，上面记着父亲认为重要的事情。万风和征求了弟弟的意见，弟弟说你是搞文化的，我只有一个建议：如果可以，你帮爸爸出本书吧。

所有的笔记、日记和台历，万风和都装在一个纸箱里带回来了。

他心中充满好奇，还有一点沉重。这是父亲的隐秘世界，他的经历、情感和爱情，不知道自己有没有勇气打开它们。杜松把纸箱搬上楼，也不多问，却突然说，我妈妈，她去过你出生的地方吗？

万风和一愣，说没有。他说，我小时候离开后，也从来没有去过。

纸箱摆在书房里。杜松出去前，递给万风和一个大信封，手在上面轻轻一拍。万风和抽出了里面的纸。纸上是两个巨大的印章，是从碑石上拓下来的。万风和说，这是什么时候搞的？我怎么不知道？杜松笑笑说，碑刻好后我就顺手拓了一下。

万风和端详着。这张纸上并排拓了两个印，一模一样，像两只眼睛。

晚上，杜松早早进了自己房间。万风和躺了一会儿，悄悄起身来到了书房。那只纸箱静静地摆在办公桌上。纸箱是新的，杜松从复印店找来的。它原先装的是复印纸，很沉，却全部是白纸。此时的箱子比白纸要轻一点，但有千言万语，只不过暂时被胶带封着。

万风和想撕开胶带，手却有点抖。台灯照在他脸上。他的手不听使唤，台灯居然也震颤起来，灯罩筛出的光线映在天花板上，恍若迷幻的星空。他定定神，找来剪刀，一咬牙，霍一声，把封口的胶带划了开来。

箱口应声而开，像突然张开的嘴。

万风和放下剪刀，心中突然涌起隐隐的不安。小时候父亲喜欢带他和弟弟去浴室洗澡，上中学了还这样。有一天他突然就不肯跟父亲去了，他说不出理由，只在心里不愿意再看见父亲的裸体。那是他长大了，现在他是变老了，即将进入老年的万风和对父亲的纸箱感到了畏惧。

台历都是64开本，整齐明了。有的封面上印了年份和生肖，有的只印了年份再加一句"语录"：要斗私批修，等等。因为每年的天数基本一样，每本的厚度都差不多，万风和把台历按年份一本本摆好，桌上一长溜还拐了弯。这一本本的台历，是父亲走过的岁月。

最早的台历是1965年，直到父亲去世为止。这一头一尾是两个特殊的年份，最后一本，父亲没有记完。万风和不敢打开。

1965，蛇年，是万风和的出生年。半个多世纪过去了，纸已经泛黄变脆，经不起手指的过多翻检。他定定神，小心地翻动着，似乎是无意间，他翻到了11月10号，乙巳年，农历十月十八日。空白处，父亲的字迹赫然在目：上午十点，得一子！

惊叹号划破了纸。这张薄脆的纸上，除了父亲的字迹，还印着"宜赴任、出行、添丁、搬家、求嗣"。"添丁"和"求嗣"被各画了一个圈。父亲的笔迹已有些涸散，万风和的眼睛湿润了。

他开始翻看父亲的日记。日记只记到1966年，之后父亲就不再记日记了。也许从那时开始，父亲的画就仿八大山人了。墨点无多泪点多。父亲曾指着八大的款识，告诉万风和什么是"哭之、笑之"，风和不懂，说，不就是又哭又笑、哭哭笑笑吗？日记也是一年一本，大多是纸面的，也有几本是塑料封皮，大小也不一，万风和拿起1965年的那一本。

塑料封皮摸上去很硬，稍一弯曲竟破碎了，掉下了一块。万风和小心翼翼地打开，父亲的字迹潇洒刚劲，说不出的好看。每一页的上方是日期和天气，一日一页，有的写得满满的，有的却是空的，一字未落。空白的也是日子。万风和慢慢地朝后翻，一不留神却又翻过了头，再小心地往回找。纸张粘连，好多地方还起了翘。11月10号，他慢慢靠近了那个日子。

外面的灯亮了。传来了脚步声。杜松站在门口问，老爸你怎么还不睡呀？

万风和立即把手上的日记本丢下，笑道，我精神得很，反正也没事。话虽这么说，他还是站起了身，随手把手上的日记本摆进了抽屉。杜松过来，把桌上的本子和日历归置一下，关掉了台灯。他打个哈欠说，老爸你必须睡了。明天再看不行吗？

书房陷入黑暗。万风和躺到床上，一时很难入睡。他似乎还在书房里，坐在椅子上。无数的日历和日记在幽暗的时空中穿梭，每一页都是一天，或闲或忙，或悲或喜。漫天白纸。时间错乱，空间交叉，悲欣交集。

他睡不踏实。无数的怪梦。杜松走进书房的那一刻，万风和正发现那本日记里好像夹着什么东西，就在11月10号附近。似乎是一张纸，被粘连的纸张隐藏着。等到早晨，好不容易等杜松出了门，万风和赶紧回到书房，拉开了抽屉。

果然是一张纸。对折着。万风和小心翼翼地打开。他的眼睛定住了。

心脏狂跳。他闭上了眼睛，立即又睁开。这是一张纸条，淡红色，上面写的是：

乙巳年九月二十五日卯时生。万般无奈，泣请善待。

纸条巴掌大小，纸质粗劣，对着窗外的晨光，隐约可见粗糙的纸浆，像半透明的皮肤血管。字迹潦草，但颇见功力。但这绝不是父亲的笔迹。

万风和颓然瘫坐在椅子上。卯时生，他原来生在农历九月二十五日早晨六点左右，太阳初升时分。他的身份证上是11月10号，农历乙巳年十月十八日。父亲在那一天的日历上写着：上午十点，得一子。这其实是他被抱回家的时间。

他不是父母亲生的，他立即就承认了这一点。

否认是可笑的。父亲的日记，就是这张红纸条覆盖的那一页，只填上了日期，没有再写一个字。确实，什么也不必再说。难怪弟弟跟他长得不怎么像，父母的解释是，一个像爸爸，一个像妈妈。也许是父母以为他们不能生养，抱养了他，两年后又生了弟弟。他们瞒得好啊！昨天，他还曾动念去寻找那个坛子里的胞衣，那其实是不存在的，他学会说话开口说出的第一个单词却可能是真的。万

风和走到窗前,看着树杈间的太阳,突然手一指,嘴里轻轻吐出一个字:

灯!

一切都坍塌了。无数的往事,无数的图景,都成了亦真亦幻的梦中景象。恍惚间,他看见写字台上架着一块砖,那木架缓慢倒塌,砖头慢悠悠地砸在桌面上,摔成了碎片、齑粉,烟尘升起,没有一丝声音。

这是幻景。他连城砖是不是真的摆在办公室的写字台上都不敢肯定了。他稳稳神,慢慢走过去,把那些台历和日记本都收回到纸箱里。他打开保险箱,把那张红纸夹在日记本的原处,和1965年的日历一起,摆了进去。

他的皮包摆在写字台边上。万风和拿出带回去的那张纸,铺在桌面上,与杜松拓的那张对比着看。两张纸上都盖着印,一张盖满了小印,像一只只疑问的眼;另一张纸上并排拓着两个大印,如两只沧桑的眼睛。所有的眼睛都看着他,除了他自己。这世界上所有的眼睛都看着他一个人。一阵眩晕。他闭上了眼睛。

眼前出现了河流,在辽阔的大地上分叉流淌。他睁开眼睛,河流消失了。江河断流。镇长复印的那本县志上,万氏族人那一脉在纸面上流淌,谁又知道,这一脉流水曾几度中断?他叹口气闭上眼睛,河流不见了,转动眼球也找不到了。

他真想跟人说说话,他有无数的话要说,有无数的疑问要问。想给堂姐打电话,他拨通了,突然不知道说什么才好,扯了几句闲话就挂了。堂姐显然什么也不知道。他小时候父母毕竟在外地工作。这么多年来,没有人研究过他的身世,正如那县志,白底黑字,即便是复印的,也永远不会有人质疑。

53

杜松去他妈妈那里住了一天，回来时，万凤和书房里的那个纸箱还摆在桌上。箱口翘着，杜松的视线在上面停留了一下。箱子边上落着不少灰尘和细屑，杜松抽几张纸擦干净了。万凤和问，这都是爷爷的东西，你想看看吗？杜松愣了一下，点头，然后又摇头。

万凤和说，我慢慢看。我是你爷爷的儿子，所以我能看。等我死了，你也可以看我的东西。他呵呵干笑道，不过我不记日记。

他找来胶带，把桌上的纸箱重新封好，说，我们说好了，除了我，谁也不能再打开。他笑眯眯地拿笔在封口签了字，标上了日期。

不知怎的，他突然想起了那个红木收藏家兼风水大师老孔，他说他收藏的那些古董，他并不想搞清楚真假——我自己喜欢，自己摸摸看看，玩得舒心，这就够了，以后他们要不要去搞清楚，那是他们的事了。他说的"他们"是他的儿子。他似乎此刻正站在万凤和面前，不断地把墨镜摘下，又戴上。戴上是个半仙，摘下就是俗人。

万凤和承认自己是个俗人。这么多年来，劳形伤神，好多该放下的，他就是放不下。他曾在高雄市的佛光山寺看到过两张条幅，一幅是"放下"，另一幅是"老二哲学"，星云大师手迹。星云大师是他的老乡，陈列厅里回荡着他说法时的浓重乡音，字字入耳。"老二哲学"还容易理解，就是不争强好胜，就是不争第一，可是，"放下"何其难啊。改变世界很难，改变自己可能更难。即便他已经换了心脏，他却还是原来的那个人。

在等待心源的时候，璟然曾提到沈从文的《边城》。前不久他得了空，把书找来了。他盯着最后一句：这个人也许永远不回来了，也许明天回来！

明天就在前面，但遥遥无期。璟然已成为往事，你得放下——他不断提醒自己。可那些往事就如同一盏盏灯，它大部分时间暗着，看不见，但有时，它们会突然亮起来。一下一下参差地闪着，像一个个明灭的疑问。

父亲的日记他很想再看，又不敢再看。那些天，他的目光常常落在保险箱上，又火烫了似的躲开去。他躺在摇椅上，随意刷着手机。忽然，手机哗地响了一下，还伴着振动。是一条微信消息。是璟然！

他装作淡然地点开了。璟然说：

> 我得告诉你，我在这边买了个房子，还转了一笔钱。早就该告诉你了。

另起一行：

> 你保重，不要等我了。

万风和瞪大了眼睛，似乎不认识眼前的文字。错愕间，手机振动一下，又一行文字过来了：

> 我遇到他了。

万风和手一颤，手机啪一声跌在地上。屏碎了，字还在。破碎的语言。屏幕上几道裂纹在文字间延伸、隔断、勾连，仿佛河流遍布的地图。他盯着看。一个字一个字地读。房子？一笔钱？他——他是谁？每个字都认识，万风和连不出一条线索。但那文字却是确凿无疑的：不要等我了。

"他"是谁？！

杜松回来了，注意到万凤和惨白的脸。他关切地走了过来。万凤和苦笑着说，手机摔坏了，帮我去修吧。换手机太麻烦。

说话间，万凤和镇定地在手机上点点，把那几条微信删了。

他再怎么放不下，这下也真应该彻底放下了。

晚上，万凤和跟杜松谈了一会儿楼盘的事。一个放不下的人，只能用更多的事把自己塞满，这也是一种稀释。近几年流行一个说法：萧条之下，小房企先倒，大房企撑得住。其实也不尽然。全国最大的几家房地产企业已经处于危局之中，传言纷纷，一地鸡毛，但万凤和的小房企其实问题还不大。就这一块地，两期，第一期早已售罄，再加上万家文化这么多年的积累，他还撑得住。

适当降价，公司也能承受。目前的态势下，这其实是不得不然，总比遥遥无期地积压要强。但管理部门却不同意，那个管事的曾在电话里说，万总啊，这是多米诺骨牌，一倒全倒。你不要做那第一个，我们要枪打出头鸟。他说得笑嘻嘻的，但万凤和已经看见了那杆抬起的枪。卖房子的谁不希望涨价呢？一点一点地涨，像加稻草那样地涨，至于哪一天骆驼四蹄一趴倒下来，那只有骆驼知道，天知道。万凤和只希望在骆驼垮下前，他的房子已经全卖出去了。

这些心思，万凤和选择性地跟杜松说了。杜松一点就通。

原本说好和杜松一起去楼盘看看的，但第二天万凤和说他有点累，想在家里待着。旧手机杜松拿去修了，但那几条微信还一直存在他的脑子里。他老家的房子还没影子，璟然却在欧洲买了房子，是璟然把这两件事摆在了一起。欧洲的房子可能早就买了，她只是当时没有说而已。

公司的财务一直是璟然主持的,转走一笔钱,没有难度,地下钱庄在生意场中也不是什么秘密。她只说转了一笔钱,没有说数额,显然是不愿多费口舌。她一句也不想多说了。事实上,万风和去了一趟公司财务部就知道了具体数额,这个数额很恰当,绝不至于让公司伤筋动骨,完全做到了不知不觉,却也足可以保证她在国外长期的日常生活。不得不承认,这个数额跟她这么多年对公司的贡献十分相配。

璟然把自己的贡献和成就数值化了。在这个时代,这也算是通常的做法。她说是"一笔钱",实际上是许多次,每一次都不算太多。他们的楼盘有一些高档精装修房,需要采购欧洲原装的卫浴产品。这样做十分稳妥,了无痕迹。

但一定是有迹象的,本该看出端倪。他无疑还是粗心了。他用一个失忆中拨出的电话,把她引入了自己的生活,她却用几条文字就结束了十年的婚姻。他打出那个电话时,晚霞将逝,几点孤星在云中出没。一架飞机剪影似的在天幕上滑动,闪着航灯,很慢,没有声音。这是一个预言。她飞走了。

她说,我遇到他了。那个人是谁?我见过吗?

这个问题万风和得不到答案。万风和暴怒起来,四处找手机,他要给她拨电话,他要问出个所以然,一个什么样的男人,能把他和璟然之间漫长的感情之河截断,导向别处。

找了一圈才想起,手机被拿去修了。

还要再等一段时间,要等到外界很多人都知道万总的老婆跑了。他也不再隐瞒,有些传言才慢慢飘到他耳朵里。据说,"他"是她的中学同学。但这同学是不是她的前夫,万风和不知道。

各种消息纷至沓来，万风和却已慢慢平静了。在这些消息飘来之前，他曾试图从她那里得到确切的信息，但璟然始终没有回音。她还没有删掉万风和，但永远沉默。

这是个大雾天。所有的景物都朦胧了，天地间白茫茫一片。万风和一个人走上大街，他走在浓雾里，走到哪里浓雾都笼罩着他。行人稀少，来往的车都努力张着迷蒙的眼睛。他脑子里一团混沌。其实大雾不止笼罩着他一个人，所有的人和车，全都被雾气包围着。所有人的眼前其实都是雾障。

不由想起了璟然还没有调来南京的时候，他看跳水比赛，忍不住给上海的璟然打电话。正是浓情蜜意的时期，他们有说不完的话，似乎任何一件事都可以谈上半天。关于跳水，璟然就说了不少，她说跳水就是人生的缩影。从跳台跃起，最后的结局必然是落水，正如人从一出生就开始走向死亡，没有例外。她还说，空中的时间早已注定，也只有这个时间属于我们自己，所以要跳出个性，活出精彩……她似乎还说了什么游戏精神，万风和当时觉得刺耳却也睿智。

眼前又出现了她站在郑和宝船上的情景。船头指向大洋。烈风中，她的头发像黑色的旗。

突然想起了璟然说过的一句话，谈起做生意的时候，她曾玩笑似的说：在一个人身上赚很多钱就是骗，在很多人身上赚很多钱那就是生意。说这话时她刚介入公司的业务，现在想起来万风和觉得心惊。他当然不能算是被骗了，毕竟她只拿走了她该得的部分，毕竟他们一起打拼这么多年。

似乎言犹在耳，但其实一切都过去了。手术后万风和就已隐约看见了最后的结局，只是一直不愿确认，也无法确认。这期间，也有国外的人回来,他也曾多方打听,但也没有穷追不舍,这是无益之举,也不好看。一个换了心的人折腾不起。

心脏手术前她的出国,就是决绝的告别。

最漂亮的入水动作。没有水花,只有一点细微的波浪。波浪渐渐消退,水平如镜,万风和觉得自己也心如止水了。回首往事,他们的爱情和婚姻像是虎头蛇尾,但其实,那只是单恋,算不上虎头,是青春猛于虎而已;也不能算是不了了之的蛇尾,他们毕竟一起生活了这么多年。毕竟最后她还发来了明确的文字。她白皙的身体在碧水中一闪,如神龙摆尾。

她当然还会回国,也许下个月,明年,也许就是明天。她的老家在苏州,她在南京还有她自己的房子,但这跟万风和已经没有什么关系了。她完全可以悄悄地来,悄悄地走。他们在法律上当然还有些手续,但对他们这对体面的夫妻而言,不会有剪不断理还乱的纠缠。全都不是问题。

雾天的下午如同黑夜,他居然躺在沙发上睡着了。他做了个梦。璟然在梦里还是老样子。万风和有那么多话都可以说,可他居然说,我们两个,搞了个烂尾楼。璟然说,也不算烂尾,第一期建好了,也卖掉了,第二期我走的时候也快封顶了,不要急,杜松会帮你。

万风和说,可我们的婚姻烂尾了,璟然抬手在他肩上一拍,正要说什么,他醒了。拍他肩膀的是杜松,他把修好的手机递了过来。杜松说,老爸你睡着了,这不是老了,你是累了,索性到床上睡吧。

万风和哼哼两声,到床上躺下了。杜松轻轻关上门,下楼,出门去了。万风和抓着手机,脑子完全清醒了。迟疑一下,给璟然发去了语音。一条条声音，说一段，手指就在发送键上触碰一下。他说：

是我用手机把你找到的，是鬼使神差，也是命中注定。

又说：

我曾想有个自己的孩子，和你生的孩子。这是我们爱情的结晶，你不能理解成只是为了继承我的事业。在这件事情上我可能简单粗暴了，我向你道歉。

他停顿一下，视线有些模糊。

你不讨厌杜松，杜松也喜欢你。他不是我生的，也不是你生的，那就是我们共同的孩子。我们老家有句话，破衣才算衣，白发苍苍才是妻。我以为我们能白头到老……

万风呜咽了。他语无伦次，说不动了。爱不动了。

语音乘着电波飞向无边的虚空。他还想说，我知道你现在才给我发来诀别的信，是不想影响我的康复，一个漫长的告别是一种保护。谢谢你——可他终于忍住，没有再说。事实上，哪怕他连杜松的身世都已经挑明了，璟然也还是没有回音。

璟然去欧洲时，万风和曾去机场送她。看不出是诀别。没有苍凉的手势，只有一个洒脱的挥手。

不知道这能不能算是初恋的复辟。不由想起了他自己，他和璟然。初恋可能一直窥伺在你婚姻边上，一有机会它就会杀个回马枪，趁虚而入，其实终不过是源于对青春幻影的留恋，对现实婚姻的不满意。璟然的那个"他"，究竟是她青梅竹马的初恋，还是她的前夫,又或者两者都是,万风和永远也不能确知。

有一串质问一直被他堵在嘴边:你就不能陪我一起等待到心源吗?你是不是觉得无论等到还是等不到,我究竟能不能痊愈,都与你无关了?!可这种质问太伤人了,伤她,也伤他自己。

也许,那个"他",压根就不存在呢?!"他"其实是"它",根本就不是一个具体的人,而只是一个新天地和她的梦?

他在书上看到过,人生有八苦,生、老、病、死、求不得、怨憎会、爱别离、五阴盛。他似乎什么滋味都尝到了。纠结于心的,现在是爱别离。第一次看到"五阴盛"的时候,他还不明白是什么意思,后来当然知道了:欲念如火炽燃,前七苦皆由此而生。五阴盛就是放不下,他必须要丢开执念了。因为杜松的身世,他曾对生一个自己的孩子有过执念,无数的烦恼和失望都由此而生,不得不承认,他是一个传统的中国男人,以前是,现在恐怕也还是。在这一点上,他还远不如自己的父亲,父亲把那枚印章交给了他,而不是弟弟。他曾听说过,国外有些家庭在已经有了亲生孩子的情况下,依然万里迢迢地收养弃婴,有些婴孩还身有残疾,万风和很感动,自忖做不到。他隐约明白了,家庭不是天生的,而是由缘和爱构架而成——可是,璟然还是离开了……无数的话,他无处说,也一言难尽。罢了罢了。

他把手机放下了。心也放下了。

万风和翻了个身。身边很空,那是璟然的位置,但是她,不会回来了。

半梦半醒间,头脑里有无数的思绪在飘动。即便璟然在大学里就接受了他的爱,他们后来就一定能结婚吗?就肯定能琴瑟和鸣,同舟共济吗——不见得!万风和悚然一惊,醒了——也许,还没有等到毕业他们也就分手了。

谁知道呢?

习惯性地戴上了耳机。里面传来了邓丽君的声音。甜蜜蜜,你笑得甜蜜蜜,好像花儿开在春风里,开在春风里。在哪里,在哪里见过你,你的笑容这样熟悉,我一时想不起。啊,在梦里……无比熟悉的歌声此时像是在嘲讽,万风和手指在屏幕上乱点,想关掉却一时点不准。他把耳机摘下,扔到了一边。

第二天,他把这些歌全部删除了。

54

万风和无法完全控制自己的思想。他的思绪就像水面上滑翔的鸟,时不时就会在水面上啄一下,立即就腾空而起。若是不飞起来,翅膀就会被打湿,就会淹死。他小心翼翼地呵护着自己。他知道人体是一个系统,就像汽车,无数的部件彼此勾连,彼此配合,也相互牵累。可笑的是,他的身体没有出现新问题,他家的车却坏了。那是璟然的车,不知怎么的,万风和那天随意拿了把车钥匙,下了楼才发现钥匙是璟然的。也不回去换了。车身上满是灰尘,他试着打火,可发动机不转,像死了一样——这比万风和手术前的状态还要差。太长时间不动了,电瓶的电大概已是个零。当然,这是小事。

万风和还有一辆越野车,他平时用的车也在旁边。

本可以就不修了。但万风和还是把杜松喊了过来,让他去修好。杜松脸上有点疑惑,或许是觉得这种事叫司机去就行,难不成璟然阿姨要回来了吗?但他没有说什么,接过了车钥匙。

杜松找来两个朋友，把车子拖走，晚上就开回来了。这样的一个儿子，哪怕是女儿，本是万风和这个年龄的男人的标配，在这种事情上，他们总能找到给力的朋友。杜松向他报告车子的修理情况：电瓶换了，火花塞换了，什么什么都换了，不过发动机没换，只换了机油。万风和点头，自嘲道，比我还强一点。杜松嘿嘿笑道，要是发动机坏了，那就麻烦一点了。

车子洗得锃亮。万风和把车钥匙递给杜松，说，这车你开吧。工作用车。

杜松一愣，疑惑地看着万风和，欲言又止。他接过钥匙说，谢谢老爸！

第二天早晨，万风和问杜松道，你说，如果一辆车开了十几年，所有的零件全换过了，车壳也换过了，可它还挂着原来的车牌，你说这车牌挂得对，还是不对？

杜松嘴里叼着牙刷，含糊地说，我们的车可没换过发动机啊。

那是，万风和苦笑道，如果是人呢？假如今后科技再发达一点，一个人，他所有的器官，尤其是心脏、大脑也都换了，他还是原来那个人吗？

杜松挠头道，大脑也能换吗？

万风和怪异地笑起来，小意思！总有一天小意思啊！杜松还没说话，突然有个声音响了起来，有个女声突然说，主人，我不懂你的意思，我还要继续学习。

万风和吓了一跳。两人面面相觑。他们的目光落在茶几上的手机上，是它在说话。杜松笑了起来，老爸，这是手机的语音助手。你的手机叫小艺。

万风和疑惑地看着手机。杜松大声喊道，小艺小艺，你在哪儿？手机亮灯了。杜松说，小艺小艺，我找不到你！手机铃声响起，逐渐增强，还颤动起来，它说，我在这儿哩！

万风和像见了鬼。张着嘴，直愣愣地看着手机，轻声说，可我没喊它呀。杜松说，你刚才连说了两个"小意思"，它以为是在喊它了。

万风和从来不知道还有这个功能。想到身边还有这么个竖着耳朵随时准备插话的东西，他心慌了，不肯用这个手机，说要换掉。杜松说，这个多好用呀，你找不到喊一声就行，你不喜欢关掉这个功能就是了。

等杜松出了家门，万风和把手机拿起来仔细研究。先看看微信。

璟然！他喃喃喊了一声，突然大声喊道，璟然！璟然！手机毫无反应。

杜松很忙，即使万风和已被医生允许出去自由活动，他自己也觉得完全没有问题，跑腿的事杜松还是差不多都包了。决策还是万风和，但他毕竟清闲多了，除了听杜松汇报工作，他们闲聊的时间也多了不少。

再忙杜松也尽量回来吃晚饭。有一天，万风和指着桌上一本杂志说，这上面有一篇文章，说曹操墓被发现了。杜松嗯了一声，说我知道。万风和说，可到底是不是曹操墓，还很难说。他生性多疑，据说有七十二个疑冢。杜松说，朱元璋也是。他是十三个城门同时出殡。

你倒知道得不少嘛，万风和说，要鉴定是不是真的曹操墓，据说科学家要使用新科技，把曹操后裔的基因跟尸骨进行比对。

杜松笑道，网上有这消息。说是只能用男的，男人的Y基因代代相传，女的就不行。奇怪呀，古人不懂基因就知道重男轻女，原来还有科学道理。这也太神奇了吧？

呵呵，神奇，万风和沉吟着说，科学是神奇，也神秘，可能还神经哩——杜松，你不能这么重男轻女，还 Y 基因，这东西搅和到生活里会乱套的。

杜松嗯了一声，红着脸点点头。他说，有个美国人叫马斯克，老爸你听说过吗？他真的在搞神经。

我知道这个人。

他还在搞脑机接口哩，杜松说，听说是在人脑上开个接口，就像电脑的 USB 接口一样，一插，人脑和计算机就连起来了。你想什么，要什么，都能读出来。杜松指着自己的脑袋比画着，又摘下自己脖子上的蓝牙耳机，往万风和脖子上一挂说，就跟这东西差不多。老爸，你有什么开心的事，可以导出来与人分享，你有什么悲伤的事，可以帮你删除！

万风和霍一声坐直了身子。他耳朵里嗡的一声，怔怔地看着杜松。如果真的能做到，他真愿意删掉一些记忆。可是他说，如果记忆都能修改，那我还是我吗？那个操作的人不就可以随意修改我吗？我是谁？他又是谁？他是上帝吗？

杜松瞪大了眼睛，挠着自己的头。突然说，这马斯克，他搞什么脑机接口哩，医生说过的那个 3D 打印人体器官，那才更应该搞，搞成了，需要的人不要苦苦地等，移植好了也不要小心翼翼地维护保养，那才好哩！见万风和有点愣神，杜松接着说，哪个器官坏了就打印个新的换上，人可能就不会死了，至少可以大大延长寿命。

你怎么知道人家就不在搞？万风和说，你认为大大延长寿命就一定是好事吗？永生就是好事吗？——不见得！

杜松怔怔地看着他。万风和咕哝道,没有死亡和新生,哪来的进化啊。

关于生和死,万风和想过很多,但他不想在这个话题上跟孩子说太多。倒是那个什么脑机接口扎在他脑子里,一直在放电似的闪烁:删除了记忆,璟然就会推门而入吗?半晌,他看着杜松说,记忆可以删除,那事实能删除吗?

杜松一时跟不上他的思路。突然明白了,说,我倒觉得脑机接口也蛮好的。可我不要删除,我要灌入。我不想再读博了,往里面一灌全有了,什么难题都难不倒我,我见神杀神,见佛杀佛!哈!

万风和脸上现出了古怪的神色。会不会真有一天,人不需要奋斗,只要植入成功就能达成理想:想是什么人就能是什么人;想三宫六院招之即来;想有几个儿子就真有几个儿子……这世界会变成什么样子?他叹气道,这太疯狂了——对了,我们的房子,你知道的,目前销售困难,消除记忆它就能变成现金流吗?

杜松说,我看不能。记忆抹掉了,房子肯定还在那儿。

万风和说,其实还有更管用的——在脑子里在我们的资产后面再加几个零。他站起身,把脖子上的蓝牙耳机往杜松肩头一挂说,真要这样,恐怕满街都是自大狂、神经病,只有一个编程序的家伙在空中偷笑。

杜松说,怪不得人家叫这种技术是黑科技,就是又厉害又邪恶。

万风和说,人类已经搞出好几样这样的科技了,原子弹算一个,人工智能可能也是,只不过原子弹面目狰狞,人工智能笑眯眯的貌似很贴心。

杜松说,不过也有不黑的科技呀。老爸你不就是受益者吗?

万风和一怔,捂着胸口说,是的。它已经陪了我快两年了。它时刻都在帮助我。

他们两个常常这样信马由缰地闲聊。杜松看出万风和似乎还言犹未尽,就继续坐着。桌上落了不少灰尘,杜松抽纸仔细地擦。万风和问他,有个字,叫"熵",你知道吗?他的手指在桌上比画。

杜松说,我知道的。

我也是公司出科普书才知道的,万风和说,"熵"是衡量系统混乱程度的物理量。在孤立系统中,熵只会增加,不会减少,熵增是宇宙的规律。就像这间房子,没人打扫,慢慢地,肯定是灰尘满地。最终连家具也要腐朽垮塌,除非有人维护整理。

杜松听得很认真。他听出了父亲的感叹,或许,还有对自己的期许?

万风和说,宇宙间的一切事物,都处于衰败之中,除非有新能量加入。就说我吧,就被维修过,可哪怕不断维修,最终还是要坍塌的。他站起身,踱了几步,拍拍杜松的肩膀说,有件事,你能不能做到?

有任务?好!

万风和说,我已经在做了,有希望,但也有困难。他抚着胸口道,我想找到这个心脏的捐赠者。你说是科技帮了我,这是对的,但这颗心脏却不是工业产品,它有主人,也是人生父母养的。你想办法找到他的家属。

杜松点头。

万风和说,这事有难度,必要时我会协助你。你记得吧,跟我同时手术的,还有好几个人,具体几个,是什么人,我也不知道。他们也通过了严格的筛选,被挑出来了,跟我有了看不见的关系,有可能的话，我希望认识他们。很快手术就两年了，争取在那一天，我和那些病友们能有个聚会。

杜松握一握拳就要出门。万风和突然又喊住他，对了，售楼处那里，你多去跑跑，要随时掌握情况。

杜松点点头出去了。他还是个孩子，但也是个小男子汉了。以前有一阵子，万风和总是在胡思乱想。他居然盼望着某一天，有个女人抱着个孩子来找他，或者，来个电话也行：我生了你的孩子，你要负责！他有两个朋友，就遇到过这种事。露水姻缘，酒后失德，万风和也有过的，根源也许早已种下，但是不见开花。没人找他。为此，他还懊恼过，但现在，他不得不释然了。

是释然，完满谈不上。他自己本身就是残缺的，谁知道这颗心脏什么时候就会突然罢工？那个心脏的主人，人家对你没有义务，也没有承诺。他很想知道那个人长什么样，曾经过着怎样的生活，他是什么样的性格脾气。他是谁？

犹豫再三，万风和给杜衡打了个电话。他们极少通话，见面更少，万风和本以为自己会语气滞涩，甚至东拉西扯，不知所云，但其实没有。他说杜衡你好，杜松在这里很好，表现很好，各方面都不错——这还是有点绕了。他接着说，你放心吧。

杜衡嗯了一声。

我最近交给了他一个任务。万风和还没说什么任务，杜衡就在那边说，好。万风和把具体什么任务向杜衡介绍了一遍。杜衡又说，好。然后是沉默。半晌，杜衡说，你要找到给你提供心脏的人，我理解。你去感谢人家，这也很对。你要找那几个跟你一起手术的人，这是为什么？

为什么？万风和一时答不出，只好反问。杜衡在那边轻声笑道,你不会是想趁机找到个年轻的女人吧?

他们离婚这么多年来,从未开过这种玩笑。也许是万风和对杜松的表扬让她忘形了,或许,这也正是她心中所想的。万风和也笑了,说她瞎扯,他说我要找女人,怎么会找个做过器官移植这么大的手术的?

杜衡说,你们血脉相连呀。你们能接受同一个人的器官,这不正说明了你们有缘吗?说着她自己也笑了,她说手术那一天是你的另一个生日,你想跟几个同日新生却失散了的兄妹聚会,这么理解可以吧?

对,万风和说,差不多就是这么个意思。这事有点困难,法律有规定,医院也有协议,不过我让杜松去做这件事,并不是想袖手旁观。

杜衡嗯了一下说,我知道。

两个人都没有话了。万风和放下手机,心里突然感到一阵刺痛。他的脑子里飘过了那张红纸,写着他生日的那张纸。它早已被放进黑暗的保险柜里,与那份亲子鉴定书摆在一起。

万风和晃晃脑袋,收拾了身心,去了售楼处。

售楼处最近一直开着,算是正常运转。调控时松时紧,这天的人还不算很少。他在这里看见了杜松。杜松正跟销售经理说着什么,一抬眼看见了万风和的车,笑了,还有点害羞。他对销售经理吩咐了几句,迎了过来。万风和说,你执行任务很及时啊。杜松笑道,我去办那件事,路过这里,顺便来看看。我两手都硬。

万风和点点头往售楼处里走去。就这么一会儿,售楼处的姑娘小伙们已列队整齐,分站两边,销售经理朗声道,万总百忙之中前来视察,看望大家,他朝那些散落在楼盘模型周围的看房人扫了一眼说，也来看望我们楼盘未来的主人，大家欢迎！他带头鼓掌。掌声热烈。销售人员齐声道，万总好！万风和摆摆手，微笑着跟大家道辛苦。一个客户跟了过来，他语带不满地说，万总，为什么我看中的房子都标着"已售"？现在你们还捂盘惜售，囤积居奇吗？万风和看看身后的销售经理，经理轻声说真的卖了。万风和说，确实已经卖了，他拍拍那人的肩膀说，这说明你眼光好，就是来迟了一点。好房子也不仅是这一套，价格也不一样嘛，你再看看，有问题找他。他指着销售经理，又说，他解决不了就向上请示。他看了看杜松。

销售经理跟那人接着谈。好几个看房的也围了过来，万风和朝杜松点点头，走出了大门。万风和微笑道，这人不是托儿？杜松说，真不是。这些都是刚需，总有人要买房的。我们自己也在网络和手机上宣传，软广告，基本不花钱的。万风和微笑着看看杜松。这小子，学得够快的呀。不管怎么说，有杜松顶着，这里暂时就不会塌台。他吩咐杜松，要做好在价格上增加弹性的准备，以空间换时间。弹性具体多大，回去再商议。

日子如流水。万风和闲来无事，打开手机上的计算器，计算这颗心脏已经在他身体内跳动了多少次。每天约十万次，一年就是三千六百万次，与墙上时钟的秒针差不多。这颗心脏，时刻在为你运转，这也像时钟，它夙夜匪懈，恪尽职守，而你只在偶然间才会向它投去一瞥。

这时钟不是闹钟，它从不闹铃。绝大多数时候，万风和感觉不到自己的心跳。他好像没有这个器官，但每到吃药的时间，他就一定会想到这颗心是别人给的。医生说，这是最理想的状况了。

在这颗心脏正常跳动了整两年的时候，他期待的聚会终于来到了。杜松的能力超出了他的预料。当然也遇到了一些困难，但既然万风和想做这件事，自然就能做成。

一切准备就绪后，万风和长叹了一口气。生我的，我没有见过，找不到，也不能找；建了那么多房子卖给别人，却也没能让养我的父母住上好房子；救我的那个人，我当然得找到他。

去看看他的家，看望他的家人，这是万风和真切的愿望。一个人去看，与几个同时得益蒙恩的人一起去看，那是不一样的。他必须与那几个同时手术的人先见见面，大家认识一下。

55

手术两周年的那一天，杜松执意要陪万风和一起去。他把车子开到玄武门停好，与万风和沿湖而行。约的地点是翠洲，离玄武门不近。他们来得早，不需要赶时间。穿过环洲和樱洲，继续往北，万风和说，樱洲现在没有樱花。杜松说，我保证你们能看到花，最美的花。万风和疑问地看了他一眼。

经过一座石拱桥，两边湖面浩荡，碧水盈盈。北边的湖水更为浩瀚，远远地倒映着南京站的雄姿。据说这是全国最美的火车站，其实无论美不美，所有的火车站里满眼都是旅人。遥望中，密密匝匝的身影有如蚁群，在湖水那边移动。万风和在桥上站住了，湖面的风撩上来从桥洞里穿过，发出轻微的呜咽声。湖面如波动的鳞片。四面环顾，东面紫金山，南面九华山，西边鼓楼岗，北面临江处隐隐一带远山，那是幕府山，四方之水尽汇于此。湖面上有几条小船，颜色艳丽，像飘落在水上的花瓣。那是游船，一种是划桨的，一种是脚蹬的，杜松小的时候都来玩过，那时的船上还有杜衡。风中传来了一声孩子的尖叫,像是有人落水了。其实不是的,是那划桨的男人故意岔开双脚晃着船,惹得他儿子尖声怪叫。杜松小时候万风和也这么干过。万风和看得出了神,杜松问,老爸,想划船吗?

不想。现在要是上船,应该是你划桨我看风景了。万风和微笑道,你说的花呢?

杜松一指前方,使劲嗅嗅鼻子说,你马上就会看到。

飘来了花的味道。是菊花。清冽,明亮,略带药香,随着他们的脚步,逐渐浓烈起来。长堤尽处,就是翠洲。菊花平铺在地上,远处看不到。万风和这才想起,这里每年都要办菊花展的,这么多年来忙于俗务,他已久违了这样的花展。市里的行道树下一直按季节轮换着花草,勾勒出路的形状,一盆盆,一条条,一片片,他却已很久没有细看任何一朵花,从来都是匆匆而过。此时的翠洲是菊花的天地,它们是这个岛上唯一的主角。所有的空地上都摆满了菊花,有些直接植在地上,它们聚齐了,一起在秋天盛开。

满岛的菊花,满眼的菊花。行道树和灌木只是花海的绿边。成片的菊花被摆成了各种形状,橙黄的太阳和月亮落在地上。多云,阳光时明时暗,菊花的颜色似乎也在变幻,黄色依然是主色调。湖风吹来,迂回穿梭,金黄色的花香弥漫全岛,随风飘荡。

赏花的人并不很多。他们约的地点是翠洲的南边,向阳处。万风和在花海中穿行片刻,几乎立即就看见了那两三个人。他们着装不一,有男有女,彼此离得并不远,却还没有聚在一起说话,但万风和立即就认准了他们。他满面笑容地走过去,对其中一个说,你好啊。你们好。

事后杜松说他很佩服,老爸怎么一眼看出就是他们,简直像是有透视眼。其实万风和是认错了人，他们当中那个戴墨镜的，非常像那个得过结膜炎的风水大师老孔。眼前这人笑吟吟地摘下墨镜，双目炯炯，他抬手指指自己的眼睛说，我，角膜，他开玩笑地说，张角膜。

人都是杜松找到的，也是他联系的，这并不容易。聚会前杜松建了一个群，万风和不在里面，他只听杜松的汇报，遇到困难他才出手相助。他们这是第一次见面。人海茫茫，满眼都是路人，缘于一条看不见的纽带，他们聚到了一起。万风和握着老张的手说，我是心脏，你的眼睛亮得很嘛。对方说，你气色也很好，神采奕奕的，走在街上谁能看出你动过手术。

老张是个珠宝商，十分爽朗，有点自来熟。他又戴上了墨镜，正是墨镜让他乍一看像老孔。两人说着话，又有两个人过来了。

除了角膜移植的老张，心脏移植的万风和，应该还有一个肾脏和一个肝脏的移植者。万风和看着这一男一女，以为就是他们两个。那男的自我介绍他叫周雨田，律师，不过做手术的不是他，是他太太，他笑眯眯地说，我不但没在那一天做手术，我是从来没做过，我是太太的护工。归霞冲大家笑笑，她妆容得体，脸上敷了粉，看起来气色也不错。杜松喊了声阿姨，说我也没做手术，我是我爸的秘书。

看见归霞时万风和略愣了一下，想起了夜跑时的一次偶遇，擦肩而过时他们都撞掉了耳机，但是不是这个人，也不一定。

约定的时间已经过了，那个肝脏移植者看来是不会来了。"肝脏"是邻市的，在群里话很少，态度有点反复。杜松说他要在群里催一催，万风和阻止了。周雨田说，我们这个聚会，从法规层面讲其实并不完全合乎规定，有个双盲原则。老张说，法律防止的是做坏事，我们是友谊，是感恩。杜松说，我研究过了，没有人犯规。我特别感激李弘毅叔叔。归霞看着长身玉立的杜松，羡慕地说，这儿子能干，有办法，有毅力，能办事。杜松笑笑，往远处走走，举起手机要拍照。他想把这张照片传到群里，等于是对"肝脏"的一种催促。归霞转过身去说，不要拍照，给别人看见了不好。

"肝脏"不来就不来了吧。此时太阳已经偏西，赏花的人来来往往，渐渐地少了。有两个小孩吵闹着在人行道上打羽毛球，父母在边上催促他们，可他们就是不停手。突然几声尖叫，羽毛球挂到树枝上了，男孩女孩互相责怪，那个父亲举起拍子，纵身一跃，球掉下来了。那母亲把球抢在手上，哈哈大笑着自己跑远了。两个孩子追在她身后，像叽叽喳喳的小鸟。

万凤和看着这一家子，有点出神。

他们边走边聊。临湖的小路紧挨着湖水。垂柳都向水一边侧着，柳梢点击着水面，他们在柳树下穿行。阳光漫射湖面，金光闪烁。他们这就算是认识了。这两年，他们都知道彼此的存在，今天亮明身份，聚到一起。这是一种怪异的缘分，可以聊的话题很多，彼此的工作、家庭，尤其是怎么就得了病，要是说起来那简直没完没了。可这些话题他们都如蜻蜓点水，一掠而过，按老张的说法，这叫向前看。他撩开面前的柳枝说，我们都恢复得很好，旧事不提了。我倒是好奇那个捐给我们器官的人，是男是女。

万凤和心里一怔，杜松告诉过他，捐赠者是男的，他还有个哥哥，一个老母亲。老张这话有点突兀，也可能他真的不知道。万凤和笑道，老张你现在眼睛最厉害，那你看出来是男是女吗？

我只会看珠宝，不过，我掐指一算，是个女的。

大家都奇怪地停住了脚步。为什么？

老张笑道，我瞎猜的。归霞移植了肾，她恢复得很好，只有女人的肾才能这么配套。

原来他是在恭维归霞的状况。可是归霞颓然道，我恢复得不好，三天两头还要去医院。

周雨田说，女人的心脏吃得消万总这么大的身量吗？恐怕是个男的，还是个比我们年轻的男人。他突然皱起眉头，沉吟道，不会是……是个坏人的吧？只要本人同意，法律也是允许的。

这话把所有人都吓着了。也许他们都暗自想到过这种可能，但公开讨论，实在是有点吓人。归霞骂他混蛋，说他在家里就说过这种屁话。周雨田忙说，也不见得就是啊，我只这么一说嘛。坏人只是脑子坏，身体好着哩。

归霞抹起了眼泪。妆花了，都能看出她气色并不好。她是个有涵养的，没有拂袖而去，只是脚步慢了，拖在众人后面。周雨田靠过去，大声说，哎，你们都在吃什么药？交流交流嘛。

大家开始报药名。对这个话题归霞很有兴趣，她从包里拿出几种药，给大家看。有一两种药万风和也在吃。老张看了一眼道，我已经停药了，只吃一点维生素，常常还忘了。这话一出，归霞脸上更加黯淡了，万风和看了不忍，把自己其实早已停了的两种药也说了出来。他吃的药杜松很清楚，他诧异地看看万风和，万风和朝他使了个眼色。

归霞怏怏地走在前面。她径自拐向大路说，时间不早了，我们该走了。

周雨田连说是是。他说他有熟人，可以从边门直接上太平门大道。他们的车不是停在解放门就是停在玄武门，但这时都不便反对从边门直接出去。老张笑呵呵地说，从这里走好，太平门，多吉利。归霞心里还是有气,一指两边遍地的菊花道,我不喜欢这个地方。菊花,晦气!

杜松说,阿姨,菊花多好啊,不惧风霜,生命力最顽强!

五个人走到了边门前,却看见门房锁着,门上贴了个告示:此门不开。周雨田拍门,又打电话,忙了半晌,无奈地摊摊手。

太平门隔栏相望,但他们出不去。原本的计划是原路返回,但夕阳已经西沉,大家也都有点累了。岛上的菊花烂漫如故,那亮眼的颜色把夕阳反射了,延续着天地的澄澈明亮。杜松突然指着湖面说,船。万风和压下他的胳膊说,我有个建议,大家看行不行——码头就在前面,我们划船过去,蹬也行,怎么样?杜松第一个叫好。老张也说,这个好。周雨田说,我一个人蹬都没问题。归霞瞪他一眼说,你看看有一个人蹬的船吗?周雨田讪笑道,你不愿意蹬,那我就一个人划桨。

百年修得同船渡,千年修得共枕眠。这对夫妻显然有问题。虽说天下的夫妻都有问题,但这个周雨田还是不该说这样的大话——单人划桨,除非你弄惯了船,否则一定会出丑。

不知道是天色已晚还是实行了人性化管理,湖边连个看船的都没有。稍一想也就明白了:这湖虽大,并无出口,不用担心湖里的船会不翼而飞。很快,他们都挑到了自己中意的船,说好了,到环洲的码头聚齐。万家父子一条船,老张一条船,归霞周雨田共渡。

周雨田挥动木桨,扬声道,我保驾护航!船就离岸了。

只有上了船,才知道船这么容易晃,划桨更是不容易。幸亏万风和水乡出身,船是小时候的大玩具,他和杜松一人一桨,点拨示范一下,船也就调直了。老张是个大玩家,划船也内行,他一人单桨居然一马当先。划出不远,水面上传来了周雨田和归霞的争执声。回头看去,他们的船划着圆弧,似乎一定要划出一个完整的圆圈才肯前行。万风和停下桨,杜松喊道,你们要动作一致,用力平衡!那边似乎听到了,还在吵,他们的船歪歪扭扭地回到岸边,换了一只蹬船重新出发了。这才是明智的。万风和他们划出一箭之遥时,他们也跟上来了。

三只船,五个人。万风和,归霞,老张,每只船上都有一个器官移植者。夕阳斜照,前面的湖面金光闪耀,像铺着波动的金箔。湖上有风,水溅在手臂上凉飕飕的。湖上另有几只贪玩的船,漫无目的地漂荡着。一只小船在万风和他们船边缓缓退后,木桨竖着,一个人裹着羽绒服躺在船舱里。杜松说,这人怎么啦?万风和笑道,你没听见他在打呼噜吗?杜松乐得哈哈大笑。这一笑节奏乱了,他们的船开始拐弯,万风和把船桨插在水里阻水,船才又直了。

三只船呈雁阵形状,依次通过芳桥。领头的老张回头喊道,前面就是卧波桥了,你们加油!他的声音被芳桥压住了,似乎停在原地,等着后两条船过来才入耳,显得中气特别充足。芳桥是单孔桥,跨度很大,他们依然保持着原来的阵型。万风和突然看见,那个躺着打呼噜的小伙子追上来了。他睡醒了,脱了羽绒服,身着单衣,身形矫健。杜松也看见了,说这小子厉害,老爸,我们跟他比一比,你行不?万风和笑道,人家一人一桨,我们两个人,怎么比也应该算是我们输。他看见左前不远处,周雨田和归霞不紧不慢地蹬着脚踏,转眼间就被那小伙子超过了。他们的船本来就大一点,虽说用上了机械装置,但配合到步调一致十分不易,能不歪就已经是本事了。万风和索性歇了桨,说他不划了,让杜松一个人试试。杜松说,好,我划船,你泛舟!可万风和一停手,船就开始打旋,杜松岔开双腿，使劲挥动木桨，船校正了方位，速度快起来了。

似乎赶上了一些。杜松边划边大声喊道，前面那哥们，我们来啦！那小伙子回头看了一眼，居然停了桨，高高举起，让船自己滑行了。杜松大声问，哥们，你姓张吗？那小伙子扭过头，夕阳勾勒出他迷惑的脸。两只船继续靠近，杜松说，你是不是，那个——肝脏？他腾出手，指指自己的腹部。那小伙子扭过脸，明显听不懂，他咧嘴一乐，一屁股坐到船上，随即又躺下了，手里的桨直通通地举着，像一根晃动的断桅。杜松哈哈大笑。

前面的卧波桥也是一座拱桥，有五个桥洞。三只船从不同的桥洞穿过。那小伙子船不动了，随波漂荡，留在桥那边。桥上有不少行人，好些人扶着栏杆朝他们看。太阳已经消失了热力，他们站在桥上都觉得冷，肯定佩服这几个划船的真有兴致。谁都看得出那小伙子划得好，动作刚劲，节奏分明，简直像个专业运动员。船头浪花飞溅，万家父子很快就逼近了最前面的那只船。前面的那戴墨镜的回头看看，也加快了动作。

三只船又形成了一个雁阵，一字斜阵，老张在前，万家父子居中，归霞他们殿后。万风和让杜松慢一点，不要再追。他不想压归霞他们一头。万风和最有效的阻止是又开始划桨。他动作舒缓，杜松不得不慢下来才能跟他同步。两只桨像是鸟儿的翅膀，上下翻飞，虽不快，却很是优雅好看。那边的蹬船慢慢超过了，周雨田朝这边摇了摇手，喊了句什么却没听清。卧波桥渐行渐远，桥上的观众变成了弧线上的一排黑点，他们很快就会散尽。没有人会想到这水面上的三条船，"角膜"领头，"肾脏"居中，留有余力的"心脏"殿后；更不会有人想到，他们当中有三个人的某个器官都来自同一个人。

码头已经遥遥在望了。万风和停了桨问杜松道，你知不知道，这片水原本是通往长江的？杜松摇头。万风和道，朱元璋修城墙，整治玄武湖，把水道隔断了。杜松道，那梁洲、翠洲、菱洲还有樱洲，原来都是江里的沙洲了？万风和说，那倒也不见得，有人说，这湖是烧城砖取土才挖成了现在这个样子。杜松说，吹牛吧？城砖不是我们老家的人烧的吗？南京人会烧砖，我可不信。万风和心中一动，他不纠正杜松话里的褊狭，却突然涌上一股难言的感动：这孩子，居然不认自己是南京人。

湖光山色。九华山和城墙巍然屹立，水中映着它们层层叠叠的倒影。夕阳尚未落地，月亮出来了，它挂在宝塔的附近，映在水面，像一盏可亲而淡然的灯。日月同辉，镜花水月。这个脱离了长江的湖，安静地托着几个岛，此刻，有如梦境。

万风和微笑着摆手，制止了杜松再动桨。船在滑行，离岸越近速度越慢。万风和在心里悄悄想：如果船能自己滑到码头，那就预示这颗心脏能支持自己到底。船继续减速，离码头约莫三米时，几乎停止了。杜松的身体突然飞起，大鸟一样落到了岸上。他笑嘻嘻地牵着缆绳，使劲拽着船。

老张头上冒着热气，乐呵呵地说，你这是乾隆皇帝登御码头啊，还有人牵绳，好福气！不一会儿，周雨田和归霞也上来了。他们互相夸奖着，弃船而去。杜松走在最后，一个工作人员不知什么时候跟了过来。杜松把钱交了。

码头上的大堤通向玄武门。周雨田拧着屁股，姿势古怪地走着说，你们都厉害。比我厉害多了，我这屁股好像也要换了。

归霞嗔怪地瞪他一眼说，知道是你一个人在蹬。你不光要蹬船，还要蹬我。我拖累你了。

老张笑道,有人说我换了眼睛看东西看人都会更准,老实讲,我看不出你们两个换过关键部位。

他老于江湖,很会说话,常用嬉笑的神情掩盖他炯炯的目光。万风和说,大修过的人更要保养,我们去吃饭吧。我们都是拼装的人,今天划船也算是试车吧,都合格。

吃饭是重要的,更要紧的还是按时服药,饭桌上有开水。饭后,他们在玄武饭店又稍坐片刻,彼此对视一下,一起站起了身。他们将前往下一站。

周雨田和归霞的车也停在玄武门。两辆车,五个人,他们驶上了华灯绽放的大街。

隔着车天窗,万风和能看到月亮。车子拐个弯,月亮不见了。树影快速从天窗掠过。

明月在天。两年前的月亮是这样。半个世纪前的月亮是这样。欧洲的月亮也是这样。今人不见古时月,今月曾经照古人。多年以前,万风和在公路边迷糊地拨出璟然的号码时,天上也是一轮明月。

第八章

56

明月的清辉就是我的视线。

月亮很大，很圆，那是我的眼睛。我一下也不眨，飘过的云翳是我的眼帘。这个城市没有几个人注意到我的眼睛，遍布全城的点点灯火分散了他们的注意力。有灯就够了，他们忽略了月亮。我从今天下午就看着他们，直到黄昏，直至现在。我看见他们在玄武湖泛舟，看到他们的车来到我家的那条街。看到他们停车，问路，上楼。

他们杂沓的脚步声震亮了楼道的灯，一层层向上。这是弘道的功劳，他搞装修，自己动手就能保证这些灯的正常。他代我照顾着我们的母亲。二层，三层，四层，灯光一路亮上去，他们在我家门口停住了。门铃响了。开门的是弘道。他和女儿一直在家里等着。我知道弘道拒绝过这次来访，谢绝了好几次。我在他梦里跟他说过，我说我不反对他们来我家，来看望我的母亲，但他睡得像个死猪，第二天全忘了。盛情难却，他们还是来了。

五个人。四男一女。有两个是完全健康的人，我没有帮过这两个人，一个叫周雨田，一个叫万杜松，我帮的是他们的亲人。一颗心脏，一个肾脏，一块角膜，他们都来了。弘道和他们打着招呼，侄女好奇地坐在沙发上，她的面前摆着糕点和茶，那是招待客人的。

小家伙嘴馋，自己剥纸先吃了个糕。她很像我。比那个吃过饭先跟他妈妈回去做作业的侄子更像我。她挑的那块糕也是我最喜欢的。这也是血缘。

这些人跟我算不算有血缘？说不清。我知道这世界上一定有人苦熬着等待着帮助，但我并不知道他们是谁。生而为人，谁都需要帮助，谁都可以帮助别人。这世上有多少人在等待帮助，又有多少人帮助了别人，数也数不清。我曾在梦里见过自己的五脏六腑，它们摆在一张条案上，我当时还不知道这是什么意思。我知道人都会死，但没想到我会死于车祸。

那一天，大概是我办好捐赠手续后大半年吧，我走在公路边，一辆大货车疾驰而来，略一停顿，还是扑向了我。我陡然腾空，飞了起来，耳边却还回响着那卡车的喇叭声，它向我扑来时那声音是尖厉的，频率越来越高，远去时喇叭声却拖长了，频率越来越低沉，似乎扑过来的是个女人，离开时却变成了个男的，远去时已是老人的叹息。这是多普勒效应，我立即就明白了这一点。货车显然是失控了，拐弯时的切线那么锐利，我完全来不及躲闪。在它瞬间的顿挫中我飞了起来。漫长的飞翔。落地后，我躺地上，努力瞪大着眼睛，可天地间所有的景物都已消失。没有光了。

……天光渐亮，有如晨曦。我在天上看见了一群医生围着我，向我默哀，致敬。

我终于帮到了别人。

他们动手术时我在天上看到了无人机，下界的无人机盘旋着注视地上的医院。我的上方是无垠的苍穹，苍穹上遍布着无数的星星，仿佛是神灵的复眼在看着我。星光笼罩着我。

我在天上提心吊胆，牵肠挂肚地遥望着他们。他们是我交心换命的朋友，推心置腹的兄弟，是我肝胆相照、心心相印的姐妹。我祝福他们。

在今天这个夜晚，我看见我的心、肾和角膜重新聚集，在晦暗中移动、聚拢了，幻化成一个完整的人。这个人不辨男女，没有性别，他只是一个"人"。这个人来到我的家，来探望我的母亲。

他们现在来到了我的家里，千恩万谢，说着感恩的话。弘道嘴很笨，他不知道说什么才好。

母亲躺在床上。白发苍苍，面容枯槁。才两年，我看着她快速变老，慢慢地，越来越少下楼，连下床也少了。月色如水，落在她消瘦的脸上。一团乌云，飘过月亮。母亲不肯跟弘道去住，这不怪弘道。母亲说她就跟弘毅住。我不敢跟母亲说话，在梦里也不敢。她每天"弘毅，弘毅"喃喃地说话，她把弘道当成了我。我不忍心戳破。

母亲床尾那里传来了一声猫叫，是小薛！我养的猫！它是我从外面捡回来的，不知道多大岁数了。它的皮毛和母亲的被子花色差不多，躺在上面就如同潜伏。周雨田伸手摸它一下，它让开了，抬头四面望望，又躺直了。我在时它整天往外跑，夜不归宿，只回来吃饭。这些年母亲肯定天天喂它吃饱，要不然它早就成野猫了。它也老得跑不动了。

小薛懒得搭理外人。他们五个人围在母亲床边。那个叫万凤和的摸着母亲的手。老张抓着我母亲的另一只手，他用我的角膜看着我的母亲。我不太喜欢他们这个样子。围在床前，这像什么呢？我妈又没死，她只是有点糊涂。母亲坐起了身，她耳朵背，听不清他们说的什么。他们进门后不久弘道就交代他们了，不要提我。他们支支吾吾的，藏头露尾，母亲当然也听不懂。母亲喊，弘毅，你带他们出去吧,去你那边坐坐。母亲有性格,她嫌烦了。我听见了我的名字,但我不能回答。眼前一亮,月亮前的乌云飘走了。

万凤和率先出了房间。他悄悄对他儿子说,我们那里拆迁时,有一家人不肯迁走,连老房子的样子都不肯变,说是要等丢失的儿子,我那时还不怎么懂。他儿子嗯了一声。万凤和说,我们应该帮他们。他说的"他们"当然是我家。万杜松说,那个"肝脏"大概是不会来了。万凤和说,我们不要管别人怎么做。

其实我看见了,有个人正在路上,正往我家靠近。他是不愿意跟众人凑在一起。我没有办法告诉他们这个。那个老张问弘道,能不能到我的房间看看。弘道迟疑一下,点了点头,悄悄去把母亲的房间关上了。他掏出钥匙,就是我以前用的那一把钥匙,轻轻打开了房门。

房间里一如旧观,什么都没有变。电脑在原位,一按电源就能启动;床头柜上摆着个水杯,我夜里至少要喝一次水;墙上我画的那张表格还贴在原位,只不过早已中止,不再延长了。那个女的,归霞问,这是什么?弘道说,我们也不太明白。侄女一直跟着,表格引起了她的兴趣,她插话说,叔叔画的。我叔叔喜欢科学,可他背乘法口诀还不如我哩。

这丫头,伶牙俐齿的好厉害。他们几个都脸露疑惑。我知道,他们是担心我,担心我以前的身体状况,因为我的心,我的肾脏,我的角膜,就在他们身上。归霞顿时满脸忧色,看着弘道说,你身体很棒,你弟弟身体也应该很好吧?弘道听懂了,脸上露出不快来。其实何必呢哥,他们的担心可以理解,毕竟我的器官支撑着他们的身体。话虽如此,我自己其实也不太高兴。她还知道用弦外之音,没有直接问我的肾好不好,这已经算是有教养了。

我想对归霞说，我的身体经过那么多次体检哩，你应该放心的。

墙上唯一的变化是我的照片。弘道藏起来了。这时，他把照片从抽屉里取了出来，摆在我的电脑桌上。万凤和呀了一声，脸色乍变，像见了鬼。是的，是见了鬼。他这样的表情在我的预料之中，他刚看到弘道时就愣了一下，心中一动，是我的心脏在他的胸腔中一动。嘻嘻。弘道当然跟我长得很像。这很有意思，有趣。我的促狭心得到了满足。

万凤和的话开始乱了。他向同伴介绍我的情况，颠三倒四，简直语无伦次。他说我做过保安，他在长江大桥上遇到过我，我还曾帮他搬过砖头……万凤和还在唠叨，他不知道的就追问弘道。弘道丢三落四地在说我，说我当过兵，说我喜欢琢磨科学，自得其乐，说我有点神秘，他指着墙上那张表格，说这肯定有意义，可我们就是想不明白。

看来弘道已经研究了很久，他这是要群策群力了。好笨啊，这不就是我在长江大桥救人的成绩单吗？我恨不能出声提醒他们，讲解一番。还是万凤和聪明，他凑近了，仔细端详着墙上的纸，他似乎震了一下，赶紧扶住了桌子。他肯定是在纸上发现了他在长江大桥上遇到我的日期。他站直了身子，不知他是不是弄懂了，我救下一个女人就画一个★，男人就是☆，没有救成功我就画个×。救人一命胜造七级浮屠。不算老张，这里至少有两个人也算是我救过命的吧，没有肾和心，他们活不下去。难得他们有心，还找到我家。

老张的目光转到了我的桌子边，他手指着我做的那个尿液发电机问，这是什么？弘道支吾着不肯说。归霞惊呼道，这不是——不是水轮发电机——模型吗？万凤和问，是你弟弟做的吧？弘道红着脸点头。那个小伙子杜松蹲下身子，拨了拨叶片问，能发电吗？弘道说，能，能点亮小灯珠。

弘道笑得有点尴尬。我在天上看着他们。那个归霞的注意力转移很快，她对水轮机没多大兴趣，话题一转，开始询问我的生活习性。她反复追问我喜欢吃什么，忌什么，怕什么，她是在追问我肾脏的病历哩——我没有病历，没有病！我特别健康。她这样子我虽可以理解，但是不快活。我有点火了，想责怪她一下，也是安慰她，但还是不说了吧。月亮在天上飞速地移动，但下面的人看不到。乌云飞过来，月亮不见了，这是我闭上的眼睛。

万凤和像是有心要打断归霞对我身体的追问，他环顾四周轻声说，这房子是小了点啊。万杜松一愣，点点头。万凤和说，而且没有电梯，他在他儿子后背拍了一下。我看见了这个小动作。这时，母亲那边传来了动静，弘道赶紧跑了过去。母亲下床了。她颤颤巍巍地走过来，弘道扶着她。母亲脸上哆哆嗦嗦的，看不出表情。她走进我的房间，众人让出一条道，看着她。母亲缓缓扭过脸看着弘道说，弘毅啊，你怎么不请大家坐啊。

小薛跟过来了。它从人的腿缝里钻进来，嗖一声跳上了我的床。母亲弯腰摸摸小薛，抚抚床单说，床上坐嘛。小薛说，喵。

母亲的手拂过床单时，我的心颤抖了一下。我能听见她弯腰时骨头的吱嘎声。我是不会老去了，但我知道人老了骨头会很脆。听说过有个老太，挂个毛巾腰椎就骨折了。弘道你是死人啊，还不让妈妈去床上躺着？弘道似乎听到了我的意思，他稍带强制地扶着母亲转个弯，往她床边去了。走过沙发时，归霞拿了个橘子飞快地剥开，往母亲手上塞。这还不错。母亲摆摆手说，弘毅啊，你请大家坐。

母亲还不忘对弘道交代这一句，随手把手里的橘子往侄女手里一摆。侄女接得真及时，还很熟练，这是她们两人之间惯常的动作。

老张很聪明。他挺个大肚子，看起来笨，其实精明得很。我没白送他角膜。母亲进我房间时，我的照片还在桌上摆着，他一闪身，故意挡住了。他身子大，挡得严实，母亲没有看见。我理解他们跟母亲话少。千言万语，说不得。我觉得他们该走了，我妈妈要休息了，侄女一直在吃，再吃就成了个胖丫头啦。他们来过，这就可以了。那个一直没怎么说话的周雨田说，这是他们几个人的特殊生日，他们都是这样认为的。来看看老太太，也是看妈妈。弘道红着脸，点点头。侄女从沙发上挺起身子问，什么是特殊生日？

众人一愣，都不知道怎么回答。侄女见把人问住了，更好奇，问她爸爸，那我有特殊生日吗？弘道在她脑袋上拍一下，说你没有，我也没有，奶奶也没有。侄女不懂了，一脸疑惑。万杜松从包里拿出一个大信封，往弘道手上塞。弘道后退着连连摇手，说绝不能要。

里面是钱。不小的数额。他们空着手来，我就料到会有这一幕。这当然是不能要的，弘道做得对。在捐献协议上签名的时候，我可没想到这个。我只是愿意帮助人，别的人。这是一种奇妙的缘分。他们来看望我母亲是该当的，母亲生了我，我的心、肝、肾、角膜，都来自我的父母。母亲是源头。来看过就罢了，不应该拿钱。

他们在坚持，弘道继续拒绝。他们到母亲房间门口打了个招呼，万凤和又一次走向我的房间，他对着我的照片站着，突然跪了下来。他儿子也跪下了。我大吃一惊。这过分了。房间里顿时一片寂静，有风掠过窗外，呜呜地尖啸。弘道赶紧去扶。万凤和父子站起身的当儿，老张也跪下了。弘道手忙脚乱。万杜松悄悄走到沙发边，把信封往茶几上一摆，冲我侄女摇了摇手。这小丫头马上拿起来，打开了。她立即瞪大了眼睛，张大了嘴不知说什么。这小财迷！归霞竖起手指，在嘴上一比，要她不要声张。

他们道别，要离开了。万风和对弘道说，他想要个东西，不知道可不可以。我没想到他居然要带走我的水轮发电机。弘道也没想到，他迟疑一下，同意了，还找来了一个大纸箱。万风和拱着手连声感谢，万杜松搬上水轮机，出去了。弘道送他们下楼。小薛送到门口就蹲下了。溶溶月色下，他们站在楼下说了一阵子话。万杜松把纸箱装进后备厢，看看手机，轻声嘀咕道，"肝脏"真的不来了。

其实人家也来了，只不过跟他们错过了。就在他们上车的时候，一个小伙子朝我家的方向走来。万杜松还朝他看了一下，他们彼此不认识。弘道回家后刚坐下来，门铃又响了。这个小伙子不是"肝脏"，他爸才是。他爸身份特殊，跟别人一起来不合适。小伙子告诉弘道，他爸手术后其他都还好，奇怪的是饮食习惯有了变化，以前他无肉不欢，现在看到肉就发火，却特别喜欢吃鱼；以前也喝酒，也就二三两的量，现在一个人能喝一瓶。

这很奇怪呀。我是爱吃鱼，但并不喜欢喝酒，也许我也有一瓶的量，只是没机会试过？

那小伙子叹一口气说，这都没什么。他指指脑袋说，就是精神方面也有了点小问题。他面有忧色。

我不知道这是怎么一回事。小伙子说他爸的症状很奇怪，整天待在家里，在花园里乱转，刨地沤肥，说这是解甲归田；还有个特别的爱好，就是喜欢看以前的报纸，一看到最新的报纸就发脾气，摔锅打盆。家人只得找齐了成套的旧报纸，每天给他送一份，好在他倒不太计较日期。小伙子说，旧报纸也是他的药，跟每天的第一顿药一起送。

这是为什么，我不明白。看来我对科学的研究还远远没有到位。他父亲现在糊涂了，我很抱歉。我期望他们都能保持健康，身心都健康，尽可能活得长久。我们都来自虚空，也终将归于虚空，我赠给他们的器官最终也一定会灰飞烟灭。但我毕竟实实在在地把我自己分给了他们。我希望送给他们的器官不要发脾气，不要作祟。

只有祝福是不够的，祈祷和期盼也不见得就能如愿，这还需要运气。运气与科学到底是什么关系呢，我还理不清。我对科学的研究显然还远远算不上深入。被卡车撞飞在空中飞翔的时候，我亲历了多普勒效应，我知道多普勒效应还能用来测量宇宙。光也是波，也有波长，也有频率。所有的星星都在发光，它如果正向我们靠近，光的颜色会显得更蓝，那叫"蓝移"；光如果变得更红，这就是"红移"了，证明光源正朝远方飞去。这宇宙间所有的星球其实都在远离我们。这是哈勃那老头子搞清楚的，不是我。宇宙太大了，越来越大了，遥远的星空中所有星球都在逃离。人类真的很孤独。

没有什么速度比光速更快了，我们也永远不能乘坐着光，御光而行。人生百年，我们连太阳系都飞不出去。

地球是家园，也是我们的牢笼。宇宙大约已经诞生138亿年了，太漫长了。我们这颗蓝色的星球兀自热闹着，可人类诞生才几十万年。恒河沙数，所有的星球都是宇宙的过客；芸芸众生，所有的人都是路过人间。生老病死，爱恨情仇，百年只是一瞬。我们都沐浴在太阳的光辉之下。

靠得住的也只有太阳了。虽然它也终将坍缩、湮灭，但它普照大地，滋养万物。它深爱着这孤独的蓝色地球，派了月亮来做伴。它照耀着八大行星，照耀着地球和月球。

月亮是镜子，也是我的眼眸。

夜已深。月亮似乎变小了，却更明亮。月色清朗，斜照千家万户。母亲房间的灯灭了。月光洒在母亲的脸上，她睁着眼，双眸点点如星。

第九章

57

他们在路边说了一会儿话,各自上车。老张的车停在解放门,杜松顺道把他带过去。街上行人寥寥,街边的集市都散了。万风和叹口气说,老张啊,我们几个人,你的手术最小,算是运气最好。老张说,其实也不小啊。我两只眼睛都动了手术,也是全部。不动死不了,但肯定得瞎,还是个睁眼瞎,眼睛像个白瓷球。那可就完蛋啦。

万风和哦了一声笑笑说,我们可真得保重,到我们这个年龄,搞不好有房子没家,有女人却没爱情,有职业却谈不上事业,有了钱却又没身体去消受了。年轻的时候拼得太狠了。

杜松说,张叔叔你刚才说得有意思,就是上车的时候,你说大家各自珍重,都把器官保养好,下次再聚,一个都不少。

得来不易呀。老张说,也不知道怎么就得了这个病,病毒性角膜炎。疼,胀,痒,见风流泪。先是一只眼睛,另一只还好,后来两只眼睛就都一个死样了。全军覆没。医生都说不清这是传染了还是互相拖累的。他呵呵笑道,也难怪,两只眼睛虽有鼻梁隔着,可我的鼻梁太矮,塌鼻子。不过鼻子高得像洋人也不见得能隔开,这是命里一劫。

杜松说,我听说还视野狭窄。开车恐怕不行。

万风和奇道,你怎么知道这些?

杜松说,我不是联系这个聚会吗,顺便就了解了一下。

这儿子有心,好苗子!老张笑道,什么视野狭窄呀,其实就是只能看见正前方。我两个儿子,跟老大说话,老二在他哥边上插话,可我觉得老二是在说画外音,老二说我不理他,偏心;老大表扬我,说我注意力集中,是好学生。这两个臭小子,拿他老子开涮哩。

这老张挺健谈,是个好交往的。老张继续说,现在好了,就是每天滴三次眼药水有点麻烦,我这眼睛啊,整天药水里泡着,像加了作料的鱼眼睛,红烧鱼,还是麻辣的。

万风和忍不住扑哧笑了。他说抗排异,我们都这样。

老张说,其实角膜是没有血管没有神经的,基本不会出现排斥反应,我主要是抗感染。他突然坐直了身子,认真地说,我今天看见李弘毅那张照片,顿时就傻了。他看着我,我看着他,我一家伙像是触了电,有一种神力。人家说的什么打通任督二脉,我算是体会到了。

车子猛地一个顿挫。路面的问题。在李家的时候,万风和也曾心中一惊,那个李弘道活脱脱就是他弟弟从照片上走下来,只是个子矮了不少。万风和跟李弘道说话,简直就是在对李弘毅当面表达感谢。万风和说,你不知道吧,他家早年可是住别墅的,颐和路的民国别墅。

老张说,好家伙,这落差也太大了点。

杜松说,临走的时候人家让我们不要再去了。是不是他家房子小,乌泱泱地站一屋子,像是出了啥事似的。

万凤和叹了口气说，要是知道李弘毅还有什么心愿就好了，我们几个人都带着他的恩赐，如果能帮他完成一桩未竟的事业，哪怕难一点，哪怕只是一件小小的实在事，那多好哩。

杜松猛地一拍方向盘，车喇叭滴地一响，吓了后排两个人一跳。杜松不好意思地笑笑，赞道，好主意啊！你们带着他的器官重新汇聚，像一个人似的通力合作，互相配合，排除万难去完成他的心愿——这是大片的气概呀！

万凤和和老张都没有接话。半晌，老张突然问，万总，你临走带了那个什么模型，这是——，杜松说，是啊，老爸你有什么用处吗？万凤和沉吟着说，我没有想好。纪念吧。老张嗯了一声说，我们各自安好，各尽其力吧——你说呢？

万凤和点点头说，我们以后最好还是不要再约了一起去了。他家房子太小，劳师动众地打搅人家不好。他心里想的是，房子的事他可以帮到他们，方式有很多，但还没做的事情他不愿意多说。老张在边上说，你们注意到没有，老太太的眼睛有点浑浊，大概是生了白内障。他说，我现在全市最牛的几个眼科医生都熟，肯定有办法的。

万凤和说，有什么事，我们也可以商量着来。

杜松说，我做联络员。

车子慢慢停了。透过浓密的枝丫，灯火明亮的解放门已遥遥在望。他们下了车。万凤和说，我们各自珍重，都把器官保养好吧。这是老张说过的话，三个人都笑了起来。杜松说，那个归霞阿姨，她气色可不怎么好。

老张坐上自己的车，打开车窗说，她是心态不好。他挥挥手，车开走了。

第九章　　　　　　　　　　　　　　　　　　　　　　　　　　　　　　　*401*

杜松说，归霞阿姨老是问人家身体，其实是关心自己的身体。

万风和嗯了一下说，这不对吗？

杜松说，如果你感受到痛苦，那么你还活着；如果你能感受到他人的痛苦，那么你才是人。

这话你从哪里看来的？

杜松说，网上看到的。是托尔斯泰说的。

万风和不记得托尔斯泰说过这句话。突然想起自己大学学的是俄语。很遥远了。

万风和说，你还是应该多读书，读原著，翻译的也行。还有，你不该背后对别人妄加评价。人家关心自己也是应该的。

杜松嗯一声，两人上了车。

有一件事万风和不想再拖延了。他和杜松又回了一趟老家。他已经确定他要在家乡起一座房子。

理性地说，这房子实用价值不大。老家的年轻人都出去闯世界，难不成杜松反倒要回去跟街上的老头老太晒太阳？他曾跟璟然商量过这事儿，璟然说，随你。随你就是没兴趣，不予置评，况且这事儿现在跟她已经没有关系了。还有他这身体，即使退休了什么都不做了，也不能在老家常住的，他离不开好医院。

但这是个梦想。多少次在梦里看见了那座房子，它高大，气派，碧水环绕，绿树掩映……既然有个梦，为什么不去实现呢？他辛苦了大半辈子，只剩下半条命，为什么就不能去圆一个梦？

58

又是一年中最热的时候。车里开着空调，前方的路面热气蒸腾，视线都有些扭曲了，像是地下藏了妖怪。不时有鸡鸭穿过公路，杜松开得小心翼翼。前面就是进镇的桥，万凤和让杜松再开慢些。他看见路两边大片的地还空着，随意种着些黄豆和蔬菜。他上次离开时就看中了这个地方。地还在。梦中的家园。他脑子里突然出现了"跑得了和尚跑不了庙"这句话。文不对题。他轻轻笑了。这次回老家他没有提前告诉堂姐，已经麻烦她太多的事情了。

他们找了一家看起来还像样的宾馆住下，这宾馆有一个巨大的停车场，坑坑洼洼的全是碎石。这停车场无疑让宾馆破了相，看起来像明天就要拆掉。万凤和想起来了，停车场原先是棉纺厂，他曾在这里做过工人，先是国营的，后来卖了，现在就成了这个样子。镇上原有两家大厂，窑厂和棉纺厂，都是支柱，镇上的年轻人总还有个去处。窑厂是先拆掉的。那么多的砖窑，星罗棋布，是他少年时的八卦阵。他第一次抽烟是在窑里，窑工怂恿他抽，他不认尿，抽一口，差点呛死。有一回摸鱼搞湿了线裤，怕挨骂，躲在窑洞烘。他第一次感觉到了窑火雄浑的力量，可裤子干过了头，裤裆那里都烘煳了，换季时脱下来，妈妈发现那里多了一个洞，百思不得其解，他直朝弟弟摇手，阻止他说。现在，那些窑早已消失不见了，砌窑的砖头很多都被砌进了各家的房子里。这些房子各取所需，随意散漫，呈现出一种无奈的凌乱。

璟然曾经说过，她以后说不定会介入影视业。那是好几年前的话了。万凤和突然想，如果那记忆中的小镇还在，一动不动，原样留到现在，不就是个上佳的取景地吗？石拱桥，穿镇而过的小河，水码头，两岸鳞次栉比的民居和商铺，又何必搭那么多虚假的外景？有了旅游产业的支持，经济情况会不会比现在好得多呢？

不知道。这难以明确。万凤和和杜松晚饭后在街上闲逛。小河早就被填平了，成了一条弯曲的大街，两边都是小百货店。行人不多，商店多已关门打烊，只有十字街头的路灯下，有几个卖西瓜的摊子还在招徕生意。万凤和轻轻叹了口气，跟杜松说起了脚下的这条街。他说如果我们能乘船穿过小镇该多好，水上凉风习习，肯定不这么热。他说起了GDP（国内生产总值），说起了河里的鱼，絮絮叨叨的，杜松听出了他的意思。他突然跺跺脚说，老爸，你划船就是在这条河里学的吧？

万凤和说，是，学会了就到里运河去划了。

杜松笑道，我在玄武湖，不也学会了？他认真地说，老爸，你现在是外乡人思维了。把这里圈起来，不发展，是原汁原味了，可我觉得老乡们未必乐意。老房子生活条件太差了，连抽水马桶都没有。我们是游客，他们可是要常住的。

万凤和诧异地看看杜松。他二十几了，在南京见过旧城改造，没想到他想得这么深，还不无道理。他们回到宾馆，却发现空调坏了，只会吹风，没有冷气。找来服务员，她也搞不好，却说这就是冷风，心静自然凉。房间小没什么，脏一点也能忍，反正就一夜，但没有空调却热得浑身冒火，真是要命。旅人的感觉是不好的，在家乡做个旅人更是古怪。自己有个房子的话哪能这样？这房子确实要建。

第二天上午，堂姐来了。她看见杜松很亲热，还抱着他亲亲，弄得杜松很不好意思。她抱怨万凤和，为什么不去家里住。万凤和说实在太晚了，又说要请镇上领导吃饭，请堂姐安排。

酒席很丰盛，都是家乡菜。那个熟识的副镇长来了，书记兼镇长也欣然赴会，很给面子。这个一把手，作为镇上的最高领导，面带微笑，却也不苟言笑，自带威仪。对从外地返乡有求于自己的商人,这是一种训练有素的表情。他当然已经知道万风和此行的目的,但他绝不主动提这茬儿。这人要地是建房自己住,那是光宗耀祖,又不是搞房地产,对镇上的招商引资毫无意义。他不开口,副镇长当然也不敢提,万风和看一眼副镇长,说出了来意。

一把手含笑点头,但是没表态。副镇长问,你有什么意向,看中哪里了?

万风和比画着说清了桥下那个地方。一把手哈哈一笑道,你不太了解情况,那里不是我们的,我们没有权力动。万风和不懂,副镇长说,那是申城的飞地,基本农业用地。一寸也动不得!

万风和蒙了。看看堂姐。堂姐说这是真的。那不是镇上的地。你还看中哪里,领导都在,他们能拍板。

万风和突然感到累。意兴萧索。杜松看看万风和,等着他说话。但万风和举起杯子说,喝酒。他自干了一杯。似乎连话都懒得再说了。

此后差不多都是别人在说话。他们介绍镇上的规划,哪里是住宅区,留给周边的农民拆房上楼,哪里在旧镇改造,可以自建,如此等等,万风和唯唯,如风过耳。他看着桌上的一盆菜,倒有了兴趣。这菜显然是油炸的,黑乎乎的像去掉头尾的虾,却比虾子更肥大一些。副镇长夹起一只,嘴里脆响着介绍道,这是知了,油炸知了。

杜松惊愕地问,就是树上叫的那种知了吗?

对呀。副镇长说,可以这样油炸,也可以蒸,以油炸为好。他看万风和不动筷子,热情地给他夹一只说,你别看恶心,早年我们这里的人还吃过蝗虫哩!

万风和说,这不一样。他说的不一样,意思是吃虫子原因不一样。从前穿破衣,现在新衣服要磨出破洞才时髦,都是破洞,却大不一样。副镇长没在意,又夹一只说,是不一样,这叫"脆菜",入嘴脆!

一把手站位高,他微笑道,小地方发展很不容易,这也算一项土特产。他话头一转,就转到了省城,转到了市里。看得出,他对万风和与市里领导有没有什么特殊关系很有兴趣。他虽然还不肯放下身段,但万风和听得出,他迫不及待地想调到市里。万风和假装听不懂。一把手看出万风和也是江湖中人,说,欢迎万总常回家看看,这一次,也还可以再看看其他地方嘛。

他看似抛出了个绣球,其实是撒出了一把纸屑。散席后,万风和对杜松说,要去看看一个老同学。他一个人信马由缰般的悄悄去了学校的西边。沿着学校的围墙往西走,转过一个拐角,他看见分岔的小河。

清风如吟,碧波潋滟,半岛还在,似乎大了些。那三间瓦房已经看不见了,岛上盖起了不少房子,都是两三层的小楼,只留着沿河的半面还空着。通往河边的小路已成了巷子,河边的水码头已经不见了。

正有些愣神,一只黑狗不知从哪里跑了过来,隔着河朝着万风和狂吠。万风和冲它挥了挥手,它却叫得越发起劲,还引来了一只黄狗助阵。万风和不再搭理它们,沿着学校围墙朝北看过去,那个应该立着一棵柳树的地方已经空了,地不是平了,还高了出来,成了垃圾堆。两个学生,一男一女,抬着个垃圾桶从围墙豁口走了出来。他们诧异地看看万风和,把垃圾倒下来,进去了。

垃圾里有不少纸张,风一吹,飞了起来。那些纸上当然写满了字,有一张盘旋着,居然飞过了河,像一只折翼的鸟,一头插进了草里。

片片树叶在空中飞舞,零落在水面上。都说落叶归根,但叶落随风,没有谁承诺你一定能落在树下。这里是他的桑梓之地,他的父母长眠于此,但是,那棵柳树已经永远消失了。

万风和沿着原路返回,刚走上大街,副镇长又来了个电话,说明天可以陪万风和再四处转转,还说,学校西边那个半岛你知道吧,那里倒好像还能挤挤。万风和吓了一跳,简直要怀疑那副镇长看见了他的行踪。他略一迟疑,谢绝了。

回到宾馆,堂姐也在,杜松已经把东西理好。堂姐说要送他们一程,正好她回家也顺路。她说,那个脆菜是饭店配的,我也不吃这东西。他们还管这东西叫双脆哩,在树上叫得脆,吃到嘴里还脆响。杜松呃一声,在反光镜里做了个恶心的表情。万风和看出堂姐这也是顺着自己说话,道,你不吃我们不吃,有人要吃;这地方不吃,别的地方也在吃。堂姐下车时说,这就要走了吗?我倒有个想法,我家这房子,也可以拆了重建的,地不大,可以建高一点,你们回来不也可以住吗?万风和一怔,突然觉得她有点陌生。他笑笑说,主意倒蛮好。以后再说吧。

车子很快就上了桥。杜松把车慢了下来,要停的样子。万风和摆摆手,让他继续开。两边是已被村庄包围的绿野,按他们的说法,这些村子也将要拆除,农民上楼。飞地其实竖着一块大牌子,是野风把它吹歪了,进镇时万风和就没看见。这是角度问题,角度不同,你看到的就完全不一样。他想起了那个"双脆",忍不住跟杜松说起了小时候和弟弟去抓知了。烈日炎炎的中午,父亲睡午觉,母亲不知道忙什么去了,他和弟弟蹑手蹑脚地出门,拖一根竹竿,抓起早已备好的面筋就溜了。棉纺厂的那片树林里知了最多,他们循着叫声悄悄地逼近，竹竿一捅就把知了粘下来。他们还能从树上捡到很多知了壳，那是可以卖钱的。他的第一根正式的男人腰带，就是知了壳换的。弟弟抢着系，只好一人系一天。弟弟其实嫌大，系上去还掉裤子，做哥哥的动手在腰带上又戳了几个洞眼。

万风和说，我们小时候那是真调皮，上房下河，抓鸟逮鱼，鸟儿胆小，被抓在手上使劲扑棱，心脏跳得飞快，知了傻得很，被捏在手上还是要叫，一副无所谓的赖皮样子。

杜松听得悠然神往。他嫌空调风大，关小了，说，老爸你不知道那盘知了多少钱吧？两百。十只，每只二十！你没注意吧，还剩四个，那个副镇长用餐巾纸包了，说带回去给小媛吃，这人倒疼女儿。万风和微笑道，小媛是他老婆，你见过的。说话间正好经过一个村子，路边的墙上写着大大的字：收软壳知了，价格优惠。

万风和直愣愣地看着这条广告。车子过去后他才反应过来：桌上的知了原来不是从树上捉的，是挖来的，没出土的软壳知了才嫩。杜松扶着方向盘，轻轻说，他们吃掉了夏天的歌声。

万风和心中一凛。杜松接着说，我们学校里有个教授说，连反季节蔬菜都不应该吃，本地人就应该吃地产的当季果蔬，在本地弄弄大棚还好，如果本地不产这个，要去外地运，食物里程就很长，非常耗能。杜松笑道，他说得可吓人了，说杨玉环要吃荔枝，一骑红尘妃子笑，差点把个国家笑没了。

万风和笑道，那你冬天也别再吃西瓜啦。杜松嗯了一声说，那我就不吃。万风和想说，事情也没这么简单，可他还真是牵挂着蝉鸣。怪不得现在听不到知了叫了。三十多年前，他扛着行李走进大学校园时，林荫大道里满是蝉鸣；毕业时把璟然送到车站，等车时的尴尬，也有如歌的蝉鸣相伴；跟杜衡的恋爱也开始在夏季。即使十几年前的那次肾上腺手术,他在病床上躺了十几天,每天的蝉鸣也不绝于耳,天黑了,还能听见知了被夜鸟追逐的悲鸣。可这几年,不知不觉间很少听到了。

知了几乎绝迹了,可蝉鸣变成了时有时无、挥之不去的耳鸣,令人烦恼,万风和就有这毛病。

又经过一座桥。万风和抬手拍了拍杜松的肩膀说,停一下!杜松放慢车速,车在路边停了下来。万风和笑道,我不是要方便,我是想起了后备箱里的鱼竿。杜松说,老爸你终于还是想起钓鱼啦!万风和微笑道,你不想吗?你在我们楼盘那个小池塘就说过要钓鱼,这次你连蚯蚓都准备好了,不钓不是白带了吗?

两人拎着钓具下了车。

59

高大的白杨树下,路两边都是水面。东边是一片片鱼塘,西边是一条野河。万风和站在路边问,两边都能钓,你说我们去哪边?杜松道,鱼塘也能钓吗?万风和说,当然能,就是要交钱。说话间鱼塘边的小屋里走出个老头,叼着根烟,笑嘻嘻地迎了上来,他说欢迎光临啊,论时间一天一竿一百,称斤两一斤十五块,随你们。

杜松看着父亲。万风和道,这样吧,我去钓野河,你就在鱼塘钓。

杜松不解地看着万风和。那老头说,野河里钓个鬼啊,嫌贵我可以优惠的。

万风和笑笑说,不要优惠,我就喜欢钓野河。

他拍拍杜松肩膀,两人分好了钓具,各奔东西。他到杜松那边看了一下，鱼塘里没有水草，看起来哪个地方都差不多，不过杜松下钩的地方恰好在拐角，那是养鱼人投食喂鱼的地方，万风和赞许地点点头。人为财死鸟为食亡，鱼因为觅食习惯上钩，杜松居然无师自通地明白了这一点。万风和穿过公路走到野河边上，找到个水草中的洞做了窝。

身后种的是黄豆，有青蛙在叫，一只蚂蚱慌乱地跳出来，一蹦一跳落到草丛里。他等了十来分钟，估计鱼儿已经聚窝，举竿落了钩。正想着杜松并没有真正钓过鱼，要不要去指导一下，却看见那老头已经在好为人师地指点。老头还在絮絮叨叨地说，杜松欢叫一声，已经起鱼了！他左手举竿右手抓鱼，手忙脚乱。万风和喊了一声好，也不去管他，老头那里网兜是现成的。略一走神，他这里浮子也动了，轻磕几下，试探着，浮子突然向远处一拽。万风和手一拎，分量不轻。是一条昂刺鱼，黄身子，白肚皮，脊梁上全是刺，长着胡子的嘴里发出吱吱的叫声。

杜松那边又上鱼了。

他们钓了一个多小时，要不是当天还要赶回南京，可能还要再钓下去。收获不小，杜松钓了四斤多，毛算五斤；万风和的没称，大概也有两斤多。这两斤多里也有杜松跑过来钓的，他不知是要陪父亲，还是想尝尝野钓的滋味，后来也跑到这边来了。他钓了一条白鲦鱼，还有一条虎头鲨。虎头鲨黑乎乎的，有点像鲇鱼，但要略小，虎头鲨是万风和老家的叫法，在别处叫什么他不知道。两人洗了手，两网兜鱼摆在草地上。杜松饶有兴趣地盯着看，那昂刺鱼还在吱吱叫，杜松忍不住拿手去戳，万风和提醒他注意，有刺。

杜松说，老爸，你钓的鱼好杂。

万风和说，是的。你钓的全是一个品种，都是鲫鱼。这就是我愿意钓野河的原因。

杜松抬起头，认真地看着他。他看出父亲有话要说。万风和说，你第一条鱼钓起来，第二条又钓起来，这时候你大概就明白了这鱼塘里养的全是鲫鱼，是个鲫鱼塘。

是的。

其实你一问，老头就会告诉你，这是鲫鱼塘，那边是鳊鱼塘，还有的塘里养的是草鱼。万风和说，你在鲫鱼塘里只能钓到鲫鱼，每一条都一般大，浮子的吃口也一样。你从早钓到晚，从第一条到最后一条，全是鲫鱼，没有例外，不会有意外。他手指指野河说，我那边就不一样啰，你还只看到这几种鱼，小时候，我钓到过各种各样稀奇古怪的鱼，刺鳅和鳗鱼像蛇，乌龟甲鱼也常钓到。每次早晨出去，我都不知道今天会钓到多少鱼、什么鱼……你爷爷曾钓到过十斤重的鲤鱼，我不去帮他，他恐怕都搞不上来。万风和神情暗淡一下，继续说，我也差一点钓到一条大鱼，我使劲抬竿，实在拎不动，竿子突然断了，被鱼拽着漂到河中央，最后连竿子都看不见了。到今天想起这个，我都还在好奇，那是一条什么鱼，鳜鱼，青鱼，还是鲤鱼？

他悠然神往。杜松瞪大眼睛，一脸懊恼，好像那个断竿跑了鱼的是他自己。万风和说，时间不早了，走吧。杜松把鱼拎到后备箱，里面有只塑料桶，这是准备了装鱼的。杜松突然说，要是我在你边上就好了，我们肯定能把它搞上来，看看到底是个什么东西。万风和呵呵笑了。

车子启动了。车窗外的景色快速后退，夕阳斜照，两边的水面波光粼粼。万风和说，野河有野河的好，鱼塘是另一个味儿。

杜松问，老爸你是不是要告诉我，没有意外也就没有惊喜，按部就班的生活没有多大意思？

我可没有这么说，万风和笑道，这也有个度的，有意外有惊喜当然更有意思点儿，但最好是惊喜，不是惊吓，就是有了惊吓也不能是吓死人的那种，吃不消。他拍了拍自己的左胸口。

杜松点点头，突然左手在前面一划说，右边是干企业做生意，左边是公务员事业编，这叫上岸。

万风和心中一震：我们那时讲下海，他们现在说上岸。他说，哪有这么简单。你好好开车。

万风和心里还有很多的话。他想说，鱼因为贪嘴，被钓上来了，知了因为傻，被吃掉了，可毒蜘蛛就没被吃掉。其实人类之所以能成为地球的主宰，就是因为人类会耍心眼儿，差不多把所有动物都变成了资源和奴隶。人类之间基本也是这样，心眼多的常常成为赢家——可赢家就快乐了吗？为了一点好处你做自己厌恶的事，说自己也厌恶的话，然后你觉得自己真不是东西……他脑子有点乱，一时无从说起。

路不太好，颠簸起伏，碎石子不时击打着车底。突然车身一颤，后备厢传来了咚的一声。杜松说，没事老爸，是那块城砖。

这块城砖不能成为新房子的奠基石了，家乡至此变成了故乡。

到家后，天已经全黑了。杜松要把后备箱的砖搬上去，万风和阻止了。他说，它已经六百多岁啦，不在乎这一夜。他捶着腰说，鱼，那可摆不住。

杜松把塑料桶拎了上去。保姆得到通知，已经把晚饭做好摆好，自己先走了。杜松杀鱼，笨手笨脚的，鱼一挺身子，他就嚙一声，快活得直叫。万风和让他罢手，说杀鱼我来，做鱼才是你的事。万风和不做饭久矣，但杀鱼他有童子功，不一会儿也就全拾掇

412　万川归

好了。他拎出几条来，说今晚我们就吃这些；指着水槽里一个装满鱼的塑料袋说，这些，你明天一早送到你外公家，给他们尝尝。这可是你第一次钓鱼的收成。

杜松的手艺真不错。他居然做了两种，一盆红烧，另做了一碗白汤。这顿晚饭格外丰盛。万风和说，我倒有点馋酒了，我能喝点儿吗？

杜松一愣说，我不知道，应该，能喝点儿吧。他起身找到手机，打出了一个电话。他这是在请教医生。他嗯嗯听着，回头问，老爸你以前能喝多少？万风和说，七八两，白的。杜松放下手机，笑眯眯地说，医生准许了，限量，红酒两杯。他嘻嘻笑道，老爸你知道吗？我还蛮能喝酒的。

是吗？万风和大感意外。

杜松说，我陪你，解解乏。

杜松从酒柜里拿出一瓶红酒，从酒具四件套里操起了开瓶器，"叭"一声。万风和说，我们家里喝，就别搞那么复杂了，他指指分酒器说，你给我倒满，正好两杯的量，我们慢慢喝。

分酒器是水晶的，像一只奇诡的血色天鹅。两人对坐在餐桌的两边，边喝边吃。餐桌上方的灯明亮而柔和，光圈笼罩着两个男人。万风和从来不知道杜松能喝酒。有这么大个儿子与自己对饮，理应没有什么不满足的了。万风和虽已很久不喝酒，但还下意识地遵循着喝红酒的某种仪式感。他端详着杯中旋转着的浓烈红晕，轻轻吸了一口气。红酒呈现着一种难以形容的颜色，如同它的气味，很醇厚，也很复杂，包含了欢笑、忧愁、迷茫、倦怠、希望和落寞。

虽然璟然换过一张餐桌，但位置没有变化。杜松的边上，曾坐

第九章

过杜衡，她一般坐在杜松的右边，方便给他夹菜；璟然一直坐在万凤和现在的位子上。她们先后过来，又陆续飘然离去。光圈的边缘，是她们离开时陡然暗淡的脸。不知不觉中，万凤和喝下了一杯红酒，他觉得沉重，仿佛这酒有巨大的分量；又觉得轻捷，大脑漂浮着，穿梭在如烟往事之中。他自己把分酒器里的酒全倒进杯子，对杜松做个手势，表示就这么多了。他的心脏没有任何不适，倒是目光迷离了。眼前的杜松在变幻，从小时候到现在，飞快地在成长。杯里的酒只剩下一点时，杜松的位置上人影晃动，穿梭迭换：杜衡，璟然，面前又出现了母亲，当父亲坐到他对面时，万凤和鼻翼翕动，眼眶一热，泪水涔涔而下。泪眼蒙眬中，父亲慈祥、亲切而又冷峻，目光仿佛两道激光，如炽热的针。万凤和转过了脸，不敢直视对面的父亲。他咕哝道，老家的房子起不成啦，他浑身一激灵，推开椅子站了起来，同时推开了杜松递到他面前的餐巾纸。

脚步有点飘浮，但还算稳。他上楼，一步步，一阶阶。杜松吓坏了，跟上来扶着他，问，老爸你要干什么？楼下有厕所。万凤和定定神扶着栏杆说，我要找个东西。杜松伸着双手亦步亦趋地跟着。走进书房，万凤和拉开写字台抽屉，摸出了一张纸，往桌面上砰地一拍说，这是什么？这是你爷爷的印！杜松说，我知道。万凤和说，你知道个鬼呀！印章呢？被我送人啦！送给王八蛋啦！他跌坐在椅子上，嗷一声哭了出来。他趴在桌子上，双肩耸动，哭得像个孩子。

杜松站在一边，拍着他的后背。一下，一下，很轻柔，很有节奏，就像在哄小孩睡觉。忽然，杜松停住了手。他听到了一种奇怪的声音。他皱起眉头，循声望去，慢慢地，目光在墙上定住了。那是爷爷的二胡，从老家带来挂在了书房里。它只剩下一根弦，琴皮上也蛀了一个小洞,可杜松分明听见了它嗡嗡嘤嘤的声音,不知是那琴弦还是琴皮在颤动。杜松走过去,伸手想把琴身扶正,手还没有够着,二胡突然落了下来。幸亏下面就是沙发,琴身被托住了,弓弹了一下,跳到了地上。杜松赶紧把它们并起来,挂回了墙上。

万风和的哭声慢慢停止了,但有话往外涌,前言不搭后语。杜松抚着他的背。万风和抽泣着咕哝道,我容易吗?不容易!我把印章磨平啦。他接过我的印章笑嘻嘻的,我呸!……磨平啦,你爷爷就死啦……他絮絮叨叨地说着,脑子半梦半醒,他自己也不知道说的是什么,但他知道自己在说话,唯一的听者是杜松;忽而又像是另一个人在说话,自己在听,却听不太懂,也容不得他插嘴打断。

半晌,万风和平静了下来,脸上泪水淋漓。杜松悄悄抬眼看看墙上的二胡,拉过父亲的手,按着脉搏位置。万风和挥挥手道,我没事!它很好!他往自己胸前一指,巨大的困倦就把他淹没了。

好香甜的一觉啊。

第二天醒来时已经快九点。他睁开眼,有点愣神,正要喊,杜松已经进来了,他穿着睡衣。万风和坐起身,看看自己身边的被子,立即就明白了,杜松夜里就睡在他身边。杜松把药和水杯递过来,万风和笑笑,仰头吃下了。

意识聚拢了,但断片的地方接不上。不管他了。万风和苦笑道,酒量看来还是没有恢复——我喝了多少?

不到两杯。我还怕你超量,我拦不住你。杜松笑着说,老爸,你昨天说了一些话,你自己知道吗?

万风和一震,我说什么了?他面色凝重起来,问,我说到你了吗?哈哈,酒后胡话,全是鬼话,哪能当真啊?

杜松说，你也没说几句。老爸你没说到我，我还有点吃醋哩！我就是很好奇，爷爷的那个印章，你送给谁了？

万凤和怔怔地看着他。杜松说，那个印章我还玩过，往手上盖，爷爷抓过去，怕我摔掉。爷爷奶奶墓碑上刻的那个印，是我放大的，我当然认得。

万凤和沉吟着。他没想到自己会说出这个。庆幸的是，杜松的身世，他没有说。否则一失嘴成千古恨。在酒后失态中，他只崩断了一根神经，其余的神经像细密的网，兜住了更多的心事，这简直了不起。最该守住的秘密他守住了，杜松脸上的表情证实了这一点。但杜松却继续追问，那个印章，你究竟送给谁了啊？他表情轻松，但锲而不舍。万凤和手一挥说，你管这个干吗。

你送给了一个银行行长。你说了名字，可我没有听清，再问，你已经开始打呼噜了。杜松嘻嘻笑道，既然说了，就告诉我呗，别玩悬念嘛。

他这一说，万凤和犹豫起来。杜松的身世，至少杜衡知道；可这方印章的故事，除了他自己，也许只有天上的父亲才知道。他一直守口如瓶，昨晚喝多了，脑子松了箍，这才泄露了。虽然杜松笑眯眯的，但万凤和觉得还是不能全部露底。沉吟片刻才说，就是个行长，是个俗货。忍不住又说了句，他还送了我两幅字，水滴石穿，还有一个是，流水不腐，户枢不蠹，蠹字都写错了，我扔在办公室了，没挂——人家把事情办了，又没伸手抢你的印章，过去的就过去了吧。再补充一句，这事不要告诉你妈妈，别跟任何人说。

杜松点点头，呵呵笑道，水滴石穿——他突然想起了什么似的说，老爸，那块城砖还在车后备箱里哩，我去把它搬上来吧。

60

城砖被泡沫纸包得严严实实,车颠得太厉害才发出了声音。他们带回老家,原打算以后起房子时砌进墙里,还是带回来了。

这块城砖已有了六百多年的历史。从人类学会结庐而居,取土烧陶,再到烧出这么大的砖头,时间就更漫长了。当时引起万风和注意的是它上面的字,它六百多年前沿着大运河而来,被砌进城墙,抵御过炮火和云梯,终究还是没有成为设想中的新房子的一部分。第二天,杜松把城砖搬上来,放到书房里的写字台上。砖头在车上被颠裂了,掉了一小角。杜松没吭声,悄悄把破角拼上,压在底部,看不出。

这只是个权宜之法。万风和不认为这砖头应该永远摆在他桌上。捐给老家的砖瓦博物馆,用于展览,倒也是个办法。但万风和暂时不去考虑这个问题。

这两年多,他依靠新的心脏稀里糊涂就过来了。按理说,他应该高兴才对,毕竟两年也是个关口,他没有被淘汰,据说这意味着这颗心脏大概率能够伴他终身。但这两年非同一般,仿佛时间真的重启过一次,换了心也就换了生活。一切都跟从前不一样了。

他已经很久没有想起璟然了。回想一下,确实极少想到,就像马斯克悄悄用他做了人脑接口试验,与璟然有关的信息都被删除了。偶尔飘一下,那只是往事零落的花瓣,随着时间,随着风霜雨雪,它们会逐渐化作尘泥。不想从老家回来后的某一天,他夜里居然又梦见了璟然。

一个人一辈子要做多少梦啊,你并不能选择梦里的景象。绝大多数梦都像海滩上写的字,那么清晰,可潮水似的睡眠再次漫过、退下，什么都看不见了。可这个梦万风和却还记得，他好像说，我那块城砖用不上了，因为地飞了。

李璟然微笑着，嘴在翕动，他听不见她的话，心里着急，醒来后耳边却响起了她吉光片羽般的声音：大城市都在搞房地产，地不够了，又要保证基本农业用地，可不就飞到乡下了吗？是我们自己把地挤飞的。她说，好多飞走的东西，其实是我们自己挤走的。她的声音细若蚊吟，却很清晰：你老家的房子，努力过也就罢了吧，那么多的老别墅还不是也拆了吗？天下哪有真正的不动产啊，"不动产"这三个字算是天下最幽默的名词了。

她总是有理。人已经离开了在梦里还这么有理！万风和嘟囔着想，我的楼盘总不能也就罢了吧。他到有关部门运作了一番，也是情势所迫，这回允许他适当松动房价了。他跟杜松商量了一下，把价格稍微下调了一点。

不几天，售楼处那边却出事了。有客户来闹事，都是第一期的。横幅都打出来了，控诉他们的资产被贬值，血汗钱蒸发了。万风和坐不住，要去现场，杜松死活拦住了。毕竟年轻嘴快，他嘴一滑说，你再出点事，可就真麻烦了！

万风和懂他的意思。说的是他的心脏。他沉吟片刻，朝杜松挥了挥手。

人是很奇怪的。房子涨价他们忍着，都是忍者神龟；降价了却要闹事，成了发脾气的弼马温。万风和当然明白，闹事的都是已经买了的，没买的盼着降价。但问题是，盼着降价的还希望再继续降，更不急着买。这是个死局，万风和无法破解。他刚要给几个关键位子上的熟人打电话报告情况，请他们必要时出来帮忙，不想刚拿起手机，手机却先响了。上面要求他立即解决问题，化解舆情。

万凤和放下手机,心里已基本打定了主意:暂时关掉售楼处。以后,再说。

待机而动,眼下也只能这样。再不济还可以找人来打包接盘。早就有两家公司含蓄地抛来了绣球,就看你接不接。说到底,也就是个价格问题。

公司的财务状况他有数。剩下的这些房子,虽然暂时还不至于压垮他,但是局面也很烦心,万璟家园欠建筑公司的,建筑公司欠材料商的,材料商又欠别人的,共同点是他们都欠着银行的。这是个圈,你欠我我欠你,这就是生意。万凤和真希望身边有个能商量的人。可他不能什么都跟杜松说。

这个城市有个地方正在闹事,与他有关。万凤和如坐针毡。

这时杜松发来了售楼处的现场照片。两张。第一张有很多人,有人拉着横幅;另一张是关着的售楼处大门。他这是告诉万凤和,人都散了,事情平息了,门也关了。

天飞快地黑了下来,夜晚按时抵达,杜松还没有回家。保姆早已做好饭菜,万凤和躺在沙发上,等杜松回来一起吃。杜松很晚才到家,抱歉地笑笑,父子俩一起吃饭。杜松狼吞虎咽的,是个能吃能做的男人样子。

饭后,万凤和踱到书房,摸着桌上的城砖。杜松跟了过来,他以为万凤和有话要说。万凤和问,这块城砖,你说怎么办?

杜松说,老家的房子就不起了?

万凤和苦笑一下没说话。

杜松说,那老爸你拿主意,你说怎么办,我去办。

万凤和说,可我想听听你的意见。

捐了?杜松说。

万风和轻轻叹口气,半晌才说,捐了吧。听说马上要重修西水关了,他叮嘱道,记得要个回执做纪念,也不要咋咋呼呼的。

这孩子,今天也累了。万风和让杜松早点去睡。

他的心脏一直运行良好。老天并不因为他换过心就特别宽待他,该来的事情一个也没有省略;显然也没有过于为难他,没有在他面前设一个跨不过去的坎——这很仁慈了。但万风和怀疑自己得了拖延症。有些事,必须要面对了,躲不过去了,但他总是延宕着,等待着契机自己出现。售房处自从有人闹事后一直关着,还是杜松提醒他应该要开门,而且他说,我们不能维持闹事时的价格,他们还会闻风而动的,我们要再上调一点点。他捏着手指比画了一下。万风和答应了。

但跟杜衡谈一次,却是必须的。有些想法他无权独断。这必然是一个相对正式的商议,可怎么开口邀约,在哪里谈,都是问题。这么多年来他们虽然生活在同一座城市,杜松还在两边穿梭,可他与杜衡却几乎不相闻问。这个谈话只能是两个人,他只能直接与杜衡联系。好几次他已经把手机里的号码调出来了,一点就行,可带着迄今为止所有记忆的万风和却畏闪了。

不想在一个停车场,他们却遇到了。时值正午,艳阳高照,万风和把车停好,无意间一抬头,看见反光镜里一辆车正缓缓倒进对面的停车位。两辆车的车头彼此相对。他坐在车上,杜衡从车里一出来,他立即下车,从两车之间穿过,走近她说,哦,是你呀。

杜衡一怔说,真巧,你好。他们曾经是夫妻,现在像是两个偶遇的熟人。没有话说。还是杜衡打破了沉默,她说,你看起来状态很好。万风和说,是吗?也就是看起来很好吧。这话像是在抬杠,说得不好。万风和立即接着说,手术做得不错。杜松当时说要请你过去,我觉得这不好。杜衡说,那是他的想法。我没有说过要去。万凤和被噎住了。杜衡像是要走了,万凤和问,报社还行吧?不行。杜衡边走边说道,不过还不至于倒闭。当年的领导有眼力,房企来做广告,报社拿了不少房子,现在都是资产,卖和租都有收入。万凤和夸张地说,怪不得我的房子卖不掉,原来你们也插了一脚。杜衡说,你不要瞎扯。我们也没有卖几套房。她停住脚步说,告诉你,我还帮过你一个忙。万凤和点头,但面露疑惑。杜衡说,你搞的那个两周年聚会,我们报社有人知道了,要报道,被我拦下来了。万凤和说,真是很感谢。这事儿是我要办的,大张旗鼓不好。杜衡横了他一眼说,器官聚会,吓人。你愿意人家指着你的胸口说东说西吗?她微笑道,这样多好,衣服一穿,人模人样,有型有款。

万凤和哑然。杜衡看了看他,意带询问。万凤和知道,必须直截了当了。他说,能不能请你跟我回家一趟?

不能。

万凤和知道她会拒绝。那是她熟悉的地方,曾经的家。另一个女人住过,哪怕她至今没有回来。万凤和之所以畏惧这次谈话,就是因为知道她一定会拒绝,而这次谈话却又只能在家里。

说服女人很难,说服妻子更难,说服前妻难上加难。万凤和鼓起勇气,决定再做最后一次努力。他说,杜松今天正好不在。他去出个短差,今天不回来。

杜衡斜睨他一眼。

万凤和说,关于他的事,他不能在场。

这句话显然起了作用,杜衡嗯了一声,重又上了自己的车。万凤和的车子跟了上去。

第九章

保姆在一楼忙碌。杜衡目不斜视，一言不发，跟着万风和上了二楼。万风和把她让进了书房。杜衡一进门就说，话不多言，我也不想多听。我把杜松理解成一段缘，母子之缘，但早就不再要求你。

万风和关上房门，什么也不说，走到保险箱前蹲下。随着他手上的动作，保险箱发出嗒嗒嗒的声音。声音之间略有停顿，不是因为他记不清按生日设置的密码，而是他漫漶的生日让他瞬间有点走神。他定定神，长长地舒了一口气，掏出钥匙。保险箱开了。

杜衡淡然地看着他。这座房子她是熟悉的，熟悉得闭着眼都能走路。这个保险箱她也熟悉，她曾从里面取走自己的贵重首饰，其中的一条项链此时就挂在脖子上。万风和从保险箱里取出一个信封，抽出里面的纸页摆在她面前。她瞥了一眼，几乎预料到将要发生什么。万风和左手拎起纸，右手吧嗒一声跳出了火苗。纸页点着了，烟升了起来。万风和走到窗边，把火扔进了花盆里。

那是一棵发财树，枝叶茂盛，以前这里是一棵橡皮树。火在花盆里继续燃烧，上升的气流激得树叶活泼地跳动。火熄灭了，杜衡端过桌上的一杯水，对着余烬浇了下去。青烟升腾，往事如烟。

杜衡说，我不知道你这是什么意思。总之，杜松是我的儿子。

万风和说，万杜松也是我的儿子。

今天的这一幕，他已在心里预演了无数遍。他看见了自己的每一个动作，这确实有点像表演。这是一个仪式。在说出万杜松也是我的儿子的时候，他心中充满了忐忑。至少在这一刻，他对杜衡也有歉疚。即使他当面烧掉了那张鉴定书，杜衡也有权表示她不同意。

沉默。

是啊，这么大的一个儿子，岂是你说不要就不要，说要就要的。杜衡可以说，你不一定要接纳他，你也曾经排斥他。万凤和正要说什么，楼下的大门开了，传来了杜松跟保姆的说话声。他的脚步轻捷却又有分量，是男子汉的脚步。杜衡和万凤和的目光都投向了房门。

爸！随着杜松的声音，门开了。妈，你怎么在这儿？杜松面露惊愕，顿时又满面笑容。他这问题杜衡不好回答，好在这里古怪的气味立即分散了他的注意，他狐疑地嗅着鼻子问，什么东西着火了？怎么有股焦糊味儿？他四处查看，像只警惕的猎犬。循着未尽的烟雾，他很快就发现了花盆里的余烬。万凤和笑道，你妈发现公司早前的几张单据，顺路送过来了。我烧了做花肥，氮、磷、钾。

这话显然经不起推敲。万凤和话头一转说，你不想继续读博，这我知道。正好你妈也在这儿，下面怎么打算，你说说。杜松说，工作呗。

万凤和说，我希望你正式到公司来。

我可以说不吗？

万凤和问，为什么不？

杜松道，我不喜欢做房地产。

这个万凤和倒没想到。他沉吟一下道，我们公司并不只是做房地产，今后也不见得还做房地产，也未必不继续做。一切要看大势。

杜松说，最近我听说了一句话，说现在的年轻人学会了独立自主，却没学会自力更生。

万凤和心头一震，和杜衡对视了一下。独立自主，自立更生，这句话他们这代人当然都记得，但没想到居然被人拿来指责现在的年轻人。这不太公道。学业压力那么大,房子这么贵,万凤和想到自己做的就是出版教辅书的营生,还又是个卖房子的,顿时心中羞愧。他轻叹一口气说,你们和我们不一样,我和你妈正跟上改革开放,躲掉了插队,考上了大学,等到了分房……现在肯定比以前繁荣,但你们的情况要复杂一点。

杜衡一直没出声,这时插话道,不管怎么说,你要帮你爸收好官。不能虎头蛇尾。

万凤和站起身,走近杜松说,我老啦。但愿你以后不会骂我,给你留下个烂摊子。他抱抱杜松。杜松双手垂着,见万凤和半晌不放手,也抱住了他。万凤和的眼圈红了。突然觉得有些失态,轻轻拍拍杜松的背,放开手,坐了下去。一时间没有人说话。半晌,万凤和说,你将来究竟做什么行当,我不发表意见,但是,他突然笑道,你以后大概不会去买个机器人做老婆吧?

这话太突兀,杜衡瞪大了眼睛。杜松愣了一下,说,听说很快就会有能生孩子的机器人了——可是,我不要。

杜衡扑哧笑了,转过身去,看着那棵发财树。繁衍和传承是生命的本能,他注视着杜松认真地说,再这么搞下去,人类会绝种的!爸,妈,你们可真会操心,杜松突然有点扭捏了,笑着说,其实有女孩喜欢我。万凤和和杜衡的眼睛顿时亮了。杜衡说,是吗?什么样的女孩?万凤和期待地看着杜松道,要不要我们参谋参谋?杜松摇头道,还不到时候哩。杜衡问有没有照片,杜松还是摇头。即便不知道那个女孩是谁,长得什么样子,万凤和心底已觉得安妥了,至少再先进逼真的女机器人也跟杜松没有什么关系了。他沉吟一下说,你们正常交往吧。不管成不成,对人家女孩好一点。杜松抓抓脑袋憨笑。杜衡淡然一笑说,你爸说得对!她拎起包,说单位还有事，要走了。杜松似乎想留她，迟疑一下，跟着母亲下了楼。杜松回到书房后对万风和说，妈妈好像蛮高兴的。万风和笑笑。杜松打开自己的皮包，从里面取出个东西，递给万风和道，老爸，这个给你。万风和坐在写字台前，狐疑地盯着面前的信封。信封鼓鼓的。

他拿起来捏捏，里面似乎是个盒子。他心中一动，问，这是什么？杜松笑着说，印章啊！爷爷的印章！

正是那个盒子，正是那枚印章！色若丹霞，殷红如血。万风和捏起印章，对着窗户射进的阳光仔细端详。侧面那一行字还在：一片冰心在玉壶。父亲的名字当然不在了，是万风和亲手磨掉的；那行长的名号也没了，应该是杜松磨掉的。万风和的拇指摩挲着平滑的印面，沉默不语。那次他喝多了，酒醒后暗自庆幸自己还管住了嘴，没有泄露有关杜松身世的只言片语。印章是说过的，虽还没有彻底遗忘，但说过了也算是放下了。万万没想到，有一天它还会回到自己手中。

无数的往事和感慨似乎都是有形之物，都有分量，万风和脑袋里像垒满了石头，他抬手支住了下颌。他表情木然，又流露出一丝惭愧。抬眼看看杜松，杜松走过来说，如果要把爷爷的名字再刻上去，也有办法的，我们不是留了底吗？

万风和摇摇头说，不必了。他轻轻拉过杜松的手，站起身，抱住了他。这是他们今天的第二次拥抱。杜松很健壮，万风和的手指能感觉到他后背肌肉的弹力，他似乎第一次发现这臭小子已经比自己高了小半个头了。万风和喃喃道，如果要刻字，就刻你的名字。

可我不会书画呀，杜松轻轻晃晃身子挣开了。他吃吃笑道，老爸你把我后背搞痒痒了。他坐下了，挤着沙发靠背左右蹭蹭，看着万风和说,我有个问题,能不能问?

万风和一时回不过神。杜松说,璟然阿姨什么时候回来呢?见他不答,又问,她是不是就不回来了?

万风和一愣,叹口气,摆了摆手。他无端地觉得,璟然今天也一直在场。她目睹了这个下午,只是没有出声。

他无法推测未来,更不能轻下断语。璟然与杜衡虽然看起来有某些相似之处,但实际上杜衡总体稳定平静,而李璟然干练坚定的外表下却活跃着难以把握的灵魂。万风和话锋一转,突然问,你那个女朋友,人怎么样?你估计你们能修成正果吗?

杜松笑道,这才哪儿到哪儿啊!老爸你也这么着急呀。

那我有句话还是得说,万风和正色道,结婚,你是要找一个适合你的人,而不要试图把一个人改变到适合你。

嗯。

太阳西沉了,窗外,林木间夕照温柔。一个下午过去了。保姆已经在做饭,厨房那里传来了锅铲的声音。杜松告诉万风和,印章的事顺利得很,那家伙其实挺尿的,他一看到那张盖了爷爷印章的纸,眼睛在"一片冰心在玉壶"上扫了一眼,马上就把印章拿出来了,还说了几句客气话。

万风和点点头没说话。那行长不是尿,是懂道理,知进退。印章是他万风和送出去的,他不能去索回,事实上他也从来没有想过要回来,但杜松却有这个资格。杜松等他妈妈走了才把印章拿出来,证明这孩子做事很周全。刚才杜松问,璟然回不回来,这个问题他没有回答。杜松问的哪里仅仅是这个呢,任何回答都可能会引来他的下一个问题:妈妈怎么办?你们能复合吗……这些事,万风和没有想好。他自己就有个问题一直没有问,他想过问杜衡:你怎么还一直单着？他一直不问，就是因为不能问。

有些问题，你只能留给时间。

61

杜松担任了董事长助理，万风和轻松多了。他请教了医生，给自己制定了科学严格的工作和生活规则，除了大事，他基本放手，更主要是恰当的放松和锻炼，张弛有度。他隔天外出，游遍了金陵山水。不爬山，不游泳，以步行为主。杜松给他安排了一人一车，在他外出时陪他。走累了，自有车子在身边等着他。当然，办公室经常还是要去的。他总觉得有件什么事，需要他去做。那个从李弘毅家带来的水轮发电机模型摆在沙发边，万风和的目光常常在它上面驻留。他后来又去找过李弘道，算是搞清楚了这具模型的来由。尿液发电机，这是天底下最不可思议的节能装置，李弘道介绍时红着脸，羞涩地强调，他弟弟演示时用的是自来水，并没有真的用尿液。管他是尿还是水，万风和都没有丝毫的嫌弃。杜松把模型搬来时，曾说过这东西并不好看，老爸你恐怕不仅仅是留个纪念吧。那时万风和自己也不很明白，究竟是为什么，要讨来这个东西。这是李弘毅的手造之物，是他精灵古怪的奇思妙想，是他神游天地，减少能耗的天才试验。万风和把模型搬到盥洗室，接一根水管冲击叶片，那个小小的电灯珠居然真的亮了起来！

电灯珠不太稳定，一闪一暗，仿佛心脏的跳动。万风和的脑中浮现出李弘毅那憨厚调皮的笑容。滴水之恩当涌泉相报，李弘毅的心脏，是他万风和生命的泉。

他又跟李弘道讨来了李弘毅一些手稿。这些大大小小的纸，是他学习科学、琢磨世界的足迹。弘道很有心,两年多了,弟弟的很多遗物他还都精心保存着。万风和看出他的不舍,只挑了两张弘毅琢磨镜子为什么不会让人上下颠倒的手迹,因为他自己也好奇,而且还看懂了,还有,就是这具模型的设计草图。在出版过许多科普书籍的图书公司老总眼里,设计图显然不够规范,但它蕴含的科学精神,却绝无仅有,光彩照人。

杜松早已看出父亲想为李弘毅做点什么,他曾问,老爸,你总是盯着这个模型,难不成你还真的想完成李弘毅叔叔的夙愿,用尿发电?万风和摇了摇头。杜松说,房子的事我已经在物色了,就在我们自己的楼盘里挑,另外买,人家肯定更不肯接受。万风和嗯了一声,杜松说,李弘毅叔叔在长江大桥上救过很多人,我想,我们是不是可以继续做这件事。万风和心中一震,突然想起他在长江大桥上遇到李弘毅的一幕。

他不动声色。杜松继续说,譬如,我们可以建立一个基金,专门雇人在大桥上巡查,再设一个救助站,给他们做心理辅导,还可以在经济上帮他们渡过难关。万风和叹一口气说,这些,政府有的已经在做了,现在大桥上装了无数监控,也不比从前了。设救助站的想法很好,我会在人大会议上再呼吁一下。

杜松站起身,随手在模型上拨弄了一下,盯着转动的叶片愣神。电视一直开着,声音很小,万风和听到了什么,示意让杜松把音量调大。

电视里是一个千里之外的事情,但却是大事,万风和此前就有所耳闻。商海沉浮,他一直保持着关注国家大事的习惯,白鹤滩水电站首批两台机组并网发电,到这时的全面投产,国家分别以贺信和新年贺词的方式予以了高度肯定。电视上播放的,是这项"国之重器"的专题片,介绍主要建设者时,万风和突然心中一亮,坐直了身子:他听到了他熟悉的校名,就在南京,跟他的母校只一箭之遥,他当年还常常去这个学校蹭饭。没有想到,这个当年以食堂办得好著名的学校,还走出了这样的人物。字幕和画面配合着,他看见了一张黧黑的脸,戴着橘红色的安全帽——这是他第一次看见丁恩川。他在沙发上端坐良久后,走到模型边,伸出指头,使劲一拨模型里的叶片,那个小灯珠闪烁了一下,慢慢暗了,重又寂灭。

杜松在写字台前抬起头,疑惑地看看父亲。万风和朝电视机笑笑说,丁工,丁恩川,你好啊。电视里的丁恩川已引导着镜头走进了水电站的总控室。万风和立即抓起遥控器,递给杜松说,你帮我把这个片子录下来。

杜松说,不用录。老爸我教你一下,可以重放的。

杜松教了一遍,但很难记住。杜松把步骤写下来,他边写边问道,老爸,这片子有什么用吗?万风和点了点头。

他脑海的云霓中,一件说不清道不明的事,突然显出了形状。这件事他可以做,甚至必须做。他让杜松不要陪着,忙自己的去。他在脑子里又把这件事捋了一遍,心说,宜早不宜迟,马上就可以着手。

午后的阳光温煦和蔼,是个好天气。他拨通了归霞的电话,问她认识不认识丁恩川,他说,我知道你们一个学校,都学的水电。归霞说,你怎么会找他?她迟疑着说,你总得告诉我,你找人家什么事吧?万风和说他想出一本书,就写丁恩川和他的超级水电站。归霞笑道,好吧,我认识,还是同学。万总你可真是三句话不离老本行啊。不过我得告诉你,他很忙,还有点怪。

给丁恩川打电话前,他先发了个自我介绍的短信,没有详细说

第九章 *429*

明要联络的原因。丁恩川没有回信。打电话，他也没有接。这怎么回事？难道正如归霞提醒的，这人有点怪吗？

这挺没面子的，万风和摁下了给归霞打电话的冲动，继续拨打丁恩川的手机。终于接了。这第一个电话并不很长，万风和礼貌而热诚。几句话一说，丁恩川就知道了他的意思。丁恩川笑了起来，说千万别写我，又不是我一个人干的，成千上万的人，干了二十几年。万风和还要说服他，丁恩川哈哈笑道，要写，我还不如自己写，我写个自传。万风和说那太好了。可是丁恩川收住笑说，我算个什么人物，还自传！万风和说，我们写的可不是一个人，是一群人，这个工程太伟大了。丁恩川道，工程确实很大。他沉吟片刻，忽然道，你为什么不请归霞写？她是我同学，上学时就蛮有文采的。只是，她的身体……万风和眼前一亮，好主意！我问问她。最后丁恩川呵呵笑着说，归霞肯写，那是最好，我只会在河流山川上放样。

果然是个豪迈的人，放样，这个词万风和也懂的，可这句话一般人说不出。万风和越发觉得这本书值得做。他打电话给归霞，说有事相求，派车去接她。归霞今天似乎情绪不错，她笑嘻嘻地说，电话里不能说吗？好吧，我自己开车去。

归霞坐在沙发上。她的面前摆着一瓶纯净水，她说这是她现在唯一放心的饮料，茶、咖啡和酒，早就不碰了。她抬眼看看万风和，说你这么大个老总，有事求我，还郑重其事的，我倒是蛮好奇。

确实是有事相求，万风和道，我跟丁恩川联系了，他推荐你来写。

啊？这个鬼东西，归霞笑着站起了身，你们是拿我开心吧？

万凤和伸手请她坐下来，拿起遥控器，手忙脚乱地捣鼓了一阵。电视打开了，归霞一脸迷惑。然后，瞪大了眼睛。

归霞表情平静，内心波涛翻卷。她比万凤和更清楚，这次的节目是白鹤滩水电站的总结，全部十六台机组已成功并网发电；早在首批的两台机组启动的那一天，她正双手捏着电线，想死——当时她卧室的电视里正播送着新闻，丁恩川侃侃而谈——这是一个巧合，事后她承认这只是一个时间上的巧合。死过一回的她不会再去死。被电弧灼伤的拇指至今还留着一个疤痕，但没有人会注意。这次的电视片里丁恩川的话很少，辛苦的是腿。电视节目经过剪辑，但她作为一个学过水电专业的人，深知从库区到坝顶再到总控室，要走多少路。

这是一个当今世界在建单机容量最大、技术难度最高的水电工程，丁恩川建造一个混凝土拱坝的愿望，完全实现了。他得偿所愿。

万凤和把音量调小了。归霞微笑着说，你要我来看这个片子，是让我跟你一起追星？

老夫追星，呵呵，就算是追星吧，不是说地上一个丁，天上一颗星吗？这个丁恩川，属于我们这代人里最明亮的星星。

归霞说，之一。

万凤和说，是的，之一，但至少我自愧不如。人有很多种活法，最幸福最理想的，是喜欢一件事而且就做这件事，丁恩川2000年就开始搞这个电站了吧？二十多年了啊。

岂止二十几年，归霞说，他毕业后就一直干这行，在黄河也干过。他是白鹤滩电站的总工程师。

他一定是个有故事的人，大江大河，东奔西走。万凤和有点亢奋,他似乎已经看见了这本书,厚重,昂奋,书里书外洋溢着理想的激情。

可归霞说,他有没有故事,我不知道,也没有兴趣。她讥诮地说,你房地产不搞了?这本书比卖房子还赚钱吗?

这不是钱的事,他活成了我想活成的模样,我羡慕他,仰慕他。

那是你。我还羡慕你哩,你状态比我好,归霞说,我做不了这个事,我身体吃不消。说着她站起了身。万风和深深叹了一口气,走到那具水轮发电机模型那边,指着说,我本来有个设想,把李弘毅的这个模型放进书里,一个节能环保主义者的奇思妙想。我没有能力去实现他的夙愿,推动这样的事难于登天,但我们可以宣传出去。我把他的设计图都要来了。万风和拉开抽屉,摊出了李弘毅的图纸。

归霞过去看着。一张图纸上是水轮机和发电机,另一张她居然不能立即看懂,但马上也就明白了,这是一栋大楼的剖面,所有厕所的管道最终汇聚在一楼,水轮发电机安装在一楼的地面。一颗电灯放射着光芒,边上画了三个惊叹号。这很不规范,哪儿哪儿都不规范,但是她懂了。万风和在边上说,尿液发电。归霞扑哧一笑,脸上立即又严肃起来。她哪怕每天要吃药但确实还能活着,这无疑得之于李弘毅的拯救。可是她说,一本书,两个人物,亏你想得出来。

万风和说,主要人物还是丁恩川,李弘毅的构思是一种民间智慧,可我们不该忘记他。他们两个人还有一个共同点:他们专心的,都是低碳发展,绿色能源。

归霞犹豫了。看得出她略有动心,又难以决断。她重新坐了下来。万风和絮絮叨叨又说了很多,大意是,有些事很多人都可以做，但有的事却只有一个人才能做好。归霞抬手做了个暂停的手势，说，你是赖上我了？可是我这身体，你知道的，我基本不上班了。我怕完不成这个任务。

万风和说，没有时间限制，也没有字数限制。一切随你。

归霞喝了一口水，把瓶子往桌上一顿说，万总，我们算是难友，请你告诉我，你出这本书，到底是为丁恩川，为李弘毅，或者就为了你自己？

万风和语塞。归霞抱歉地道，你另选高明吧，我干不了。

总想着归霞能够回心转意，但她此后好多天都没有回音。这是不能努力的事，你不能纠缠。万风和单独约归霞出来，原本是担心周雨田阻拦，现在，他倒是想联系周雨田，请他搭把手说服她了。归霞问他出这本书到底为了谁，他差一点就说，其实也为了你。从专业和人物经历的角度，归霞很合适，这自不待言；她的状态他当然知道，他们同病相怜，但这个时候，做一件有意义的事情，不正是一种纾解一种激励吗？彻底闲下来未必是他们这种人的上上之选，"闲出病来"并非无稽之谈，他自己和对公司的重大决策就还没有完全放手。可这些理由，他没法对她直说。正犹豫着要不要去大学请一个与丁恩川同专业的教授操刀，归霞却突然来了个电话，她说，我可以试试。就是说，她答应执笔了。

她答应了，当然不是因为稿费，归霞生活优裕，收入丰厚，写一本书挣钱，肯定不在她的计划之内。约稿当然要谈合同，但万风和觉得太过于郑重其事了，太商业了，她的身体毕竟有点特殊。他们又见了面，万风和就稿费提出了一个数额，归霞笑着摇手说，等我写出来再说，没准儿你要退稿的。但是她另外提出了一些问题，倒有了点成竹在胸的意思。她说，可以虚构吗？万风和说，这是报告文学,也叫非虚构,但可以想象,也可以回避。

回避?我有什么要回避的?归霞显得有点敏感,她说,丁恩川的事我不可能全知道,同学过又怎么样?李弘毅我也不怎么了解。水电工程我倒还没有全忘掉,但白鹤滩电站具体搞了哪些,我还真得调查了解。她显然已经有所考虑,说起这本即将投入的书,她的脸上闪烁出了热情。我没本事实实在在、事无巨细地写哪一个人,我写的可不是传记,也不是科普,也不能算小说,她略一停顿,选择着措辞。万风和笑道,可又都是,既是,也是。

归霞笑道,好吧,都是。她已经琢磨过了,丁恩川在起点发电,李弘毅在终点节能,而她自己在能源公司干了一辈子。她说,我初步想一下,李弘毅的那些图纸,插进去问题不大,可丁恩川他不能叫丁恩川,名字我还没有想好。

万风和一愣,爽快地说,行。又问,周教授知道你要写这本书吗?

归霞说,他知道,一点也不反对。她格格笑了起来,他只强调要劳逸结合,所以你不能催我。

这事总算是落实了。万风和兴奋之余,后来也跟角膜老张说起过这个事,老张支持,他说他当年是学地质的,金沙江处于金沙江断层带,造那么大的水电工程,确实了不起,值得大书特书,还说如果他能帮上忙,只管说。万风和信心大增。他们几个人一起做一件事,哪怕微不足道,哪怕杯水车薪,哪怕跟他们的疾病毫无关系,但心香一瓣,也是一种纪念,一种祭奠。李弘毅的构想奇幻而微小,丁恩川建造的工程则巍峨宏大,已经实实在在地矗立。归霞答应写,即便提出不用丁恩川的真名,也已让万风和喜出望外。他并不知道,归霞之所以愿意做这件事,还有一个她不好意思说的原因：丁恩川曾在学校实验室大棚里的水电站模型上撒尿，她自己因为肾脏的原因，不得不接受了肾移植，受困于尿液，而驱动李弘毅那个水轮机发电机的，竟然也是尿液——这不足为外人道，却是一个诡异的共同点——写的人和被写的人，冥冥中浑然天成，命中注定。她不愿用丁恩川真名的原因，万风和倒是猜对了：归霞确实担心，她写一个男同学的传记，周雨田会狐疑猜忌。

周雨田没有反对，而且没有丝毫犹豫，令归霞意外而感动。归霞的内心，对自己的经历，对丁恩川的经历，还有他们过往的情感，早已心平气和了。病也病了，老都老了，不心平气和又如何？混吃等死就能长生不老吗？专业虽然丢得差不多了，但是，捡起来，应付一本科普级别的书，这没有问题。可丁恩川虽然已经同意，还推荐自己来写，但他是不是真心配合，也还不好说。这个古怪执拗的人，说不定宁愿做一块藏于青山人不识的璞玉。后面磕磕碰碰地再要去求他，她不愿意。不过万风和表示，作为出版策划人，这本来就是他分内的事，他负责跟丁恩川详细落实。

既然已经答应，我会努力完成，归霞临别前跟万风和摆了摆手说，万总，我懂得你的善意，我承你的情。

万风和摆手笑笑说，工程竣工他是不是就该离开工地了？这个我不太懂。

一般是这样，归霞说，可他不是一般人。谁知道他呢。

62

年轻时总是随波逐浪，常常身不由己的万风和，早已明白了谋定而后动的道理。在再次联系丁恩川前，他搜集了不少相关资料：

白鹤滩发电机组单机容量100万千瓦,世界第一;地下洞室群规模世界第一;无压泄洪洞群规模,世界第一;圆筒式尾水调压室规模,世界第一;首次全坝使用低热水泥混凝土,世界唯一;289米高拱坝抗震参数,世界第一……这些,他不能完全看懂,但至少,他明确知道了白鹤滩水电站的非同凡响。有一个数据他有点好奇:白鹤滩水电站的规模世界第二,那第一是谁?他查了一下,是三峡。都是中国的。从同一篇文章里他还得知,白鹤滩水电站已经通过两条输变电线路,与江苏和浙江相连。这是全国的经济强劲地区,富庶发达之乡,也就是说,南京此时的璀璨灯火,也有白鹤滩电站的助力。

水变成了电,变成了光芒与动力,动力驱动了经济,保障着生活。这个丁恩川,跟自己是同时代的大学生。这么多世界第一,令人惊叹,但万风和更羡慕的是,丁恩川一辈子只做一件事,还做成了大事。万风和简直有点嫉妒,但他与有荣焉。

等到傍晚,他又拨了丁恩川的手机,丁恩川立即挂掉了。万风和坐在台灯下,拿着手机发愣。这盏台灯通过数千公里的电线与白鹤滩电站相连,电力七毫秒即可抵达,万风和拨出的电波显然也连接上了丁恩川的手机,但他不接。

此时的丁恩川正大汗淋漓,气喘吁吁。他一辈子都在爬山,小时候爬的是黄土高坡,他要爬到山峁上砍柴,否则家里就没有柴火;毕业后他回到了黄河流域,后来又在三峡攀山越岭;这二十年,金沙江两岸夹峙的群山,他不知上去了多少回。高山阻击了"三高",干他们这一行,成不了胖子,可他今天膝盖有点隐隐作痛,下山时尤其明显。中午饭后,他在办公室打个盹,小憩一会儿。窗外白云悠悠,隐约中传来大坝泄洪的水声,这是他浅浅的睡眠最美妙的伴奏。突然窗户上响起了剥啄的声音，是雨点。他皱了皱眉头。这里是高原，雨水很调皮，常常神出鬼没，气象台还当不了龙王爷。雨不紧不慢，丁恩川心里很安稳。他对工程很有信心。他走出办公室看看天，浓云密布，雨声淅沥，心里突然跳出一句诗来：风雨不动安如山。这些年他与山水为伴，渐渐也喜欢上了诗词。写是不成的，没那个才，但他喜欢读。好雨知时节，当春乃发生，雨是好水，没有雨水，哪来的水库，怎么能发电，雨是水电站的口粮哩！这么想着，雨却渐渐大了，打在脸上生疼。他不得不有点担忧了。工程已经竣工，可以说是大功告成，但是，后续的问题还是不能轻忽。所有的问题他都想到了，但想到了，预防了，有的情况依然会发生，这是规律，也是必然。手机突然响了，是上游的县交通局打来的，说他们那里出现了滑坡！

警情就是命令。这句话他在大学里就听老师讲过，这几十年在工地，他们不再把这句口号挂在嘴边，但一个紧急电话，一阵警铃，或者远方隐约的山石滚落声，都是命令。丁恩川招呼几个人，立即驱车赶往塌方点。很快，他们就不得不弃车步行，零落的山石阻挡了去路。路上的石头越来越多，连步行都要小心。整个下午，他们都在坑洼虚浮的山体上穿行，专业施工队当然足可信赖，但丁恩川认为他必须实地勘察，搞清滑坡的具体数据。

那个万风和又来过一个电话。丁恩川立即挂掉了。那时他离塌方的上缘只一箭之遥，好在这里的树木繁茂，参天大树限制了塌方的扩大。脚下坡度很大，他倚在一棵树上，否则他根本站不住。天空一阵闷雷，地面微微震颤，同行的小伙子在远处朝他喊，快走啊！他抹抹脸上的雨水，大致估计了塌方的范围和土方，这才远离了那片大树。他可不愿意在小伙子面前一瘸一拐的，哪怕膝盖里像戳了针。小伙子边走边埋怨,说那个地方太危险,惹雷。几十分钟后他们回到了汽车边,丁恩川笑道,我可不信,它们几十上百年都没遭雷劈,我往那儿一站就来劈我了。小伙子扑哧笑了出来,好吧,勇敢的人老天保佑。

这天是真累。清障的工程车已经出发,他还不能撒手。灯火通明下,他手下的工程师们正在加班,他们必须尽快制定具体应急方案。那是国道,是动脉。万凤和的电话,他已抛到了脑后。

针对滑坡和塌方,当然都有预案,但应急处理完成后,还必须实施彻底的整治和修复,以绝后患。已经虚浮的山体要挖掉,降低荷载,这是必须的第一步,此后,可供选择的工程措施有很多:打桩、灌浆、压脚、喷浆、砌护坡、加钢丝防护网……这一系列的手段可以全上,也可以选择使用,总之,必须对症下药。他在办公室的行军床上迷糊一会儿就起来了,雨已歇,满目葱翠,他看见太阳从远方的主峰后一跃而出。他搓搓脸,打定了主意:这次的滑坡地形陡峭,又在国道上方,非同小可,他还要祭出最可靠的一招——把钢绞线打进山体,使用锚索加固。

他挥手攥一下拳头,搞定!脸上露出了笑容。突然想起了那个万凤和手机里说的事。他给归霞发了个短信:你那个朋友万凤和,他要出一本书,我说让你来写。你能写就写,你不写,我乐得轻松。半晌,归霞的回信来了:反正是你让我写的。

他拿着手机发愣。他们已很多年没有直接联系,七年的同窗共读,测量课时她透过水准仪射来的目光,雪后初霁的实验大棚外她幽怨的眼神……这一切,如远方山峰间云雾,缥缈变幻。自从毕业后,他们各自过着自己的日子,做着自己的事,艰辛也罢,顺意也罢,他们没有过交集。他知道归霞动过手术,他并没有去探望,这是因为他生怕触碰到他们之间业已尘封的过往。难道说，他风尘仆仆地一抬头，却发现她正在路边等候——她的回信简短而含混，但显然是同意写那本书了。

丁恩川是个干脆果决的人，也没时间兜圈子，滑坡导致的交通中断只是暂时被排除，最终的整治方案正在做，出来后还需要他审定。他给万风和打去了电话。

这一次的通话很深入。万风和告诉他，归霞答应写了。他很恳切，详细介绍了他与归霞相识的缘由，还说起了李弘毅。丁恩川很震惊，他说我懂你的意思了。让归霞写，我本来也就是随嘴一说，放下手机就有点后悔了。我现在觉得这本书对归霞也有意义，只是不能成为她的负担。万风和说，她答应了，就说明也需要这本书。

他们又谈起了这本书的框架，还涉及工程。万风和看来是个缜密细心的男人，这本书他显然很看重，他思路清晰，但想得有点太细了，没必要。丁恩川自认为是个简单的人，大半辈子都在跋涉奔波，但当年，他那么向往建设一个拱坝而没有机会，也曾惶惑，整日里心中没有着落，他理解这种滋味。他干脆地说，你跟归霞商议一下，让她把主要问题一并发来吧。这时他的副手马工过来了，在不远处站着。丁恩川对马工点点头，对万风和说，总之我会好好配合，但我们不要急，你不能催她。

万风和在通话中提到了六个世界第一，他显然做足了功课。丁恩川当时就强调，并不是我们刻意要搞这么多第一，老祖宗留下的山川河流是真正的天选之地，我们这才有了运用现代科技的广阔空间，我能参与实属一种运气。这是真心话。这本书对他丁恩川并没有多大意义，不用真名实姓，这非常恰当。工程建成了，它自在那里站着，无数人的心血和汗水，他不能贪天之功。

但万风和对归霞显然的善意，他不得不为之动容。

63

设计楼前的小广场上，几个小伙子正在忙碌。片刻间，两架无人机拔地而起，天空传来了轻微的嗡嗡声，几只白鸥好奇地凑过去伴飞。无人机无暇搭理，在天空画出一条弧线，朝上游飞去了。这也是预案的一部分，无人机的俯瞰，再加上传来的卫星图，他们可以更直观地计算出滑坡和塌方的土方量，通过更细致的分析，他们甚至可以做出灾情是否会扩大的预测。

工程已经竣工，但突发的阶段性忙碌还将继续延续。全球变暖，气候变化，历史水文资料是设计建造大坝的基石，但有时也只能是个参考，他们的要求是固若金汤，百年大计。丁恩川走出电梯，通过维修便道登上了坝顶。头上是湛蓝的天空，脚下，数百米深处是翻卷的江水。江水的力量是一种伟力，通过大坝变成了电，能满足七千多万人的生活需求，相当于每年节约了标准煤2000万吨，减少排放二氧化碳5160万吨。丁恩川抬眼看看湛蓝的天，朗声叹道，我们用江水擦亮了天空——啊！

从沟壑纵横的黄土高坡到雄奇险峻的三峡，他又来到了这里。这是坝址，也是他人生旅途的落脚地。四十年，大半辈子过去了。他何其有幸，总是能赶上做事情的好时候。大学同学们有个群，他从不发声，还没做完的事不能吹嘘，更不该对同学夸耀。同学们有不少已退了休，他们有阵子老抱怨雾霾，慢性咳嗽，他心里说，我正在搞清洁能源，你们等着吧；有移民美国的同学大发感叹，美国是好山好水好寂寞，丁恩川偶然看到，他笑了：我这里山水不好吗？我们这儿的人，那可是好山好水不寂寞呢。

这里真是太美了。群山连绵，江水滔滔。沿江水溯流而上，将抵达青藏高原的三江源，那是长江、黄河、澜沧江共同的发源地，它们养育了我们这个民族。涓涓细流一路汇聚着，又分岔，顺流而下流到这里，这大坝像一条手臂，伸出来，挽留一下，留下了电力；这条手臂健壮而又温柔，它挽留江水，也安抚了江水，给下游的居民赢得了安宁：去年雨季，就已经成功拦蓄过洪水。

白鸥盘旋，倏忽间飞远了，留下一长串的哞鸣。嗡嗡嘤嘤的声音逐渐靠近，是无人机回来了，丁恩川调皮地朝它们挥挥手，它们在他面前绕个大圈，朝大坝下飞去了，如飞鸟入林。数据很快会被下载，他必须下去了。

群山夹峙中，水在流动，空气也在流动，大坝上永远有风。此刻的风很轻柔，吹面不寒杨柳风。丁恩川低头看看墨沉沉的江面，心里想，归霞她大概会恐高吧？

其实归霞并没有马上就去白鹤滩水电站。明面上的理由是她先要搜集材料，勾画全书，但主要的，还是她要等待一个时机，她身体状态最好的窗口。她已在憋闷中延宕了太多的日子，说是挨死也不过分。人最难了解的其实是自己，她可能就误解了自己，囚禁了自己，既然还怀恋专业，为什么不试试？

她去请教了医生，调整用药，记住了短暂外出的注意事项。这本书为她打开了一扇窗，她期待着能够翻出窗去，走向一个新天地。

事情出乎预料地顺利。丈夫的态度曾让她心存顾忌，她不担心他反对，他越反对可能她越是要干，家庭已是这个样子，裂纹丛生，索性摔碎瓷片四散也就拉倒。瓷片是什么，主要就是房子，十几套哩。没想到周雨田并不反对，也没有怂恿鼓劲，他如果催她

第九章 *441*

尽快上马，竭尽全力，她就会疑心他是催促她快马加鞭，早点累死——他没有这样。他的态度很温和，甚至温暖，他说这万风和是个好人，他出的也是个好主意，不过他可不能当甩手掌柜。他这是最恰当的态度了。归霞告诉他，这本书不只写丁恩川，主人公是无数人的合体，李弘毅也在里面。周雨田眼前一亮，腾地站起，天才！你是个天才！他一把抱住归霞道，我老婆厉害啊！你规避了法律风险。为一个人立传，弄不好里外不是人哩。

归霞被他抱得发蒙，脸红了。这是他们暌违已久的拥抱，她早已记不清拥抱的滋味。

真的上手倒没有遇到不可克服的困难。就像游泳和骑自行车，你会生疏，但忘不掉，你不能参加比赛，但事到临头你绝不至于徒劳挣扎手足无措，毕竟这本书在专业上只算是科普等级。归霞把李弘毅的那两张图发给了丁恩川，他立即发来了三个感叹号，随即手机拨过来了。他说，这两张图我好像见过。

归霞目瞪口呆。丁恩川说，我在母校做过一个讲座，结束的时候有个人过来找了我，拿出了几张图纸，这两张图我真的像是见过。

他请你指教？

丁恩川说，是切磋。我告诉他，水轮发电机虽然简陋，但没有大问题，还有现成设备可以采购，难的是怎么说服别人采用。这图哪来的？

归霞迟疑道，这两张图的作者叫李弘毅，就是他给我捐了肾。

万总跟我说起过他，原来我见过，丁恩川说，这个设想很高级，唉，我当时不该给他泼冷水。

归霞心中久久不能平静。无论如何，这本书她不能轻慢。

她和丁恩川主要通过网络联系，偶尔才打个电话。归霞知道他很忙，她和万凤和商议了一下，在现有资料的基础上列出了许多问题，攒起来，一起问。随时拨电话那是恋人，他们现在这个样子，才是一个作者与采访对象的正常状态。往事已经很遥远，曾在他们青春的开端燃烧过，但道路拐了弯，你顶多能看见天尽头的袅袅余烟。

归霞提醒自己，为了她曾经面临崩溃的家庭，为了这本书，她必须保持这样的心态。她安静地推进着自己的计划，在同事面前，她谈不上容光焕发，但安妥沉静，不再介意他们的目光和家长里短。在单位同事们当然还是喊她"归处"，但她现在一点不觉得刺耳，心安即是归处。接受约稿两个月后，她觉得可以去现场看一看了，照片和资料永远代替不了身临其境。五一节那天，她和万凤和请李弘道一家吃了顿饭，李弘道正在给万凤和的楼盘做绿化，他们聊起了树的胸径和品种之类。她没有再追问李弘毅在世时的身体情况，却引出话题，听李弘道说了他弟弟的不少趣事。李弘道的两个孩子也来了，那男孩皮得像个小猴子，抢过他爸爸的手机，点出了他叔叔的照片，那是一张戎装照，李弘毅英气勃勃，比战友高出了一头。归霞不由自主地摸了摸自己的腰部。小女孩看着她叔叔的照片，突然哭了，小男孩拿手指一下一下捅她。李弘道让姐姐带着弟弟先回去陪奶奶，枯坐默然。散席回家的路上，归霞心里想，好你个丁恩川，你说你见过李弘毅，可你知道他被鱼刺卡过喉咙吗？你听说过谁照镜子还会琢磨自己为什么不上下颠倒吗？你怕是只在意大坝的变形。

李弘毅才真是一个不一般的人。他居然自学了微积分，还研究相对论，他是不是找过丁恩川，其实不难核实，问丁恩川见到的那个人是不是个子特别高就行了，不过她不想问，如果需要，就写他们切磋过。让主人公每天上班前都照照镜子，也研究研究人为什么不上下颠倒，才更有趣。

归霞促狭地笑了。她在电话里把这个设想抛给丁恩川，丁恩川哈哈大笑，说，随你怎么写，反正又不用我的名字。我看你还是先来看看，愿意写再写。也来关心关心我们这些偏远地区的同志嘛。

她做好了一切准备。现在的交通十分便捷，飞机，动车，一天就能到，她准备了一周的药物，打算在那里待两三天。诸事齐备，周雨田说愿意同去。归霞抱抱他说，你去了又要斗酒，算了，有万总的儿子陪我。

儿子果然比丈夫有用，哪怕是别人的儿子。杜松十分机灵，拖行李、办登机卡，笑嘻嘻地忙前忙后，归霞很轻松。她自己的儿子，除了在视频时表示了支持，什么也帮不上。别人的儿子陪着就是出差，就是工作，自己儿子陪着就等于一次旅游。要不怎么有句话说，儿子在身边是儿子，在远方就只是个牵挂呢。

到达白鹤滩水电站时已是傍晚。在昆明下飞机时她收到了老张的短信，说怎么不通知我一声，我正想趁机温习一下地质课。归霞回信息：下次吧。她不怎么喜欢老张，总觉得他换过角膜的眼睛阴恻恻的，射着幽光。他们从昆明乘汽车到达县城，已经有车在等他们了。

开车的是一个四十上下的汉子，姓马。归霞有点失望，丁恩川没有来接，这是怎么回事？正想着怎么开口问一下，丁恩川发来了一段语音。归霞先把它转成文字，皱着眉头看了几眼。她点出声音，举到杜松面前。丁恩川人没来，声音响起来了：对不起啊归霞，我临时有个事，去上游了。马工全程陪同，你多待几天，慢慢看。对不起啊。

马工说,上游大雨,出现了塌方,丁总急得跺脚,不得不去。说不定明天就能回来。归老师,我带你们看,我在这里也干了十几年了。

杜松疑惑地说,这里可没有下雨啊。

你这次要大开眼界啦,你以为水库就一定是个湖吗?归霞说,这座水库是一条江,上游还有几百公里,这里晴那边雨,再正常不过。心里想,东边日出西边雨,道是无晴却有晴,此事古难全。又想,他这个人,历来神出鬼没的,天气居然也配合他。

归霞出发前,丁恩川曾多次热情相邀,还说你当年的《水电站》和《水工建筑物》比我分数还高,欢迎你来指导,不吝赐教。他文乎文乎的,惹得归霞扑哧笑了。他还说,我要以接待同学的最高规格欢迎你!归霞气恼地想,什么最高规格,就是我来了,你却跑了?

天色向晚时他们抵达了水电站。太阳已经没入西山,夕阳弥漫在整个电站上空。一路上,车开得很慢,盘山路,角度变化,一路向下,他们可以俯瞰整个电站枢纽的全景。杜松瞪大眼睛,目瞪口呆。当大坝展现在前方时,他啊一声叫了出来。大坝正在泄水,湛蓝的水面上激起了一排白浪,杜松这孩子真是细心,他问,马老师,这上下游落差有多大啊?也太吓人了。马工说,这个季节,大概是230米。

这个数据归霞是知道的。还特地留意了海拔,她担心高原反应。其实这里的海拔比昆明要低不少,可她还是心跳加快,头有点晕。这当然不是高反,她是震惊。和杜松不同,她基本能看得懂工程枢纽的布局和功能:左岸进水口、右岸进水口、导流洞进水口,左右两岸的尾水洞出口,更远处的泄洪洞出口也隐约可见。左右岸都布置着地下厂房,虽深埋在地下,但一个内行能够看出端倪——我还能算是内行吗?归霞问自己,说是,她有点心虚,但她比杜松看得明白,不也证明了她即使早已搞不了设计施工,但看懂规划图还是没有问题?

往事早已远去,倏忽间又飘来了,如这山间的云雾。不思量,自难忘。她不得不为眼前的电站枢纽惊叹,如此逼仄的山水,这样的布局别开生面,令人钦佩。突然又想:把李弘毅和他的图纸插进书里,这个构思其实也蛮别出心裁的。

他们在生活区下了车,与在盘山路上不同,此时的大坝显出了它高耸入云的巍峨身姿。杜松调皮地举平手臂,伸出拇指,他大概是在测算大坝的高度。马工说,大坝的坝顶高程是834米,高于江底289米。杜松伸了伸舌头。归霞笑道,吓着你了吧?说这话时,她突然发现了一点异样,她看见,道路两边插着红旗,猎猎招展,红旗很新,不像是一直插着的。她扭头看看马工。马工笑呵呵地说,这是丁总要我们插上的,专门欢迎你们。

晚风中,红旗哗啦啦摆动,步调一致。来到招待所,一眼就看见门前的电子屏上正滚动着一行字:欢迎高级工程师归霞女士莅临指导!这也是丁恩川说的最高规格了。归霞的脸微微发热,皱眉生气地道,他小题大做,浪费。

您本来就是贵客,马工说,下周就有同行要来观摩,丁总也是让我们提前捋捋程序。

这个马工说话妥帖,行事干练,看来丁恩川还带出了队伍。他们很快办好了入住手续,归霞在招待所大厅里跟马工商定了明天的日程,进了自己房间就从行李里掏出各种药瓶。她拨通了丁恩川的手机,他没有接。半响,回信来了:在开会,有点棘手。尽快回。

64

第二天早晨一汇合,杜松就问,归霞阿姨,我夜里听见了狼嗥,嗷嗷的,他伸着脖子做了个仰天嚎月的姿势。归霞说,我也听到野兽叫了,好像是猴子叫。马工说,狼我还没见过,猴子是不少。他得意地说,这说明我们没有破坏生态。

这一点显而易见,无需狼嗥来证实。朝阳下,青山如黛,江水绵延。他们站在坝顶上,林涛如吟,带来了山花和青草的香味。云层很低,裂隙间射下的阳光缓缓移动,依次投射在工程枢纽的各个部位。马工指点着讲解,他要言不烦,对一个同行,他无需饶舌。倒是杜松不断在问,这里的一切都让他惊叹。江水被群山收束着,迤逦而来,像一条玉带。大坝太高了,归霞抬头看看天,悠然的白云似乎不远,她头有点晕。杜松说,这大坝干吗要建在这里,搞这么高?马工一愣,这问题一言难尽。他挥手在上下游方向划了一下说,这上下游四公里,都是可选的坝址,但只能建在这里。杜松似懂非懂,说,我都有点头晕,阿姨,你别朝下看,你只看景色。归霞说,我们下去吧,听听你的"只能建在这里"。

小会议室里,马工摊开了地形图。他说一阵,不时看看归霞。从地形地貌看,这四公里峡谷狭窄,河谷地形为显著的"V"字形,两岸的山体对称且雄厚,岸坡呈现出陡缓交替的阶地状特征,沿途多有山体伸出,水电站建在这里,最为经济,但为什么就选择了现在这个点呢?这是归霞的疑问。坝址选择是大事,说是比天大也不为过。随着马工的解说,她终于明白了,总共有三个点可供选择,结合地质情况，只能分别选用三种坝型：混凝土重力坝，混凝土拱坝，混凝土双曲拱坝。杜松嘟哝道，都是混凝土。马工说，是啊，这里水流湍急，正常库容就相当于1400个西湖，土坝、堆石坝下泄洪水困难，坝基也太大了。归霞说，你们家造房子，高层住宅，用的不也是钢筋混凝土吗？她微笑着问马工，采用了双曲拱坝，这是你们丁总的主张吧？

是，也不全是。地质条件还是决定性的。整条江两岸都是火山喷发形成的岩石，岩体松脆、裂隙密布，但岩体破碎情况又有差异，三种坝型的适用性和经济性也有不同。老天赐给了我们丰沛的水资源，同时附带了易碎的江岸，这是天定的。

杜松问，马叔叔，双曲拱坝跟拱坝有什么区别？

拱坝就是这样，马工伸出弯曲的手臂说，迎水的这一面是拱形的；双曲的意思是，横向和竖向都是曲面。你再去看看就明白了。

归霞笑道，你应该去学水电。

双曲拱坝还不能算是金刚不坏之身，马工笑道，丁总当时就是这么说的。我们采用了全坝低热混凝土，埋设了冷却水管，实时降温监测，还使用了柱状节理玄武岩作为建基岩体——这些都是创新，前所未有，世界首例。

归霞笑道，这些措施好多我都没听说过，肯定吵得不可开交。

马工说，没有没有。争论，最后达成了共识。事实证明我们干对了，首批机组投产三年了，大坝经历了考验。

马工很老到，他不愿意渲染他们当时的分歧，不贪功也不诿责，这也算工程界的道德和行规。

归霞想起了丁恩川在母校演讲时的样子，那天他就谈到过坝址和坝型。原来坝址和坝型是交织在一起的，他们也曾面临艰难抉择。恍惚间，归霞觉得丁恩川正在给她解说，她正参与决策，他不时看向她，目光中挟带着坚韧的说服力。是的，这个小会议室或许就召开过这样的会议。他舌战群儒，力排众议，终于尘埃落定。那次母校演讲的时候，大坝已经建成，说到坝型选择时他的语气从容而淡定，一副轻舟已过万重山的泰然，只可笑他当时老是要擤擤鼻子，他感冒了，更可笑的是还传染了自己。

她说，你说了好几个世界第一了。下午还看什么第一？

地下工程。洞穴。

归霞说，你们把引水管道穿过山体，分列两岸，这种布局我没有想到。河床式水电站和坝后式水电站我都知道，水轮机组要么与大坝成为一体，要么就安排在大坝后，你们这种应该算是引水式电站吧，没想到我能亲眼看到。

归老师你太谦虚了，马工笑道，你和我们丁总是同学，他说，你成绩比他还好。

归霞脸一红道，你别听他瞎说。心里想，他这会儿正在干什么呢？显然遇到了临时状况，他会不会有什么意外？

下午的参观令人难忘。在远方层层叠叠的群山衬托下，两岸的山体看起来并不很大，但他们一从下降的电梯中出来，立即就被惊呆了。数十米高、数十米宽的地下厂房，灯火明亮，比高铁站还要大，似乎一眼看不到头。杜松一叠声叹道，天啦，我的老天，前面还有多长？归霞记得数据，她说，厂房长450多米。杜松呀一声道，比四个足球场连起来还长！归霞突然觉得有点累。这么多年来，她一直在圆形的闭合跑道上转圈，转来转去，人老了，还病了，没想到这里的人们在山体里掘进，厂房居然比一条标准跑道拉直了还要长。她定定神，想起中午的药确实吃过了，可她忽然觉得身体发软。杜松毕竟年轻,他好奇地绕着一台巨大的怪兽转圈,指着铭牌叫道,这是发电机,国产的!

马工大声说,水轮机也是全国产。

发电机正在运行,地面微微震颤。显而易见,他们看到的还只是发电机露出的部分,有五六米高,人在它面前显得特别娇小。马工凑近归霞说,发电机直径17米,总高50米,与下面的水轮机同轴运行。归霞点点头,虽然看不见,但她知道,水轮机的体积更为庞大,那些巨大的叶片正在地下被水流冲击着,为发电机提供动力。

杜松掏出手机,手指在屏幕上虚点两下,投来询问的目光。他是问能不能拍照。归霞摇了摇头。杜松说,那我只能跟我爸干吹了。马工大声说,我会给你们提供照片,保证不是网上的。

不能拍照,这是保密规定。在讲解的时候,马工一直保持着某种尺度。归霞不需要拍照,她来这里,只因为她需要一种直观感知,一种对自己错失岁月的凭吊。从前在实习工地上,她见过水轮机,那巨大的身躯令她震骇,当时只觉得,这东西跟自己不相干却还跑来吓她,让她心里发虚;现在呢,水轮机又大了好几个等级,相形之下她更加渺小,可她心里倒感到了一丝踏实。白鹤滩工程巍然屹立,已成为大自然的一部分,她错过了这样的伟大工程,但亡羊补牢,以写一本书的方式参与,不也是一种圆满么。

虽然从没有做过本行,但她的记性还是很好,对数据保持着常人难及的记忆力。这座厂房安排着八台机组,右岸跟这边相仿,也是八台。他们沿着八台机组走了个来回,归霞脑子里跳出了一连串的数据。这座厂房实际上是一个巨大地下工程,最大深度90米,网上公布的说法是,相当于三十多层楼房的高度,这样说,是为了方便大众理解。杜松在大坝上就曾脱口叹道,妈耶,这大坝289米,比金陵饭店还高！出了厂房，她问马工，整个电站大大小小的洞室总长度是多少？马工说，217公里。杜松咋舌道，乖乖，可以开地铁了。归霞微笑道，那倒不成，这些洞室有的相连，有的并不相通，它们各有功能。

电站枢纽太大、太复杂了，有的他们能看到，更多的深埋在地下。今天可真是累了，手机上提示，他们这天走了两万多步。他们明天还可以继续走，继续看。傍晚时分，下起了小雨，飞鸟蹁跹。一只白鸥贴着水面翱翔，忽然俯冲，再飞高时嘴里叼上了一条鱼。马工站在岸边的护坡上，笑吟吟地说，我们对鱼类的保护也是一流的，叠梁门分层取水设施、集运鱼系统、人工鱼巢、鱼类增殖放流站、珍稀特有鱼类栖息地保护，应有尽有。杜松说，我听不懂。归霞也不全懂，她上学时只学过鱼道。但是她说，保护了鱼类，也就保护了鸟，保护了鸟，也就保护了森林。

杜松突然问，这里有仙鹤吗？马工笑道，好像没有，白鹤滩说的是有个山峰很像仙鹤，有点远，这里看不见。杜松频频点头，说我这回可真是长见识了。归霞忽然想起了李弘毅的那个水轮发电机模型，在这座庞大精密的超级水电站的衬映下，它那么小巧，那么简陋，却令人难忘。它上面挂着的那个小灯珠，归霞还从来没见它亮过，但在电站辉煌的灯火下，此刻却在她脑中闪闪发亮。

最大的与最小的；最精密的与最简陋的。无数人通力合作的伟业，与李弘毅独自完成的隐秘之作，似乎不可相提并论。丁恩川如果亲眼看见李弘毅的模型，他会是什么反应？

晚上在宾馆时，归霞给他打了个电话。丁恩川先是一叠声地道歉，问她看得怎么样。归霞说，我很吃惊。她顿一顿，不想夸他，说，我吃惊的是，我居然还全能看懂。丁恩川呵呵笑道，你当然看

第九章

得懂。归霞说，坝肩与山体的连接从来都是难题，我没想到这个地方的地质情况这么差，你们在山体里建了那么宏大的洞穴，把所有的机组都安排在里面，这其实是把大坝与山体用最可靠的方式连成了一体——我这么理解对吗，穿山甲？

丁恩川一愣，哈哈大笑说，对，你火眼金睛，比孙猴子厉害。你怎么还不回来？遇到什么麻烦了吗？

丁恩川沉吟道，麻烦也说不上，只是我现在不能走。不过也快了。

归霞说，我再等你两天。

丁恩川又开始道歉，结结巴巴地挽留。归霞恨恨地说，工程竣工了，我来了你还跑掉；假如大坝还在施工，你正在两百九十米高的坝顶，你穿一身工作服戴个安全帽混在人群里，要躲我，我更找不到你了。

她语带怨尤。丁恩川不再解释，他嘻嘻笑道，你真会搞场面，弄得像个牛郎织女似的。怕她责骂，立即说，顶多两天，我一定回去。

归霞去了趟卫生间，回头看看马桶。不怎么好。她觉得双腿疼痛，还发胀。捏捏小腿，显然比平时肿得略微厉害些。这种跋涉已超出了她的耐受度。她想，两天。

65

翌日，归霞和杜松去看了总控室和配电站。阔大，干净，一切都井井有条。电缆从这里延伸出去，跨越一个个山峰，伸向绵绵远方，归霞当然知道，这是全长两千多公里的 ±800 千伏特高压直流输电工程的起点，它通往江浙，连接着他们公司的变电站。她心里咯噔一下，悄悄搓了搓自己的手指。生死一线间，她是个死过一回的人，那天的经历已如前尘旧梦。真羡慕杜松，他永远浑身是劲，兴致勃勃。他说，这总控室就像大脑，我们昨天看到的水轮发电机就像心脏，归霞阿姨你说对不对？归霞说，你这么理解也没错。杜松双手比划一下发电机巨大的胸径，叹道，好强壮的心脏啊！他看看归霞疲惫的脸色，关切地问，您没事吧阿姨？

没事，归霞笑笑说，想起了你爸？杜松点了点头。

整面墙上是无数的仪表，指示灯如繁星般闪烁。马工指着东边最边缘处的仪表说，这些都连接着大坝和地下设施的成千上万个检测仪器，我们可以实时掌握应力变化和变形，马工得意地说，这大坝就像个人体，有无数的神经，哪里吃力了，哪里疼了，我们全能知道，防微杜渐才能坚不可摧。杜松说，我爸有个朋友，阿姨你知道的，就是老张伯伯，他胳膊上就埋了个仪器，能随时看到血糖变化。马工说，是这个道理。

归霞突然想，这些监测器，难道不也可以埋设在上下游的护坡和山体里吗？如此一来，即使发生地质事件，丁恩川也不至于措手不及，说走就走。她可以问马工，但没有开口。说不定这个问题很可笑，外行加弱智，或许人家还会暗笑她牵挂着丁恩川。要问，还是直接问丁恩川吧，她现在的心态，接得住他的夸奖，也吃得消他可能的讥诮和调侃。

细雨止歇，风声盈耳。天空的阴云如被驱赶的羊群，混乱地奔走。总控大楼的外墙上，镌刻着八个大字：百年大计，精益求精。归霞听到过丁恩川说这样的话，只不记得他是在哪里说的了，是在同学聚会时的酒后豪言，还是在母校讲坛上的落地有声？

这不必求证。二十多年前丁恩川就来到了这里，那时这里还是荒山野岭，总控大楼当然也还只停留在图纸中，但在他们无数次的研讨和决断中，这八个字肯定是他们经常挂在嘴边的话。她忍不住把标语拍下来，发给了丁恩川。

此刻的丁恩川正在上游一百多公里的江岸上。层峦叠嶂，江水汤汤，这一段的江岸特别陡峭，他站在一块巨石上，拿着手机，焦急地联系赶来的工程车。上方的道路上警灯闪烁，那是几台推土机和压路机，它们正在待命，可最需要的挖掘机和铲车却还没有来。手机里施工队告诉他，零星的滚石挡住了他们的来路。这真是要命，但没有办法，清障需要时间。他颓然坐到石头上，摘下安全帽拎在手上，轻轻磕打着身下的石头。这块巨石超过十吨，必须要清除，要么动用吊车，要么爆破后清理。这也是急不得的，好在雨早停了，各类工程车和设备，终究能够抵达。

就在这时，他看见了归霞的微信。百年大计，精益求精。他脸上漾出了微笑。都江堰两千两百多年了，至今运行正常，百年大计，我们还是保守了，谦虚了。他只给归霞回了个笑脸。他前后去过都江堰五次，鱼嘴、飞沙堰、宝瓶口，那种精妙绝伦的构思，他得益匪浅，白鹤滩的布局，既是一种文化传承，也是与时俱进和集思广益的成果。历朝历代都从都江堰获益，也都在维护，刚建成的水电站就如新生的婴儿，吐奶和黄疸都属正常。水库也在磨合，蓄水和放水必然导致水面浸润线的升降，岸坡将在风雨中得到考验和成长。

滑坡和塌方都是疥癣之疾，常见病，他胸有成竹，但不得不临时出征。这是他的使命。即便道路打通了，工程设备全部到位，他也要先完成方案确定和调度安排，才能回驻地稍作休整。

二十多年了，大半个职业生涯，都在这里付与山川。时代发展到这个节点，国家有了能力，他才有机会来到这里，参与实现前辈的夙愿——也是他的夙愿，一座双曲拱坝，与雨后的彩虹交相呼应。

今天没有彩虹。青山隐隐水迢迢，在这里，他看不见大坝。顿时有点焦急，他拿起手机要给归霞打个电话，还没有拨出，手机响了，他看了一下没有接，是施工队的队长，他正朝这边摇晃着手里的发光棒，喊着什么。丁恩川急忙爬下巨石，深一脚浅一脚地登上岸坡。

他分身乏术，但是心有歉疚。终于有空和归霞通话，那已是晚上九点多了。这是一次古怪的深谈，他们已经会聚，但是不能见面。咫尺天涯，他们就如两根终于交叉的线，但却不在一个平面。归霞没有再抱怨，只是说，你回不来，我理解，但我要去你那里看看，塌方现场我还没有见过哩。

丁恩川不得不告诉她道路暂时阻断。归霞脱口问，有危险吗？你千万小心。

丁恩川哈哈大笑说，睡觉都有睡死的，有人大马路上走路还会跌死，我怕个鬼。

呸呸呸！归霞说，收回你的屁话。我呸！

这是他们上学时女生们流行的迷信，谁说出什么不吉利的话，大家就一齐呸呸呸，以此驱邪，丁恩川也懂。他认真地说，你就放心吧，我是老江湖了，金刚附体。你要保重，那本书你慢慢写，我可是要看的，那是我们的结项报告。

归霞说，又胡说，你们去年就竣工验收了。你忽悠我。

丁恩川说，好吧，那就算是结项报告的附件吧，也是我工程生涯的总结。

他的语气有萧瑟之气，归霞宁愿理解成这是功成身退前的叹

455

息。她咯咯笑着说，你不要着急忙慌地往回赶啊，没事的，哪怕这次见不到，我还可能再来，你也可以去南京。

那是，丁恩川说，可想到要做总结了，我还是有点感慨。我这辈子，黄河、长江都干过了，土石坝、混凝土重力坝、双曲拱坝，都做过了，女儿也大了，还有什么不满足的呢？

归霞说，你还全尾全须的，身体倍儿棒，比我强多了。

女人可比男人寿命长，你的肾脏还是个新的。丁恩川说，我干这行，说不定还会遇到什么意外哩，石头砸死，掉到江里淹死，都难说。

呸呸呸，归霞只能故技重施。周雨田白天来过电话，问过她身体情况，催她早点回去。她确实很累，丁恩川的话，还有他的语调，令她伤感。他居然接着说，有一天我傍晚的时候从现场回来，突然想，我要是死了，那就江葬。

他年轻时就有点无厘头，说得兴起时会突发奇言。归霞想起了那个模型之夜，他朝实验大棚里的水电站模型上撒尿，她没好气地说，你这是遗言吗？你少来这一套。

不说假话，我真这么想过，你想啊，我死了就在这里江葬，金沙江，三峡，扬子江，多么豪迈，多么浪漫，风急天高猿啸哀，渚清沙白鸟飞回。两岸猿声啼不住，轻舟已过万重山。无边落木萧萧下，不尽长江滚滚来。我一路顺江而下，向南京漂去。那里是母校，是我的青春之地，是我水电生涯的起点。他笑了起来，我正好去南京看你，你要好好等着我，你必须尽地主之谊。

归霞目瞪口呆。她看不见丁恩川的表情，更没想到他竟然抑扬顿挫，还一串一串的，她虽不能完全听清，但他显然背的是古诗。她觉得沉重压抑，沉默，鼻根有点发酸。丁恩川继续道，我要是江葬,你会不会来参加?

归霞忍无可忍,叱道,我参加!可你到底是要我到金沙江参加,还是在南京等你?你昏了!

你等你等,丁恩川嘻嘻笑道,你就在南京等。你必须捧着那本书。

归霞嗯嗯地点头,落下了眼泪。不知道丁恩川是不是喝了点酒,累了一天的人常常会借酒解乏,他又那么好的酒量。归霞说,你肯定没事的,善始善终,光荣退休。你记住,安全帽,救生衣,危险的地方你要站远点。

她这像是在跟儿子说话。不知道他如果在面前,就只他们两个人,她会不会靠近他,抚摸他蓬乱的头发。又说,你去处理临时情况,不许喝酒。丁恩川道,哪敢,我出现场从来不喝酒。

接下来他们又谈起了工程的一些细节。归霞问起,为什么不在上下游的护坡和山体里埋设监测器,丁恩川立即否定了,他说上下游太漫长了,整条江两侧有许多断裂带,全河段不现实,也没有必要——你毕竟没有全程看过。归霞同意。她有点心不在焉。丁恩川今天的话,倏然射进了她的脑海,逃避都来不及。他的话,会一语成谶吗?

呸。

确实很疲惫了。但脑子却很兴奋,丁恩川的话一直在耳边回旋,一会儿又想起了手上正在写的书。我,归霞,带着李弘毅的肾脏去写丁恩川,还把他们写在一本书里,这真是一桩奇妙的事情……她浑身酸痛,她知道她的肾脏终究还不那么和顺,尿酸堆积。这是李弘毅在提示我要悠着一点……她睡着了。

清晨,啁啾的鸟鸣早早唤醒了她。朝阳初升,霞光漫地。她已决定明天离开。此行的目的已经基本达到,唯一的遗憾是没有见到丁恩川。头脑里突然跳出一句诗来:君问归期未有期,巴山夜雨涨秋池。似乎是昨夜,这首诗就飘进了她梦中的脑海,后两句她当然也记得,中学就学过,但她脸红了。嘁,我怎么还被他传染了呢,背古诗!

中午吃饭时她跟杜松商议了归程,小伙子分分钟就搞定了机票。马工挽留。归霞说,你们丁总真是太忙,他告诉我了,路断了,不知道什么时候才能回来。说不定他今天下午或者晚上就突然回来了哩。马工点点头。

这天的日程相对轻松。他们登上观景台,水电站全貌尽收眼底。左右两岸基本对称,整个枢纽工程呈现出恢宏端严的结构之美,散漫自由的山峰和蜿蜒曲折的江面,又赋予了它自然的浪漫气象。这是科技的杰作,是中国人的大手笔。山风习习,飞鸟翔集,在他们周围上下翻飞。

归霞注意到,电站的尾水出口处,白浪翻卷,腾起一片云霓,很显然,现在的出水量比他们刚来时更大,这当然是降雨的结果,丁恩川此刻所在的上游,无疑雨量还要大得多。他没事吧?

她不好意思问。马工带他们去参观号称"神秘洞穴"的天然岩洞时,突然说他要出去一下,反身朝岩洞外走去。他边走边接着电话,好半天才回来。他很忙,人家都很忙,这似乎是正常的,马工回来时的抱歉之色也是正常的,但归霞看出他表情沉重,似乎刚刚得知了什么不好的消息。这不正常了。归霞心中隐隐有些担心。她朝马工投去疑问的目光,马工解释道,洞里信号不好。没事。

我住长江头,君住长江尾,归霞心里赌气嘀咕,我明天大早就走了,你这次的表现,哼,你只对你的拱坝守约。

万川归

竟有些不舍。晚饭后,归霞突然提出,要去丁恩川的住处看看。马工一愣,疑惑地眨眨眼,不知如何是好。归霞淡然注视他,心里说,你个丁恩川,你做得了初一,我就做得十五。不按常理出牌,我也会的。

归霞以为他要给丁恩川打个电话请示,这倒没有,他稍作犹豫,朝归霞做了个引路的手势。归霞让杜松早点回招待所休息。

丁恩川住在生活区。马工从物业拿来了钥匙。

一个套间,很像宾馆房间,只多了个小厨房。冷锅冷灶,很干净,看不出这里曾做过饭。再往里去,是个大房间,卧室兼餐厅,也是个办公室。床倒是大床,睡得下两个人,只有一个枕头。归霞脸一热,移开了目光。出乎意料的是除了那扇大窗,墙上挂满了毛笔字,像个小型书法展览。归霞微笑着看看马工,马工笑着点头说,我们丁总得点闲就写字,又不肯送人,写得得意的就换上去。归霞笑道,他孤芳自赏,敝帚自珍。

敝帚,这么说显然不公道,丁恩川的字可真不错。当年在学校,喜欢读闲书的是她,参加过全省大学生作文竞赛,还拿了个奖,丁恩川常常在实验室拿起她桌上的中外小说,笑嘻嘻地手朝南面一指说,你应该转学到那边去——那边,是一所相邻的文科大学。他原是个没有爱好的人,书法也许是毕业后才发展的爱好。正、草、隶、篆,他居然都写。归霞一张张看过去。

大漠孤烟直,长河落日圆。

另一张:

黄河远上白云间,一片孤城万仞山。

边上是:

九曲黄河万里沙,浪淘风簸自天涯。

归霞心下暗笑。黄河。她继续看。

黄河落天走东海,万里写入胸怀间。

醉卧沙场君莫笑,古来征战几人回?

再一张:

即从巴峡穿巫峡,便下襄阳向洛阳。

归霞想,这是到长江了。

然后是:

白日放歌须纵酒,青春作伴好还乡。

这幅字墨还未干就挂上了,归霞想起在同学聚会上,丁恩川把酒量称为"库容",跟周雨田斗酒。归霞嘟哝道,你们丁总好酒量。马工唔唔着不置可否。她的目光落在了东面墙上。

出师未捷身先死,长使英雄泪满襟。

三十功名尘与土,八千里路云和月。莫等闲、白了少年头,空悲切。

归霞死死盯着最后一幅:

青山处处埋忠骨,何须马革裹尸还。

她的心像被戳了一下，疼，脸上不动声色。这满室的古诗她还都记得，可聚集在一起，就有了一种气场，浓缩着丁恩川的历程和情怀。窗前的写字台很大，摆着笔墨砚台和笔记本电脑，还堆着不少书，有一本《唐诗三百首》，已翻得卷了边。归霞丢下书，碰到了边上的鼠标，笔记本亮了，屏保是一张照片，他、他女儿、老婆，三个人头挨在一起，身后是巍巍青山。归霞笑眯眯地多看了两眼。这证明他确实是临时离开的，电脑都没有关。她随手关掉了。

她早已听说丁恩川的家属没有跟着过来。二十多年了，一直两地分居。他的这个西北婆姨，如果也是做工程的，跟着过来多好呢，比翼双飞，共展宏图——如果是我，我能一直待在这里吗？工程初期，那可是要住简易工棚的，即便是现在，跟大城市也无法相比。

她知道这个假设没有意义，事实也早已明确：她今天才来到这里，第一次。

回到招待所，她忍不住给丁恩川拨去一个电话，传来的声音是：你拨打的电话已关机，请稍后再拨。等一会儿再拨，还是这个声音。她顿时担忧起来，才十点，他就睡了吗？会不会出了什么事？又觉得不会，纯属庸人自扰，说不定明天一大早，他就突然出现在她面前，赶来送行。真的累了，她给他发去一个短信：我参观了你的狗窝。你还古诗别裁，涂鸦！

66

他们这次终究没有见面，但河流还将汇合。返程还是马工开车送他们到车站，上车前还有个小仪式，一群身着蓝色工装的年轻人鼓掌欢送。归霞本来不晕车，来的时候也没有感觉，但同样的路，她却有点反胃了。山路盘旋，一直在转圈，一边是悬崖，一边是峭壁，车头永远对着虚空。昨夜她睡得不好，半夜里突然被噩梦惊醒，山崩地裂，一块落石朝头上砸来，她猛地坐起了身。看看手机，丁恩川没有回信。上车时她曾笑着对马工说，你们丁总，我估计我们一走，他就回来了。马工说，那还真说不准。

山路旋转向下，满目苍翠。归霞在车上悄悄拨了个电话，丁恩川的手机还是关机。正想着委婉地问问，马工指着远处山下的一片居民区说，看，那是我们建的安置点。

葱绿的山坡上，一排排乳黄色的楼房。杜松说，好大，这就是个新城啊。

马工说是的。这样的安置点我们建了几十个，五万多水库移民都住上了新房。交通、通信还有教育卫生条件，全上了一个台阶。

归霞问，就业呢？

马工说，条件一改善，电站又有税收，十多万工作岗位就出来了。说话间，车子已开进新城，不少门店已开了门，身着民族服装的男男女女正热情地招呼顾客。我去过苗寨，杜松说，好玩是好玩，可是居住条件真是不行。这可真是山乡巨变了。

归霞笑道，你知道得还真不少。

时间很充裕。分手前，归霞心里还有话说，可还没开口，马工的神情就有点古怪。他欲言又止，笑得有点勉强。到达南京后，她一下飞机就拨了丁恩川的手机。这次通了，接电话的却是马工。归霞愕然，他好快啊，看来道路通了，他已经与丁恩川会合。正要问为什么是他接电话，马工轻声说，丁总正在会上，不方便。

这个理由很合理，归霞没有深想。她累了。第二天万凤和给他们接了风,席间,周雨田催促她早点去做一次检查。

书已拟定大纲,要尽快铺开来。此后的一段日子,归霞给丁恩川打电话,要么是马工接,要么就是回个短信。归霞气恼而又狐疑。她气哼哼地合上电脑,发去了最后通牒:你是掉江里了,还是植物人了?!她没有心思写作,又发去一条短信:你到底在干什么?说!她不时看看手机。哔一声,还是短信,这次却特别长:我们的工程坚不可摧,塌方之类只是皮肤病,擦擦药,顶多动个小刀,挖掉一点腐肉,有啥危险?你把心放在肚子里,保重,写书,等我审查。

他还附带了一个调皮的表情。

她曾怀疑他此前的回信都是别人代劳假冒的,不得已的假冒,但可以确认的是,眼前的这条短信充满丁恩川风格,一定是他的手笔。不知道究竟发生过什么,归霞搞不清状况,只能放下了。

体检结果出来了,不太好,但也没有坏到无可救药,医生的解读是,肾脏移植手术是成功的,可能是她对某些药物的依顺性不够理想。他调整了用药,嘱咐她体检频次要增加,每月一检。归霞点头答应。她这个病,体检也就是验血和验尿,这不麻烦,不至于把生活节奏完全打破。

这本书万事俱备,需要的只是投入和专注。她索性请了病假,只做这一件事。周雨田早已表达过支持,但他的表现依然令她意外。他帮她摒除了一切杂事,工作再累再忙,他也每天回家,常常是,她正在键盘前噼里啪啦打字,一杯清茶就轻轻端到了她桌上;她正闭着眼苦思冥想,随着一连串脚步声,一双手搭在了她肩上,按,捏,揉。她闻到了他嘴里的酒气,狠狠地瞪他一眼,他无奈地笑笑,马上就去刷牙。他连脾气都变好了。

第九章　　　　　　　　　　　　　　　　　　　　　　　　　　*463*

归霞已不再追逼那些房子和他那些鬼魅似的女人，倒是周雨田漫不经心地提起过几句，有一次还拿出一本房产证，是西郊的那套房子，名字已经改成了他和归霞，就是说，至少那个女人已经解决了。这就好。归霞不想再费心去揣摩丈夫的心理，也是啊，都老了，她还病了，跟他比起来，她终究更是去日苦多，闹也闹过了的，现在还不就只剩下个少年夫妻老来伴了。

可她正面临一个难题：既然是传记，哪怕并不完全照着丁恩川写，但他的成长，他的青春，她无法彻底回避。这有点难度，毕竟他和女同学分手，奔赴黄河流域，那是他事业的起点。

往事纷至沓来。她的青春和初恋，已随水东逝。覆水难收。昔日恋人处成普通关系，这是成年人的必备技能，她决定还是要写下来。周雨田似乎懂得她的心思，眼见着她写出一部分就打印出来修改，他也从来不曾提出要看。归霞要了个小心眼，她在打印稿上摆了一根头发，她发现，书稿没有被动过，就是说，他确实没有偷看。

涉及水电科学和工程建设的部分，果然没有成为拦路虎。这些年，她多少也还接触过一点电力输送技术，遗憾的是，她没有亲身参与过一项水电工程建设，好在她毕业前还在施工工地上扎过钢筋。有疑问，她会随时请教丁恩川。

丁恩川但凡能够接电话，总是耐心细致，有问必答，说着说着，他又会热情洋溢起来。有一次说漏了嘴，归霞终于知道，他那天确实遇到了危险，他在塌方现场被一块滚落的石头击中了，他跌到了江里。归霞啊了一声，丁恩川说，我这不好好的吗，也就是老天爷请我游了一次泳。他还说，游泳讲究的就是节奏，有节奏才有速度，你掌握节奏，慢慢写。

这个她知道。真写顺了，其实不会慢。李弘毅的肾脏很给力，她的身体似乎还吃得消，换了药，指标还真正常了些，只是右侧的肝区常常有点疼。这应该是久坐的原因。她提醒自己，要适当换换脑筋，就约万凤和他们几个聚了聚。归霞告诉他们，已经写了一多半了。众人喝彩，以茶代酒，干了一杯。归霞说，我写的不是一个人与一座坝，是一群人与一项事业。万凤和大赞，说也是一个时代与一代人，笑着指指老张道，也包括你。

老张说，那我真是荣幸了。我不懂大坝，只学过地质，第一个利用地磁现象的就是中国人，指南针。我又想到，丁恩川造大坝，要做地质勘探，还要用到炸药吧？这也是中国人发明的。

万凤和说，这两个，你都是内行。

杜松突然笑道，张叔叔你可真能联想，那归霞阿姨写书，我爸出版，造纸和印刷也少不了啊，四大发明，全了！

大家都笑起来。杜松说，我还听说了，超级算力和AI技术最大的瓶颈就是电力。全球算力的用电量，现在已经超过整个英国的耗电量了。

万凤和道，所以说丁恩川和李弘毅，他们做的是同一件事。

书越写越顺了，大概一两个月就可以杀青。归霞肝部的隐痛变成了刺痛，她常常不得不停下手里的工作。周雨田看出了问题，要求她立即去做一个针对性检查。结果很快出来了，肝癌，晚期。

天塌了。夫妻俩抱头痛哭。不怪他们的迟钝和麻痹，医生的解释是，器官移植即使已经成功，但大剂量的抗感染剂尤其是免疫抑制药物，也可能导致严重后果，患癌风险是普通人的两到四倍，常常还被患者的其他病症掩盖。

一切都将过去，一切已无可挽回。归霞恳求丈夫，不要说，对儿子都不要说。治疗了一个月后，归霞要求回家。他们住到了郊区的别墅里，归霞只要攒起一点精力，就强撑着继续写作。她杜门不出，不见任何外人，只跟儿子偶尔视频。她化了妆，强颜欢笑，儿子看不出。

她心里说：我一定要写完这本书。

67

万风和从未催过稿。他想象着书稿的样子，尤其好奇李弘毅的慧心巧思在书稿中的分量，归霞又会如何处理。可他不能问，问了就是催促。归霞身上不能再增添一丁点压力，她应该慢慢写，让写作成为她生活的日常滋养。

公司的业务，杜松基本全接下来了。杜松不主动请示，他就不问。从白鹤滩回来，杜松显然大受震撼，兴致勃勃地向他描绘水电站的神奇和宏大。他说，那里面安了成千上万的监测仪器，就是各种电极，人家不说，我们哪能知道？又说，老爸，你记得我们谈过马斯克的脑机接口吗？万风和点头。杜松说，这东西搞歪了是很怕人的，可我听说国外已经在用芯片修复神经了，要真搞成了，瘫痪的人也能健步如飞，瞎子也能重见光明，全不是事儿！

万风和未置可否。

杜松说，高科技应该为人服务，而不是企图控制别人。

这个话题很复杂，任何的赞许或期待说不定都会让杜松心思飘忽。万风和说，隔行如隔山，我不懂，你也不算懂，你还是先专心干好我们的本行吧。

公司以后怎么发展，他大致还有数，杜松今后做什么，他这个父亲其实无法推测，更谈不上把控。杜松他们这代人的书，只能由他们自己去写了。

杜松经常提醒他，他现在最大的任务就是休养，好好保重身体。他每周出去两三次，本来都是信马由缰，慢慢地，觉得按主题来逛倒更有意思。他现在对寺庙多了一些兴趣，南朝四百八十寺，多少楼台烟雨中，现在寺庙没那么多了，但栖霞寺、大报恩寺、灵谷寺、毗卢寺等等，跟历史映照起来，都颇可一观。正是仲春时节，他去了鸡鸣寺，鸡鸣山下的樱花大道云蒸霞蔚。晚课时分，唱经楼里梵音飘扬。夕阳斜照，树荫筛下了斑驳的树影。他信步走向寺院深处，他在南京这么多年，鸡鸣寺当然也来过，可还从来没有来过这个地方。他在湿润的湖风中拐了一个弯，辽阔的玄武湖赫然出现在前方，隐约可见樱洲如云似霞。不远处就是城墙，一座悬空的小桥搭在山体和城墙之间。他顿时来了兴趣，可走过去一看，桥被封住了，一道严密的栅栏，你只能看着似乎近在咫尺的城墙，远眺湖水。

这有点扫兴，但高处的湖风却实在难得。以前怎么就不知道这个地方呢。万风和到百味斋要了一壶茶，慢慢地坐喝。湖上有船，如色彩鲜艳的玩具。一列雁阵在湖中移动。他和几个病友最近没有联系，没想到下山时却看到了周雨田。

下山前他必须沿原路返回大雄宝殿，宝殿前的广场上，一面照壁，上书"度一切苦厄"，照壁前巨大的香炉上香烟缭绕，香火很盛，炉内冒出了明火。万风和注意到，香炉歪斜着，转过去一看，原来香炉已经烧瘪了。这是天长日久的结果。他缓步下山，正想着这鸡鸣寺叫"寺"，却全是尼姑，不该叫"庵"吗？这有点奇怪，一转眼却看见周雨田正走在前面。没错，就是他，一个人来的。万风和快走几步，在他肩头拍了一下。

周雨田一抬头，看见是他，上下打量他一下道，万总啊，你很健旺啊，气色比上次还好，就是头发白了些。万风和笑道，不染了。老而不白是妖怪。周雨田摸摸自己顶上的头皮说，不白就秃。他叹了一口气。

几个月没见，他就老了不少，心事重重的样子。万风和问，归霞还好吧？

周雨田苦笑一下，欲言又止。万风和关切地看着他。周雨田说，不算太好。我今天就是来烧香的，为她祈福。

万风和道，那本书的事，她别太上心了，慢慢写，不想写也行。

我哪儿拦得住她？有些事，你不想这样，可你拦得住吗？周雨田显然不想再说这个，他抬脚往台阶走去。我刚才遇到一件怪事，他停住脚，皱着眉说，我们家曾经用过一个保姆，你猜怎么着？她做了尼姑！

万风和哦了一声道，这怎么啦？人家皈依佛门了呗。

周雨田说，问题是我家出过一次事，归霞被绑架过！

万风和吓了一跳，见他不是开玩笑的样子，拉他一下，两人从人来人往的台阶下来，站到灌木丛边。周雨田把前因后果简略说了一遍，最后说，我出了一百万，满满一包的钱，人才回来，还受了不少罪，要不，归霞也不见得就要换肾。他瞪着眼睛说，这尼姑在唱经，光头袈裟的，可我看着就是她。

万风和说，头发剃了，模样会变的。

周雨田说，开始我也这么想，只是怀疑。可我故意走到离她很近的地方，突然喊一声：齐红艳！别人纹丝不动，就她抬眼看了我

万川归

一眼。我有九成把握,就是她!要不,你跟我去看看?

我就不去了。我都不知道她原来什么样子。

周雨田说,我正想着要不要打电话报警。

我劝你还是算了,万风和说,钱你是要不回来的,人早就回来了——归霞不是好好的吗?周雨田把目光移开,气鼓鼓的,一副意难平的样子,万风和又说,苦海无边,回头是岸,你是来烧香的,菩萨还没接到你的香火,警灯倒呜呜地响过来了,你想想。

万风和忽然听到头顶上方传来了一声"好啊"。抬眼看去,浓密的树叶筛下细碎的阳光,一只黑色的鸟站在枝头,翅膀扬一下,头一勾,一声"好啊"又传了过来。万风和此时还不认得这种鸟,事后他查了一下,这叫噪雀,江南地区常见。当时他只觉得新奇,心脏还似乎轻微地震颤了几下,他立即想起了李弘毅。这是李弘毅在天空表示赞同吗?他疑惑地眯眼看着树梢,那黑鸟又叫了一声,腾地飞远了。

周雨田朝树梢看看。万风和觉得自己说得已经够多了,主意当然得周雨田自己拿。跑得了和尚跑不了庙,你可以回家跟归霞商量一下,万风和摆摆手说,车还在山下等着。就先走了。

落英缤纷。上了车,万风和脑子有点乱。归霞的身体让他隐隐有些担忧,但愿那本书不会成为她的负担。突然想起,如果璟然还在身边,他策划这本书,她会是什么态度呢?大概率她会支持,或许她还会像个母亲似的含笑嗔他一眼。又想,李弘毅会赞成出这本书吗?不知道。原图是手绘的,太潦草了些,要让出版部的人用电脑制作一下,不过他的原图还是要摆上,一定要记得署名……一鳞半爪的思绪,金光闪闪,在脑海中穿行翻飞。

司机问到哪儿,万风和踌躇一下,嘴里嘟哝了一声,车子就开动了。他眯起眼睛,车窗外的光线一闪一闪从他脸上掠过。他现在经常坐车就打盹,这种状态让他觉得松弛。半梦半醒间,他想起20世纪80年代,他大学毕业的时候,那时候朝气蓬勃,是真好啊,你没有多少选择,也不容你多选择,但往哪里走都是路,所有的路都向上,只要你肯动脚……幽远的歌声断续飘来,恍若轻风游丝:……啊亲爱的朋友们,创造的奇迹要靠谁,要靠我,要靠你,要靠我们八十年代的新一辈……歌声在半梦半醒间飞翔。四十年过去了……但愿到那时,我们再相会,举杯赞英雄,光荣属于谁,为祖国为"四化",流过多少汗,回首往事心中可有愧……车子在山水城林中穿行,车窗外晨昏交替,日月穿梭。

一日复一日,一月又一月……车身微微一颤,停住了。万风和睁开了眼睛。司机说,万总,到了。

已经是秋天了,葱郁的行道树开始泛黄,树叶即将零落。

这是西水关。复建的西水关还包括水西门。正午的阳光下,水西门巍然耸立,为了交通它现在被建成了单拱,只有一个巨大的门洞。几百年后,这也会成为古建筑,不会有多少人知道它曾经有过三个门洞。这就是历史。

门洞下的大街车水马龙,人行道上行人匆匆。广场边不断有人从地下冒上来,那是地铁口,这地下早已空了,无数的身体无数的心,带着欢喜、哀伤或梦想,在地下穿梭。万风和沿着城墙往前走,脚下荒草过膝,远处绿茵如毡,漂亮得像是假的。他的眼前全是城砖,一块块垒着,垒成城墙,蜿蜒着伸向远处,仿佛没有尽头。看得出,城砖绝大部分是新烧制的,上面没有字。在特别显眼的地方,才用了一些旧城砖。他们用新旧掺杂的办法,砌成了这道绵延的古城墙。

有字的才是旧砖。但他找不到他熟悉的那些字。他的城砖当然砌在里面，那个"万"字，那枚先祖摁下的指纹也在里面，但是他找不到了。大概永远都找不到了。它湮没在矗立的历史里。

　　万风和有点沮丧。他走上大路，跺跺脚，掸去裤腿上的草屑，走到了与城墙平行的秦淮河边。回头望去，只见城，不见砖。天边有闷雷隐约传来，万风和似乎听到了杀声震天，箭矢呼啸，沿江而至的攻城者蜂拥登城。城破处，陈尸累累，不计其数，不知其名。杀降卒十万。战死二十万，史书上只有孙权朱元璋之辈，还有的就是数字，只是个约数，唯有亲人还记得他。可怜无定河边骨，犹是春闺梦里人。一块城砖又算得了什么呢？

　　河面宽阔。上下游都有桥，他知道远处还有更多的桥。曾经樯橹舟楫往来如织的河上没有船，没有帆，只有桥。这里就是西水关，秦淮河与长江在北面交汇。此刻，水波澜不惊，是死水。只有到了汛期，泵站才会把水抽出去。

　　远处的城墙，他的那块砖无声地砌在里面，那些新烧制的砖都是它的仿制品。它居然繁衍了这么多的后代，这很好。万风和脸上漾出了浅浅的笑意。他四处张望，正想找个行人帮忙拍一张以城墙为背景的照片，手机响了。

　　是周雨田。他说，归霞走了。

68

　　汽笛一声长鸣，船缓缓离开了中山码头，驶向江心的主航道。这是个多云的日子，天空乌云飘游，太阳时隐时现。西边的江水金光闪烁，仿佛是这艘船的金色背景。船头朝东，顺水而下，前方的

第九章　　　　　　　　　　　　　　　　　　　　　　　*471*

江面黑沉沉的，深不可测，晦明交织。

客轮下午四点二十分准时启航。四月二十号是归霞的生日，周雨田解释，江葬是归霞的遗愿，启航时间也是她定的。他的语调低沉忧伤，说得很简短。他亲眼目睹了归霞的死。死亡的逼近，痛苦的煎熬，谁都无法以身相代。"抢救无效"只是通常的说法，也许只是抱薪救火。和所有死去的人一样，没有人能说出最后的感受，因为他们都死了。

来送行的有几十个人。一个小伙子安静地抱着归霞的遗像走在前面，他和照片很像，一看就是归霞的儿子。送别的人主要是亲属和同事，万风和认识的也就是老张。在岸上休息室等待的时候，周雨田介绍了其中的几位，万风和第一次见到了丁恩川；另一个是归霞的老领导，也是她师兄。师兄神情悲戚，自始至终没有说话。这是一条江葬专用船，船舱布置成灵堂，归霞的遗像下是八份打印稿，排成一个心形。书还没有写完，斯人已逝，结尾尚未落墨。气氛太压抑了，万风和觉得透不过气来。他出了船舱走上甲板，杜松马上跟了过来。不一会儿，丁恩川也出来了。他站在甲板的另一侧，朝万风和点点头。江风猎猎。

东风吹水日衔山，黄昏独倚阑。

万风和斜倚在栏杆上，江风掠过耳边，如浅唱低吟。

船正在穿过长江大桥。江面浩阔，放眼望去，依稀可见两岸景色。一重山，两重山，山远天高烟水寒。无数的高楼反射着阳光，闪动着它们的眼睛。北岸依稀可见一带芦苇，勾画出江岸的弧线。回头望去，江心洲已经远去，只留下一个绿色的影子，像漂在江上的一蓬绿植。大桥也在远去，逆光中，在天水间画出两道平行线。万风和闭上了眼睛。漫射的阳光太刺眼了。杜松靠了过来，问他是

472　　　　　　　　　　　　　　　　　　　　　　　　万川归

不是冷。万风和摆摆手,朝丁恩川那边走去。

船走得很快,除了机器的轰鸣,你还能听见船头激起的哗哗水声。江面更壮阔了,极目处,江天一色,隐约已经能看到长江二桥。它比大桥要壮观得多,两座银白色的高塔直指云霄,长虹飞越天堑。丁恩川迎了过来,叹口气道,归霞写完一部分就发给我看,总共发了三回,我等着看最后一部分,也问过她身体怎么样,她一直说挺好。我太粗心了。

万风和叹口气说,我责任最大。他心里一阵歉疚。

江风强劲,耳朵在呼啸,他们不得不靠近一些。此时客轮正位于大桥与二桥之间,他们可以同时看见两座长江大桥。不知不觉中,江上升起了薄雾,大桥上的桥头堡呈现出一个影影绰绰的剪影,隔着十余公里与东边二桥的高塔遥相呼应。万风和第一次看见南京长江大桥还是在语文课本上,二桥他多少次开车驶过,却从来没有驻足。这是两个时代的作品,万风和不由得心生感慨。丁恩川说,这二桥很厉害,是钢箱梁斜拉桥,跨度当时世界第一。万风和嗯了一声,他听不太懂。他第一张与南京的合影的背景是大桥的桥头堡。三面红旗。两座桥相距约十余公里,几十年。长江三桥和四桥各在上下游的更远处,他们看不见。丁恩川说,听说要建五桥了?

万风和说,好像是的。

杜松一直静静地站在边上,这时插话说,还有隧道哩。再这么建下去,会不会有一天桥会把长江全盖起来?

万风和一怔。他家附近的一条河就被马路覆盖了,路面上留了不少孔洞用来泄水,这还算聪明的,有些城市里的河都被填掉了,可遇到大暴雨,马路和街道居然成了河,真是怪事。

丁恩川道，杜松这话有意思，说不定还真有这一天，不过，这得由你们决定，这世界终将交给你们。我们该干的都干了，有的可能还干过了头，船身一晃，他趔趄了一下，看着杜松说，下一代肯定比我们聪明。江风吹乱了他枯草般的头发，他伸手捋了捋，手在某一处停下，抬指轻轻在那里敲了几下，居然发出了轻微的金石之声，丁恩川脸上露出一丝奇异的神色，对杜松说，你摸摸这里。杜松迟疑着上前摸摸，表情乍变，张大了嘴说不出话。丁恩川微笑道，我受过伤，就是你们在白鹤滩的那次。这不，只能用一块钛合金补上了。我现在是特殊材料制成的人了，铁头，可居然还恐高了。

万风和瞪大了眼睛。有个词倏然跳出：当头棒喝。可这词太厉害了，连自己都吃不消，他没有出声，半晌才说，我们都该歇歇了。丁恩川指着茫茫江水道，这长江六千多公里，从三江源出发，一路流到扬子江，这么平缓安宁，想到我参与的几个工程都在调节控制，也蛮自豪的，他叩叩脑袋笑道，这是伤疤，也是勋章哩，所以我退休了。

我也是半退了，以后主要靠他，万风和指指杜松说，老实说，我们是挣了一些家底，但你这话倒让我突然明白了，给他们留下财富，可能还不如留下空间，他缓缓地说，因为爱他们，所以要留下空间，最好不是我们画满了，留给他们去修正。

画满倒不至于，我们这个行当就还有很多事情可以做，清洁能源永远是短缺的，雅鲁藏布江的水资源更丰富，不过，这得由国家决定，丁恩川抬手敲敲脑袋说，我顶多只能做做顾问了。万风和突然想，要完成归霞没有写完的这本书，最合适的人选就是丁恩川，但这个场合，真不便开口。丁恩川看着浩瀚的江水说，我搞了一辈子水，恐怕也还不能算真懂了水。我是黄河来的，归霞是淮河流域的，你——他看看万风和，万风和说我是里运河边长大的，算是长江流域吧。丁恩川哦了一声，轻轻摇了摇头叹道，归霞也许比我更懂水。

丁恩川的脸上反射着波光。这段日子，万风和还是不得不为房子操点心。如果剩下的房子最终卖不掉，付清建筑款和银行利息再加各种有形无形的成本，第二期楼盘利润也有限。可也不能说就是搞了个空中楼阁或者海市蜃楼，至少，李弘毅家的居住条件就可以得到改善——如果李弘道肯接受，可他至今仍然拒绝。杜松提议以房抵款，用房子抵付楼盘的绿化款，是个好主意，但这也还要看人家的意愿。万风和突然心中一动：公司的发展方向显然面临着变化，杜松的思路很开阔，想法也很多，不过这也只能走着看了。

有一天他早晨醒来，脑子里突然冒出一句话：地球不是我们从祖先那里继承来的，而是我们从后代那儿借来的。他被这话吓了一跳，想不起这句话的由来——是自己梦里想出来的，还是哪本书上看来的，又或者是璟然在梦中对他说的？他很想把这句话告诉杜松，又觉得不合适。不知道他们这代人，以后会怎样评价我们？

客轮继续前行。两岸景色如画。二桥的下面是八卦洲，一个巨大的江中沙洲，二桥在这里歇一下脚，继续飞跨北岸。客轮继续前行。两岸景色如画。八卦洲很大，是一个乡镇，无数的厂房，也是一个工业区。丁恩川摸出手机，看着，脸上现出了笑容。他把手机朝他们一亮说，我抱孙子了。

杜松和万风和靠近一看，屏幕上是个吃着手指的婴儿，肥嘟嘟的很可爱。万风和夸着，忽然想起杜松透露过，他正在谈恋爱。他看了看杜松，突然好奇：杜松如果生了小孩，会长什么样子？丁恩

第九章　　　　　　　　　　　　　　　　　　　　　　　　　　*475*

川没有察觉到他在走神,指着手机说,你看这小口罩,他自己抓到下巴下面了,他欢天喜地来投胎,可刚满月就得了个肺炎。丁恩川叹道,这世界当然比我们那时候好得多,我们也不无微劳,可是等着他们的却还有雾霾,他顺着江水看着东方说,温室效应还搞得海平面上升,唉,有的地方还有炮火硝烟。

万风和看看杜松说,我们的后代应该会比我们更好。

不知什么时候,老张也上来了。他从船尾绕过来,朝他们点点头。他说,我还是第一次坐船到这里哩。以前坐船到中山码头就上岸了。一年一次,四等舱。

杜松问,张叔叔是来南京上学吗?

老张道:是上学。地质学校,中专,可比不上你们。他笑道,说起来不怕你们笑话,我来上学可真不容易。坐驴车到县城,住两三天;再坐船,两天一夜,有时候连个四等舱都没有,睡甲板。

杜松问,为什么要在县城住两三天?住宾馆不也要钱吗?

不要钱,倒是因为钱,老张说,住轮船码头免费。每次我都要从家里带上几大麻袋的山药、栗子,在县城卖掉,钱寄回家才能上船。

杜松看看父亲。这种事万风和一听就懂,杜松可能觉得不可思议。丁恩川说,我们那时都差不多。

老张说,所以啊,我现在很知足。

万风和说,老张你眼力不凡,你能看出老丁遇到过什么事吗?

老张看看丁恩川说,我只看出你是个做大事、成大事的。丁恩川抿着嘴不说话。老张说,我只会看珠宝玉石,自以为什么假货都难逃老夫洞鉴。其实啊,一块和田玉如果品质上乘,新疆料和俄料韩料又何必区分?人工钻石和天然钻石,不上仪器根本就看不出来。

万风和想起了父亲的印章。他差点就说,如果我早点认识你,买印章料就不至于上当了。但是他没有说。

老张满心感慨,继续道,我们这行当太计较了,给珠宝分级,还通过珠宝给人分级,费眼耗心,眼睛就坏掉了。钱塘江上潮信来,今日方知我是我,这是鲁智深在杭州六和寺坐化前的偈语,这会儿我像是有点懂了。

江风猛烈,他今天戴着墨镜。丁恩川刚要说什么,老张突然朝远处的江面上一指道,那是什么?

一团黑影在水面漂浮。可能是水草,又类似人形,但太远了,看不清。黑影载沉载浮,越漂越远。万风和突然想起,他曾恍惚地走在长江大桥上,那是他拿到亲子鉴定书后的某一天,他行尸走肉般行走。过了桥头堡不远,他遇到了李弘毅。他俩合力救下了一个正要跳江的女人。他知道,那天如果不是出现了那个女的,跳下去的可能就是他自己。李弘毅劝那女人的几句话如雷击顶。那一次李弘毅就已经救过自己一回。

船舱里音乐响起,是民乐合奏《彩云追月》。这肯定也是归霞的意愿。丝竹管弦,如怨如慕,如泣如诉。音乐伴着哭声朝水面扩散,向天空飞升。

船已到达预定地点。仪式开始了。

在司仪的安排下,致悼词,默哀,鞠躬。归霞的儿子抱着遗像,周雨田捧着骨灰盒,众人相跟着上了甲板,站在船舷边。

太阳被云层挡住了,乌云的裂隙处金光耀眼。暮色渐浓,两岸景物依稀如梦。

浩大低沉的水声中,哭声盈耳,汽笛悲鸣。汽笛声断断续续,高高低低,也有曲调也有情。江鸥盘旋掠过,花瓣和骨灰撒落江中。一束束鲜花被众人抛落江面,浮沉荡漾着,一路远去。

魂归江河。

江面上雾气渐浓,似乎这水面下万千水族的追逐嬉戏,让江水温度上升了。天空江鸥飞翔鸣唳。这个生机勃勃的世界,正送走一个生命。

远去的不光是归霞,还包括李弘毅的一部分,他的一枚肾脏也化作了灰尘。戴着墨镜的老张望着滚滚江水,他的眼睛也是借来的;万风和感觉到自己的心脏正有力地搏动;那个移植肝脏的也不知是否安好。这又是一次特别的会聚。一次别离。总有一天,万风和的照片也会被杜松抱着。他看着杜松,又看看远处归霞的儿子,都是年轻帅气的脸。时间如流水,谁都曾年轻过,明媚鲜妍能几时,一朝春尽红颜老。船速慢下来了,越来越慢,江水无言,依然故我,浮着花束向东方流去。

万风和慢慢退后。突然就想起了小时候,他六岁,整天闹着要父亲带他去看海。父亲带他去了,他们从里运河坐船,到了瓜洲船闸停下了,父亲告诉他,船要等河水升到与江平齐才能继续开。他睡着了,睁眼时满眼都是水。他高兴极了,大叫着,海!海!可父亲说,这是长江,还不是海。后来又坐了长途汽车,终于看到了一望无际的大水面,他以为这真的就是大海了,父亲就是这么说的。多年以后他来到太湖,这才知道当时看到的其实是湖。六岁的海。拮据的父亲只能用这个计谋满足儿子看海的梦想。那一次的旅程恍若一个遥远的梦境,即便后来知道了实情,万风和也从来没有当面戳破过这个梦。

夕阳西沉,余霞散绮。东边是更浩阔的江面,月亮升起来了,波浪涌动，水天相接，这是江水的潮汐，月亮在广阔的水面上显现出它巨大的引力。客轮上没有人说话，风声，水声，没有一丝人声。船身颠簸，仿佛儿时的摇篮。万风和的心脏如波浪般沉稳地律动，他心中澄澈，一片宁静。

返程了。客轮划出巨大的弧线，逆流而上，船头浪花翻卷，飞珠溅玉。大约一小时后，他们就将登岸，回到烟火俗世，万风和体内的心脏将继续支撑他的余生。他喊来老张，说，我们，应该向李弘毅致敬。老张点点头。他们并排站到了栏杆边。杜松也过来了。丁恩川听见了他们的话，也站了过来。

一鞠躬，再鞠躬，三鞠躬。他们各自默念着自己的心声。江面上雾气蒸腾，升腾的水汽会变成降雨洒落大地，流进江河，汇入大海，大海上的雨云又将飘往陆地。这是一个完满的循环，亿万年来永无止息。人生代代无穷已，江月年年望相似。

月华流照，顾盼人间。

2022 年 4 月一稿

2022 年 11 月二稿

2023 年 6 月三稿

2023 年 12 月四稿

2025 年 3 月定稿